Ralf Eggers

NESSELKÖNIG

D1676599

Ralf Eggers

NESSELKÖNIG

Roman

mitteldeutscher verlag

Für Sabine

Inhalt

Epilog
Zehn Jahre vergehen, dann ist das Buch zu Ende,
aber nicht der Streit

Nachbemerkung des Autors
Der Autor gibt, wie es sich gehört, seine Quellen an

1

Victor Nesselkönig ist auferstanden, aber nicht jeden freut das
Auf der Straße von Berlin nach Bruchmühle, September 1953

»Eins darf auf gar keinen Fall passieren«, sagte der Minister und tupfte sich die Stirn. Bronnen neben ihm schwieg und tat so, als lausche er dem Nähmaschinentakt des Motors. »Sie sind mein Zeuge, Bronnen. Mein Zeuge, dass ich …«

»Wartense ab, Jenosse Minister.« Bronnen sprach so laut, dass ihn der Fahrer hörte. »Sie werden schon sehn, Jenosse.« Er hatte fünf Jahre Prag hinter sich; damals hatte ihn dieser Mensch, wenn er mit Instruktionen aus Moskau kam, strammstehen lassen. Dann sieben Jahre Union: Da war Bronnen in den Hinterzimmern des Apparats an ihm vorbeigezogen. Als sie vor acht Jahren wieder nach Berlin kamen, war alles kaputt gewesen, nur nicht Bronnens Dialekt. Einmal Wedding, immer Wedding. Er hätte nicht bestritten, dass er nur deshalb so redete, um Leute wie den Minister zu erschrecken, diesen Kulturaffen mit seiner Schaubühnenartikulation. Seinen Rundfunkansprachen. Seinem aufdringlichen Hochdeutsch: knallende Konsonanten und säuberlich ausgesprochene Endungen. Melodiöse Satzbögen. Rituelle Kunstpausen. Der Jenosse Kulturminister.

»Ich werde gar nichts sehen. Ich sage nur, dass das auf gar keinen Fall passieren darf. Auf gar keinen Fall.« Während er sprach, beugte sich der Minister nach vorn. Bronnen schwieg und spähte aus dem Fenster. Draußen stand Nebel, wie Qualm aus dem Ofen, wenn du nasses Holz verheizt. Es war kurz vor acht. Die Sonne musste längst aufgegangen sein, man sah sie bloß noch nicht. Jutet Bild, dachte Bronnen und wiederholte es laut, das mit dem Nebel, dem Qualm von nassem Holz, der längst aufgegangenen Sonne, die noch unsichtbar war.

»Jelungenet Bild. Für die Lage, alljemein.«

Der Minister schloss die Augen und nickte fast unmerklich. Was weiß der von der Lage, dachte er zweifellos, aber da täuschte er sich. In diesem Wagen war Ludwig Bronnen derjenige, der die Lage erfasste. Der den letzten Dreh der ganzen Sache kannte. Der wusste, dass Bechers Angst vor dem neuen Konkurrenten so grundlos war wie seine zappelige Euphorie. Es gab vielleicht eine Handvoll Leute, die wusste, was Bronnen wusste und ahnte, was Bronnen ahnte; Becher gehörte nicht dazu. Er hatte vorgezogen, zu vergessen, was in den Dreißigern in Moskau in den Zeitungen gestanden hatte. Unwahrscheinlich, dass er den dramaturgischen Knalleffekt genießen konnte, der in Bruchmühle auf ihn wartete. Die Idee, ihn darauf vorzubereiten, verwarf Bronnen sofort. Kulturminister sind nicht Teilhaber der ganzen Wahrheit, nur nützliche Idioten, Pfauen im Raubtierkäfig, von den Großkatzen der Nomenklatura gelangweilt betrachtet. Becher würde auch in dieser Komödie den Narren spielen. Er rutschte unruhig auf dem Sitz hin und her. Wer einen Chauffeur hat, steigt nicht gern in fremde Autos, Bronnen kannte das. Aber durch entschlossenes Handeln. Am Telefon. Hatte er durchgesetzt. Dass er mit seinem Wagen. Und so. Die Situation unter Kontrolle behalten hatte. Wäre noch schöner, sich von einem dieser Lustknaben kutschieren zu lassen. Einem der Typen, die Becher abends zum Savigny-Platz fuhren. Man erzählte sich da Dinge, die nicht zwischen Aktendeckel passten. Bronnen schüttelte sich.

Der Minister klopfte mit dem mittleren Gelenk seines rechten Zeigefingers an die Scheibe zur Fahrerkabine, obwohl die halb geöffnet war. Als der Fahrer nicht reagierte, räusperte er sich und bat mit belegter Stimme, kurz anzuhalten. Der Fahrer drehte sich zu Bronnen um. Fragender Blick. Bronnen nickte, Wagen hielt. Als Becher ausgestiegen war, sah er in seinem voluminösen Mantel von hinten aus wie ein schwankender Riese.

»Was sagt er?«, fragte der Fahrer nach hinten.

»Wat er immer saacht. Dass er nix dafür kann.«

Dem Fahrer schien plötzlich einzufallen, dass Benzin rationiert war. Er stellte den Motor ab. Durch die halbgeöffnete Tür hörte man von fern das vielstimmige Summen und Schwirren Berlins und aus der Nähe, wie Johannes R. Bechers Urin die Böschung hinab in den märkischen Sand rieselte. Becher nestelte, noch immer mit dem Rücken zum Wagen stehend, an sich herum, während der Fahrer drinnen die Geste des In-den-Graben-Stoßens machte. Bronnen schüttelte fast unsichtbar den Kopf, wie eine Mutter, die über den Scherz ihres Kleinen kichern muss, aber feine Leute zu Besuch hat. Becher drehte sich herum und stieg ein.

Auf der Fahrt sah Bronnen zufrieden aus dem Fenster. Wenn er berlinerte, war er unschlagbar. Der Dialekt, den er bis zu seinem letzten Atemzug sprechen würde, bewahrte ihn zuverlässig davor, überschätzt zu werden. Seine Geheimwaffe: Den Proleten spielen. Nur Ulbricht konnte das besser. Andererseits: Wenn Bronnen sich in Schwung redete, neigte er dazu, seine Karten zu verraten. Und er dachte nicht daran, zu sagen, was er wusste. Sollte Becher sich noch ein halbes Stündchen auf seine Trophäe freuen. Und zugleich Angst haben um seinen Sessel als Nationaldichter Ost. Er würde früh genug erfahren, dass es ein größeres Problem gab. Ein wesentlich größeres Problem.

»Ich verstehe das nicht«, sagte Becher.

»Ja.« Bronnen sah weiter aus dem Fenster.

»Die sowjetischen Genossen werden ihn doch nicht grundlos … Schon diese Begnadigung, kurz vor ultimo. Dabei hieß es schon, er sei tot! Und jetzt auf einmal! Seite eins! Das hätte man abstimmen müssen.«

»Keene Frage. Abstimmen. Und grundlos war niemand dort, det steht mal fest. Aba der Jenosse Ulbricht …«

»Was ist mit dem Genossen Ulbricht?«

»Na ja. Ick darf janz offen sein?«

»Bitte.«

Ein kalter Sonnenstrahl durchschnitt den Nebel und irrlichterte durch das Auto. Becher drehte sein Gesicht zur Seite und schloss wieder die Augen.

»Der Jenosse Ulbricht hat …«, Bronnen hüstelte, raunte dann: »Der Jenosse Ulbricht hat nunma jewisse Schwierichkeitn mit die deutsche Sprare. Leipsich, sarick nua. Und wenn ihm jemand schöne Reden hält …« Bronnen atmete tief ein und schwig.

»Lässt er sich zu schnell beeinflussen? Meinen Sie nicht auch?« Becher bereute sofort. Bronnens kalter Blick sagte: Das hast du gesagt. Der Fahrer drehte sich um und blickte Becher unverwandt an.

»Würden Sie bitte auf die Fahrbahn achten«, bellte Becher nach vorn.

»Hör bitte mal weg jetzt, Jenosse.« Bronnen nickte väterlich und schloss das Fenster: Jetzt reden die Großen.

»Also.« Becher zappelte auf seinem Sitz wie ein kleiner Junge. »Ich denke, das waren die Freunde. Kultur-Offiziere. Leute mit Draht zum Kreml.«

Bronnen schwieg genüsslich. Becher war ein Mensch, den Zustimmung elektrisierte und Schweigen in abgrundtiefe Zweifel stürzte. Besser, er vergaß wieder, was er eben gesagt hatte. Das führte sonst auf Wege, die für Künstlerpack gesperrt waren. Die Freunde! Kulturniks! Ne soffjetische Idee, allerdings. Ein Teil des Problems war, dass man ständig irgendwelche soffjetischen Ideen ausbaden und dafür noch *spassibo* sagen musste. Bronnen lächelte. Für diesen Satz wäre man noch bis zum Juni dahin geschickt worden, wo der Mann herkam, den sie gleich im *Allerhöchsten Auftrag* in Empfang zu nehmen hatten. Aber momentan hießen die Parolen »Kritik & Selbstkritik« oder »Dialog mit dem Volk«. Und der konnte auch in deutschen Gefängnissen stattfinden. Man muss von allein auf solche Gedanken kommen, um zu verstehen, wie berechtigt es ist, jeden einzusperren, der sie ausspricht. Von solcher Klarheit war der Jenosse Becher meilenweit entfernt. Meilenweit.

»Wir wissen doch nicht einmal, was er denkt«, sagte Becher und es entstand eine andächtige Pause. Bronnen wiederholte den Satz flüsternd, bewegte Lippen und Zunge, kaute ihn, schmeckte ihn ab. Ein mythischer Moment in Ludwig Bronnens Leben. Noch zu fernen Jubiläumsfeiern, wenn der Neue Deutsche Staat seine *midlife crisis* durchlitt, als Oberst, selbst als General, wenn er Orden und neue Schulterstücke verteilt hatte und die Büffets geplündert waren, wenn die unerfahrenen jungen Genossen vor der Tür von Wodka und Räucherlachs kotzten, würde unweigerlich der Moment kommen, in dem Bronnen mit sardonischem Lächeln an sein Glas klopfte. Sein Adjudant würde den Feierlärm mit einem Zischen zum Verstummen bringen und sich über den weißgedeckten Tisch beugen: Genosse Bronnen, jetzt vielleicht? Und wenn es wie auf Kommando still war, der Zigarettenqualm langsam in die Tischdecken sank, würde Bronnen an einen unserer *jrößten sozjalistischen Dichta* erinnern, der, ohne es zu ahnen, den Leitspruch des *Organs* geprägt hatte:

»Wir wissen ja noch nichma, was er denkt.«

Und je geflochtener und sternenbestückter seine Schulterstücke wurden, desto seltener wurde gelacht, wenn er das sagte.

»Da haamse wat sehr sehr Kluges jesacht, Jenosse Minister.« Becher blinzelte irritiert, er hatte es schon wieder vergessen. Der Wagen schnurrte durch den Nebel, der widerwillig Meter für Meter der Straße freigab. Becher versank in nervöses Nachdenken, sein Vollmondgesicht zuckte. Bronnen pfiff das Schicksalsmotiv aus Beethovens Fünfter Sinfonie. Was für eine Dummheit. Leichtsinn. An Hochverrat grenzender Leichtsinn. Boykotthetze, drohte die Verfassung. Zuchthaus, zischte das Strafgesetzbuch. Es in die Zeitung zu schreiben, bevor sie wussten, was Sache ist. Gut, Zeitungen sind geduldig … Und die Freunde? Wussten die, was gespielt wurde? Die soffjetischen Jenossen besaßen die Fähigkeit des Glaubens in höherem Maße als die deutschen. Sie glaubten Geständnissen, die sie selbst erpresst hatten. Sie glaubten sogar, was in ihren Zeitungen stand. Glaubten sie womöglich auch, ihr begnadigter Häftling hätte als Zielort Hamburg sagen können, als sie ihn laufen ließen? Selbst Adenauer hätte da Ost gesagt, Ostberlin, was denn sonst? Wenn sie ihn dafür nach Hause ließen? Ihm sein Leben wieder aushändigten? Seltsam, die soffjetischen Jenossen. Gut möglich, dass in Moskau nach dem letzten großen Kehraus und nachdem der Vater der Völker gestorben war, gar niemand mehr lebte, der den Witz der Geschichte kannte. Der wagte, sich zu erinnern, was die eigene Partei ihnen 1938 über Victor Nesselkönig mitgeteilt hatte.

»Oder wissen Sie, welche … Absichten er hat?«

Es war nicht Ludwig Bronnens Art, auf Fragen zu antworten, wenn er die Antwort nicht wusste. Sehr im Unterschied zu jewissen Jenossen bei der Parteipresse, die Antworten gaben und nicht mal die Frage verstanden hatten.

> Der größte lebende Dichter deutscher Zunge stellt sich dem sozialistischen Aufbau zur Verfügung.[1]

Bin ich schon tot? musste Becher sich gefragt haben. Brecht in Buckow hatte gelacht, als er davon hörte. Falls Bronnens Informationen stimmten.

> »Meine Heimat ist der Staat der Arbeiter und Bauern.«[2]

»Wir sorgen dafür«, sagte Bronnen, »dass er sich zu Hause fühlt. Wir haam det Haus. Ein Haus, saarick Ihnen. Dreizehnheiligen. Direkt am See. Und der Verlach. Werkausjabe und und und.«

»Werkausgabe«, murmelte Becher. Eine fiebrige Melancholie bemächtigte sich seiner, drang über die Fingerspitzen in seinen Körper ein wie eine Entzündung. »Eins darf auf keinen Fall passieren …« In diesem Moment trat der Fahrer sacht auf die Bremse. Aus dem Nebel schälte sich ein Posten in der Uniform der Sowjetarmee mit Helm, umgehängter Kalaschnikow und weißer Armbinde und klopfte an die Fensterscheibe.

---

1 *Neues Deutschland*, 11. September 1953, S. 1.
2 *Tribüne*, 11. September 1953, S. 1.

»Verjessense Ihre Rede nich …«, wisperte Bronnen, während der Fahrer die Scheibe herunterkurbelte.

»*Propusk!*«

Becher und Bronnen zückten mit einer synchronen Bewegung ihre Pässe. Der Fahrer nahm den von Bronnen, reichte ihn dem Posten weiter und riskierte dabei einen Blick unter dessen Helmrand. Dann schnappte er sich Bechers Papier, ohne den Minister anzusehen. Während der Posten las, blätterte, in die Knie ging und einen Blick auf die Rückbank warf, starrte der Fahrer durch die Frontscheibe in den Nebel.

»Also, eins darf auf gar …«, begann Becher zu flüstern, aber eine Grimasse Bronnens brachte ihn zum Schweigen. Der Posten reichte die Papiere durchs Fenster zurück, sagte etwas auf Russisch, der Fahrer nickte und fuhr mit offenem Fenster an. Hinter dem Tor begann der Dunst schon in Schwaden zu zerfallen, die wie träge Aquarienfische durch die Luft trieben. Häuser waren nicht zu sehen, nur eine formlose dunkle Masse, aus der ab und zu Menschen traten wie Wesen aus einer anderen Welt. Zivilisten, sowjetische Uniformen, aber auch Männer im Blaumann und Frauen in grauen Kitteln überquerten die Straße oder liefen eine Weile neben dem Wagen her, bevor sie wieder im Nichts verschwanden.

»Entschuldigen Sie noch mal«, murmelte Becher und klopfte wieder an die Scheibe. Im Rückspiegel sah Bronnen den Fahrer grinsen. Nach zwei, drei traumwandlerischen Biegungen hielten sie vor einer Treppe. Becher sprang heraus, bevor der Wagen ausgerollt war.

»Bei Tereschkow!«, rief Bronnen ihm nach, aber Becher war schon leicht gebückt über die Treppe im Nebel verschwunden.

*

Im Wartezimmer vor Major Tereschkows Büro wurde Bronnen in einen Clubsessel gesetzt. Vernietetes Leder. Deutsches Offizierscasino, jede Wette. Neben der Flügeltür stand reglos ein minderjährig aussehender Bursche mit präsentierter MPi und starrte in Richtung Ausgang. Auf dem Tisch lag das *Neue Deutschland*.

»Mein Platz ist im Deutschland der arbeitenden Menschen«[3]

Literaturnobelpreisträger Victor Nesselkönig
übersiedelt in die Deutsche Demokratische Republik

Berlin (ADN) Victor Nesselkönig, der bedeutendste lebende Dichter deutscher Zunge, hat sich entschlossen, seinen ständigen Wohnsitz in der Deutschen Demokratischen Republik zu nehmen. »Die Ereignisse der letzten Monate, vor allem die zügellose Hetze aggressiver Kreise des westdeutschen und amerikanischen Monopolkapitals und der gescheiterte Versuch, die sozialistische Ordnung der Arbeiter und Bauern durch einen faschistischen Putsch zu beseitigen, haben meinen Entschluß reifen lassen, mich in meiner alten Heimat niederzulassen und zwar dort, wo die Ideale, denen mein literarisches Werk von Anfang an verpflichtet war, wo Gerechtigkeit, Friedfertigkeit und Wahrhaftigkeit ihre Heimstatt auf deutschem Boden gefunden haben.«

Und so weiter und so weiter. Bevorstehender Händedruck mit dem Präsidenten des ersten deutschen Arbeiter- & Bauernstaates.

Empfang beim Ministerpräsidenten und beim Präsidenten der Volkskammer.

Willkommensgruß der Akademie der Künste, wenn auch nicht Bechers & Brechts, die einerseits keinen Fehler machen wollen, andererseits bezweifeln, dass das Papier der volkseigenen Verlage für drei Werkausgaben reichen wird.

Junges Erfinderkollektiv im Stahl- und Walzwerk *Sieg des Sozialismus* lädt Dichter zum Erfahrungsaustausch ein. Melkerinnen der Produktionsgenossenschaft *Rote Ernte* desgleichen.

---

3 *Neues Deutschland*, 12. September 1953, S. 1.

Die Tür wurde aufgerissen, zwei Offiziere stürmten wie unter Beschuss nach draußen. Durch die Türöffnung fiel Sonnenlicht auf das Parkett mit seinen Bohnerwachsschlieren. Staubpartikel tanzten als Vorauskommando durch die Luft.

»Wo ist der Genosse Beeecher?«, erscholl es von drinnen, ein weicher Tenor, dessen Artikulation und Sprachmelodie den Russen verriet. Bronnen sprang auf und streckte seine Hand aus, Tereschkow erschien, schob die Hand weg und fiel ihm um den Hals. Jott sei Dank ohne die üblichen Küsse. Jute Manieren, die Jenossen Kulturoffiziere. Tereschkow, die Hände immer noch auf Bronnens Schultern, trat einen Schritt zurück und betrachtete ihn mit schräggelegtem Kopf wie eine Braut. Dann machte er einen Schritt zur Seite wie früher die Kellner in Prag. Im *Goldstücker*. Verrückt, dass einem das gerade jetzt einfällt.

»Der Jenosse Becher hat 'ne Komsomolzenblase.«

Tereschkow überhörte das, schloss lautlos die Tür und wies auf die Familienangehörigen des Clubsessels, auf dem Bronnen im Warteraum gesessen hatte.

»Keinen Wodka, bitte«, hielt Bronnen für klug zu sagen und Tereschkow lachte nach einem kurzen, gefährlichen Zögern. Wenn der Russe nach einem Wort suchte, schloss er seine langbewimperten Augenlider, aber er suchte selten nach einem Wort. Bronnen horchte nach draußen. Keine Zeit verlieren. Herausbekommen, ob er Bescheid weiß.

»Wir …«, er seufzte, als suche er seinerseits nach einer Vokabel. »Wir haben schon nicht mehr daran geglaubt.«

»Woran glauben denn die deutschen Genossen nicht?« Ein spöttischer, beunruhigender Ton.

»Dass … er noch am Leben ist.«

»Warum sollte er nicht am Leben sein?«

»Man hat lange nichts von ihm gehört. Sehr lange. Und dieses Todesurteil in der Prawda …«

Tereschkow hob sanft die Hände mit seinen Pianistenfingern, aber ehe er antworten konnte (falls er diese Absicht gehabt hatte), klopfte es und ein Sergeant brachte Becher herein. Umarmung, diesmal Küsse rechts und links, wie Bronnen beunruhigt registrierte, langer liebevoller Blick, während sie sich an den Schultern hielten, Tereschkow wies auf den freien Sessel. Bronnen war unwohl, weil er sich plötzlich einer Überzahl hochdeutsch sprechender Männer gegenübersah. Fronten klären. Verbündete suchen.

»Der Jenosse Ulbricht fand, es würde nix schaden, wenn …« Bronnen zeigte auf Becher. Für einen schrecklichen Moment fand er, dass Tereschkow *Ihm* ähnlich war. Dieses Künstlerhafte, Italienische. Dicke schwarze Haare. Wie *Er*. Der Operettencharme. Der größte Deutsche lebender Zunge … Blödsinn. Ziemlich junger Major übrigens.

»Er ist etwas entkräftet von der Reise«, sagte Tereschkow ohne ein Milligramm Ironie. Becher nickte verständnisvoll. »Aber dann chabe ich den Fehler gemacht, gegen ihn zu spielen«, sagte der Russe in seiner slawischen Melodie. »Er sagt, er chabe fast alles verlernt.«

»Wahrscheinlich fehlt ihm die Übung.« Bronnen starrte auf die Dielen. Becher auf seinem Sessel streckte den Kopf nach vorn, als sei er schwerhörig. Tereschkow nickte bekümmert. »Er hat den ganzen Stab besiegt. Simultan. Den ganzen Stab simultan. Was für ein Spieler«, sagte er versonnen und sah erst Bronnen, dann Becher an, als erwarte er eine Antwort. Bronnen nickte, ohne den Blick zu heben. Tereschkow sprang auf und verließ das Zimmer durch die hintere Tür, als müsse er sich noch einmal davon überzeugen, dass wirklich sein ganzer Stab geschlagen worden war.

»Was hat er?«, flüsterte Becher.

»Schach jespielt. Det kann er ooch.«

»Was?«

»Schachspielen. Simultan. Hatte ja jenug Zeit, sich zu vervollkommnen.«

Bechers Gesichtsausdruck ließ nicht erkennen, ob er die Anspielung verstanden hatte. »Schachspielen«, wiederholte er verwundert, aber da kam Tereschkow schon federnden Schrittes herein, hinter ihm ein Soldat in nicht vollkommen sauberer Uniform und dann ein Mann mit gesenktem Kopf in einem etwas zu weiten Zivilanzug. Ein sehr dünner, ziemlich großer Mann. Becher seufzte hörbar.

Tereschkow wies auf den Mann, stolz wie ein Zirkusdirektor, Becher starrte Bronnen an, dann den Ankömmling. Bronnen streckte die Hand aus. Der Mann reichte ihm mit flackerndem Blick die Hand. Die Rechte!, dachte Bronnen, großer Gott! Die rechte Hand! Der Mann sagte leise: »Guten Tag, Genosse Bronnen.«

»Wir kennen uns. Exil«, sagte Bronnen, ohne dass klar wurde, an wen das gerichtet war. Becher stand reglos und starrte den Ankömmling mit schräg gelegtem Kopf an.

»Willkommen«, sagte er. »Willkommen zu Hause, lieber Herr Nesselkönig.«

»Wir kennen uns?«

»Ich bin Johannes R. Becher.«

Keine Reaktion.

»Unser Kulturminister«, soufflierte Bronnen. »Er war auch in …«

»Ich habe Sie schon im *Titania* gesehen, Anfang dreiunddreißig. Und in … Moskau, natürlich.«

Nesselkönig zog die Augenbrauen zusammen. Die Erwähnung Moskaus schien ihm zu missfallen, kein Wunder. Später, auf der Rückfahrt, nachdem sie Nesselkönigs russische Frau aus der Krankenabteilung der Kaserne abgeholt hatten und die Eheleute aneinandergelehnt und zusammengefallen wie Handpuppen neben Becher auf dem Rücksitz eingeschlafen waren, drehte sich Bronnen vorsichtig nach hinten um. Becher saß in der äußersten Ecke, als fürchtete er, sich anzustecken. Ab und zu schob er den schlafenden Mann sanft in die Mitte des Wagens zurück.

»Sie haben das vorhin sehr richtig jesacht, Jenosse Minister.«

»Was denn?«

»Eins darf auf gar keinen Fall passieren.«

Becher nickte unsicher.

»Ick wusste jar nichts vom *Titania*?«, raunte Bronnen und Becher nickte. Sie schwiegen beide, bis sie in Berlin waren, in ihren Erinnerungen gefangen.

2

Victor Nesselkönig ist nicht allen willkommen
Berlin, Februar 1933

Schon damals hatte Becher es verabscheut, sich anzustellen. Aber genau das war seine Aufgabe gewesen: Sich anstellen, warten, Geduld haben. Ein wenig nachhelfen womöglich. Die Moskauer hatten keine Ahnung, wie kompliziert das in Deutschland war. Durch einen feindselig schweigenden Wald schleichen, ohne auf einen trockenen Ast zu treten. Nun stand er hier wie ein Schuljunge, ein Niemand in der Menge. Die Menschen, die von allen Seiten zum *Titaniaplatz* strömten und sich auf seiner Westseite und der breiten Treppe zum Portal drängten, waren alle Nesselkönigs wegen gekommen. Vor einer Stunde noch eine langsam wachsende Traube, behinderten sie jetzt den Verkehr, ein Klumpen im Blutkreislauf der Stadt. Becher hatte sich bis auf die Treppe gedrängelt, er übersah den Platz mit dem Eingang zum U-Bahnhof, ein kalt beleuchtetes, zugiges Loch in die unterirdische Welt, in deren künstlichem Licht sich der nächtliche Teil des Lebens abspielte. Er betrachtete die Magistralen, die spitzwinklig vom Platz abgingen oder auf ihn zuliefen, Kolonnen paariger Scheinwerfer und roter Katzenaugen in der Dämmerung. Beidseits der Trottoirs öffnete sich wie in tief gestaffelten Kulissen der Blick auf erleuchtete Fassaden, behände zuckende Schriftzüge aus Neon, funzelige Torleuchten aus der Kaiserzeit, bürgerliches Wohnzimmerlicht hinter den Fenstern. Auf dem unsichtbaren Netzplan des Stadtverkehrs, dessen oberirdischer Teil von den Punktlinien der Straßenbeleuchtung nachgezeichnet wurde, liefen unzählige Menschen rot vor Kälte hin und her, stiegen in Busse, kletterten aus dem Fuchsbau der U-Bahn oder zwängten sich in blitzende Taxen mit schlechtgelaunten Chauffeuren. Bewegten sich nach unergründlichen Plänen, im Zickzack, kurzatmig und ohne Ziel, von einer eingebildeten Notwendigkeit getrieben, einer maschinellen, unverstandenen Ordnung.

Auf der zugigen Treppe des *Titania* fluchte Becher leise, gepeinigt vom Ressentiment des klammen Dichters gegen den Zeitungsmagnaten, gereizt über Willi Münzenbergs Mangel an schuldigem Respekt. Der rote Hugenberg, Herr der kommunistischen Presse und Liebhaber unproletarischer Genüsse, saß gewiss schon vor einem Glas, während Becher zwischen schlecht riechenden Menschen eingezwängt war, gezwungen, die Ellenbogen zu gebrauchen. Nesselkönig war zu wichtig, um sich mit Umgangformen aufzuhalten. Zu wichtig, um ihn Versöhnlern wie Münzenberg zu überlassen.

Die Passanten, flüchtige Ameisen, streiften den Auflauf mit zerstreuten Seitenblicken und machten mit der instinktiven Abwehr der Nichtzugehörigen einen Bogen darum. Manchmal blieb ihr Blick an dem marktschreierischen Plakat über dem Eingang hängen: Rote Schrift auf flammgelbem Grund, eine Reminiszenz an den Schutzumschlag des Buches, das den Buchhändlern aus den Händen gerissen wurde: vor den Geschäften Schlangen wie an Suppenküchen. Als Becher auf die vorletzte Stufe vorgedrungen war, setzte leiser Regen ein. Eine Bewegung ging durch die Menge. Auf der anderen Seite gab es Tumult. Mehrmals wurde Nesselkönigs Name gerufen. Eine Woge stieß Becher ein paar Stufen nach unten. »Platz da!«, rief jemand. »Platz für Victor Nesselkönig.« Die Doppeltür unter dem Plakat, von aufgeregten und schwitzenden Pförtnern gegen den Ansturm verteidigt, öffnete sich für einen Moment und schloss sich wieder.

*

Der Regen war so dünn, dass er auf dem Dach des Schirms nicht zu hören war. Vielleicht war er dabei, sich in Schnee zu verwandeln. Das Pflaster unter den Laternen bekam einen feuchten Glanz. Dann sprangen die Türen auf und er wurde ins Foyer gespült. Zwischen den stuckgerahmten Spiegeln und den geputzten, flimmernden Wandlampen herrschte das fröhliche Durcheinander, das im Theater einen großen Abend verspricht. Becher spähte, langsam durch den Trubel gehend, nach Münzenberg. Der Jenosse Münzenberg hatte es nich nötig, zu warten. Wer ihn sprechen wollte, musste sich zu ihm bemühen und sei es die *Partei* persönlich. Keine angenehme Erinnerung, der Genosse Münzenberg, die Geschichtsbücher schwiegen zu Recht von ihm.

Im Foyer: Stockgerade Herren, die Mäntel ihrer Damen auf dem Arm, Studenten, die sich verlegen grinsend mit Sektschalen zuprosteten, Frauen mit Hüten und Kappen aus Fauna & Flora, einander mit tiefgefrorenen Blicken messend; ein leidend blickender Kritiker, die Haare quer über die Glatze gekämmt, noch einer, ein fetter Mann mit kleinen Augen, der, von einem Hofstaat aus Nachwuchstalenten gefolgt, quer durchs Foyer in Richtung Kritikerloge rauschte. Becher, um diese Zeit nicht mehr direkt nüchtern, gefiel es, Entgegenkommende wie zufällig anzurempeln, eine Schneise des schlechten Benehmens ins Gewühl zu schlagen, der entlang ihm empörte Blicke folgten. Man trug auffällig inkohärente Garderobe. Neben vorinflationärem Pomp und dem exaltierten Schick gehobener Boheme behauptete sich proletarische Uniformität. Selbst Schildmützen waren zu sehen, die allerdings, ein letztes Rückzugsgefecht der Direktion, an der Garderobe abgegeben werden mussten.

Wäre Becher nüchtern gewesen, hätte ihm eine große Zahl junger Männer auffallen müssen, die offensichtlich zum ersten Mal ein Theater von innen sahen und sich verstohlen Mut zunickten.

Becher atmete tief durch die Nase, ein Duftcocktail aus Alkohol, Parfüm und Tabak. Er sah einem frischverliebten Paar nach, Treibstoff für seine voyeuristischen Fantasien. Sie würden sich nachher im abgedunkelten Saal küssen und gegenseitig in den Schritt greifen, die Bühne aus den Augenwinkeln im Blick behaltend.

An einer Theke im Seitenfoyer ließ er sich versonnenen Blickes einen doppelten Aquavit einschenken und kippte ihn in einem Zug hinunter, zitternd wie unter elektrischen Schlägen. Er war jetzt so zufrieden, als könne er in die Zukunft sehen. Von denen, die vom dritten Läuten elektrisiert aus dem Foyer den Saaltüren zustrebten, vorbei an Kartenabreißerinnen und Programmverkäufern, würden viele bald verschwunden sein. Sie würden die nächsten, die pathetischen Jahre, das Glockenläuten, die Lichtdome, die Paraden und die Olympischen Spiele nicht am Straßenrand oder auf Traversen erleben. Sie würden tot sein oder eingesperrt: Wenn sie Glück hatten, im betulich-korrekten Justizknast, andernfalls in requirierten Vereinslokalen, wo besoffene Sadisten in neuen Uniformen fröhlich probierten, wie lange ein menschlicher Körper ein menschlicher Körper blieb. Glücklich, wer dieses Land noch verlassen konnte: nach Prag, dem Zufluchtsort für Leute mit knappen Spesen und der Hoffnung auf baldige Wende, auf dem Sprung zurück ins Reich, bis das Reich sie auch dort ansprang. Nach Spanien an die Seite der chancenlosen Republik. Nach Paris, London, Mexiko, Moskau. Die Aussichten, bald zu sterben, würden schneller steigen als die Aktienkurse, erst unmerklich, dann wie Hochwasser, dreiunddreißig, sechsunddreißig, achtunddreißig, neununddreißig, einundvierzig: Die Flut würde immer höher werden. Prag würde bald nicht mehr sicher sein, Paris nicht, nicht einmal London. Ganz Europa würde nicht mehr sicher sein für sie. An Abenden wie diesem, im Februar dreiunddreißig, prosteten sie sich noch fast ahnungslos zu, gestört von einer leisen Sorge, nicht lästiger als ein unterdrückter Schnupfen, die künftigen Volksfeinde: Liebhaber einer unparfümierten, experimentellen Literatur und des saftigen Theaterskandals, Expressionisten in Wort und Tat, Leute, die von der Kunst erwarteten, dass sie die Welt umstürzte oder in ein Reich der Vernunft verwandelte, von dem aus gesehen die kapitalistische Welt nur ein Stadium gefährlicher, aber heilbarer Kinderkrankheiten war. Leser nicht nur von Nesselkönig, sondern auch von Gorki, Majakowski, Tucholsky und Ossietzky, Betrachter von Grosz und Dix, Bewunderer von Reinhardt, Piscator und Brecht. Sie waren alle gekommen. Und die Funktionäre, Apparatschiks, Strippenzieher und Enthusiasten der beiden Arbeiterparteien, die einander nicht ausstehen konnten, weil sie beide das Patentrezept zur Rettung der Welt exklusiv hatten. Und die, die man demnächst mit gelben Sternen an ihre Vorfahren erinnern würde. Nesselkönig war (wie man vermuten musste, weil niemand ihn von Angesicht kannte), einer der ihren. Ein Dichter. Ihr Dichter. Unser Dichter. Ein Deutscher, wahrscheinlich. Ein Jude, zischelte es. Demnächst ein Flüchtling, wie Becher jetzt, in Bronnens Dienstwagen seinen Erinnerungen nachhängend, wusste – ein Schicksal, für das Victor Nesselkönig schon geübt hatte, solange man seinen Namen kannte. Ein Anti-Hitlerianer, zwangsläufig. Ein Sozialist sogar, irgendwie. Die Leute im *Titania* wollten ihn einmal gesehen haben: bezeugen können, dass es ihn gegeben hatte.

Der vordere Teil des Saales, direkt unter der Bühne, war nicht mit Theatersitzreihen gefüllt, sondern mit Caféhaustischchen, eine etwas frivole Einrichtung, die an einen Firmenempfang oder eine Revue in der Friedrichsstraße erinnerte. Weil die Plätze nicht ausreichten und die Direktion mehr Karten hatte drucken lassen als ordnungspolizeilich erlaubt, waren unter den Emporen Stuhlreihen aufgestellt. Zwischen den Türen standen Zuspätgekommene, lasen im Programmheft oder traten von einem Fuß auf den anderen.

Über einem Tisch in der ersten Reihe bewegte sich eine Hand, Münzenbergs Hand. Er winkte Becher wie einem Kellner. Immerhin, erste Reihe. Becher stürmte nach vorn, rempelte eine Serviererin an, zog wieder seine Bahn aus Zischeln und Kopfschütteln. Kaum jemand erkannte ihn. Münzenberg, ohne sich zu erheben, betrachtete wohlgefällig das Etikett einer Flasche Chablis, Klassenkampf konnte sich lohnen. Er stellte die Flasche in den Kühler zurück, stand nun doch auf. Koboldhaft bot er Becher die Hand und sein Verführerlächeln. Eine angedeutete Verbeugung, die Becher noch misstrauischer machte.

»Na, neugierig auf den Kollegen?«

Das war Ironie, keine Frage. Münzenberg steckte zu wenig in der alltäglichen Mühsal, um irgendetwas ernst zu nehmen. Mit spöttischer Andacht füllte er die Gläser und hob seins gegen das Licht, studierte die Lichtreflexe und die Korkreste, als hätte er seine Frage vergessen.

Becher trank eigentlich keinen Wein. »Er versteht es eben, die Neugier anzustacheln.«

Münzenberg zuckte mit den Schultern, hob noch einmal andeutungsweise das Glas in Bechers Richtung, wartete unbewegt, bis der sein Glas ergriffen und genickt hatte und trank dann – nein, er trank nicht, er schwenkte das Glas zur Nase, neigte es um ein Weniges, blähte die Nüstern, schloss mit einem schmerzlichen Lächeln die Augen, setzte es an die Lippen und ließ einen Schluck, nur ein Schlückchen, in die Mundhöhle laufen, wo er es tropfenweise abschmeckte, kaute und endlich gnädig in die Kehle rinnen ließ. Becher nahm einen einzigen kräftigen Schluck und sein Glas war leer. Mit Münzenberg als Gegenüber blieb dir nur, den Proleten zu spielen.

»Man hört, es werde heute eine Überraschung geben? Die Direktion ist beunruhigt. Größere Posten Billets sollen von dubiosen Figuren aufgekauft worden sein.« Münzenberg zeigte vage hinter sich in den Saal.

»Tatsächlich. Dubiose Figuren.« Becher war ein bisschen beleidigt in seinem watteweichen Vorabendrausch, sah sich dann vorsichtig um, Münzenberg feixte.

»Sie halten ihn für einen Hochstapler, nicht?«

»Nein.« Das war gelogen und ein Blick von Münzenberg verriet, dass er das durchschaute.

»Sie verachten ihn?«

»Nein.«

Es klang wie: *Dich* verachte ich. Deine Manieren, dein Geld. Münzenberg drehte immer noch sein Glas, betrachtete durch den funkelnden Kelch den Bühnenvorhang.

»Schauen wir es uns an. Bevor wir urteilen?«

Das Urteil stand längst fest. Victor Nesselkönig war, um das mindeste zu sagen, der Held der Saison. Der Autor des schnellsten und bösesten Romans über die zwanziger Jahre. Über Nacht aufgestiegen aus dem Nichts. Herkunft unbekannt. Gewiss Jude, jedenfalls bestritt er es nicht. Quasi ein Marsmensch, gut ein Jahr zuvor in Berlin gelandet. Nicht so distinguiert und bildungsprotzend wie die Brüder Mann, nicht so treuherzig wie Hesse, nicht so plebejisch wie Remarque. Schlagfertiger als Tucholsky, witziger als Kästner. Hintergründiger als Brecht. Sein Roman: *Die Sieben Sinne.*

»Sie haben es gelesen?«, fragte Münzenberg, eine Unverschämtheit.

»Ich hab's gelesen.« Becher schielte auf die Flasche, dann auf die verhüllte Bühne.

Ein Großmeister der Beschreibung: des Bordells und der Kaserne, des Adelssitzes am Tag der Zwangsversteigerung, des Irrenhauses und seiner dünkelhaften Insassen, des Warteflurs im Sozialamt. Er schien mehrere Leben gehabt zu haben, überall dabei gewesen sein, als habe er nur mitgeschrieben, verkürzt, komprimiert, eingedampft. Das Gold aus der Wirklichkeit gewaschen. Und er wurde gelesen, mehr als jeder deutsche Autor des Jahrhunderts. Mit ihm konkurrierten nur Tote, die mit dem Lehrplan der Gymnasien verbündet waren. Die UFA wollte die *Sieben Sinne* verfilmen. Angeblich hatte Rühmann zugesagt.

Am Nebentisch fiel Becher eine junge Frau auf, mit porzellanfarbener Haut und rötlichen Haaren, die sich ab und zu misstrauisch umsah, als gehörte sie zu Nesselkönigs heimlicher Entourage. Sie parierte Bechers Blicke und wendete sich nach hinten. An den Wänden fläzten Kerle mit Quadratschädel und kurzen gescheitelten Haaren. Typen, die sonst den Einlass beim Boxen kontrollierten. Je länger Becher umhersah, im Halbdunkel unter den Emporen, desto mehr dieser Schlägervisagen fielen ihm auf. Spöttisch herabhängende Mundwinkel, Fäuste in den Hosentaschen, herausfordernde Blicke. Die rothaarige Frau drehte sich halb zurück und betrachtete Becher ungeniert, seinen rasierten, glänzenden Schädel. Becher drückte den Rücken durch.

»Sie haben das … arrangiert?«, fragte er Münzenberg beiläufig, aber seine Stimme zitterte. Der federleichte Rausch verzog

sich, wich hämmernder Panik. Er schielte nach dem Flaschen-
kühler.

»Das da?« Kopfbewegung zu den Schlägern. Münzenberg kicherte, schenkte aber zu Bechers Erleichterung nach. »Im Ernst:
Ich kann Sie beruhigen. Man wird uns über den Bühneneingang zu
seiner Garderobe bringen, bevor … ähem … gewisse literaturbe-
flissene Damen« – er nahm mit geschlossenen Augen einen tiefen
Schluck und beendete den Satz nicht, eine Eigenheit, die Becher,
sonst kein Apostel der Konvention, rasend machte. Gewisse lite-
raturbeflissene Damen gewannen Macht über seine beschwipste
Fantasie. Ruhm, wahrhaftig Ruhm. Die Kritiker waren so unvor-
sichtig gewesen, für den Debütanten sorgsam aufgesparte Super-
lative aus ihren Schubläden zu holen, jetzt bissen sie sich auf die
Lippen: Das Volk hatte die Buchhandlungen gestürmt. Leute, die
einen Wintermantel entschieden nötiger hätten als einen Roman.
Der *Bund Proletarischer Lesezirkel* hatte eine ganze Auflage gekauft. Wenn Nesselkönig nicht unsichtbar geblieben wäre, hätten
Kommunisten und Sozialdemokraten sich darum geprügelt, wer
ihm zuerst einen Listenplatz für den Reichstag anbot. Aber schon
damals hatte er Avancen aller Art nicht beantwortet, sondern es
vorgezogen, ein Phantom zu bleiben. Gisa Pellmann, eine Figur
seines Romans, war zu Fleisch und Blut geworden. Eine Hochstaplerin hatte mit ihrem Namen Hotels und Banken geprellt, bis
Nesselkönig, von Fischers Verlagsjuristen gedrängt, öffentlich erklärte, die Frau sei seine Erfindung. Und erst das Ausland:

Deutschlands Rache für Versailles[4]

Der deutsche Shakespeare[5]

---

4 *Le Figaro*, 20. Dezember 1931, S. 5.
5 *The Observer*, 28.12.1931, S. 11.

31

Die literarische Welt hatte den Verstand verloren und Nesselkönig war, wie vom Ruhm verschreckt, verschwunden. Todesgerüchte machten die Runde und heizten den Verkauf an. Und jetzt war er hier.

»Es wäre mir lieb«, sagte Becher wie zu sich selbst, »wenn Sie mich reden ließen. Nachher.«

Münzenberg beugte sich herüber, seine Augenbrauen in Höhe des Glases, das Becher in der Hand behalten hatte.

»Und, mein Lieber? Wann können wir uns auf etwas Neues von Ihnen freuen?«

Becher, an seiner empfindlichsten Stelle getroffen, wiederholte seinen Satz und Münzenberg lachte. »Becher, mein Lieber, glauben Sie endlich und sagen Sie es in Moskau weiter: Wir ziehen am selben Seil.«

Becher wollte etwas erwidern, etwa: Am selben Seil, aber auch am selben Ende? Aber der Lärm schwoll an, eine Woge in Richtung Bühne, die von der Rampe zurückschlug, sich an neuen Wellen von Erwartung brach. In Bechers trunkenem Kopf entstand die berauschende Vorstellung, er selbst sei es, auf den sie warteten. Er sah sich noch einmal um. Die Saaldiener rannten umher, bis das Gemurmel nachließ. Einer von ihnen legte mit der Inbrunst des Künstlers nacheinander alle Lichtschalter um, jedes Mal den Kopf in Schalterrichtung neigend. Der Saal fiel Planquadrat für Planquadrat ins Dunkel, nur noch die Tischkerzen leuchteten wie Katzenaugen. Mit der voranschreitenden Dunkelheit breitete sich Stille aus. Der schwarze, von unten angeleuchtete Vorhang bewegte sich. Ein senkrechter Streifen weißen Lichts fiel heraus, gleißend wie von einer Schweißflamme. Becher bemerkte erst jetzt, dass auf den schwarzen Tüchern ein Schriftzug aus Licht stand, mit dem die Falten spielten.

Und Du?

stand dort in weißem Faksimile, irrlichternd und klein, und kaum dass er es gelesen hatte, begann eine dunkle, warme, klingende Stimme hinter dem Vorhang zu sprechen:

»Und Du?
Feigling, Flüchtling, fahnenflücht'ger Held?
Zeuge, Zaud'rer, Zeilenschinder, Du?
Du hältst dir fest die Augen und die Ohren zu.
Wenn Du nur glaubst, dann rettest Du die Welt.
Du willst nicht glauben?
Zweifelst, zögerst immerzu?
Doch Du musst glauben lernen, glauben wollen lernen,
lernen zu glauben, was Du glauben musst.
Denn nur die Gläubigen gehör'n dazu.«[6]

Becher atmete tief ein, fast ein Seufzer, ein unwillkürlicher Ausbruch empfindlichen, verletzten Stilgefühls. Man hörte es in der heiligen Stille, die über dem Saal lag. Gedichte! Der Herr Kollege Romancier hatte schon Gedichte geschrieben, die er einer seiner Figuren, einem literarisch ambitionierten Anwalt, dessen Name Becher entfallen war, in den Mund gelegt hatte. Die Kritik hatte ihm selbst das verziehen. Der Vorhang fiel lautlos auf den Bühnenrand, ein Manierismus, eine von Peinlichkeit unbeirrte Selbstinszenierung. Ein herabfallender Vorhang: Ich bitte Sie! Alberne Maskierungen. Eine changierende, irrlichternde Identität. Lust an Brüskierung, absurden Ideen. Der Vorhang lag für den Rest des Abends wie ein toter Vogel auf den Stufen, die zur Bühne führen.

Auf der Bühne stand Victor Nesselkönig.

Er trug allen Ernstes eine Maske; eine orientalisch anmutende Kopfbedeckung, die bis über die Augen reichte. Im Saal breitete sich die Enttäuschung aus, ihn nicht von Angesicht sehen zu können. Becher drehte sich vorsichtig um, blickte in die vom Widerschein der Bühne erleuchteten Gesichter. Sie sammelten sich. Sie wollten es glauben. Es ihren Kindern erzählen können, diese Toren. Becher schüttelte den Kopf.

---

6 Die erste Publikation dieser Zeilen besorgte eine kleine trotzkistische Kulturzeitschrift in den Tagen der Spanischen Republik; das gesamte Gedicht erschien erstmals in der Ausgabe von Nesselkönigs frühen Gedichten: Durch ein besseres Land, Verlag Wahrheit & Fortschritt, Berlin/DDR 1956.

Nach dem ersten Gedicht gab es einen schüchternen Applaus aus den hinteren Reihen, ein Zeichen der Bereitschaft zum Einverständnis. Münzenberg fläzte auf dem Tisch und zeigte Anzeichen nervöser Begeisterung. An den Nachbartischen sah man leicht irritierte Blicke zur Saaldecke. Vom Nebentisch kam ein klackendes Geräusch, die rothaarige Frau beugte sich nach vorn und tastete nach irgendetwas unter ihrem Stuhl. Ihr Maiglöckchenparfüm fächerte sich auf. Becher und Münzenberg starrten ihr ins Dekollete.

»Wissen wir, ob er es wirklich ist?«

Münzenberg, wieder zurückgelehnt in seinen Sessel, besaß die Fähigkeit, tonlos zu flüstern, reine Artikulation. Becher neigte den Kopf, ohne die Bühne aus den Augen zu lassen.

»Ich meine, dass er wirklich Nesselkönig ist?«

Becher reagiert nicht, sein Gesicht zeigte demonstratives Befremden. Es war ihm unangenehm, dass Münzenberg dasselbe dachte wie er.

Der Mann auf der Bühne mit seiner schwarzen Narrenkappe nahm einen Zettel vom Tisch, ein weißes Blatt, warf einen Blick darauf, als müsse er sich eine Nummer merken, und warf es dann, noch während er die erste Zeile sprach, mit einer eleganten Handbewegung hinter sich, wo es taumelnd, hin und her schaukelnd, der Schwerkraft Widerstand leistend, zu Boden segelte. Es schien, als habe er auf jedes Blatt nur eine Zeile oder einen Satz notiert, er griff sich eins aus dem Stapel, blickte darauf, sprach, warf das Papier weg, im Rhythmus seiner Halbsätze. Dabei lief er auf der Bühne hin und her wie ein gefangenes Raubtier, bewegte den Kopf und die freie Hand, als spräche er zu sich selbst, zu einem Hörer in seinem Kopf. Durch einen Trick des Beleuchters entstand der Eindruck, dass er bis zu den Knien im Dunkeln watete. Das Licht vom unteren Bühnenrand warf seinen riesigen geknickten Schatten auf den rückwärtigen Vorhang. Einmal ging er mitten im Satz nach links von der Bühne ab, man hörte ihn mit donnernder, durch die Dekoration gedämpfter Stimme hinter den Kulissen weitersprechen, seine Stimme wurde dumpf, der

Hall flacher, als entfernte er sich. Im Saal hielt man den Atem an, um etwas zu verstehen. Die Stimme wurde so leise, dass man das Klirren der Gläser im Foyer hörte. Die Stadt schickte ihre Signale, das Quietschen von Straßenbahnen, das Heulen von Polizeisirenen. Nesselkönig kam zurück auf die Bühne, in einem Lichtkegel, in dem Staubpartikel und Schweißtropfen tanzten. Während seines Verschwindens hatte er keinen Moment ausgesetzt mit seinen ansteigenden Perioden, mit einem atemlosen Stakkato einsilbiger Worte, von denen es gar nicht so viele gab im Deutschen:

> *Dadadada dada dadadada dada*
> *Dadadada dadada dadada dada*
> *Dadadada dadada dadadada*
> *Da da da da dada!*

Im Saal machte sich eine zerstreute Munterkeit breit. Es war der Moment, wenn im Theater die Spannung abnimmt, weil man sich am Bühnenbild sattgesehen hat. In dem man verstohlen auf die Uhr sieht. Becher registrierte, dass über der Rampe Mikrofone hingen, was unzweifelhaft bedeutete, dass der ganze Zirkus im Radio übertragen wurde. Das war fast noch ärgerlicher als die Tatsache, dass dieser Schnellschreiber auch Gedichte verfasste, Elegien, auf die Becher das Monopol zu haben glaubte. Allerdings würde es ein zweifelhaftes Vergnügen am Radio sein, wenn der Herr Kollege immer wieder aus der Reichweite der Mikrofone floh. Becher erwog, ob es anging, sich selbst nachzuschenken, aber Münzenbergs großfürstliche Präsenz machte ihn befangen. Und dann geschah es. Mitten in Nesselkönigs Deklamation wurde das Saallicht eingeschaltet. Irritiertes Köpfedrehen, Blinzeln, Tuscheln. Nesselkönig tat, als bemerke er nichts. Becher, ohnehin nervös wegen seines leeren Glases, glaubte plötzlich merkwürdige Geräusche zu hören, ein Kratzen auf dem Parkett, hektisches Stühlerücken und Aufspringen, ein pfeifendes Atemrasseln. Ihm schwindelte, er griff sich an den Kopf. Von der Rückwand des Saales pflanzte sich ein Kichern und Zischen in Richtung Bühne fort. Plötzlich kreischte eine Frau, mehrere Herren an einem der hinteren Tische sprangen auf. In der taghellen Saalbeleuchtung glaubte Becher zwischen den Stühlen plötzlich kleine huschende Tiere zu sehen. Weiße Mäuse! Für einen entsetzlichen Moment fürchtete er, verrückt geworden zu sein. Aber zum Glück sahen es alle: weiße Mäuse. Sie jagten zwischen Lackschuhen und Stuhlbeinen hin und her, blieben plötzlich regungslos, wie ausgestopft hocken, um dann in eine andere Richtung zu fliehen. Niemand sah mehr zur Bühne, man beugte sich unter die Tische. Nesselkönig warf einen irritierten, wie es Becher schien, panischen Blick zum Seitenausgang der Bühne. Dann brüllte jemand von hinten: »*Jude!* Raus!«

Nesselkönig erstarrte. Leicht nach vorn gebeugt, den Kopf gesenkt, stand er im Halbprofil, reglos, als hoffe er auf Hilfe. Nicht vergeblich, aus der Richtung, aus der das Gebrüll gekommen war, kamen Pfiffe, Rufe nach der Polizei. »Weitermachen«, rief jemand. »Bravo, weitermachen!«, rief Münzenberg und erhob sich, applaudierte, dieser Narr. Aber das Feuer züngelte an verschiedenen Stellen, auf der Empore, im Saal. Von einem Tisch ganz in der Nähe brüllte es, »Jude! Juuuuuude«. Ein Stuhl fiel um. Nesselkönig wandte sich langsam zur Bühne um, seine Arme hingen herab. Ein trauriger Clown. »Juuuuuude«, röhrte es aus dem Saal. Kartenabreißer und Kellner waren hereingestürzt, blicken sich gehetzt um, immer hinter ihrem Rücken rief es: »Juuuuuude.« Ein unheimliches, nicht lokalisierbares Wolfsgeheul. Es gab Handgemenge, ein Tisch wurde umgestoßen, Gläser zersprangen auf dem Parkett, Rotwein tropfte wie Blut. Dann, wie aus einem schweren Entschluss: Beifall, schnelles, trotziges Aneinanderschlagen der Handflächen. Die Leute sahen sich an und klatschten verzweifelt. Sie wollten es wegklatschen, vertreiben. Mehr würde ihnen bis zum Schluss nicht einfallen gegen den Faschismus, nichts als Beifall für die eigenen Leute, für die, die es gerade erwischte. Sie waren aufgesprungen und klatschten, ein mächtiges, selbstzufriedenes Rauschen. Nesselkönig hörte es nicht mehr. Die Bühne war leer. Auch Becher sprang auf.

»Schnell«, stieß Münzenberg hervor. Noch in der Hektik fand Becher Zeit, dessen Schreck zu genießen. Nesselkönig in der Garderobe! Jetzt! Braucht er uns! Oder ist schon auf der Flucht, untergetaucht in der riesigen Stadt? Im Saal sah es aus, als sei die ganze Gesellschaft durch einen Schuss geweckt worden. Das Klatschen wurde rhythmisch, trotzig, fast fröhlich. Begeisterungspfiffe und Tränen. Aber die Bühne blieb leer. Das Publikum kämpfte noch zehn Minuten einen aussichtslosen Kampf, bis der Impresario mit hängenden Schultern auf die Bühne kam und viel zu leise etwas in die atemlose Stille sagte. Da hatten der kleine, wieselige Münzenberg und der schwere Becher sich schon durch eine aufgerissene Saaltür über die Flure zu der unscheinbaren Tapetentür geschlagen, die zu den Garderoben führte. Im Saal starrten sich die Leute an und gebärdeten sich wie toll, manche schlugen auf die Tische, wackelten mit den Köpfen. Schutzmänner stürmten herein und griffen sich die Rabauken, auf die man zeigte, einer hatte noch die Kiste bei sich, in der er die Mäuse hineingeschmuggelt hatte. Eine Viertelstunde später war der Saal leer. Am Garderobeneingang diskutierte Münzenberg mit einem Schupo und sagte ihm etwas ins Ohr, aber der Mann starrte auf die gegenüberliegende Wand und schüttelte den Kopf. Becher und Münzenberg tranken im Vestibül noch ein Glas Wermut, Münzenberg stippte die Cocktailkirsche aus seinem Glas und sah Becher schulterzuckend an.

»Geduld«, murmelte er. »Wir müssen eben Geduld haben.«

Als sie in ihren Mänteln draußen auf der Balustrade über der Treppe standen, war der Platz immer noch gefüllt mit Leuten, die aufeinander einbrüllten. Sie gingen ein paar Schritte, weil Münzenbergs Fahrer noch nicht da war und der Herr keine Lust hatte, sich nach einem Taxi anzustellen, wechselten ein paar verwirrte Sätze, trennten sich dann in verschiedene Richtungen. Sie würden sich noch ein paarmal sehen im Leben, in Prag und in Moskau, wo Münzenbergs Stern sank und es klüger war, ihn nicht mehr zu grüßen. Während er über den Platz ging, sah Becher die rothaarige Frau in ein Taxi steigen. Sie ließ die Tür einen Moment lang offen, als warte sie auf ihn. Am Treppeneingang zur U-Bahn standen Jungen mit den Abendzeitungen und brüllten sich die Seele aus dem Leib. Brüllten sie schon Nesselkönigs Namen? Meldeten sie seine Flucht? Becher drehte sich um, kramte in seinen Taschen nach Kleingeld, entriss einem viel zu hübschen Jungen eins dieser Dreckblätter. »Scheiße«, murmelte er, »verdammte, verdammte Scheiße.«

3

Willi Ostertag ist der beste Schachspieler des ganzen Romans, verliert aber gegen einen Laien
Prag, Herbst/Winter 1936

Das Privileg des Schachspielers ist es, an Dinge zu glauben, deren Existenz nicht nur nicht bewiesen, sondern widerlegt ist. An den Sieg zwar nicht der Vernunft, aber doch des schärferen Verstandes. Die Parallelität von Spiel und Leben. Den Glauben, daß eine gute Idee schön und daß überhaupt das Schöne eine Erscheinungsform des Wahren und Richtigen ist. Der Glaube an Dinge, die viel scheinen, unsagbar kompliziert sind und – gar nichts bedeuten: der Rauser-Angriff der Sizilianischen Verteidigung, Grünfeld-Indisch, die en-passant-Regel oder die Frage, wann man in Bauernendspielen die Könige in Opposition bringen muß.

Victor Nesselkönig, Der Automat

Erst die Olympiade, pflegte Lenka zu sagen. Erst die Olympiade, dann kommt der Krieg. Zum Kriegführen braucht man Wetter, wie für Sportwettkämpfe. Deshalb in diesem Jahr Spanien und nächstes Jahr wir. Lenka sagte das, als ob sie mehr wüsste; vielleicht wusste sie mehr. Den August über und noch den halben September hielten sie den Atem an. Willi Ostertag hatte schon den Koffer gepackt, ohne zu wissen, wie er im Fall der Fälle nach Moskau kommen sollte. Jetzt war Oktober, Stürme reinigten die Luft und fegten die Straßen. Die holen sich die Sudeten und wir haben Ruhe, sagte Lenka. Wie aus Erleichterung hatte es zu regnen begonnen. Willi drängelte sich unter einem Dach von Regenschirmen zu den Glaskästen, wo *Lidové noviny* und *Národní listy* aushingen. Ein Kommen, Schauen, Gehen. Die Leute, die von vorn zurückkamen, murmelten halblaut etwas, das mutlos oder tröstlich klang. Als Willi sich durchgeschlängelt hatte, waren die Scheiben von innen beschlagen. Er musste in die Knie gehen, um etwas zu erkennen. Obwohl er schon drei Jahre hier war, und trotz Lenkas erotischer Beredsamkeit verstand er die Sprache schlecht. Er sträubte sich, sie zu lernen, gespannt, wie lange er die Illusion der Vorläufigkeit aufrechterhalten konnte, gleichmütig, als verginge da nicht sein Leben. Unter einer Schlagzeile mit dem Wort »Londoná« versuchte auf einem Foto eine alte Frau, vor einem gut gekleideten alten Mann niederzuknien und seine Hand zu küssen, ein Bobby hinderte sie daran. *Chamberlain*, las er in der Bildunterschrift. Frieden, Lenka hatte recht. Sie wagten es nicht. Die Sowjetunion ließ sich nicht provozieren, aber sie ließ auch den Krieg nicht zu. Willi drehte sich um und betrachtete die Gesichter, als sei dort mehr zu erfahren. Sie lasen, ungerührt von dem Gedränge und dem Regen, als wären es die Lottozahlen. Ihre Gesichter waren angespannt und verschlossen. Einige bewegten beim Lesen die Lippen, sprachen halblaut mit, beantworteten Fragen von hinten, ohne sich umzusehen. Die hinten standen, starrten auf ihre Schuhe und auf das nasse Trottoir und versuchten zu verstehen, was vorn gesprochen wurde. Sie verzogen die Mundwinkel und zuckten mit den Schultern. Aufschub, immerhin. Es würde noch einmal Weihnachten werden.

Willi wand sich aus der Menschentraube, wehrte Fragen mit Kopfschütteln ab. Die Stadt lag vor ihm, feuchte Mauern, gebeugte Passanten, verschlossene Häuser. In den Fenstern brannte schon Licht. Er lief an der Moldau entlang, blind vom Regen, überquerte die *Most Legii*, die Brücke der Legionen und die Schützeninsel. Am Janácek-Ufer hielt er sich links, und bog von der *Petrinska* in eine namenlose Gasse ein. Vor einem Haus, dessen bläuliche Leuchtreklame mit dem Schriftzug *Caissa* schon eingeschaltet war, blieb er stehen. Die Tür ging nach innen auf. Das war anders als in Deutschland. Gingen im Sudetenland die Kneipentüren nach außen oder nach innen auf? Wahrscheinlich nach außen, demnächst wieder. Im Gastraum musste er die Brille abnehmen. Er erkannte nur verschwommene gelbe Lichtkegel. Tropfend und fröstelnd stand er mit seinen nassen Füßen im Eingang und genoss für einen Moment die Verheißung, die in der Unschärfe, im Schemenhaften liegt. Trockene, nach Holz duftende Wärme. Unbeweglich sitzende, in Nachdenken versunkene Männer. Ab und zu das dunkle Geräusch, das entsteht, wenn der mit Filz gedämpfte Fuß einer Figur auf ein anderes Feld gestellt wird.

Während er noch seine Brille trockenrieb, fiel hinter ihm die Tür zu. Die Leute, die reglos auf ihre Bretter gestarrt hatten, hoben den Kopf und sahen ihn vorwurfsvoll an. Einige nickten ihm zu, als sie ihn erkannten. Er nickte zurück, setzte die Brille wieder auf und ging, vorsichtig auftretend wie ein Dieb, in Richtung Garderobe. Die Hängelampen gossen über jedem besetzten Tisch ihr warmes Licht aus, die lackierten Holzfiguren glänzten. Der Rest des Lokals lag im Halbdunkel, das seine tatsächliche Größe verbarg.

»Schachlokale«, pflegte er zu Lenka zu sagen, »sind diejenigen Orte der zivilisierten Welt, und zwar noch vor Versicherungskontoren und Anwaltskanzleien …« – Lenka hielt immer inne, wenn er einen seiner Scherze begann, wartete reglos auf die Pointe, sie war gerade wieder beim Kofferpacken – »in denen man vollkommen sicher vor erotischen Versuchungen ist.«

»Soso. Vor erotischen Versuchungen also.« Sie sah ihn mit schräg gelegtem Kopf an, durch ihre rötlichen Haare schimmerte das Licht.

»Ausschließlich Männer mit fehlgeleitetem Begehren. Holzfiguren und ein Brett mit vierundsechzig Quadraten.«

Das fehlgeleitete Begehren hatte das erhoffte glockenhelle Lachen hervorgezaubert und dann hatte sie weiter ihren Koffer gepackt. Ein Witz, zu ihrer Beruhigung. Aber Lenka, furchtlos und unbeirrt, ein vom Reichtum ihrer Eltern beschütztes Kind, brauchte keine Beruhigungen. Erotische Versuchung! Es genügte ihr, dass er nicht fragte, wohin sie wochenlang verschwand. Sie hatte etwas außerordentlich Wichtiges zu tun, und ihr böhmischer Akzent ließ es noch wichtiger klingen. *Ganz außerordentlich wichtig* – das musste genügen. Und wenn sie nicht in der Stadt war, gab er eben seinem Laster nach. Er aß auf ihre Rechnung im Imperial zu Abend und versuchte wie sie, die schattenhaften Kellner zu schikanieren, ohne ihnen Beachtung zu schenken.

Nach dem Becherovka ging er an den Kästen der Abendzeitungen vorbei, als könne er sich von Lenkas Geld keine deutschen Zeitungen leisten, von dort zu schlechter beleuchteten Straßen am Rande der Altstadt, wo sich Schachklubs wie das *Caissa* oder das *Gardé* hielten, Refugien für Männer, denen das richtige Leben zu kompliziert geworden war. Er zog von einem zum andern, gewann meistens (jedenfalls viel zu oft, um wirklich gern gesehen zu sein). Verdarb sich den Stil mit den lokalen Amateuren. Betrank sich dann, vorzugsweise im *Goldstücker*, wo die Deutschen saßen. Schwankte nach Hause, nicht in Lenkas Renaissancepalais auf der Kleinseite, sondern in sein möbliertes Zimmer bei den Witwen Jarosch, Hinterhaus aus der Gründerzeit, *ulica Jungmannova*. So würde auch dieser Tag enden. Das *Caissa* war schäbig, aber berühmt. Reti und Tartakower waren hier gewesen. Ihre Fotos hingen an der Wand.

»Ich halte dort Ausschau nach einem Partner für den Abend«, hatte er kürzlich beim Krawattebinden gesagt, während Lenka gerade wieder die Koffer gepackt hatte. Glockenhelles Lachen. Für solche Scherze war sie zu haben. Und während seine klassenverräterische Geliebte der Weltrevolution auf die Sprünge half (sie hatte es nötig, die Weltrevolution), revanchierte er sich am Schachbrett für die Demütigung, dass sie ihn mehr oder weniger aushalten musste. Er war, Lenka sei dank, theoretisch unbegrenzt liquide. Aber er wusste nichts anzufangen mit dem Geld als herumzusitzen, auf sie zu warten und Kaffee für die ihm gegenübersitzenden Verlierer zu spendieren.

Ihn quälte der Gedanke, diese Prinzessin nicht verdient zu haben, nicht mit seinen schönen Augen, nicht mit seinen unbestreitbaren Fähigkeiten als Liebhaber. Lenkas Leidenschaft in gewissen Augenblicken stand in scharfem Kontrast zu der geschäftsmäßigen Kühle, mit der sie ihm Schecks ausschrieb. Sie ging mit ihm großstädtische Anzüge kaufen, mit mütterlich-kritischen Blick, wenn er aus der Umkleidekabine trat, als ginge es um einen Konfirmandenanzug. Selbst hatte er nicht das Schwarze unter den Fingernägeln. Hungrige, vornehme Augen mit Schatten unter den hellen Lidern, rötlichen Flor von der Kälte auf den bleichen Wangen. Der Typ Mann, auf den romantische Bürgerstöchter fliegen, vorausgesetzt, sie kennen Armut nur aus Romanen und er macht ihnen kein Kind. Er weigerte sich zur Kenntnis zu nehmen, dass das Ganze eine sehr weltliche Belohnung für etwas war, dass man nicht kaufen konnte. Dass seine Unwiderstehlichkeit für Lenka Caslavska, Nachfahrin böhmischer Grafen und Industrieller, darauf beruhte, dass er ein leibhaftiger Proletarier war. Ein Flüchtling. Ein Kämpfer. Ein Revolutionär. Ein Held. Sollte sie es glauben. Lenka hatte sich in ein Ideal verliebt, so war das eben.

Als er sich an einen leeren Spieltisch in der Ecke setzte, wurde wie durch Zauberei die darüberhängende Lampe eingeschaltet. Willi nickte in Richtung des fürsorglichen Kellners im Halbdunkel. Wie er so saß und wartete, musste er ein offenes Buch für deutsche Spitzel sein.

```
Typ eigenbrötl. Caféhausspieler. Wird hin und wie-
der von einer entschieden zu teuer gekleideten und
ganz entsch. zu schönen Frau abgeholt. Auffällig für
jemanden, der offensichtlich nichts kann als Schach
zu spielen. Schüchtern, etwas linkisch, aber mit ra-
schen Fortschritten beim Erlernen städtischer Manie-
ren. Naturtalent als Hochstapler. Wenn er die Brille
absetzt, überraschend jungenhaft mit beinahe schönen
Augen. Auffälligkeiten: Sehr helles Haar, ein wie
angeborener Sinn für schöne Gesten, der erst jetzt
recht zur Geltung kommt, da er vornehm, wenngleich
kaum nach eigenem Geschmack gekleidet ist. Auffal-
lend häufig schlecht gelaunt. Wg. pol. Lage? Heimweh?
Mit seiner fiebrigen, etwas angestrengten Begeiste-
rung für alles, was man von ihm verlangt, wäre er im
Reich am rechten Platz.
```

Allein in eine Schachkneipe zu gehen, ist ein bisschen wie Tanztee, wenn man ohne Tänzerin kommt. Aber Willi hat noch nie lange allein gesessen. Jemand legt seinen König um, steht kopfschüttelnd auf und zeigt mit einer halb einladenden, halb schadenfrohen Geste auf seinen Stuhl. Kaum dass Willi sitzt, sammeln sich ein paar Kiebitze um seinen Tisch und er zeigt dem Lokalmatador, was eine Harke ist. Schlecht gelaunt wie er ist, Lenka im Kopf, macht er kurzen Prozess. Berührt – geführt. Nein, keinen anderen Zug. Jeden Fehler bestrafen. Sonst halten sie sich noch für ebenbürtig.

Während sein Gegner den roten Kopf in die Hände legt und vor sich hin brütet (schlechte Spieler vermuten überall Fallen und vertrauen nicht ihren eigenen Ideen), lässt Willi den Blick durch den Raum wandern. An einem Tisch nahe der Tür drängen sich noch mehr Kiebitze. Als sie für den Kellner Platz machen, sieht er zwischen ihren Rücken einen Menschen etwa seines Alters. Nein, doch wohl ein wenig älter. Typ italienischer Operntenor. Schwarze Haare, dick wie bei einem Pferd. An die Rückbank der Holzwand gelehnt, blickt er, man kann es nicht anders sagen, hochmütig auf das Brett. Jemand, der ohne erkennbare Bewegung spielt, nicht des Oberkörpers, nicht des Gemüts. Ist er am Zug, beugt er sich nicht nach vorn, sondern streckt seinen Arm aus, als lohne es nicht, den Oberkörper zu bewegen. Er zieht nicht, scheint es, sondern rückt nur Figuren zurecht.

Willis eigener Gegner braucht noch ein paar Minuten, um die Aussichtslosigkeit seiner Lage zu begreifen. Also schlendert Willi immer mal hinüber. Die Kommunikation in einem Schachklub besteht fast ausschließlich in verschiedenen Graden geheuchelten oder echten Interesses für die Partien der anderen. Ein Blick aufs Brett des Opernsängers genügt, um zu sehen, dass da ein ausgemachter Amateur sitzt. Seine Nonchalance ist die des Ignoranten, des fröhlichen Imitators. Jemand, der an seine Wirkung denkt, wenn er Schach spielt. Der mitten im Orchester sitzt und so tut, als könne er Geige spielen.

Sein Gegenüber gibt dem Schwarzhaarigen einen Läufer vor, dann einen Turm. Es hilft nichts. Es ist absurd. Kein halbwegs passabler Schachspieler verliert, wenn er einen Turm mehr auf dem Brett hat. Dieser schafft das – und er spielt um Geld. Normalerweise gibt man einem schwächeren Gegner zwei Partien und bedankt sich dann. Gegen den spielen sie offenbar lieber, als es anständig ist. Er legt seinen König um, gratuliert und greift nach seiner Brieftasche. Willi geht zurück an seinen Tisch, bringt seine Mattkombination zu Ende und setzt sich in die Nähe.

Als der Opernsänger ein weiteres Mal aufgegeben hat, schlägt sein Gegner, ein ehrgeizig aussehender Mensch mit vorstehendem Kinn, einen höheren Einsatz vor und bietet an, blind zu spielen. Er setzt sich abgewandt in eine Ecke, sagt seine Züge an und lässt sich die des Gegners ansagen, ohne ein einziges Mal das Brett zu sehen. Die Kiebitze grinsen. Willi verzieht die Mundwinkel, das ist zu billig. Wer ein paar Jahre seines Lebens mit Schachbüchern verschwendet hat, mit Eröffnungstheorie und Endspiellehre, beherrscht die Topografie des Brettes im Schlaf. Springer g1 nach f3: das Esperanto der Schachinternationale. Man muss Brett und Figuren nicht sehen, so wenig wie ein Sänger die Noten. Kein großes Kunststück. Aber dieser Simpel sitzt mit offenem Mund an seinem Brett, verliert und zahlt mit Freuden. Willi, wieder an seinem Tisch, genießt die Verachtung, mit der er diese Amateure dabei beobachtet, einen wehrlosen Trottel auszunehmen. Er betrachtet den Mann wieder. Kräftig, Anlage zum Doppelkinn, dunkle Augen, aus denen er ab und zu mit einer unglaublich eitlen Geste eine schwarze Haarsträhne streicht. Der Typ Spieler, den seine Begeisterung nicht verlässt, wenn die Begabung ihn längst im Stich gelassen hat. Treue Abonnenten überflüssiger Schachzeitungen. Rätselecken-Schachspieler. Der Humus, auf dem die Könner gedeihen. Zuverlässige Gäste von Simultanvorstellungen, dankbare Opfer für die unsterblichen Kombinationen der Meister. Sie heißen immer N. N., in den Schachjournalen, den Lehrbüchern. Ihr bürgerlicher Name tut nichts zur Sache, sie dienen nur der Spiegelung des Meisters, der sich herabgelassen hat, ihre durchsichtigen Pläne zu durchkreuzen. Willi bemüht sich, munter zu bleiben, während der ortsansässige Angeber gegen N. N. zwei Partien gleichzeitig ohne Ansicht des Brettes spielt.

Das Problem ist: Dieser Fremde und Willi leiden nur an verschiedenen Graden von Selbstüberschätzung. An übertriebenem Vertrauen in die eigene Begabung. Einmal hat Willi Ostertag Schach für seine Bestimmung gehalten. Zweiunddreißig weiße Quadrate, zweiunddreißig schwarze. Indisches Brettspiel, von Göttern erfunden, zu kompliziert, um von Menschen ergründet zu werden. Er sah sich bei Turnieren in London, Paris und Moskau auf Theaterbühnen sitzen, hinter sich Demonstrationsbretter, groß wie Schultafeln für die wispernden Bewunderer im Parkett. *Wilhelm Ostertag, Jugendmeister von Thüringen 1930 gegen Alexander Aljechin.* Freundliche Grüße an die Bäckerinnung Weimar von einem, der auszog, kein Bäcker zu werden. 1930 hat die *Deutsche Schachzeitung* eine Partie von ihm veröffentlicht, *W. Ostertag – P. Goldmann, Thüringer Juniorenmeisterschaft.* Ein Damenopfer, elf Züge bis zum Matt, klassisch schön. Das Körnchen Gold, nach dem manche ihr Leben lang vergeblich suchen, das sie übersehen, wenn es vor ihnen liegt. Willi hatte es entdeckt. Es war der Triumph. Der erste nichtjüdische Jugendmeister seit dem Krieg, hatte der Vereinspräsident ihm bei der Siegerehrung zugeraunt. Willis Vater, nicht ahnend, dass ein Kneipenbrettspiel verlockender war als die Bäckerei, die er zu vererben hatte, legte ein aufgeschlagenes Exemplar des Schachblattes in seinem Schaufenster aus.

Aber dann kam Waterloo. Offene Deutsche Meisterschaft der Herren, Hamburg 1931. Nach vier Niederlagen in Folge war Willi mit der Erkenntnis abgereist, dass sein Plan vom Leben als Berufsspieler Makulatur war. Er hatte sich über sich selbst getäuscht, und das würde ihm nie wieder passieren. Aber kaum hatte das Schicksal ihm eine Illusion entrissen, bot es ihm eine neue an. Im Sommer zweiunddreißig, auf dem abschüssigen Pfad zu der Gewissheit, doch noch die Bäckerei Häßner Inh. Gerhard Ostertag übernehmen zu müssen, hatte er sich von Grigoleits Jochen, Himbanne genannt, einem Schulfreund aus Schleifenbach

mit Neigung zum Faustkampf, beim Jenenser Rotfrontkämpfer-
bund anmelden lassen. Zwar hatte ihm die Mischung aus Barras
und Proletendünkel missfallen (da war er eigen, der Bäckersohn).
Aber immerhin war es etwas Neues gewesen: drohende Reden,
erhobene Fäuste. Kundgebungsgebrüll. Geleitschutz für Bonzen.
Allerlei Räuber- und Gendarm-Spiele, Saalschlachten inklusive.
Nicht zu vergessen die Vision von der Abschaffung des bürgerlichen Erbrechts. Ehe er sich's versah, gehörte Willi zum fortschrittlichen Teil der Menschheit. Aber dann wurden die Roten Frontkämpfer verboten und die Braunen Frontkämpfer kamen ans
Ruder und bestimmten den Kurs von Wilhelm Ostertags Leben.
Er stand in den Listen, die die Gestapo mit Dank vom Parteiappa-
rat übernommen hatte. Eine hoffnungsvolle Zeit ging schnell zu
Ende. Bevor man ihn nach Berlin geschickt hatte, um Thälmann
zu beschützen, war Thälmann schon verhaftet, weil die geheime
Wohnung, die er benutzte, auch in den Parteiakten stand. Dann
war es allerhöchste Zeit geworden, die Grenze zu überschreiten,
nicht einmal der Bäckermeister Ostertag konnte das bestreiten.
Willis Fluchtgepäck bestand aus:

1) dem schlechtem Gewissen seinem Vater gegenüber,
2) uneingestandener Sehnsucht nach dem Brotgeruch der Bäckerei, und mochte sie jetzt auch Hakenkreuz flaggen,
3) seiner Dreiviertelbegabung zum Schachspielen,
4) den intakten Drähten zu den nach Prag versprengten Schwa-
   dronen der Ostthüringer Sektion der kommunistischen Weltbewegung,
5) seiner Wirkung auf Frauen, der eine gewisse Lenka Caslavska
   sofort verfallen war.

Und nun saß er hier und aus Schach wurde Leben.

*

N. N. legt mit roten Ohren seinen König um. Als Willi hinüber-
geht, sieht er auf und bietet ihm mit einer spöttischen Handbe-

wegung (»Der Nächste bitte!«) den Platz gegenüber an. Er nimmt sich ungefragt Weiß, was an und für sich eine Unverschämtheit ist. Und dann fragt er allen Ernstes Wilhelm Ostertag, den Mann, der Thüringer Jugendmeister war und irgendwann Aljechin geschlagen hätte: »Worum möchten Sie spielen?«

»Verzeihung?«

»Geld?«

»Nein. Das ist nicht nötig, vielen Dank.«

N. N. hebt die Augenbrauen und nimmt jetzt doch zwei Bauern, um die Farben auszulosen. In der geschlossenen Hand, auf die Willi tippt, steckt der weiße Bauer, sie drehen das Brett.

Vor dem ersten Zug atmet Willi tief ein. Das Blut pulsiert bis in die Fingerspitzen. Er rückt, eine Turnierspielermarotte, jede Figur noch einmal auf ihrem Platz zurecht, ermahnt sich zur Vorsicht und eröffnet mit dem Damenbauern. *Ostertag gegen N. N., Prag 1936, Damengambit.* N. N.s Taktik besteht zunächst darin, so schnell zu antworten, dass Willi sich gar nicht erst zurücklehnen kann. Albern, so schnell zu ziehen, wenn keine Uhr läuft. N. N. hat mit einem kurzen Schritt seines Königsbauern geantwortet. Doch kein Damengambit? Ungewöhnlich, aber durchsichtig. Jüdische Tücke. Willi sieht vorsichtig auf. Ob er ein Jude ist? Fast orientalisch bräunliche Haut. Dickes, glänzendes Haar. Der Königsbauer ist die Einladung an Willi, seinen Königsbauern zwei Schritte aufzuziehen und in ein halboffenes System zu wechseln, Französisch oder Sizilianisch, wo es von Verwicklungen und Fußangeln nur so wimmelt. Aber Willi reißt sich zusammen, zieht den Damenläuferbauern auf c4 und überlässt dem Gegner die Wahl zwischen Damengambit und einer Indischen Verteidigung. N. N. nickt, wie nur Amateure nicken.

Willi versucht, an nichts zu denken, als an die sich auf dem Brett entwickelnden Möglichkeiten. Sich selbst vergessen, die Welt vergessen. Lenka vergessen. Ob sie wieder in Moskau ist? Um den Tisch stehen mit herabgezogenen Mundwinkeln die Kiebitze. Sie wissen, an wen N. N. da geraten ist. Zuschauer einer Hinrichtung. Flüstern, Nicken, hämisches Kichern. Ziemlich bald hört N. N. auf, jeden Zug wie eine lästige Übung auszuführen. Er legt den Kopf schräg und beginnt, mit dem Zeigefinger der linken Hand die Stelle zwischen Kinn und Unterlippe zu massieren. Willis Puls steigt. Er vermeidet, N. N. anzusehen, aber er spürt, wie der ihn ansieht: Verwundert? Anerkennend? Fragend?

Weil jetzt beide länger nachdenken, beginnen die Kiebitze zu tuscheln. Am Tisch gegenüber erklärt ein Deutscher einem Tschechen raunend die internationale Lage.

»Im Gegenteil! Ganz im Gegenteil! Provozieren, ganz bestimmt provozieren ...«

»In die Regierung! Das Mindeste, das *Allermindeste* ist ... Mit Benes? Ich *bitte* Sie!«

Offenbar versteht sein Zuhörer nicht gut deutsch, denn der Deutsche fällt vom Flüsterton in halblautes, sehr nachdrückliches Sprechen, nur die Namen, die er fallen lässt – Chamberlain, Henlein, Ribbentrop – spricht er so leise, als seien sie geheim. N. N. wirft einen ärgerlichen Blick hinüber und wer etwas von der Psychologie des Schachspiels versteht, weiß, was das bedeutet: Dem Herrn wird ungemütlich.

Dabei ahnt er vermutlich nicht, wie schlecht es um ihn steht. Willi, dem Ansturm seines Hochmuts nicht länger gewachsen, hat die klassische Regel ignoriert, der zufolge Weiß beim Damengambit auf dem Damenflügel angreifen muss, er hat auf die Rochade verzichtet und stattdessen seinen rechten Turmbauern gegen die kurze schwarze Rochade in Marsch gesetzt, wo N. N. die Öffnung einer Linie auf Dauer nicht wird verhindern können. Dessen Antworten lassen länger auf sich warten. Als er zieht, begreift Willi plötzlich, was ihn die ganze Zeit so irritiert: N. N. ist Linkshänder, weswegen seine Antwortzüge nicht symmetrisch zu denen Willis, sondern etwas schief wirken.

Aber Willi, mit seinem strategisch kühnen Angriff auf dem Königsflügel, spielt sozusagen selber linkshändig, greift auf der falschen Seite an. Als ihm diese Parallele auffällt, erfasst ihn ein Lachreiz, den er nur mühsam als Hustenanfall tarnen kann. Ihre Blicke treffen sich.

»Meinen Sie wirklich? Dass sie das tun würden?«

»Ganz ohne Frage. Österreich auch. Die Tschechei.«

»Österreich! Österreich gehört nun mal zum Reich.«

»Warten Sie! Warten Sie's ab!«

»Leise, leise!«

Als es N. N. gelingt, mit einem Qualitätsopfer, das weit über seinen Möglichkeiten liegt, Willis weißfeldrigen Läufer gegen einen passiven Turm zu tauschen, läuft sich Willis Angriff am Königsflügel fest; eine Finesse, die die Kiebitze mit beifälligem Zischeln honorieren, bis Willi gereizt aufblickt. Sie kuschen, schweigen: Hier spielt der Meister. Willi spürt eine leise Wut auf sich selbst. Da ist sie wieder, seine unglückliche Neigung, Regeln zu brechen, klüger sein zu wollen. Kein Meister greift mit Weiß im Damengambit am Königsflügel an. Kein Bäckersohn geht zu den Kommunisten. N. N., gerade dem Würgegriff von Willis Offensive entkommen, überlegt lange, will um keinen Preis riskieren, gleich wieder in die Bredouille zu kommen. Willi hat jetzt viel Zeit, ihn zu betrachten. Ein noch junger Mann, aber doch mindestens vier, fünf Jahre älter als er selbst. Schwarzäugig, Haar, dick wie Wolle. Der Typus des Revuesängers, Schauspielers. Italienische Oper. Kräftig, der Typ Mann, der dick werden wird, ohne dass es seiner Schönheit Abbruch tut. Schlag bei Frauen, keine Frage, das kann Willi beurteilen. Großzügige Bewegungen, die keine Spur eines Selbstzweifels verraten, aber auch keine Vorsicht. Manieren, aber keine Höflichkeit. Zu selbstbewusst für einen mittelmäßigen Schachspieler.

»Und ich sage Ihnen, Sie werden mir noch recht geben!«

»Aber die Russen …«

»Die Russen! Ich muss doch wirklich …«

N. N. macht eine halbe Drehung und sagt mit metallischer Stimme: »Würden Sie *bitte* die Güte haben …«

Das ist der Sieg: N. N. verliert die Fassung. Er sitzt anders als bisher, nicht mehr hochmütig aufgerichtet, sondern nach vorn gebeugt, die Ellenbogen auf dem Tisch, beide Hände ineinander verschränkt, mit den Füßen wippend. Der Kellner hat seinen Besen in die Ecke gestellt, nur noch ein Lichtkegel erhellt den Tisch.

Ringsum liegt alles in ferner, stummer Dunkelheit. Als ob sich die Stadt, die Fremdenpolizei, die Ungewissheit, die Angst zurückgezogen hätten, sogar das Heimweh. Als sei dieser Schachtisch im Lichtkegel der letzte Ort der Welt. Um den Gegenangriff auf dem Damenflügel aufzulösen, muss Willi die Qualität zurückgeben und ist plötzlich in ein kompliziertes Turmendspiel verwickelt, dass nach seinem begrenztem Horizont und Tartakowers Lehrbuch nur remis enden kann. Er fühlt sich unwohl, Endspiele mit ihrer kalten, unverschleierten Logik sind ihm ein Gräuel, »Endspiele sind etwas für alte Meister«, hat sein Schachlehrer Festag bei Fortuna Hermannsdorf immer gesagt. »Für Männer, die die Illusionen des Lebens hinter sich haben. Die wissen, dass jeder Fehler der letzte sein kann.«

Die Zuschauer halten den Atem an. N. N. schlägt einen Bauern, und als er den Zug ausgeführt hat, behält er die Figur in der Hand und dreht sie immer schneller zwischen seinen Fingern. Der Kellner räuspert sich, niemand beachtet ihn. Willi zieht jetzt schnell, mit athletischen Gesten. Es klackt, wenn sein Turm auf das Brett trifft, als hätte er keinen Filz unter dem Fuß. N. N. beginnt, vor sich hin zu nicken. Der ganze Mann ist in Bewegung, die wippenden Füße, die rechte Hand, die mit den Bauern spielt, sein Kopf. Für einen traumverlorenen Moment blitzt in Willis Gehirn eine Kombination auf, so rein, so überraschend, so schön, dass sie die verborgene Dimension des Spiels erschließt: Eine beängstigende Sekunde vollkommener geistiger Klarheit. Etwas, nachdem man sich, wenn es gelingt, im Spiegel anders betrachtete. Etwas nicht nur für die Deutsche oder Prager Schachzeitung, sondern für Tartakowers Lehrbuch der Schachendspiele. Er atmet tief durch, seine Hand kreist über dem Brett. Er zieht den Turm zwei Felder nach rechts.

*

Nach Mitternacht fand er sich mit N. N., der sich als König vorstellte (»Schachspielername, hahaha!«), in einem dubiosen Lokal in der Nähe des Hauptbahnhofs wieder, wo in bläulichem Licht knabenhafte Frauen und langhaarige Männer mit Zigarettenspitzen einander tiefe Blicke zuwarfen. König wurde mit Kopfnicken und verstecktem Lächeln empfangen, Willi fühlte sich unwohl in dieser undinenhaften Umgebung und ging bald. Draußen fand er in den eisigen Regenschleiern kein Taxi. Blind vor Kopfschmerzen kämpfte er sich durch die Stadt. Die Kälte ohrfeigte ihn, bis er nüchtern war, brachte die Erinnerung zurück. Seine Traumkombination war eine Schimäre gewesen. Kaum hatte er mit schmerzenden Fingerspitzen seinen Zug gemacht, stöhnten die Kiebitze ungläubig, und N. N. sah ihn fragend an, zog fast ohne nachzudenken und alles war aus. Aufgeben, Hand reichen.

»Ich gratuliere.«

»Ich danke Ihnen. Sie haben sich wacker geschlagen.«

Der blanke Hohn. Willi zuckte mit den Schultern. Beim Champagner in dieser Tuntenbar hatte König eine Revanche angeboten.

»Morgen um diese Zeit?«

»Ein andermal.«

Erst beim Einschlafen ließ sein Ärger allmählich nach, wich wohligem Selbstmitleid. Es roch kein bisschen nach Bäckerei. Auf der Straße redete ein Betrunkener vor sich hin, leider nicht auf Deutsch. Er hielt den Atem an, um zu hören, ob es noch regnete. Regen, bald sogar Schnee. Olympiade, Winter, Weihnachten, kein Krieg, murmelte er. Er war so furchtbar allein. Unter dem Türschlitz hatte ein Telegramm gesteckt, mit dem Lenka ausrichten ließ, dass sie nicht vor Anfang November wieder in Prag sein würde.

*

Im Sommer zuvor hatte Lenka von ihrem Tisch Willi solange angestarrt, bis der von seiner Zeitung aufblickte und zurückstarrte. Das *Goldstücker* war das Zuhause der Emigranten, sofern sie es sich leisten konnten und deutsche Spitzel am Nebentisch in Kauf nahmen. Willi war damals gerade dabei, den Rest der Spesen zu vertrinken, die man in den Ortsvereinsbüros der KP fieberhaft aufgeteilt hatte, während die Lastwagen der SA schon durch die Straßen fuhren, Arbeitergroschen, die Leben retteten. Wie Lenka zu diesem Emigrantenzirkus kam, war ein Rätsel, dessen Lösung nur eine Handvoll Leute kannte, mittlerweile auch Willi Ostertag. Am Sonntag darauf, als sie mit ihrem aufgelösten roten Haaren schon an seiner Schulter lag und Rauchkringel an die Decke blies, erzählte sie ihm, dass sie ihn im *Goldstücker* beobachtet hatte und er gab geschmeichelt zu, dass er es bemerkt hatte. Das Irritierende an Lenka war die Tatsache, dass sie steinreich war. Und auch wenn Wilhelm Ostertags Klassenstandpunkt alles andere als gefestigt war (ein Bäckersohn, der, wenn er sich betrank, seinem Bierglas gestand, dass er nach Hause wollte, zurück über die Grenze, nach Tuchau bei Jena, notfalls sogar in die Bäckerei, nach Hause, Nazis hin oder her, er war schließlich kein Jude), hatte er doch schon als Kind gelernt, zu viel Reichtum unanständig zu finden. Beim Tee in Lenkas Stadtpalais hatte er das gesagt, und Lenka hatte gelacht, den Kopf zurückgeworfen und kichernd wiederholt: »*Unanständig?* Unanständig, ja?«, und mit ihrer dunklen Zigarillostimme gefragt: »Und das stört Sie – das … Unanständige?«, und von da an hatte es nicht mehr lange gedauert, bis sie ihr Haar löste und auf seiner nackten Schulter lag und rauchte und ihre Vergangenheit nach Spuren unbewusster Begegnungen abgesucht hatte. Sie war in Deutschland, auch in Thüringen gewesen (»Dessau? Liegt das in Thüringen?«) und glaubte, ihn dort einmal gesehen zu haben. Er wusste nicht, wie ihm geschah, als sie ihn wie selbstverständlich in ihre Zukunft einplante.

»Ich habe dir nichts zu bieten, solange …« Nach den Abenden im *Goldstücker* saßen sie nebeneinander im Fond ihres Maybach, vom Fahrer durch eine Scheibe und untereinander durch sechs Dezimalstellen Einkommenssteuer getrennt.

»Du hast *dich* zu bieten.«

»Jetzt. Gut, jetzt habe ich mich zu bieten« – seinen Versuch eines schamlosen Blickes quittierte sie trotz seiner Unbeholfenheit mit einem gnädigen Schnurren, einer spöttischen Pose der Unterwürfigkeit –, »aber wenn das alles zu Ende ist, wenn alles neu beginnt, dann werde ich eine Funktion haben«, – Lenka sah aus dem Fenster, wenn er wieder davon anfing – »eine Funktion und einen Wagen und gar keine Zeit mehr. Ich werde fünfundzwanzig Stunden am Tag arbeiten.«

»Wozu macht ihr dann die Revolution?« Sie hatte im Moment ihrer Frage begriffen, warum sie die Revolution machen würden, diese vor Tatkraft und Selbstgerechtigkeit bebenden jungen Männer: Um keine Langeweile mehr zu haben. Aus Angst davor, dass das Leben verging, ohne von ihnen Notiz zu nehmen. Aus demselben Grund, aus dem Lenka ihre Geschäfte machte, obwohl sie nichts weniger brauchte als Geld. »Sie kommt, die Revolution. Ohne jeden Zweifel. Wir helfen ihr nur ans Licht.«

»Ihr macht sie für euch.« Lenka legte hin und wieder Wert auf die Feststellung, dass die Revolution, die sie unterstützte, auf ihre Kosten gehen würde.

»Nicht für uns. Nicht nur. Auch für die andern.«

»Die sie gar nicht haben wollen?«

Verwirrend, das Ganze. Willi wusste, wie er auf Frauen wirkte, er war der schmale Typ, hell, Pianistenhände. Aber diese Prinzessin war entschieden über seine Verhältnisse. Als er gerade beschlossen hatte, es zu genießen, fiel ihm auf, dass mehr Geheimnis um diese Frau war als bekömmlich. Dinge, die ihn besser nichts angingen. Aber als hätte es noch eines letzten Beweises von Lenkas ernsten Absichten bedurft, hatte sie ihn im Frühjahr gebeten, sie auf einer ihrer Reisen zu begleiten.

»Wieso eigentlich ich?«

»Man sagt, du seiest zuverlässig.«

»Wer sagt das? Warum?«

»Wenn du nicht weißt, warum du zuverlässig bist …«

Was wusste sie von ihm? Mehr als er selbst? Vier Jahre im Dunstkreis der Partei genügten für den Glauben, dass andere sein Schicksal steuerten, besser wüssten, was gut für ihn war. Oder überschätzte sie ihn nur? Der Gedanke, dass ihre Liebe ein Missverständnis war, dass sie ihn erwählt hatte, weil sie ihn verkannte, dass er ihr Vertrauen nur wegen seiner hellen Augen und seiner flinken Zunge besaß, erschreckte ihn so, dass er kaum zuhören konnte, als sie den Auftrag erklärte. Er fuhr mit und sah Dinge, die er nicht geglaubt hätte, wäre er nicht dabei gewesen.

4

Lenka stiehlt Volkseigentum für den Sozialismus und Willi macht eine Bekanntschaft
Prag und Moskau, 1936

Die Zusammenarbeit der Partei mit Lenka, soviel war klar, hatte ein tieferes Fundament als die masochistisch getönte Sympathie einer reichen Erbin für die Ideen von Leuten, die ihren Vater lieber heute als morgen an einen Laternenpfahl hängen und sein Vermögen (das Schloss, in dem Lenka ihre Kindheit verbracht hatte, ihre Pferde und Hunde, die flämischen Stillleben im Speisezimmer) enteignen würden. Lenkas spezielle Form der Parteiarbeit ging, wie sie durchblicken ließ, auf einen Wunsch des Genossen Litwinow zurück, dessen Dringlichkeit der Außenminister der Sowjetunion durch die Entsendung des jungen Moskauer Kunsthistorikers Jaschin[7] unterstrichen hatte. Die Idee mochte Litwinow in London und Paris gekommen sein, wo er geringschätzigen Blickes vor den drittrangigen Antiquitäten stand, mit denen westliche Demokratien ihre Botschaften und Regierungssitze ausstatteten und die einen befremdlichen Mangel nicht nur an Wertschätzung gegenüber den eigenen Repräsentanten, sondern auch an liquiden Mitteln verrieten. Er hatte der Versuchung widerstanden, seine Gesprächspartner durch die Zurschaustellung enteigneter Zarenschätze zu beschämen. Oder er fürchtete nur den Spott englischer oder französischer Diplomaten, ob der kommunistische Staat der Herren Lenin, Trotzki und Stalin den Reichtum des Zaren gar nicht dem Volke zurückgegeben habe? Jaschin hatte Lenka und nun auch Willi, der als Assistent vorgestellt, aber mangels elementarer Sachkenntnis

---

7 Jaschin würde das Leben nach einer kurz bevorstehenden Inhaftierung wegen trotzkistischer Schädlingstätigkeit und seiner späteren Rehabilitierung noch bis in das Büro des Sekretärs der Allunionsakademie der Schönen Künste tragen.

sofort als Lenkas Liebhaber erkannt wurde, am Finnischen Bahn-hof in Moskau erwartet, in einer schwarzen GAZ-Limousine, die von Milizfahrzeugen und einer Kolonne Lastkraftwagen eskor-tiert wurde. Jaschin saß neben Lenka im Fond des Wagens und Willi musste neben dem Fahrer sitzen. Der Russe ging, wie sich zeigte, der tschechischen Expertin bei einer Aufgabe zur Hand, deren Vertraulichkeit nur von ihrer welthistorischen Bedeutung übertroffen wurde: Der tatsächlichen Enteignung der Kunst-schätze, die die Zarenfamilie, die Großfürsten und Bojaren, der Landadel, die Bankiers, Kohlegrubenbesitzer und der orthodoxe Klerus in Jahrhunderten zusammengerafft hatten. Der auffälli-ge Konvoi scheute nicht das Tageslicht, er hatte es nicht nötig, nachts zu fahren wie die Verhaftungskommandos. Sie verhaf-teten schließlich nur Kunstwerke. Kaum dass man die Tore der Museen, Depots, Archive, der Gutshäuser und Kirchen schloss, vor denen sie hielten. Aber sie arbeiteten ebenso gründlich wie die *Tscheka*. In Moskau, im goldenen Gürtel, in Susdal, Gorki und Pskow. In Leningrad, Kiew, Minsk, in Wladimir und Omsk und Tomsk. Die Schlösser waren längst Sanatorien und Ferienheime, in den Villen saß der örtliche Sowjet oder ein lokaler Künstlerver-band, aus Stadtpalästen waren Pionierhäuser oder Klubs pensi-onierter Offiziere geworden, aus Kirchen Lagerhallen, Landwa-renhäuser oder Schweineställe. So griff eins ins andere. Was nicht in der Tretjakow-Galerie oder im Winterpalast hing, sondern in Speichern und Archiven schlummerte, was als orthodoxes Opi-um für das Volk produziert worden war, Ikonen und goldene Weihrauchgefäße, Fayencen und Delfter Kacheln, Intarsienpar-kette und spanische Stillleben voller vergessener Delikatessen, wurde unter Lenkas herrischen Gesten in eigens gefertigte Kisten gepackt und in Waggons mit den Siegeln des sowjetischen Au-ßenhandelsministeriums nach Westeuropa gebracht. Und dort wurden sie dem Volk übergegeben. Nicht dem sowjetischen Volk zwar, aber doch dem Volk. Nicht den Arbeitern und Bauern zwar, aber doch im weiteren Sinne Freunden der Sowjetunion. Nicht den Armen zwar, aber Leuten, die ihr Geld in russische Kunst und also nicht in antisowjetische Rüstung steckten. Nicht unentgeltlich zwar, aber für Geld, das in die richtigen Hände gelangte. Den Auktionshäusern und amerikanischen Sammlern sprudelte im vom Krieg verarmten Europa eine neue unerschöpfliche Quelle. Lenka besaß Geschäftssinn und die familiären Verbindungen, um vertrauliche Vernissagen in Paris und London zu organisieren. Dass die Erwerber keine Klassengenossen waren, kaum Bewunderer Lenins, war auch für Litwinow zu verschmerzen. Denn sie bezahlten mit dem Blutgeld, dass sie durch die Ausbeutung der Massen und die Entfesselung des Weltkriegs zusammengerafft hatten. Und ermöglichten so dem Heimatland der arbeitenden Menschen, Medikamente und Getreide zu kaufen, Dieselmotoren und Sprengstoff, gehärtete Geschützrohre und Stacheldraht. Es war ein großartiges Geschäft, wie Litwinow nicht müde wurde zu betonen. Jetzt kaufen sie es, pflegte er zu sagen, wenn er mit Jaschin die nächsten Beutezüge besprach, jetzt bezahlen sie es teuer, hängen es in ihre Villen und verstecken es in ihren Tresoren. Jaschin nickte bekümmert. Aber wenn wir gesiegt haben, sagte Litwinow und Jaschin hob den Kopf: Dann nehmen wir es ihnen wieder weg.

Und Lenka, der personifizierte Geschäftssinn, die Frau, die dem Kommunismus einen merkantilen Zug verlieh, hatte ihren schönen Willi im Schlepptau und zog die Fäden. Sie durchforstete kyrillische Inventarlisten und versah sie mit roten Kreuzen. Sie ließ sich nichts vormachen, misstraute der Vollständigkeit der Inventare und verlangte Haussuchungen in den Kellern. Sie zeigte auf etwas, und wenn Jaschin zögerte zu nicken, sagte sie einen Preis in Dollar und wie viel das in Rubel war, und Jaschin nickte traurig. Traurig und erstaunt, denn es war unmöglich, nicht fasziniert zu sein, wie sich ein nachgedunkeltes niederländisches Gemälde, das die Vertreibung der Wechsler aus dem Tempel zeigte, unter Lenkas Hand in harte Dollars verwandelte, goldenes Abendmahlsgeschirr in Fleischkonserven, flämische Seestücke in Schiffsschrauben und spanische Adelsporträts in Maschinengewehre für den Spanienkrieg.

Willi stolperte hinter ihr her und fragte schließlich eines Abends beim Essen im Hotel: »Warum machst du das? Für Geld oder aus Überzeugung?«

»Geld ist auch eine Überzeugung. Außerdem: Es ist fortschrittlich *und* es bringt Geld.«

In seiner Lage konnte Willi es sich nicht leisten, abfällig über Lenkas Geld zu reden. Aber diese Reisen endeten mit dem ersten Riss in Willis Liebe über Klassenschranken hinweg. Auf der Rückfahrt durch Polen hatten ihre Gespräche lange Pausen. Und seitdem ging es abwärts mit dem Bündnis zwischen deutschem Handwerk und böhmischem Großbürgertum. Die Witwen Jarosch hatten sich gerade abgefunden mit den unschicklichen Übernachtungen auf seinem möblierten Zimmer, nun bekamen sie die Dame, die die Miete für den deutschen Gast zahlte, nicht mehr zu hören. Willi spürte, wie er die Macht über sie verlor, wie ihn sein Stolz verließ, sein erotisches Selbstvertrauen. Früher hatte sie verschämt Beaujoulaise und frische Wäsche auf die Kommode gestellt, bevor sie die Tür seines Zimmers hinter sich schloss. Und er hatte es nicht einmal beachtet. Er war nur zum Baden in ihr Rosenberg-Palais gegangen, er hatte es gar nicht sehen wollen, goldgerahmte Bilder (unverkäuflich), Intarsien auf den Tischplatten, blasierte Diener. Und er sträubte sich, mit ihr nach Fryberk zu fahren, ins Märchenschloss ihrer Familie. Das gehört euch nicht mehr lange, sagte er im Tonfall der Roten Front Jena. Er hatte Revolution gespielt mit ihr. Zur Erfüllung ihrer Zärtlichkeitsbedürfnisse musste Lenka in sein nach Schimmelpilz riechendes Zimmer kommen, über den Hinterhof mit streunenden Katzen und verrosteten Feuerleitern, durch den Flur mit den schwerhörigen Witwen, die sich immerzu stritten, weil sie einander nicht verstanden. Für ihre Herkunft sollte sie büßen, seinen Hohn ertragen. Er hatte sich angewöhnt, nicht von seinem Schachbrett aufzusehen, wenn sie eintrat, nur zu nicken, wenn sie, mit einem Handtuch bekleidet, in die Küche der Witwen schlich, um Wasser aufzusetzen. Nicht, dass er sie wirklich verachtete. Aber es schien ihm nur gerecht, dass sie sich für seine Armut schämte, dankbar war für die Gelegenheit, zu dienen. Sie hatte, wenn sie zu ihm kam, jede Eleganz verborgen, ihre herbstroten Haare unter einem Kopftuch versteckt, wie es Fabrikarbeiterinnen und kommunistische Dichterinnen trugen. Vorbei. Neuerdings trug sie ihr Haar wieder offen und ließ ihn warten.

»Ich habe etwas Wichtiges zu tun. Etwas *sehr* Wichtiges.«

Er pflegte seine hilflose Trauer um sie, je mehr sie bestritt, dass er Grund dazu hatte. Kaum war die Olympiade in Berlin zu Ende, hatte Lenka das militärhistorische Gesetz verkündet, dass im Herbst kein Krieg beginnt und wieder ihre Koffer gepackt. Noch auf dem Bahnhof hatte Willi vergeblich auf die Frage gehofft, ob er mitkommen wolle.

*

In diesen einsamen Wochen im Herbst und Winter 1936 floh Willi in die Kameradschaft an den Schachtischen. Keine Woche nach seiner Niederlage gegen König ging er wieder ins *Caissa* und die Menge der Kiebitze teilte sich wie das Rote Meer, als er auf dessen Tisch zuging. Seine Revanche war vernichtend. Nach vier Partien binnen einer Stunde lehnte König sich zurück und legte die Handflächen aneinander, als wolle er beten. Willi war zufrieden, er hatte die Dinge gerade gerückt. Aber nun erst recht fühlte er sich zu diesem italienisch aussehenden Menschen hingezogen, der zwar nur durchschnittlich Schach spielte, aber ein Gesprächspartner von hohen Graden war. Sie spielten nicht mehr gegeneinander. Sie verabredeten sich auch nicht, trafen sich aber fast jeden Abend. Wenn König sich verspätete oder ganz ausblieb (ein Ereignis, das er weder vorher ankündigte noch nachher entschuldigte), spielte Willi ein paar Höflichkeitspartien gegen russische oder deutschjüdische Emigranten, junge Männern mit großen fiebrigen Augen, die keine Partei und keine Lenka hatten und für die Schach die einzige Chance war, weshalb sie um Geld spielen wollten. Willi brachte es nicht übers Herz, sie gewinnen zu lassen, aber er verzichtete auf seine Prämien und überredete manchmal König, gegen sie zu spielen, der zuverlässig verlor und fast erleichtert nach seiner Brieftasche griff. Manchmal, wenn jemand zu sehr nach Hunger stank, kramte sogar Willi mit rotem Kopf in seinen Taschen nach Lenkas Geld.

Wenn König kam, setzte er sich schweigend neben Willi und sah zu. Willi spielte dann bedachtsamer als sonst. Es ging nicht um Siege, Geld, Punkte und Qualifikationen, nicht einmal mehr um unsterbliche Partien, notiert für die Nachwelt oder die *Deutsche Schachzeitung,* sondern – er errötete, als ihm dieser Gedanke kam – um Wahrheit, um Schönheit. König saß unruhig neben ihm, mit dem Enthusiasmus des Laien, voller Spannung und Bewunderung für die unerschöpflichen Finessen des Spiels, die sein neuer Freund zum Vorschein brachte. Es kam vor, dass König, von einer Pointe überrascht, zufrieden mit dem Kopf nickte und Willi ansah, als hätte er ein schwieriges Stück mit Bravour auf dem Klavier gespielt. Gemeinsam genossen sie das Gemurmel des Publikums.

Und sie redeten. Für die Männer, die von den Spieltischen herübersahen, musste es scheinen, dass sie einander schon lange kannten, eine Freundschaft in der Phase vollständigen, fast anrüchigen Einvernehmens. Aus einem Nebensatz erfuhr Willi, dass König zwar Deutscher war, geboren und aufgewachsen aber in Südwest-Afrika. Bald trafen sie sich auch tagsüber. Für Willi war es die willkommene Flucht vor dem nasskalten Prager Winter und dem Warten auf Lenka, die ab und an telegrafierte, nein – telegrafieren ließ: »Fräulein Lenka lässt ausrichten, es gehe ihr gut, bittet aber um wenige Tage Geduld.« Er erfuhr nicht einmal, wo die Telegramme aufgegeben waren. Mit der Entfernung stieg sein Verlangen, fraß sich in seine Gedanken, ließ ihn beim Schach manchmal zu schnell ziehen, ein zu hohes Risiko eingehen, ein quasi erotisch getriebener Leichtsinn, den der neben ihm sitzende König mit einer besorgten Neigung des Kopfes quittierte.

»Wo haben Sie eigentlich Schachspielen gelernt?«

»Mein Vater. Zuhause. Entschuldigen Sie bitte, ich war nicht bei der Sache.«

König zuckte mit den Schultern. »Seit wann spielen Sie?«

»Lange. Im Verein, vor dreiunddreißig.«

Nachts saßen sie im blauen Licht der Bar, in die König ihn am ersten Abend geschleppt hatte und betranken sich. Eines Abends, schon nicht mehr ganz nüchtern, in einem Schleier von Müdigkeit und Zuversicht, begann Willi vom *Goldstücker* zu reden, vom Defilee der Emigranten, ihrer misstrauischen Gesprächigkeit. König nippte an seinem Champagner, nickte, während Willi redete, nahm winzige Schlucke. Erst als Willi eine Pause machte, nahm er einen tiefen Zug. Als er das Glas aufsetzen wollte, hielt er plötzlich inne wie beim Schach, wenn er einen Läufer kreisen lässt, unentschlossen, eine Falle witternd. Das Glas hing in der Luft.

»Sie sind kein Gestapo-Spitzel, nein?«

Willi brach der Schweiß aus. So war das bei ihm: Ein Kleine-Leute-Reflex. Er fühlte sich bei etwas ertappt, das er gar nicht getan hatte. Die Angst, etwas falsch gemacht zu haben, ohne es zu merken. König sah ihn mit seinen schwarzen Herzensbrecheraugen an. Etwas lag in diesen Augen, ein Schleier, eine Vorahnung von Tränen. Angst. Die Pärchen von den Nebentischen sahen herüber. Unwahrscheinlich, dass keiner von ihnen Deutsch verstand.

»Jeder hier denkt, dass er verfolgt wird.«

Königs Augen wurden eine Spur dunkler. Für einen Moment zog ein Schatten über sein Gesicht, als wollte er in Tränen ausbrechen.

So geschah es öfter. Sie saßen einander gegenüber, redeten und tranken. Aber sobald zwei Männer vom Nebentisch herübersahen und zu tuscheln begannen, wurde König bleich und sie schwiegen wie ertappt.

»Ich habe Angst«, sagte König. Aus seiner Gesprächsandacht gerissen, aus seinen bedächtigen, melodischen Satzperioden, die er mit der linken Hand wie mit einem Taktstock akzentuierte, sah er sich mit gehetztem Blick um. Wurde bleich, zitterte, sagte etwas Merkwürdiges. Etwas, das absurd war und doch hellsichtig klang. Willi gewöhnte sich daran. So hätte es bis ans Ende der Tage gehen können, jedenfalls bis zu Lenkas Rückkehr. Sie saßen zusammen und redeten, König vom Leben in Südwest und Willi vom Leben in Thüringen. Hellhörig, fast brüderlich mitfühlend, wenn einer von ihnen Neuigkeiten aus dem Reich oder aus den diplomatischen Hinterzimmern erfahren hatte. Wenn Willi sich zu einer politischen Äußerung hinreißen ließ, sah König ihn besorgt an, als habe er Fieber; sprach Willi von Stalin und der *Komintern*, hob König die Brauen, als trage Willi eine unpassende Krawatte. Dann lächelten sie sich an, wie sich Männer nur in solchen Lokalen anlächeln. Auf Königs Angstanfälle kam Willi nie zurück. Jeder hier hatte Angst: Früher oder später würde in den Schaukästen und Zeitungen etwas stehen, das man jetzt nur ahnte. Die deutsche Krankheit. Und König war Jude, jede Wette. Es schien ruhig zu bleiben, aber niemand beruhigte sich. Die Prager Zeitungen, soweit er sie verstand, schwiegen vom Sudetenland, taten, als sei die Tschechei sicher und bemühten sich um Ruhe und einen freundlich-festen Ton gegen das Reich. Denn Leute wie Willi und König waren lebende Beweise dafür, dass es Grund zur Angst gab. Immer mehr Flüchtlinge kamen an, manche mit Familie, einem Dutzend Koffern, Personal und Kredit bei Prager Banken, manche unrasiert und mit leeren Händen, weil sie nachts über die Grenze gegangen waren. Heimatlose, die sich vorwurfsvoll umsahen, als liefen in Prag, in der ganzen außerdeutschen Welt Schlafwandler umher, die nicht begriffen, was ihnen bevorstand. Und König, wenn er aus seiner Versunkenheit auftauchte und erschrak, würde schon wissen, warum. Der Grund für die Angst würde nachgeliefert werden, schneller als gedacht.

*

Eines Abends im Advent stand in einer Wolke aus Kälte plötzlich Lenka neben dem Spieltisch im Caissa und strahlte Willi an. Sie sah aus, wie man sich in Mitteleuropa eine russische Prinzessin vorstellt: schimmernder Pelz und eine Tschapka mit einer Quaste oder Feder, die von einem dunklen Stein gehalten wurde. Willi war eher betäubt als glücklich, unsicher, welcher Grad an Vertraulichkeit angebracht war, wenn die Frau, nach der er sich verzehrte, plötzlich in einer Männergesellschaft auftauchte. Zum Glück wusste König sich zu benehmen. Er erhob sich (Willi tat es ihm nach, misstrauisch seine höfischen Gesten beäugend), verbeugte sich leicht, winkte dem Kellner. Sie ließen die angefangene Partie stehen, fuhren König nach Hause (zu Willis Erleichterung ließ er sich an einer Ecke absetzen, von der aus die *Blaue Bar* noch nicht zu sehen war) und waren noch vor Mitternacht im Rosenberg-Palais. Der Diener, den Lenka mit einem Fingerschnipsen geweckt hatte, starrte ihn wütend an, und vielleicht nur, um sich an ihm zu rächen, blieb Willi übers Wochenende. Am Sonntagnachmittag beim Mokka machte Lenka das Gesicht, das gewöhnlich ihre Abreise ankündigte.

»Du weißt wirklich nicht, wer das ist?«, fragte sie und zog an ihrer Zigarillospitze.

Willi stellte seine Tasse vorsichtig ab. »Wer denn?«

»Wer schon!« Sie saß auf dem Sofa und sah gereizt aus. »Na?«

Er zuckte mit den Schultern. Lenkas demonstrativ schlechte Laune versetzte ihn in Panik. Am Abend ihrer Ankunft, im Taxi zwischen König und Willi sitzend, hatte sie ihn noch verschwörerisch angelächelt und sich seine Verlobte nennen lassen. Aber zu Hause, zwischen Goldledertapeten und Stillleben mit unbekannten Früchten, zeigte sie ein mürrisches Gesicht. Bloß weil er sich sträubte, ihre Bitte zu erfüllen. Einen kleinen Gefallen. Für die Partei, die andere launische Dame.

»Ich will damit nichts zu tun haben. Ich bin Kommunist aus Versehen. Exilant wider Willen.«

»Das ist die List der Vernunft. Die dich auf den richtigen Weg geführt hat.«

»Der liebe Gott? Hat mich der liebe Gott zum Kommunismus geführt? Und dich auch?«

»Bei mir war es Nachdenken. Willi! Du musst nur hingehen und zuhören, was sie wollen.«

»Ich hasse Leute, die etwas von mir wollen.«

»Es ist nicht für mich. Es ist wichtiger als du und ich.«

»Mir scheint, vieles ist wichtiger geworden als du und ich.«

Sie betrachtete ihre Fingernägel. »Jetzt tu uns schon den Gefallen«, sagte sie. »Mir aus Liebe, der Partei aus Klassenbewusstsein.«

»Das ist nicht dasselbe.«

»Ich weiß.« Katzenhafter Blick über den Tisch.

»Ich will aber nicht.«

Lenka goss sich aus der vergoldeten und emaillierten Kanne nach und sah ihn ungläubig an. Sie besaß die Gabe zu schweigen, bis er Schuldgefühle bekam. Man hörte das schwere Ticken des Regulators, die schlurfenden Schritte, mit denen der missmutige Butler durchs Haus patrouillierte. Willi seufzte. »Worin besteht der Gefallen denn?«

»Für einen Freund von mir. Noch einen Mokka?«

»Ein Freund, oho.«

»Nicht das. Ein Freund, ein Genosse, ein Geschäftspartner. Wie du willst.«

»Deine Reisen?«

»Ja. Dein Genosse Grigoleit ist auch dabei.«

Während er noch die Neuigkeit verdaute, dass Lenka seinen Genossen Grigoleit kannte und mit Genossen des Genossen Grigoleit Geschäfte machte, saß er am nächsten Tag im *Goldstücker* und wartete. Der schon in Deutschland peinliche Gedanke, Genossen zu haben, bekam wieder seine absurde Realität. Genossen! Flüchtlinge! Und Willi Ostertag, der Bäckersohn mittendrin. Er schüttelte den Kopf und sah sich um. Exilanten an jedem Tisch. Erbpächter der Wahrheit über Moral und Politik, bessere Deutsche von Berufs wegen, geadelt durch Verfolgung oder Ausbürgerung. Jetzt sahen sie sich um, bevor sie eine Kneipe betraten, lasen Zeitungen mit hungrigem Blick wie Speisekarten, steckten die Köpfe zusammen und misstrauten einander. Über Parteibuchgrenzen hinweg fühlten sie sich verraten. Er hatte die Illusion gepflegt, nicht dazuzugehören, bald heimzukehren von diesem bizarren Ausflug, während sie wer weiß wohin gingen, nach Moskau die einen, nach Paris die anderen. Er war unabhängig, wenn auch von

Lenkas Gnaden. Die letzten drei Jahre hatte er damit verbracht, Schach zu spielen, über die aufgeregten Antifaschisten den Kopf zu schütteln, Zeitung zu lesen, mit Lenka zu schlafen und auf die eine oder andere Weise auf sie zu warten. Jetzt hatte er das ungute Gefühl, sie wolle ihn abschieben, ihn wieder der Fürsorge der Partei überlassen.

5

Das Gerücht, Victor Nesselkönig sei in Prag, erweist sich als zutreffend
Prag, Winter 1936

Der Anruf hatte Bronnen wie ein Schlag getroffen. Von Bechers Panikattacken angetrieben, hatte er Himmel und Hölle bewegt, um Nesselkönig zu finden, und jetzt rief ein Redakteur der Exilausgabe der *Roten Fahne* an und meldete, mit dem Rätselmann gesprochen zu haben. Es hatte Hinweise gegeben, aber niemand wusste mit Sicherheit, ob Nesselkönig wirklich in Prag war. Für besonders wahrscheinlich hielt Bronnen das nicht. Denn die Tschechei begann ungemütlich zu werden im Geschrei der Henleinleute. Seit November spukte das Gerücht durch die Stadt, Nesselkönig sei eingetroffen. Die einander belauernden Fraktionen des Exils standen Kopf. Man wusste nicht einmal, ob er Deutschland verlassen hatte. Genau genommen gab es selbst für seine Existenz außer seinem Roman keinen Beweis als seinen Auftritt Anfang dreiunddreißig in Berlin, von dem Becher immerzu redete. Ein paar Wochen später stand sein Name schon in den auftrumpfenden Listen, die *Völkischer Beobachter* und *Stürmer* von ihren flüchtigen Feinden machten. Der *Stürmer* brachte einen Bericht über außer Landes geschaffte Devisen und frivole Knabenbekanntschaften und deutete Details an, von denen die Redaktion zu verstehen gab, dass sie ihr zu schmutzig seien. Mit jeder Injurie und jeder Verdächtigung in der Nazipresse war Nesselkönigs Ruhm unter den Exilanten gestiegen, vom Glauben, dass er wirklich existiere, zu der Überzeugung, dass er einer der ihren sei. So entsprach das Gerücht von Nesselkönigs Aufenthalt in Prag einem allgemeinen Bedürfnis und es wunderte niemanden, dass bald ein Informant der tschechischen Ausländerpolizei den deutschen Dichter an einem verregneten Tag in der Nähe des Waldsteinpalais gesehen haben wollte, bald der Prager Korrespondent des *Figaro* ein Gespräch mit dem Autor der *Sieben Sinne* im *Golem* schilderte.[8] Und war es etwa ein Zufall, dass der deutsche Außenminister ausgerechnet im Gespräch mit der Zeitung der Henleinfaschisten den Nebensatz unterbrachte, man werde gewisser Schmierfinken und Sittenstrolche, die sich außerhalb des Reiches in Sicherheit wähnten, früher oder später habhaft werden?[9]

Diesem Gemenge von Desinformation, Spekulation und Selbstbetrug entsprang die Annahme, der berühmteste deutsche Autor der Gegenwart sei auf der Flucht in Prag und warte ungeduldig darauf, Kontakt zur Volksfront aufzunehmen. Der entscheidende Kongress in Moskau stand bevor und die Vorstellung, Nesselkönig im Präsidium neben Malraux, André Gide, Ehrenburg und Feuchtwanger sitzen zu sehen, ließ die Herzen im Exekutivkomitee der Komintern höher schlagen. Becher persönlich war auf der Rückreise aus Paris, wo er Prominenz fürs Präsidium gesammelt hatte, in Prag aus dem Zug gestiegen, ausgestattet mit Vollmachten und Versprechungen, die schon Heinrich Mann und Feuchtwanger schwach gemacht hatten. Man musste Nesselkönig nur noch finden, die Nadel im Heuhaufen des Exils.

So war es gekommen, dass Ludwig Bronnen eines Abends am Rande des Lichtkegels gestanden hatte, den eine gusseiserne Straßenlaterne auf dem zugigen Platz vor dem *Imperial* spendete und gespannt alle Männer unter dreißig musterte, die mit Mantel, Hut und Stock den Lichtkreis durchquerten, um das Hotel zu betreten oder von dort in die funkelnde Prager Nacht zu entschwinden.

Es war ein Dezemberabend voller unerschöpflichem, überflüssigem Nebel, als ob der Winter sich schämte, immer noch keinen Schnee liefern zu können. Die feuchte Kälte kroch unter

---

8 Feuilleton des *Figaro*, 21. November 1936, S. 12. Jedenfalls die Beschreibung der Inneneinrichtung und des stadtbekannten Oberkellners waren authentisch; der Kellner sollte sich nach dem Einmarsch umbringen, das Restaurant existiert immer noch und unter den Fotos seiner berühmten Gäste findet sich keines, auf dem Nesselkönig zu sehen ist.

9 *Deutsche Kulturzeitung*, 18. Oktober 1936, S. 1.

die Kleider. Ab und zu trat Bronnen in den beleuchteten Kreis, um einen Blick auf ein ausgerissenes Foto aus der *AIZ*[10] zu werfen (Münzenberg, wer sonst, hatte ein Foto ergattert), es mit ausgestrecktem Arm ins Licht zu halten und dann, in den Halbschatten zurücktretend, wieder in seine Manteltasche zu stecken. Sie standen seit Tagen hier herum, all die Jungs, die in Deutschland Kommunisten gewesen waren. Und Bronnen fuhr die Posten ab, raste immer dorthin, wo einer etwas Auffälliges meldete, das zu Nesselkönig führen könnte. Aber es gab keine heiße Spur, nicht in den teuren Hotels, nicht in den Verlagsgebäuden, nicht in der mexikanischen Botschaft. So machte Bronnen seine Rundgänge mit der illusionslosen Gründlichkeit des Mannes, der weiß, dass sein Auftrag unsinnig, aber immer noch besser als Nichtstun ist. Allmählich wurde es auf absurde Weise vergeblich. Es kam so weit, dass ein Mann, dessen Gesicht im Schatten eines Hutes lag, ihn, Ludwig Bronnen, ansprach und fragte: Ob er vielleicht Victor Nesselkönig sei? Instinktiv schüttelte Bronnen den Kopf und verpasste damit eine Gelegenheit: Es wäre doch zu interessant gewesen, wer da noch nach Nesselkönig suchte: Polizei? Sozialdemokraten? Zentrum? Gestapo? Immerhin konnte er Becher am Abend melden, dass sie nicht die einzigen waren, die Nesselkönig in Prag vermuteten. Diese Neuigkeit gab, nach den verwickelten Gesetzen der politischen Desinformation, dem Gerücht neue Nahrung. Die Komintern war nun endgültig von ihrer eigenen Erfindung überzeugt.

Die *Rote Fahne* publizierte nach dem Vorbild des *Figaro*, wenn auch ohne dessen stilistischen Glanz, einen Artikel über »eine Begegnung mit dem großen Dichter des deutschen Volkes«[11], der die allmähliche, aber folgerichtige Annäherung Victor Nesselkönigs an die Ideen der kommunistischen Weltbewegung verkündete – ein Artikel übrigens, der Jahrzehnte später ebenso wie die in der

---

10   *AIZ* Heft 8/1932, S. 4, »Der Dichter ohne Gesicht«, mit einem kurzen und bemerkenswert faktenarmen Text von Münzenberg persönlich.
11   »Der antifaschistische Widerstand kann auf mich zählen«, *Rote Fahne* (Exilausgabe, ohne Datum).

Deutschen Kulturzeitung und im *Figaro* Nesselkönigs Biograf Roger deWitt in die Irre führen sollte. Am übernächsten Tag hatte Bronnens Telefon in der *Fa. Sowmechnik S. R. O.* geklingelt, der Tarnadresse der Komintern.

»Was glaubst du wohl, wen ich eben am Apparat hatte«, sagte der Mensch am anderen Ende der Leitung.

»Wer ist da?« Bronnen war wachsam. Das war sein Berufsbild.

»Lass den Quatsch. Willst du es wissen oder nicht?«

»Aaaah«, sagte Bronnen, als habe er es jetzt erst begriffen. »Der Jenosse Rosenfeld.« Rosenfeld gab mit wenig Geld und fantasievollen Informationen die Prager Ausgabe der *Roten Fahne* heraus.

»Nesselkönig.«

»Was ist mit Nesselkönig?«

»Ich hatte Nesselkönig am Telefon.«

»Und?« Wenn man eine wichtige Information erhält, ist es die erste Regel, so zu tun, als sei sie nicht neu. Die zweite: Zu verbergen, dass sie wichtig ist. (Bronnen würde später ein Lehrbuch über diese Dinge schreiben,[12] den Ertrag seiner Studien in Prag und Moskau.) Während er Langeweile spielte, griff er nach einem Bleistift.

»Er hat dementiert, dass er uns ein Interview gegeben hat.«

»Det is ja allerhand.« Bronnen heuchelte Empörung, als wisse er nicht, ob der Chefredakteur Rosenfeld eingeweiht war. Es folgte längeres Schweigen, Rosenfeld wartete auf die Frage, was er geantwortet habe. Bronnen schwieg eisern.

»Ich habe geantwortet, dass es hoffentlich in seinem Sinne war.«

»Gut. Es war ja kein Interview.«

»Habe ich auch gesagt. Dass er vermutlich ziemlich genau dasselbe gesagt hätte, wenn er etwas gesagt hätte.«

»Jut, sehr jut sogar. Und?«

---

12 Autorenkollektiv: Handbuch der konspirativen Arbeit zur Abwehr der politisch-ideologischen Diversion (Nur für den Dienstgebrauch), Berlin/DDR 1965.

»Dass man das Interview ja jederzeit nachholen kann.«

»Der Jenosse Rosenfeld! Ick hab's immer jewusst. Aus dir machen wir noch einen richtjen ... Und dann?«

»Äh ... es scheint, dass er eine Heidenangst hat.«

»Ick habe auch eine Heidenangst. Und dann?«

»Was und dann?«

»War war dann?«

»Hat er aufgelegt.«

»Du hast seine Adresse.«

Rosenfeld schwieg.

»Jenosse Rosenfeld? *Du hast seine Adresse, nicht wahr?*«

»Er ist in Prag. Sagt er. Hat er gesagt.«

»*Jenosse Rosenfeld!! Die Adresse!!!*«

Der Rest des Gesprächs bestand aus bekümmertem Schweigen Rosenfelds und der düsteren Ankündigung schwerster Parteistrafen durch Bronnen. Wenig später wurde Rosenfeld nach Moskau eingeladen, wo seine Spur sich verlor. Heute heißt eine Straße in seiner Heimatstadt Riesa nach ihm.

Nesselkönig aber war wie vom Erdboden verschluckt. Bronnen setzte alle Hebel in Bewegung. Becher schickte aus Moskau panische Depeschen und jammerte Bronnen am Telefon die Ohren voll. Der Weltkongress stand vor der Tür, und unter den Exilanten in Prag, London und Paris holten sie sich Körbe reihenweise. Ein Auftritt von Nesselkönig hätte ein Dutzend andere ersetzt. Bronnen telefonierte mit Becher, der stand vor Ponomarjows Schreibtisch stramm, und immer fiel, in russischem Singsang, der Name: *Nesselkjonik.* Die deutschen Genossen, über die Bronnen gebot, waren zahlreich und hatten viel Zeit in ihrem Exil ohne Reisepass und Arbeitserlaubnis. Sie bewachten die Bahnsteige, die Ausgänge der besseren Hotels, saßen im *Goldstücker* herum und auf Spesen sogar im *Golem,* wo Nesselkönig dem *Figaro* zufolge zu speisen pflegte. Sie gingen vor den Verlagsgebäuden und Bankfilialen auf und ab. Nichts. Bronnen bereitete sich darauf vor, Moskau beichten zu müssen, wer nicht auf der Tribüne des Weltkongresses sitzen würde. Die Tage vergingen mit Geschrei an Telefonen, fruchtlosen Beratungen hinter verschlossenen Türen. Das war der Stand der Dinge im Dezember 1936, als Bronnen einen Anruf von Lenka Caslavska erhielt.

*

Als sie Willi überredet hatte, nannte Lenka einen Tag und eine Uhrzeit im *Goldstücker*. Lenka gehörte der in der kommunistischen Bewegung nicht seltenen Spezies an, die den Feind besonders leidenschaftlich hasste, weil sie von ihm abstammte und von ihm erzogen worden war. Glühende Renegaten, befeuert durch den Stolz, der eigenen Herkunft entkommen zu sein und die Partei mit dem verhassten Reichtum ihrer Familie beschenken zu dürfen. Es gab auch die andere Sorte: Arbeiterkinder, die den Dünkel der Reichen annahmen und sich über schlechte Tischmanieren mokierten. Lenka kokettierte damit, dass sie einer parasitären, dem Untergang geweihten Klasse angehörte und den Umsturz mit eigenem Geld bezahlte, mochte ihr Bündnis mit dem Proletariat auch aussehen wie eine Geschäftsbeziehung. Sie besaß vielleicht nicht einmal ein Parteibuch. Aber im komplizierten Tunnelsystem der Partei war sie Willi überlegen. Also hockte er im *Goldstücker* und wartete.

In dem holzgetäfelten, wegen der Säulen unübersichtlichen Saal saßen Menschen mit zu viel Zeit, nippten Kaffee und überflogen, Eile vortäuschend, die Zeitungen. Willi setzte sich so, dass er die Drehtür mit den geschliffenen Glasfenstern im Blick hatte. Wer von draußen in ihr Karussell trat, verlor im Kaleidoskop der Scheiben seine Form, zerfiel in kubistische Flächen und war erst wieder komplett, wenn er den Türflügel nach innen schob. Das mühsame Kreisen der Tür verursachte ein quietschendes Geräusch, das jeden Gast ankündigte wie eine Fanfare. Jedes Mal hob Willi den Blick zur Tür. Ihm war unwohl. Er hatte, wodurch auch immer, die Aufmerksamkeit der Partei auf sich gezogen. Der Instinkt des Handwerkersohnes sagte ihm, dass es nicht klug

war, sich hervorzutun. Die Erinnerung an Lenkas rotes Schamhaar überfiel ihn wie ein wildes Tier. Er holte sich die *Frankfurter
Zeitung* und versuchte zu lesen.

Dann stand Grigoleit vor seinem Tisch, Rot-Front-Grigoleit
aus Jena. Und ein anderer. Ein skeptisch blickender Kerl in Willis
Alter. Jung, hochfahrend. Einer, der eine ganze Menge von sich
hält. Dem man schon auf seinen Jugendfotos ansieht, dass er es
weit bringen wird.

»Der Genosse Ostertag«, sagte Grigoleit und nickte zufrieden.
Der andere verzog das Gesicht und sah sich um. Grigoleit stellte
ihn nicht vor, was zweifellos etwas zu bedeuten hatte. »Liest wieder die bürgerliche Presse für uns«, sagte Grigoleit. »Irgendwas,
was nicht in der Prawda steht?«

»Nichts, was nicht auch in der Prawda steht.« Willi legte die
Zeitung weg. Grigoleit grinste und der Dritte sah sich im Cafe um
wie ein Dieb.

Willi war wie immer mit sektiererischer Eleganz gekleidet,
was gegenüber der Proletenkluft der beiden besonders auffiel. Er
trug einen Glencheck-Anzug, den Lenka ihm einmal mit schuld-
bewusstem Gesicht geschenkt hatte. Es war ihr am Anfang so
peinlich gewesen, dass sie einen Bruder erfunden hatte, dem die
Anzüge nicht mehr passten. Darüber trug Willi einen schwarzen
Schal, in den rötliche Fäden eingewebt waren, wenn man so wollte, eine Reminiszenz an Lenkas rötliche Haare. Die beiden sahen
ihn an, während sie noch vor seinem Tischchen standen, Grigoleit amüsiert, der andere angeekelt.

»Siehst nicht aus, als müssten wir dir den Kaffee bezahlen.«

Grigoleit ließ sich auf einen Stuhl fallen und sah sich genüsslich um. Junge Frauen mit schwankenden Hüten, Männer mit Ta-
bakgesichtern, langhaarige Privatgenies. Senkrecht gestellte Zeitungen. Deutsche Spitzel, jede Wette. Der Dritte setzte sich nicht,
sondern ging stockgerade zum Zeitungstisch, kam mit einem ita-
lienischen Journal zurück und begann zu Willis Erstaunen, darin
zu lesen.

»Tja. Lenka meinte …«

»Dat weeß er doch«, kam es hinter der Zeitung vor. »Schöne Grüße übrijens.«

»Woher kennt ihr Lenka?«

Der andere ließ die Zeitung sinken und sah ihn an, fassungslos, dass jemand so eine Frage stellte. Dann verschwand er, während Grigoleit halblaut vor sich hinsprach, wieder hinter seiner Zeitung. Ein Kellner brachte Kaffee und Wasser. Sie schwiegen, rührten in ihren Tassen. Nach einer Weile stand der Dritte wieder auf und holte eine französische Zeitung, setzte sich hin und las weiter. Grigoleit, der zur Unrast neigte, sah zu seinem Nachbarn herüber, dann platzte er heraus: »Also Folgendes: Die Partei meint, dass du …«

»Die Partei meint jar nichts«, sagte der Dritte. Er faltete die Zeitung vorsichtig zusammen und sah Willi ins Gesicht: »Nun erzähl doch mal, Jenosse Ostertach.«

»Was soll ich denn erzählen?«

»Also, Jenosse. Du bist da mit jemandem befreundet.«

Für einen schrecklichen Augenblick lang glaubte Willi, es ginge um Lenka. So waren sie, sie sprachen von »befreundet«, wenn man zusammen ins Bett ging. Seine Kampfgefährtin Lenka, leider nicht klassenrein.

»Also. Genosse Ostertag. Dieser Dichter«, half Grigoleit.

»Dieser Dichter?«

»Derselbe.«

»Ist er wirklich so berühmt?«

Der Dritte neigte langsam den Kopf, als müsste er darüber nachdenken und sagte dann:

»Wir brauchen ihn. Wir müssen ihn haben.«

»Und?«

»Lass mich ausreden. Alles Übel der Welt kommt daher, dass man nicht ausreden kann. Die Namen unserer Leute, verstehst du … ääääh, die haben noch nicht diesen Klang. Außerhalb der … Arbeiterbewegung.«

»Die Namen unserer Leute?«

Er meinte Willi Bredel. Bodo Uhse. Erich Weinert. Friedrich Wolf. »Brecht vielleicht, ist aber schwierig. Außerdem Weiberjeschichten, wie man hört.«[13]

Grigoleit hätte ein Blinder ansehen können, dass er dachte: wie der Genosse Ostertag.

Der Dritte beugte sich über den Tisch: »Der Jenosse Ostertach ist det *einzige* Mitglied der kommunistischen Weltbewegung, der den prominentesten Dichter deutscher Zunge persönlich jetroffen hat. Und zwar in Prag. Und zwar vor drei Tagen. Seit drei Jahren der einzige. In Prag! Oder nicht? Und er hat sein Vertrauen. Der Mann ist nicht dumm. Er weiß so gut wie wir, dass er als Jude keine Zeile mehr in Deutschland veröffentlichen wird. Um nur davon zu reden. Dass sie sich auf dem Hradschin früher oder später die Finger lecken nach einem jüdischen Autor, den sie den Nazis zum Fraß vorwerfen können. Wir reichen ihm die Hand.«

Grigoleit sah auf seine Hand, öffnete und schloss sie. Das Café begann sich zu füllen, die Tür mit den Kristallglasfenstern drehte sich beständig und schöpfte Straßenlärm herein. Es hat einen gewissen Reiz zuzusehen, wie sich das eigene Leben entscheidet. Zu erfahren, worauf es hinausläuft. Während Willi zu den großen, zum Fußboden hinabreichenden Schaufenstern sah, hinter denen sich verschwommene Tagediebe die Hälse verrenkten, nickte er langsam, als müsse er sich eine komplexe Zahl einprägen.

---

13 Heinrich Mann, der größte Name auf dieser Seite der Barrikade, war schwer zu berechnen. Zwar hatte er im Februar im *Lutetia* in Paris mit Kommunisten wie Münzenberg und Wehner Volksfrontpläne geschmiedet, saß in Präsidien neben Weinert und Ehrenburg und schüttelte auf Fotos die Hände von André Gide, Ludwig Renn und Willi Bredel, aber neuerdings zierte er sich. Die Bilder präsentierten sie ihm ab und zu wie Dokumente, die einen Seitensprung bewiesen. Sie schrieben ihm offene Briefe, drängend, schmeichelnd und etwas unverschämt, als müsse er jetzt endlich heiraten. Peinlich für ihn, wie er jetzt in Südfrankreich saß und seinem bürgerlichen Publikum die kommunistische Affäre erklären musste, von seinem Bruder zu schweigen. Sie würden ihn ruinieren, wenn das so weiterging.

6

Willi Ostertag wird verwechselt und Nesselkönig gerettet

Prag, Januar 1936

An einem Abend kurz nach Neujahr zieht Willi die Tür des *Caissa* hinter sich zu, blickt auf und zuckt zusammen. Ein Fluchtreflex des Körpers, bevor sein Kopf etwas begriffen hat. Sein Instinkt funktioniert besser als sein vom Schachbrett kartografierter Verstand. Im Café sitzt niemand am Spieltisch. Männer in den blauen Uniformen der Prager Polizei versperren den Ausgang mehr durch Korpulenz als durch Drohgebärden. Einer von ihnen dreht sich um, grinst Willi an wie einen Nachbarn, der gerade richtig zum Essen kommt und weist ihm mit einer spöttisch devoten Geste einen Platz neben dem Eingang zu. An dem Tisch neben der Tür sitzt ein bleicher Zivilist und blättert langsam einen vor ihm liegenden Pass durch. Dann blickt er auf und streicht sich eine Haarsträhne aus dem Gesicht, um den vor ihm stehenden Inhaber des Dokuments eingehend, fast zärtlich zu betrachten. Sehr wahrscheinlich, hier illegale Ausländer zu finden, Russen oder Deutsche, geflohen vor den Revolutionen ihrer Landsleute. Willi überläuft es heiß. In den Emigrantenkneipen flüstert man, Prag wolle Hitler milde stimmen und Deutsche ausliefern. Oder nur Juden? Der Mann diesseits des Tisches versucht stotternd, etwas zu erklären. Der Bleiche hebt mit nachlässig gespieltem Bedauern die Schultern, nennt die Adresse der Prager Fremdenbehörde und steckt den Pass in die Innentasche seines Sakkos. Sie verhaften niemanden, heißt es. Verdächtigen nehmen sie den Pass weg. Willi hat eigentlich nichts zu befürchten. Seine Papiere sind in Ordnung. Allerdings läuft der Aufenthaltsstempel Ende April ab und angeblich sind sie ungnädig, wenn man die Verlängerung erst kurz vor Ablauf der Frist beantragt. Der Bleiche sieht von seinem Stuhl aus jedem, der vor ihm steht, amüsiert ins Gesicht, wiederholt mit böhmischem Akzent mehrmals den Namen und gibt, wenn alles in Ordnung ist, den Ausweis zurück wie eine Eintrittskarte. Wer kontrolliert worden ist, setzt sich an einen Spieltisch und stellt mit der Erleichterung eines knapp entwischten Diebes die Figuren auf. Dann ist König an der Reihe. Sein Blick flackert. Als er am Tisch seinen Pass abgibt, hört Willi die amüsierte Stimme des Kontrolleurs.

»Aha. Aha?« Dann hebt er den Kopf, sieht König an und sagt, sehr leise und sehr gefährlich:

»König also. *Kööönig*.«

Wedeln mit dem Pass.

»König?«

Er spricht mit zur Schau gestellter, so dick aufgetragener Verwunderung, dass sofort klar ist: Er glaubt einem Reisepass des Deutschen Reiches kein Wort. König zischt etwas, das arrogant klingen soll. Er wirkt kleiner, geduckt. Der Bleiche bläst sich die Strähne aus dem Gesicht, wechselt einen Blick mit den Schutzmännern am Eingang und sieht König wieder an. Nichts mehr vom Gehabe des Varietédirektors, der nur Stammgäste passieren lässt. Seine Augen werden schmal, er schüttelt den Kopf wie ein stiller Verschwörer.

»Herr Nesselkönig? Richtig?«

König beugt sich nach vorn, sagt leise irgendetwas, ein beschwörendes Raunen. Der Bleiche schüttelt den Kopf, mit zu Schlitzen verengten Augen, als könne er Königs Anblick nicht ertragen. Die beiden Blauen an der Tür richten sich auf. Die Männer in der Schlange treten wie auf Kommando einen Schritt zurück.

»Wir müssen Sie bitten«, sagt der Bleiche.

König steht plötzlich allein.

Sieht sich hilfesuchend um.

Trifft Willis Blick.

Und dann gewinnt etwas Gewalt über Willi Ostertag, wofür er später verschiedene Erklärungen finden wird. Mitleid. Pflichtbewusstsein. Auflehnung. Historische Notwendigkeit. Parteidisziplin. Heldenmut? Der Wunsch, etwas Richtiges zu tun. Intuition. Grenzenlose Dummheit. Er steht neben einem der Blauen, nahe der Tür, schreit plötzlich auf, schlingt beide Hände um den Unterleib und beugt sich vornüber. In der Abwärtsbewegung sieht er, wie die Blauen zu ihm herumfahren, sich der Schwerpunkt des Geschehens von König und dem Tisch weg zu ihm verlagert. Er taumelt zwei, drei Schritte nach hinten, immer noch vornüber gebeugt. Als die erschrockenen Schutzmänner ihm nachlaufen, wird der Ausgang frei. Willi hebt den Kopf und sieht, dass König verstanden hat. Mit einem berserkerhaften Schrei beugt der sich auch nach vorn, rammt den Tisch mit der Kraft seines gedrungenen Körpers dem bleichen Kommissar, der aufgesprungen ist, um nach Willi zu sehen, in den Magen und macht einen Satz zur Tür. Nach innen!, denkt Willi, sie geht nach innen auf! Aber auch König ist ein Emigrant, ein Berufsflüchtling. Einer von denen, die nach dem Fluchtweg sehen, bevor sie ein Haus betreten. Er reißt die Tür auf, ein Rechteck nachtblauen, eisigen Januarhimmels fällt hinein, ein Rahmen, in dem seine Silhouette verschwindet. Ehe man sich wieder ihm zuwendet, drückt Willi sich von der Wand ab, stößt eine blaue Uniform zur Seite und stürmt hinaus in die klare, unendliche Nacht. Ihre Schritte knallen wie Hufgetrappel. Er rennt in die gleiche Richtung wie König, schlägt die gleichen Haken, spürt ein Stechen in der Lunge. Allmählich bleiben die Trillerpfeifen und das Geschrei zurück. In einer Seitengasse, in deren Ende kein Licht fällt, bleibt König stehen, taumelt und stolpert mit pfeifendem Atem vornüber, sieht sich, nach vorn gebeugt, ängstlich um. Sofort ist Willi bei ihm. Auch er ringt nach Atem, seine Lungenflügel brennen wie Feuer, aber er winkt ab, keine Gefahr mehr. Im Himmelslicht des Hradschin glänzt ihre Atemluft wie Zuckerwatte. Sie gehen nebeneinander her, Königs Zähne klappern.

»Ihr Pass«, keucht Willi zwischen zwei Atemzügen, »Der Bleiche hat noch Ihren Pass.«

König winkt ab, als gäbe es Wichtigeres. Sie schweigen wieder. Als der Druck in den Ohren nachlässt, hören sie dem Viervierteltakt ihrer Schritte zu.

»Und meinen Mantel.«

Sie schnappen immer noch nach Luft, lachen.

»Herr Ostertag. Ich wusste sofort, dass es ein Gewinn sein würde, Sie kennenzulernen.«

Willi winkt ab, aber der andere beharrt wie ein Kind: »Und noch dazu sind Sie ein brillanter Schachspieler.«

»In der ersten Partie habe ich eine glatte Gewinnstellung verdorben.«

»Ja, das passiert. Aber Sie wissen selbst, dass ich Sie nie wieder besiegen werde.«

Langsam kommt Willi zu Atem, das Stechen in der Lunge weicht einem Brennen, als hätte er zu schnell etwas Heißes getrunken. Trotz der Kälte ist sein Rücken nass. Ihm wird flau im Magen, als er begreift, was er getan hat.

König bleibt stehen. »Wissen Sie denn nun, wer ich bin?« Plötzlich sieht er doch düster aus. »Er hat einen Namen genannt.«

»Und Sie wissen wirklich nicht, wer das ist?« König baut sich vor Willi auf, aber der zieht ihn mit. Während sie durch die eisige Stadt gehen, durchströmt Willi plötzlich ein Gefühl vollkommenen, unverlierbaren Glücks. Es ist nichts geschehen, als dass er einen Freund gefunden und vor der Polizei gerettet hat, was immer die von ihm will. Einen, nachdem sogar hier gefahndet wird, der nun identifiziert ist und ohne Papiere. Er spürt eine Tiefe der Übereinstimmung, ein gemeinsames Verständnis für Nuancen, wie es nur unter Künstlern vorkommt. In Gedanken hält er seine Eroberung triumphierend Lenka vor, ihrem dünkelhaften Vertrauen auf Besitz und Verbindungen, ihren Beutezügen. Später, er betrachtete mit König von der Straße aus die Kerzen auf den Kristallleuchtern in den Fenstern, bleibt er plötzlich stehen und hört sich fragen: »Aber Sie sind nicht wirklich dieser Dichter?«

»Doch«, sagt Victor Nesselkönig. »Ich bin wirklich dieser Dichter.«

*

Eine Stunde nach Mitternacht saß N. N. alias König alias Victor Nesselkönig mit ausgestreckten Beinen vor dem Ofen in Willis

möbliertem Zimmer bei den Witwen Jarosch und trank, gleichmütig und mit einer Spur Herablassung Willis Fragen beantwor-
tend, den von Lenka hinterlassenen Vorrat an Danziger Goldwas-
ser aus. Willi hockte ihm gegenüber auf dem Küchenstuhl und
beobachtete den sinkenden Pegelstand in der Flasche, als ob das
Letzte, was er noch von Lenka hatte, Schluck um Schluck, Glas
um Glas in Nesselkönigs Kehle verschwand.

Nesselkönig erzählte sein Leben. »Die Wahrheit«, sagte er.
Details, deren Erwähnung hier genügt, teils, weil sie dem interessierten Leser bekannt oder doch zugänglich sind, teils weil wir
wissen, dass Victor Nesselkönig es selbst für einen Dichter mit
der Wahrheit nicht besonders genau nahm: Statt der Kindheit
in Südwest nun die später in der Forschung eine Zeit lang diskutierte, aber wohl ebenso erfundene Kindheit in einer pietistischen Großbürgerdynastie am Niederrhein, die Flucht vor einem
Leben mit Matineen, Rennpferden und livrierten Dienern. Die
Wanderschaft durch zweifelhafte Etablissements, Männerpensi-
onen und Zirkuswagen. Köpenickiaden und Gigolo-Affären. Ein
Leben als Krawattenverkäufer und Witwentröster, als Gehilfe eines Zauberkünstlers und Geheimkurier des Teils der Wehrmacht,
der im Vertrag von Versailles nicht vorgesehen war. Seine Tournee
durch die Gefängnisse, Ausnüchterungszellen, Nervenheilanstal-
ten und psychiatrischen Kliniken Süddeutschlands. Kurz: Das
Lebensmaterial, aus dem der Kosmos der *Sieben Sinne* entstand –
oder vielleicht umgekehrt: die Romangeschichten, mit denen ein
Mann, der sich Victor Nesselkönig nannte, sein Leben ausstaffier-
te. Inklusive der in den *Sieben Sinnen* einer Randfigur unterge-
schobenen und nun für Willi und die großen Ohren der Vermie-
terinnen wiederholten Szene, wie ein Nervenarzt neuester Schule
den seines Verstandes verlustig gegangenen künftigen Dichter in
ein Zimmer mit Ausblick auf einen öden Hof sperrt, allein mit einem Stuhl, einem Tisch (im Roman ist noch ein *memento* dazu
erfunden, der Schädel eines badischen Herzogs aus dem frühen
19. Jahrhundert, der dem Wahnsinn verfallen war, als man ihm
im Gefängnis das Schreiben verbot), einem Schreibzeug und mit

einem dicken Stapel weißen Papiers. Wie ihm die Worte aus der Feder flossen wie Blut, wie Tränen. Wie jener Arzt es las und an Hermann Hesse schickte, den Schicksalsgenossen pietistischen Erziehungsterrors, der seinem Verleger schrieb, er werde Speise, Trank und körperliche Liebe verweigern, bis er die Zusage zur Publikation jenes Buches habe. Und wie Hesse keine Woche lang habe enthaltsam leben müssen. Wie dann die Presse ihn gejagt habe, die Kritikerkamarilla, durch Lektüre erotisierte Direktorengattinnen und politische Glücksritter jeder Farbe. Wie er Geld verdient und verprasst habe, mit Frauen, Rennpferden, in Spielcasinos. Der Liebhaber der deutschen Literatur des 20. Jahrhunderts kennt diese Geschichten und weiß im Unterschied zu Willi, welche spezifische Form von Wahrheiten ihnen eignet: dass sie aus mehreren Leben, tatsächlichen und erfundenen, zusammengesetzt sind. Und dass die Summe oder besser die Quersumme aus all diesen Räuberpistolen das ist, was man für das Leben von Victor Nesselkönig vor dem Kriege hält.

Immer wieder schreckt Willi auf, aus unruhigem Dämmern, selbstverlorenem Zuhören. In seiner Müdigkeit und dem hellwachen Schreck über das, was er getan hat, fühlt er sich in einen Traum versetzt, in dem er weiß, dass er träumt, einen böse endenden Traum womöglich, aber einem, aus dem er auf keinen Fall zu früh erwachen will: eine nächtliche, märchenhafte, in seinen Kopf eingesperrte, nur heute mögliche Begebenheit, die unwiederholbare Begegnung mit einem Menschen, der aus einer anderen Welt aufgetaucht ist, aus den Strudeln der Anonymität, einem Menschen mit Stammplatz in den Geschichtsbüchern. Es ist eine fast religiöse Erfahrung, einem berühmten Menschen zu begegnen. Kein Wunder, dass sich Nesselkönigs Geschichten so tief in Willis Gedächtnis graben, dass er sie noch dreißig, vierzig Jahre später wird erzählen können, als wären es seine eigenen.

»Es stimmt gar nicht, dass Sie aus Deutsch-Südwest kommen?« Nesselkönig hebt die Brauen.

»Lebt Gisa Pellmann wirklich?« Nesselkönig hebt die Schultern.

»Warum weiß niemand etwas über Sie?« Nesselkönig hebt die Hände.

»Warum erschießt sich Galiläer am Schluss, wenn doch alles gut wird?« Nesselkönig neigt den Kopf. »Wenn alles gut wird …«, murmelt er versonnen. Er sieht bleich aus, verängstigt. »Mein Mantel. Und sie haben meinen Pass.«

»In dem Pass steht König.«

»Ja, aber aus irgendeinem Grunde wissen sie, wer sich dahinter verbirgt.«

Sie schweigen, trinken. Schiffbrüchige, die darauf warten, dass Zwieback und Rum zur Neige gehen.

»Ich kenne Leute, die Sie in Sicherheit bringen werden.«

»Wo bin ich denn sicher?«

»Moskau.« Bronnen hat ihm eingeschärft, nicht zu schnell davon anzufangen. Oder das am Besten ihm zu überlassen. Aber die Wahrheit ist hier, in dieser Küche.

Nesselkönig beugt sich nach vorn und beginnt laut, aber etwas gezwungen zu lachen. »Glaubst du das im Ernst? Glaubst du wirklich, ich gehe nach *Moskau*?«

»Ich werde Sie davon überzeugen.«

»Ist Ihre Lenka etwa auch dort?« Typisch, die Neigung, in höchster Gefahr an etwas Unwichtiges zu denken. Nesselkönig machte eine Kopfbewegung in Richtung des Fotos auf Willis Nachttisch, das er beim Hereinkommen lange betrachtet hatte.

»Was spricht gegen Moskau?«

Nesselkönig lacht wieder. Er beugt sich mehrfach nach vorn, als traue er seinen Ohren nicht, und sieht Willi mit schräg gelegtem Kopf ungläubig an, als wolle er sagen: Das meinst du nicht ernst, du kommunistische Nervensäge.

»Ist deine Lenka auch in der Partei?«

»Lenka? Ach wo. Ich glaube nicht.« Willi misslingt ein Kichern.

»Lenka steht sozusagen auf der anderen Seite der Barrikade. Klassenmäßig gesehen.«

»Das sind die Weiber, die uns wirklich scharf machen, nicht?«

Es ärgert Willi, dass Nesselkönig etwas so Ordinäres sagt. Aber er spürt auch, dass der mit diesem Satz versucht, sich mit ihm zu verbünden.

»Nach Moskau …«, sagt Nesselkönig bedächtig, wie für sich selbst. Es klingt fasziniert, mit einem Schuss Ekel. »Auf diesen Kongress etwa? Diesen Exilantenkongress?«

»Man wird Sie dort aufnehmen. Sie sind berühmt. Es ist nicht schlecht dort, wenn man berühmt ist.«

»Jedenfalls, solange man nicht zu berühmt wird.« Nesselkönigs Füße wippen. »Also. Ich höre. Nehmen wir für einen Moment an, ich wäre bereit, mich überzeugen zu lassen.«

Willi sieht nach draußen, wo die Nacht fahl wird. »Es ist für eine gute Sache.«

»Es ist nur gegen eine schlechte Sache.«

»Gut. Es ist gegen eine schlechte Sache.«

»Also. Gegen eine schlechte Sache. Ist *das* ein Grund, nach Moskau zu gehen? Ich wette, es gibt Weltkongresse gegen Cholera, Syphilis und Mundgeruch. Gegen …« Victor gerät in einen etwas irren Schwung. »Gegen Operette. Gegen Verkehrsunfälle. Hunde! Unbedingt gegen Hunde.«

»Gegen schlechten Kaffee«, assistiert Willi.

»Gegen Glücksspiele. … Meinetwegen. Soll ich da überall hinfahren?«

»Wenn es gegen die Cholera hilft, dann sollten Sie da hinfahren.«

»Gut, aber schon gegen Syphilis ist es doch fraglich, oder? Im Ernst: Hast du das Gefühl, dass ich irgendwas von Cholera verstehe?«

»Sie verstehen etwas von Politik.«

»Von Politik! Wie kommst du denn darauf?« Nesselkönig ist ernsthaft überrascht. »*Neeeiiin*, ich bin doch zu dumm, etwas von Politik zu verstehen. Du hast es eben gesagt. Und überhaupt …«, er lässt Willi nicht zu Wort kommen, legt ihm beide Hände auf die linke Schulter, als der antworten will. »Und überhaupt! Wie kommt ihr eigentlich auf die Idee, es könnte sich irgendwas an der Welt ändern, *ir – gend – et – was*, wenn sich zehn oder hundert Dichter zusammensetzen, sich gegenseitig lobhudeln und anschließend auf demselben Stück Papier unterschreiben?«

»Auf dem gleichen Stück Papier.«

»Ah, danke. Danke.« Nesselkönig kichert nicht mehr, er hat sich in Glut geredet. »Und wenn! Wenn es etwas ändern würde! Wäre das nicht fürchterlich? Man möchte ja kein Buch mehr schreiben, wenn sich dadurch gleich die Welt ändern würde!«

Willi steht auf und öffnet das Fenster. Ein Schwall eisiger Winterluft dringt ein und der Geruch verfaulten, vom Frost zerstörten Laubes, mit Eiskristallen überzogen.

»Willi Ostertag, willst du mir helfen?«

Willi zeigt seine Hände. »Ich helfe Ihnen. Und Sie versprechen mir, sich nicht von der Stelle zu rühren.«

*

In ihrem Palais hatte Lenka zuerst einen Anruf des von Panik geschüttelten Bronnen bekommen, der aus der Zeitung die Meldung von Nesselkönigs Verhaftung vorlas. Bevor sie einen Gedanken fassen konnte, klingelte das Telefon noch einmal.

»Willi! Ich wollte gerade zu dir fahren.«

»Lenka, Liebe. Ich sitze in der Klemme.« Seine Stimmte war belegt. »Ich bin verhaftet worden.« Man hörte, wie er sich vom Hörer abwandte, jemanden etwas fragte. Dann:

»Justizgefängnis. *Práchatice.*«

Als er Nesselkönig in der Wohnung der Witwen Jarosch zurückgelassen hatte, stand in den Straßen noch die eisige Nacht, die Dämmerung wartete unentschlossen vor der Stadt. Beflügelt von dem Triumph, Lenka zu beeindrucken und Teil der mächtigen Maschinerie zu sein, der sie auch diente, machte Willi so lange Schritte, als wollte er die Stadt vermessen. In der Altstadt quietschten die ersten Straßenbahnen. Die Kälte stumpfte die Zähne ab. In den Fassaden nistete gefrorene Feuchtigkeit und nagte an den Fundamenten. Er stürmte quer durch den Kadettenpark. Nebel stieg auf und begann, den Verstand einzutrüben. An den Wegrändern lagen schwärzliche Klumpen, dicke Schichten einstmals schmutziggoldenen Laubes, die der Herbst zusammengetrieben hatte und die jetzt vom Frost glitzerten. Jenseits des dunklen Parks zogen beleuchtete Straßen ihre Fäden wie Spinnweben durch die Nacht. Als er an einer Telefonzelle vorbeiging, erwog er für einen Moment, die Nummer anzurufen, die er im *Goldstücker* hatte auswendig lernen müssen. Aber etwas, dass er selbst nicht ganz verstand, hielt ihn ab, Nesselkönigs Vertrauen und seine Wohnungsschlüssel sofort in die Hände dieses Dunkelmannes Bronnen zu legen. Das verrottete und angefrorene Laub, das er durchwaten musste, war knöcheltief. Der Taxichauffeur wiederholte den Straßennamen, den Nesselkönig ihm eingeschärft hatte, ein besserer Bezirk jenseits der Moldau. Die Geräusche der Stadt verschwanden hinter dem Brummen des Motors. Als der Chauffeur die Altstadt verlassen hatte, trat er aufs Gaspedal. Willi wurde nach hinten in den Sitz gezogen. Es war wie der Übergang in einen durchlässigeren Aggregatszustand. Weite Kurven, geisterhafte Fliehkräfte, Bremsmanöver warfen ihn hin und her. Ihn ergriff ein gespenstisches Glücksgefühl, flüchtig wie ein Geruch aus der Kindheit, der süße Duft aus der morgendlichen Backstube. Die Situation, so abenteuerlich sie war, hatte nichts Unglaubwürdiges, schien folgerichtig nach der jahrelangen Angststarre des Exils: das Eintauchen in einen Roman, wie im Traum, wenn wir Dinge selbstverständlich finden, die uns im Zustand der Wachheit nie einfallen würden. Er beneidete Leute wie Nesselkönig darum, dass sie solche Situationen erfinden konnten. Vor der Wurstfabrik, die Nesselkönig erwähnt hatte, ließ er sich absetzen und rannte, die Hand mit Nesselkönigs Schlüsselbund in der Tasche, bis zum Ende der Straße, wo er ohne sich umzusehen im Eingang der Nummer 21 verschwand. In der Wohnung in der zweiten Etage zog er die Schuhe aus und ging behutsam über das abgelaufene Parkett. Er blätterte in herumliegenden Zeitschriften, setzte sich aufrecht und mit dem Montblanc-Federhalter zwischen Daumen und Zeigefinger an Nesselkönigs Schreibtisch. Der Füller lag in der Hand schwer wie ein Tischlerwerkzeug. In Dichterlaune schrieb Willi Lenkas und seinen eigenen Vornamen auf ein weißes Blatt. Er richtete sich im Sessel auf und sah sich, die Hände im Nacken, im Zimmer um. In einer nach Kolonialwaren duftenden Holzkiste lagen Zigarren, auf deren Bauchbinden dicke Männer in goldenen Uniformen und im Hintergrund rauchende Vulkankegel zu sehen waren: Briefmarken einer unerreichbaren Welt, der er in seinem ganzen Leben nie wieder so nahe kommen würde wie in diesem Viertelstündchen in Victor Nesselkönigs Sessel. Er fand, was ihm aufgetragen war, Manuskripte, Wäsche, den zweiten Wintermantel, eine Brieftasche, in die hineinzusehen er sich verbot und packte alles in zwei teuer aussehende Lederkoffer und als die schwere Haustür hinter ihm ins Schloss fiel, traten zwei Herren in Zivil auf ihn zu und schoben ihn in ein schwarzes Auto, das auf der gegenüberliegenden Straßenseite stand. Auf der Fahrt fiel kein Wort, er konnte in Ruhe seine auseinanderlaufenden Gedanken sammeln. Auf Nesselkönigs Rat, den er erst jetzt verstand, hatte er den Pass nicht mitgenommen. Er versuchte sich vorzustellen, was Nesselkönig tun würde, wenn er, Willi, nicht zurückkäme. Solange er die Wohnung der Witwen Jarosch nicht verließ, war er nicht in Gefahr. An sich selbst dachte er seltsamerweise nicht. Er war mit zwei Koffern voller persönlicher Dinge aus Nesselkönigs Wohnung gekommen und dabei verhaftet worden. Das war Einbruchsdiebstahl und bedeutete Gefängnis. Wenn es schlimm kam, bedeutete es Abschiebung. Seine Hauptsorge war, dass ihm bei seiner Vernehmung der bleiche Kommissar aus dem *Caissa* gegenübersitzen würde. Was konnte der ihm vorwerfen? Den Stoß gegen den Polizisten? Fluchthilfe? Warum sie Nesselkönig suchten, war nachts in der Wohnung nebulös geblieben.

»Weißt du etwa nicht, warum du fort bist aus Deutschland?«

»Manchmal weiß ich es, manchmal nicht«, hatte Willi geantwortet.

Als der Wagen vor dem Präsidium hielt, begriff er seine Lage. Aber müde und immer noch etwas betrunken, wie er war, überkam ihn ein Übermut wie auf dem Rummelplatz, etwas, das nach immer mehr Höhe, Schnelligkeit und Gefahr verlangte. Die ganze Sache würde dahin führen, dass er wieder in Deutschland war und gegen alle Vernunft freute er sich darauf.

Über ein Treppenhaus wurde er nach oben gebracht. Zwei zuvorkommende Polizisten führten ihn einen Gang entlang, auf dessen linker Seite sich Tür an Tür reihte, während die rechte aus hohen Fenstern bestand. Die Wintersonne schien so hell hinein, dass man die Staubkörnchen in der Luft tanzen sah. Er war unsäglich müde, ein sanfter Druck hinter den Augen lähmte seine Gedanken. Die letzte Tür des Ganges wurde geöffnet. Im Schatten lag ein Zimmer, Aktenschränke, ein Schreibtisch. Man nahm ihm die Handschellen ab. Er durfte sich setzen.

Zwei Männer. Einer saß am Schreibtisch, der anderer stand an einem kleinen Fenster und schaute in einen engen, von der Sonne unerreichten Innenhof. Der Bleiche war nicht dabei. Der am Schreibtisch sagte auf Prager Deutsch: »Guten Morgen, Herr Nesselkeenik.«

Willi konnte nicht anders, er brach in lautes Lachen aus. Er beugte sich nach vorne und lachte. Der Mann am Schreibtisch tauschte einen Blick mit dem Mann am Fenster und begann dann zu reden, es klang offiziell, als lese er etwas vor. Es stand nicht in Willis Macht, zuzuhören. Er musste die beiden nur ansehen, in ihrem Behördenernst. Guten Morgen, Herr Nesselkönig! In ihm tobte ein Cocktail aus Mutwille und unendlicher Heiterkeit. Der Mann am Schreibtisch fragte ihn etwas. Willi sah auf, schüttelte sich noch mal, musste wieder kichern. Der andere fragte noch einmal, schwieg. Die Fragen wurden lauter.

»Ich möchte telefonieren, bitte«, sagte Willi schnell, als er sich wieder ein bisschen in der Gewalt hatte. Der Mann am Fenster, der ebenfalls mit Akzent, aber vollkommenem Ausdruck deutsch sprach, sagte mehrmals etwas wie: Ihre Lage ist nicht so heiter, wie Sie glauben, Herr – und als er Nesselkönig sagte, ging es wieder los, Willi bog sich vor Lachen, schlug mit der flachen Hand auf den Tisch. Er kicherte, bis er in seiner Zelle war.

*

Ein paar Stunden später stürmten Lenka, Bronnen und Grigoleit vorbei an den Witwen Jarosch durch die geöffnete Wohnungstür in Willis Zimmer und standen Nesselkönig gegenüber. Bronnen tat instinktiv das Richtige, als er ihm die Zeitung vor die Nase hielt. Der Dichter erbleichte. Als glaubte er der Presse mehr als seinem Verstand, schlug er die Hände vors Gesicht und ließ sich von Lenka widerstandslos zu Bronnens Auto führen.

Am nächsten Morgen, nach einem ständigen Aufwachen und Wiedereintauchen in Wach- und Schlafträume, ließ man Willi im Gefängnis telefonieren. Es war Sonntag, weswegen es, wie man ihm sagte, keine Vernehmung gab. Gemütliches Volk, die Tschechen. Er war immer noch beschwingt, amüsiert. Zum Frühstück brachte ihm ein Wachmann ein duftendes Kännchen Bohnenkaffee, und dann wurde er zu einer fensterlosen Telefonzelle gebracht. Jemand nahm ab und sagte etwas auf Tschechisch. Willi wurde in diesem Moment klar, dass er zwar die Farbe und den Geruch von Lenkas Schamhaar kannte (um nur davon zu reden), aber von ihrer Sprache immer noch kaum ein Wort verstand. Er war hier niemals heimisch geworden. Es war unnötig gewesen, die Sprache zu lernen, in dieser endlosen Vorläufigkeit. Ein Leben zwischen Exilantengerede, Schachspielen und Lenkas Körper.

»Guten Tag, ich möchte Fräulein Caslavska sprechen«, sagte er langsam. Noch ein tschechisches Wort, dann das Geräusch, wenn ein Telefonhörer auf eine lackierte Tischplatte gelegt wird, sich entfernende Schritte und Rufe, schnellere sich nähernde Schritte.

»Lenka, Liebe. Ich sitze in der Klemme. Ich bin verhaftet worden.« Schon wieder stieg ein Lachreiz in ihm auf, er stieß die angelehnte Tür auf und fragte nach draußen: »Wie heißt dieses Gefängnis?«

»Justizgefängnis Práchatice«, sagte der Wachtmeister.

»Justizgefängnis. Práchatice.«

»Willi, sag nichts. Ich verstehe alles. Sag nichts, verstehst du?«
Willi wandte sich ab, damit sie sein Kichern nicht hörte. »Lenka, es ist todernst.« Abwenden vom Telefon. »Ich … Du musst mir helfen. Sie halten mich …« Er wurde leiser. »Bitte hilf mir. Dein Vater hat doch Verbindungen. Komm schnell, bitte.« Während er sprach, fiel die Heiterkeit plötzlich von ihm ab, er fror und sah sich zum ersten Male um. Gefängnis. Abschiebung nach Deutschland. Wachen Sie auf, Herr Ostertag. Ihre Lage ist nicht so heiter.

»Sie glauben, dass ich Victor Nesselkönig bin.«

»Sag nichts. Dann bist du eben Victor Nesselkönig.«

Es ging eine Weile hin und her, aber die Panik, die Willi gepackt hatte, schaffte es nicht durch die Telefonleitung ins Rosenberg-Palais. Am nächsten Abend – Willi hatte in der Vernehmung nichts gesagt, nur einen Anwalt verlangt – holte ihn ein Offizier in seiner Zelle ab und ließ ihn in einem kleinen Büro außerhalb des Häftlingstraktes eine Erklärung in tschechischer Sprache unterschreiben. Auf einem Stuhl seitlich des Schreibtischs saß Lenka. Sie nickte und sagte: »Ja, meine Herren. Das ist nicht Ihr Herr Nesselkönig. Das ist Wilhelm Ostertag, mein Verlobter.« Sie legte mit großer Geste Willis Pass auf den Tisch. Zu Willi gewandt, fragte sie: »Warum hast du ihnen das nicht gesagt?«

Auf dem Rücksitz von Lenkas Maybach lagen die Zeitungen von gestern.

Jüdischer Autor Nesselkönig in Prag verhaftet[14]

Berlin rechnet fest mit Auslieferung

Prag. – Der deutschjüdische Dichter Victor Nesselkönig ist am heutigen Morgen beim Verlassen seiner Wohnung in der Prager Innenstadt festgenommen worden. Wie bereits gemeldet, hat die deutsche Reichsregierung bereits vor einigen Wochen an alle in Frage

---

14 *Prager Tagblatt*, 26. Februar 1937.

kommenden Fluchtländer ein förmliches Auslieferungsersuchen gestellt, in dem sie Nesselkönigs Beteiligung an einer jüdischen Verschwörung Glauben machen will. Obwohl – gerade im Lichte der antijüdischen Politik der Berliner Machthaber – erhebliche Zweifel an diesen Vorwürfen bestehen, gehen gut unterrichtete Kreise davon aus, daß die Prager Regierung das Auslieferungsgesuch wohlwollend prüfen werde. Ein leitender Beamter des Innenministeriums ließ sich mit der Bemerkung zitieren, die tschechische Regierung werde gut daran tun, die Auslieferungsforderung zu erfüllen, um keinen Grund für einen Konflikt mit dem Reich zu liefern. Was genau Nesselkönig vorgeworfen wird, hat die Polizei unter Hinweis auf laufende Ermittlungen und die außenpolitische Brisanz des Falles bislang nicht bekanntgegeben.

Das stand, so oder ähnlich, überall. Der Unterschied zwischen den tschechischen Blättern, die Lenka ihm übersetzte, und den deutschen bestand darin, dass die tschechischen Redakteure meinten, ihren Lesern erklären zu müssen, wer Victor Nesselkönig sei und warum dieser Vorfall sich eigne, die gereizten Beziehungen der deutschen Reichsregierung zur tschechischen Republik weiter einzutrüben.

Lenka lächelte ihn an. Nach einer Stunde Fahrt hielten sie in einem Dorf. In einem abseits stehenden Haus öffnete sich eine Tür. Hinter Bronnen und Grigoleit kam Nesselkönig heraus, fiel Willi um den Hals und stieg neben Lenka in den Wagen ein.

7

Victor Nesselkönig erinnert sich seiner Herkunft
und Professor Ferrero-Holtzvogel vermisst niemanden
Bundesrepublik Deutschland, sechziger und siebziger Jahre

Im stilistisch herausragenden Kapitel seiner posthum erschienen Erinnerungen schildert Cornelius B. Eigengast seine erste
Begegnung mit Victor Nesselkönig.[15] Eigengast war ein berühmter anarchistischer Autor der Weimarer Zeit und später Mitglied
der Internationalen Brigaden gewesen, der das Exil in Mexiko
verbracht hatte, um nach dem Krieg seinen Lebensabend in
den Präsidien des Ostberliner Kulturadels zu verdämmern. Sein
Bericht ist die früheste Quelle für Nesselkönigs Wandeln auf
Erden. Seine Glaubwürdigkeit steht außer Frage, illustriert er
doch die Zweitbegabung, die auch spätere Zeugen, aus der DDR
in den Westen übergesiedelte Autoren etwa, an Nesselkönig
schilderten: Sein Talent, manche meinten sein Genie, jedenfalls
seine Passion für das Schachspiel. Eigengast war ein Glückspilz
gewesen: Er traf einen Mann, der aus dem Nichts kam. Kaum
hatte Roger deWitt sich den Band aus Ostberlin in sein *SPIEGEL*-
Büro schicken lassen und das Kapitel über das Auftauchen eines
Dichters in Berlin im Oktober 1931 gelesen, verirrten sich seine
Recherchen schon wieder im Nebel, in dem Nesselkönig seine
Herkunft verbarg. Der Anfang, das Leidenskapitel jedes Biogra-
fen und seiner Leser: *Herkunft, Kindheit und Jugend* war *in causa
Nesselkönig* ein schneeweißes Blatt. Zwar stand in deWitts Ham-
burger Wohnung ein Leitz-Ordner mit eben dieser Aufschrift.
Aber der war leer. Nicht, dass es kein Material gegeben hätte.
Die in Ostberlin erschienene Neuauflage der frühen Gedichte[16]
enthielt ein Nachwort von Johannes R. Becher, der gerührt und

---

15 Cornelius B. Eigengast: Erlebtes und Erkämpftes, Berlin Ost 1961, S. 78 ff.
16 Victor Nesselkönig: Durch ein besseres Land, vgl. Fußnote 6.

emphatisch das Frühwerk dieses »wunderbaren, wunderlichen Dichters aus Bayern, aus dem beinahe (sic! – Becher schrieb auch in eigener Sache) ein deutscher Nationaldichter werden sollte«, dem Interesse der Leserschaft angelegentlich empfahl. Mochte Becher von Wohlwollen für einen vermeintlichen Landsmann beflügelt oder von dessen Exkursion ins lyrische Fach tatsächlich begeistert gewesen sein: Später, nach Bechers Tod, streute seine von Nesselkönigs Ruhm beleidigte Witwe, das Nachwort sei eine Fälschung gewesen. Es war nicht zu bezweifeln, dass Becher Nesselkönig in Ostberlin oft getroffen haben musste, aber wie gut kannte er ihn? Wusste er, wer Victor Nesselkönig war? Niemand wusste das. Nach seinem sensationellen Auftauchen in der Ostzone 1953 käuten nicht nur Becher, sondern auch Georg Lukács, Kurella, Erpenbeck und geringere Federn in freundlichen Geburtstagsartikeln die Allgäulegende wider, bis sie – etwa zeitgleich mit Bechers Tod – verschwand und durch nebulösere Angaben ersetzt wurde. Die DDR heftete ihrem prominentesten Dichter Orden an die Brust und tat so, als kenne sie seine Herkunft. Schwer zu sagen, wer hier wann gelogen hatte. Es hieß, Becher und Nesselkönig seien im Arbeiter- und Bauernstaat keine Freunde geworden, weil Becher sein Denkmal als *Sozialistischer Deutscher Klassiker* verteidigte. Andererseits fehlte in Bechers Nachwort – mit Ausnahme des »beinahe« vor dem »Nationaldichter« – jeder missgünstige Ton, es sei denn, man ging soweit anzunehmen, Becher habe Nesselkönig dadurch schaden wollen, dass ausgerechnet er ihn lobte. Vielleicht hatte er gelogen. Davon, dass Nesselkönig log, konnte man ausgehen. Nie und nimmer stammte er aus dem Allgäu. Wer seine Lesungen im *Berliner Rundfunk* hörte, leise wie Ovid (der allerdings aus seiner Verbannung im Unterschied zu Nesselkönig nicht zurückgekommen war), konnte süddeutsche Herkunft und Prägung ausschließen: ein etwas künstliches, von klirrenden Konsonanten strukturiertes Deutsch mit reinen Vokalen, ein quasi herkunftsloser Klang, das jede Dialektfärbung ausgemerzt hatte. Und die etwas altväterliche Lexik seiner

Prosa machte seine frühere Behauptung, er sei in Deutsch-Südwest aufgewachsen,[17] plausibel.

> Geboren bin ich in einer kleinen, vollkommen deutsch geprägten Stadt in Deutsch-Südwest. So viel deutsches[18] habe ich mit der Muttermilch aufgesogen, daß ich mich bis heute manchmal scheue, das richtige Deutschland zu besuchen: Wir sprachen deutsch zuhause, selbst die Dienstmädchen, eine deutschsprachige Bibliothek stand im Arbeitszimmer, wo mein Vater die wenigen freien Stunden verbrachte, die ihm sein Amt als Gutsinspektor, seine Liebhaberei als Kapellmeister des Deutschen Symphonieorchesters in Keetmanshoop und die Sorge um seine zahlreiche Familie ließen. Eine Schule, in der Hölderlin und Goethe in ebensolchem Ansehen standen wie an preußischen Gymnasien. Deutsche Hunde, Trakehner Pferde, Holsteiner Kühe, Deutsche Legehennen, Störche, die nicht nach Ostpreußen zurückflogen, weil sie sich bei uns zuhause fühlten ...«

Seit deWitt dieses Kleinod gefunden und in der *FAZ* publiziert hatte, schrieben es alle voneinander ab, die sich klüger dünkten, weil sie nicht das Märchen von der Kindheit im Allgäu glaubten: der Hochadel vom Fach, Professoren, Germanisten und Kritiker. Und so schleppte es sich durch Lexika und Literaturgeschichten, durch Verlagsprospekte und Klappentexte. Aber es war gelogen, bestenfalls ein Scherz. DeWitt hatte einen Landwirtschaftshistoriker befragt, der ihm bestätigt hatte, dass in Deutsch-Südwest

---

17 So enthalten im Supplementband der Allgemeinen Deutschen Biographie von 1932, besser gesagt in den Fahnen des Entwurfs, den deWitt durch einen Zufall im Verlagsarchiv gefunden hatte. Denn der Verlag hatte vor der Veröffentlichung kalte Füße bekommen, weil Nesselkönig 1933 sofort auf die schwarzen Listen der Nazis gekommen war.

18 Schon Zeitgenossen beanstandeten, dass Nesselkönig das Wort »deutsch« selbst da kleinschrieb, wo Staatsräson und Patriotismus die Großschreibung geradezu verlangten – kein Wunder, dass man mißtrauisch wurde.

nach der Jahrhundertwende deutsche Haustierrassen existierten. Er hatte einen Ornithologen gefunden, der es jedenfalls für denkbar hielt, dass Störche, wenn es ihnen gut ging, einfach in Afrika blieben. Aber er hatte schließlich den weltweit einzigen Fachmann für das deutsche Musikleben in Südwestafrika gefunden, der definitiv ausschloss, dass es in Keetmanshoop ein Deutsches Sinfonieorchester gegeben hatte. Lediglich die Existenz einer *Deutschen Philharmonie* in Windhoek konnte er bestätigen, deren einziger Kapellmeister allerdings Geyer geheißen hatte und kinderlos geblieben war. Außerdem hatte ein Brand, der die Versicherung viel Geld gekostet hatte, die Instrumente jenes Orchesters vernichtet, fünfzehn Jahre vor dem frühest denkbaren Geburtstermin von Victor Nesselkönig. Denn das Geburtsdatum war das nächste Rätsel. Nesselkönig oder seine Gehilfen hatten mindestens drei gestreut, halb so viele wie Geburtsorte, darüber hinaus nach deWitts Zählung elf Gegenden und Milieus, aus denen zu stammen er einmal behauptet hatte. Nach einem Jahr des In-die-Irre-Laufens war deWitt auf die naheliegende Idee gekommen, nach Trägern eines so seltenen Namens zu suchen. Sowohl Bähnischs *Deutsche Personennamen* als auch Brechenmachers *Ethymologisches Wörterbuch der deutschen Familiennamen* entließen ihn mit dem Bescheid, dass es den Namen Nesselkönig nicht gab,[19] wonach fortan als archimedischer Punkt seiner biografischen Forschungen feststand: Victor Nesselkönig hieß vielleicht Victor, aber auf keinen Fall Nesselkönig. Als er an diesem Punkt angekommen war, hatte deWitts Karriere einen plötzlichen Aufschwung bekommen, weil er in einem der Archive, in denen er nach dem Ende seiner Redakteursschichten beim *Oberbayrischen Generalanzeiger* herumsaß, den berühmten *SPIEGEL*-Redakteur Kruschny getroffen und ihm in der Kantine von seinen Forschun-

---

19 Hätte deWitt schon das Internet benutzen können (oder wäre er botanisch beschlagen gewesen), wäre seine Verwunderung noch größer geworden, findet man den Namen dort doch als Synonym für die Riesentaubnessel (Lamium orvala). Und er hätte gewiss kostbare Zeit damit vergeudet, dieser Spur nachzugehen.

gen erzählt hatte. Kruschny trank Kaffee wie Wasser, hörte wortlos zu und nickte gelegentlich. Am Ende sagte er zu den ungelösten Rätseln, die den künftigen Autor der grundlegenden Nesselkönigbiografie umtrieben, kein Wort. Er hatte aber begriffen, dass deWitt ein Spurensucher war, ein Fährtenhund, ein unermüdlicher Rechercheur mit dem Instinkt für entlegene Quellen und raffinierte Fälschungen. Dazu hatte Nesselkönig ihn gemacht. Mit dem Bericht über seine Haftzeit in der DDR (er hatte als junger Student Bahnhöfe fotografiert und war wegen Hochverrats und Spionage verurteilt worden) brachte Kruschny den jungen Mann fürs Erste von der Idee ab, Nesselkönig hinter dem Eisernen Vorhang zu besuchen und verschaffte ihm stattdessen eine Stelle beim *SPIEGEL*, von wo aus er wesentliche Skandale der bundesdeutschen Nachkriegsgeschichte aufdecken half. Und für ein paar Jahre schien deWitt geheilt von seiner Nesselkönig-Manie, zumal zu viel Interesse für einen Kommunisten – Meinungsfreiheit hin oder her – in der Bundesrepublik dieser Jahre der Karriere mehr schaden konnte als eine Blutgruppentätowierung auf dem linken Oberarm. Aber wie ein alter Liebhaber kehrte deWitt immer wieder zu seinem Nesselkönig zurück. Auf den Bahnfahrten, später den Flügen zwischen Hamburg und Bonn schrieb er ab und zu etwas in ein Notizbuch, in dessen Frontispiz er ein großes »N.« gemalt hatte: »N. = Kaspar Hauser = Tucholsky?« Bekanntlich hatte Tucholsky zuweilen unter dem Pseudonym Kaspar Hauser publiziert und die Assoziation zwischen N.s ungeklärter Herkunft und dem badischen Findelkind lag nicht fern. DeWitts Hypothese, dass der Autor, der sich hinter dem Pseudonym verbarg, vielleicht nicht Tucholsky, sondern eben Nesselkönig war, erwies sich rasch als Unsinn. Sie war aber Anlass zu intensiven Recherchen, die in einen von den Anhängern der Herzog-von-Baden-Theorie gefeierten Aufsatz über Kaspar Hauser und einen von der Schulgermanistik in der Luft zerrissenen Tucholsky-Essay mündete. Aber keine Klarheit kam dadurch in Nesselkönigs Vorleben. Als er es sich leisten konnte, nahm er ein Jahr Auszeit, packte alles Papier, das er über *Herkunft, Kindheit und Jugend* zusammengetragen hatte, in feuerfeste Blechkisten, legte einen neuen Leitzordner zu diesem Kapitel an und zog von Hamburg in die eingemauerte Freie Stadt Berlin, um die Spur wieder aufzunehmen.

*

In Eigengasts Erinnerungen sitzt Anfang Oktober 1931 ein junger Mensch mit auffällig nichtssagendem Gesicht an einem der Tische im *Gotischen Café*, ein Mann, »der mit Ausnahme des damals noch (auch Eigengast war die Veränderung aufgefallen) schwarzen Haarschopfes überhaupt nichts Markantes, Einprägsames an sich hatte, als ob sein Gesicht mit einer Lösung abgespült worden sei, die jeden Schmerz und jede Erinnerung gelöst hatte«. DeWitt hatte Fotos neben dem Buch auf seinem Schreibtisch liegen. Ein Mann mit schwarzen, dicken Haaren, in der Tat, wie er wenige Jahre später in Moskau auf den Podien der kommunistischen Künstlervolksfront saß, neben Gide, Ehrenburg und Becher. Aber ein nichtssagendes Gesicht? Das hatte Eigengast wohl um des Effekts willen erfunden.

Am 8. Oktober 1931 also saß Eigengast, damals eine Autorität unter den zum Anarchismus neigenden Wilden der Berliner Szene, an seinem Kaffeehaustisch und warf durch funkelnde Brillengläser kalte Blicke auf sein Gefolge. Ab und zu erhielt ein junger Mensch die Erlaubnis, ein im Absinthrausch verfasstes Gedicht oder den Beginn einer mit Herzblut geschriebenen Novelle vorzulesen. Eigengast sagte nie etwas dazu. Seine Kritik bestand in seinem Verhalten während des Vortrages, etwa darin, dass er, während der Text sich seiner Klimax und der Autor den Tränen näherte, einer der eiligen Kellnerinnen winkte und in hessischem Singsang mit weibischer Stimme fragte: »Ach, Frollein, wäre noch ä Schillerlöckche zu habe?«, und dann wusste der Unglückliche, dass er verloren war. Der Unscheinbare am Nebentisch sah hin und wieder teilnahmslos hinüber, hörte offensichtlich zu, wenn Eigengast sprach, sagte oder tat aber ansonsten nichts. Nichts, falls man, wie Eigengast, Schachspielen für Nichtstun hält. Die

Flügeltüren zur Straße kamen nicht zur Ruhe, Flaneure mit roten Wangen brachten Schwaden feuchtkalter Herbstluft und Benzingestank hinein. Die Kellnerinnen trippelten mit mürrischen Gesichtern hin und her, hielten aber inne, wenn der Dichter, Eigengast wohlgemerkt, die Hand hob. Eigengast hielt es für bürgerliche Verklemmtheit, selbst zu bezahlen. Der junge Mensch am Nebentisch machte an jenem denkwürdigen Tag dadurch auf sich aufmerksam, dass er am Abend, als die Künstlerrunde zum Aufbruch ins Theater, ins Bordell oder in eine linksradikale Versammlung rüstete, über eine Kellnerin ausrichten ließ, er werde es sich zur Ehre anrechnen, die Zeche zu übernehmen.[20] Er hatte, wie Eigengast mit nun unverhohlenem Wohlwollen berichtet, einen größeren Betrag beim Schachspielen gewonnen,[21] scheinbar nur zu dem Zweck, das Künstlervolk am Nachbartisch freizuhalten. Also zückte er eine Brieftasche aus rötlichem Leder mit einer goldgeprägten Inschrift (solche Details entgingen Eigengast nicht, leider war er zu kurzsichtig gewesen um die Initialen zu erkennen. DeWitt hätte hohe Wetten angenommen, dass es nicht *V.* und *N.* waren) und bezahlte alles.

DeWitt hatte kostbare Jahre damit vertan, gedruckte Biografien und Memoiren und archivierte Tagebücher, Briefwechsel und Nachlässe von Dichtern und anderen Müßiggängern zu durchsuchen, die 1931 in Berlin gewesen waren. Eigengast wurde beinahe von allen erwähnt; als Lyriker neuer Schule und Autor frivoler Geschichten, von denen es hieß, er habe keine einzige erfinden müssen, als Morphinist und undurchsichtiger Parteigänger linker Gruppen, denen die Kommunisten zu wenig radikal waren; jemand, der selbst kaum noch schrieb, weil es ihn dunkel zur Tat drängte, der aber die religiöse Verehrung junger, zum Umsturz neigender Künstler genoss. Nach den Gesetzen der Statistik konnten gar nicht alle, die sich seiner Bekanntschaft rühmten, bei ihm gewesen sein. Nur Nesselkönig war keinem aufgefallen.

---

20   Randbemerkung von deWitt: »Vermögend oder Angeber? Vermutlich beides.«
21   Randbemerkung deWitt: »Was kostete ein Kaffee 1931 im Gotischen Café?«

Dabei war, was der durch die Großzügigkeit des Mannes vom Nebentisch gnädig gestimmte Eigengast weiter erzählte, durchaus der Erwähnung wert. Am nächsten Tag saß der Unscheinbare am selben Tisch und spielte gegen sich selbst Schach, bis um die Mittagszeit ein massiger Beamter aus einem der umliegenden Ministerien sich ihm gegenüber niederließ und eine Partie mit ihm begann. War seine Pause zu Ende, ging der Ministeriale, wie Eigengast schrieb, »eilig und rotgesichtig, als habe er ein Bordell besucht«, und ein anderer Gegner kam: ein hochmütiger Vereinsspieler mit langem welligen Haar, der großzügig Kaffee und Cognac für beide bestellte (Eigengast: »Nesselkönig rührte nicht einmal Wasser an, solange die Partie nicht zu Ende war, als könnte die Flüssigkeit seinen Verstand verdünnen.«). Dann ein armer Schlucker, der um seine Miete spielte, danach ein Knabe, der die Lehrbücher von Lasker und Tartakower auswendig zu kennen schien. Jede Menge Wunderlinge in schwarzweiß karierten Anzügen mit karierten Hemden und karierten Schlipsen. Eigengast skizziert, während er den ehrgeizigen jungen Männern am Tisch ihre Dichterkarrieren verdirbt oder sie mit dem Sirenengesang der Vierten Internationale betört, eine Typologie der Schachspieler. Er klassifiziert die Gegner des spendablen Schwarzschopfs nicht nach ihrer Spielweise, obwohl er offenbar etwas von Schach versteht. Er beschreibt die Sitzposition, die Bewegungen, den Gesichtsausdruck, die Körpersprache, mit der sie Nesselkönig zu beeindrucken suchen, Farbe und Schnitt ihrer Anzüge und was sie über ihren Beruf, ihren wirtschaftlichen Erfolg, ihre erotischen Neigungen und ihre Disposition als Schachspieler verraten. Er beobachtet feiste, nach Schweißgeruch aussehende Direktoren, die bewegungslos sitzen, das Gesicht mit den Tränensäcken in beide Hände gestützt. Wenn sie einen Zug machen, löst sich eine Hand von der Wange, ergreift die Figur, setzt sie ab und kehrt an die Stelle zurück, wo sie eine rötliche Spur hinterlassen hat, ohne dass sich an der Pose des Spielers sonst irgendetwas ändert. Eigengast nennt sie die »Berge«.

Ein anderer Typus springt nach jedem eigenen Zug auf, ohne das Brett noch eines Blickes zu würdigen. Mit langen Schritten durchmisst er den Raum und nimmt hinter dem schummrigen Tresen Platz, von dort seinen grübelnden Gegner mit giftigen Blicken belagernd, Eigengast zufolge der »Panther«.

Dann die »Träumer«: Wagt eine Kellnerin unter mehrfachem Räuspern zu fragen, ob der Herr den ganzen Nachmittag bei einem Kaffee bleiben will, hebt er unendlich langsam den Blick vom Brett und blinzelt traumverloren zu ihr empor, schüttelt dann langsam den Kopf und wendet sich wieder der Partie zu.

»Sportler«: Sie trinken Milch und gehen zwischendurch auf die Straße, um frischen Sauerstoff ins Gehirn zu bekommen. Ihr Körper ist gespannt, ihre Miene entschlossen.

»Zappler«: Unbewegte Körper wie die Berge, doch unentwegt wippende Füße.

»Sprecher«, die jeden Zug kommentieren, die gegnerischen mit »Ach so?«, »Na ja …«, »Also doch!«, die eigenen mit »So!!!« oder »Ich *muss* es riskieren!«, einer sagt immer mit nasaler Stimme: »Die Kuh hängt« und meint, wie Eigengast uns erklärt, dass ein Springer bedroht ist.

»Gestiker und Mimiker«, deren Kommentare in herabgezogenen Mundwinkeln oder verwundertem Kräuseln der Stirn bestehen, einem leisen Wiegen oder Nicken des Kopfes. Eine Unterspezies, die »Psychologen«, verwendet alle Kunst darauf, nach jedem von Nesselkönigs Zügen namenloses Erstaunen zu demonstrieren, als hätte Nesselkönig einen Knopf aufs Brett gesetzt.

»Musiker«, die das Schicksalsmotiv aus Beethovens Sinfonie pfeifen oder »Ach wie so trrrügerisch …« vor sich hin brummen.

Ein Blinder, dessen Finger auf einem kleinen Blindenschach umherirren und der nie die Kaffeetasse umstößt, die die Kellnerin neben ihm abstellt.

Der »Dieb«: Wenn er den ersten Bauern erobert hat, behält er ihn die ganze Partie über in der linken Hand und spielt damit. Er würde ihn jedes Mal mit nach Hause nehmen, wenn sich nicht der Zahlkellner in seinen Weg stellen würde.

Später scheint Eigengast an den Spieltisch getreten zu sein, denn er versucht, die Spielweise von Nesselkönigs Gegnern zu systematisieren:

»Theoretiker«, die von Beginn an Turmendspiele anstreben, die sie aus Tartakowers *Lehrbuch der Endspiele* kennen.

»Apokalyptiker«, die im Stile Adolf Andersens und der Romantischen Schule alles auf eine Karte setzen, mit hochrotem Kopf Figur um Figur opfern, bis sie den Gegner überrannt haben, aber kein Holz mehr besitzen, um ihn matt zu setzen.

»Verteidiger«, die jede gegnerische Figur abtauschen, die sich über die Mittellinie traut.

»Pazifisten«, die aus Prinzip keine Figur schlagen.

»Symmetriker«: Streben mit Schwarz solange Symmetrie an, bis sie mattgesetzt sind.

Gute Verlierer, die dem Sieger die Hand reichen, ein Kompliment machen und sich bedanken, bevor sie aufrechten Ganges das Lokal verlassen. Schlechte Verlierer, die die Figuren umwerfen und zornig fortrennen oder in endlosen Analysen nachzuweisen suchen, dass sie eigentlich auf Gewinn standen.

Aber Verlierer alle.

Der Schwarzhaarige gewinnt immer und Eigengast scheint zu wissen, warum:

»Er schien mir die Verkörperung dessen zu sein, was am menschlichen Geist im Allgemeinen und im Schachspiel im Besondern klar und ungetrübt ist. Frei von subjektiven Einfärbungen, von Nebeln der Emotion, der Hoffnung und Spekulation. Es war ihm unmöglich, einen Zug zu machen, der nur riskant, originell oder verwirrend war. Er tat nur richtige Züge und er tat sie mit unbewegtem, unbeteiligtem Gesicht. Es schien ihm jedes Interesse an der Schönheit oder Tragik einer Schachpartie, an ihren Verwicklungen, Risiken und

Möglichkeiten zu fehlen. Er beobachtete das Brett wie eine Hausfrau, die mit gelassener Routine darauf achtet, daß ihr das Essen nicht anbrennt und griff quasi nur ein, um einen Topf vom Herd zu nehmen, um etwas gerade zu rücken, das durch die unsolide Spielweise seines Gegners schief geworden war. Es schien, als sei er nicht ein Spieler, geprägt durch Lehrer, Ehrgeiz und Temperament, sondern der universelle, ultimative Spieler, quasi ein Automat.«[22]

*

Im Sommer 1972 hatte deWitt seine Recherchen für einen höhnischen Artikel in der *FAZ* über den Staatsdichter Victor Nesselkönigs unterbrochen. Es wurde ein moralischer Verriss, weil Stoff für einen ästhetischen Verriss trotz der prahlerischen Ankündigungen des Verlages immer noch nicht vorlag. Der zweite Roman des Nobelpreisträgers ließ auf sich warten. Vielleicht, so spekulierte deWitt (und dieser seltsame Gedanke verriet seine Verzweiflung), würde eine saftige Provokation den berühmtesten Autor des Ostens endlich veranlassen, seine Fragen zu beantworten. Dann durchstöberte er seine dicken Adressbücher nach der Telefonnummer des Münsteraner Großmeisters und Mathematikdozenten Dr. Urs Ueberschär, den er in seiner Zeit als Lokalredakteur einmal nach einer Simultanvorstellung interviewt hatte. Er fand die Nummer, es nahm eine Frau mit brüchiger Stimme ab und deWitt wurde seines eigenen Alters gewahr, als er erfuhr, der Meister sei schon vor Jahren entschlafen. So zusätzlich zur Eile ermahnt, verabredete er einen Termin beim einzigen Inhaber eines Lehrstuhls für Geschichte der Brettspiele im deutschen Sprachraum, Herrn Legationsrat Prof. Dr. Dr. Ferrero-Holtzvogel von der Philosophischen Fakultät der *Alma Mater Rudolphina* zu Wien, der ihn in einer Art Heiligem Schrein der Schachgeschichte

---

22 Eigengast, S. 83.

empfing, im Saal seiner Villa in Grinzing. Das Parkett variierte das Muster eines Schachbrettes. In indirekt beleuchteten und mit grünem Samt ausgeschlagenen Vitrinen standen alle erdenklichen Schachspiele: Knochenfiguren aus Indien und Äthiopien, Meißner Porzellanfiguren, solche aus Carrara-Marmor und Porphyr, neumodische Massenware mit den Gesichtern von römischen Cäsaren, Marschällen der Sowjetunion und amerikanischen Eishockeyspielern, aber auch Marcel Duchamps Pocket Chess Set von 1943, Man Ray's Bronzefiguren und Josef Hartwigs Bauhausschach. In der Mitte, im goldenen Licht einer schmucklosen Hängelampe aber stand ein seltsamer Kasten, eine Art Schreibtisch mit einem Schachbrett darauf, hinter dem eine Rummelplatzfigur mit einem Turban saß. DeWitt berührte ihn scheu, wie eine Mumie. Auf die Frage nach der Herkunft seufzte Ferrero-Holtzvogel eine Spur zu theatralisch. Der Professor trug ein schwarzweiß kariertes Sakko und eine schwarze Krawatte mit einem weißen Springer darauf, umringt von dem Spruch *gens una sumus* – der Losung des Weltschachbundes FIDE. Wenn deWitt die Szene später im Kollegenkreis an den Bars westdeutscher Hotels erzählte, erfand er karierte Strümpfe und schwarzweißen Würfelzucker dazu.

Ein so starker Spieler, bedrängte deWitt den Professor, müsse doch irgendwo aufgefallen sein? Ein Lehrer, ein Verein? Veröffentlichte Partien? Der Gelehrte nickte auf deWitts hitzige Spekulationen wie ein Arzt, dem sich die vom Patienten geschilderten Symptome zu einer Diagnose fügen, ohne dass er Fieber messen muss. Er fragte schnell und knapp nach, malte ein großes *N* und viele Fragezeichen auf einen Zettel und machte ein Gesicht, als habe er es geahnt. DeWitt spürte förmlich, wie sich der Kreis der infrage kommenden Schachgenies in Ferrero-Holtzvogels grauem Kopf von Antwort zu Antwort verkleinerte.

»Tja Herr Witt. Diesen Spieler«, – der Legationsrat zog Augen und Nase zusammen, wandte sich ab und nieste, »ndanke, ndanke. Diesen Spieler kennen wir nicht. Schachgeschichtlich ein weißes Blatt. Kein Titel. Kein Turnier. Nicht eine einzige Partie. Und das ist auch gar nicht verwunderlich. Schließlich fehlt uns ja auch niemand.«

»Verzeihung?«

»Es fehlt niemand. Wir haben keine Meisterpartie, zu der wir einen unbekannten Meister suchen. Und wenn ich ehrlich …«

»In Schachzeitschriften findet man Partien, in denen zum Beispiel Aljechin gegen N. N. spielt.«

Der Professor sah ihn mit einer Mischung von Anerkennung und Überlegenheit an. »Tjaaaaa. Jajaja. Das sind ganz unbedeutende Spieler. Teilnehmer an Simultanvorstellungen. Oder Kiebitze in Kaffeehäusern. Man hat versäumt, ihre Namen aufzuschreiben. Wenn aus der Partie etwas Besonderes wurde, nannte man die Verlierer eben N. N. Sie waren Spielbälle für die Meister, Statisten für deren Kombinationen.«

»Übrigens«, sagte deWitt, »ist Eigengasts Buch überall verrissen worden.«

Der Hofrat sprang auf. »Nicht im *Schachkurier*.«[23]

»Aber sonst überall.«

»Von Germanisten. Vom Standpunkt des Schachspielers aus gesehen, sind Germanisten Analphabeten.«

Das Gespräch endete damit, dass deWitt am liebsten auch das Schachmaterial in feuerfeste Blechkisten gepackt hätte. Aber es stand nun einmal fest, dass Eigengast nicht nur Zeuge, sondern sogar Akteur einer literaturhistorischen Begebenheit geworden war. Am Ende des Kapitels, nach seinen Skizzen zur Phänomenologie des Schachspielers, berichtet er:

---

23 Vgl. Ferdinand Ferrero-Holtzvogel: Ein schachspielender Kommunist. Anmerkungen zu den Memoiren von Cornelius Eigengast aus der Sicht des Schachwissenschaftlers, *Wiener Schachkurier* 1962, S. 66 f.: »Jedenfalls die Schachpassagen sind meisterhaft. Die Leute sitzen an den Spieltischen. Sie denken nach, ziehen und geben irgendwann auf, aber sie leiden. Für sie ist Schach das Leben, ein Gambit ein wirkliches Opfer, eine gelungene Kombination wirkliches Glück … Und wenn dann noch eine Partie beschrieben wird, fällt dem kundigen Schachfreund anders als gewöhnlichen Lesern sofort die Finesse auf, dass Nesselkönig den Rauser-Angriff der Sizilianischen Verteidigung mit vertauschten Farben spielt.«

»Eines Tages stand der seltsame Schachmeister doch an meinem Tisch. Es war noch früh und das Café fast leer. Er hatte mit sich selbst Schach gespielt und hielt mir nun ein loses Bündel Blätter hin, wozu er etwas Absprechendes, Gleichgültiges sagte, etwa: ›Wenn das Schachspielen mir zu langweilig wird. Lesen Sie es, wenn Sie mögen.‹ Er sprach etwas länger, aber von seiner Redeweise blieb mir nur in Erinnerung, daß er die Gewohnheit hatte, Sätze zu beginnen, ohne sie zu Ende zu sprechen. Für einen solchen (wie sich gleich zeigen sollte) Meister der Sprache war das ein seltsames Phänomen. Was er auf meinen Tisch legte, war nämlich das, was ich in diesen Jahren am meisten geschenkt bekam: ein Manuskript, ein fertiger Roman, natürlich ungedruckt. Ich blätterte es höflich durch, las mich fest, sah erstaunt auf. Der Mann verabschiedete sich unter Nennung seines Namens und einer Telefonnummer[24]. Ich ging bald nach Hause, las weiter, vergaß mein Abendessen und das Theater. Ich las und las. Eine Stunde nach Mitternacht war ich fertig. Ich rief Samuel Fischer an, der bereits geschlafen hatte und sagte: »Herr Fischer, Guten Morgen. Ich habe den Autor des Jahres gefunden, was sage ich: den Autor der Epoche. Er heißt Victor Nesselkönig.«[25]

Heißt er nicht, dachte deWitt und schlug das Buch zu.

---

24 Das Berliner Telefonbuch von 1931 hatte deWitt längst durchsucht, selbstredend ohne Ergebnis.
25 Eigengast, S. 101.

8

Lenka macht Nesselkönig mit der Hauptgestalt seines nächsten Romans bekannt und Willi spielt Schach mit einem vermutlich hohlen Türken
Böhmen, Januar bis März 1937

Am frühen Morgen erreichten sie Fryberk. Wenn Willi auf der Rückbank aus seinen durchgeschüttelten Träumen erwacht war (ein Stoß beförderte ihn zurück in die Welt, aus der er unmerklich wieder zurück in seine Träume dämmerte), hatte er mit geschlossenen Augen dem Gemurmel im Fond gelauscht. Lenka sprach leise und eindringlich auf Nesselkönig ein, der nur Überraschungslaute von sich gab. Falls Willi das nicht träumte, lachten die beiden mehrmals laut und lange, als würden sie nach einem langen Streit zur Versöhnung eine Flasche Wein trinken. Später hatte Lenka ihrem Nachbarn, der unaufhörlich auf seinem Sitz hin und her rückte, die Zeit mit einem historischen Vortrag[26] verkürzt, als ob sie einen Ausflug machten.

Schloss Fryberk hatte einem südböhmischen Grafengeschlecht gehört, das für den Fehler, am böhmischen Aufstand teilgenommen zu haben, nach der Schlacht am Weißen Berg mit dem Verkauf an den Emporkömmling Wallenstein büßen musste (und nach dessen Ermordung restituiert wurde). Aber der Reichtum war über Nacht zerronnen, als Mitte des letzten Jahrhunderts der Aufschwung von metallurgischer und chemischer Industrie die Preise für Holz und Harz dauerhaft ruiniert hatte. Genau um diese Zeit begann Lenkas Großvater Eduard Caslavek, die Früchte seiner Investition in schlesische Eisenhütten zu ernten. Seine Heirat mit dem einzigen Kind der gräflichen Familie Rosenberg

---

26 Zu dem Folgenden vgl. z.B. Vlastimil Chaloupecky (Hg.): Böhmische Adelshäuser in Vergangenheit und Gegenwart, Frankfurter Verlagsanstalt 1974, Band II, S. 374 ff.

(Lenkas Großmutter) schien insofern unter keinem günstigen Stern zu stehen, als sie der Kapitulation einer vom Ruin bedrohten Adelsfamilie vor den dringend benötigten liquiden Mitteln eines neureichen Freiers allzu ähnlich gewesen war. Doch war Caslavek klug genug gewesen, seinen Triumph nicht zur Schau zu stellen, jedenfalls nicht mit den Mitteln der Architektur und Gartenkunst. Vielmehr wahrte er den Schein, die Rosenbergs seien die Herren im eigenen Hause geblieben. Nicht nur ließ er die Fassade des seit der Renaissance nahezu unverändert gebliebenen Schlosses und die ebenso alte Parkanlage unberührt und beschränkte sich auf ebenso behutsame wie revolutionäre Erneuerungen des Innenlebens, indem er Fryberk etwa eine Wasserversorgung schenkte, die selbst hundert Jahre später noch Architekturstudenten und Techniker aus Prag und dem Rest der Welt in Erstaunen versetzte. Auf modischen Schnickschnack verzichtete er. Als praktischem Menschen genügte es ihm, dass er im Grundbuch stand. Stilfragen überließ er dem Geschmack seiner Frau, die vom Virus des spätromantischen Historismus so wenig befallen war wie von Gewissensbissen, wenn sie in regelmäßigen Abständen von ihm unterzeichnete Blankoschecks der Prager Filiale des Hauses Rothschild in der Schublade ihres Sekretärs fand.

»Die gnädige Frau baut wieder«, hieß es dann im Schloss und in den zugehörigen Dörfern. Stuckateure aus Krakau und Freskomaler aus Prag kamen, Kunsttischler und Maurer aus Sachsen und ein Gärtner aus Südengland, dem der Mund offen stehen blieb, als er die Ausmaße von Park Fryberk sah. Caslaveks Sohn, Lenkas Vater, hatte den Reichtum nicht nur zusammengehalten, sondern auch eine Frau heimgeführt, die den architektonischen Sinn ihrer Schwiegermutter durch einen süditalienischen Herzoginnentitel und Gespür für preiswerte Antiquitäten veredelte. Weil andere böhmische Große weniger Glück oder mehr Skrupel mit ihrer Heiratspolitik hatten, wurden Wagenladungen von Barockmöbeln und Kronleuchtern aus dem Rokoko, Fayencen und flämischen Gobelins, chinesischen Porzellanen und Sieneser Tafelbildern aus den umliegenden Schlössern nach Fryberk gebracht. Lenkas Mutter kaufte ihren Adelsgenossen die Kunstsammlungen ab, als wären sie Eingeborene – eine Mischung aus Geschäftssinn und Blick für ewige Werte, die sie, wie man gesehen hat, ihrer Tochter unverdünnt vererbt hatte. Fryberks Kunstkammern quollen über. In den Sälen, Fluren und Privatkabinetten musste man zur Petersburger Hängung übergehen und als mit den Gründerkrächen die Flucht in die Sachwerte kam, wuchs der Wert der Sammlung so sehr, dass die führende Prager Versicherung, der Caslavek vertraute, ihrerseits einen Rückversicherungsvertrag mit Lloyds schloss, als hätte sie geahnt, dass Zeiten kamen, in denen solche Reichtümer wieder Ziel von Brandschatzung, Kriegsplünderung oder Enteignung sein würden.

Wenn er den Kopf zu Lenka wandte und sie mit nervösen Augenzwinkern betrachtete, sah man Victor an, dass er beeindruckt war: Einmal hatte er ihren Redeschwall mit einem Überraschungslaut unterbrochen und sie nach dem Namen des Försters aus Ostwestfalen gefragt, den ihr Vater zur Verwaltung der Fryberk umgebenden Wälder eingestellt hatte. Der Mann hatte Gäbler oder Gärtner geheißen und Victor behauptete ihn zu kennen, weil seine Mutter in Bielefeld bei ihm geputzt habe. Lenka hatte es mit einem irritierten Blick belassen und dann weitergeplappert. Aber Willi in seinem Kokon aus Schläfrigkeit stutzte. *Süd-West oder Bielefeld?*, notierte er im müden Geiste, aber die Tinte war bei Sonnenaufgang verblasst.

An der Auffahrt stand ein uniformierter Diener, um das Gepäck ins Haus zu tragen, Willis abgeschabte Segeltuchtasche und Lenkas Rudel englischer Reisekoffer. Nesselkönigs Sachen waren zu seiner Verzweiflung beschlagnahmt worden. Lenka hatte ihm das mit der Rücksichtslosigkeit gesagt, mit der man jemandem, der an einer Küste gestrandet ist, klarmacht, dass sein Schiff gesunken ist. Nach dem Jemand, der die Koffer hinaufgeschleppt hatte, erschien ein anderer Jemand, der sich, jeden Blickkontakt meidend, bemühte, Lenkas Wünsche zu erraten. Bevor sie ihnen die Zimmer zeigte, führte Lenka die müden Männer in der fahlen Dämmerung durch das Schloss. Im Schein einer Lampe, die ein dritter Jemand hielt, bewunderten sie Handzeichnungen von Dürer und Menzel, minoische Vasen und venezianisches Glas. Sie gingen schweigend durch die Flure und Säle, während Lenka plapperte, eine Mixtur aus müder Kennerschaft und Besitzerstolz. Vom Obergeschoss, in das jetzt die Sonne wie Hochwasser flutete, führte Lenka sie über einen Treppenturm zurück durch halbdunkle Räume mit unverputzten Wänden, die vollgestopft mit Kisten waren. Sie schwenkte ihre Lampe, der Lichtkegel jagte die Wände entlang. Willi erkannte die hochgestapelten Bretterkisten mit den kyrillischen Beschriftungen wieder. Lenka zwinkerte ihm zu. In einem der Räume, die Lenka als Rumpelkammern bezeichnete, blieb Nesselkönig plötzlich stehen und fragte gleichzeitig mit Willi: »Was ist das?«

Lenka schwenkt ihre Tragelampe und Victor Nesselkönig zeigte auf einen Kasten etwa von den Ausmaßen eines Schreibtisches, ohne aufwendigen Schmuck, aber mit einem eingelassenen Schachbrett auf der Tischplatte, hinter der die aus Gips oder Holz gefertigte mannsgroße Figur eines Mannes saß, der eine Pfeife rauchte und einen Turban trug.

»Der *Türke*«, sagte Lenka und setzte sich auf den Tisch. »Ungarisches Stück. Man nannte ihn den Türken, weil …«

Es war nicht zu übersehen, warum man ihn den Türken nannte.

»Der *Kempelen*-Türke!«, murmelte Victor und stellte sich neben sie, aber in Blickrichtung auf die Figur, der ein Stück des Hinterkopfes fehlte, Draht und Holzwolle quollen heraus, ein mechanisches Gehirn.

»Ich wusste gar nicht, dass es den wirklich gibt«, sagte Willi.

»Du kennst ihn?«, fragte Lenka spöttisch.

»Jeder geistig wache Mensch kennt ihn.« Victor legte den Kopf auf die Seite, betrachtete den Kopf des Türken. »Ehrlich gesagt … Ich wollte immer einen Roman darüber schreiben.«

Lenka trat einen Schritt zurück, als fürchte sie, den Türken kaputt zu machen, bevor er zur Hauptfigur eines Romans wurde.

»Er steht zu Ihrer Verfügung, lieber Herr Nesselkönig.« Ihre Stimme zitterte, so geschmeichelt war sie. »Betrachten Sie ihn.

Zerlegen Sie ihn. Fragen Sie ihn aus.« Aber *schreiben Sie über ihn*. »Wenn Sie wollen ... Ich lasse ihn auf Ihr Zimmer bringen. Damit Sie ihn ... mit ihm meditieren können oder ihn als Schreibtisch benützen können für Ihre Entwürfe.«

»Ich schreibe immer gleich ins Reine«, antwortete Victor, als ob das eine Rolle spielte. Er umkreiste die Kiste, leicht nach vorn gebeugt, und betrachtete sie aus verschiedenen Blickwinkeln, als ob er etwas herausfinden wollte. Lenka gab im Hintergrund Willi ein Handzeichen, das dieser zweimal ignorierte, bis sie ein katzenhaftes Fauchen hören ließ.

Vor dem Frühstück im Wintergarten ließ Victor sie warten. Lenka saß in ihrem Korbstuhl und sah hinüber zu den bläulichen Höhenzügen am Horizont. Willi stand mit dem Rücken zum Fenster und versuchte, ihren Blick einzufangen.

»Ihr werdet für ein paar Tage hierbleiben«, sagte sie und blickte in die Ferne. »Bis alles organisiert ist.«

Willi nickte, holte mehrmals Luft, um etwas zu sagen, winkte dann ab und begann, vor den Fenstern auf und ab zu gehen. Victor betrat den Raum, er trug einen von Willis Anzügen, der ihm deutlich zu eng war.

»In unserer Lage sollte man sich duzen, denke ich«, sagte Lenka. Nesselkönigs tat so, als merkte er nicht, dass sie von seiner Lage sprach.

»Ich für meinen Teil halte das für zu früh«, sagte Willi zu seinem eigenen Erstaunen. Er erntete einen amüsierten Blick von Nesselkönig, ein verstecktes Zeichen männlicher Solidarität. Nesselkönig hätte jetzt um jeden Preis etwas Taktvolles sagen müssen, tat es aber nicht. »Jedenfalls«, er stellte sich neben Willi an die Front aus Sprossenfenstern und strich über die marmorne Fensterbank, »jedenfalls ahnt man gar nicht, welche Freude Fräulein Lenka mir mit dem Türken gemacht hat.«

Lenka machte eine fahrige Bewegung. Glaubte er, der Türke sei geschenkt? Bei aller Liebe zur Sowjetunion war sie eine strikte Anhängerin des Privateigentums. Schweigend warteten sie auf den Kaffee, Willi zupfte an den Blättern des Olivenbäumchens auf der Fensterbank, Victor begann einen Satz und suchte nach einem Wort.

»Ich wäre gern … der Mann in der Maschine gewesen. Es ist doch Platz für einen Mann darin, meine Liebe?« Er sah zu Lenka hinüber, aber die verschwand gerade ins Innere des Schlosses, um dem Personal Beine zu machen, man hörte ihr Geschrei. Als sie zurück auf den Balkon kam, schüttelte sie sich, als werfe sie den Küchengeruch der Dienstboten ab. Übergangslos lächelte sie Victor an.

»Fräulein Lenka, meine Liebe, es ist doch so, dass ein Mann in den Türken passt?«

Es war bewundernswert, wie er die Entscheidung zwischen Du und Sie vermied. Willi hatte das Bedürfnis, beide gleichzeitig anzusehen. Als Lenka im Auto Nesselkönig von ihren Möglichkeiten erzählt hatte, Geld, Pässe, Beziehungen zur Botschaft, war er beflügelt gewesen von dem Stolz, dazuzugehören. Er hatte den Rausch der Rücksichtslosigkeit gespürt, der Teilhabe an der Macht, die fremde Schicksale bestimmte. Das Gefühl, zum Glück oder Verderben eines anderen Menschen zu werden. Als sitze er in diesem Menschen, um ihn zum Glück zu zwingen oder ins Unglück zu treiben. Wie ein zwergenhafter Schachspieler in diesem türkischen Automaten. Etwas, das er vorher nicht einmal geträumt hatte, war geschehen. Lenka, dachte er, Lenka, Victor Nesselkönig und ich.

Victor fragte noch einmal nach dem Mann im Türken. Lenka wies mit der Hand schräg nach unten in Richtung der Magazine, wo der Türke stand; ein Zauberkünstler, der selbst gespannt ist, was zum Vorschein kommt, wenn er den Zylinder lüftet.

»Ach, ich werde es heute noch herausbekommen.« Victor lief händereibend durch den kühlen Raum. Der Page, der endlich den Kaffee brachte, musste ihm ausweichen, Victor bemerkte es gar nicht. »Ich habe gelesen, es gibt ein Spiegelsystem, das das Versteck verbirgt.«

Lenka lächelte vielsagend. Als der Diener fertig war, stand er aufrecht und reglos neben der Tür, die zum Nebenraum führte. Lenka und Victor setzten sich an den Tisch, ohne ihn zu beachten. Willi ging in einem kleinen Bogen um ihn herum und sagte, bevor er sich setzte: »Vielen Dank.« Der Diener verzog den Mund.

»Ich fühle mich geehrt«, sagte Lenka mit einer Prise Spott in der Stimme und Victor Nesselkönig lachte, als ob der Scherz nicht auch ein bisschen auf seine Kosten ging. Er wandte sich zu Lenka, musste den Kaffee erst herunterschlucken, bevor er antwortete.

»Nein, *ich* fühle mich geehrt … fühlen Sie sich nicht geehrt. Ich bin … verzeihen Sie, ich bin *nichts*. Jedenfalls wäre ich gern nichts. Nicht nur kein erfolgreicher Autor. Sondern gar kein Autor. Kein Mensch mit Namen und Biografie. Nur ein Medium, etwas Unbestimmtes, auf verschiedene Weise Ausfüllbares. Niemand, von dem etwas Besonderes zu erwarten ist.«

»Das Wunder an der Kempelen-Maschine war«, sagte Willi, um die Peinlichkeit zu überspielen, »dass sie überhaupt Schach spielen konnte. Nicht, dass sie *gut* Schach spielte.« Lenka legte ihre Gabel auf den Tellerrand, sie sah ein bisschen beleidigt aus.

»Du irrst dich«, sagte Nesselkönig. »Er hat Napoleon besiegt, Franklin …«

»Napoleon auf dem Schachbrett zu besiegen, wird keine große Kunst gewesen sein. So wie Aljechin kein großer Feldherr geworden wäre …«

Man sah Lenka an, dass sie nicht wusste, wer Aljechin war.

»Der Weltmeister. Vielleicht der beste Spieler aller Zeiten. Unbesiegbar.«

»Morphy hätte ihn schlagen können.«

»Morphy ist tot.«

Nesselkönig kicherte. »Ich weiß, es klingt eitel. Aber ihr seid vielleicht gerade Zeuge, wie eine Romanidee geboren wurde.«

Damit wanderte das Gespräch ins Literarische ab. Lenka fragte mit atemloser, etwas aufgesetzter Neugier, als fürchtete sie, dass ihr die Fragen ausgingen und Nesselkönig das Thema wechselte. Willi unterdrückte ein Gähnen. Meter um Meter annektierte die aufgehende Sonne den Park bis in seine entlegendste Ecke. In einer Verkehrung, die etwas Einleuchtendes hatte, gingen sie im erwachenden Morgen zu Bett, verschliefen den Tag, aßen schweigend zu abend und zogen sich bald auf ihre Zimmer zurück. Als der Schatten der Nacht die hohen Mauern wieder emporgeklettert war, wurden in drei voneinander entfernt liegenden Fenstern des Wohnpalais' kurz hintereinander die Lichter angezündet.

*

Hinter den drei goldgelb erleuchteten Fenstern hingen die Hausherrin, der künftige Literaturnobelpreisträger und der künftige Minister einer deutschen Volksfrontregierung (oder Bäckermeister in Tuchau, oder was immer Willi als Ziel seines Lebens ansah) ihren Gedanken nach, zwei von ihnen taten aber dasselbe: Sie schrieben.

Lenka schrieb zwei Briefe gleichzeitig. Zwei Blätter des mit dem Wappen von Fryberk geprägten Briefpapiers lagen nebeneinander auf ihrem Louise-Seize-Sekretär. Der linke begann mit der Anrede »Liebster«, der rechte mit »Lieber Victor«, und wie ihr die Gedanken kamen, vorwurfsvolle und tröstende, bedauernde und werbende, kokette und frivole, Schwüre und Entschuldigungen, sprang sie von links nach rechts und von rechts nach links. Es wäre übertrieben zu sagen, dass sie weinte, aber sie hätte gern ein bisschen geweint. Als sie fertig war, las sie beide Briefe noch einmal durch, verbesserte ein paar Kringel und steckte sie in passende Kuverts, die sie mit der Zunge anfeuchtete und zuklebte, nicht ohne vorher den Namen des Adressaten darauf zu schreiben. Dann hielt sie inne, betrachtete die beiden Kuverts, riss sie mit einem ärgerlichen Ausruf wieder auf und zog die Briefe heraus. Sie überflog die ersten Zeilen, beschriftete zwei neue Kuverts und steckte mit der Vorsicht, als handele es sich um etwas Zerbrechliches, die Briefe wieder hinein. Dann warf sie sich ihren Hausmantel über und schlich, ohne das Licht zu löschen, den Flur entlang, wo sie erst vor Victors, dann vor Willis Tür stehenblieb, den schmalen Lichtstreifen unter dem Türblatt betrachtete und auf das Knarren der Möbel drinnen lauschte. Als sie die Tür ihres Zimmers hinter sich zuzog, löste sich Willis Schatten aus einer

Nische, in der eine Turnierrüstung aus dem 14. Jahrhundert stand. Im milchigen Mondlicht sah es aus, als sei er der Rüstung entstiegen. Lange stand er unschlüssig vor Lenkas Tür, zog sich lautlos zurück, als er ihre Schritte hörte. Er glitt zum Ende des Ganges, stieg die Treppe im Turm nach unten bis ins Kellergeschoss.

Victor saß am Fenster und schrieb, wie von einem unhörbaren Diktat getrieben, an der Skizze zu einem neuen Roman, auf dessen Deckblatt er mit großen Druckbuchstaben *Der Kempelen-Automat* geschrieben hatte. Nicht, dass es der erste Versuch nach den *Sieben Sinnen* war. Von wegen, ich schreibe immer gleich ins Reine! Ein Dutzend missratener Geschwister schlummerte in dem Koffer, der in der Asservatenkammer der Prager Ausländerpolizei lag, wenn nicht bei der Gestapo. Besser, nicht daran zu denken. Papier, bekritzelt in der Euphorie, endlich eine Idee zu haben, die seinem triumphalen Debüt ebenbürtig war. Er hatte sie alle aufgegeben in dem Bewusstsein, dass die Kritiker ihn teeren und federn würden. Jetzt floss es ihm aus der Feder wie seit den rauschhaften Anfängen nicht mehr, als er ein Niemand gewesen war. Er schlich sich nicht mehr vorsichtig, auf leisen Sohlen heran, um die Eingebung nicht zu verschrecken, die sich doch irgendwann zeigen musste, sondern schrieb so, wie er damals in seinem möblierten Zimmer geschrieben hatte: als führe jemand seine Feder. Er hatte immer den romantischen Selbstbetrug verlacht, Schreiben sei Selbsterfahrung, nicht Eitelkeit. Das Geheimnis seines Erfolgs, so glaubte er wenigstens, war nicht, dass er viel erlebt und gesehen hatte (das hatte er keineswegs), sondern dass er keine Scheu hatte, sich fortzuschreiben aus der Mühsal und Trivialität seines Lebens. Zwar schrieb er aus Seelennot, ja unter Zwang, aber nicht, weil sein Leben ihn bedrängte. Es bedrängte ihn die Sucht, Gebäude aus Erfindungen zu bauen. Aber neuerdings stürzten diese Gebäude ein, sobald man eine Tür öffnete. Vielleicht war es seine Rettung, dass seine Manuskripte, diese Missgeburten, beschlagnahmt waren, vielleicht (hoffentlich) für immer verloren. Was für ein Glück, dass er seine Tagebücher verbrannt hatte! Er hatte sie unregelmäßig, fast unwillig geführt, bald entmutigt, weil er entdeckt hatte, dass sein Leben immer nur in Fluss kam, wenn er nicht schrieb. So waren die ledergebundenen Quarthefte immer wieder liegen geblieben, mit Blicken voller Ekel bedacht, entlarvt als überschätztes und untaugliches Instrument, dem eigenen Leben Sinn und Struktur zu verleihen. Die *Sieben Sinne* waren entstanden, als er begonnen hatte, von Umständen zu schreiben, die nicht die seinen waren, ein Leben zu erfinden, dass ihm versagt war und noch eins und noch eins, ein Museum voller ausgedachter Leben. Jetzt schrieb er wieder so: seiner selbst nicht mehr bewusst. Er schrieb von der Maschine, von der er wie jeder Schachspieler gehört und die am Morgen plötzlich vor ihm gestanden hatte, während diese frivole Erbin von Kunst und böhmischer Geschichte schwatzte. Die Idee, mit der er beim Frühstück geprahlt hatte, war ihm erst beim Reden gekommen, ein bewährter Trick, sich zur Erfindung zu zwingen.

Die Maschine des Barons Kempelen war in seiner wie von selbst gedeihenden Geschichte nichts als ein Automat, der Napoleon, den Weltmeister Aljechin und den genialischen Amerikaner Paul Morphy schlug. Sein Erfinder, ein ungarischer Ingenieur, hatte ein technisches Prinzip gefunden, dessen Wiederentdeckung jetzt – zur Zeit der Niederschrift – erst noch bevorstand. Dass es für den technischen Kniff vorläufig keine Erklärung gab, beflügelte Victors Gewissheit, eine Geschichte zu schreiben, die voller Überraschungen steckte, da er doch selbst nicht wusste, wie sie sich auflösen würde. Denn was nicht einmal der Autor weiß, wird den Leser gewiss vor fesselnde Rätsel stellen. Das Wissen darum, dass es ein teuer bezahlter Anfängerfehler ist, Spannung durch eine Exposition zu erzeugen, für die der Autor selbst keine Erklärung hat, lauerte und störte im Hinterkopf, aber er tat es ab. Er schrieb im Rausch seiner Brillanz … Plötzlich krachte etwas gegen das Fenster. Victor sprang auf und öffnete vorsichtig einen Flügel. Auf dem Sims hockte halb betäubt ein Sperling, der angezogen von der Schreibtischlampe gegen die Scheibe geflogen war. Victor steckte die Hand aus, der Spatz hüpfte darauf, sträubte das Gefieder und flog davon. Während Victor zusah, wie er sich in das kühle dunkle Loch der Nacht fallen ließ, dachte er an Lenka hinter ihrem beleuchteten Fenster, dessen gelblicher Lichtquader in den Park fiel. Vielleicht würde der Vogel sich von diesem Licht angezogen fühlen, auf der Fensterbank landen, anklopfen und hereingelassen werden. Über dieser Vorstellung, noch ermüdet von der letzten Nacht und seinen Erfindungen, schlief Victor Nesselkönig ein. Der Sperling aber, erschreckt von der feuchten Kälte über den Wäldern, taumelt nach unten, zu den trübe beleuchteten Oberlichtern des Magazins, und knallte gegen die Scheibe, hinter der Willi Ostertag saß.

Der hörte das Klopfen nicht, denn er spielte Schach. Er hatte sich einen Leuchter aus einer Sitznische geholt, um das Schachbrett vor dem Türken zu beleuchten. Er wagte die unheimliche Figur kaum anzusehen, die im flackernden Kerzenlicht starr und gesichtslos wie eine Moorleiche aussah. Im Tischkasten an der Seite des Bretts lagen leichte, kunstlos geschnitzte Figuren. Ein schwarzer Bauer fehlte, er legte einen Knopf aus seiner Hosentasche an dessen Stelle. Er tat das alles mit einem etwas gewaltsamen Unernst, wie man mit einem Haustier redet und so tut, als könne es antworten. Er beobachtete sich selbst, spöttisch, weil er zu glauben vorgab, dieser Rummelkasten könne Schach spielen. Nachdem er alle Figuren und den schwarzen Knopf aufgestellt hatte, umkreiste er den Kasten mit dem Kerzenhalter in der Hand, kroch unter den Tisch und tastete den Rücken des Türken aus lackiertem Holz ab. Unter der Tischkante fand er tatsächlich einen Schalter aus Messing, der sich hin und her bewegen ließ. Es gab ein klackendes Geräusch. Nichts. Trotzdem setzte er sich der unheimlichen Figur gegenüber und rückte, wie er es immer tat, jeden seiner Steine zurecht, bevor er, wie in der ärgerlichen Partie gegen Nesselkönig, seinen Damenbauern zwei Schritte nach vorn zog. Er musste wieder kichern, übernächtigt wie er war, den Kopf voll vom Auf und Ab der letzten Tage, der Flucht aus dem *Caissa*, der Nacht mit Victor, dem Morgen an dessen Schreibtisch, dem Gefängnis und der Fahrt hierher, er lachte laut heraus, lachte dieser Holzpuppe ins Gesicht und beschloss, mit sich selbst zu spielen. Er nahm den schwarzen Damenbauern und setzte ihn ebenfalls zwei Schritte nach vorn. Damengambit, keine Faxen.

Plötzlich wurde die Kiste von einer unsichtbaren Kraft erfasst, begann leise und unregelmäßig zu ruckeln, als ob jemand unter dem Tisch saß und ihn anheben wollte. Dann war es still und der Türke streckte mit einem quietschenden Geräusch seinen rechten Arm aus, schwenkte ihn über das Feld wie ein Kran und warf alle Figuren um. Willi sprang auf, der Stuhl hinter ihm fiel um, der Schall lief durch die Flure des Schlosses. Er floh, so schnell er konnte, auf sein Zimmer.

*

Am nächsten Morgen ließen Lenka und Victor Willi warten. Er war unausgeschlafen, der starre Türke mit seinem Schwenkarm hatte ihn im Traum verfolgt. Ab und zu wirbelte die Zugluft von der halboffenen Tür seine aufgeschlagene Zeitung durcheinander.

Im *Tagblatt* wurde die tschechische Frage auf Seite 2 behandelt. War das ein gutes oder ein schlechtes Zeichen? Er entzifferte auch noch die Schlagzeilen der *Times*, wobei er mehrmals verlegene Blicke auf den Diener warf, der wieder unbeweglich neben der Tür stand, ohne ihn anzusehen. Dann kam Nesselkönig. Wie zur Entschuldigung hatte er tiefe Augenringe.

»Ich war gerade bei ihm«, sagte er ohne Begrüßung und Willi brauchte einen Moment, um zu begreifen, dass er von dem Türken sprach. »Es ist unmöglich.« Er wartete, bis der Diener, der sich zum Eingießen zwischen sie gebeugt hatte, wieder verschwunden war. »Es kann kein Mensch darin gesessen haben. Es ist unmöglich. Mag sein, es gibt einen Trick ... einen anderen Trick. Magnetismus, Telepathie ... Aber die ganze Kiste ist voller Mechanik, mechanische Eingeweide ...«

Man sah ihm an, dass er dieses Bild im Geiste notierte. Immerzu hatte man das Gefühl, er notiere sich etwas, Willi überlegte, welchen Anblick er beim Kaffeetrinken bot. Ein unangenehmes Gefühl, Rohstoff für Metaphern zu sein.

»... da passt nicht mal ein Zwerg rein, geschweige denn ein Schachmeister.«

»Aber das heißt doch, dass er funktionieren müsste«, sagte Willi.

Victor hörte gar nicht zu. »Das heißt – ein Zwerg vielleicht. Man sollte erforschen, ob es einen Schachmeister gab, der ein Zwerg war ...«

»Aber das würde kein guter Roman werden.«

Victor sah ihn an, als habe er ihn eben erst bemerkt. »Das ist allerdings wahr, Willi Ostertag! Wenn am Ende des Romans ein Zwerg aus der Kiste kriecht ...«

»... ist das ein enttäuschender Schluss. Aber war es nicht so?«

»Das«, Nesselkönig kratzte sich das Kinn genüsslich wie ein Kater, »entscheide ich.«

Willi nickte und schielte auf die Zeitung, mit der der Wind spielte. Das war es: *Das entscheide ich!* Er begriff in diesem Augenblick, dass die Erfindung alles kann. Ob Kempelen ein Betrüger war, ein technisches Genie oder ein Marsmensch, ob jemand in der Maschine gesessen hatte oder nicht, war vollkommen gleichgültig. Vielleicht war Morphy ein Zwerg gewesen. Und wenn nicht, konnte man – konnte jemand wie Nesselkönig – ihn zum Zwergen machen, oder einen Zwerg zu Morphy. *Das entscheide ich.*

»Warum übrigens siebzig Jahre?«

»Verzeihung?« Nesselkönig hatte, Lenkas Ausbleiben nicht achtend, einen weißen Kipfel aufgeschnitten und mit Honig bestrichen.

Willi war sich seiner Frage selbst nicht sicher. Ihm schien, jemand habe gestern gesagt, dass der Automat siebzig Jahre lang gespielt und gewonnen habe, oder hatte er das geträumt? Ein paar Krumen von Nesselkönigs Brötchen fielen auf die Tischdecke neben die Untertasse aus Meißner Porzellan. Von drinnen waren Schritte zu hören. Willi wischte die Krümel mit einer unauffälligen Handbewegung vom Tisch. Alle drei drückten die Rücken durch, Victor, Willi und der Diener. Lenka stand in der Tür und sagte: »Guten Morgen. Ihr habt beide recht. Er müsste eigentlich funktionieren, aber er funktioniert nicht.«

Nesselkönig schwieg, vielleicht aus Ärger darüber, dass sie gelauscht hatte. Aber plötzliches Schweigen war eine Angewohnheit, die er ohnehin pflegte: Sich den Anschein zu geben, er müsse sich erst auf das Verstandesniveau seines Gegenübers herunterbemühen, um dessen ahnungslose Frage zu verstehen. »Siebzig Jahre? Ja.« Er rührte in seiner Kaffeetasse, sah an Lenka vorbei in den schattigen dunklen Salon, wo der Flügel stand. »Der Türke. Man nannte ihn den Türken. Er ist über siebzig Jahre in Europa und Amerika vorgeführt worden. Allerdings hat er einmal eine Schwächephase gehabt. Da beherrschte er nur einfache Turmendspiele.«

»Ich kann nicht Schach spielen.«

Wieder dieses lange, ungläubige Schweigen, als habe Lenka gesagt, sie könne nicht lesen.

»Aber, um Ihre Frage zu beantworten«, lange Pause, damit auch Lenka begriff, wer hier die Fragen stellte und wer sie beantwortete. »Siebzig Jahre, weil der Türke 1936 in einem Museum in Petersburg verbrannt ist.« Nesselkönig wandte sich grinsend zu Lenka, die immer noch stand. »Wie wir gestern gesehen haben.« Er erhob sich endlich, zog Lenkas Stuhl vom Tisch zurück, sie setzte sich, nickte, ohne ihn anzusehen. »Es könnte ein Nachbau sein. Aber …« Er schwieg lange, blickte über die Baumwipfel, die Nadelwälder zum Horizont, hinter dem Prag und Berlin lagen. Willi wusste, was er dachte: *Das entscheide ich.* Der richtige Automat konnte zehnmal verbrannt sein. Wenn Nesselkönig es wollte, hatte er während des Brandes gerade in einer Werkstatt gestanden oder war in der Nacht zuvor gestohlen worden. Oder aus einem unbrennbaren tropischen Holz gebaut. Ein Mechaniker, der gerade sein Eingeweide reparierte, konnte das Durcheinander genutzt und das Stück an einen durchreisenden reichen Schachnarren verklingelt haben. Der konnte Morphy eine Riesensumme für ein geheimes Match geboten haben. Morphy konnte angebissen haben, und dass er noch als junger Mann wahnsinnig geworden war, ließ sich zwingend mit der Erfindung erklären, dass er gegen eine holzwurmzerfressene Kiste keinen Stich gesehen hatte: Die Literatur, die große Lügnerin.

»Willi träumt«, sagte Lenka und sah ihn zärtlich wie einen kleinen Bruder an. Aber Willi hatte Mühe, sitzen zu bleiben. In seinem ganzen Leben hatte er noch nie daran gedacht, dass etwas mächtiger und haltbarer sein könnte als die Wahrheit. Bisher war ihm Erfindung, Fantasie wie Falschgeld gewesen, etwas, das man besser für sich behielt. Plötzlich lag es nur an ihm, sich selbst zu erfinden. Er war nichts Besonderes, verlorener Sohn eines Bäckers, verkrachter Schachspieler, Deutscher, Thüringer. Der Bäckermeister Ostertag hatte Willi im bürgerlichen Schachverband angemeldet, Fortuna Hermannsdorf. In Prag, im Exil hatte er das unter den Tisch fallen lassen und sich wieder bei den Kommunisten gemeldet. Geblieben war die unausgesprochene Angst, mit der Entfernung von der eigenen Herkunft seine Seele zu verkaufen. Bis heute hatte er nie daran gezweifelt, als der zu sterben, als der er geboren war, trotz seiner Flucht in den Kommunismus. Plötzlich ging ihm auf, dass alles ganz anders gewesen sein und dass es noch ganz anders werden könnte. Er konnte mit einer böhmischen Gräfin im Luxus leben. Er konnte der Freund eines berühmten Dichters sein. Er konnte dabei sein, wenn die Vergangenheit, die Gegenwart und die Zukunft einfach umgeschrieben wurden. Die Gesetze, die Marx und Lenin (beide der kommunistischen Mythologie zufolge übrigens überdurchschnittliche Schachspieler) entdeckt hatten, galten nicht, wenn es um die reine Erfindung ging – um Schach oder um Literatur. Es hielt ihn nicht mehr auf seinem Stuhl, er murmelte eine Entschuldigung, sprang auf. Aus den Augenwinkeln sah er einen irritierten Zug auf Lenkas Gesicht, er floh durch den abgedunkelten Salon, das Treppenhaus mit seinem Marmorsäulen und der Ahnengalerie und den Hof mit seinen in Bretter eingebauten Marmorstatuen.

*

Wenn Willi später an die Zeit in Fryberk dachte, hatte dieses verschleierte Kapitel seines Lebens weder eine Verbindung zur Vergangenheit noch zur Zukunft. Er sah sich Lenka gegenüber an einem Tisch sitzen und Nesselkönigs Räuberpistolen lauschen. Im Hintergrund huschten Diener, prasselte das Kaminfeuer. An windstillen und glasklaren Tagen gingen sie durch den Wald, der im Schnee versunken war – die Wipfel eingeschneiter Tannen standen wie Schneemänner zu beiden Seiten des Weges. Wenn sie miteinander sprachen, steckten sie die Köpfe zusammen wie bei einer Beichte. Es war eine geschwisterliche Dreisamkeit, ein Sprechen mit einem Zweiten, das sich an den Dritten richtete.

Bronnen war eines Morgens mit einer der Opellimousinen seiner Tarnfirma vorgefahren, deren einziges Exportgut die Weltrevolution *Made by Komintern* war. Trotz des schwarzen Blechs und des blitzenden Chroms versuchte er nicht einmal den Dienern gegenüber, seine proletarische Herkunft und seinen politischen Auftrag zu verbergen. Nach ein paar ungeduldigen Floskeln in der Vorhalle, die mit dem hölzernen Chorgestühl einer geplünderten böhmischen Kirche aus dem sechzehnten Jahrhundert möbliert war, fragte er Lenka nach Nesselkönig. Sie brachte ihn wie eine Kupplerin auf Victors Zimmer, nahm dem Diener an der Tür das silberne Tablett mit der Teekanne ab und zwinkerte, als sie die Freitreppe hinab wieder nach unten ging, Willi verschwörerisch zu. Nach einer Stunde verließ Bronnen das Gebäude mit einem Gesicht, als habe er jemandem richtig die Meinung gesagt. Sein Gang war beschwingt, sein Gesicht gerötet, seine Augen blitzten. Er boxte dem Fahrer übermütig gegen die Schulter, als der ihm die Tür offen hielt. Bronnen kam nun öfter. Wenn er Willi traf, sah er ihn an, als wartete er auf etwas. Willi wich ihm aus, in der instinktiven Furcht, dass Bronnen sie aus ihrem Paradies vertreiben würde. Aber anders als die polternden Funktionäre, die Willi bis dahin kannte, hatte Bronnen etwas Körperloses, als sei er imstande, durch Wände zu gehen. Er war nicht einer bestimmten Hierarchieebene des Apparats zuzuordnen, sondern oszillierte zwischen ihnen scheinbar nach Belieben. Er war jemand, den zu kennen man im Ernstfall guten Gewissens leugnen konnte. Einer, der überall gewesen war, offenbar schon in Berlin im Hintergrund der Straßenschlachten, in Spanien im blauschwarzen Schatten deutscher Bomber, in Prag getarnt als Kaufmann und nun in Fryberk, darstellend einen Emissär der Union, dessen schwarzer Opel vor dem Portal auf ihn wartete, bis er durch die vom Personal offengehaltene Tür hinausstürmte. Er vermittelte den Eindruck, alles zu wissen. Willi zeigte ihm in Gedanken seine leeren, sauberen Hände. Er war mit der Vorstellung aufgewachsen, dass alles, was er tat, vor allen, die ihn kannten – den Eltern, Freunden, der Partei, seiner künftigen Frau –, auch dann bestehen müsse, wenn feststand, dass sie es nie erfahren würden.

»Sind interessante Abende, wie?« Bronnen fläzte in seinem Sessel in Lenkas Arbeitszimmer.

»Was?«

»Du weeßt jenau, wat ick meine. Er hat nich vor der Tür warten müssen, höre ick?«

Nein, Victor hatte nicht vor der Tür warten müssen. Lenka hatte ihn mit einer halb dramatischen, halb spöttischen Geste in das Vorzimmer ihrer Wohnetage gebeten. Ein Diener brachte eine eisbereifte Flasche und Gläser, von denen Willi eins auf den Parkettboden fallen ließ. Merkwürdigerweise zersprang es nicht, als ob es nicht wirklich abgestürzt war. Als die Flasche leer war, gingen sie zu dritt Hand in Hand durch die geöffnete, weißlackierte Doppeltür in Lenkas Salon mit dem Flügel und den römischen Veduten, von dort durch ihr Arbeitszimmer, durch ihr Ankleidezimmer, Stufen der Intimität in Rosa, Blau und Gold. Der Diener war ein schlanker Mulatte in roter Uniform, irritierend schön, er ging vor ihnen her und entzündete Kerzen an Wandleuchtern, die unsichtbar gewesen waren, bis die Flämmchen aufblühten. Der Mulatte verschwand, als sie die geschlossene Tür des Schlafzimmers erreicht hatten. Lenka stieß die Tür nach innen auf, Victor entzündete auch dort die Kerzen und begann, Lenka zu umkreisen, ohne Willi zu beachten. Die beiden verschwendeten einen entmutigenden Vorrat an Leichtigkeit, während Willi keinen Platz für seine Hände und bald auch für seine Blicke fand.

Plötzlich hob Victor den Kopf von der Stelle zwischen Lenkas Schulter und ihrem Hals und sagte: »Ich möchte, dass ihr euch liebt.« Er sagte das, als sei es ihm plötzlich eingefallen. Es war zwecklos so zu tun, als hätte Willi ihn nicht verstanden. Victor, ein Buddha mit Haartolle und Ansatz zum Doppelkinn, ließ sich in einen Sessel mit vergoldeten Armlehnen fallen und rauchte. Sie zündeten ihre Zigarillos an seinem an, Willi stehend und hustend und sich nach vorn beugend, Lenka, indem sie vor Nesselkönig in die Hocke ging und dabei ihren Rock raffte, als wolle sie auf den Fußboden pinkeln. Nach einigen schweigenden Zügen, langem, geräuschvollen Ausatmen, schob Victor sie beide sanft und bestimmt in Richtung des riesigen, mit gesticktem Damast bedeckten Bettes. Lenka zögerte.

»Ihr liebt euch doch, oder? Ich möchte sehen und lieben, was mein Freund Willi liebt und sieht.«

Lenka zuckte mit den Schultern und schlug die Decke zurück. Willi fühlte sich auf eine Bühne verschlagen, in eine sorgsam inszenierte, aber ihm unbekannte Choreografie. Er stand neben Lenka, sah sie an, sie sah Victor an, der aufstand, sie an den Schultern fasste, nicht grob, sondern wie eine Tochter, die er verheiraten wollte, und in Willis Richtung schob. Es war eine Geste ohne einen Funken Frivolität, ein Zurechtrücken, eine väterliche, leicht ungeduldige Regieanweisung. Dann setzte Victor sich in seinen Stuhl zurück.

Lenka sah durch Willi hindurch, begann aber, ohne erkennbare Gemütsregung, aber mit kindlicher Konzentration – man sah ihre Zungenspitze zwischen den Lippen, ein Anblick, der Willi fast zu Tränen rührte – Willis Krawatte zu lösen. Draußen war es so still, als wäre die Welt untergegangen. Dann war aus dem Dorf unterhalb des Schlosses ein Schrei zu hören, etwas, das obszön klang, vielleicht aber nur ein böhmischer Scherz war, dessen Echo sich auf den schwarzen Fluren des Schlosses ausbreitete, über die böhmischen Berge, die Moldau, bis nach Berlin. Bis nach Tuchau. Halt die Augen auf, damit du ihnen etwas zu erzählen hast ... Victor holte Luft, Lenka drehte sich nach ihm um, ohne die Hände von Willis Hemdkragen zu nehmen. Es sah aus, als sollte Victor ihr einen Handgriff zeigen. Später stand Victor auf und ging zwei, drei Schritte zur Seite, setzte sich in einen anderen Sessel, von dem aus er mit ausgestreckten Beinen den Rand des Bettes hätte berühren können. Er saß jetzt so, dass er dort, wo sich ihre Körper noch nicht berührten, zwischen ihnen hindurchsehen konnte. Er beobachtete mit andächtiger Spannung, wie der lichtgeränderte Spalt aus Damast und Kerzengeflacker zwischen ihnen zusammenschmolz. Willi griff nach dem Seidentuch, dass über Lenkas Schultern hing und zog abwechselnd an beiden Enden, auf diese Weise Reibung in ihrem Nacken erzeugend. Auch bei dieser Geste, die ihm nie zuvor in den Sinn gekommen wäre, beobachtete er sich selbst, interessiert, aber ohne Überraschung. Dann legte er die linke Hand auf Lenkas Schulter, dort, wo sie noch warm sein musste von Victors Atem, zog ruckartig mit der rechten das Tuch fort und warf es dann in Nesselkönigs Richtung. Der atmete aus, griff danach, ein bisschen hektischer, als es nötig gewesen wäre.

Er sollte alles bekommen. Lenkas kompliziertes Kleid, ihre Strumpfbänder, die Strümpfe mit dem doppelten Schlangenmuster, alles, was sie am Leibe trug. Willi entkleidete sie mechanisch und ohne Leidenschaft und warf, was er ihr abgenommen, hinter sich, dorthin, wo Victor saß, der fing es auf und roch geräuschvoll daran, hielt es lange vors Gesicht, bis der nächste Schleier gesegelt kam. Als Lenka, vollkommen nackt, sich nach hinten auf das Bett legte, mit angewinkelten, leicht geöffneten Beinen, und Willi mit ihrer rechten Hand mitzog, stand Victor auf und trat zwei Schritte nach vorn. Er hielt gerade so viel Abstand, dass er sie nicht berühren konnte. Er betrachtete alles, ihre Verschränkungen, das Gewirr von Haaren und Fleisch, indem er sich hinkniete, den Kopf verdrehte, von unten nach oben sah, als ob er sich unter ein kaputtes Auto legte.

Ein paar Tage später kam Bronnen mit zwei Limousinen wieder und ließ ihre Koffer einladen. Auf der Fahrt zum Bahnhof gab er Nesselkönig einen Pass mit kyrillischer Schrift. Zwei Tage später waren sie in Moskau.

9

Victor Nesselkönig besucht Thüringen
und Bronnen möchte, dass er das bleiben lässt
Deutsche Demokratische Republik, fünfziger Jahre

»Und sind wir leicht, so geht es schnell hinauf;
ich gratuliere dir zum neuen Lebenslauf!«

Goethe, Faust I

»Geht mich nichts an«, sagt der Gemeindearbeiter Feifiedel.

»Tja«, sagt Bronnen. Nesselkönigs einziger Ausflug im Herbst 1953, im Jahr seiner Ankunft, hat einen kleinen Alarm ausgelöst unter der Handvoll Leute, die Bescheid wissen. Also ist er dahin gefahren, wohin Nesselkönig gefahren ist.

Sie sitzen in der kalten Einsegnungshalle des Tuchauer Friedhofs oberhalb der Kirche, was heißt Halle, einem Gebäude von der Größe eines Schuppens, außen eine Fassade aus fadenscheiniger Neugotik, innen Schimmel an den Wänden. Durch den geöffneten Eingang sieht man die Ziegeldächer von Tuchau und den Kirchturm, dessen Uhr, Bronnens Akte zufolge, der Bäckermeister Ostertag gestiftet hat. Bronnen überlegt, ob er seine Zigarette hier einfach auf den Fußboden werfen kann. Wenn jemand aus dem Dorf gestorben ist, wird er hier aufgebahrt und die Leute drängen sich um ihn und hören dem Pfarrer oder neuerdings dem Redner vom Antifa-Ausschuss zu, bevor der Tote hinab in die Tuchauer Erde gelassen wird, nun für immer bar der Hoffnung, noch ein anderes Stück der Welt zu sehen. Bronnen ist Städter, er hält eine Beerdigung in Berlin, zwischen Grabsteinen mit berühmten Namen, im Schatten eines Mahnmals von Lew Kerbel oder Fritz Cremer für tröstlicher; er wird eine bekommen. Der Gemeindearbeiter schweigt und sieht bockig durch die Tür nach draußen.

»Also«, sagt Bronnen.

»Geht mich alles nichts an.« Blick ins Freie, ins Dorf.

»Aber uns jehtet wat an. Uns jeht ooch wat an, wer hier noch fünf vor zwölf russische Fremdarbeiter vaprügelt hat.«

»Russische was?« Ein gehetzter, hündischer Blick.

Bronnen wirft die Kippe jetzt doch auf den Steinboden, steht auf und zermalmt sie mit seiner Schuhsohle. »Manche Deutsche, hört man, haben den Jefangenen zu essen jegeben. Der Bäcker Ostertaach zum Beispiel.« Bronnen zeigt nach draußen, zu den Gräbern. »Man erzählt sich auch, wer det dem Ortsbauernführer jesteckt hat.«

»Er ist nicht bestraft worden. Nur eingezogen. Wehrmachtsbäckerei.«

»Er wäre nicht in Jena jewesen ohne diese Einberufung.«

»Es hat viele erwischt.«

»Manchmal erwischtet auch heute noch jemanden.«

Feifiedel sinkt zusammen. Bronnen muss nicht noch die sowjetischen Genossen erwähnen.

»Er kam in einem … Russenauto.«

»Taxi.«

»Hm.«

»Typ?«

»Kenn ich mich nich aus.«

»Berliner Kennzeichen?«

»Glaub ja.«

»Ja oder nein?« Bronnen reißt ein neues Streichholz an, Feifiedel schüttelt den Kopf.

»Ja.«

»Und dann?«

Feifiedel starrt auf das Ende der Zigarette, auf das brandrote Aufleuchten, als Bronnen den ersten Zug nimmt. »Hat er nach dem Grab gefragt.«

»Dem Grab Ostertach?«

Dort hat er gestanden und geweint. Feifiedel hat gefragt, was er denn habe.

Nichts, nichts. Ich habe seinen Sohn gekannt.

»Kann man nichts machen.«

»Er hat so geweint. Als ob ...«

»Das«, sagte Bronnen und schlendert hinaus, mit einem Fußtritt für den massakrierten Rest seiner Zigarette, »bleibt unter uns, wie allet.«

»Auch die ... Russen?«

Bronnen nickt vage.

Die meisten, die es in Jena erwischt habe, erzählt Feifiedel in seiner Erleichterung, während sie die paar Schritte zu Bronnens Auto gehen, haben kein Grab. Man hat sie gar nicht gefunden. Jena ist, wie Bronnen in Berlin ermittelt hat, am 19. März fünfundvierzig bombardiert worden.

»Kann sein«, sagt Feifiedel, »dass sie auch gerade dort waren. So ist das. Sie haben das Unglück angezogen. Übrigens dieser Sohn ...«

»Ja«, sagt Bronnen schnell. Im Dorf wäre ihnen nichts passiert, erzählt Feifiedel. Die Bomberstaffeln flogen über das Dorf und wenn man aus dem Keller kam, funkelten über dem Waldrand die Christbäume. Ein fernes Donnergrollen, vielleicht nur eingebildet. Wer sich auf die Hügel traute, sah die ganze Nacht hindurch Licht wie vor einem Sonnenaufgang. Dort starben der Bäcker Ostertag, weil er Wehrmachtsbrot buk und seine Frau, weil sie ihn besuchen wollte. Als sie schon vor Bronnens Auto stehen, fragt Feifiedel: »Was is mit Willi Ostertag?«

»Tot. Tot, mausetot. Jefangenschaft und ex.«

Feifiedel späht hinunter ins Dorf, in Richtung Bäckerei. Der Mann, der hier war, sagt er noch einmal, kannte Ostertag. Er sieht Bronnen lauernd an. Bronnen antwortet nicht. Der Fremde hat, von Feifiedel beobachtet, allein den Zugang zu der Straße gefunden, die durch den Wald nach Tautenburg führt, ist durchs Dorf gegangen wie ein Spaziergänger durch einem Ort, wo er vor zwanzig Jahren einen Kurschatten hatte.

»Kann sein«, sagt Bronnen. »Verjessen Sie ihn, wie wir die hungrigen Russen.«

Schon halb im Gehen, dreht Feifiedel sich noch einmal um. »Er hat noch was gesagt. So sinngemäß ...«, er kratzt sich am Kinn,

»also, dass es doch seltsam ist, dass man von den eigenen Eltern erst dann ein Bild in seine Wohnung stellt, wenn sie tot sind.«

»Sehr poetisch«, spottet Bronnen. »Er ist eben ein Dichter.«

*

Bronnen war ein Freund gerader Worte. Er fuhr sofort nach Dreizehnheiligen und ließ sich, kaum dass er Inna begrüßte, von Victor ins Turmzimmer führen. Von oben sah das Dorf aus wie eine Insel, auf allen Seiten von Wasser umgeben. Sozialistischer See hier, kapitalistischer See drüben. Die Natur tat so, als sei es egal, dass hier die Frontlinie zwischen den Systemen verlief. Und die Partei bewies ihren leitenden kulturellen Angestellten besonderes Vertrauen, indem sie sie hier wohnen ließ, Schauspieler und Dichter und Denker. Bronnen hielt sich nicht mit schonender Einführung auf.

»Ick habe mich informieren lassen«, sagte er. »Wir müssen davon ausjehn, dass sie drin waren, als es losjing. In der Stadt. Vielleicht hat sie bei ihm übernachtet, was weeß ick. Überrascht vom Fliegeralarm. Und dann … Es hilft nichts, sentimental zu sein. Plötzlich war das keene Stadt mehr. Muss jewesen sein, als ob man alles in einen Ofen steckt.« Eine Spielzeugstadt aus Papier in einen Ofen mit Holz und Zunder. Es rast, pfeift, knallt wie in einem Ofen. Nur dass die Zunder brennende Menschen waren.

Victor war bleich. »Ja. So ist mir das auch erzählt worden.«

»Und deshalb wirst du dort nich mehr hinfahrn«, sagte Bronnen. »Es ist notwendig, dass du das bleiben lässt jetzt. Das hier ist jetzt dein Leben. Dein Leben.« Bronnen beschrieb mit dem Arm einen Bogen wie ein Fremdenführer, über das Haus, die Wiese zum See herunter, das in der Dämmerung fluoreszierende Wasser. Victor Nesselkönig schwieg.

*

Das Haus, das er seit seiner Rückkehr aus der Sowjetunion bewohnte, verließ Victor in den ersten Jahren fast nur auf dem Rücksitz von Bronnens Dienstwagen. Der Verlag, die neugegründete Akademie, eine Lesung im Radio. In der Siedlung, nur scheinbar ein Dorf, keine Bauern und keine Scheunen, nur solitäre Sommerhäuser in Jugendstil und Art deco, gebaut von berühmten Architekten vor und zwischen den Kriegen, war man diskrete Prominenz gewöhnt und wunderte sich nicht. Hinter der Toreinfahrt des Grundstücks, das am Ende der Straße wie eine Halbinsel in den See ragte, stand einmal in der Woche der dunkle Wolga, dem Bronnen mit einer lachhaften Sonnenbrille entstieg. Der neue Bewohner hatte aus Moskau eine junge Frau mit großen grauen Augen und Bubikopf mitgebracht, die auf Dorfstraßenweite erkennbar zur Melancholie neigte. An der Theke des HO-Ladens erzählte man sich, dass sie Inna hieß und kein Wort sprach, jedenfalls kein Wort deutsch. Tatsächlich wurden die Einkäufe von der Haushälterin Frau Träger besorgt, deren Blick und Rede dunkel wurden, wenn man sie nach dem Hausherrn fragte.

Dass Nesselkönig eines der herrenlos gewordenen Häuser am See bezog, störte in der Nachbarschaft niemanden. Fast alle, die hier wohnten, waren erst kürzlich eingezogen, ausgenommen eine Handvoll alter Chefärzte oder UFA-Schauspieler, die auf gepackten Koffern saßen. Der Bauherr der *Villa Sabine* war ein preußischer Hochadliger mit überschüssigen Mitteln und dem Hang zu gehobener Einfachheit gewesen. Als seine pommerschen Ländereien nichts mehr einbrachten, hatte ein Großaktionär bei Borsig Haus und Grundstück ersteigert, der war fünf Jahre nach dem Ersten Weltkrieg, der ihn reich gemacht hatte, bankrott. Bewohner waren sodann ein jüdischer Filmmusikkomponist, der, in Berlin auf der Straße angespuckt, den nächsten Dampfer nach Amerika nahm und ein vollblutarischer Schriftleiter. Einst zur seelischen Erhebung von Berliner Erb- und Geldadel erbaut, war der kleine Ort ein Leporello der jüngeren deutschen Geschichte geworden. Ihr Geist spukte in den Wintergärten und Speisezimmern: Kohlebarone der Gründerzeit und Malerfürsten der Moderne, Gewinnler des ersten Krieges und Skandaleure der ersten Republik, dann Blut-und-Boden-Dichter und erotisch begabte Schauspielerinnen mit Kontakten zu Reichsminister Dr. Goebbels. Ihre bewegliche Habe hatten sie in den Trecks des Frühjahrs fünfundvierzig mit in den Westen genommen; ihre Ölporträts hatten helle Flecken an den Tapeten hinterlassen. Den neuen Bürgern von Dreizehnheiligen war nicht an der Wiege gesungen worden, dass sie jemals so wohnen würden. Aber das neue Regime, Pankow und die Russen, honorierte Verdienste, auf die bis fünfundvierzig der Galgen stand, und so wäre es von den neuen Eigentümern, von denen manche das *Dritte Reich* nur knapp überlebt hatten, viel verlangt gewesen, wegen der laxen Behandlung eigentumsrechtlicher Fragen ein schlechtes Gewissen zu haben. Also schlichen sie, misstrauisch sich umsehend, durch vertäfelte Hallen und verglaste Loggien, als vermuteten sie hinter einer Geheimtür die alten Besitzer. Wenn sie Familienfotos an die Wand hängten, blieben die hellen Flächen wie überdimensionale Rahmen sichtbar, Symbole der Anmaßung, mit der der neue Staat angetreten war. Sie wurden nicht heimisch in Dreizehnheiligen, in dem Luxus, für den sie sich ein bisschen schämten, wenn sie am Wochenende aus Berlin kamen. Montag früh wurden sie von Fahrern in den Ostteil der Hauptstadt gebracht, schliefen auf Feldbetten in ihren Ministerien, mussten sich morgens auf Russisch für Versorgungsengpässe und nicht eingehaltene Wirtschaftspläne anbrüllen lassen und mittags andere auf Deutsch aus denselben Gründen anbrüllen. An den Abenden in Berlin hatten sie sich ans Wodkatrinken und daran gewöhnt, dass auf Parteiversammlungen ein Stuhl im Präsidium für den Genossen Stalin frei blieb. Sie kamen am Samstag blass und erschöpft zu ihren Familien zurück und strichen wie Fremde durch den Garten, der jetzt angeblich ihnen gehörte.

Victor Nesselkönig aber blieb zu Hause. Über die hier und da erörterte Frage, wie es ihm bei den Russen ergangen war, konnten einige Nachbarn Mutmaßungen aus eigener Erfahrung anstellen. Es hatte in Moskau geheißen (hatte es nicht sogar in der Zeitung gestanden?), dass er entlarvt und bestraft worden sei. Aber als die Meldung vom Nobelpreis gekommen war, in Moskau zunächst als Gerücht, dann von neuankommenden Emigranten bestätigt, hatte der Vater der Völker ihn wieder hervorgezaubert, um ihn, als in Europa der Krieg begann, wieder verschwinden zu lassen. Vielleicht hatte er geheime Aufträge für die Komintern erfüllt oder war einfach vergessen worden. Er mochte in einer Datscha im grünen Gürtel um Moskau unter Birken gesessen haben, ab und zu auf ein mit rotem Tuch bespanntes Podium geholt, wo er eine vorbereitete Rede zu halten und anderen Rednern zu applaudieren hatte. Oder er hatte in einem Steinbruch östlich des Urals schwere Kipploren einen Hang hinaufgezogen. Vermutlich stimmte beides.

Des Öfteren kam Besuch, man erkannte die Bechers, Alfred Kurella, Holtzhauer und andere Kulturobristen, zu einem runden Geburtstag sogar den Präsidenten Pieck. Und alltags kam der Sonnenbrillenträger mit dem Berliner Wolga, den die Haushälterin in der HO den Verleger nannte. Von manchen Giebelfenstern in der Allee, an deren Ende sein Haus über dem See stand, konnte man sehen, wie Nesselkönig mit seiner traurigen Russin unter der Blutbuche am Ufer saß und auf den See starrte. Nacht für Nacht brannte das Licht im Turm wie auf einer Kommandobrücke. Schreiben sah man ihn nicht, aber sitzen und grübeln, lesen und Schach spielen. Die Stapel mit seinem Roman und den Erinnerungen aus dem Exil wuchsen in den Volksbuchhandlungen wie Pilze nach dem Sommerregen. Eine vollständige Ausgabe der *Sieben Sinne* mussten sich die, die sie noch nicht besaßen oder im Krieg verloren hatten, in Westberlin kaufen. Im Frontispiz der für die werktätigen Menschen bestimmten Ausgabe stand, dass es sich um eine leicht gekürzte Ausgabe handelte; in der Westausgabe konnte man nachlesen, dass der Nobel- und spätere Nationalpreisträger auch Schweinkram geschrieben und Kommunisten verspottet hatte.

In der Nachbarschaft war man sich einig, dass kein Segen auf diesem Leben lag: So berühmte Leute ohne Sinn für gemeinsame Grillabende. Wenn die Nachbarn im Garten saßen und der Name fiel, stockten die Gespräche, als ob sie hinüberlauschten. In der

Sowjetunion waren sie schließlich alle gewesen, und sei es auch nur im Geiste. Und dann diese Russin. Eine quasi stumme Frau. Frau Trägers beiläufigen Rapporten im Konsum zufolge gab es Tage, da mied sie ihren Mann wie einen unheimlichen Gast und fuhr zusammen, wenn man sie ansprach. Vierzig und keine Kinder! Weiter sage ich nichts, raunte sie.

Es waren elende Tage. Inna war beim ersten Morgengrauen auf und klapperte längst in der Küche, wenn ihr Mann die Augen aufschlug. Abends nutzte sie seine geistige Abwesenheit, wenn er in seinem Turm saß und über einem Problem aus *Schach* brütete – Hilfsmatt in sieben Zügen, raffiniert –, huschte ins Badezimmer und schloss es ab wie in Panik. Er kam die Treppe herunter und hörte das Wasser laufen, sonst nichts, als ob sie reglos auf dem Fußboden saß. Dann kam sie in ihrem Nachthemd zurück, sah an ihm vorbei, mit seinen Zeitungen und seinem leeren Glas und ging mit fast schon geschlossenen Augen ins Schlafzimmer. Ohne das Licht einzuschalten, umkurvte sie lautlos das Bett, um auf ihre, auf die sichere Seite der Nacht zu kommen. Und bevor er seinen Artikel ausgelesen hatte und sich entschließen konnte, aufzustehen, war sie eingeschlafen.

Als sie sich kennengelernt hatten, war sie von einer ganz unsowjetischen Triebhaftigkeit gewesen. Sie hatten es überall getrieben, in der Umkleidekabine des Kaufhauses, auf der Rückbank des Nachtbusses, in einem dunklen Hauseingang. Wenn er in sie eingedrungen war, hatte sie immer einen Schwall ihm unbekannter russischer Wörter erbrochen, ein Stakkato an Halbsätzen, mit großer Energie gesprochen und immer wiederholt; er verstand das Wenigste, merkte aber bald, dass es immer derselbe Text war, ein Sturzbach von Verwünschungen, Betteleien, leidenschaftlichen Bekenntnissen, aus sehr tiefen Quellen zutage kommende Obszönitäten. Ein Wortschwall, in dem sie ihre Verzweiflung und sein Heimweh ertränkte. Jetzt floh sie vor ihm in den Schlaf und er saß am Fenster wie auf Wacht.

Manchmal verpasste ein russischer Jeep die Abfahrt und verirrte sich auf die Dorfstraße. Aber die Zeit, da das Auftauchen der

Russen Panik im Dorf verursachte, war vorbei. Zwar wich Victor zurück, wenn er im dunklen Zimmer hinterm Fenster saß. Aber die Russen vermieden es, den Einheimischen ins Gesicht zu sehen und hielten ihre Waffen versteckt, als hätten sie Befehl, niemanden zu ängstigen. Meist war die Straße leer, in den fünfziger Jahren nur mit funzeligen Laternen beleuchtet, eine Allee schwacher Lichtflecken, machtlos gegen die Dunkelheit, hinter der die Demokratische Republik lag. Nur am Horizont der Seeseite wurde der Nachthimmel Jahr für Jahr heller vom Widerschein der Westsektoren Berlins. Victor starrte auf das gerade noch sichtbare Ende der Straße, als wartete er auf jemanden. Einem ruhigen Beobachter wäre aufgefallen, dass er über unangemeldeten Besuch erschrak und den Kopf einzog, wenn es beim Essen an der Tür klingelte. Die Fahrten nach Berlin, in die Akademie, auf diese Kundgebung und jene Konferenz, trat er mit dem Gesicht eines Mannes an, der zur Ostfront kommandiert wird. Bronnen, als demonstrativ indiskreter Bodyguard meistens an seiner Seite, hatte Mühe, die greisenhafte Schreckhaftigkeit seines Schützlings zu kaschieren. Wenn jemand aus der Menge seinen Namen rief, zuckte Victor zusammen. Wenn er jemandem vorgestellt wurde, zog er den Kopf ein und senkte den Blick. So sah man den berühmten Mann häufiger in der Zeitung als im Leben, auf alten Fotos mit Tucholsky oder Heinrich Mann, damals noch feist und schwarzhaarig und sich selbst unähnlich, auf neuen Bildern auf Tribünen ziemlich in Ulbrichts Nähe, oft auch, zu Geburtstagen oder Ordensverleihungen, mit Scholochow oder Ehrenburg. Bilder, auf denen er lebendiger wirkte, als ihn seine Nachbarn sahen. Man hat immer das Gefühl, schwatzte die Träger, dass sie demnächst abreisen wollen, und Bronnen, in diesem Fall ihr einziger Zuhörer, kratzte sich das Kinn.

*

Anfang 1955 hatte die Akademie zu einem Treffen mit tschechoslowakischen Schriftstellern eingeladen. Victor drückte sich vor dem bestellten Referat über die Erfahrungen des deutschen Exils in Prag, kam aber nicht umhin, wenigstens im Präsidium zu sitzen. Auf dem Empfang in der Aula der *Akademie für Sozialistische Literatur*, einem futuristischen Neubau am Rand von Potsdam, direkt an dem Ufer, das die Sektorengrenze bildete, regnete es Grußadressen, Hochrufe und Trinksprüche. Nesselkönig hockte in sich versunken unter der ausgelassenen Gesellschaft, fremd wie ein Dorfpfarrer auf dem Karneval. Dann setzte sich ein junger, etwas verlegener Mensch neben ihn, blickte eine Weile dorthin, wohin Victor sah, räusperte sich dann mit der Hand vor dem Mund und beugte sich zur Seite. Ohne den Blick von der Polonaise aus Anzugträgern zu wenden, begann er zu sprechen oder zumindest den Mund zu bewegen. Victor schien es zunächst nicht zu bemerken, schickte einen kurzen, zerstreuten Seitenblick zu seinem Nachbarn, der mit abwesendem Gesicht weiterredete. Aber dann schien ihn ein Schlag zu treffen. Er saß plötzlich kerzengerade und begann mit dem Oberkörper zu pendeln. Bronnen sah von seinem Tisch in der Nähe den jungen Mann nicken, aufstehen und im Trubel verschwinden. Eine Minute später drückte Victor sich hoch und ging mit leerem Gesicht ebenfalls nach draußen. Bronnen kam zu spät. Im Schnee auf dem Appellplatz führten Fußspuren wie Wildfährten in verschiedene Richtungen des dunklen Parks. Bronnen lief los und rief Victors Namen. Als er in den Saal zurückkam, saß Victor wieder vor einem Bier auf seinem Platz, jetzt umgeben von seinen Jüngern aus den Mannschaftsrängen der Akademie und war beschäftigt. Auf der Heimfahrt beantwortete er Bronnens Fragen mit Gegenfragen.

»Wie lange soll das noch dauern?«

»Abwarten«, sagte Bronnen, »is es so schlecht, dieset Leben?«

*

Johannes R. Bechers Melancholie wuchs proportional zu den *Erfolgen des Sozialistischen Aufbaus*, diesen scheuen Fabelwesen, die durch Presse und Parteitagsreden geisterten. Sein Fahrer wusste, in welchen Kaschemmen jenseits der Sektorengrenze er suchen musste, wenn der Ministerschreibtisch verwaist war. Er brachte Becher dann nach Bad Saarow zu seiner Frau, wo er sich ausschlief, tagelang im Garten hockte, die alten Bäume anstarrte und mit hochgezogenen Brauen und erschüttertem Gesicht in seinen alten Gedichten las wie in ungeduldig erwarteten Briefen. Bronnen arrangierte Besuche, wie er überhaupt zum Zeremonienmeister der *Berühmten Alten Männer* geworden war, die ihr Leben im Sozialismus beschließen wollten. Also saß Becher ab und zu am Ufer des Dreizehnheiliger Sees und kostete den Stachelbeerkuchen, den Victor, sonst kein Aktivist in der Küche, selbst gebacken hatte. Zu dritt, mit Bronnen als Anstandswauwau, kloppten sie Skat an einem Tisch am Ufer. Becher versuchte vergeblich, die Trümpfe mitzuzählen und Bronnen gewann praktisch immer, als hätte er die Karte präpariert.

»Sie haben sich erstaunlich verbessert«, sagte Becher, fasziniert und beunruhigt. In der Sowjetunion, in den Hinterzimmern der Kundgebungssäle und im Kulturhaus der deutschen Exilanten war Bronnen, wenn Bechers Erinnerung nicht trog, zuverlässig der Verlierer gewesen. Jetzt ließ er ihnen keinen Stich mehr, war auf beängstigende Weise hellwach und schien immer mehr zu wissen als die anderen. Selbst Nesselkönig, dem man ansah, dass er lieber an seinem blöden Schachbrett gesessen hätte, spielte Becher in Grund und Boden. Es war nicht leicht, der Tatsache ins Auge zu sehen, dass der gar nicht so große Altersabstand zwischen ihnen Becher zu einem Gast aus einer belächelten Epoche machte, der altmodisch sprach und schrieb und sich nicht merken konnte, welche Karten er in den Skat gedrückt hatte. Er kannte dieses Gefühl aus seinem Büro, wo zwar alle »Jawohl, Genosse Minister« sagten, aber längst nach anderen Noten tanzten. Becher massierte gedankenvoll seine Glatze, während Bronnen mit triumphierender Gründlichkeit das letzte Spiel aufschrieb. »Skat«, sagte Bronnen, »is eben doch wat anderes.«

Becher nickte bekümmert und sah unschlüssig zum Ufer, wo sich sein Fahrer die Füße vertrat, ein unscharfer, schmaler Schatten, einem Wachposten nicht unähnlich. »Wollen Sie uns nicht lieber etwas vorlesen?«, fragte er tückisch in Richtung Nesselkönig. »Etwas Neues?«

Victor, während er die Karten austeilte, sah fragend Bronnen an. Als der die Schultern hob, fragte er zurück: »Haben *Sie* nicht ein paar neue Gedichte dabei?«

»Ich glaube«, murmelte Becher und faltete die Hände im Nacken, ein Mann, der milde auf die Ambitionen der Jugend zurückblickt, »die Zeit des Dichtens ist für mich vorüber. Dies ist die Zeit der Taten.« Niemand antwortete, Becher seufzte. Nicht nur, dass er beim Skat schlecht aussah. Wenn er seine rhetorischen Trümpfe ausgespielt hatte, holte sein heimlicher Rivale Nesselkönig immer noch ein Trumpfass aus dem Ärmel. Gedankenlos nahm er sein Blatt auf, während Bronnen schon zu reizen begann. Sie saßen bis in die Dämmerung, und die beiden Nationaldichter bereicherten ihr Repertoire um Bronnens Skatausdrücke. »Herz hat jeder«, sagte Victor Nesselkönig, nachdem er zwei Karten in den Skat gedrückt hatte und sah sich herausfordernd um. »Herz, meine Herren.«

In den Fenstern des Hauses wurde Licht eingeschaltet, eine von Innas Gesten, die, wie Victor fand, nicht frei von Vorwurf waren. Er verstand die Situation vollkommen. Becher war aus einem irrationalen Grunde hier. Er spielte diese Komödie mit – ein älterer Herr, der sich mit der Geschäftigkeit des Pensionärs in ein Glücksspiel stürzte, um sich einreden zu können, dass auch die anderen nichts taten, als herumzusitzen.

So belauerten sich die beiden *Großen Überlebenden*, verbunden in der heimlichen Erleichterung, dass Heinrich Mann gestorben war, bevor er in die Republik übersiedeln konnte, und Brecht das Zeitliche gesegnet hatte, bevor sein Bruch mit der Partei nicht mehr zu verschweigen war. Becher fühlte sich als Sieger. Ohne dass er viel dazu tun musste, war der Schaffensquell seines Konkurrenten versiegt wie sein eigener. Aber die Geschichte hat ihre eigene fixe Idee von Gerechtigkeit. Bechers Antichambrieren bei Ulbricht, seine Telefonate mit dem Präsidenten der *Staatlichen*

Plankommission, wenn es um Papier für die Werkausgaben ging, seine beiläufigen Klagen auf Empfängen beim sowjetischen Botschafter, seine Unterstützung für einen jungen Historiker an der Akademie, den er (erfolglos) auf Nesselkönigs Vorleben angesetzt hatte, prallten an Victor ab wie Tischtennisbälle. Der Nobelpreis blieb sein Schutzschild; und die Tatsache, dass die bereinigte Fassung der *Sieben Sinne* fast das einzige an Schullektüre war, das ostdeutsche Abiturienten freiwillig, wenn nicht mit Begeisterung lasen, tat ein Übriges. Am Schluss war Becher ein lebender Toter der Literatur, ein nicht nur von Nesselkönigs Ruhm gebrochener Mann, Gefangener seines machtlosen Amtes. Als er starb, gab es Unterbrechungen des Programms und Trauermusik im Radio, Fahnen auf halbmast vor den Schulen und einen Staatsakt, auf dem Beethoven gespielt und seine Elegien gesprochen wurden. Und auf der Stalinallee trugen junge Menschen dem Sarg des Dichters geöffnete Ausgaben seiner Werke voran, während Victor Nesselkönig in Ulbrichts Nähe auf der Ehrentribüne stand.[27]

---

27 Vgl. zu Becher im Allgemeinen und seinen letzten Jahren im Besonderen Jens-Fietje Dwars: Abgrund des Widerspruchs, Aufbau-Verlag Berlin 1998; ders.: Johannes R. Becher – Triumph und Verfall, Aufbau-Verlag Berlin 2003, sowie den Dokumentarfilm von Ulrich Kasten: Über den Abgrund geneigt ... Leben und Sterben des Johannes R. Becher (ORB/SFB/SWR 2000), die von einem Triumph Bechers insofern zu Recht sprechen, als sie Victor Nesselkönig mit keinem Wort erwähnen.

10

Bronnen hält eine Schacholympiade für genauso gefährlich wie eine Messe, aber alles wird halb so schlimm
Leipzig, November 1960

Ihr kamt aus allen Kontinenten
Zum freundschaftlichem fairen Streit,
fühlt Euch zu Haus in unsern Mauern,
die Felderbretter stehn bereit.
Bereit und dankbar sind die Herzen,
zum Druck bereit die Bruderhand,
In Euch zu grüßen Eure Völker,
Die Euch zum edlen Kampf entsandt.

Auf vierundsechzig kleinen Feldern
Soll Phantasie, Erfahrung, Geist,
Soll sich des Schachspiels Kunst bewähren
Durch Euch, die man als Meister preist.
Wohlan! Zum Wettstreit angetreten,
Auf dass der Bessere gewinnt.
In echter Achtung, echter Freundschaft:
GENS UNA SUMUS! Es beginnt!

»Gruß den Meistern« von Max Zimmering (Auszug)[28]

»Ick bin nich dafür«, sagt Bronnen und sieht Victor erwartungsvoll an. Aber der stellt sich taub. Immer diese Vorsicht, verdammt noch mal. Gegen seine Gewohnheit hat er die Sache in die Hand genommen und die Redaktionssekretärin von *Wahrheit und Fortschritt* zum Ostbahnhof geschickt, wo sie zwei Platzkarten löst.

---

28 XIV. Schacholympiade Leipzig 1960, Sportverlag Berlin 1961, S. 12.

Als Bronnen am nächsten Sonntag zum Kaffee kommt, ist Inna gerade dabei, die Koffer zu packen.

»Moment. Ick bin *wirklich* nich dafür«, murmelt er noch einmal, als Inna in der Küche verschwindet, aber die ruft durch die offene Tür »Astoria!«, es klingt wie ein Schlachtruf.

»Du wiederholst dich in letzter Zeit.«

»Du entziehst dich in letzter Zeit.«

»Gott, es ist nicht in Westberlin. Man wird doch mal nach Leipzig fahren dürfen.«

»Sicher. Sicher darf man nach Leipzig fahren. Aber ...« Bronnen hat, als er von dem Plan erfuhr, die Teilnehmerlisten der Schacholympiade angefordert: Allein über zweihundert Großmeister und Meister aus Ländern, die auf der politischen Weltkarte[29] nicht rot sind, sondern blau (Amerikaner, Briten, Westdeutsche) oder höchstens gelb (Israelis, Schweden, Jugoslawen). Dazu Tschechoslowaken und Sowjetmenschen. Ebenso viele Betreuer und eine schockierende Menge Journalisten; Leute, die man akkreditieren und im Land herumfahren lassen muss, statt sie festzunehmen und mit dem nächsten Interzonenzug nach Hause zu schicken. Die Leipziger Genossen haben eine achselzuckende Routine entwickelt, weil sie auf ihrer Messe zweimal im Jahr den Weltkapitalismus zu Gast haben, Leute in teuren Anzügen und mit dicken Zigarren, die hier längst enteignet wären. Bronnen bemüht sich vergeblich, den Leipzigern die Besonderheit der Situation zu erklären. Messegäste wollen gesellschaftlich notwendiges Dingsda verkaufen und bringen harte Währung ins Land. Aber Schachspieler, liebe Jenossen, sind Narren, Jünger einer Sekte mit unverständlichem Ritus und einem Esperanto aus Ziffern und Buchstaben, vernünftigen Argumenten nicht zugänglich.

Bronnen sucht vergeblich nach Worten für seine Befürchtungen. Er weiß, wie viele brisante Informationen auf Karteikarten

---

29 Gemeint sind die Atlanten, die seit den fünfziger Jahren in der DDR gedruckt wurden.

notiert wurden, nur um dann im Orkus eines Katalogs zu verschwinden, wo man sie mit Glück und der Hilfe eines Genossen Archivars namens Luft wiederfinden, aus einen Kasten fischen und neben andere, ebenso versteckte Karteikarten legen muss, um Zusammenhänge zu erkennen, geheime Verbindungen, Risse in der Fassade, die sich als Wahrheit tarnt.

Ludek Pachman, CSSR: Hielt sich wo auf von Herbst 1936 bis Frühjahr '37?

Haben wir, Jenosse Luft, eine Kartei über die Besucher der Schachkaschemme *Caissa* in Prag 1936?

Haben wir nicht, Genosse Bronnen.

Und Uriel Rosner, Israel?

Wer garantiert uns, dass der in den Dreißigern seine Schachzeitung nicht im *Caissa* jelesen hat?

Niemand, Genosse Bronnen, niemand garantiert uns das. Wir können nicht einmal wissen, ob die Mitglieder der sowjetischen Delegation – immerhin drei Weltmeister, Botwinnik, Smyslow, Tal …

Sie meinen, ob sie damals in Moskau waren? Jut möglich, nich wahr? Im Haus der Gewerkschaften zum Beispiel, als ein jewisser Victor Nesselkönig …?

Eben, Genosse Bronnen.

»Die Partei rät dringend ab, Victor.«

»Sag der Partei vielen Dank.«

»Du bist undankbar.«

»Wofür soll ich dankbar sein?«

Das verschlägt Bronnen die Sprache. Der Herr scheint allmählich zu glauben, dass die Partei *ihm* dankbar zu sein habe, nur weil das zu Geburtstagen[30] in der Zeitung steht.

*

---

30 Es wäre ein lohnendes Feld der Nesselkönig-Forschung, das Auf und Ab seines Lebens einmal anhand der Würdigungen (und der als Würdigung getarnten Schmähungen) zu erzählen, die in der DDR und im Ausland zu seinen Geburtstagen erschienen sind.

Victor Nesselkönigs olympisches Abenteuer ging dann aber doch einigermaßen gut. Leipzig ist klein, eine Stadt, die man nicht außer Kontrolle verlieren kann. Und im Grunde genommen ist eine Schacholympiade nichts anderes als eine Messe, auf der es nichts zu kaufen gibt. Victor, zwei Koffer schleppend, und seine Frau, die frohgemut vornweg trippelt, überquerten im eisigen Novemberregen die Straßenbahngleise zwischen der Westhalle des Hauptbahnhofs und dem Hotel *Astoria*, in dessen Lobby sich vertrauenswürdige Genossen unter elegant gekleidete Schachgenies aus der westlichen Welt gemischt hatten. Bobby Fischer, ein langer Lulatsch, der sich über alles beschwerte, oder der Argentinier Najdorf, eitel wie ein Tabakplantagenbesitzer, würdigten Victor, wenn er abends mit Inna im Restaurant saß und sich den Hals verrenkte, keines Blickes. Da packte ihn doch der Stolz. Als Nobelpreisträger wird man erkannt und wenn nicht, plaudert man mit seiner Tischdame.

Vom *Astoria* bis zum Messehaus am Ring geht man nur an ein paar Ruinen und einer Kirche vorbei, die Fahnen an den Masten tragen nicht Hammer Zirkel Ährenkranz, sondern einen schwarzen Pferdekopf vor einer weißen Weltkugel. Gut, nicht alles ist gelungen, die Genossen vom Sportverlag drucken im Turnierbuch ein Foto, an dessen Rand Victors heller Haarschopf in einer Gruppe von Männern zu sehen ist, die eine alte Schachmaschine bewundern[31] und in einem Foto von der Partie zwischen Fischer und Weltmeister Tal[32] steht er als Kiebitz zwischen anderen und starrt gebannt aufs Brett: die Bühne, von der einst Willi Ostertag träumte. Aber er bleibt im Publikum und gibt nicht den Dichterfürsten, der den Weltmeister Tal oder gar den Amerikaner Fischer zum Tee empfängt und sich zu einer Partie überreden lässt; er legt eine Bescheidenheit an den Tag, die ihm letzthin abhanden gekommen war. Durchaus gibt es kritische Situationen im Ge-

---

31 XIV. Schacholympiade Leipzig 1960, Sportverlag Berlin, nach S. 252, hinten halb verdeckt.
32 Ebenda, nach S. 46, über Fischers Kopf rechts von der Säule, in späteren Auflagen herausretuschiert.

dränge der achttausend Schachverrückten, ein Auflauf wie beim Fußball, aber still wie auf dem Friedhof. Wenn ein Zuschauer um die fünfzig plötzlich dem ebenso alten Victor gegenübersteht, von seinem Steckschach aufsieht und runde Augen bekommt und fragt: *Großer Gott, bist du nicht …?*, legt Victor den Finger auf den Mund und verschwindet in der Menge.

»Lief janz jut, Jenossen«, sagt Bronnen bei der Auswertung. »Wir hatten die Dinge im Griff, soweit.«

Bis auf ein paar Details, die er in den Berichten kleinschreibt. Im Haus der Deutsch-Sowjetischen-Freundschaft ein Treffen der Veteranen des Deutschen Arbeiterschachs: Kaffee, Kuchen und Reden, dann ein Schnellschachturnier. Walter Ulbricht macht den symbolischen ersten Zug und niemand wagt ihm zu sagen, dass dieser Zug regelwidrig ist. Die ganze Partie wird durchgespielt mit einem Bauern, der nicht stehen darf, wo er steht. Victor sitzt im Präsidium und als er vorgestellt wird, gibt es Gemurmel in der Ecke, in der die Thüringer Arbeiterschachspieler sitzen. Während des Turniers, Victor spielt in der Mannschaft der Schriftsteller am ersten Brett, neben Bredel und Stephan Hermlin, steht plötzlich ein rotwangiger Greis hinter ihm, Kurt Festag, einst Jugendtrainer bei Fortuna Hermannsdorf und haut ihm auf die Schulter. Victor winkt ab und bringt seine Partie zu Ende, er holt sieben Punkte aus sieben Partien und soll einen Sonderpreis bekommen, aber als er aufgerufen wird, sitzt er mit dem alten Festag schon im *Café Centra* und trinkt auf die alten Zeiten. Bronnen, durch Zufall informiert, will das Café umstellen lassen, aber die entspannten Leipziger Genossen, die zur Messe ganz andere Probleme lösen, legen ihr Veto ein und als Victor und der alte Mann mit den geplatzten Äderchen auf den Wangen sich nach Mitternacht schwankend erheben, haben sie die Adressen getauscht und Festag geht kopfschüttelnd in sein Pensionszimmer. Allerdings, sein Kreislauf ist mit der gerechten Sache des Sozialismus im Bunde, auf der Heimfahrt drei Tage später bekommt er Nasenbluten und erreicht Thüringen im Krankenwagen, wo er stirbt, ohne sich noch einmal seines begabtesten Schülers zu erinnern.

»Hab ich's gleich nicht gesagt, Genosse Bronnen?«

»Is ja nochma gut jegangen. Ick habe ihm jesacht, dass wir nich dafür waren.«

Zwei Tage später: Im *Corso*, bei Bienenstich, für den Victor eine kindische Schwäche hat wie überhaupt für Kuchen, setzt sich ein junger Mann mit Stutzeranzug an seinen Tisch. Das *Corso* ist ein Vorkriegscafé, Tischplatten nicht aus Resopal, sondern aus Marmor, dunkle Holzvertäfelung, so hoch, dass das Ulbrichtporträt zwischen den Wandlampen wie eine verrutschte Briefmarke aussieht. Eine gewisse altmodische Noblesse, dem *Goldstücker* nicht unähnlich. Das *Goldstücker* fällt einem auch ein, wenn man liest, was der Genosse aus Bronnens Abteilung vom Nebentisch aus verstanden hat von dem Gespräch, das der junge Prager Meister Ladek mit Victor Nesselkönig führt. Gott sei Dank kann Nesselkönig, als wäre er nie in Prag gewesen, kaum ein Wort tschechisch. Er erkundigt sich mit bebender Stimme nach einer Frau. Der Genosse Zuhörer am Nebentisch, offenbar selbst der Dichtkunst zugeneigt, beschreibt es so, als fürchtete Nesselkönig, der Frau ein Kind gemacht zu haben. Quatsch, sagt Bronnen, das kann ich ausschließen. Aber Meister Ladek, nur Ersatz im tschechoslowakischen Team, schreibt etwas auf, gibt den Zettel Victor, der ihn in die Innentasche seines Sakkos steckt, Gruß und Dank der Genossin Zimmermädchen des Hotels *Astoria*. Eine Adresse in der Slowakei, der Name? Natürlich kenne ick die, sagt Bronnen und reibt das Papier zwischen Daumen und Zeigefinger. Abends im Hotelrestaurant greift Victor in die Innentasche seines Sakkos und erbleicht, als hätte er seine Brieftasche verloren.

11

Victor Nesselkönig sitzt am Lagerfeuer und seine Zwillinge werden Filmstars
Dreizehnheiligen und Berlin, sechziger Jahre

Kurz nach dem Mauerbau und in einem Alter, in dem es schon fast ein bisschen unanständig war, bekam die androgyne Russin mit den umflorten Augen doch noch Kinder. Es waren Zwillinge, als hätte es eines besonderen Beweises von Nesselkönigs Präsenz und Zeugungskraft bedurft. Man sah die Frau, noch mehr abgemagert und mit ihrem bereiften Haar einer Großmutter ähnlich, den Kinderwagen durchs Dorf schieben. Jurek und Vivian wurden, als fröhliche Emissäre ihrer verschanzten und abweisenden Eltern, die Lieblinge der Siedlung, wie sie Hand in Hand durch Zaunlücken zwischen den rückwärtigen Gärten kletterten. Sie saßen an den Gartentischen der Nachbarn und das Lachen über ihre Kinderantworten ging von Haus zu Haus. Wie junge Katzen tauchten sie auf und verschwanden wieder, selbstverständlich sich auf fremden Grundstücken bewegend, niemandem zugehörig. Der Junge war, nicht nur der Haarfarbe nach, ein dunkles Kind, grüblerisch und reizbar, sie ein Schmetterling von berückender Zutraulichkeit, die manchmal an einer fremden Haustür klingelte, um zu sagen, dass sie die grüne Langeweile habe.

Als die erste Generation der neuen Mieter in den sechziger Jahren auszusterben begann, wurden die raren Seegrundstücke an jüngere und fidelere Leute vergeben, Leute, die mehr Geld hatten, als man mit der Arbeit im Apparat verdienen konnte oder überhaupt nicht zu regelmäßiger Arbeit nach Berlin fahren mussten: junge Schlagersänger und Schauspieler, für die der Sozialismus kein Fahnenappell, sondern ein einziger Kindergeburtstag war. Erwerbskommunisten, meckerte Victor am Familientisch, und Jurek petzte es den Nachbarn. Die Besucher der Nesselkönigs wurden jünger; statt abgearbeiteter Funktionäre mit Bauchansatz und Dienstwagen kamen etwas zu laute junge Menschen aus Berlin, die sich herausfordernd umblickten, wenn sie aus dem Bus stiegen. Der Garten, bis dahin einem aufgegebenen Friedhof ähnlich, wurde im Sommer Schauplatz ausgelassener Sommerfeste mit feuerpolizeilich bedenklichen Lagerfeuern, Bootspartien im Uferbereich des Sees, die den Genossen von den Grenztruppen Schweißperlen auf die Stirn trieben, und großmäuligen Diskussionen, denen es aus der Sicht der Ortsparteigruppe am festen Klassenstandpunkt mangelte. Die nesselkönigliche Lagerfeuerrunde wurde von der schrumpfenden Gemeinde der altgläubigen Interbrigadisten und KZ-Häftlinge mit dem Groll derer betrachtet, die das Nest gebaut haben, in das sich jetzt andere setzten. Frau Trägers orthografisch bedenkliche Protokolle der Debatten mündeten in die Anlage neuer Akten. Ein politischer Kindergarten, dachte Bronnen, Grünschnäbel aus dem Verlag, Lektoren mit Rosinen im Kopf und enthusiastische Nachwuchsautoren, die in Inna verliebt und auf ansteckende Weise euphorisch waren. Wenn Victor sprach, unterbrachen sie ihr Palaver. Abends schmückte Inna die Boote mit Lampions und die jungen Leute fuhren auf den See hinaus, als gäbe es keine Staatsgrenze, nur die schwarze, plätschernde Scheibe, die sich in der Nacht verlor, getupft mit Spritzern gelben Lichts, über der kleine Papiermonde schaukelten. Von von der Siedlung aus hörte man Gesang und übermütige Deklamationen:

»Mit Wolfszähnen wollt' ich den Amtsschimmel fassen,
ich spotte jedes gestempelten Scheins
jeden Aktenwisch würd ich dem Teufel überlassen.
Jedes Amtsformular. Bis auf eins …«[33]

Auf welches Papier der unsichtbare Rezitator nicht verzichten konnte, war nicht mehr zu verstehen, nur noch Kreischen, Ge-

---

33 Wladimir Majakowski: Verse vom Sowjetpaß, hier zitiert nach: Gedichte, Verlag Philipp Reclam jun. Leipzig 1988, S. 77 ff.

lächter und ein Klatschen, als habe man ihn ins Wasser geworfen. Einmal ließ Victor sein halbvolles Glas auf die Wiese fallen, weil Inna nach seiner Hand griff. Ist das so schlecht hier? In den Fünfzigern hatte man in der U-Bahn oder im HO-Laden noch Sätze gehört wie: »Wartet ab, bis es wieder andersrum kommt.« Jetzt achteten die Schnellboote der Grenztruppen darauf, dass die singende Gesellschaft nicht zu weit vom Ufer abkam. In der Festung, die aus dem Land geworden war, fühlten sie sich endlich als die Herren im Hause, jedenfalls als die künftigen Herren. Sie starrten bis nach Mitternacht ins Lagerfeuer und diskutierten über Ungarn, die Chruschtschow-Rede, den künftigen Friedensvertrag und die *Verurteilung des Lukullus*, über Texte von Brecht, die nur im Westen erschienen, über die Zensur und über die Verfassung, den Boykotthetze-Paragrafen und die Gerichtsurteile. Aber sie taten es gelassen, wie in Erwartung baldiger Erbfälle; künftige Sieger, denen das Land nicht mehr entkommen würde, seit es sich eingemauert hatte. Sie räsonierten über die neue Wirtschaftspolitik und das Parteiplenum, das *Spur der Steine* und die *Rolling Stones* verbot; über all die sperrigen Dinge, die sie hineinstopfen mussten in die überquellende, an den Nähten platzende Tasche, die sie ihre Weltanschauung nannten. Victor saß am Feuer etwas erhöht im einzigen Korbsessel des Hauses, der Hausherr, der Älteste, fast ein Priester, und parierte Fragen nach der Vergangenheit, nach dem Exil, nach Malraux, Ehrenburg und dem toten Becher, nach Stalin und dem Hotel *Lux* mit auswendig gelernten Anekdoten.

»Bereut?« Er massierte mit den Fingern der rechten Hand sein schmales Kinn, fing einen wunden Blick von Inna auf. »Ich habe meine Frau dort gefunden.«

»Warum sprechen Sie niemals darüber?« Das war Buschmann, einer von den damals ganz Jungen, die Salz in die Wunden des Stalinismus streuten und barfuß durchs Feuer gehen wollten für den *richtigen*, den *demokratischen*, den *wahrhaften* Sozialismus. Er hatte eine fast obszöne Lust daran, heikle Dinge auszusprechen. Wie Brecht in den Gedichten, von denen nur Abschriften zirkulierten, »Ficken« und »Fotze« schrieb, als gäbe es keine anderen Begriffe dafür, spuckte er Worte aus wie Berija und Jeschow, Workuta und Ljbubjanka. Sie zuckten zusammen, wenn diese Wörter fielen. Wie bei Brechts Obszönitäten zerfiel der Kreis in ein Spektrum von Reaktionen: Hand vor dem Mund, Blicke, die Ahnungslosigkeit logen. Buschmann leckte sich die Lippen und legte nach.

»Die Wahrheit ist ein Lebensmittel«, sagte Buschmann. »Unser Grundnahrungsmittel.«

»Diese Dinge sollten ruhen, glaube ich«, sagte Victor leise, fast flehend.

»Aber Sie sind freiwillig dahin gegangen. Sie haben sogar den Preis abgelehnt, aus Loyalität.«

»Ja, und?«

»Diese Gesellschaft hat ein Recht darauf zu wissen, auf welchem Fundament sie gebaut wird.« Ein amüsierter Blick von Inna. Ihr leiser Spott funktionierte besser und schreckte wirksamer ab als Strafrechtsparagrafen und Bronnens Ministerium. Ein wohlwollender Scherz über die jungen Hirsche: Soso, Genosse Buschmann, Grundnahrungsmittel, Recht auf … Wie jeder Idealist fürchtete Buschmann mehr als das Gefängnis, dass man ihn nicht ernst nahm. Er würde Gelegenheit bekommen zu vergleichen, den Spott am Lagerfeuer mit dem Strafvollzug in *Bautzen II*.

Allerdings, im Laufe der Jahre meinte Victor zu bemerken, dass Inna sich in Diskussionen nicht mehr mit ihm, sondern gegen ihn verbündete. Früher hatten sie, wenn jemand Unsinn redete oder sich im Ton vergriff, zuverlässig diesen wissenden, nachsichtigen, amüsierten Blick getauscht, einen Blick aus einem geheimen Vorrat. Später sah sie ihn nicht mehr an, sprach lauter und fliegender, für den Beifall der anderen, setzte Pointen auf seine Kosten. Er hatte sie ermutigt, ihr die Sprache zurückgegeben, die sie in Sibirien verloren hatte, ein Haus am See, Freunde, junge Männer, die sie bewunderten, umwarben, vielleicht sogar verführten, sei's drum. Menschen, die lachten und sie endlich einmal zum Lachen brachten. Und nun begann Inna Nesselkönig, von Buschmann angefeuert, über Victors Moskauer Jahre und Workuta zu reden. Sie schilderte den Anblick von Menschen, die von Felsblöcken zerquetscht waren und dann einfach liegengelassen wurden, zugeschüttet mit Geröll. Sie beschrieb, wie ein Hinterkopf nach einem aufgesetzten Schuss aussieht. Sie gab wieder, was Stalin und Wyschinskij und selbst der unglückliche Becher über die Achmatowa oder Marschall Tuchatschewskij gesagt hatten. Sie erzählte, wie die Achmatowa im Fontänenhaus saß und aus Angst um ihren Sohn fast wahnsinnig wurde und niemand wagte, sie zu besuchen, weil die Prawda sie *heilige Hure* nannte. »Hör auf damit, bitte«, flehte Victor, wenn er ihr nach oben ins Haus gefolgt war, wo sie neue Bowle aufgoss, während in der Runde am See das Feuer züngelte, das Buschmann angezündet und Inna genährt hatte. Sie sprach immer weiter, hielt nur inne, bevor es um die Umstände ging, unter denen sie Victor getroffen hatte. Später, als Buschmann im Knast verschwunden war, begann Inna endgültig, die Stimmung zu verderben. Der eine Teil der Tafelrunde wurde Professor oder Cheflektor und bekam kalte Füße. Für die anderen wurden ein paar Jahre Gefängnis der Transit in den Westen. Die, die an diesem Ufer des Sees blieben und sich weiter an Victors Feuer wärmten, gingen zur Tagesordnung über. Sie interessierten sich nicht für alte Geschichten, sondern für die Zukunft des Sozialismus, die ihre eigene Zukunft war. Wenn Inna auf sie einsprach, mit ihrem melodischen russischen Akzent, senkten sie die Köpfe und drehten ihre leeren Bierflaschen hin und her.

Außerdem: Kinder sind wichtiger als Politik. Der Satz stammte von einem der jüngeren Gäste, einem etwas teigigen Norddeutschen, der nach ABF und Studium eine Lektorenstelle in einem kleinen Ostberliner Verlag bekommen hatte. Radolph W. Kämmerling kam, so schien es, nicht wegen der politischen Diskussionen, obwohl er kesse Scherze der Sorte beisteuerte, das soundsovielte Plenum des ZK der KPdSU habe beschlossen, dass auch künftig morgens die Sonne aufzugehen hat. Scherze, über die er selbst am lautesten lachte. Sondern er kam wegen der Nesselkönig-Zwillinge. Selbst kinderlos und der Typ Mann, dem man Kinder nicht zutraut, schlich er sich, wenn ihm die Debatten am Feuer zu laut und verstiegen wurden, aus dem Garten ins Kinderzimmer und las den Zwillingen in ihrem Doppelstockbett zu pädagogisch unverantwortlichen Zeiten aus pädagogisch fragwürdigen Büchern vor; ein Vorlesetalent, dessen vielstimmige Kunst dem alkoholisierten Palaver am Lagerfeuer ein Ende machte, weil plötzlich alle, die sich eben noch Zitate von Brecht und Gramsci um die Ohren gehauen hatten, wie auf ein Zeichen schwiegen, um dem Donnern und Flüstern, dem Krächzen und Flehen, dem Brummen und Gurren zu lauschen, mit denen Kämmerling Andersens Märchen oder Edgar Allan Poes Gruselgeschichten orchestrierte. Und wenn sich die ganze Runde neunmalkluger Palastrevoluzzer auf leisen Socken im Kinderzimmer versammelt hatte, um zuzuhören, kam es vor, dass er, immer noch vorlesend, den Kopf hob und Victor Nesselkönig einen Blick schickte, in dem vieles lag; Bewunderung durchaus, aber auch etwas wie: *So macht man das!* Und als hätte es noch eines Anstoßes bedurft, um Kämmerling in die Familie aufzunehmen, überredete er einen der neuen Nachbarn, den Filmregisseur Schönbroth, im Jahr des Prager Frühlings die Hauptrollen eines Kinderfilms[34] mit den Nesselkönig-Zwillingen zu besetzen, die damit eine Berühmtheit

---

34 *Die Kinder des Zauberers*, DEFA 1968, Regie Hansgeorg Schönbroth, u. a. mit Erwin Geschonneck, Arno Wischnewsky, Rolf Hoppe und Marianne Wünscher. Obwohl die Identität der beiden Zwillingsdarsteller zunächst geheim gehalten wurde (im Abspann werden sie nur mit ihren Vornamen genannt), wurde der von Fred Düren dargestellte Zauberer (ein gütiger, aber etwas schusseliger Magier alter Schule, der das Zaubern aufgibt, als die Kinder ihm von den Fortschritten der modernen Wissenschaft berichten) bald als halb freundliches, halb spöttisches Abbild Victor Nesselkönigs verstanden. Victors Vaterstolz war etwas dadurch gekränkt, dass es in der Premiere im Kino *Weltfrieden* wiederholt Gelächter an Stellen gab, in denen man – mit einiger Fantasie und Insiderkenntnis – die Dialogsätze des Zauberers als Kommentare zum Leben und Werk des Dichters verstehen konnte.

erlangten, die es nicht wünschenswert erscheinen ließ, dass sie jemals erwachsen würden.

*

In den Jahren, in denen seine Kinder laufen, sprechen und lesen lernten und seine Frau sich aus der dunklen Höhle ihrer Vergangenheit wagte, blieb Victor Nesselkönig, was er war: Ein weltberühmter, seiner sozialistischen Heimat ergebener Dichter, dessen man sich, wenn man von ihm in der Zeitung las, mit leisem Erstaunen entsann: Sieh an, der lebt noch! Ludwig Bronnen stieg auf in der Hierarchie des Ministeriums und trug die Verantwortung für Dinge, die zu komplex waren, um in der Zeitung ausgebreitet zu werden. Aber für den *Operativen Vorgang Klassiker* würde er zuständig bleiben bis zum Grabe auf dem Ehrenfriedhof. Im Ministerium wagte niemand Bescheid zu wissen, außer Bronnen und dem Minister selbst. Und im Politbüro nur der *engste Kreis*, wer immer damit gemeint war. Unter den Rückkehrern aus Prag und Moskau, den Genossen, die Victor in Moskau hatten reden hören, herrschte die Disziplin der Gläubigen. Wie es in Victors Gedicht hieß: *Denn Du musst glauben lernen, glauben wollen lernen, lernen zu glauben, was Du glauben musst.* Getuschelte Bemerkungen zu seiner Verwandlung im Exil, hämische Wortspiele über des Nesselkönigs neue Kleider ließ man auf sich beruhen. Unzeitgemäße Anfälle von Wahrheitsliebe auf den turbulenten Parteiversammlungen der fünfziger Jahre wurden geräuschlos und entschlossen unterbunden. »Denkst du wirklich, wir glauben das?«, warf ein Genosse der Kulturverwaltung Victor im Eifer der Formalismusdebatte an den Kopf; Bronnen überzeugte ihn unter vier Augen, dass er besser daran tat, es zu glauben. Es kam vor, dass jemand zu später Stunde das Glas auf den Genossen Nesselkönig erhob, jedoch in stillem Gedenken, als sei er schon tot. Bronnen desinfizierte die Infektionsherde schnell und gründlich. Eine Aussprache hier, eine Drohung da – was tat es schließlich zur Sache, dass sich Nesselkönigs Haarfarbe und Statur geändert hatten in den Jahren der *Großen Umerziehung*? Bronnen bestand darauf, dass sein von den Russen adoptiertes Kind das richtige war. Und allmählich zogen sich die Gerüchte und das grinsende Halbwissen zurück. Die Zahl der überlebenden Mitwisser sank Jahr für Jahr, die Zahl derer, deren Erinnerung aus sozialistischen Geschichtsbüchern stammte, stieg und stieg. Ahnungslos über die wahre Lage beneideten die Uneingeweihten unter Bronnens Genossen ihn um diesen Klienten. Denn Victor Nesselkönig tat, was man von ihm erwartete. Er dachte nicht daran, nach Westberlin zu fahren, wo seine Rechte und seine Konten lagen. Er unterschrieb anstandslos eine Generalvollmacht für Rechtsanwalt Dr. Calauer, der fortan die Verhandlungen mit ausländischen Verlagen führte, die Konten verwaltete und ihm jedes Jahr zum 1. Dezember einen vierstelligen Betrag in harter Mark überwies. Victor Nesselkönig hielt die *Kampfgruppe gegen Unmenschlichkeit* wahrscheinlich für eine Organisation gegen neofaschistische Umtriebe in Westdeutschland und *RIAS* für eine Seifenmarke. Seine närrischen Gäste am Lagerfeuer lagen bei Bronnen unter dem Röntgenapparat, die Post sowieso. Höheren Orts erwünschte Resolutionen unterschrieb er, als wären es Schecks. Meinungsäußerungen für das *Neue Deutschland*, die Bronnen ihm vorlegte (»Ick habe da schon mal paar Jedanken formuliert, nur als Anrejung.«) überarbeitete er mit Hilfe Kämmerlings, der das Redigieren schließlich gelernt hatte, gründlich, aber nur stilistisch. Der Lektor Kämmerling hatte das in diesem Lande unschätzbare Talent, noch der ödesten Propaganda einen matten Glanz und der plattesten Verzerrung der Wahrheit den Klang moralischer Überlegenheit zu geben.

Victors einzige neue Publikation in den Fünfzigern, außer dem neuerdings peinlichen Erinnerungsband mit den Stalinlobhudeleien, war keine eigene, sondern ein *Deutsches Lesebuch*[35], wie es

---

35 Deutsches Lesebuch, herausgegeben und mit einem Vorwort versehen von Victor Nesselkönig. Im eifersüchtigen Osterliner Literaturmilieu wurde aufmerksam registriert, dass Nesselkönig mit 13 Textproben vertreten war (es waren Gedichte, Briefe, Tagebucheinträge und Auszüge aus Prosatexten oder

in Mode kam, als zwei deutsche Staaten sich um ein deutsches Erbe zu prügeln begannen. Bronnen beschaffte rare Werkausgaben, in denen Victor ratlos blätterte und Kämmerling konnte sich als Lektor beweisen, seit er auf Bronnens nachdrückliche Empfehlung aus seiner Klitsche für Koch- und Handarbeitsbücher in den Verlag *Wahrheit & Fortschritt* versetzt worden war. Er erwies sich auch dort als Lottogewinn. Eilig, um anderen Sammlern zuvorzukommen, sammelte er die prächtigsten Pilze im Wald der deutschen Literatur und schleppte sie zu Bronnen, der damit zur Kunstkommission ging, wo giftige Gewächse wie Schopenhauer, Nietzsche und Kafka weggeworfen und die fauligen Stellen an den genießbaren (zum Beispiel Cornelius Eigengasts pornografische Geschichten) abgeschnitten wurden, Abfall, den man dem Leser im Spätkapitalismus überließ. Das Ganze erschien mit einem ziemlich originellen Vorwort nach der politischen Melodie von *Einer Deutschen Nation* und *Deutsche guten Willens an einen Tisch*[36], dessen intellektuelle und stilistische Kabinettstücke wohl von Kämmerling stammten, auch wenn Nesselkönigs Name darunter stand. Aber sonst – Victor schrieb nichts. Kämmerling, der sich im Stillen Eckermann nannte und vielleicht deshalb das Märchen von der Schreibkrise glauben wollte, brachte immer neue Exposés an den See, der Genosse Dichter legte sie unter seinen Kuchenteller und versprach, sie zu lesen. Stattdessen – lieber Gott, er war ein Mann, deutlich über fünfzig, aber mit einer meistens depressiven Frau und keiner anderen Aufgabe, als Victor Nesselkönig zu sein, Beinahe-Nobelpreisträger, Leninpreisträger, Nationalpreisträger, erster Rektor und neuerdings Ehrenpräsident und Namenspatron der *Deutschen Akademie für Sozialistische Dichtung*, Freund der Werktätigen, Nestor des Wettbewerbs junger Schriftsteller des Sozialismus und so weiter und so fort. Um es ganz deutlich zu sagen –

Theaterstücken zugelassen), genau einem mehr als Becher (7) und Brecht (5) zusammen und ebenso viel wie Goethe.

36 Ebenda: *In meinem Bücherschrank hat vieles Platz*, S. 5–27, wo allerdings auch die »literarischen Erbschleicher jenseits der Elbe« ihr Fett wegbekommen.

»Sagen Sie es deutlich, Genosse Bronnen.«

»Um es deutlich zu sagen ... Er hurt.«

Der Minister hörte auf, in seinen Akten zu blättern. »Wie?«

»Er hurt herum. Frauen. Weiber. Kaum ist er in Berlin ...«

»Genossinnen?«

»Teils, teils. Auch Jenossinnen. Auch verheiratete Jenossinnen.«

Man sah dem Genossen Minister an, dass er nicht verstand, was Bronnen ihm sagen wollte. Der Minister war in Paris im Exil gewesen, hatte in Spanien gekämpft und war dann nach Mexiko geflohen. Mit dieser Vita sah man Fragen der Sexualmoral in einem milderen Licht: »Auch ein Genosse ist ein Mann.«

»Das ist es nicht. Das ... natürlich ...« Bronnen atmete durch die Nase aus. Er kramte eine Akte aus seiner Tasche und legte sie mit einem Gesichtsausdruck auf den Tisch, der zeigte, dass er das gern vermieden hätte. Der Minister streckte den Arm aus, aber Bronnen sagte: »Nein, bitte. Die Handschrift kann nur ick lesen.«

*

Lotte Weniger war wie Nesselkönig in Moskau gewesen, sie war sogar dort geboren. Einem dort erworbenen Instinkt folgend hatte sie eine Parteikarriere vermieden, obwohl zuverlässige Leute, die Russisch wie ihre Muttersprache beherrschten, beinahe alles werden konnten. In Dresden hatte sie ein Lehrerstudium in Rekordzeit absolviert, weil ihr selbst die importierten Dozenten aus dem Sowjetland wenig mehr beibringen konnten als die Hinweise des Genossen Stalin zur Sprachwissenschaft. Dann begann sie als Lehrerin auf einem Gymnasium in der Lausitz, trotz des verhassten Faches bei den Schülern beliebt, weil sie schöne Beine hatte und rasch errötete. Vor Männern schien sie Angst zu haben, der FDJ und später der Partei war sie achselzuckend beigetreten. Ab und zu schickte ein Freund ihres Vaters, der im Außenministerium arbeitete, ein Telegramm an den Direktor, dass die Genossin Weniger kommende Woche in Berlin unentbehrlich war.

Auf einer Begegnung sowjetischer und deutscher Dichter in der Akademie stand sie neben Victor Nesselkönig und verbesserte seine Antworten auf die Fragen von Michail Scholochow, bis er sich zur Seite wandte und ihr den Arm um die Schulter legte.

»Mein liebes Mädchen, ich kann Russisch. Ich war nämlich dort.«

»Verzeihung, Genosse Nesselkönig. Ich bin Lehrerin, da kann man nicht anders.«

Scholochow kratzte sich seinen weißen Haarschopf und fragte auf russisch nach. Sie erklärten es ihm gemeinsam und lachten. Scholochow sah sie fragend an, nickte dann und ging. Sie standen allein da, Victor leicht schwankend.

»Wo waren Sie?«, fragte Lotte. Wie alle Dolmetscher war sie nüchtern.

»Moskau«, sagte Nesselkönig. »Und Workuta.«

»Oh. Entschuldigen Sie.«

»Sie müssen sich nicht immer entschuldigen. Schon gar nicht dafür.«

»Ja. Verzeihung … Davon liest man gar nichts.«

»Wovon liest man nichts?« Victor sah sie mit etwas glasigen Augen an.

»Dass Sie … da waren. In Workuta.«

Victor winkte ab. Sie standen allein in der Mitte des Raumes. Das Büffet war eröffnet, alle wandten ihnen den Rücken zu.

»Schreiben Sie etwas Neues, Genosse Nesselkönig?«

Er war betrunken, erschöpft vom Nichtstun, emotional und erotisch unterernährt von einer Frau, die ganze Tage im verdunkelten Schlafzimmer lag, weichgespült von Krimsekt und Lobreden. Und so sah er in dieser verlegenen jungen Frau mit den rehbraunen Augen und den vor Schüchternheit roten Wangen einen Wink, eine Lösung. Eine folgerichtige Pointe für sein Leben. Gut möglich, dass er, betrunken wie er war, leise »Lenka« sagte, bis sie ihn irritiert ansah. Jedenfalls fixierte er sie und sagte dann:

»Liebes Fräulein Pjerewodschiza, ich würde Ihnen gerne etwas erzählen.«

Lotte errötete und war auf der Hut. Bronnens Aufpasser leider nicht, der prasste am Büffet und ging dann mit den sowjetischen Genossen zu Stolitschnaja über, ohne der Tatsache ausreichende Beachtung zu schenken, dass die Operative Zielperson *Klassiker* mit der Genossin Weniger ins Freie ging, wo er sie zwar vergeblich zu küssen versuchte, dann aber doch das Versprechen erhielt, sie am nächsten Tag wiederzusehen. Von dem Rendezvous im Operncafé erfuhr Bronnen nur durch Zufall. Ein Genosse seiner Hauptabteilung, auf den Spuren eines französischen Chansonniers, der im Friedrichsstadtpalast gastierte, war seiner Zielperson auf die Toilette gefolgt und dort mit Nesselkönig zusammengeprallt, was er am Ende einer Dienstberatung im Ministerium unter dem Tagesordnungspunkt *Sonstiges* erzählte. Bronnen war elektrisiert.

*

»Keine Frau unter vierzig ist sicher vor ihm, Jenosse Minister.«

Der Minister, deutlich über vierzig, räkelte sich auf seinem Schreibtischsstuhl, ließ seinen beträchtlichen Bauch sehen und kratzte sich an einer Stelle, die Bronnen zwang, wieder in seine Akten zu sehen.

»Aah«, stöhnte der Minister, »es ist doch auch ein hartes Brot, Mann. Manchmal denke ich, wir haben alles im Griff. Das bürgerliche Pack ist im Westen, die Kirchen halten den Schnabel ... Aber wenn die jungen Frauen wüssten, welche Macht sie haben«, er reckte und kratzte sich an einer Stelle weiter südlich, »glauben Sie mir, Genosse Bronnen: Die jungen Frauen sind unser Untergang.«

Bronnen blätterte in der Akte. Sie schwiegen, zwei mächtige Männer, für einen Moment im Angesicht ihrer Ohnmacht. Durch das Fenster kam Frühlingsluft herein, angefüllt mit dem Summen von Millionen Insekten. Um nicht zu früh beim Minister zu sein, war Bronnen durch die wieder aufgebauten Einkaufsstraßen beidseits der Karl-Marx-Allee gegangen und hatte sich die Leute angesehen: Alte, die fröhlich schwatzend vor einem HO-Laden auf Lieferung warteten, Schulschwänzer, die auf einem Treppenabsatz saßen und andächtig Eis schleckten. Junge Frauen auch, oft mit Kinderwagen, Nachkriegskinder, Kinder, die schon im Sozialismus aufwuchsen und ihren Kindern nichts mehr über den Kapitalismus würden erzählen können, nur Fabeln von einem längst besiegten Ungeheuer. Er hatte sie betrachtet, nicht mit dem juckenden Verlangen des Ministers, sondern wie ein Vater, dessen glückliche Kinder nicht wissen, dass er noch in der Nacht arbeitet, damit sie unbesorgt irgendwo nach Kalbsbraten anstehen und das Gesicht in die Sonne halten können.

»Genosse Bronnen ...« Der Minister machte ein Gesicht, als könne er seinem begriffsstutzigen Sohn bestimmte biologische Tatsachen nicht ersparen. »Das Problem haben wir doch mehr oder weniger alle. Nesselkönig hat es gelöst, für sich.«

»Wir opfern uns auf, Jenosse Minister. Aber das ist ...«

»Ja, ja. Aber manchmal denke ich, dass der Kommunismus erst erreicht ist, wenn ...« Wieder dieses Räkeln, dieses animalische Stöhnen. Nicht, dass Bronnen das Problem nicht kannte. Kundgebungen, Paraden, Empfänge, jubelnde oder jedenfalls winkende Massen. Und dann ein enger Rock und alles war zunichte.

Der Minister straffte sich, nickte und blickte Bronnen dienstlich an. Er stellte leise, präzise Fragen, nur ab und zu funkelten seine Augen, wenn Bronnen eine seiner Karteikarten vorlas:

A. B., Sekretärin im Schriftstellerverband.

B. C., Sportlehrerin in der Akademie für Sozialistische Dichtkunst.

C. D., Mitglied der Handballnationalmannschaft der Frauen auf einer Feier zur Verleihung des Nationalpreises (»Moment, da hab ick sogar ein Foto«, sagte Bronnen, der Minister griff danach und betrachtete es erschüttert).

XY, Buchhalterin der LPG »Frieden« in Ziesewitz-Ausbau.

Das ganze Alphabet.

»Mein lieber Mann, Bronnen. Diese Künstler.«

»Ja, Künstler. Muss man aufpassen.«

»Bronnen! Bronnen!!! Der Sozialismus ist schön! Er ist für die Menschen da, soll Freude machen. Wir müssen den Menschen genug verbieten, warum zum Teufel auch noch das?«

Bronnen schwieg wohlweislich. Wie viele seines Ranges hegte der Minister die Illusion, dass über ihn keine Karteikarten existierten. Man hatte ihn zum Minister gemacht, weil man ihm zutraute, den auswärtigen Feind zu erkennen. Weil er in Paris gewesen war und in Amerika. Bronnen dagegen war in Moskau gewesen und hatte gelernt, den inneren Feind zu erkennen. Den Feind im Land. Den Feind in der Partei. Den Feind in sich selbst. Je weniger äußere Feinde es gab, desto mehr innere.

»Beobachten Sie das, Genosse Bronnen. Aber nur beobachten. Er ist kein Feind, schließlich.«

»Eben, deswegen müssen wir besonders jenau hinsehen.«

*

Also beobachtet Bronnen. Aber dass der Minister die Sache unterschätzt hatte, stand auf einer Karteikarte, aus denen früher oder später ein Memorandum würde, eine Pressemeldung: *Über einige Versäumnisse der Zentralen Sicherheitsorgane.* Denn diesmal geriet die Sache aus dem Ruder. Nesselkönig schloss sich mit seiner Dolmetscherin nicht mehr in seinem Zimmer im Gästehaus der Akademie ein, wo man notfalls einen erprobten Genossen vor die Tür stellen konnte. Sie fuhren mit Nesselkönigs Wagen, aber ohne Fahrer nach Potsdam und spazierten durch den Sanssouci-Park.

»Sie sind eine beunruhigende Frau.«

»Ich wollte Sie nicht beunruhigen.« Es ist Hochsommer, die trockene Hitze verbreitet im Park einen flirrenden Glanz, in dem die Statuen, das Teehaus und die Römischen Bäder in den Sichtachsen der Wege unscharf wirken wie eine Fata Morgana. Die großen Schlösser, im Krieg beschädigt, sind eingerüstet, manche ihrer Fenster zugemauert, konserviert für die Zeit, bis die Republik sich die Restaurierung von Adelsschlössern leisten kann.

»Sie wissen, was ich meine.«

»Und Sie sind verheiratet.«

»Meine Frau ist krank.« Lotte ist, obwohl ein bisschen vom Lande, schon in dem Alter zu wissen, dass die Frauen aller Ehebrecher krank sind, weil sie dann für deren erotischen Bedürfnisse nicht zur Verfügung stehen und auf gar keinen Fall verlassen werden können.

Und genau das sagte sie.

»Wie kommen Sie darauf, dass ich die Ehe brechen will?«

»Was wäre sonst an mir interessant, als …«

»Als?«

Erröten. Hier nun wird es kompliziert. Denn die Genossin Lotte ist nur in Bronnens Akte eine dumme Gans vom Lande, die sich einen berühmten Dichter angelt. Sie ist auf eine Weise ohne Hintergedanken, die Bronnen von Berufs wegen für unmöglich hält. Sie besitzt die Verstandesklarheit des Menschen, der sagt und tut, was er denkt. Wäre sie intrigant, die Sache ließe sich regeln. Verschwiegene Zimmer im Gästehaus und irgendwann, wenn Nesselkönig eine neue Herausforderung sucht, eine neue Stelle fernab von Berlin, eine Neubauwohnung, einen Berechtigungsschein für einen Wartburg Kombi und eine Verschwiegenheitserklärung. Bronnen billigt diese Dinge nicht, aber er ist nicht Minister und Nesselkönig ein Fall für sich.

Das Unglück beginnt, weil Nesselkönigs Wahrnehmung durch sein erotisches Interesse so geschärft ist, dass er hinter Lottes jungfräulicher Verlegenheit einen festen Kern entdeckt. Fortan wünscht er öfter nach Berlin zu fahren – »Im Verlag kann ich sowieso besser arbeiten!« – und findet es albern, jeden Abend mit Bronnen und dem Lektor Kämmerling im Gästehaus Skat zu spielen. Bronnen nimmt ihn beiseite.

»Mach mir bloß keine Vorschriften.«

»Es jibt moralische Jrundsätze.«

»Es gibt natürliche Bedürfnisse.« Victor wird rot, während er das sagt. Als ob sie ihn angesteckt hätte.

»Wir sind keine Tiere.«

»Nein, wir sind Männer. Wie ist das eigentlich bei dir?«

»Das jeht dich gar nichts an. Ick bin glücklich verheiratet. Ick betrüje meine Frau nur mit meiner Arbeit.« Der Gipfel, jetzt ihn ins Spiel zu bringen.

»Ist das etwa besser?« Der Dichter sieht Bronnen an, fragend, traurig. Bronnen begreift plötzlich, dass der andere ihn als Freund betrachtet. Dass er dieses Gespräch als eine vertrauliche Aussprache unter Männern missversteht.

»Du hast dich noch nie beherrschen können. Wie bei Lenka.«

»Lass die aus dem Spiel.« Man sieht, das hat gesessen. Sie schweigen, während sie im Nieselregen um das Verlagsviertel gehen. Lass uns noch 'ne Runde gehen, hat Bronnen gesagt, und der Dichter hat genickt. Bronnen spürt etwas wie Rührung. Lenka, Prag … Das ist jetzt schon dreißig Jahre her. Sie denken wohl dasselbe.

»Du bist mein ältester noch lebender Freund, fällt mir gerade ein«, sagt Bronnen. »Aber …« Er bleibt stehen, wie die Kommissare in französischen Filmen in gewissen Situationen stehen bleiben, um dem nächsten Satz Gewicht zu verleihen. »Vergiss nicht, wer du bist.«

Victor atmet aus, schüttelt den Kopf. Im Licht der Straßenlampe sieht es aus, als ob er weint.

*

Er weint oft. Lotte hat noch nie einen Mann gekannt, der so oft weint. Abends, nach einer Tagung oder einem Termin im Verlag, wenn er betrunken ist. Nachts, wenn sie sich in seinem Hotelzimmerbett auf ihn setzt, sich langsam und schlangenhaft bewegt. Sie hat schon gewusst, dass es Männer gibt, die es mögen, wenn man seltsame Dinge zu ihnen sagt. Aber dass einer sich Willi nennen lässt, hat sie noch nie gehört. Sie lässt sich auf seine Anstiftung zum nominellen Treuebruch ein, indem sie mit einem Phantom namens Willi schläft. Wenn sie ihn morgens mit diesem Namen weckt, zuckt er zusammen.

12

Victor Nesselkönig spielt zu viel Schach und schreibt zu wenig
Dreizehnheiligen, späte sechziger Jahre

Seit Anfang der Sechziger munkelte man in Ostberliner Kulturkreisen, dass Victor Nesselkönig, lektoriert von dem unermüdlichen Verlagsmann Kämmerling[37], die ersten Kapitel eines neuen Romans geschrieben hatte, von dessen Glanz auf den Empfängen des Künstlerwesens hinter vorgehaltener Hand Märchenhaftes zu hören war. Und wie um die Spannung zu steigern, erschien posthum der Erinnerungsband von Cornelius Eigengast, in dem er von einem jungen Schachgenie erzählte, das Anfang der dreißiger Jahre im *Gotischen Café* erst alle Gegner vom Brett fegt und Eigengast dann das Manuskript seines Romanes unter die Nase hält. Die Rezensenten beidseits der Elbe fanden, mit jenem Kapitel vom Auftauchen des Wunderkindes Victor Nesselkönig, dieser einmaligen Doppelbegabung, sei der wackere Cornelius Eigengast, ansonsten eher ein Trommler als ein Virtuose, am Ende seines Autorenlebens über sich hinausgewachsen. Nur Bronnen und Victors kranke Frau wussten, dass Eigengasts Schachkapitel, mit dem er stilistische Gipfel erklomm, die er Zeit seines Lebens nicht einmal von Weitem erblickt hatte, bei zwei Flaschen Krimsekt in einer trunkenen Götternacht am See in Dreizehnheiligen von Kämmerling und Victor redigiert worden war. Eigengast war gerade begraben und Kämmerling saß an der Herausgabe von dessen Erinnerungen. Er hatte Victor ein Kapitel gezeigt, in dem ein noch unbekannter Autor im Café saß und eine Partie nach der anderen verlor und das mit einer Pointe der Art endete, der

---

37 Von neidischen Kollegen wurde Kämmerling hinterrücks »Helene Weigel« genannt, nach Brechts letzter Frau, die, wie es hieß, seine Arbeit im Berliner Ensemble machte, während er junge Schauspielerinnen verführte.

junge Mann habe gut daran getan, das Schachspielen zugunsten des Klassenkampfes aufzugeben.[38] Victor hatte es gelesen und sein einziger Kommentar war gewesen, dass Eigengast auch vom Schach nichts verstünde. Er machte ein paar Verbesserungsvorschläge – noch nie hatte er mit solchem Feuer über einen Text gesprochen – und im Handumdrehen war aus der blutleeren Jammergestalt in Eigengasts Manuskript ein junger Mann namens Victor Nesselkönig geworden. Auf Kämmerlings schüchternen Protest hatte Victor den Satz gesagt, den er seit Fryberk nicht vergessen hatte:»Das entscheide ich.« Und so hatten sie eine unvergessliche Nacht damit verbracht, aus Eigengasts dürrer Prosa ein von Authentizität strotzendes Kapitel über das Auftauchen Victor Nesselkönigs zu machen. Kämmerling lieferte den Glanz, Victor die Details, die nur der Schachspieler kennt, und Bronnen die Idee, die ganze Szene ins *Gotische Café* zu verlegen, das Lokal, in dem in den Jahren vor Hitler die deutsche literarische Avantgarde verkehrt hatte. Bronnen saß zwischen den beiden am Tisch und verfolgte das Ping-Pong ihrer Ideen mit Entzücken. Juter Mann, der Jenosse Kämmerling.

*

Im Unterschied zu seinem Vater, den nur deutlich jüngere Frauen aus seiner Villa lockten, verließ Jurek Nesselkönig das Haus so oft und so lange wie möglich. Wenn es dunkel und so kalt wurde, dass man ihm das Herumstreunen verbot, kniete er auf der Bank unter dem Küchenfenster (denn die Küche war der Raum, den sein Vater am seltensten betrat), schirmte mit beiden Händen das Licht und die Geräusche des Hauses ab, spähte wie durch einen Tunnel auf die Straße und träumte sich hinaus. Eines verschnei-

---

38 Der Hinweis mag genügen, dass Eigengasts Manuskript die Terminologie des Schachspiels bemühte, um den Kampf zwischen Proletariat und Kapital zu symbolisieren und sich dabei in der jedem blutigen Schachlaien geläufigen Tatsache verheddert, dass beim königlichen Spiel nicht Bauern gegen Offiziere kämpfen, sondern Weiß gegen Schwarz.

ten Winterabends (der Vater saß im Turm und spielte Schach) war er mit Frau Träger allein. Die Haushälterin musste, als sie durch die schmale Tür neben dem Fenster in den Keller ging, einen Bogen um den Jungen machen, störte aber die Andacht des Kindes nicht dadurch, dass sie Licht einschaltete. Die Straßenlaterne neben dem Gartentor tauchte den verschneiten Gehweg und die mit weißen Mützen überzuckerten Zaunslatten in ein farbloses, eisiges Licht. Silberne Schneeflocken taumelten zögernd und lautlos zur Erde.

Hinter dem Zaun stand eine noch junge Frau (jung in Jureks Augen, also jünger als seine Mutter), in hexenhaft unordentliche Tücher gehüllt, barhäuptig, mit dunklen großen Augen und blass wie Schnee. Sie hatte Mühe, sich auf den Beinen zu halten, drohte, vornüber in den Zaun zu stürzen, umarmte die quadratisch gemauerte Torsäule und drückte, als sie den Klingelknopf gefunden hatte, lange mit sturer Hartnäckigkeit darauf, wobei sie versuchte, die Haustür mit dem runden Sichtfenster, hinter dem Licht brannte, im Blick zu behalten. Das Klingeln ging in ein Rasseln über, ein Schnarren und Knistern wie von einem Leitungsbrand. Jurek kniete am Fenster und rührte sich nicht. Er hob den Kopf aus den Händen und schaute; seine Augen blitzten, sein Atem ging schneller. Er wartete, was geschah: ob sein Vater oben im Turm sich wieder taub stellte oder wegen der Störung nach unten brüllte, ob er das durch die Hauswand gedämpfte Gezeter dieser Vogelscheuchenfrau verstand, ob die Träger, die in den Obstmieten im Keller wühlte, es zur Tür schaffen würde, bevor die Erscheinung verschwunden war. Die Frau auf der Straße hatte Jureks hockende Silhouette im Fenster entdeckt und begann, ihm verwischte Zeichen zu machen, ein heftiges Heranwinken, das sie aus dem Gleichgewicht brachte. Sie hangelte sich am Zaun entlang, bis sie vor dem Fenster stand, anderthalb Meter verschneiter Vorgarten und ein Kastenfenster aus der Vorkriegszeit trennten sie. Sie schimpfte auf ihn ein, Jurek sah die vom Hass verzerrten Züge, sie schnitt fürchterliche Grimassen wie ein Indianer, der einen verbarrikadierten Gegner zum Kampf Mann gegen Mann fordert. Als das Summen im Kühlschrank hinter ihm aufhörte, konnte Jurek durch die Fensterscheiben ihre überkippende Stimme hören. Er glaubte einen Namen zu erkennen, jedenfalls ein Wort, das sie wiederholte, etwas Drohendes, eine Sprache, die man besser nicht verstand. Plötzlich wurde die Hexe von überirdischem Licht erfasst. Ein gelber Nebelscheinwerfer färbte die Szene gnädig ein. Von links erschien Vivi im Bild und ging, um das Tor zu öffnen, an der Furie vorbei, ohne sie zu beachten. Ein Märchenfilm: Unschuldiges Menschenkind ist unfähig, das Böse zu sehen. Die tobende Hexe hielt mit erhobenem Finger inne, als sie Vivi erblickte und trollte sich wie ein Fuchs. Jurek senkte wieder den Kopf in die Hände. Am Abend, während sie sich Zahnpaste auf eine Bürste drückte, sagte Vivi, in den Spiegel blickend: »Eine Besoffene. Sie hat Papa einen Lügner genannt. Und einen Betrüger. Und dass sie jetzt die Wahrheit bekannt machen will.« Sie sprachen nicht wieder darüber. Wie auf Verabredung fragten sie nicht die Mutter und sagten ihrem Vater nichts.

Victor hatte hinter dem Turmfenster im Schatten gestanden, bis der Spuk vorbei war. Als die Kinder im Bett lagen, schickte er seine Frau aus dem Zimmer und rief Bronnen an, der seine Einschätzung teilte, es bestehe Handlungsbedarf. Er wusste schon den Namen, eine trunksüchtige Deutschlehrerin, in Schlesien gebürtig, die ihren Kollegen damit imponierte, vor dem Krieg den jungen Victor Nesselkönig geküsst zu haben. Jetzt stellte sie die Machtfrage, wie Bronnen sich ausdrückte. Sie tat das mit dem Furor einer alternden, vom Schnaps verwüsteten Frau, die einmal die Jugendliebe eines jetzt berühmten Mannes war. Sie sagte auf Weihnachtsfeiern oder in der Endphase von Rendezvous in fragwürdigen Bars taktlose Dinge über Victor Nesselkönig. Nicht nur saftige Details aus seinem Liebesleben, Dinge, die im Sozialismus keinen Platz hatten (selbst der Minister schmatzte empört mit seinen dicken Lippen, als Bronnen Details nannte). Vor allem liebte sie es, mit vom Triumph bebender Stimme den Präsidenten der Akademie für Sozialistische Literatur den *sogenannten Herrn Nesselkönig* zu nennen.

Die Situation verlangte nach Bronnens Künsten und der Minister unterschrieb seufzend einen Maßnahmeplan. Es kam vor, dass die Frau ohne Namen von den Pförtnern der Universität Leipzig, wo ein Kolloquium zu Victor Nesselkönigs Werk stattfand, an der Tür abgewiesen wurde. Es geschah, dass nachts das Telefon in Nesselkönigs Wohnzimmer klingelte und den Kindern, deren Schlafzimmer als einziges zu ebener Erde lagen, verboten wurde, abzunehmen. Auf einer Weihnachtsfeier des Lehrerkollegiums gestand die Frau in angetrunkenem Zustand dem Sportlehrer Goldbach ihre Einsicht in Staatsgeheimnisse und erging sich in Andeutungen, die Schizophrenie des Schriftstellers Nesselkönig betreffend, die Goldbach so beunruhigten, dass er die SED-Kreisleitung informierte. Kurz danach wurden in ihrem Garderobenschrank leere Schnapsflaschen gefunden, reichte der besorgte Direktor ihr einen Überweisungsschein in eine Kurklinik über den Tisch, gab es eine Beschwerde des CDU-Kreisvorsitzenden Geiger darüber, dass die Genossin die Errichtung des antifaschistischen Schutzwalles als notwendiges Übel statt als historische Errungenschaft bezeichnet hatte. Es ging nicht darum, die Genossin fertig zu machen; das verstand sie falsch. Es ging darum, ihr zu helfen, mit dem fertig zu werden, was die *Aktuelle Lage* erforderte. Ihr zu helfen, richtig zu verstehen, was sie zu wissen glaubte. Auch als sie versäumte, dem Sohn des Superintendenten Teifel im Klassenzimmer einen Kugelschreiber mit der Aufschrift *Borussia Dortmund* wegzunehmen, wurde sie nicht bestraft. Lediglich bedeutete man ihr, dass man für sie sorgen werde, wenn die nächtlichen Anrufe und die Leserbriefe an Zeitungen aufhören würden (die die Chefredakteure sowieso ungelesen an Bronnen weitergaben). Und das trunkene Gerede von dem unglücklichen Victor Nesselkönig, von dem man noch Dinge erfahren werde, die man nicht für möglich hielt. Zum Schuljahresende 1968 unterschrieb die Kollegin (aus der Partei hatte man sie vorsorglich ausgeschlossen) einen Aufhebungsvertrag und bekam Zug um Zug eine Zuweisung für eine Neubauwohnung in Brotterode und einen Arbeitsvertrag für die Bibliothek des FDGB-Ferienheims *Johannes R. Becher* über den Tisch gereicht. Ein paar Tage später wurde sie mehr tot als lebendig von dem Hausgemeinschaftsvorsitzenden und dem Abschnittsbevollmächtigten aus der Badewanne ihrer Wohnung gezogen. Noch bevor der Notarzt eintraf, erbrach sie die vierzig *Faustan*, die sie vorher genommen hatte. In Hirschfelde, der Klinik für Suchtkranke und Gestrauchelte des Staats- und Parteiapparats (Polizei, NVA und Staatssicherheit hatten eigene Kliniken), bekam sie ein Einzelzimmer mit Blick über die Felder bis zur Autobahn und Bronnen sorgte dafür, dass Victor Nesselkönigs Werke aus der Klinikbibliothek verschwanden. So ging das. Vielleicht war es auch nur ein Gerücht. Der halbwüchsige Jurek Nesselkönig aber versuchte fortan, hinter die Dinge zu sehen, die man ihm zeigte, und gewöhnte sich an, Erklärungen zu misstrauen, die sein Vater gab. Sie hat ihn einen Betrüger genannt, hatte Vivi gesagt.

Und Bronnen sah Anlass, ein »grundsätzliches Jespräch« mit seinem Schützling zu führen. Es kam zur Sprache, was sich angesammelt hatte. Es schien ihm nötig, deutlicher zu werden. Der versuchte und mit knapper Not verhinderte Briefwechsel mit Prag blieb nicht unerwähnt, den der junge tschechische Lyriker dadurch ausgelöst hatte, dass er seinem berühmten Kollegen auf dem Empfang der Akademie einen Brief zugesteckt hatte, jenen Brief, den Victor jahrelang vor Bronnen versteckt und zu Bronnens Entsetzen höchstselbst und unabgesprochen beantwortet hatte. Victors Antwortbriefe trugen als Adresse *Praha* und eine Straße in einem Arbeiterviertel, weit weg von den Palästen der Kleinseite, in denen früher eine gewisse Lenka Caslavska gewohnt hatte. Noch etwas, worum Bronnen sich kümmern musste.

*

Im Turm spielte Victor Schach. Wenn er schrieb, setzte er sich ins Wohnzimmer und ließ die Tür zum Schlafzimmer offen. Er räumte die Fotografien und Zeitungen von Innas kleinem Sekretär mit Blick auf die zum See abfallende Wiese und setzte sich so, dass sie ihn von ihrem Bett aus sehen konnte. In der diffusen Spiegelung der Fensterscheibe konnte er nie sicher sein, ob sie ihn zur Kenntnis nahm. Ab und zu erhob sie sich mit leisem Seufzen, wickelte sich in ihre Decke und tippelte hinter ihm vorbei ins Badezimmer, seinen Rücken wie zufällig mit ihrer Hand streifend. Er schirmte dann mit einer ungeschickten Bewegung das Blatt ab, eine Geste, die sie großmütig oder gleichgültig übersah.

Was er schrieb? Tja …

»Was macht das Werk?«, fragte Bronnen, wann immer er vorbeikam. Und immer hatte Victor Nesselkönig noch Zeit gebraucht. Allmählich dauerte es länger als der Aufbau des Sozialismus. Den hatte man sich auch einfacher vorgestellt und schneller. Abgesehen von Eigengasts Memoiren mit dem getürkten Nesselkönig-Kapitel, die im Wesentlichen als Buchprämie an Aktivisten der Sozialistischen Arbeit und Abiturienten verschenkt wurden, hatten sie bis jetzt nur Nesselkönigs Erzählungen neu herausgebracht, Verschiedenes aus der Frühzeit, das Kämmerling aus Weimarer Literaturzeitschriften zusammengeklaubt hatte. Und die frühen Gedichte, derentwegen man Bronnen im ZK fast einen Kopf kürzer gemacht hatte. *Formalistischer Müll*[39], *kosmopolitische*

---

39 Z. B. ein Gelegenheitsgedicht, angeblich auf einer Wanderung durch Siebenbürgen entstanden, was sich auch biografisch nicht sinnvoll einordnen ließ:
Großkopetsch
Wir stiegen hinab aus dem Dunst der Wälder
Durch Gärten, die grüne Schatten warfen
Zum Dorfplatz in der Mitte des Sommers,
blinzelnd, gebeugt über den Rand des Brunnens Vergangenheit
erschreckte unser Spiegelbild uns mit eisigem Wasser,
wir schüttelten die Spritzer, eisiges Glas, aus Haaren und Kleidern,
hoben den Blick
verwundert wie im Erwachen
unverwundert wie im Traum:
Zwischen Erdformen, Erdfarben
Stand die Kirche wie ein Riesenpilz,
gewachsen in einer Regennacht,
verwittert im saeculum eines Sommers
drinnen spendete sie Dunst und Kühle wie ein Hochwald
und Fresken, nebelschwadendünn.
Lautlos bewegten wir die Lippen beim Entziffern der Inschriften
in toten Sprachen
(alten Verwandten vom Hörensagen),
Rätsel, an deren Lösung wir uns glaubten zu erinnern,

Verstiegenheiten[40]. Dann war nichts mehr gekommen. Warten. Braucht noch Zeit. Die Spannung war gestiegen und nichts gekommen. Wenn Victor schließlich doch mit gesenktem Blick ein paar getippte Seiten über den Tisch schob, versuchte Bronnen gar nicht erst, es zu beurteilen. Er ging bei Radolph Kämmerling im Verlag vorbei. Als er dessen riesiges Büro mit den verglasten Bücherschränken voller Erstausgaben sah, klopfte er sich im Geiste auf die Schulter. Es hatte Kämmerling nicht geschadet, dass er sich um die stilistische Politur von Cornelius Eigengasts Erinnerungen verdient gemacht hatte. Die Partei verstand es, zu belohnen. Kämmerling war immer noch jung, neigte aber zu theatralischer Genialität. In der vorpommerschen Kate seiner Eltern hatte kein Buch außer der Bibel gestanden. Er war einer der Menschen, denen ihre Begabung zum lebenslangen Unglück geworden wäre ohne die Erfindung der *Arbeiter- und Bauernfakultät*. Kämmerling liebte die Partei und er hatte Grund, sie zu lieben, weil sie einem Tagelöhnersohn eine Verlegerkarriere eröffnete – und den Traum, vielleicht dereinst selbst zu schreiben. In der aufblühenden Ostberliner Literaturszene der sechziger Jahre genoss er einen speziellen Ruf, der sich in der Anekdote kristallisierte, er verbringe seine Vormittage im Kaffeehaus mit der Lektüre von Kafka

---

dieweil draußen die Hitze schrie, schwiegen wir,
unverwundert wie im Traum,
verwundert wie im Erwachen.

40 Offenbar im Exil entstanden und auch von Inna mit erhobenen Augenbrauen
    gelesen:
    Beim Lesen Deiner Liebesbriefe
    Damals verwandelten
    Deine Zaubersprüche
    Mich in Dich
    Dich in mich,
    Zu Beginn unserer Reise
    Traten die Posten lächelnd
    Deinen geflüsterten Parolen
    Aus dem Weg.
    Wir folgten den Sternen.
    Ach, wir gingen durch ein besseres Land
    Wortlos sind wir vertrieben
    Wir kamen aus und flohen ins Exil.

oder Hemingway, um, wenn er gefragt wurde, was er da las, den Blick zu heben und lauter als nötig zu sagen: »Ich schaue nur mal, was die Kollegen so schreiben.« Bronnen überließ Kämmerling Victors Versuche mit der Bitte, einen Blick darauf zu werfen: Das sei ein womöglich nicht ganz unbegabter junger Dichter. Aber zwei Wochen später hatte der Lektor es gelesen und mit der ihm eigenen fröhlichen Drastik zwei halbe Sätze dafür übriggehabt: »Taugt nichts. Rein gar nichts.« Er las es noch einmal, vielleicht nur wegen Bronnens enttäuschtem Gesicht und wurde kaum ausführlicher: »Ich kann ja noch mal drüber nachdenken.« Auf einem Empfang der Leipziger Buchmesse, wo Kämmerling schon dieses oder jenes Glas geleert hatte, fasste er sein Lektüreerlebnis mit dem Satz zusammen, der unbekannte Autor solle lieber Jura studieren, dort seien hölzerne Sprache und Verzicht auf eigene Ideen Eignungsvoraussetzung.

Bronnen überging, dass das seine Fakultät gewesen war. Wer hätte auch gedacht, dass die Stasi Juristen beschäftigte? Er zog Luft durch die Nase ein, beugte sich dann über den Stehtisch im Künstlerklub des *Coffeebaum*, ergriff sogar Kämmerlings Handgelenke und sagte leise: »Sie kennen den Autor.«

»Raten!«, bettelte Kämmerling, klatschte wie ein Kind in die Hände und starrte an die Kassettendecke: »Äh … Weinert? Bredel? Einer dieser Jungs von der Dichterschule? Nein, ich wette: Bredel.« Er trank sein Glas aus, stellte es auf einen Tisch und trat von einem Fuß auf den anderen wie ein dickes Kind, das auf die Geburtstagstorte wartet. »Sagen Sie schon! Bredel, ja?«

»Nicht Bredel«, sagte Bronnen betreten und zerrieb zwischen Daumen und Zeigefinger eine trockene Salzstange, die der immer hungrige Kämmerling übrig gelassen hatte. Um sie herum herrschte gedämpftes Murmeln, Kellner boten im Vorübergehen Getränke an und Kämmerling schnappte sich ein neues Glas. Plötzlich wurde er rot, die Röte überzog ihn vom Hals bis zum Ansatz seiner dicken, nach hinten gekämmten Haare, er stammelte amorphe Silben vor sich hin. Eine uferlose Verlegenheit bemächtigte sich seiner, ein zur Fülle neigender, kerniger Mann, dem etwas ungeheuer peinlich war. »Ich muss es vielleicht … O Gott! Genosse Bronnen, ich wollte Sie nicht …«

Bronnen trat grinsend einen Schritt zurück. »Es ist nicht von mir, keine Sorge.« Die Selbstzufriedenheit des Mannes, den man zu Unrecht für schwul hält. »Es ist von einem wirklich großen Dichter. Einem Dichter, der sich allerdings …«, er wartete, bis der Kellner vorbeistolziert war, »… in einer Krise befindet. Sie meinen, es taugt wirklich gar nichts?«

»Sagen Sie mir, wer es ist, vielleicht finde ich dann eine Spur … Ich meine, vielleicht begreife ich dann erst, worauf es hinauslaufen soll. So etwas gibt es …«

Bronnen winkte ab, beugte sich wieder nach vorn, winkte Kämmerling heran, sah ihm tief in die Augen und sagte, jede Silbe betonend: »*Vic – tor Nes – sel – kö – nig.*«

Man konnte Kämmerling dabei zusehen, wie er versuchte, sein Urteil über den Text und die Identität seines Autors in eine dialektische Einheit zu zwingen. Wir können davon ausgehen, dass er Nesselkönig für ebenso überschätzt hielt wie die Gebrüder Mann, und das erleichterte es gewiss, diesen Widerspruch zu verkraften. Und so hockte er von nun an wöchentlich mit dem Dichter Nesselkönig und Bronnen im Turm in Dreizehnheiligen und behielt die Anspielung auf Hölderlin für sich. Manchmal trafen sie sich aus einem Grund, um den die beiden anderen ein Geheimnis machten, im Gästehaus der Akademie. Kämmerling kam immer zu spät, ohne sich zu entschuldigen, warf seine abgeschabte Aktentasche achtlos auf den Tisch, kramte schwer atmend Victors Entwürfe vom letzten Mal heraus und verteidigte mit der Empfindlichkeit des verkannten Autors seine substantiellen Eingriffe. Er sprach von Glätten, von Korrekturen, aber im Grunde hatte er alles neu geschrieben. Er ließ sich schweren Herzens überreden, das Sujet zu akzeptieren – diese blödsinnige Geschichte von einem ungarischen Betrüger, der den absoluten Schachautomaten baut, eine Idee, die er für vollkommen unbrauchbar hielt, auf der aber Bronnen mit seinem rechtwinkligen, nicht für die Literatur gebauten Verstand fast noch mehr beharrt hatte als Nesselkönig selbst. Der arme Nesselkönig, der ohnehin nur ungern und dünnhäutig über das von ihm Geschriebene sprach! Und wie gut konnte Kämmerling ihn verstehen, wie gut! Jedes Raisonnieren über einen selbst geschriebenen Satz war schließlich, als ob man den eigenen Darm stückweise aus irgendeiner Körperöffnung gezogen bekam. Also hatte Kämmerling sich überreden lassen, zumal Bronnen es liebte, ihn daran zu erinnern, wer hier Autor war und wer Lektor.

*

Aber dann, als Kämmerling nach zweieinhalbjähriger fruchtloser Mühsal so weit gewesen war, aufzugeben, schob Nesselkönig mit dem Gesicht eines stolzen Pennälers, der seine ersten Gedichte zeigt, fünfzig engbeschriebene Seiten über den Tisch am Ufer des Sees, die Kämmerling höflich einpackte und zu Hause in der Badewanne las. Er vergaß, den Wasserhahn abzustellen. Es war – überwältigend. Sätze, Szenen, die lebten, atmeten, rochen. Großartig, leichtfüßig. Nesselköniglich. Es gab eine Szene, ganz zu Anfang, die den Sieg des Automaten gegen ein amerikanisches Schachgenie beschrieb (so etwas kam auch im Zentralkomitee gut an). Der bisher unbesiegte, selbstgewisse Maestro, dessen Name Morphy passenderweise an Morphium denken ließ, sitzt der Maschine gegenüber, unterliegt gegen alle Wahrscheinlichkeit, versucht es wieder und wieder und verliert dabei erst sein Selbstvertrauen und dann seinen Verstand. Das war allerbester Nesselkönig. Kämmerling schnalzte neidisch mit der Zunge. Dann allerdings kam eine Szene, in der auf irgendeinem böhmischen Schloss der Erfinder der Maschine und ein junger Eleve sich gemeinsam in eine böhmische Adlige verliebten, die – delikat, delikat! – wenn Kämmerling richtig verstand, mit beiden ins Bett ging. Und zwar zur gleichen Zeit. Kämmerling riet zur Änderung.

»Das ist …, äh, ehrlich gesagt, Genossen, das ist Gruppensex.«

Bronnen griff blitzschnell nach den Blättern, überflog sie hastig und schob die Augenbrauen zusammen. »Aber das ist … das muss so sein. Um die janze … Verworfenheit zu zeigen, die moralische …«, hilfesuchend sah er Nesselkönig an, »die janze Verdorbenheit.«

»Quatsch. Genauso war es«, sagte Victor träumerisch.

»Das wird anders verstanden«, sagte Kämmerling, der Bescheidwisser. »Das wird … also *unsere* Erfahrung ist, dass die Leute Bücher nur wegen solcher … äh … Stellen kaufen.« Er nannte den Fall eines kürzlich in Lizenz verkauften Franzosen. Die Leihbibliotheken klagten, dass dem Buch, wenn es überhaupt zurückgegeben wurde, gewisse Seiten fehlten. Gewisse Seiten, auf denen … Bronnen kam ins Grübeln. »Ick verstehe. Ick verstehe«, sagte er und nickte vor sich hin. Dann sah er den Dichter an und fragte so laut, als sei der schwerhörig: »Und du? Es ist schließlich dein Text.«

»Es ist … es ist lebensnah, sozusagen …«, murmelte Nesselkönig verlegen, drückte dann den Rücken durch und sagte: »Das bleibt, wie es ist. Sonst lassen wir es ganz.«

Und also war es.

*

Die Frage nach der Urheberschaft, nach den Gründen von Victors wiedererwachter Meisterschaft, war die Kleinigkeit, mit der man Kämmerling nicht belastete. Mit der man überhaupt niemanden belastete, den Minister inklusive. Marx, Engels & Lenin mochten wissen, wer *ganz oben* noch wusste oder wissen wollte, was gespielt wurde. Jedenfalls – eines Sommerabends während der Fußballweltmeisterschaft in Mexiko, in jenen glücklichen Tagen, da sich Victor Nesselkönigs Liebe zu seiner Ehefrau Inna zu erholen schien, war Bronnen, nachdem er für ein paar Wochen verschwunden war, mit seinem Lada in Dreizehnheiligen vorgefahren, hatte wie immer umständlich die breite Garteneinfahrt geöffnet und den dunklen Wagen in der Tarnung von Kiefern und Kaminholz geparkt. Die Sonne sank und vergoldete den von den bräunlichen Tannennadeln des letzten Jahres übersäten Sandboden, Nesselkönigs Frau spielte mit den Zwillingen im flachen Teil des Sees Wasserball, ein Kreischen, Spritzen, Quieken. Zwei blau gefrorene Kinder hüpften die Wiese hinauf ins Haus. Nesselkönig war blass, er hatte den ganzen, nun zu Ende gehenden Sommer in seinem Turm verbracht und einen Anfang gesucht, die zündende Idee – und war dabei immer unleidlicher geworden. Bronnen nahm ihn bei der Hand, eine Geste, die Victor zurückzucken ließ. An dem Tisch am Ufer schwieg Bronnen so lange bedeutungsvoll, bis die Russin ins Haus zu ihren auf den Betten hüpfenden Kindern verschwand, spähte dann auf den reglosen Spiegel des Sees. Er sah fast triumphierend hinüber ans andere Ufer, wo Schilfgürtel und die mit Hecken bewachsene Böschung nicht verrieten, dass dort der feindliche Teil der Welt begann.

»Ich hab's«, sagte er, ohne den Blick vom Wasser zu wenden. Nesselkönig versuchte vergeblich, eine Bierflasche an der anderen zu öffnen, Bronnen nahm ihm beide weg, ein zischendes, gottgefälliges Geräusch, und reichte eine über den Tisch zurück. »Für mich nicht.« Er stellte seine unverschlossene Flasche ab und schwieg, zitternd von dem Genuss, die Offenbarung noch einen Moment zurückzuhalten. Nesselkönig setzte die Flasche an wie eine Trompete und trank wie ein Pferd.

Währenddessen beobachtete Bronnen, wie sich ein Kormoran vom gegenüberliegenden Ufer erhob, zunächst mit unsicheren, hektischen Flügelschlägen, als würde er ins Wasser stürzen, blamiert, verlacht, aus der Art geschlagen. Aber als er langsam und kräftig seine Schwingen einsetzte, seiner Kraft gewiss, hob er sich wie von Götterhand getragen und näherte sich dem *Demokratischen Sektor von Berlin*. Die Mysterien des Vogelflugs, dachte Bronnen. Sie fliegen einfach hin und her. Er holte tief Luft: »Victor ...«

Victor streckte die Hand nach der von Bronnen verschmähten Flasche aus.

»Victor. Ich hab's. Ich habe den Roman.«

Der Kormoran beschrieb einen weiten, völlig gleichmäßigen Bogen, als sei ihm gleichgültig, auf welcher Seite der Welt er landete. Bronnen behielt ihn im Auge, während seine Stimme an Volumen gewann, seine Gesten ausgreifender wurden.

Während Victor in seinem Turm saß, hatten die sowjetischen Genossen ganze Arbeit geleistet. Bronnens Amtshilfeersuchen war gerade noch rechtzeitig gekommen, bevor die Asservaten des KGB aus den Zeiten der *Jeshowtschina* in den feuchten Kellern unter dem *Dsershinski*-Platz verschimmelt waren. Ein ehemaliger Kommilitone aus Moskau hatte die Stahltüren geöffnet, die bei Victors Verhaftung beschlagnahmten Notizbücher gefunden und dann dafür gesorgt, dass alles andere für immer verschlossen blieb, versiegelt und bewacht wie Reagenzgläser mit Pockenviren. Bronnen kannte das Problem. Archive, längst vergessene, nach politisch bedenklichen Kriterien zusammengestellte Akten hatten etwas schleichend Giftiges, das auf unerforschlichen Wegen ins Grundwasser einzusickern drohte. Man tat gut daran, sie zu verschließen, auch vor sich selbst. Was der Kommilitone gefunden hatte, ging auf dem konspirativen Dienstweg von Moskau nach Berlin, wo ein Minister (Bronnens Minister) das versiegelte Päckchen einem anderen Minister (dem für Auswärtige Angelegenheiten) aus der Hand riss. Jetzt lag es auf dem Tisch, vergilbte, eng beschriebene Blätter. Nesselkönig betrachtete sie wie eine lebendige Spinne, die er aufessen sollte.

»Dein Roman«, feixte Bronnen, »die ersten hundertfünfzig Seiten. Du musst nur weiterstricken.«

Nesselkönig nickte.

»Und du musst die Schrift lernen.«

Den Rest des Sommers verbrachte Victor damit, das vergilbte Manuskript so oft abzuschreiben, bis Bronnen mit der Ähnlichkeit der Schriftzüge zufrieden war. Dann hatte Kämmerling seine erste Lieferung bekommen und war nach wenigen Seiten Lektüre vor Begeisterung nackt aus dem Badezimmer über den Flur seiner riesigen Junggesellenwohnung in der Karl-Marx-Allee gerannt. Victor lieferte unglaublich schnell weitere hundert großartige Seiten. Der Meister hatte zu alter Form zurückgefunden.

13

Jurek Nesselkönig wird Halbwaise und entzweit sich mit dem Beinahe-Nobelpreisträger

Dreizehnheiligen, 1971

Seit es ihrem Bruder zu dumm war, mit ihr durch die Nachbars-
gärten zu schleichen, legte Vivi Nesselkönig sich an Sommer-
nachmittagen unter die Blutbuche am Ufer und las, wie ihr Vater jedem Besucher stolz erzählte, seine Bibliothek leer, deren
militärisch ausgerichtete Gesamtausgaben sie schon deshalb als
ihr Eigentum betrachtete, weil fast alle ungelesen waren. Lenka
dämmerte neben ihr mit einem schnurrenden Atemgeräusch vor
sich hin, bis sie, von einem Rascheln im Ufergebüsch geweckt,
mit schmalen Augen davonschlich. Wenn Vivi den Kopf hob, sah
sie über sich das Haus mit dem flachen Giebel und dem Turm,
in dem ihr Vater saß. Auf der Terrasse schmetterte Frau Träger
Operettenarien. Dann donnerte der Vater aus dem offenen Turmfenster herunter wie ein zorniger Gott, das Geknödel brach ab
und überlebte noch ein paar Sekunden als Echo aus dem Radio, bis auch das ausgeschaltet wurde. Während Vivi sich in Er-
wachsenenbücher vergrub, die sie nur halb verstand, wurde ihr
Bruder immer finsterer. Frau Träger, die das Regiment im Haus
übernahm, je mehr sich die Mutter in ihre Melancholie einspann,
fand, der Junge trage ein Gewitter im Gesicht. Seinem Vater wurde die angespannte Düsternis des Kindes bald unheimlich, vielleicht fürchtete er, Jurek werde eines Tages so apathisch in einem
dunklen Zimmer liegen wie seine Mutter. Also zog Victor sich in
seinen Turm zurück und spielte Schach. Wenn jemand klopfte,
setzte er sich und bekritzelte Papier. Jurek griff sich ab und zu
eines der Bücher und zeigte Vivi den Stempel *Ministerium des
Inneren 1952*, den fast alle auf dem Frontispiz trugen. Er machte
dazu ein vielsagendes Gesicht, wusste aber offenbar nicht, was er
sagen wollte. Ab und zu erinnerte sich Victor seiner Kinder, kam

in den Garten, rief nach Vivi und schickte die Träger in den Konsum, um Moskauer Eis zu holen.

»Zeigst du mir deine Hausaufgaben?«

»Papa!«

»Ich bin dein Vater. Man wird doch mal die Hausaufgaben seines …«

»Es sind Sommerferien, Papa.«

Jurek fand immer neue Ausreden, um sich vor den gemeinsamen Mahlzeiten zu drücken. Manchmal steckte er sich den Finger in den Mund, um sich zu erbrechen und in seinem Zimmer bleiben zu dürfen. Weil auch die Mutter keinen Appetit hatte, saß Vivi allein ihrem Vater gegenüber, der ihr aus der Zeitung vorlas, während sie Marmeladenbrötchen für Jurek schmierte. Nach dem Essen schlich der Vater solange im Wohnzimmer hin und her, bis Vivi verschwand, ging dann hastig zum Telefon, wählte, aus dem Fenster in den Garten spähend, eine Nummer und flüsterte abgehackte Sätze in den Hörer.

Jurek sprach nur, wenn es unbedingt sein musste. Nur seine Schwester kannte ihn anders. »Schwesterskaja«, pflegte er zu sagen – die russischen Endungen waren alles, was ihre Mutter aus ihrer Heimat mitgebracht hatte – »Schwesterskaja, Sjestra, Sjestrutschka, ich hab was gefunden.« Und er brachte Beutestücke aus seinen heimlichen Zügen durch Haus und Garten mit, eine große metallische Klammer zum Beispiel, etwas, das ein Erwachsener vielleicht als Tierfalle oder als Stück einer Metallarmierung angesehen hätte, aber Jurek vermutete etwas anderes, etwas, das er nicht in Worte fassen konnte. Etwas, das ihn quälte.

»Du spinnst.« Vivi schob ihm den Teller mit den Marmeladenbrötchen hin.

»Warum versteckt er es dann?«, fragte er und blickte noch düsterer. Es war seine Manie geworden, nach Dingen zu suchen, die sein Vater verbarg. Einmal hatte er einen Brief vom Schreibtisch gefischt, der in einer fremden Schrift geschrieben und mit *Victor Nesselkönig* unterzeichnet war, ein andermal ein erregtes Gespräch mit Onkel Bronnen belauscht, in dem immer wieder

der Name der Katze fiel. All diese Rätsel schleppte er in die Höhle von Vivis Lieblingstochterkindheit und breitete sie dort mit bedeutungsschwangerer Mine aus, als habe er nun den endgültigen Beweis gefunden, wofür auch immer.

Wenn Vivi später darüber nachdachte, wurde ihr klar, dass es für ihren Bruder von einem bestimmten Punkt an keinen Weg mehr zurück in die Vertrauensseligkeit der Kindheit gab. Dieser Punkt kam mit einem Anruf aus Bad Liebenstein. Die Mutter blieb dort monatelang in Kurheimen. Man konnte sie nicht besuchen, aber alle versicherten, dass es ihr gut ging. Vivi stellte sich ein Haus mit Säulenarkaden und eingetopften Palmen vor, Moskauer Eis und Negerküsse zur Vesper und Krankenschwestern mit Faschingshüten, die die Mutter zum Lachen brachten. Von dort also kam ein Anruf, den Frau Träger tränenüberströmt auf die Terrasse meldete. Der Vater sprang auf und warf dabei seine Kaffeetasse um, das hellbraune Rinnsaal tropfte vom Tisch, Vivian sah, wie die Tröpfchen auf dem rötlichen, bemoosten Stein der Terrasse zerplatzten. Als er wieder herauskam, ließ sich ihr Vater in den Korbstuhl fallen. Er war klein und weiß geworden. Er sprang mit Tränen in den Augen wieder auf und verschwand im Haus. Durch die Tür hörten die Kinder, wie Frau Träger drohte, es den Kindern selbst zu sagen, und das tat sie dann auch. Es kamen Tage, derer Vivi sich nur wegen der Tränen entsann, eines singenden, unablässigen Weinens, das die Luft erfüllte. Hinter dem Tränenschleier vermieden sie, sich anzusehen. Jurek stand nach vorn gebeugt in seinem Zimmer und stieß mit dem Kopf gegen die Wand, bis seine Stirn blutete und Frau Träger einen Arzt rief. Tage mit einem heißen, übel schmeckenden Pulsieren im Magen, das nicht einmal nachließ, wenn sie im Traum mit ihrer Mutter sprach. Tagelang nur dieses Weinen, dieses Würgen, Jureks Tick mit dem Kopf.

»Sie kommt nie wieder?«, fragte sie, nicht ihren Vater, sondern Frau Träger. Und als sie das mehrmals gefragt und Frau Träger endlich »Nein, nie wieder« geschluchzt hatte, war sie hinter dem Schleier von Tränenblindheit verschwunden, hinter dem sich die Wirklichkeit nur sekundenweise wie eine vergessene Fotografie zeigte, Abdrücke der Erinnerung, die unaufhaltsam verschwinden würde. Aus dem Tod ihrer Mutter lernte Vivi, was Frauen jeden Alters aus dem Tod der Mutter lernen: Dass die zurückbleibenden Männer zu schwach sind. Sie war sofort bereit, sich schuldig zu fühlen. War sie nicht vor dem Fernseher sitzengeblieben (»Schnibbel – die – schnabbel – die Scher' – der Meister Nadelöhr«), als die Mutter wieder mit gepacktem Koffer hinter ihr stand? Hatte sie sich nicht davor gedrückt, ihr fröhliche Briefe zu schreiben? Hatte sie sich nicht in der Schule geschämt, wenn ihre Freundin sie fragte, wieso ihre Mutter am helllichten Tag schlief?

Aber am Tag der Trauerfeier verlor Victor Nesselkönig, der eben seine Frau verloren hatte, auch seinen Sohn. Ein kalter Raum voller Blumen in der Akademie, aber kein Sarg. Jurek sah den Dingen ins Auge, er wusste, dass in der Mitte einer Trauergemeinde ein Sarg oder wenigstens eine Urne steht. Ein Gegenstand, in dem der Rest eines Menschen steckt. Aber hier? Laute Reden, Tränen, russische Musik, Victor saß zwischen seinen Kindern und erklärte nicht, warum zwischen den Kränzen und Schleifen nur ein Foto der Mutter stand. Auf der Rückfahrt, als sie an dem tannenumstandenen Dorffriedhof von Dreizehnheiligen vorbeifuhren, fragte Jurek. Victor Nesselkönig schwieg lange. Als sie ausgestiegen waren, im Garten herumstanden, sagte er leise: »Deine Mama wollte es so«, und zeigte auf den See. Fortan herrschte Schweigen zwischen Jurek Nesselkönig und seinem Vater. Als Bronnen ein paar Jahre später die Schule in Eichwalde erwähnte, nickte Victor erleichtert und ließ ihn alles Nötige erledigen.

14

Victor Nesselkönig kommt als Stalins Ehrengast und bleibt als Gast der Sicherheitsorgane
Moskau und Umgebung, 1937/38

Sage:
Hart ist das Klima
Im Lande der Sowjets
Sprich es aus.
Verschweige nichts.

Johannes R. Becher, 1924

Auf dem Finnischen Bahnhof wurden sie von einem asiatisch aussehenden Pelzmützenträger empfangen. Victor sah sich gereizt auf dem Bahnsteig um, als vermisse er etwas. Es herrschte viel Trubel, Leute in Pelzen und Schlosseranzügen, mit abgerissenen Koffern oder Aktentaschen. Es roch ungewohnt, vage nach etwas Essbarem. Auf dem Bahnsteig war nicht gestreut, stattdessen lagen schmutzige Lappen herum, auf denen man sich vorwärtsbalancieren musste. Hügelketten aus Schnee blockierten die Fußwege, so dass die Fußgänger auf den Rand der Straße ausweichen mussten.

Auf der Fahrt von Fryberk zum Prager Bahnhof hatte Bronnen ihnen vom Vordersitz des Wagens aus eingeschärft, im Zug nur im äußersten Notfall Kontakt zu Lenka aufzunehmen. Dann hatte er aus einem Briefumschlag zwei Pässe mit dem Wappen der Sowjetunion ausgepackt und mit ungewohntem Pathos deklamiert:

»… das will ich aus breitem Hosenbausch ziehn
Meines Daseins unschätzbaren Lohn
Da, lest, beneidet mich,
seht, wer ich bin:
Bürger der Sowjetunion.«[41]

---

41 Wladimir Majakowski: Verse vom Sowjetpaß, siehe oben.

Mit dem letzten Wort hatte er den ersten Pass geöffnet nach hinten gereicht. »Merkt euch den Namen. Nur den Namen. Einzelheiten dürfen sie Diplomaten nicht fragen.«

»Ihr Majakowski …«, hatte Nesselkönig verzagt begonnen, während sie durch die böhmischen Wälder fuhren. Bronnen drehte sich herum. »Selbstmord«, sagte er in dem Ton, in dem man einem Kind versichert, dass sein Vater kein Trinker ist. »Selbstmord, Weiber und Melancholie.«[42] Den Rest der Fahrt hatten sie geschwiegen, nur ab und zu von einer unsicheren Frage Nesselkönigs unterbrochen, die Bronnen mit der Geduld des Erwachsenen in dem Sinne beantwortete, dass alles zum Besten vorbereitet war.

»Natürlich im besten Hotel.«[43]

»Selbstverständlich steht Ihnen das frei.«

»Wann immer Sie wollen.«

Im Schlafwagenabteil hatte Willi aus dem Fenster gesehen oder geschlafen, erschöpft von der Erkenntnis, dass etwas unwiderruflich zu Ende war, aber auch, um Victor keine Gelegenheit zu Fragen zu geben, die ihn nur in Zweifel stürzen würden. Wenn er doch einmal die Augen aufschlug, starrte Victor ihn vorwurfsvoll an, als habe er ihm das Reiseziel verschwiegen. Die charmanten Kellner der tschechischen Bahn schickte Willi weg, obwohl Bronnen ihm mit den Diplomatenpässen Geld gegeben hatte.

---

42 In den Notizen von Victor Nesselkönig, die Bronnen aus dem Moskauer Archiv besorgt hatte, befand sich auch eine Materialsammlung über die letzten Jahre Wladimir Majakowskis. Nesselkönigs Notizen ließen den Schluss zu, dass er Zweifel an der damals allgemein akzeptierten Selbstmordthese hegte, ein Umstand, der Bronnen veranlasste, diesen Teil des Konvoluts frei nach Marx der *nagenden Kritik der Reißwölfe* zu überlassen.

43 Die Nesselkönigforschung hat sich lange mit der Frage aufgehalten, warum der Dichter weder in den Gästelisten des Komintern-Hotels *Lux* geführt noch in den Erinnerungen der zahlreichen prominenten Gäste erwähnt wurde. Die Antwort ist denkbar einfach: Wie alle wirklich prominenten Gäste wurde er im wesentlich vornehmeren *Rossija* einquartiert und wie alle Berühmtheiten, die sich entschieden, zu bleiben, fand man für ihn bald eine Datscha in einem der Moskauer Vororte. Grund der Verwirrung mag gewesen sein, dass Nesselkönig in den fünfziger Jahren in der DDR zum Erstaunen anderer Moskau-Exilanten wiederholt fallen ließ, er habe im *Lux* gewohnt, bis Bronnen seine Erinnerung in diesem Punkt ein für allemal korrigierte.

Aus irgendeinem Grunde glaubte er, in Moskau keinen Kellner mehr wegschicken zu müssen. Dass sie dort die Weltanschauung als Währung akzepierten. Er erwachte auf trostlosen Bahnhöfen oder träumte, auf trostlosen Bahnhöfen zu erwachen. Tagsüber flogen vor der erstarrten und endlosen Ebene aus gefrorenem Schnee Bäume wie durchsichtige Schatten vorbei. Nachts schien der Zug schneller und leiser zu laufen. Auf Bahnhöfen wurden sie von schallenden Lautsprechern und quietschenden Bremsen geweckt, krachenden Zusammenstößen der Rangierloks. Auf einem Bahnsteig in Polen stand ein abgerissener, verwirrt aussehender Mann unter ihrem Fenster und starrte sie drohend an. Während der Fahrt durch die Nacht entdeckte Willi, dass es verschiedene Grade von Dunkelheit gibt, vielleicht verursacht durch die unterschiedliche Dichte von kalter Nachtluft, vereisten Wäldern, beheizten, karg beleuchteten Häusern. Im Fenster des vorbeifahrenden Zuges gerann die Welt zu flüchtigen Momenten, Schnappschüssen aus fremdem Leben. Sie fuhren durch einen weltumspannenden Schlaf, eine Ohmacht, aus der Willi selbst nur ab und zu erwachte. Wenn ein schlaftrunkener Schaffner am Abteil vorbeistolperte, fühlte er sich als einziges waches Wesen auf dieser Welt, als wüsste er von allen, und niemand wüsste von ihm. Das Hochgefühl nahm er mit in neue, wohltuende Wellen von Schlaf. Ein neues Land, ein besseres Leben! In Lemberg hatte er zum letzten Mal eine deutschsprachige Zeitung gekauft, sie versprach Beilegung aller Konflikte und das Verschwinden der Nazis. Er versteckte sie vor Nesselkönig, damit der nicht auf die Idee kam, zurückzufahren. Aber dann entdeckte er, dass die Zeitung zwei Monate alt war.

Nesselkönig hatte begonnen, sich dreinzufügen. Die Formalitäten auf dem Prager Hauptbahnhof, nachdem Bronnen sich in den Schatten der Bahnhofshalle zurückgezogen hatte, und selbst das Trinkgeld an den Kofferträger hatte er Willi überlassen. Er schien darauf zu warten, ob doch noch etwas schiefging.

»Sie fühlen sich, als hätten Sie recht behalten, was?« Wenn Victor streiten wollte, siezte er ihn wieder. Willi schwieg versöhnlich.

Es lag auf der Hand, dass er nichts sagen durfte, das Victor einen *casus belli* lieferte. Sollte er ihn beleidigen, ihm auf die Nerven gehen. Manchmal schrieb er mit einem feinen Füllfederhalter in ein ledergebundenes Heft. Er tat es fast beiläufig, halb abgewandt, mit der hochmütigen, desinteressierten Miene, mit der er Schach spielte. In Moskau würde er in Präsidien sitzen, hinter Tischen, die mit bis zum Fußboden reichendem roten Tuch bedeckt waren, vor mit demselben rotem Tuch bespannten Bühnenwänden, die Losungen aus kyrillischen Pappbuchstaben trugen. Er würde befremdet sein über die angetrunkenen sowjetischen Dichter mit ihren schäbigen Anzügen und die Euphorie der deutschen Kommunisten. Er würde seine blasierte Langeweile vor sich her tragen. Aber dass so einer dort oben saß, einer, der sich Dünkel leisten konnte, war ein Sieg.

Der Asiate führte sie über den Bahnhofsvorplatz zu einem schwarzen *SIL* und riss die Türen auf. Während der Fahrt beobachtete Willi, wie der Fahrer die Zigarettenasche am Lenkrad abstreifte. Nesselkönig saß neben ihm, schaute aus dem Fenster, als hätte er ihn vergessen.

*

Als Bronnen das Programmheft für den *Kongress zur Verteidigung der Kultur und des Friedens*[44] in sein Hotelzimmer brachte, nahm Victor es mit spitzen Fingern und hörte sich mit abwesendem Blick an, was dazu zu sagen war: Anlass, Gäste, Presse und Rundfunk, vorbereitete Resolution, »selbstverständlich nur ein

---

44 Das sechzehnseitige Programmheft ist heute eine bibliophile Rarität, für die Sammler von Kommunistica erhebliche Beträge auf den Tisch zu legen bereit sind und zugleich eine sprechende Quelle über die Zeit des Übergangs von der Einheitsfront zu den Säuberungen. Nirgends kommt dies besser zum Ausdruck als in dem Exemplar, das im Parteiarchiv der SED aufbewahrt wurde: Von den 31 Autoren aus 14 Ländern, die dort namentlich und mit dem Titel ihres Vortrages aufgeführt werden (»Victor Nesselkönig [Deutschland]: *Die Aufgaben der literarischen Volksfront in Deutschland*«) sind zehn von unbekannter Hand durchgestrichen.

Vorschlag der sowjetischen Genossen«. Anwesend waren Becher und Bredel, aber auch Feuchtwanger und Gide, Malraux und Upton Sinclair. Bronnen spielte die Namen wie Trümpfe aus, aber Nesselkönig zeigte keine Regung und drehte die Einladung in den Händen wie eine nassgewordene Mütze.

Zum Eröffnungstag fuhren Bronnen und Willi im *SIL* vor, der Fahrer ließ die Asche auf den Boden des Wagens fallen und Bronnen erklärte während der Fahrt die mittlerweile eingetretenen Änderungen.

»A. B. wird nicht dabei sein. Ich habe die Passage gestrichen.«

»Wo ist er denn?«

»Er ist entlarvt worden.« Für einen Augenblick sahen sie sich an. Victor nickte. Nach einigen Minuten beklommenen Schweigens, die Willi bei sich die Gedenkminuten nannte, fuhr Bronnen mit seinen Erklärungen fort, wo er vor Victors Zwischenfrage aufgehört hatte. So war das in Moskau. Ein Name fiel, um danach nie wieder erwähnt zu werden; man schwieg und machte weiter, um nicht der Nächste zu sein. Victor hörte apathisch zu, fragte aber manchmal im Tonfall höchsten Erstaunens nach, wenn Bronnen etwas Selbstverständliches sagte. Vor dem Palast der Gewerkschaften warteten Menschen hinter Absperrungen und klatschten mit ihren Handschuhen, als Victor ausstieg. Über dem Eingang hing, von Fahnen flankiert, ein riesiges Plakat mit Stalins Satz vom Künstler als *Ingenieur der Seele*. Victor ließ ihn sich von Bronnen übersetzen. Im Eingang bot ein junges Paar in bestickten russischen Trachtenblusen einen runden Brotlaib mit Salz dar, wurde aber von einem aufgeregten Funktionär in taubenblauem Anzug (alle sowjetischen Genossen trugen entweder Uniformen oder abgestoßene taubenblaue Anzüge) beiseitegeschoben. In der Garderobe für die Ehrengäste standen auf einem ziselierten Silbertablett bereifte Gläser mit Wodka. Victor stürzte seinen in einem Zug herunter, sah sich dann freundlich und etwas abwesend lächelnd um und wurde von einer Komsomolzin in Richtung Bühne begleitet. Willi musste zurückbleiben. Jemand stieß die Tür auf und man sah ein Dutzend Männerrücken in Anzügen verschiedener gedeckter Farben (nicht nur taubenblau, auch Ausländer), die auf der Bühne mit Blick zum Zuschauerraum an einem langen, noch nicht vollständig besetzten Tisch saßen. Als Victor ins Bühnenlicht trat, hob sich die Stimme des Mannes am Rednerpult seitlich des Präsidiums, den man die ganze Zeit von fern gehört hatte. In dem aufbrausenden Beifall ging Nesselkönig mit dem Schwung eines Kapellmeisters zu seinem freien Platz. Den Rest hörte Willi wieder nur gedämpft durch die geschlossene Bühnentür, zwischen Journalisten, die gestikulierend auf die Wandtelefone des Pressezentrums einsprachen und Komsomolzinnen, die Tee und Piroggen für die Entourage brachten. Der Redner draußen wurde immer lauter, durch Rückkopplungspfeifen und Beifall unterbrochen. Er endete mit schmetternden Hochrufen, einer ansteigenden Satzmelodie, die in einer Reihe feierlicher Adjektive und einem Substantiv gipfelte und deren Lautstärke sich mit jedem Hochruf steigerte. Auch der Beifall wurde jedes Mal ein bisschen länger und ein bisschen lauter. Vor dem letzten Hochruf hielt der Redner inne – wen er hochleben ließ, war wegen des Lärms in der Garderobe nicht zu verstehen – eine fast lustvolle Kunstpause, bevor seine Stimme bei der Nennung des Vaters der Völker, des Lehrers und Führers der werktätigen Masse überschnappte. Manchmal gab es ein klirrendes Geräusch, das durch den kleinen Raum fuhr wie ein Messer, wenn der Redner in seiner Begeisterung ans Mikrofon gestoßen war, dann folgte das Donnern, wenn Tausende von Menschen sich gleichzeitig von ihren Klappsesseln erhoben und rhythmisch zu klatschen begannen.

Als der Beifall sich legte, trat der Redner wieder ans Mikrofon, er sprach leise, als müsse er seine Erregung gewaltsam unterdrücken, als bleibe er nur mit Mühe Herr seiner Gefühle. Im Saal wurde es still, bis der Mann unter Voranstellung mehrerer die Spannung steigernder Adjektive wie »unser geliebter«, »unser hochverehrter« endlich einen Namen nannte, der Anlass zu neuem, wenn auch dosiertem Beifall war. Victor Nesselkönig schritt, sein Jackett zuknöpfend, zum Podium. Er sprach leise und verschluckte ab und zu die Endungen, was ihm sonst nie passierte. Einmal verheddterte er sich in einem Satz, den Bronnen ihm aufgeschrieben hatte. Aber im Publikum saßen viele Russen, die ihn sowieso nicht verstanden und neben den Ausländern im Präsidium und im vorderen, abgesperrten Teil des Saales hockten nach vorn gebeugte Dolmetscher, denen diese würdevollen Männer jetzt die Köpfe zuneigten wie Beichtväter. Die Russen lauschten mit angehaltenem Atem, als müsse man, was ein Dichter sagt, auch anhören, wenn er es in einer fremden Sprache sagt. Eine junge Dolmetscherin mit kräftiger Stimme stand neben Victor und übersetzte in den Saal. Wenn sie sprach, musste Victor immer einen Schritt vom Mikrofon zurücktreten, was er zunächst nicht verstand. Kichern aus dem Zuschauerraum. Victor sprach leise, sie laut und leidenschaftlich; Victor nachdenklich und ein bisschen zerstreut, sie pathetisch. Manchmal sprach Victor einen kunstvoll gedrechselten Satz, dessen Ende die Zuhörer mit atemloser Stille abwarteten, um nach der Übersetzung in Gelächter auszubrechen.

Als die Reden zu Ende waren, gab es einen Fototermin, ein paar Funktionäre schoben die Prominenz vor der großen Freitreppe hin und her und präsentierten sie den ausländischen Fotografen wie Geiseln. André Gide und Malraux mochten nicht nebeneinander stehen, Scholochow nicht neben Bek, die Seghers nicht neben Weinert. Ein Mann vom Staatlichen Moskauer Rundfunk hielt Victor ein Mikrofon vor die Nase und der redete so lange, bis der Übersetzer den Faden verlor und der Mann mit seinem Aufnahmegerät unruhig zu nicken begann. Dann fuhr man sie in ein Villenviertel am Stadtrand, wo in Jeshows Villa ein Festempfang für die prominenten Ausländer vorbereitet war. Es wurde ein unerfreulicher Abend, davon später. Willi betrank sich und wachte nachts mit Übelkeit und schweren Gliedern auf, sich nur langsam erinnernd, dass etwas Bedrohliches geschehen war.

Von Leitartikeln gefeiert, ging der Kongress zu Ende. Ihm folgten viele kleine Konferenzen im ganzen Land. Willis Aufgabe bestand darin, Victor bei Laune zu halten, im Hotelzimmer mit ihm Schach zu spielen und aus dem Hintergrund darauf zu achten,

dass er vor den Nachwuchsdichtern, den Landwirtschaftsinstruk-
teuren, den Stahlwerkern und Lehrern, vor denen er sprach, nicht
allzu sehr vom Manuskript abwich. Anfangs brachte er Victor das
Manuskript jeweils mit der Einladung ein paar Tage vorher auf die
Datscha, die Becher ihm besorgt hatte. Immer dieselbe Szene: In
der Küche reichte er ein großes Briefkuvert über den Tisch, Victor
zog Einladung und Redeentwurf heraus, faltete das Manuskript
auseinander, rauchte, während er es las, hob ab und zu den Kopf,
als sei ihm jetzt eben etwas klar geworden, nickte oder hob die
Schultern, als wollte er sagen: Das muss eben so sein, das ist nicht
zu ändern, faltete es wieder zusammen und steckte es in die Innentasche seines Sakkos. Später übergab Willi ihm die Rede erst
auf der Fahrt, einerseits wegen der immer schnelleren Änderung
der politischen Lage – wer gestern in Stalins Nähe war, konnte
heute schon als *Schädling* entlarvt sein –, andererseits, weil Victor
neuerdings dazu neigte, wichtige Unterlagen irgendwo abzule-
gen und nicht wiederzufinden. Dann las Victor das Manuskript
erst im Auto und hob nur den Kopf, wenn wieder ein Name fehlte
oder jemand, der eben noch ein Genosse gewesen war, als Teil
einer jüdisch-faschistischen Verschwörung enttarnt worden war.
Manchmal sah er aus dem Fenster, als wollte er sich alles, was er
sah, noch einmal einprägen.

*

Darja Ossipowna konnte berichten, dass der Deutsche sich ein-
gelebt hatte. Er fragte immer noch nach Lenka, aber so, wie man
nach dem Wetter fragt. Besser, ihm nicht zu erzählen, was die
Prawda neuerdings über sie schrieb. Die Drahtzieherin einer Verschwörung tschechischer Faschisten, die seit Jahren unbemerkt
unschätzbare Reichtümer des sowjetischen Volkes aus Habgier
und Hass gegen die sozialistische Ordnung ins westliche Ausland
geschmuggelt hatten, war von den *Organen* entlarvt worden und
hatte im Moment ihrer Verhaftung ein umfassendes Geständnis
abgelegt. Allmählich fragte Victor nicht mehr. Abends war unkal-

kulierbar, wann er schlafen ging, aber morgens war Bronnen bis zehn mit der Wirtschafterin ungestört, die, während sie das Dichterfrühstück bereitete, kopfwackelnd hin und her ging und alle Fragen mit »da« oder »njet« beantwortete.

»Empfängt er Besuch?« – »Da.«

»Den Deutschen? Ostertag?« – »Da.«

»Sonst niemanden?« Sie hob den Kopf und sah ihn an wie taubstumm.

»Frauen?« – »Da.« Zögernd.

»Nur eine Frau?« – »Da.«

»Aus der Siedlung? Blond?« – »Da.« Safira Afanasjewa würde sich freuen, die Einzige zu sein.

»Er fragt nach der Tschechin?« – »Njet.«

»Und er arbeitet.« – »Da.«

»Schreibt.« – »Da.«

»Ist es hier.« ... zeigte auf die Möbel in der Küche. – »Njet.«

»In seinem Zimmer?« – »Da.«

Ab und zu organisierte man Ausflüge durch das alte Moskau für die noch nicht entlarvten Exilanten. Nesselkönig musste fast gezwungen werden, mitzufahren und schleppte seine Notizhefte dann in einer Aktentasche mit. Kein Wunder, nachdem er in Prag schon einmal alles verloren hatte. Bronnen pfiff durch die Zähne, dachte nach, sah sich unentschlossen in der Küche um. Das Haus war eine Autostunde von Moskau entfernt und lag in einer Siedlung, in der Nachbarn wie Scholochow und Ehrenburg sich gegenseitig zu melodramatischen Festen einluden, choreografierten Besäufnissen, die in Tränen, Treueschwüren und Selbstmorddrohungen endeten. Außer der Küche gab es zwei Zimmer, ein winziges, in dem Nesselkönig mit der Manuskripttasche unterm Bett schlief und ein größeres, nach Süden gelegenes, in dem er den Tag verbrachte. Nach dem Aufstehen frühstückte er mit leerem Blick und konnte sehr zornig werden, wenn ihn jemand ansprach. Gut, dass die Wirtschafterin kein Deutsch verstand. Danach verschwand er in seinem Arbeitszimmer, niemals ohne vorher sein Geschirr neben dem Spülstein abgestellt zu haben.

Aus solchen Kleinigkeiten entstand im Sowjetland die Legende vom deutschen Mann. Zu einem nicht vorauszusehenden Zeitpunkt, manchmal schon mittags, manchmal eine Stunde, nachdem Darja ihm wortlos den Nachmittagskaffee auf den Schreibtisch gestellt hatte, flog die Tür seiner Klause auf und er stürmte durch Küche und Windfang nach draußen, wo er manchmal nur zehn Minuten, aber nie länger als eine Stunde blieb. Dann betrat er wieder sein Arbeitszimmer, schaltete bei Einbruch der Dämmerung die Schreibtischlampe ein und verschwand auf leisen Sohlen durch die Verbindungstür, schlief zwei Stunden und schlich zurück an den Schreibtisch.

Abends las er, kam manchmal mit einem aufgeschlagenen Buch in die Küche und goss sich, ohne ein Wort zu sagen, den Stolitschnaja ein, der auf dem Küchenschrank stand. Spät abends, wenn die Wirtschafterin ans Nachhausegehen dachte, kam er betrunken in die Küche und begann, lange Monologe auf Deutsch zu halten, die damit endeten, dass er noch mehr trank und irgendwann ins Bett fiel.

Auf dem Schreibtisch in seinem Arbeitszimmer lagen Berge aufgeschlagener Bücher und mit seiner steilen Handschrift vollgeschriebene Notizhefte, dazwischen Zigarilloasche, Zuckerkrümel und Späne von gespitzten Bleistiften. Ein Planquadrat des Schreibtisches war für ein Schachspiel freigeräumt. Er schrieb keine Briefe und erhielt niemals Post.

*

Im Sommer 1938 bekam Victor Nesselkönig zum letzten Mal Besuch. Dass weder Bronnen, noch Willi sich mehr sehen ließen, hatte ihm gewisse Schlüsse erlaubt. Falls er sie zog, schien es ihm gleichgültig zu sein. Vielleicht hatte auch ihn die Emigrantenkrankheit[45] befallen, das trunkene Taumeln ins Verderben, wie

---

45 Bei Willis Genossen Grigoleit, Bronnens Schatten in Prag, nahm die Krankheit einen besonders schicksalhaften Verlauf. Als er merkte, wie man in Parteiver-

Motten, angezogen vom Licht, das aus dem Kreml kam. Von Botschaftern der Sowjetunion hieß es, sie seien mit ihren Familien ohne Zögern aus dem Ausland nach Moskau zurückgekehrt, wissend, dass dort ein Erschießungskommando auf sie wartete. In Moskau trennte man sie: die Männer in den Innenhof des Ljubjanka-Gefängnisses vor eine von Einschüssen vernarbte Wand und anschließend auf die Ladefläche eines Lkws, der sie in Kalkgruben vor der Stadt abkippte, die Frauen in Viehwaggons nach Sibirien und die Kinder in Heime auf der Krim, wo sie neue Namen bekamen. Vielleicht ahnte er das; etwas ahnen heißt: nicht glauben wollen, hatte Gisa Pellmann in den *Sieben Sinnen* gesagt. Niemals hörte man davon, dass jemand floh oder seine Unschuld beteuerte.

Im Windfang der Datscha stand ein Mann in blauem Anzug mit zwei Begleitern, die sich umsahen, als hingen gestohlene Gemälde an der Wand. Sie sprachen russisch und nichts führte Victor die Ausweglosigkeit seiner Lage so deutlich vor Augen wie die Tatsache, dass sie keinen Dolmetscher mehr bemühten. Er hatte, anders als Willi, die Sprache nicht gelernt, aus Unwillen oder Angst, in der fremden Sprache etwas Falsches zu sagen. Gerade das hatte ihn verdächtig gemacht – wie es ihn verdächtig gemacht hätte, Russisch zu lernen, weil er dann weniger aufgefallen wäre und also etwas zu verbergen hatte. Kein Dolmetscher – man abstrahierte bereits davon, dass er ein Deutscher war, wie man in Kürze davon abstrahieren würde, dass er ein Mensch war. Von dem, was sie sagten, verstand er wenig, fragte aber nicht. Er

---

sammlungen den Platz neben ihm mied, beschloss er, der Sowjet-Justiz mit der Wahrheit gegenüberzutreten. Also zeigte sich der Genosse Grigoleit, erzogen im Geiste der Weimarer Klassenjustiz und ihrer Prozessordnungen, selbst an, bezichtigte sich aller denkbaren Verbrechen, der Anhängerschaft Trotzkis und Sinowjews, der Sabotage und Spionage für Deutschland, Japan und Italien, der Verschwörung und des Attentats, der Vergiftung des Moskauer Trinkwassers. Ein sowjetisches Gericht würde der Wahrheit auf den Grund gehen und ihn in allen Punkten freisprechen. Willi Ostertag, selbst zitternd vor Angst, dem Grigoleit mit fiebrigem Kopf seinen Plan auseinandersetzte, nickte und stand hinter der Gardine seines Zimmers, als Grigoleit das *Lux* verließ, auf seinem Weg zur Gerechtigkeit. Er hörte von Grigoleit nie wieder, nicht einmal, dass er tot war.

begann, seine Notizbücher in eine Tasche zu stopfen, aber einer der beiden Begleiter sagte auf Deutsch einen Satz, den er offenbar auswendig gelernt hatte: »Das ist nicht nötig, es dauert nicht lange.«

Die anderen lachten. Victor zuckte mit den Schultern, ließ die Tasche mitten im Raum stehen und ging zur Tür, wo die Begleiter mit einem synchronen Schritt zur Seite eine Gasse bildeten. Aus einem lächerlichen Bedürfnis nach Angemessenheit sah Victor sich noch einmal nach seiner Bleibe um, als ob er schöne Erinnerungen zurückließ. Er ging, von Männern eskortiert, nach draußen und stieg ein. Die Türen des Wagens klappten, der Motor sprang scheppernd und knallend an. Dascha sah den Wagen zwischen den Birken verschwinden, die Abstände zwischen den schmalen Stämmen schlossen sich wie Lamellen. Obwohl sie die Luft anhielt, hörte sie nichts, was wie ein Schuss klang.

Hatte man einen Grund? Vielleicht diesen: Bronnen hatte erzählt (kaum aus Niedertracht, gewiss aus Angst), dass Victor mit der Diebin des Volksvermögens Lenka Caslavska das Bett geteilt hatte. Oder diesen: Victor hatte das Glas erhoben, als der Renegat Malraux auf dem Besäufnis in Jeshows Villa den *Großen Verräter* in seinem mexikanischen Exil hochleben ließ. Oder Victors wiederholte Fragen nach Majakowski (»… wirklich Selbstmord begangen?«). Oder: Der Genosse Stalin hatte unschätzbare Hinweise zur Begründung der *wahrhaft sowjetischen Schachschule* gegeben. Stalin zufolge waren die Bauern die Seele des Spiels, weil sie die werktätigen Volksmassen symbolisierten. Also müssten Bauern geschont werden, während Springer, Läufer, Türme und Damen, Symbole der Ausbeuter, wie schon ihr Sammelbegriff »Offiziere« bewies, leichten Herzens zu opfern waren. Vielleicht hatte Victor darüber gelacht; vielleicht hatte er Willi angestoßen und gefragt: Aber will nicht jeder Bauer ein Offizier werden? Vielleicht etwas anderes. Nun jedenfalls war der berühmte Genosse Nesselkönig Gast nicht mehr des Kulturministeriums der Union, sondern des Ministeriums für Staatliche Sicherheit, das ihn der *wahrhaft gerechten sowjetischen Justiz* überstellte.

15

Victor Nesselkönig liest dem Vater der Völker einen Wunsch von den Augen ab
Moskau, Mitte Oktober 1938/Berlin Ende 1953

Am Abend des zweiten Donnerstages im Oktober 1938 trommelte jemand mit den Fäusten an Willi Ostertags Zimmertür im *Lux*. Es war lange vor Mitternacht, nicht die übliche Verhaftungszeit. Draußen stand mit fliegendem Atem Bronnen, der, soweit Willi wusste, nicht an den Verhaftungen teilnahm, und hinter ihm ein bestürzt blickender Mann im Funktionärsanzug, der Willi durch die geöffnete Tür anstarrte.

»Los, los, los!«, keuchte Bronnen. »Um Jottes Willen, mach schnell.«

Als es an die Tür gehämmert hatte, hatte Willi das gedacht, was man im *Lux* dachte, wenn es klopfte. Aber sein Puls beruhigte sich schnell, als er sah, wie aufgelöst seine Besucher waren. Für einen irrsinnigen Moment glaubte er, dass Bronnen mit ihm fliehen wollte, ins Auto steigen und losfahren, durch die breiten Straßen der Innenstadt, hinaus auf die unbefestigten Chausseen, zu deren Seiten die Stadt allmählich ausdünnte, aufs Land, immer weiter, irgendwohin, wo es nicht gefährlich war, ins Russland der Birkenwälder und einfachen Menschen. Man floh aber nicht, wenn es in Moskau an der Tür klopfte.

Willi wischte sich die Brotkrumen von den Lippen, zog im Gehen sein Sakko über und ließ abergläubischerweise die Tischlampe brennen, was wegen Energieverschwendung streng verboten war, aber angeblich gegen Verhaftung half. Wer unten vorbeiging, sollte glauben, dass man noch zu Hause war, ohne Angst vor nächtlichen Besuchen.

Der Fahrstuhl funktionierte nur tagsüber, also jagten sie wie Schuljungen das Treppenhaus hinab, im Sprung die Absätze nehmend. Das Donnern ihrer Schritte schallte durch die Etagen. Vor ihnen wurden in lautloser Panik Türen zugezogen. Nichts ängstigte die Leute mehr als Fluchtgeräusche.

Vor dem Hotel stand der *SIL* mit laufendem Motor, eskortiert von Milizwagen. Als die Milizionäre Bronnen, Willi und den dritten Mann durch die Hotellobby nach draußen stürmen sahen, rissen sie die Wagentüren auf, Bronnen schob Willi auf den Rücksitz – das erste Mal, dass er mir den Vortritt lässt, dachte Willi – und trat die Tür zu, sprang selber auf den Beifahrersitz und gab dem Fahrer ein Zeichen, bevor er die Tür hinter sich zugezogen hatte. Wegen der riesigen Baustelle, wo anstelle der gesprengten Erlöserkathedrale das *Dom Kommunisma*, das höchste Gebäude der Welt, entstehen sollte, mussten sie eine Umleitung fahren. Sie jagten auf der Mittelspur, die für schwarze Limousinen reserviert war, donnerten die *Twerskaja* hinunter in Richtung Fluss, bogen am *Ochotnij Rjad* links ab über den Theaterplatz zum *Ljubjanskaja*-Platz, wo wie immer eine schwarze Traube Angehöriger vor dem Tor des Gefängnisses stand. Im Vorbeifahren sah Willi, wie ein Mann, der an einer Mauer lehnte, plötzlich zu Boden rutschte. Hinter dem Platz bog der Fahrer mit quietschenden Reifen nach rechts ab, über den Neuen Platz und den *Slawjanska*-Platz zum *Kitajgorodsker* Prospekt. Als sie den Fluss vor sich hatten, bogen sie wieder rechts ab. Über sich sah Willi die Lichter des *Rossija*, wo Journalisten und berühmte ausländische Gäste gewohnt hatten, Barbusse und Romain Rolland, Becher und in den ersten Wochen auch Victor. Links unter ihm spiegelten sich in der fast unbewegten Wasseroberfläche des Flusses träge Lichtreflexe. Hier wie überall stob der Verkehr vor ihnen auseinander, nicht nur Fußgänger und Radfahrer, sondern auch Lastwagen und die für ihre Unverschämtheit berühmten Taxifahrer. Rechts hinter dem *Rossija* öffnete sich der Blick und vor ihnen lag wie ein riesiges Ungeheuer die unbeleuchtete *Basileus*-Kathedrale mit ihren Zwiebeltürmen. Bronnen drehte sich auf seinem Sitz um und sah Willi bedeutungsvoll an, sagte aber nichts. Sie bogen ein und rasten an der Kathedrale vorbei, ein paar schemenhafte

Fußgänger nahmen die Beine in die Hand. »Foljendet Problem«, begann Bronnen mit brüchiger Stimme, als sie durch das Tor in den ersten Innenhof fuhren.

Oben mussten sie warten. Geschäftige Männer kamen mit eingezogenen Köpfen aus der Tür, neben der ein unbeweglicher und an die Wand starrender Posten stand. Willi meinte, Dsershinskij, Budjonny und sogar Molotow zu erkennen, der sich suchend umsah, als habe er sich verlaufen. Bronnen grüßte lauter als nötig, Molotow zuckte zusammen und nickte zerstreut zurück, dann erkannte er Bronnen und grüßte, für den Bruchteil einer Sekunde lächelnd, zurück.

»Das war der Genosse Molotow!«, flüsterte der Mann, der sie von der Wache nach oben gebracht hatte. Er stand zwischen ihnen und beugte sich nach vorn, um beider Ohren gleichzeitig erreichen zu können. »Der Genosse Molotow ist …«

»Wir wissen, wer der Genosse Molotow ist«, antwortete Bronnen auf Russisch und mit einer Unfreundlichkeit, von der nicht ganz klar war, warum er meinte, sie sich herausnehmen zu können. Aus dem Vorzimmer stürzte plötzlich ein junger Mann mit irrem Blick. Er sah sich um, lief puterrot an und flüsterte: »Ein Verbrecher! … Ein verdammter Verräter! Ein Faschist! Ein Kirowmörder!«

Die ersten Worte hatte er fast lautlos herausgepresst, aber die ohnmächtige Wut gab ihm seine Stimme zurück, er schrie aus vollem Halse. »Jawohl!! Ein Schädling, ein verdammter Spieler und Hurenbock. Er hat Kirow ermordet! Er hat Lenin ermordet! Er wird auch *ihn* …«

Die Vorbeigehenden hatten sich abgewandt, als habe er vereiterte Wunden gezeigt, sie liefen schneller und bogen rasch ins Labyrinth der Gänge ab. Niemand von den Wartenden ließ sich etwas anmerken, verschlossene Ohren, geschlossene Augen. Das Geschrei des Mannes war in ein irres Kreischen übergegangen, er lief mit ausgebreiteten Armen wie ein Kind in die Richtung, in der Molotow verschwunden war. Er lief, getrieben von dem Hass, der seinen schmächtigen Körper schüttelte, seltsam verkrampft in trippelnden kleinen Schritten. Eine Tür flog auf und zwei Milizionäre sahen sich suchend um. Der Irre trippelte weiter durch den Gang. In den Nischen hatten einmal Vasen oder Statuetten gestanden, die längst via Böhmen nach Westeuropa gebracht worden waren. Wer konnte, zog eine Tür hinter sich zu. Von den Treppenhäusern näherten sich Stiefelschritte, während das Echo der spitzen Schreie sich langsam entfernte und dann über einen anderen Gang wieder näher kam. Der Wahnsinnige überquerte, von links kommend, die Kreuzung zu dem Gang, auf dem Willi und Bronnen standen, blieb stehen, zitternd, weinend, und flüsterte: »Ein Verräter! Was für ein elender Verräter!« Seine Stimme war nur noch ein würgendes, krächzendes Flüstern, aber was er aussprach, hinterließ auf seinem Gesicht die Verwüstungen unsagbarer Empörung, einer krampfartigen Überrumpelung, eines plötzlichen Innewerdens, das ihm den Atem nahm. Er sah sie verächtlich und tieftraurig an und wandte sich, um Jahre gealtert, zum Gehen.

Hinter ihnen räusperte sich jemand. Sie fuhren herum. Ein nicht allzu großer, untersetzter Mann mit Schnauzbart, vollem, ergrautem Haar. Er war der einzige innerhalb des Kremls, der unangemessen, ja nachlässig gekleidet war. Weder trug er Uniform noch den Anzugstoff der Nomenklatura, sondern weite, ausgebeulte Zimmermannshosen, ein besticktes Russenhemd und eine dicke, abgescheuerte Weste, mit der in Deutschland vielleicht ein Schuster an kalten Tagen in seiner Werkstatt saß. Als der Tobende sich noch einmal umdrehte und des Mannes in der Weste ansichtig wurde, fiel er auf die Knie. Etwas geschah mit ihm: Die Erfüllung eines Wunsches, der älter war als er selbst. Der Eintritt einer uralten Prophezeiung. Ein Wunder. Der Mann mit der Weste ging ihm entgegen und legte ihm Hand auf den Scheitel. Der Junge begann zu zittern. Der Westenmann sagte: »Vielleicht, vielleicht … Auch er ein Verräter? Vielleicht. Vielleicht seid ihr alle Verräter.«

Er beugte sich zu dem schluchzenden Mann hinab und flüsterte ihm etwas ins Ohr. Der nickte mit gesenktem Kopf, sprang

dann auf und sah den Westenträger an, der ihn mit einer fast zärt-
lichen Handbewegung zu den Wachposten schickte. Stalin wandte sich erst Bronnen, dann Willi zu. »Guten Tag«, sagte er. »meine
lieben deutschen Genossen ...«

*

Meine Begegnung mit dem großen Stalin[46]

In der Tat, er war wie ein Vater: Ich zögere nicht, den Moment
als den Höhepunkt meines Lebens zu bezeichnen, als ich vor ihm
stand. Der Weg dorthin, durch das aufblühende, farbenfrohe Moskau, voll von Menschen aus allen Sowjetrepubliken und jeden Alters, die sich einreihten, die sich ihre Arbeit, ihre Aufgabe suchten
unter seinem Bilde, war die denkbar beste Einstimmung, um dem
Vater der Völker, dem Führer unserer großen Sache gegenüberzutreten. Auf den weiten Fluren des Kreml-Palastes begegneten mir
Genossen, solche, die ich persönlich kennenlernen und andere, die
ich nie wiedersehen sollte, solche, von denen heute unsere Schul-
bücher künden und derer in Schulen, auf Straßenschildern oder in
unserer sozialistischen Filmkunst und Literatur gedacht wird; So-
wjetbürger, Deutsche, Helden aus Spanien, Kommunisten aus Paris
und Amerika. Es gab, wenn meine Erinnerung nicht trügt, keine
Waffen, keine Kontrollen, nur einen natürlichen Kreis des Respekts
und der Bewunderung, der uns hinderte, einfach sein bescheidenes
Arbeitszimmer zu betreten und der ihn besser beschützte, als es
tausend Genossen der revolutionären Tscheka gekonnt hätten. Ich
bin dort gewesen, bin also Zeuge dessen, was durch Verleumdung
und Haß in den Schmutz gezogen und durch Hitlers Banditen fast
zerstört worden wäre, ich weiß es und kann es bezeugen: Es war
der Anfang der wirklichen Menschheitsgeschichte.

---

46 Aus Victor Nesselkönig: Im Vaterland der Menschheit. Erlebnisse und Einsich-
ten in der Sowjetunion, 1. Auflage, Verlag Wahrheit & Fortschritt Berlin/Ost
1954 (Das Kapitel fehlt in allen Auflagen nach 1956).

Der Genosse Stalin kam uns aus seinem Zimmer entgegen, wie immer bescheiden, fast proletarisch gekleidet. Einige Genossen, die zufällig den Flur entlang gingen, blieben stehen, obwohl sie gewiß Wichtiges zu tun hatten und uns allen eingeschärft worden war, ihn nicht bei seiner titanenhaften Arbeit zu stören. Sie blieben stehen, schüchtern, scheu fast, um ihn zu sehen. Und er? Trieb er sie zu ihrer Arbeit? Rief er nach seinen Wachen? Nein, er hatte für jeden von ihnen eine Geste, ein aufmunterndes Wort. Viele von ihnen beglückte er damit, daß er ihren Namen, gar ihren Spitznamen noch wußte, vielleicht ihren Decknamen aus einer lange zurückliegenden Aktion des revolutionären Kampfes oder sich eines Zurufes erinnerte bei einer Begegnung auf der Parade zum 1. Mai. Manche von ihnen erröteten, wenn er sich ihre Aufgabe, ihrer Funktion in der großen Maschinerie der Weltrevolution entsann, erröteten vor Freude oder auch vor Scham, wenn sie unter seinen warmen vertrauensvollen Worten eingestehen mußten, daß sie nicht immer das Letzte gegeben hatten.

Nachdem er auf diese Weise alle begrüßt und ermutigt hatte, bat er uns hinein – einen Genossen des sowjetischen Schriftstellerverbandes, den deutschen Genossen Willi Ostertag, der brillante Dienste als Dolmetscher leistete ...«

»Der Name muss natürlich raus«, hatte Bronnen gesagt. »Die Partei will, dass der Dolmetscher rauskommt. Stalin brauchte keinen Dolmetscher.«

»Doch, den brauchte er sehr wohl. Er sprach kein Deutsch. Er sprach, soweit ich weiß, außer Georgisch überhaupt keine Fremdsprache.«

Bronnen sah den Dichter an wie ein törichtes Kind und erhob sich. »Es muss raus, sage ick. Es jibt ein falschtet Bild.«

Victor atmete tief ein und aus, als müsse er sich beruhigen. Eine Schauspieleretüde: Jemand ringt sein Gewissen nieder.

Ich hatte wenig Zeit, mich im Zimmer umzusehen. Nur die Aussicht fiel mir auf: Das große Fenster wies nicht auf den Kreml-Bezirk mit seinen Türmen und Palästen, all der unnützen Zaren- und Popenpracht, sondern auf die Mietshäuser und Fabriken, die neuen Kundgebungsplätze und sozialistischen Betriebe – auf das Moskau der Menschen, die ihre Hoffnungen auf ihn gesetzt und recht behalten hatten in ihrem Vertrauen und ihrer Aufopferung für den Vater der werktätigen Völker. Später fiel mir ein Bild Lenins an der Wand auf, dessen Werke, offenbar vielfach benutzt, auf einem Wandregal in Griffweite standen. Kein Prunk, kein Komfort, nur Bücher, Schreibzeug, Telefone. Hier wohnte jemand, dessen Bestimmung keinen Raum ließ für das Streben nach Reichtum.

Nachdem der Genosse Stalin einige Fragen nach unserem Befinden gestellt hatte – ihn interessierte alles, unsere Gesundheit, die Unterbringung, die Verpflegung, vor allem aber die Arbeitsbedingungen – wandte er sich der revolutionären und sozialistischen Literatur zu. Zu unserer Überraschung schien er alles gelesen zu haben, nicht nur die Klassiker und Begründer der neuen Literatur wie Gorki und die neuen, großartigen Autoren, die das von Ausbeutung und Unterdrückung befreite Sowjetland gerade in jenen Jahren in großer Zahl hervorbrachte, ich erinnere nur an Scholochow, Majakowski und Ehrenburg ...«

»Ehrenburg nicht«, sagte Bronnen und Victor strich. »Auch den nächsten Absatz weg. Diese Leute kennt kein Mensch mehr, und wenn einer sie kennt, soll er sie verjessen.«

»Nicht einmal Majakowski?«

»Majakowski auf gar keinen Fall.«

Nachdem er mich durch einige Bemerkungen zu meinem Werk sowohl durch seine genaue Kenntnis desselben in Erstaunen gesetzt als auch durch einige treffende Hinweise zu einigen weltanschaulichen Ungereimtheiten und ästhetischen Mängeln beschämt hatte, wandte er sich der Frage des Nobelpreises zu. Er überraschte mich erneut, indem er mich zunächst um meine Meinung bat.

»Was ist Deine Meinung, Genosse Nesselkönig?« fragte er. »Es ist ja Dein Preis, Deine Entscheidung, Deine Ehre.«

»Ich weiß nicht, ob ich mich geehrt fühlen soll, Genosse Stalin«, sagte ich und er sah mich ermutigend an. »Natürlich ist dieser Preis ehrenvoll.«

»Jedenfalls nach den Maßstäben der bürgerlichen Kultur«, sagte er lächelnd und nickte mir aufmunternd zu. Genau das war es, was ich dachte. Ich hatte lange genug im bürgerlichen Deutschland gelebt, um begriffen zu haben, wie verderbt, wie korrupt und verlogen dieses bürgerliche Kulturgewese war, dieser Tanz um Auflagen, Honorare, Preise und Filmrechte. Wie moralisch tiefstehend, ja geradezu vertiert nicht wenige ihrer prominentesten Vertreter waren, verfallen der Dekadenz, dem Rausch, dem Chauvinismus und der alles verzehrenden Macht des Geldes. Und nun sollte ich diesen Preis bekommen, vor dem die Literatur des bürgerlichen Westens das Knie beugte, immerhin den Preis, den Rolland bekommen hatte, Selma Lagerlöf und Anatole France, aber auch der Faschist Hamsun. Und um das Maß voll zu machen, belferte nun die vereinte Presse des Finanzkapitals und wendete den Preis, der mir – einem Schriftsteller, der den Weg zur Wahrheit und zum Sozialismus gefunden hatte – zugedacht war, ausgerechnet gegen meine geistige Heimat, gegen die Sowjetunion, wo gerade jetzt die verfolgten Dichter und Künstler aller Herren Länder Zuflucht vor der faschistischen Bestie fanden. Ausgerechnet mich riefen sie zum Zeugen derer auf, die es gewagt hatten, mit ihrer schmutzigen Phantasie den sozialistischen Aufbau zu besudeln, Figuren, die lieber in den Bordellen von Paris ihr Talent verschwendeten, statt sich die Vorbilder ihrer künstlerischen Arbeit dort zu suchen, wo Idealismus und Zukunftsgeist sich Bahn brachen ... Dies bedenkend, nahm ich meinen ganzen Mut zusammen, sah den Genossen Stalin fest an und sagte mit vor Aufregung heiserer Stimme:

»Genosse Stalin, ich kann es nicht. Ich kann diesen Preis nicht annehmen.«

Und Stalin, zu meiner unaussprechlichen Überraschung, stand auf, ging um seinen Schreibtisch herum, und legte mir seine große schwere Hand auf die Schulter.

»Das glaubt uns kein Mensch.«

»Wir sind dabei jewesen«, erwiderte Bronnen.

16

Zwischen Neruda und Nestroy passt nicht die ganze Wahrheit
Deutsche Demokratische Republik, 1979 und
Bundesrepublik Deutschland, 1985

Nesselkönig, Victor[47], geboren am 8. Februar 1910 in der Nähe von Windhoek (heute Südrhodesien), bedeutendster Erzähler des Sozialistischen Realismus in der deutschsprachigen Literatur und zugleich einer der Hauptvertreter realistischer Erzählkunst des 20. Jahrhunderts, Träger des Literaturnobelpreises 1938, des Lenin-Literaturpreises 1959, Nationalpreisträger I. Klasse und Träger zahlreicher weiterer Auszeichnungen und Preise.

N., der dem fortschrittlichen Bürgertum entstammt, wurde bereits in seiner Kindheit im heutigen Namibia (damals deutsche Kolonie »Südwest-Afrika«) mit den Auswüchsen der Ausbeutung des Menschen durch den Menschen konfrontiert. Nach Experimenten mit expressionistischer Lyrik, die die Ausweglosigkeit und den tiefen Pessimismus des bürgerlichen Individuums symbolisierten, bescherte ihm der Übergang zur realistischen Prosa den künstlerischen Durchbruch. Sein Erstlingsroman »Die sieben Sinne« beschreibt den »sozialen Abstieg« des Firmengründers Anton Zehnacker, der trotz vielfältiger Begabung, Fleißes und eines gesunden moralischen Empfindens den Wolfsgesetzen des kapitalistischen Konkurrenzkampfes unterliegt und seine berufliche Existenz, seine Familie und seine Ehre verliert. Das Buch widerspiegelt die Katastrophenstimmung und die Niedergangsängste, von der infolge der Weltwirtschaftskrise breite Kreise des deutschen Bürgertums erfaßt waren. Es fand daher nicht nur zahlreiche Leser, sondern auch die Anerkennung führender Vertreter der sich entwickelnden proletarisch-sozialistischen Kultur (s. Käthe Kollwitz, Erich Weinert und vor allem Johannes R. Becher, der ihm fortan ein väterlicher Freund und Ratgeber wurde). Gleichwohl ist unverkennbar, daß der

---

47 Lexikon der Weltliteratur, Bibliographisches Institut, Leipzig 1979.

Blick des Autors durch die bürgerlichen Schranken seiner Herkunft getrübt ist und ihm eine Analyse der kapitalistischen Gesellschaft auf der Grundlage des historischen und dialektischen Materialismus (noch) verwehrt ist: Zehnacker kann seinen wirtschaftlichen Bankrott, die Verachtung seiner von bürgerlichen Moralvorstellungen geprägten Familie und die Trennung von der Bankierstochter Carolin Viererbe nur als Niederlage, nicht auch als Chance verstehen. Obwohl er durch seine Verarmung gezwungen ist, Kontakt mit Vertretern der werktätigen Massen (wie dem kommunistischen Rechtsanwalt Godeknecht) aufzunehmen, schließt er sich nicht der Arbeiterklasse an, sondern ergibt sich den dekadenten »Vergnügungen« einer historisch zum Untergang verurteilten Klasse, bis er schließlich, auch moralisch ruiniert, seinem Leben ein vorzeitiges Ende setzt. Insbesondere dieser letzte Teil des Romans ist trotz zahlreicher gelungener lebensvoller Schilderungen nicht frei von Formen und Inhalten der kapitalistischen Schund- und Schmutzliteratur. – Bereits in Berlin machte N. die Bekanntschaft hervorragender Vertreter der sozialistisch-realistischen Literatur und der kommunistischen und Arbeiterbewegung (Johannes R. Becher, Stephan Hermlin, Erich Weinert), die ihm den Reichtum des Marxismus-Leninismus auf dem Gebiet von Kunst und Kultur erschlossen. Während er literarisch zunächst noch Positionen des bürgerlichen Ästhetizismus verhaftet blieb (formalistische Gedichte, die er selbst vortrug), ist seine politische Unterstützung beim Kampf um ein breites antifaschistisch-demokratisches Bündnis Ausdruck eines Reifeprozesses, der ihn in den nächsten Jahren zu den künstlerischen Positionen des Sozialistischen Realismus führte. Ausschlaggebend hierfür waren auch die Erfahrungen, die er in seiner Emigration zunächst in Prag und dann in der Sowjetunion sammelte. Verfolgt von den Schergen der faschistischen Diktatur, schloß er sich dem heldenhaften Kampf der Sowjetunion und der deutschen Kommunisten gegen die braune Barbarei an. Daran konnten auch bedauerliche Repressalien infolge falscher Anschuldigungen in den späten 30er Jahren nichts ändern. Den ihm verliehenen Literaturnobelpreis nahm er wegen der mit der Preisverleihung verbundenen antisowjetischen Hetze nicht an. Dieser Umstand wurde von der faschistischen und monopolkapitalistischen Presse zum Anlaß genommen, eine noch zügellosere Verleumdungskampagne gegen die UdSSR zu entfachen. Konsequenz des ideologischen Klärungsprozesses war N.s Entscheidung, nach der Befreiung durch die ruhmreiche Sowjetarmee am Aufbau des Sozialismus auf deutschem Boden teilzunehmen. Erst hier, unter den Bedingungen der Arbeiter- und Bauernmacht und der Entwicklung der sozialistischen Demokratie, fand er jene Arbeitsbedingungen vor, die ihn zu den Höhen künstlerischer Meisterschaft führten und zur realistischen, klassenbewußten Darstellung der Kämpfe unserer Zeit befähigten. Ausdruck dessen ist vor allem sein meisterhafter Roman »Kempelen und der Automat« (1978). Die Geschichte des ungarischen Adeligen, der einen »Schachautomaten« konstruiert und damit die gekrönten Häupter im Europa des 18./19. Jahrhunderts zum Narren hält, ist ein meisterhaftes Gleichnis auf die Kraft menschlichen Erfindungsgeistes. Am Ende des Romans deutet sich der beginnende Triumph der russisch-sowjetischen Schachschule an. Auch auf kulturpolitischem Gebiet beteiligt N. sich lebhaft und in herausragenden Positionen am umfassenden Aufbau der sozialistischen Gesellschaft, so als Gründungsrektor und heutiger Ehrenpräsident der Akademie für Sozialistische Literatur in Potsdam-Babelsberg und als Präsidiumsmitglied des Schriftstellerverbandes der DDR. Seine wegweisende künstlerische Leistung war Anlaß zahlloser Ehrungen im In- und Ausland und zudem Auslöser einer Kinder- und Jugendbewegung, die unter seinem Namen jungen sozialistischen Dichtern eine erste künstlerische Heimat gab (sog. »Nesselkönig-Zirkel« der Freien Deutschen Jugend). Aus Anlaß seines 50. Geburtstages im Jahre 1960 wurde ihm als erstem Kulturschaffenden der DDR der neugeschaffene Preis »Künstler des Sozialismus« verliehen.

*

Nesselkönig, Victor[48] (Künstlername, tats. Name u. Herkunft umstr.), deutscher Romancier, Erzähler und Lyriker. Geb. um 1910. Seine Vita ist weitgehend unerforscht, zumal der Autor selbst nur lückenhafte und widersprüchliche Angaben macht. Für Nachfragen steht N., der seit 1953 zurückgezogen in Ostberlin lebt, nicht zur Verfügung. Zweifel an seiner Iden-

---

48 Lexikon deutschsprachiger Schriftsteller, Suhrkamp Verlag, Frankfurt a. M. 1985.

tität und seinem Überleben im Moskauer Exil erwiesen sich gleichwohl als unbegründet. – Im Herbst 1931 tauchte N. plötzlich in der Berliner Literaturszene auf und schloß die Bekanntschaft des anarchistischen Autors und späteren KPD-Funktionärs Cornelius Eigengast, durch dessen Vermittlung N.s erster Roman »Die sieben Sinne« 1932 bei S. Fischer verlegt wurde. Das Buch stellte neben Remarques »Im Westen nichts Neues« den größten literarischen und kommerziellen Erfolg der Weimarer Republik dar (23 Auflagen bis 1933, Übersetzungen in mehr als 20 Sprachen). In der Beschreibung eines charakteristischen Kleinunternehmerschicksals, der mit den Wert- und Qualitätsbegriffen, die ihm sein Vater aus der Kaiserzeit überliefert hat, den väterlichen Betrieb vergeblich über die Zeit von Inflation und Weltwirtschaftskrise zu retten versucht, beweist N. eine Meisterschaft der Beobachtung und Schilderung und eine Fähigkeit zur symbolträchtigen, geradezu philosophischen Gestaltung, die in der deutschen Romankunst allenfalls von Thomas Mann erreicht wird. Fast noch erstaunlicher ist, daß der junge Debütant nicht nur alle Register klassischer Erzählkunst zieht, sondern auch stilistische Neuerungen der literarischen Moderne (Überblendungen, Einsatz dokumentarischer und scheindokumentarischer Mittel, Vulgärsprache, Collagen-Technik u. s. w.) souverän beherrscht und einsetzt. Vor dem Hintergrund von N.s Neigung, seine eigene Identität zu verbergen, führte die erstaunliche Brillanz des Buches sogar zu (unbegründeten) Spekulationen, es handele sich um das Werk eines anderen, bereits berühmten Autors oder um ein Gemeinschaftswerk etwa von Erich Kästner und Kurt Tucholsky. – Um dem Erfolgsdruck nach seinem spektakulären Debüt auszuweichen, wandte N. sich nun zunächst kleineren Formen (Kurzerzählungen in diversen deutschen Literaturzeitschriften, Gedichte) zu. Der Reiz seiner Gedichte erschloß sich wohl nur in seiner eigenen Interpretation. Unter Einsatz von Mitteln des Theaters (Licht, Masken) und der Pantomime führte er sein lyrisches Œvre noch im Februar 1933 im Berliner Titania-Theater auf, wo es zu antisemitischen Tumulten nationalsoz. Kräfte kam. Von diesem früher unterschätzten Teil seines künstlerischen Schaffens existieren nur noch Berichte und Beschreibungen von Zeitgenossen. Die Kurzgeschichten und Erzählungen, die seit 1931 zunächst verstreut in bedeutenden deutschen und internationalen Zeitschriften, später gesammelt in der DDR (1959) erschienen, zeigen einen vielseitigen Autor, der durch die Vielfalt der bearbeiteten Sujets und der verwendeten Stilmittel verblüfft. – Wie schon in seiner Berliner Zeit bleibt er auch im Prager Exil (wohl seit Frühjahr 1933) zunächst zurückgezogen, weswegen biographische Details dünn gesät sind. Ungeklärt bis heute sind insbesondere die Umstände und Hintergründe seiner Flucht nach Moskau, die angesichts seiner bis dahin geübten politischen Abstinenz, der antisemitischen und antiintellektuellen Repressalien unter Stalin und der künstlerischen Möglichkeiten, die ein Autor seines Ranges in der freien Welt gehabt hätte, bis heute Rätsel aufgibt. Die Verleihung des Literatur-Nobelpreises 1938 erschien zwar angesichts des Alters des Autors als verfrüht, ist aber im Hinblick auf das herausragende Erstlingswerk im Vergleich zum umstrittenen Rang späterer Preisträger durchaus vertretbar. Seine von der Sowjetunion und den Kulturpolitikern der Kommunistischen Internationale mit großem propagandistischem Aufwand zelebrierte Ablehnung des Preises dürfte Ausdruck sowohl beträchtlicher Repressionen seitens der sowjetischen Kulturbürokratie als auch der ideologischen Verblendung des Autors sein. Die von N. sodann veröffentlichten platten Parteinahmen für den stalinistischen Säuberungskurs lieferten nach weltweiter Kritik dem Komitee den willkommenen Vorwand für die Entscheidung, dem bereits ausgewählten Preisträger die Ehrung zu versagen (die daraufhin an Pearl S. Buck verliehen wurde), was angesichts der eigenen Statuten und der Tatsache, daß N.s literarischer Rang zu diesem Zeitpunkt gänzlich außer Frage stand, befremden muß. Mit der lakonischen Erklärung, er könne den Preis nicht annehmen, weil er seine ganze Kraft der Teilnahme am sozialistischen Aufbau in der Sowjetunion widmen und eine »antisowjetische Hetzkampagne« verhindern wolle, weckte N. zwar Zweifel an seinem Urteilsvermögen (bis heute spricht manches dafür, daß N. unter erheblichem Druck stand und seine »freiwillige« Absage von der sowjetischen Kulturbürokratie erzwungen wurde). Es ist aber nicht zu übersehen, daß N.s Affront das Nobelpreiskomitee aus einer nicht geringen Verlegenheit befreite. – Unter dem Eindruck des Gerüchts, N. sei in einem der stalinistischen Lager verschwunden, entfaltete sich nach 1945 in künstlerischen Kreisen beider Teile Deutschlands eine Initiative, N. – wieder entgegen der Satzungen – posthum doch noch mit dem Nobelpreis zu ehren. Diesem Vorhaben wurde aber der Boden entzogen, als N. 1953 völlig überraschend in Moskau auftauchte und seine Übersiedlung in die Ostzone bekannt gab, wo er seitdem lebt und arbeitet. Die zahlreichen Rätsel seiner Biographie blieben ungelöst, weil N. sich zwar nicht scheute, dem Propagandaapparat der SED zur Verfügung zu stehen und von den Ostberliner Machthabern zahlreiche Auszeichnungen entgegennahm, sich aber ansonsten mehr und mehr zurückzog. So verzichtete er bald auf das Amt des Präsidenten der von ihm federführend ins Leben gerufenen »Akademie für Sozialistische Deutsche Literatur« in Potsdam. Sein erster Erinnerungsband erschien 1954 mit Lobeshymnen auf Stalin und das politische System der Sowjetunion, die in späteren Auflagen fehlten. Der avisierte zweite Band ist bislang Ankündigung geblieben. – Literarisch konnte N. nicht an seine Leistungen der Vorkriegszeit anknüpfen. Die 1959 in einem Band zusammengefaßten Erzählungen sind jedenfalls zum größten Teil bereits vor 1933 entstanden und veröffentlicht. Die seither publizierten kürzeren Texte sind weitgehend unbeeinflußt von den Dogmen des »Bitterfelder Weges« und des »Sozialistischen Realismus«. Hier zeigt sich, daß seine Prominenz und geistige Unabhängigkeit N. eine Sonderrolle in der literarischen Landschaft der DDR einräumen, die ihn – bei zunehmender ideologischer Distanz – bis heute als eine Vaterfigur für eine neue Generation ostdeutscher Autoren erscheinen läßt. Das mit großer Spannung erwartete Romanwerk »Der Automat« (1978) wurde von der Propaganda der DDR-Kulturpolitik und des Ostblocks in einer beispiellosen Kampagne angepriesen, enthält sich aber bezeichnender Weise jeder ideologischen Botschaft, deren nachträgliche Implantation durch die offiziöse DDR-Literaturwissenschaft nicht frei von unfreiwilliger Komik ist. Der Roman über den (historisch verbürgten) ungarischen Höfling Kempelen und seinen berühmten »Schachautomaten« ist allein schon durch die Wahl seines Gegenstandes und den Verzicht auf den politisch-didaktischen Zeigefinger singulär in der DDR-Literatur jener Zeit. Bemerkenswert sind die virtuose Einfühlung in den Sprach- und Schreibgestus des 18. und 19. Jahrhunderts, die stilsichere Einbeziehung historischer Personen und Schauplätze und die gelungene Verwendung von Elementen des Abenteuer-, historischen und selbst des Trivialromans. Gleichwohl bleibt am Ende der Lektüre ein Ungenügen. Der Leser fragt sich, zu welchem Zweck ein Autor, der einst die sprachliche und erzählerische Konzentration wie kein zweiter deutscher Autor nach Kafka beherrschte, einen derartigen Aufwand an historischer Reminiszenz, burlesker Verwandlung, Verrätselung und stilistischer Imitation betreibt. Das Buch wurde daher in der freien Welt mit Interesse, aber geteiltem Echo aufgenommen, was den staatlich gelenkten Medien der DDR Anlaß war, von einer »zügellosen Hetzkampagne« gegen den Autor zu phantasieren. Daß sich N., der durch seinen literarischen Ruhm auch unter den repressiven Bedingungen des Unrechtsstaats der DDR quasi unangreifbar sein dürfte, gegen seine Vereinnahmung nicht öffentlich zur Wehr setzt, gehört zu den vielen Rätseln, die dieser Autor seinen Bewunderern bis heute aufgibt.

17

Victor Nesselkönig bestreitet, dass er Geburtstag hat, feiert ihn aber trotzdem
Dreizehnheiligen, Februar 1977

Lenin, Stalin und Breshnew fahren in der Transsibirischen Eisenbahn, als plötzlich der Zug stehen bleibt. Der Schaffner meldet: »Liebe Genossen, wir können nicht weiterfahren. Die Schienen sind zu Ende.« Die drei beratschlagen, was zu tun ist.

Lenin schlägt vor: »Wir lassen die Schienen hinter uns abreißen und sie vor uns neu verlegen.«

Stalin: »Wir erschießen den Lokführer.«

Breshnew: »Alle Genossen aufs Dach und rütteln, damit die anderen Passagiere denken, daß es weiter vorwärtsgeht.«

Politischer Witz aus der DDR der siebziger Jahre

In der Nacht vor seinem siebenundsechzigsten Geburtstag beschloss Victor Nesselkönig, dass es nicht so weitergehen konnte. Frau Träger hatte Gläser und Geschirr für die Gratulanten von der Partei, aus der Akademie und der Nachbarschaft bereitgestellt und war dann mit einem unguten Gefühl nach Hause gefahren. Victor schloss das Turmzimmer ab und stellte den Korbsessel unters Fenster, so dass er das im Mondschein liegende Ufer überblicken konnte. Dann löschte er im ganzen Haus das Licht. Seit die Kinder in Eichwalde waren, blieb er abends meistens allein. Aber zum ersten Mal seit Moskau saß er auch in der Nacht vor seinem Geburtstag allein da. In Prag hatte Lenka ihn immer ins *Imperial* ausgeführt. In den Sechzigern hatte es glanzvolle Feste gegeben, deren heimlicher Mittelpunkt Inna gewesen war. Sie hatte Borschtsch gekocht und Piroggen gebacken, exotische Delikatessen für die jungen Leute, die abends nach der Nomenklatura gratulieren kamen und die ganze Nacht für einen Tanz mit ihr Schlange gestanden hatten. Nun war sie schon sechs Jahre tot. Er hatte nicht um sie weinen können, sie hatte sich schrittweise aus dem Leben gestohlen. Geflohen. Fahnenflüchtig. Eine Krankheit, die er nur als Vorwurf verstehen konnte. Er verstand, warum sie verstummt war. Er hatte sie selbst darum gebeten. Sie hatte am Schluss nur noch vom Lager sprechen können, wo sie sich kennengelernt hatten: eine Liebe im Sozialismus.

Die Kinder würden erst in den Ferien wiederkommen. Seit Beginn des Schuljahres hatte Vivi ihm ein Dutzend Briefe geschrieben. Ab und zu überredete sie Jurek zu einem krakeligen Postscriptum. Dann starrte Victor auf die kranke Handschrift seines Sohnes, seine hölzernen Sätze, als könne dies nicht sein Fleisch und Blut geschrieben haben.

Er stand noch einmal auf und holte eine Flasche Erlauer Stierblut aus dem Keller. Als er wieder oben saß, fiel ihm ein, dass Willi Ostertag im Mai vierundsechzig geworden wäre. »Willi Ostertag!« Er sprach den Namen mehrmals laut aus, bis er vollkommen sinnlos klang. Draußen funkelte der Schnee, die Wiese ging fast unmerklich in die schimmernde, brüchige Eisschicht des Sees über. Er hatte die Heizung voll aufgedreht, ohne dass ihm warm wurde. Ihm fehlte die Kraft, im Garten Holz für den Kamin zu holen: eine unendliche, sinnlose Anstrengung. Eine Zeit lang spielte er mit dem Telefonhörer, trank dann weiter. Frau Träger hatte die Kommode abgeräumt, die Familienfotos waren verschwunden für die Blumensträuße und die Geschenke morgen. Delikatessen und Parteikitsch, schwere Bildbände und die neueste Mode: Minibücher. Von den Kindern war ein Paket gekommen, ein gestrickter Schal von Vivi (er hatte Weihnachten gesehen, wie sie damit begonnen hatte, ungläubig, dass sie sich solche Mühe für ihn machte), ein Foto von beiden. Jurek starrte angestrengt ins Objektiv, hatte aber in einer Anwandlung von Milde auf die Rückseite gekrakelt:

> »*Lieber Vater! Herzlichen Glückwunsch zum Geburtstag. Dieses Foto hat Reno mit meiner Kamera aufgenommen, der mein Freund ist und in Vivi verliebt.*«

»Ich habe aber im Mai Geburtstag«, sagte er plötzlich laut wie ein Kind, das Denken noch nicht von Sprechen trennt. Er hatte daran seit Jahren nicht gedacht, es fast vergessen, es war nur unbehaglich gewesen, das bohrende Gefühl, das etwas falsch war.

»Ich habe aber im Mai Geburtstag.«

Die Standuhr hinter ihm schien zu erschrecken und setzte für einen Schlag aus. »Ich habe aber im Mai Geburtstag!!!«, schrie er und stieß dabei die Flasche um. Während er in der Küche nach einem Lappen suchte, klingelte das Telefon. Er nahm ab, sagte aber nichts. Am anderen Ende Atmen, leise Musik. Jemand sagte zögernd: »Hallo?«

»Ja.«

»Ist da das Geburtstagskind?«

»Nein.«

»Ach nicht? Ich hatte aber … Victor, bist du das?« Weil Victor schwieg, kam die übliche Glückwunschformel. Herzliche Glückwünsche. Gesundheit vor allem. Schaffenskraft. Freude an den Kindern. Du weißt schon.

»Ich habe heute gar nicht Geburtstag«, sagte Victor, in seinem Weinrausch überdeutlich artikulierend, als spräche er mit einem Ausländer.

»Hallo Victor? Du bist …« Kämmerling. Wollte offenbar der Erste sein. Victor spähte zur Uhr. Es war Punkt Mitternacht.

»Sie sind falsch, mein Herr!!«, brüllte er und warf den Hörer auf die Gabel. Als das Telefon wieder klingelte, zog er den Stecker aus der Dose. Er trank die Neige aus der umgekippten Flasche, holte eine zweite, mit der er durch sein Haus irrte. Das Haus von Victor Nesselkönig. Man besitzt ein Haus, um jemanden hinauswerfen zu können. Er würde Nesselkönig hinauswerfen.

*

Als er aufwachte, stand Bronnen an seinem Bett. Die Situation war zu grotesk, um ihn zu fragen, wie er hereingekommen war. Im Grunde stand nie infrage, dass Bronnen einen Schlüssel besaß.

Offenbar sprach er schon eine Weile, denn Victor hatte geträumt, dass Bronnen über ihm stand und auf ihn einredete.

»Er sagt, du hättest wirres Zeug geredet. Du hast aus Versehen das Telefonkabel rausjerissen.«

»Bronnen«, krächzte Victor, ohne sich zu bewegen. Er erkannte seine eigene Stimme nicht. »Ich habe im Mai Geburtstag. Im Mai. Hast du das verstanden? Im Mai.«

»Im Lexikon steht, dass du am 8. Februar Geburtstag hast.«

»Genau davon rede ich. Das Lexikon muss geändert werden.«

Bronnen zog die Vorhänge beiseite und öffnete ein Fenster. Beißende, nach Braunkohle riechende Kälte kroch herein.

»Hörst du mich? Bronnen?«

»Ja, ick höre dich. Zieh dich an, die Jenossen kommen gleich.«

Bronnen zog einen Brief aus der Tasche. »Mein Jeburtstachsjeschenk.« Ein mit Kinderzeichnungen und einem aufgeklebten Foto geschmückter Brief. Im Bademantel beim Frühstück sitzend, las Victor folgenden in Schönschrift verfassten Text.

```
Lieber, sehr verehrter Genosse Nesselkönig,

wir, das Pionier- und FDJler-Kollektiv der Erwei-
terten Spezialoberschule in Eichwalde bitten Sie
hiermit um Ihre Unterstützung. Wir wissen, daß Ihre
rastlose künstlerische Tätigkeit und ihre umfangrei-
chen gesellschaftlichen Aktivitäten zur Stärkung des
Sozialismus Ihnen wenig freie Zeit lassen. In diesem
konkreten Fall haben wir uns aber gedacht, daß Sie
uns vielleicht gerne helfen würden. Wir alle bemühen
uns, besonders in Vorbereitung des 28. Jahrestages
unserer Republik, um besonders gute schulische Lei-
stungen und ein gesellschaftliches Leben, das einer
sozialistischen Schule würdig ist.
```

Er ließ den Brief sinken. »Wer hat denn diesen Schwachsinn geschrieben? Wird an unseren Schulen kein vernünftiges Deutsch mehr gelehrt?«

»Nicht jeder ist ein Nesselkönig.«

… versäumen aber auch nicht das Studium der Klassiker unserer sozialistischen Literatur. Insbesondere die Beschäftigung mit der Gestalt des aufrechten Kommunisten Godeknecht, den Sie in ihrem weltberühmten Werk „Die sieben Sinne" geschaffen haben, ist uns Ansporn, uns schrittweise zu sozialistischen Persönlichkeiten zu entwickeln. Bei unserer Beschäftigung mit Ihrer Biographie ist uns aufgefallen, daß Sie in ihrem Leben mit vielen aufrechten und mutigen Antifaschisten zusammengetroffen sind. Neben Johannes R. Becher, Maxim Gorki und vielen anderen Persönlichkeiten, die in der Deutschen Demokratischen Republik hoch geehrt werden, ist uns dabei der Name des bisher wenig bekannten …

Er ließ das Blatt sinken und sah Bronnen fassungslos an. Der grinste väterlich. »Du sollst nicht sagen, dass die Partei deine Probleme nicht ernst nimmt. Ursprünglich hatten wir die Idee mit deinem Namen, also … äh … *Victor-Nesselkönig-Schule,* aber der Genosse Honecker hat sein Votum eingelegt. Kein Personenkult mehr, du verstehst.«

»Veto«, sagte Victor und las mit aufgerissenen Augen weiter.

… antifaschistischen Widerstandskämpfers Willi Ostertag aufgefallen. Wir haben die Partei der Ar-

*

»Wenn du das machst …«, sagte Jurek, als er am ersten Ferien-
tag in der Tür stand. Er übersah die Hand, die ihm sein Vater bot,
Vivian fauchte im Hintergrund, drängte sich vorbei und fiel Victor
um den Hals.

»Wenn du das machst«, sagte Jurek noch einmal, »gehe ich
keinen Tag länger in diese Schule.«

»Damit triffst du nicht mich, sondern einen wirklichen Helden. Einen sympathischen, mutigen Menschen. Er hätte dir gefallen, glaub's mir.«

»Er sieht Jurek übrigens ähnlich«, sagte Vivian, als sie beim
Abendessen saßen und kicherte. Sie hatten in der Schule ein Ju-
gendbild von Willi Ostertag aufgehängt und einen kleinen Altar
eingerichtet, das Porträt auf dunkelblauem Stoff, auf beiden Seiten Pflanzkübel und eine Losung aus ausgeschnittenen weißen
Pappbuchstaben. Mit Jurek war nicht zu reden. Victor musste
brüllen, um ihn an den Abendbrottisch zu bewegen und wahrscheinlich kam er auch dann nur Vivi zuliebe. Die war längst zur
Dolmetscherin geworden. Wenn Victor seinen Sohn ansprach,
klang er hohl und förmlich, Vivi redete halblaut auf ihn ein.

»Wollt Ihr nichts von ihm wissen? Er war schließlich der beste
Freund eures Vaters.«

»Nein.«

Vivi drehte die Augen zur Decke, und fragte, das gute Kind. Und so erzählte ihr Vater, was er von Willi Ostertag wusste, von dessen Eltern, die eine Bäckerei irgendwo in Thüringen gehabt hatten, von seiner Begabung für das Schachspiel (»Er war besser als ich. Irgendwann wäre er Großmeister geworden, glaubt's mir.«), von seiner Flucht nach Prag, wo er »mich beschützt hat und deswegen sogar verhaftet wurde«.

»Wie ist er denn gestorben?«, fragte Jurek, ohne ihn anzusehen.

Victor hob die Schultern. »Die Nazis. Er hat es nicht geschafft, nach Moskau zu fliehen.«

»Ich meine, wie?«, sagte Jurek mit wollüstiger Grausamkeit. »Erschossen? Erhängt? Geköpft?«

Vivi sah ängstlich zu ihrem Vater hinüber und tatsächlich war der für eine Sekunde von einem Dämon gepackt, der ihm einflüsterte, den Tisch wegzustoßen und diesen sadistischen, seelenlosen Sohn zusammenzuschlagen

»Erschossen«, sagte er dann leise. »Er ist erschossen worden, Jurek.«

18

Eine Schule bekommt einen neuen Namen
und Victor Nesselkönig überrascht seine Kinder
Eichwalde, 5. Mai 1977

Die Erweiterte Spezialoberschule Eichwalde war kurz nach dem
Krieg im Gebäude einer ehemals berühmten Privatschule entstanden, deren Inhaber und Lehrerkollegium sich für eine Zukunft unter amerikanischer Besatzung entschieden hatten. Bis
Anfang der Sechziger waren hier die Waisen toter Antifaschisten
aufgewachsen. Die Porträts einer Generation berühmter toter Eltern, nach denen in der ganzen Republik Straßen, Schulen und
Kunstpreise hießen, hingen gerahmt und einschüchternd in der
Aula. Als die Schüler, die noch im Frühjahr fünfundvierzig in
deutschen Konzentrationslagern geboren und in Waisenhäusern
aufgewachsen waren, ihr Abitur gemacht hatten, kamen allmählich neue Bilder hinzu, Bilder von lachenden, lebendigen Menschen, Idolen *made in GDR*: Professoren aus der Arbeiterklasse, militärisch dreinblickende Olympiatrainer, Funktionäre der
zweiten Generation, nicht frei von einer koketten Neigung zum
Zweifel und zum politischen Witz. Nachwuchs für die Schule gab
es immer noch genug. Denn auch die Nomenklatura hinterließ
Waisen in einer Menge, die die Existenz der Schule rechtfertig-
te; nach den Waisen des antifaschistischen Widerstands kamen
Schüler, deren Eltern als Opfer der eigenen Partei in sowjetischen
Verhörzellen oder Lagern am Polarkreis verschwunden waren (sie
galten nominell als Waisen, obwohl der Tod ihrer Eltern katego-
risch bestritten wurde), Kinder, die man nicht förmlich um Entschuldigung bat, ja nicht einmal mit der Beteuerung beruhigte,
ihre Eltern seien unschuldig, die man aber doch versorgte und
beschützte, in dem uneingestandenen Wissen, dass es auch die
eigenen Kinder hätten treffen können. Dann die Kinder mittlerer
Funktionäre, die bei Kriegsende aus Lagern oder Zuchthäusern

befreit worden waren und nun, zermürbt und schon todgeweiht, dem neuen Staat ihre Kraft und Kinder geschenkt hatten, bevor sie nach einem Herzinfarkt selbst im Ehrenhain ihrer Kreisstadt begraben wurden. Abiturienten, die von ersten Kreissekretären und Obristen der Volksarmee abstammten, aber nicht von deren Ehefrauen, und deren leibliche Mütter man für nicht gefestigt genug hielt, den halbsozialistischen Nachwuchs zu ordentlichen Menschen zu erziehen. Später, als der zweite deutsche Staat an die grünen Tische der Weltpolitik vorgelassen wurde, kamen Waisen wie Jureks Freund Reno hinzu, Kinder von Diplomaten, Handelsattachés und Auslandsspionen, die den Risiken der nichtsozialistischen Welt ausgesetzt wurden und Flugzeugabstürzen, Lebensmittelvergiftungen oder lichten Momenten der westlichen Spionageabwehr zum Opfer fielen, Kinder von Olympiatrainern und Akademiemitgliedern, deren Eltern Krebs bekommen hatten oder unters Auto geraten waren, und schließlich Hinterbliebene heikler Familientragödien wie Daniel Crückeberg, dessen Vater mit der Dienstmakarow, die ihm als 1. Sekretär der SED-Kreisleitung zugestanden hatte, zuerst seine Frau, dann seine Tochter getötet, seinen Jüngsten verfehlt und schließlich sich selbst in den Mund geschossen und den Sohn mit der lebenslangen Frage zurückgelassen hatte, warum er verschont geblieben war.

Die Zwillinge Jurek und Vivian Nesselkönig waren nur Halbwaisen. Aber viele ihrer Mitschüler waren sogenannte *Parteiwaisen*, Funktionärs- oder Günstlingskinder, deren Eltern beide noch am Leben waren; als könne der Besuch der Schule den Adel verschaffen, den die Gründer dieses Staates im Opfer erworben hatten, als könne ein Abitur an dieser Schule den Mangel ausgleichen, nicht von Märtyrern des Sozialismus abzustammen. Immer noch war der Schule eine Exklusivität eigen, wie sie nur die Präsenz des Opfertodes verleiht. Kurz nachdem die Nesselkönig-Kinder auf die Schule gekommen waren, fiel dem Direktor ein, sich um einen neuen Ehrennamen zu bewerben. Die Schule hatte selbstredend einmal *Stalinschule* geheißen, dann *Walter-Ulbricht-Schule*, nun schwebte dem Schulleiter etwas Beständigeres vor, aber *Friedensschule* war zu pazifistisch und *Bergschule* (das Schulgebäude mit Turnhalle und Internat stand auf einem Berg über der kleinen Stadt) hätte unerwünschte Assoziationen an die Bergpredigt wecken können. Auf eine Empfehlung, deren Urheber im Dunkeln blieb, verfiel man auf einen deutschen Kommunisten, einen Genossen von Victor Nesselkönig, der den Widerstand von Prag aus an maßgeblicher Stelle mitorganisiert hatte und später in der Sowjetunion bei der Verteidigung gegen die Faschisten gefallen war, wie es hieß. Im Foyer hing ein Bild von ihm, das Porträt eines zornig blickenden Mannes im Profil, das die in ihn verliebten Mädchen der unteren Klassen an Jurek erinnerte. In komatösen FDJ-Versammlungen (Blauhemden über Rollkragenpullovern und T-Shirts aus dem Intershop) hielt jemand in immer gleichen Worten einen Vortrag über Ostertags Leben. Unter der drohenden Frage »Wer möchte seine Meinung sagen?« senkten sich die Köpfe. Der einzige, der den Propagandisten die Phrasen lieferte, die sie erleichtert an die Tafel schrieben, war Jurek Nesselkönigs Zimmergenosse Reinhardt Lehr, den alle Reno nannten und dessen Eltern als Mitarbeiter an der DDR-Botschaft in Addis Abeba bei einem Flugzeugabsturz ums Leben gekommen waren. Reno beherrschte die Litanei wie seine Muttersprache, ein Chamäleon, das immer die Sprache seiner Umgebung annahm. Die Fähigkeit zum ungerührten Phrasendreschen verschaffte ihm in der Klasse eine spezifische Autorität. Wenn niemand mehr in der Lage war, zu sülzen, warf er sich in die Bresche, wie ein einziger Junge, der im Chor singt, zwanzig Mitschüler im Stimmbruch davor bewahrt, vor der Klasse zu singen. Die Fähigkeit zur Selbstverleugnung half ihm auch, bei Vivi Nesselkönig zu landen, insofern sie ihrem Bruder gegenüber äußerte, das sei endlich mal ein Junge, mit dem man sich gut unterhalten konnte. Jurek gab das Kompliment mit dem schadenfrohen Nachsatz an Reno weiter, dass es Weibern nicht nur ums Reden ging. Gepeinigt von der Gewissheit, dass Vivi mit Crückeberg knutschte, entwickelte Reno eine Privatliturgie, um dem Mädchen seiner Träume zu huldigen, indem er sich in die *Heiligen*

Schriften ihres Vaters vertiefte. Sein Aufsatz über Victor Nesselkönigs *Sieben Sinne* wurde von dem Deutschlehrer Dr. Schiller in toto vor der Klasse vorgelesen, und Reno lauschte mit halbgeschlossenen Lidern seinem verschlüsselten Liebesbrief an Vivian Nesselkönig. Nach dem Unterricht ließ sie Reno stehen und stieg auf Crückebergs *Trophy*. Gegen Crückebergs Aura, eine Schießerei überlebt zu haben, war im nesselköniglichen Kindergarten kein Kraut gewachsen. Vivi widerstand ihm so wenig, wie ihr Bruder ihm widerstand. Kaum fort von zu Hause, hatte Jurek, Vivi zufolge, die erdnahe Umlaufbahn verlassen. An Crückebergs Seite kultivierte er einen Ruf als Außenseiter, der es darauf anlegte, von der Schule zu fliegen. Diese Kinder prominenter Eltern hatten einen Jagdschein, man wagte nicht durchzugreifen, wehrlos gegen das schlechte Gewissen, das die Partei ihren Waisen gegenüber hatte, auf der Hut vor der politischen Macht der pädagogisch entmachteten Eltern. Vom Familientisch ihrer Funktionärseltern kannten sie nur die stumpfen Werkzeuge der Diktatur des Proletariats: Auf-den-Tisch-Hauen und Gebrüll, vor dem sie sich unter dem Schutz westlicher Rockmusik auf dem eigenen Zimmer verschanzten. Es war diese hilflose Toleranz, die Jurek wütend machte – die Tatsache, dass sie an dieser Schule so taten, als sei alles erlaubt. Er nahm die Wette an, erhöhte die Einsätze. Man ließ ihn gewähren, und das verzieh er nicht.

Nach den Winterferien besuchte ein Schriftstellerehepaar die Schule und las aus einem Jugendbuch, dessen Held der junge Kommunist Willi Ostertag war. (Vivi entsann sich, dass die beiden ein paarmal nachmittags mit dem Vater zusammengesessen hatten, der ihnen erzählt hatte, was er von Ostertag wusste.) Je näher der Tag der Namensgebung kam, desto finsterer schlich ihr Bruder durch die Gänge des Schulgebäudes.

*

Am 5. Mai 1977 trieb eine Herde verlorener Wolkenschleier über den fahnenblauen Himmel. Die Sonne wärmte schon, brachte aber die Schüler, die in paramilitärischen Blöcken um den Appellplatz standen, noch nicht ins Schwitzen. Der Wind war so schwach, dass die Lautsprecher nicht knisterten und so kräftig, dass die Fahnen flatterten.

Bei den Appellproben war Direktor Fulda wie ein Großkatzendompteur hin und her gelaufen, blitzschnell sich umwendend, auf der Jagd nach einem flüchtigen Kichern, das durch die Reihen lief. *Richt' Euch! Augen geeeerrrrade – aus!!*

Am Tag X lief Fulda mit roten Wangen durch die Schulkorridore und gab den älteren Schülern die Hand. Mit einem schwarzen Volvo kam ein leibhaftiger Kandidat des Politbüros aus Berlin, ein unwohl aussehender Mann, der auf dem Weg vom Auto zu den belegten Brötchen im Lehrerzimmer jeden an sich drückte, der ihm über den Weg lief. Er praktizierte nicht die lateinamerikanische Art der Umarmung, wie man sie von Fidel Castro oder Luis Corvalan kannte, jenes einem Judogriff nicht unähnliche blitzartige Heranziehen des Genossen, gefolgt von zwei kräftigen Schlägen der flachen Hand zwischen die Schulterblätter, sondern die sowjetische Spielart, bei der die Körper der meist älteren, oft korpulenten Männer auf Abstand der angewinkelten Arme bleiben, während der eine dem anderen die Wange für einen schmatzenden Kuss hinhielt, dann mit einer schnellen Drehung des Kopfes die andere Wange und dann selbst zum Kuss übergeht. Es war auffällig, dass dieser Bruderkuss zwischen Generalsekretären mit traumwandlerischer Sicherheit klappte, während Genossen minderen Ranges (Minister, betrunkene Offiziere) nie wussten, ob sie zuerst die Wange hinhalten oder küssen sollten. So auch jetzt: Wenn der Kandidat des Politbüros sich im dichten Spalier aus Beifall und Hochrufen wieder einen Lehrer griff, legte der entweder seine Wange an die des führenden Genossen oder küsste ihn schmatzend auf den Mund.

Als die Prozession sich nach dem Frühstück auf die Tribüne des Appellplatzes schob (Beifall von den Lehrern und den Delegationen der Patenbrigaden, Schwenken von Papierfähnchen durch die jüngeren Schüler, Stillgestanden der Älteren, zu denen

Vivi, Jurek, Reno und Crückeberg gehörten) fiel allgemein auf, dass der Festredner fehlte.

»Ich sehe ihn gar nicht«, sagte Crückeberg mit zusammengepressten Lippen. »Hast du's doch geschafft, Jurek?«

Jurek stieß die Luft zwischen den Zähnen aus, während die Zunge hinter seinen unteren Frontzähnen lag, ein Geräusch, als entweiche Luft aus einem Reifen. Tsssss.

»Das ist nur die Vorband«, murmelte Reno in Richtung der rosigen Anzugträger auf der Tribüne. Sie warteten eine halbe Stunde, dann kam jemand auf die Idee, über die Lautsprecheranlage Musik einzuspielen, Ernst Buschs Knödeltenor hallte von der Turnhalle wider. Fulda trippelte mit kurzen Schritten zur Schule hinüber (nicht lokalisierbares Kichern aus dem Lehrerblock) und als er mit hängenden Schultern zurückkam, neigte er seinen Kopf zur Seite und nickte heftig zu dem, was der Parteisekretär ihm ins Ohr flüsterte. Er trat ans Mikrofon, um mit ein paar zackigen Kommandos ein Minimum militärischer Haltung im Sauhaufen der oberen Klassen herzustellen und meldete dann dem überraschten Politbüro-Genossen, dass die Schüler und Lehrer zur Namensweihe angetreten seien. Zur allgemeinen Erheiterung hielt er dabei seine rechte Hand mit ausgestreckten Fingern an den Kopf, was von Weitem so aussah, als ob er sich selbst den Vogel zeigte. Nach ihm sprach eine jugendlich wirkende Lehrerin im Blauhemd mit rotem Kopf ein Gedicht von Victor Nesselkönig (*Sonett von der Wahrheit*[49], Schulstoff 8. Klasse). Fulda übernahm wieder und nannte nun die Ehrengäste, wobei er, wenn er sich über die Funktionsbezeichnungen zum Namen durchgejubelt hatte, jedes Mal ein wenig in die Knie ging, als wolle er vom Podium auf den Appellplatz springen oder einem Wurfgeschoss ausweichen. Gerade hatte der Genosse vom Politbüro das Wort zu einigen grundsätzlichen Bemerkungen über die aktuelle Lage ergriffen, als im Rücken der zu Blöcken angetretenen Schüler das Geräusch schwerer Autoreifen zu hören war. Während die Schüler

---

49   Textbuch Literatur. Klasse 9, Verlag Volk & Wissen, Berlin 1974 ff., S. 157.

noch überlegten, ob es anging, sich unter Missachtung der Appelldressur umzudrehen, drängelte sich der Direktor neben den Redner ans Mikrofon und schmetterte wie ein Sportreporter: »Wir begrüßen nun den weltberühmten Schriftsteller und ... äh ... unseren Genossen Willi Nesselkönig!«

»Victor«, murmelte es aus dem Lehrerblock.

»Er lebe hoch! Hoch! Hoch!«, trompetete Fulda von hinten, und während die Menge zögernd und mit Verspätung einfiel, drehte Crückeberg sich zu Jurek und grinste ihn auf eine Weise an, die das Ausdrucksvermögen der Sprache auf die Probe stellte – Schadenfreude war darin, aber auch Mitleid, etwas wie: Ich weiß, wie du dich fühlst, aber das musst du jetzt aushalten.

Unterdessen hatte sich Nesselkönig, von Beifall eskortiert, von entgegengestreckten Händen aufgehalten und dem Umarmungsversuch des Politbürokandidaten am Eingang der Tribüne zum Gaudium der Schüler erschrocken ausweichend, in die Mitte der ersten Reihe gedrängt. Es entstand eine ratlose Pause wie immer, wenn im Drehbuch eine Seite fehlt. Unten auf dem Platz Kichern und Murmeln. Ein markerschütterndes Rückkopplungsgeräusch brach sich an den Häuserwänden. Die Lage löste sich wie von selbst, als Victor, in der grundsätzlich richtigen Annahme, dass alle nur auf ihn gewartet hatten, das Mikrofon ergriff – wieder der gellende Ton, Stöhnen und Kichern unten – und, einen kleinen Zettel in der Hand, auf den er keinen einzigen Blick warf, zu sprechen begann: »Liebe Freunde«, sagte er und machte instinktiv den ersten Punkt, weil er nicht damit begann, noch einmal die Litanei der Ehrengäste herunterzubeten, die ihm allerdings auch nicht vorgestellt worden waren. Nach den ersten Sätzen ließ das Gemurmel auf dem Platz nach: »Um damit zu beginnen: Ich finde es gut, dass ihr eure Schule nicht nach irgendeinem berühmten Menschen benannt habt. (Lautes Klatschen eines Einzelnen aus einer hinteren Reihe der Lehrer.) Und wie hätte das auch geklungen: Victor-Nesselkönig-Oberschule! (Lachen und Beifall) Nein, der Mann, dessen Namen ihr euch ausgesucht habt, hat jede Ehre verdient. Er ist sehr jung gestorben. Bedenkt immer, dass, wenn ihr Willi Ostertag gewesen wärt, ihr von heute an vielleicht noch sieben oder acht Jahre zu leben hättet, weniger als eure bisherige Schulzeit. (Das war für Jurek und Vivian gesprochen, jedenfalls empfand Reno es so. Jurek starrte auf seine rechte Schuhspitze, die wie aus eigenem Antrieb im Schotter wühlte.) Er war ein Mensch mit wunderbaren Gaben, scharfsinnig, originell, mutig, opferbereit. Soweit ich weiß, hat er keine Verwandten hinterlassen, aber ich bin sicher, dass er sich freuen würde. Und ich bin mir gewiss …«, Nesselkönig zögerte einen Moment, »dass er mir erlaubt hätte, euch, eurer Schule seinen Namen zu verleihen.«

Man entsann sich von fern seiner Stimme, aus dem Radio vielleicht. Die Überraschung, dass es ihn wirklich gab, nahm das Publikum ebenso gefangen wie seine spröde, kalkulierte Bescheidenheit und seine von Rührung belegte Stimme. Das Tuscheln und Kichern unter den Schülern hatte aufgehört. Er sprach jetzt über seine Begegnung mit Willi Ostertag: Wie sie sich in Prag getroffen und die Zeit in Schachcafés totgeschlagen hatten, wie Willi einmal, als die Polizei hinter ihm hergewesen sei, sich an seiner Stelle habe verhaften lassen und wie er durch die Solidarität tschechischer Genossen wieder freigekämpft worden sei, wie Willi die russische Sprache erlernt und der Sowjetunion im Außenhandel gedient hatte und schließlich mit ihm gemeinsam nach Moskau gekommen war …

»Wusstet ihr das alles?«, murmelte Reno. Jurek schüttelte kaum merklich den immer noch gesenkten Kopf; es war nicht zu übersehen, dass gerade ein Zug seines Vaters ans Licht kam, den er nicht wahrhaben wollte. Noch nie hatte Victor mit solcher Wärme von einem Menschen gesprochen wie jetzt von diesem Freund seiner Jugend … Vivi sah unverwandt, mit zusammengepressten Lippen und glühenden Wangen ihren Vater an, entschlossen, kein Wort zu verpassen.

»Und wenn ihr mich fragt, wie Willi gestorben ist«, fuhr Victor fort, und als seine Stimme zu zittern begann, dieser große, alterslose Mann in einem Moment bereitwilliger Schutzlosigkeit, wurde die Stille auf dem Platz überirdisch: »Dann … Ich muss euch sagen, ich weiß es nicht. Und manchmal denke ich: Er könnte noch am Leben sein. Willi: Wenn du das noch erleben könntest.« Tief bewegt, neigte Victor den Kopf, als erwarte er einen Urteilspruch und trat dann einen Schritt zurück. Panische Ratlosigkeit bei der Regie auf der Bühne.

In einer Gesellschaft, in der Beifall und Jubel bestellt und prompt geliefert werden, ist nichts so kostbar wie Schweigen. Die Stille verbreitete sich über den Platz, ließ die Vögel verstummen, lähmte endlich auch das Gewusel fragender und unterwürfiger Blicke, das Geflüster und Gezischel auf der Bühne. Jemand schluchzte im Lehrerblock. Niemand lachte. Für einen Moment standen die oben auf der Tribüne und die unten und gedachten gemeinsam eines jungen Mannes, der bis eben nur ein Name für sie gewesen war.

»Ich weiß es übrigens«, sagte Jurek lauter als nötig, als sie nach dem Appell durch das Portal mit dem neuen Namensschild zurück in die Schule strömten.

»Was denn?«

»Wie er gestorben ist.«

»Wie denn?«

»Er ist erschossen worden. Und ich weiß auch, wer ihn umgebracht hat.«

19

Ein Kritiker begeht die übliche Gemeinheit, den ersten Roman eines Autors gegen den zweiten auszuspielen
Bundesrepublik Deutschland, 1978

Wahrhaftigkeit, Amoral und Erzählkunst[50]
Victor Nesselkönigs zweiter Roman erzählt nicht vom Bankrott seiner Helden, sondern von dem seines Schöpfers

(deWitt/FAZ) Vor sechsundvierzig Jahren hat Victor Nesselkönig für den letzten literarischen Paukenschlag der sterbenden Weimarer Republik gesorgt. Seinen Reigen von grundehrlichen Bankrotteuren, halbseidenen Familienvätern und anständigen Halbweltfiguren der ersten deutschen Republik, über den Kleinunternehmer Anton Zehnacker, der über dem perfekten Krimi tüftelt und dabei das perfekte Verbrechen entdeckt, dessen Ausführung aber am Gelde, nur am Gelde scheitert, lasen im Fieberjahr der deutschen Demokratie 1932 so viele Menschen, daß man von einem Wunder sprechen muß. Denn sie erkannten sich darin wieder, die Gescheiterten und Verzweifelten: In den Bankrotteuren, die, obwohl oder gerade weil sie geschäftstüchtig, vorsichtig, sogar ehrbare Kaufleute waren, am Ende in den Strudeln des launischen Marktes untergingen, in den Arbeitern, die ihr Geld für Bücher ausgaben statt für Schnaps, sich in der Gewerkschaft engagierten und doch nur die Verachtung ihrer Klassengenossen ernteten, den Advokaten, die vor den Schranken des Gerichts von Gerechtigkeit sprachen, auf den Fluren dafür ausgelacht wurden und am Ende ihre Rechnungen nicht mehr bezahlen konnten. Nesselkönigs Helden waren nichts weniger als geld- oder karrieregierige Abenteurer; es gelang ihnen ihr Handwerk, die Er-

---

50 *Frankfurter Allgemeine Zeitung*, 1.12.1978, S. 15 f.

ziehung ihrer Kinder, die Liebe und selbst die Ehe; doch am Ende des Buches und der Republik waren sie auf das demütigende und freiheitsberaubende Schicksal auswegloser Verschuldung zurückgeworfen, aus denen nur noch der kollektive Exzeß des Dritten Reiches Rettung versprach.

Die mitunter etwas aufdringliche Botschaft des Buches, daß Geld alles zerstört, hat seinen Autor schon vor 1933 zum Zitierheiligen der deutschen Kommunisten gemacht, und zwar auch ohne die unvergeßliche Gestalt des kommunistischen Rechtsanwalts Karl Schlagetoth (sic!), der, als der Tüchtigste von allen, am tiefsten fällt und mit dem verhinderten Bankräuber Zehnacker eine Gefängniszelle teilt.

Bedauerlicher Weise hat der Autor die etwas penetrante Lehre seines Romans, daß sich auf Geld weder Glück noch Weltanschauung gründen läßt, nicht beherzigt. Oder besser gesagt nur zum Teil beherzigt, indem er es vorzog, in einer Gesellschaft zu leben, die die Macht und Vernunft des Geldes leugnet und ihre Bürger mit dem Papiergeld der Ideologie abspeist. Nun aber, das ist nicht zu übersehen, haben Autor oder Verlag oder beide offenbar nichts im Sinn gehabt als die Wiederholung jenes kommerziellen Erfolges. Man erinnert sich: Binnen nicht einmal zehn Wochen übertrumpfte der Roman – »Die sieben Sinne« wohlgemerkt – die Verkaufszahlen von »Im Westen nichts Neues«, um dann endgültig zum Wunderbuch zu werden, als er (scheinbar, versteht sich) die Ergebnisse der Reichstagswahl im November 1932 fast auf die Stelle hinter dem Komma voraussagte. Und als die amerikanische Übersetzung dem Verfasser ein zweites Vermögen bescherte, konnte er gewissermaßen zusehen, wie das Bietergefecht um die Filmrechte zwischen Hollywood und UFA jene Geldsummen auf sein Konto spülten, die im Roman seinen Helden aus der Tasche gezogen werden.

Geschrieben hat er seither wenig, im Wesentlichen nur solide gearbeitete, etwas blutarme Gedichte, die man unter der Rubrik »Alterswerk« subsumieren mag, auch insofern dieses Wort eine gewisse

Nachsicht impliziert. Sie genügten dem gutwilligen Geschmack idealistisch gestimmter Abiturienten ebenso wie den sozialistischen Kulturrichtern beiderseits der Mauer und erschienen in für die Ostzone geradezu dekadent prachtvollen Ausgaben. Sein Erfolgsroman fehlt in keinem einzigen Schulbuch dieser und jener anderen Welt, das sich mit neuerer deutscher Literatur beschäftigt, so daß auch kein einziger Abiturient des Arbeiter- und Bauernstaates um das Vergnügen gebracht wird, wenigstens entschärfte Auszüge der »Sieben Sinne« im Lichte der marxistisch-leninistischen Literaturwissenschaft zu studieren. Ob letzteres seine Popularität gestärkt hat, darf füglich bezweifelt werden, sind doch (mit Verlaub) schon bedeutendere Autoren von eifrigen Lehrplanmachern und willfährigen Deutschlehrern zuschanden geritten worden. Die Verkaufszahlen von N.s Lyrik im freien Westen als schwach zu bezeichnen, wäre euphemistisch, der Kreis seiner Käufer und Leser ist wohl mit auf Vollständigkeit programmierten Bibliothekaren, Literaturkritikern und alten Freunden und Feinden vollständig ausgemessen.

Nun also: »Der Automat«. Rez. gesteht, daß die etwas umfänglich geratene Vorrede der Ratlosigkeit entspringt, etwas zu diesem Buche zu sagen, das gerecht, schlüssig und womöglich noch geistreich ist. Ob es (das Buch) gelungen ist? Nein. Nein, nein und nochmals nein! Es ist ein erschütternd unbeholfener Versuch, die Geschichte von der Katharsis, die in der Verwandlung liegt, ins Historische zu wenden. Die Charaktere? Pappkameraden. Die Dialoge? Die Dialoge! Warum schreibt der Mann, dem wir die lebendigsten Gesprächsschilderungen deutscher Zunge neben (oder noch vor) Döblin und Tucholsky verdanken, der die Kunst, Dialekt, Slang und Alltagssprache fernab jeder Folklore lebendig zu machen, wie kein zweiter verstand, dessen Wortwechsel die Handlung vorantrieben und erleuchteten – warum schreibt der Mann Dialoge in Hochdeutsch? Mit der Syntax von Abschnittsbevollmächtigten? Der Wortarmut von Fußballtrainern? Wohlgemerkt, die da sprechen, sind eben keine amerikanischen Germanisten, keine ostdeutschen

Polizeihelfer, keine Bundesliga-Übungsleiter. Die Handlung? Eher eine Bühne, auf der ständig Kulissen hin und her geschoben werden, um Unstimmigkeiten der Fabel zu verbergen. Konzipiert ist das Ganze erkennbar als das, was devote Rezensenten »breiten Erzählstrom« nennen würden. Indeß, sie irrten. Es soll wohl ein Marionettentheater sein, bei dem alle erst am Ende bemerken, daß einer an allen Fäden zieht. Man bemerkt es jedoch schon Ende des zweiten Kapitels. Da hat man noch siebzehn Kapitel vor sich, vierhundert Seiten und keine einzige Überraschung. Es ist, als habe dieser Autor, der sich in den Formen der Belletristik bewegte wie ein Fisch im klaren Wasser, plötzlich Germanistik-Seminare besucht oder sich vor der Niederschrift auf Karteikarten die Stichworte notiert, die er nachher in Rezensionen lesen wollte – wohlan, hier sind sie: »Breiter Erzählstrom« – siehe oben. »Ständiger Wechsel der Schauplätze« – in der Tat, sie wechseln, die Schauplätze, offenbar auf der Flucht vor fußlahmen Pointen. »Charakterisierung der Figuren über ihre Sprache« – wie schlechte Schauspieler, die auf Chinesisch (oder besser: Russisch?) spielen, allerdings ohne die Sprache zu kennen. »Motivwahl spiegelbildlich zum ersten Band« – gebe Gott, daß der erste Band niemals in diesen Spiegel blickt. Übrigens gibt es – Rez. vergaß zu erwähnen, daß der titelgebende »Automat« der berühmte Schachautomat des Barons Kempelen ist – auch eine Schachpartie, die ein kundiger Leser nachspielen kann. Zweifellos erhöht dieser Kunstgriff den Gebrauchswert des Buches ungemein, so wie etwa ein gutes Kochrezept in einem schlechten Roman über manche Schwäche der Konstruktion hinwegtröstet. Allein – falls der Autor damit seine vielfach verbürgte Begabung für das königliche Spiel in Erinnerung rufen wollte, ist auch dieser Versuch nicht frei von Peinlichkeit. Wie der bekannte Wiener Schachhistoriker und -philosoph Ferdinand Ferrero-Holtzvogel versichert, ist selbst die Partie schlicht gestohlen. Ein junger Mensch namens Ostertag hat in der Thüringer Jugendmeisterschaft 1931 eine identische Partie gegen einen Spieler namens Goldmann gewonnen. Wer es nicht glaubt, mag nachlesen in der »Deutschen Schachzeitschrift« Heft 5/1931. Man könnte darüber die Schultern zucken, wenn es nicht so symptomatisch wäre: Der ursprünglichste, traumwandlerische Erzähler seiner Zeit, dem man jede künstlerische Freiheit dankbar abnahm, nicht nur verzieh, ist unter das narrative Diktat der Planwirtschaft und die Diktatur des literarischen Lumpenproletariats getreten, in die Welt der knappen Erzählressourcen, wo lebensvolle Konflikte zu Tode agitiert, freiheitsliebende Romanfiguren in die Ketten des historischen Materialismus gelegt und gute Ideen auf der Flucht erschossen werden. Es ist das Diktat einer Parteilichkeit, die mit der Kunst keine Gnade kennt und unter den Künstlern keine Gefangenen macht. Es ist verräterisch, wie oft in diesem Buch von Wahrheit die Rede ist, so oft und an so aberwitzig unglaubwürdigen, verlogenen Szenen, daß man fast schon wieder an einen besonders aparten Kunstgriff glauben will. Victor Nesselkönig war ein großer Autor.

*

Der Mann, der gerade gelesen hatte, dass er einst ein großer Autor gewesen war, ließ die Literaturbeilage sinken und schloss die Augen. Der Duft guter Druckerschwärze stieg ihm in die Nase, die mattseidige Oberfläche westlichen Zeitungspapiers schmeichelte seinen Händen. Und diese Anmutung von Luxus und großer Welt machte ihn noch wütender. »Na?«, sagte er. »Hab ich's nicht immer gesagt? Verdammte, elende Scheiße. Ich hab's euch doch immer gesagt.«

Unter den Fenstern des Verlages *Fortschritt & Wahrheit* lag eine winterkahle Pappallee, die, den *antifaschistischen Schutzwall* um des Bildes willen einmal weggedacht, direkt in die Wüste führte, die früher der Potsdamer Platz gewesen war. Raben hüpften über die Straße, die dank des verfassungsmäßig garantierten Rechts auf Arbeit leer wie die Antarktis war.

»Es ist aus.« Victor sah Kämmerling verächtlich an.

»Gar nichts ist aus.« Das war Bronnen, aus dem Halbdunkel im Hintergrund des Zimmers. »'n schlechter Roman is immerhin ooch 'n Roman.«

»Ein schlecht rezensierter Roman«, sagte Kämmerling und strich sich sein Haar nach hinten. Er war am Fenster auf und ab gegangen, während Victor den Verriss gelesen hatte. »Ich verwahre mich dagegen …«

Victor wandte sich müde von ihm ab und spähte ängstlich auf den Stapel ausländischer Zeitungsausschnitte auf dem Tisch. Auch Kämmerling warf einen vorsichtigen Blick darauf. »Sie sind nicht alle so schlecht«, sagte er. »Viel … Respekt dabei. Auch Unverständnis.«

»Aah. *Unverständnis!* Und *Respekt!* Kann man auch Mitleid sagen?«

Bronnen winkte ab. »Ihr versteht nich, worum es jeht. Vielleicht isser nich jut. Ick hätte …«, – eine Geste koketter Selbstbezichtigung – »ick *habe* es nich jemerkt, aber vielleicht …«

»Wofür hat man eigentlich einen Lektor?«

Bronnen kam Kämmerling zuvor. »Es werden andere Besprechungen erscheinen. Nicht nur bei uns, auch drüben, von guten, unverdächtigen Leuten.« Er nannte die Namen von ein paar westdeutschen Intellektuellen, Kämmerlings Augen leuchteten. Victor schüttelte den Kopf.

»Ick jebe ja zu«, Bronnen umkreiste, während er sprach, den Tisch, so dass Victor ihm mit dem Blick folgen musste wie ein Hund, »wir sind das zu defensiv anjegangen. Nich mutich jenuch.« Er sah durchs Fenster auf die mit Schnee gepuderten Dächer mit ihrem Wildwuchs selbstgebauter Antennen. »Es wird Proteste geben. Hetzkampagne. *Jroßer Autor aus dem anderen Deutschland.* Nobelpreis. Und so weiter und so fort.« Er hob die Hände. »Vielleicht isser nicht jut. Aber es ist ein Roman von Victor Nesselkönig. Printed in East Berlin 1978.« Er sprach die Jahreszahl auf Deutsch. Weil alle schwiegen, hatte er das Bedürfnis, noch etwas nachzulegen. »Een Roman, über den jestritten wird, international. Das is sogar een janz vorzüglicher Roman.«

»Vom literarischen Standpunkt ...«

»Vom Standpunkt des Klassenkampfes. Auseinandersetzung der Systeme, ja?«, wieder fiel Bronnen Kämmerling ins Wort. »Das is manchmal wat anderes. Wat *janz* anderes.« Victor sprang auf. »Wessen Name steht denn in der Zeitung? Meiner doch wohl? Nicht die Herren Bronnen und Kämmerling! *Ich* werde verspottet, *ich*, Victor Nesselkönig.«

»Das liegt daran«, sagte Kämmerling langsam, »dass du der Autor bist.«

»Der Jenosse Kämmerling«, sagte Bronnen, »wollte eben mal Kuchen aus der Kantine holen.« Daran war richtig, dass Kämmerling gerne Kuchen aß. Er trollte sich und schloss die Tür lauter als nötig.

Kämmerling wusste nicht, dass Bronnen sich Victor schon zur Brust genommen hatte, wegen der geklauten Schachpartie von Willi Ostertag. Er hatte einen Vortrag über den dialektischen Widerspruch zwischen künstlerischer Freiheit und Konspiration gehalten, einen Widerspruch, den Bronnen als antagonistisch bezeichnet hatte. Victor hatte geschwiegen und trotzig vor sich hin gelächelt (da konnte er noch lächeln, weil er die Verrisse noch nicht kannte). Er hatte einen befremdlichen Stolz darauf an den Tag gelegt, an Bronnen vorbei etwas in dieses weltweit beachtete Buch geschmuggelt zu haben. »Unter Schachspielern wird es sich gut verkaufen«, hatte er gesagt. Und das stimmte wahrscheinlich, mochten *FAZ* und *Figaro* und *New York Times* schmieren, was sie wollten.

Bronnen sah aus dem Fenster. Auf allen Dächern Antennen. Die Fühler des Volkes in die Welt. Bronnen machte sich nichts vor. Was von dort kam, aus dem Westfernsehen, zählte, nur das. Er wartete, bis Kämmerlings Schritte sich auf dem Gang entfernt hatten, sagte dann leise: »Du musst ihn auch ooch vastehn. Es is ja irjendwie ooch sein Buch.«

»Er hätte ja *seinen* Namen draufschreiben können, der Herr Genosse Lektor. Ich kann auch nicht leiden, wie er mich anguckt. So ... weibisch. Er hat irgendwas Weibisches, nicht?«

»Ick bin von Berufs wegen nich janz blöd.« Bronnen ging hin und her, murmelte vor sich hin, als wäre Victor auch in die Kantine gegangen.

*

Die Zeitungen auf dem Tisch hatten vor zwei Stunden vor dem Minister gelegen.

»Vorschläge, Genossen?«

»Wir könnten ihn umbringen lassen«, hatte der Genosse Halbritter vorgeschlagen, »vom Gegner.« Sein Atem rasselte, in jedem anderen Beruf wäre er seit Jahrzehnten Rentner gewesen. Es war nicht Bronnens geringstes Vergnügen, die Welt einzuteilen in Eingeweihte und Uneingeweihte. Ein Eingeweihter, dachte er mit genüsslicher Grausamkeit: Ein Todgeweihter. Vor hundert Jahren, als seine Lunge noch gesund war, war der Jenosse Halbritter ein muskulöser Arbeitersportler gewesen, der selbst in Moskaus klösterlicher Strenge nichts ausgelassen hatte, einer der kraftstrotzenden Jünglinge, deren Anblick den weltweiten Sieg des Sozialismus verhieß. Er hatte Victor durch Moskau gefahren, gab aber seit Jahrzehnten kein Zeichen der Erinnerung mehr. Er hatte pflichtgemäß vergessen. Jetzt pfiff seine Lunge zum letzten Gefecht. Die alten Jenossen starben weg und nahmen die Wahrheit mit. »Es wäre«, krächzte Halbritter, »sein letzter Dienst an der Sache.«

»Jetzt hör mal jut zu, Jenosse«, hatte Bronnen gesagt und dabei die Akte aus fünfzehn Zentimeter Höhe auf den Tisch fallen lassen, ein Geräusch wie ein Schuss, das Halbritter zusammenfahren ließ. »Wir sollten in diesem Raum nicht anfangen, unsrer eignen Propaganda zu glooben. Das is der Anfang vom Ende ...« Er hatte geredet, bis der Minister und Halbritter die Hände hoben und war dann unter Verletzung eines halben Dutzends Verkehrs-

regeln in den Verlag gerast, wo Victor und Kämmerling sich zankten wie neidische Geschwister.

*

Victor verlor allmählich die Nerven. »Wen betrügen wir denn
eigentlich?«, fragte er, nach vorn gebeugt, das Gesicht über der
Tischplatte, als versuche er, eine Schrift zu entziffern. »Die andere Seite? Es ist eine Frage von Monaten, vielleicht Wochen, bis irgendein Germanist merkt, dass dieser Text niemals ...«

»Du überschätzt den Gegner. Und du unterschätzt dich. Und
den Jenossen Kämmerling. Sie glooben uns, also betrügen wir
nich.«

»Wer glaubt uns?«

»Alle! Alle, alle, alle. Hast du irgendwo gelesen das ...«

»Natürlich nicht. Aber es gibt Witze. Worin besteht der Unterschied zwischen Shakespeare und Victor Nesselkönig? Bei Shakespeare weiß man mittlerweile, dass er nicht der Autor seiner Stü-
cke ist. Oder so ähnlich. Weißt schon, was ich meine.«

*

»Wieso Shakespeare?«, fragte Halbritter in der nächsten Minis-
terberatung. Der Minister tauschte mit Bronnen einen ratlosen
Blick.

»Das lassen wir untersuchen. Woher das kommt.«

Und Bronnen gab eine Expertise bei der Akademie in Auftrag
(dafür waren sie gut, die Jenossen Professoren), und erfuhr zu
seinem Erstaunen, dass nichts zweifelhafter war als die Urheberschaft der berühmtesten Dramen der vorsozialistischen Literatur.
Er erzählte es Victor und der bekam seine Farbe wieder. Sie tranken eine Flasche wirklich guten Rotweins aus der Militär-HO und
als sie leer war, sagte Bronnen immer wieder: »Victor ... Wir sind
die Stratfordianer. Wir sind die Stratfordianer.«

20

Der Leser erfährt über Jurek Nesselkönig mehr, als der selber weiß
Eichwalde/Berlin, 1979

Jeder erfährt nur so viel,
wie zur Erfüllung seiner Aufgabe erforderlich ist.

Tschekistenregel

HA XX Ref. 11 Mj. Lindig

Betr.: Ermittlungsbericht[51]
Durch ein Mitglied der Parteigruppe der Erweiterten
Spezialoberschule „Wilhelm Ostertag" Eichwalde erfolgen seit Ende des Jahres Hinweise auf feindlich-
negative Aktivitäten unter Schülern der Schule. Die
daraufhin eingeleiteten operativen Ermittlungen ergaben folgendes:

1. Unter Teilen der Schülerschaft, bei denen es sich
   größtenteils um Kinder bzw. Waisen von Genossen in
   verantwortungsvollen Positionen des Partei- und
   Staatsapparates, aber auch von bekannten Kunst-
   und Kulturschaffenden der Deutschen Demokratischen
   Republik handelt, ist es zu Unklarheiten über die
   führende Rolle der Arbeiterklasse und ihrer marx.-
   leninist. Partei sowie zu revisionistischen und
   versöhnlerischen Auffassungen über die Verschär-
   fung des Klassenkampfes zwischen Soz. und Imp. in

---

51 Bundesarchiv für die Stasiunterlagen, Vorgang Jurek Nesselkönig.

der aktuellen Situation gekommen. Dies äußerte sich zunächst in einem Anwachsen von „Diskussionen" und „Kritik" im Zusammenhang mit aktuellen politischen Ereignissen (Hochrüstungspolitik der aggressiven NATO-Kreise, Konferenz von Helsinki, Versorgungsengpässe mit Bettwäsche und Südfrüchten). Die Situation verschärfte sich erstmals im Zusammenhang mit der Ausweisung des „Protestsängers" Wolf B i e r m a n n im Jahre 1976 und der darauf folgenden gegnerischen Kampagne unter Einbeziehung einer Reihe von Kunst- und Kulturschaffenden. Von einzelnen Schülern wurde dabei die falsche Auffassung vertreten, die Ausweisung von Bürgern sei eine Methode, die mit der sozialistischen Demokratie unvereinbar sei. Dabei wurde deutlich, daß diese Schüler (offenbar im Elternhaus) feindl.-negative Fernseh- und Rundfunksender abgehört haben.

2. Als Ausgangspunkt der feindl.-negativen Diskussionen wurde zunächst der Schüler der damaligen Klasse 10 b, Daniel Crückebergg identifiziert. Es handelt sich hierbei um den Sohn eines verstorbenen ehemaligen 1. Sekretärs einer SED-Kreisleitung, der den Tod seines Vaters offenbar nicht verkraftet hat. Die Mehrheit der Schüler und Lehrer distanzierte sich von den Äußerungen des Crückeberg. In der Folgezeit kam es aber zu provozierenden Äußerungen des Jurek N e s s e l k ö n i g (Sohn des bekannten Schriftstellers), der u. a. behauptete, sein Vater habe den „Aufruf" gegen die Ausweisung des Biermann mitunterzeichnet und sei deshalb mit einem Schreib- und Publikationsverbot belegt worden.

Eine Rückfrage bei der Hauptabteilung XX. Ref 2 ergab, daß beides nicht zutrifft. Durch den Direktor der Schule, Gen. Fulda und den Parteisekretär Gen. Schreck, wurde daraufhin eine freundschaftliche Aussprache mit dem N. durchgeführt, in der ihm die Unwahrheit seiner Behauptungen verdeutlicht wurde. N. zeigte sich uneinsichtig und blieb bei seinen Behauptungen. Ihm wurden Konsequenzen seines Verhaltens aufgezeigt, worauf er lt. Gen. Fulda antwortet: „Das ist mir egal."

3. Weitere Ermittlungen ergaben, daß der N., der aus einem sauberen und marxist.-leninist. orientierten Elternhaus stammt, offenbar seit längerem feindlich-provokativ auftritt und ihm weder das Lehrerkollegium noch seine Mitschüler entschieden genug entgegentreten. Er gilt als charakterlich labil, reizbar und westlich eingestellt. Ausdruck dessen war eine Wandzeitung zu aktuell-politischen Ereignissen, die N. auf Beschluß seiner FDJ-Gruppe zur Festigung seiner parteilichen Einstellung gestalten sollte. N. verwendete dazu zwar Ausschnitte aus soz. Presseorganen und das von der FDJ-Kreisleitung zur Verfügung gestellte Agitationsmaterial, so daß die von ihm gestaltete Wandzeitung bei oberflächlicher Betrachtung als gelungener Beitrag zur ideologischen Auseinandersetzung mit aktuell-politischen Fragen erschien. Dies führte dazu, daß die Wandzeitung nach Angaben des Gen. Fulda ca. 3-4 Wochen im Klassenzimmer (Raum 211) hing. Der Hausmeister der Schule, der K u n z e , Erich, wandte sich in der Woche nach Neujahr an den Gen. Fulda mit der Frage, ob die Wandzeitung in Ordnung sei. Er äu-

ßerte die Vermutung, daß er der Erste sei, der
sie von vorn bis hinten durchgelesen habe. Als
Grund nannte er, daß er am besagten Tag in dem
Klassenzimmer auf Heizungsmonteure gewartet habe,
die sich verspätet hätten, was ihn (aus „Langeweile") veranlaßt habe, die Wandzeitung zu lesen.
Dabei seien ihm „einige Dinge" merkwürdig erschienen. K. ist nach dem bisherigen Ermittlungs-
stand kein Genosse, aber mit der Arbeiterklasse
und ihrer m.-l. Partei fest verbunden.

Der Gen. Fulda unterzog danach die Wandzeitung
einer gründlichen Prüfung und stellte folgendes
fest:

a) Eine der verwendeten Losungen wurde wie folgt
   verfälscht: Statt „Der Marxismus-Leninismus ist
   allmächtig, weil er wahr ist", wurde geschrieben:
   „Der Marxismus-Leninismus ist wahr, weil er allmächtig ist." Hiermit soll offenbar zum Ausdruck
   gebracht werden, daß der M/L nicht die wissenschaftliche Richtschnur des Handelns von Partei und Regierung sei, sondern mit „Gewalt" und
   „Zwang" durchgesetzt werde. Der Gen. Fulda äußerte seine aufrichtige Betroffenheit, daß ihm diese
   Verdrehung bisher nicht aufgefallen sei.

b) Der N. verwendete eine eigene Losung: „Sozialismus und Demokratie sind Parallelen. Sie schneiden
   sich erst in der Unendlichkeit." Hierin dürfte
   eine feindlich-negative Äußerung zu sehen sein,
   weil behauptet wird, daß Sozialismus und Demokratie unvereinbar sind. Eine Rückfrage bei IM
   „Algebra" ergab, daß es mathematisch zutreffe,
   daß Parallelen sich (theoretisch) in der Unendlichkeit schneiden. Dies werde den Schülern je-

denfalls der Abiturstufe auch so vermittelt.[52] Mit
der genannten Losung konfrontiert, brach der IM
in Lachen aus und erklärte dann: „Das kann man
ja so oder so verstehen." Der IM wurde gebeten,
Stillschweigen zu bewahren und seine Position zu
überdenken.

c) Eine ursprüngliche Information, wonach sich auf
der Wandzeitung auch die Sprüche „Proletarier aller Länder, verzeiht mir" und „Der Prolet gilt
nichts im eigenen Land" befanden, hat sich nicht
bestätigt. Der hierzu befragte Hausmeister Kunze
erklärte, diese Äußerungen seien mit Kugelschreiber im Taschenfach einer Schulbank im Chemie-
raum eingeritzt worden. Er zeigte dem Gen. Fulda
auf Verlangen diese Bank. Dort fand sich auch
die Formulierung „Hysterischer und eklektischer
Materialismus"[53] Es handelt sich hierbei offenbar um eine Verballhornung[54] des Historischen und
dialektischen Materialismus[55] sowie der führenden Rolle der Arbeiterklasse. Der Kunze äußerte,
die Handschrift nicht zu kennen. Auch anhand der
Sitzpläne könne der Urheber nicht ermittelt werden, da lt. Gen Fulda neuerdings in den oberen
Klassen die Unsitte herrsche, daß sich jeder dahin setzt, wo er will.
Der N. wurde von Gen. Fulda in Anwesenheit des
Gen. Rose (Abt. XII) zur Rede gestellt. Auf die
Vorwürfe erwiderte er nur: „Na und?"

---

52 Handschriftliche Anmerkung am Rand: »Lehrpläne überprüfen!«.
53 Das Wort »Eklektizismus« handschriftlich mit einem Fragezeichen versehen.
54 Handschriftliche Anmerkung: Lächerlichmachung.
55 Das »d« am Beginn von »dialektisch« ist durchgestrichen und durch ein großes
    D ersetzt worden.

Nach Angaben der Genossen entstand der Eindruck, der N. wolle „seinen Rausschmiß provozieren."
Durch den Gen. Fulda wurde geäußert, daß der Mitschüler Reinhardt Lehr möglicherweise einen positiven Einfluß auf den N. nehmen könnte. Lehr, dessen Eltern beim Einsatz im nichtsoz. Ausland tödlich verunglückt sind, ist nach Information des Gen. Fulda möglicherweise mit der Schwester des N. befreundet. Über den Charakter dieser Freundschaft könne er nur Vermutungen äußern. Seines Wissens sei es in der Öffentlichkeit (Schulhof, Diskoveranstaltungen usw.) nicht zu körperlichen Berührungen gekommen.

Die Vivian N. gilt als zuverlässige, leistungsstarke und klassenbewußte Schülerin. Sie ist stellvertretender Sekretär der FDJ-Grundorganisationsleitung und beabsichtigt, später ein Studium in der Sowjetunion aufzunehmen.

M a ß n a h m e n :

I. In den SED- und FDJ-Gruppen der Schule ist der Vorfall zum Anlaß zu nehmen, die politisch-ideologische Arbeit spürbar zu verbessern. Dabei soll der Inhalt der Wandzeitung aber n i c h t erwähnt werden.

II. Es ist darauf zu achten, daß die zuständigen Klassenleiter die Anfertigung von Wandzeitungen in Zukunft ernster nehmen und Inhalt und Gestaltung vor Aushang gründlich prüfen. Danach (!) sind die Schüler anzuhalten, die Wandzeitungsbeiträge zu lesen. Hierüber sind Diskussionsveranstaltungen im Rahmen des FDJ-Lehrjahres durchzuführen.

III. Die operative Arbeit an der Schule ist zu verbessern. Im Hinblick auf das bevorstehende Abitur
des N. besteht die Zielstellung vor allem in der
Anwerbung zuverlässiger und gefestigter Personen
insbesondere im engsten Freundeskreis des gefähr-
deten Jurek N. Im Hinblick auf die Rolle seines
Vaters sind sämtliche Schritte mit der Dienstein-
heit HA XX. (Gen. Osl. Bronnen) abzustimmen.

IV. Im Rahmen der monatlichen Berichte ist allen
Informationsquellen die Frage vorzulegen, ob es
irgendwelche Äußerungen über Leben und Werk des
Dichters V. Nesselkönig gibt. Seitens der HA XX
wird eingeschätzt, daß hierzu in Zukunft möglicherweise feindliche Aktivitäten/Verleumdungen zu
erwarten sind.

V. Nach Information des Gen. Fulda wurde der Hausmeister bereits angewiesen, die Schmierereien auf
der Schulbank unverzüglich zu entfernen. Sollte
dies aus technischen Gründen nicht möglich sein,
ist die Bank auszutauschen. Der Hausmeister wurde
beauftragt, regelmäßig (alle 14 Tage) Bänke und
andere Möbel und Inventar auf feindlich-negative
Symbole oder Losungen zu untersuchen und diese
sofort zu melden. Auf Wunsch ist Gen. Kunze von
anderen Aufgaben (Reparaturen, Verteilung der
Milch usw.) zu entlasten.

Berlin, den 2. Juni 1979
Mit soz. Gruß
Mj. Lindig

21

Roger de Witt betrinkt sich mit Staropramen und verpasst einen wichtigen Hinweis
Prag, August 1980

Auf dem Klingelschild in der *Jungmannova* standen acht Namen. Auf der anderen Straßenseite blätterte ein Junge in einem Heft, neben ihm setzte sich ein Mädchen eine Brille auf. Etwas abseits stand noch ein Junge und sah so betont in eine andere Richtung, als könne er den Anblick der beiden nicht ertragen. DeWitt wandte sich wieder dem rostigen Klingelschild zu. Die Schrift war fast unlesbar. Hatte er gehofft, hier *diesen* Namen zu finden? Der Sozialismus war manchmal wie ein Stück Bernstein, es erhielten sich in ihm Relikte einer verschwundenen Zeit. Wie in den Schubladen einer alten Frau fand man hier Dinge, die in aufgeräumten Haushalten längst weggeworfen worden wären. Aber der einzige deutsch klingende Name auf dem Schild war *Dietl*. DeWitt klingelte, der Türöffner ratterte. In der zweiten Etage öffnete ein grauhaariger Mann mit rosigem Gesicht im Unterhemd und sagte gutgelaunt etwas auf Tschechisch. DeWitt sprach auf Deutsch eine formvollendete Entschuldigung und bevor er sie beendet hatte, saß er auf der Couch in Dietls Wohnzimmer. Der Hausherr öffnete ungefragt zwei Flaschen *Staropramen* und sah ihn an wie ein freundlicher Musiklehrer, dem ein Schüler ein Lied vorsingen will.

»Ich weiß, das ist etwas seltsam. Ich komme aus Westdeutschland und ich schreibe ein Buch über Victor Nesselkönig. Eine … Biografie … über den Dichter.«

»Nesselkeenik?«

»Es heißt, dass er hier gewohnt haben soll …, dass er hier gewohnt hat. In diesem Haus.«

Dietl beugte sich nach vorn und rief in nasalem Singsang etwas in Richtung Küche. Am Ende des Satzes glaubte deWitt das

Wort »Nesselkönig« zu erkennen. Wortwechsel zwischen Wohnzimmer und Küche, bis die kräftige Stimme einer wahrscheinlich älteren Frau aus der Küche den Namen wiederholte. Während Dietl ihr mit nach vorn gestrecktem Kopf etwas zurief, zwinkerte er deWitt verschwörerisch zu.

»Sie fragt, wann das soll gewesen sein?«

»1936.«

Dietl zog die Brauen zusammen, erhob sich halb vom Sofa, am Ende des Singsangs jetzt zweifellos das tschechische Wort für »1936«. Wiederholung aus der Küche, Singsang hin und her, dann wandte Dietl sich wieder ganz seinem Gast zu und sagte: »Nein. Ganz sicher nicht.«

»Haben Sie mich richtig verstanden? 1936?«

»Ganz sicher nicht. Vielleicht ein Pseudonym?«

»Ja, das ist möglich. Aber … Verzeihung, das ist über vierzig Jahre her.«

»Viele Jahre, ja.« Dietl nahm einen Schluck, prostete deWitt zu, bevor er die Flasche abstellte. »Sie hat das … wie nennt man das, das Meldungsbuch? Ja, sie hat das Meldungsbuch gefiert.« Er drehte sich um, warf eine Frage in die Küche, prompte Antwort. »Seit 1933 sogar.«

»Das wäre eine sehr wichtige Information. Verstehen Sie das? Wenn er diese Adresse nennt, und dann stimmt sie nicht?«

»Wir können Ihnen das Buch leider nicht zeigen. Es ist …« – vage Handbewegung: »Einbezogen. Von … wie sagt man auf Deutsch? Gestapo?«

»Von der Gestapo? Wann war das?«

»Vor ein paar Jahren. Zehn Jahre vielleicht.«

DeWitt starrte ihn fassungslos an. »Gestapo? Vor zehn Jahren?«

Dietl winkte ab. »Sie verstehen, tschechische Gestapo?«

Zwei Stunden später, schon auf der Straße, wie betäubt vom Staropramen, fasste deWitt sich an den Kopf. Das Meldebuch beschlagnahmt! Trotz jahrzehntelanger Recherchen war er ein Analphabet in den Gebräuchen totalitärer Regime. Aber es lag auf der Hand, dass noch der paranoideste Überwachungsapparat ein altes Meldebuch nicht ohne Grund einzieht. Des Rätsels Lösung, murmelte er mit schwerer Zunge vor sich hin. Er fror, es würgte ihn, immer wieder stieß ihm die Kohlensäure auf. Er torkelte zum Moldauufer, um sich über dem Geländer zu übergeben. Im Hotel, als der Alkohol verbrannt war, wachte er auf und dachte: Das wäre ein eigenes Thema: Alles, was garantiert nicht stimmt über Victor Nesselkönig. Erst beim Frühstück fragte er sich, warum das Ehepaar Dietl aus dem Kopf wusste, dass Nesselkönig vor vierundvierzig Jahren nicht im Meldebuch gestanden hatte.

Am nächsten Nachmittag wollte er ins Zentrum fahren, aber plötzlich blieb die U-Bahn stehen und alle mussten aussteigen. An den Ausgängen standen Polizisten in blauen Uniformen. Er glaubte, die beiden Jungen wiederzuerkennen, die vor Dietls Haus gestanden hatten, aber das Mädchen war nicht dabei. Die Leute, die vom Wenzelsplatz kamen, wirkten so aufgewühlt, als kämen sie von einem Fußballspiel. Im Café *Dukla*, wo er verabredet war, las er im Baedeker, dort stand noch der alte Name: *Goldstücker*. Die mannshohe Holzvertäfelung war schwarz vom Rauch, die bemalten Decken mit Salzflecken übersät. Aber es war noch immer ein Raum aus der k. u. k. Epoche, ehrwürdig wie ein nachgedunkeltes Ölgemälde. Das *Dukla-Goldstücker* zog die Vergangenheitssucher an, bärtige Männer in kurzen Hosen, junge Frauen in geblümten Kleidern, Rucksacktouristen aus Ostdeutschland, die sich mit roten Wangen nach Kafka und Bohumil Hrabal umsahen. Oder nach Nesselkönig? Die kümmerliche Saat seines zweiten Romans war aufgegangen und hatte ihm ein neues Publikum beschert. Nichts mehr vom falschen Marmor der Stalinzeit. Er war ein Meister des Zwischen-den-Zeilen-Schreibens, der frivolen Andeutung geworden. Für Lesezirkel in Leipzig und Jena und Samisdat-Schreiber in Berlin war aus dem Ordensträger und Staatsdichter über Nacht ein Flüsterer der Wahrheit geworden; ein seltsamer Verbündeter im inneren Zirkel der Partei. Dies Fabelwesen gedeiht in jeder Diktatur, das den Mächtigen ihre Kultiviertheit, den Mitläufern ihre Toleranz und den bärtigen Oppositionellen ihre Bedeutsamkeit beglaubigt. Auch in Prag hatte er Krumen ausgeworfen, denen deWitt jetzt nachjagte, bevor andere sie wegpickten.

Punkt sieben trat ein alter Mann an seinen Tisch und nannte seinen Namen. Professor Chaloupecky war bis zum Herbst achtundsechzig Universitätslehrer gewesen. In seinem Seminar hatte Jan Palach gesessen, der Student, der sich aus Protest gegen die Russen selbst verbrannt hatte. Seitdem lebte der Professor als Privatgelehrter von seinem Portiergehalt. Unter seiner Dienstmütze verbarg sich das Archiv dessen, was Prag einmal gewesen war. DeWitt fragte ihn bis zur Grenze des Anstands aus und Chaloupecky konnte das Ende einer Frage kaum abwarten, platzte in die letzten Worte mit immer neuen Einzelheiten. Eine lebende Enzyklopädie, voller Mitleid für Kafka, mit Hrabal bekannt. DeWitt versuchte, ihn in den dreißiger Jahren zu halten.

»Sehen Sie, Herr deWitt«, sagte Chaloupecky langsam wie ein Prediger. »Die deutschen Flüchtlinge …«, er sah auf seine altersfleckigen Hände. »Sie waren für Prag eine Plage. Es stand außer Zweifel, dass sie von ihrer Regierung auch bis hierher verfolgt wurden. Dass Deutschland früher oder später einmarschieren würde.«

DeWitt nickte in sein Glas.

»Und es ging im Grunde nur darum … immer nur darum, den Zeitpunkt zu verzögern. Dass die Deutschen kommen würden. Und dass dann die Russen kommen würden.«

»Man hat sie nicht gewollt?«

»Mein Herr!«

»Ich meine die deutschen Flüchtlinge.«

»Es gab durchaus Mitgefühl, aber vor allem Misstrauen. Es rumorte im Sudetenland, Krawalle über Krawalle. Und wissen Sie, Tschechen haben wenig Verständnis für Leute, die ihr Land verlassen. Da sind wir wie Engländer. »*Right or wrong, my country*«. Er sprach brillant deutsch und unbeholfen englisch.

»Und hätten Sie Verständnis …«

»Es kamen Tausende, viele Tausende. Politiker, Geschäftsmänner, einfache Leute.«

»Künstler.«

»Viele Künstler. Arme Schlucker meistens. Sie waren Hals über Kopf aus ihrem Land geflohen. Man hatte das Gefühl, dass das einen Grund hatte. Dass sie Grund hatten, zu fliehen.«

»Hatten sie ja auch.«

Chalopecky hob die Hände. »Die Tschechen haben es so empfunden: Ihr habt Bürgerkrieg in Deutschland. Und ihr bringt ihn zu uns, diesen Bürgerkrieg.«

Warum erzählt er mir das?, fragte sich deWitt. Er beobachtete, mit einem Ohr zuhörend, die Tür. Die kunstvoll geschliffene Scheibe hatte einen breiten Sprung. Um sie zusammenzuhalten, hatte man zwei gekreuzte Holzleisten über den Rahmen genagelt. Trotzdem bemerkte man noch den seltsamen Effekt, den die Verglasung erzeugte: Wer in die Drehtür trat, dessen Gestalt zerfiel in Farbflächen wie auf einem kubistischen Gemälde. Ihm wurde plötzlich klar, dass er diese Tür kannte. Nesselkönig beschreibt sie in seinem wunderlichen Roman, als der ungarische Konstrukteur mit seiner Wundermaschine nach Prag kommt. Er war hier!, dachte er, fast hätte er es laut gesagt. Natürlich musste er hier gewesen sein, jeder Exilant war hier gewesen. Aber es war wie eine Offenbarung, und zugleich etwas Physisches, die Fleischwerdung Victor Nesselkönigs. Hinter dem bedruckten Papier, den falschen Fährten und dürren Quellen kam etwas Lebendiges zum Vorschein, der Beweis, dass Victor Nesselkönig kein Konstrukt aus Büchern und unzuverlässigen Belegen war, keine geschminkte Propagandapuppe. Dass er tatsächlich *lebte*. Das Detail musste sich ihm vor über vierzig Jahren so eingeprägt haben, dass die poetische Imagination es ihm wieder schenkte. Victor Nesselkönig lebte. Er schrieb vielleicht in diesem Moment oder grub seinen Garten um. DeWitt wäre jetzt gern allein gewesen, um diesen Augenblick mit einem Cognac zu feiern. An einem dieser Tische hatte er gesessen. Zum ersten Mal war deWitt an einem Ort, von dem sicher war, dass Nesselkönig sich hier aufgehalten hatte, nachdem sich auch die *Jungmannova* als Fata Morgana erwiesen hatte.

Chaloupecky nickte. »Es ist nicht ungewöhnlich, dass er hier war.« Er hatte die Angewohnheit, unverdrossen vor sich hin zu reden und auf deWitts halblaute Einwürfe später zurückzukommen, als bräuchte er ein paar Minuten, um gegen den Strom der eigenen Erinnerungen zurückzuschwimmen. »Alle waren hier. Kommunisten, Sozialdemokraten. Künstler, Schieber, leichte Mädchen. Spitzel der Komintern, getarnt als Diplomaten. Wissen Sie, Lenka Gräfin Caslavska saß hier und angelte sich Jünglinge. Die Grand Dame von Achtundsechzig.« Chalopecky lachte auf eine Weise, die unter Männern als Ermutigung zur Nachfrage verstanden wird. DeWitt drehte das Glas in seiner Hand und fragte der Höflichkeit halber nach. Alles drehte sich hier um Achtundsechzig. Die Stelle auf dem Wenzelsplatz, auf der der Student Palach sich ein halbes Jahr nach dem Einmarsch der Russen verbrannt hatte, war durch nichts hervorgehoben und trotzdem konnte man sie erkennen, weil die Prager einen kleinen Bogen darum machten.

»Lenka Caslavska«, sagte Chalopecky mit Kavalierstimbre. Hier war Persönliches im Spiel. »Sie stammte aus einer steinreichen Familie. Kohlebarone und alter Adel. Eine der reichsten Familien Böhmens. Und sie ist Kommunistin geworden. In Moskau ist sie verhaftet worden, sie liebten Renegaten nicht. In den Fünfzigern kam sie zurück und wurde gleich wieder verhaftet. Sie lebte dann zurückgezogen als Bibliothekarin irgendwo in der Slowakei. Eine Art Hausarrest, hieß es. Eine bemerkenswerte, wirklich eine bemerkenswerte Frau. Als die Russen kamen, ging sie nach Paris, dort lebt sie wohl noch, falls sie nicht verhungert ist.«

DeWitt notierte sich ungeduldig den Namen. Chaloupecky drückte eine Zigarette aus. »Ja. Die Deutschen. Viele Juden. Sie saßen hier herum, verzehrten wenig und lasen Zeitung. Man erzählte sich damals, das *Goldstücker* werde von der deutschen Botschaft subventioniert. Der Reichssicherheitsdienst schätzte es, wenn er alle an einem Ort observieren konnte.«

»Das Dumme ist nur«, warf deWitt ein, »dass keiner, der hier war, Nesselkönig erwähnt.«

Chaloupecky sah gedankenvoll in die Ferne. »Er verbarg sich gern, sagen Sie?«

»O ja, das tut er bis heute. Aber wenn er jeden Tag im selben Café saß, in einem Café voller Berühmtheiten, Zeitgenossen, Leuten, die nichts zu tun hatten, als Material für ihre Memoiren zu sammeln, verstehen Sie? ... Keiner erwähnt ihn.«

»Woher wissen Sie eigentlich, dass er hier war?«

DeWitt erzählte das Detail mit der Glastür, der Professor nickte.

»Warum fragen Sie ihn nicht?«

DeWitt winkte ab und Chaloupecky nickte wieder. Der alte Mann wurde allmählich müde. Um das Gespräch in Gang zu halten, provozierte deWitt ihn ein wenig. »Sie sagen, Tschechen schätzten es nicht, ihr Land zu verlassen. Aber nach achtundsechzig ...«

Chaloupecky sah ihn böse an. »Daran ist richtig, dass die Russen ein ebenso guter Grund sind zu fliehen wie die Nazis. Und trotzdem ...« Er schwieg lange. »So etwas tut man nicht.«

In der nächsten Stunde erfuhr deWitt, dass beide Kinder des Professors seit fast zehn Jahren in Paris lebten. Die Tochter machte Musik, die ihr Vater nicht hören wollte, der Sohn Geschäfte mit dem Ostblock, von denen er nichts wissen wollte. Es wurde ein langer, vertrauter Abend, sie tranken sauren *Melnik,* und deWitt sah sich schwermütig im rauchigen Speisesaal um, als hoffte er, an einem der Tische Victor Nesselkönig zu entdecken.

22

Vivi Nesselkönig hat einen Verehrer, der auch ihrem Vater den Hof macht

Eichwalde/Dreizehnheiligen, 17./18. August 1980

Akademie für Sozialistische Literatur
»Victor Nesselkönig«
Dreizehnheiliger See
Potsdam
Der Rektor für Erziehung und Ausbildung

Sehr geehrter Herr Lehr,

ich freue mich, Ihnen mitteilen zu können, daß die
Zulassungskommission der Akademie für Sozialistische
Literatur „Victor Nesselkönig", beschlossen hat, Sie
mit Beginn des Studienjahres 1980/81 zum Studium der
sozialistischen Literaturwissenschaft zuzulassen.
Wir verbinden diese Entscheidung mit der Erwartung,
daß Sie mit hohen Leistungen, vorbildlicher Studien-
disziplin und aktiver gesellschaftlicher Arbeit
alles tun werden, um sich aktiv am sozialistischen
Aufbau zu beteiligen und unser sozialistisches
Vaterland allseitig zu stärken.
Mit soz. Gruß
Prof. Dr. habil. Olaf Sieger
Rektor

Sechsmal sozialistisch, dachte Reno, faltete das Blatt wieder zusammen und steckte es in den Rucksack, der auf dem Fußboden
seines ausgeräumten Internatszimmers stand. Es gehörte zu den

Zaubertricks dieser Schule, dass sie ihren loyalen Schülern jeden Studienwunsch erfüllte. Aber gerade dieses Fehlen jeden Widerstands trübte die Freude. Es war, als hätte über Nacht der Sozialismus im Weltmaßstab gesiegt (eine stehende Redewendung des Staatsbürgerkundelehrers Radek). Reno hatte einmal mit Vivi darüber geredet, in einem Gespräch, dessen Doppeldeutigkeit ihn frösteln ließ: über die Ernüchterung, die in erfüllten Wünschen liegt. Es war eine etwas enttäuschende Vorstellung, dass die ganze Weltkarte im Atlas rot war – oder er mit Vivi Hand in Hand spazieren ging, nachdem er ihr seine Gefühle gestanden hatte. Der Weg ist das Ziel, laut Radek die Bernsteinsche Losung des Revisionismus. Vielleicht bin ich ja Revisionist, dachte Reno.

Die Schule war zu Ende. Die gebohnerten Gänge des Schulgebäudes waren still und sauber, wie zur Erinnerung an seine Schulzeit konserviert. Dem Porträt von Willi Ostertag hatte jemand mit Kugelschreiber eine John-Lennon-Brille verpasst. Von der Wandzeitung im Foyer klaute Reno das Foto von Vivis Schulchor. In seinem Zimmer betrachtete er sein kümmerliches Gepäck, die bleichen Tapetenflecke, die die Poster hinterlassen hatten. Dieses Zimmer war sein Zuhause gewesen, der Ort, von dem er erzählen würde, wenn er etwas von sich erzählen müsste.

Aus dem Bus nach Dreizehnheiligen sah er beidseits der Chaussee Schilder: *Sperrgebiet.* Dann versperrte ein rotweißer Schlagbaum die Straße, daneben stand eine militärisch anmutende Baracke. Mit hydraulischem Zischen sprangen die Türen auf. Alle anderen Passagiere stiegen aus. Ein Mann in einer Latzhose mit weißen Farbflecken sah Reno im Vorbeigehen feindselig an und zischte etwas durch die Zähne. Neben dem Fahrer tauchten zwei Uniformierte auf. Reno holte den Passierschein für das Grenzgebiet aus seinem Brustbeutel.

»Wen wollen Sie besuchen?« Blöde Frage, nichts anderes stand auf dem Zettel.

»Nesselkönig.«

»Den Dichter?«

»Seinen Sohn. Und seine Tochter.«

Einer der Soldaten nahm den Schein an sich und verschwand damit in der Baracke. Wen besuche ich eigentlich, dachte Reno, Jurek oder Vivi? Zum ersten Mal fiel ihm auf, dass die Anfangsbuchstaben der Vornamen übereinstimmten, Victor, Vivian. Eine rührende Geste, als wollten die Eltern die Abstammung vom Vater bekräftigen. Ob Jurek das aufgefallen war? Schließlich gab es auch männliche Vornamen, die mit Wi- begannen. Winfried. Willi. Wilhelm.

Der Uniformierte kam zurück, nickte Reno zu und gab ihm den Zettel wieder. Kaum waren die Posten ausgestiegen, schloss die Tür und sie fuhren weiter.

Hinter den vertrockneten Wiesen lagen keine Dörfer, nur noch einzelstehende Höfe und kleine, verlassen wirkende Weiler, die zwischen Alleebäumen in der Hitze flimmerten wie eine Fata Morgana. Kurz hinter dem Abzweig von der Hauptstraße hielt der Bus auf dem Randstreifen, um eine Kolonne sowjetischer Armeefahrzeuge vorbeizulassen.

Beim Aussteigen im Dorf rief der Fahrer Reno etwas nach, bevor sich die Tür schloss. Reno stellte seinen Rucksack im Schatten des Wartehäuschens ab und ging über die Straße in den Konsum, wo es nach ausgelaufenen Milchtüten roch.

»Nesselkönig?« Langer Blick, von oben nach unten. »Ganz am Ende. Fast schon im See.« Genauso hatte Vivi es beschrieben. Wir wohnen fast schon im See. Es war Mittag. Aus den Fenstern zur Straße roch es nach Bratkartoffeln. Radios spielten Sender von hüben & drüben. Eine dunkle Frauenstimme, die Reno aus dem Fernsehen zu kennen glaubte, rief geduldig immer wieder einen Namen.

Als er an dem Gartentor am Ende der Straße klingelte, kam eine überraschend alte Frau aus dem Haus. Sie lief wie ein großer langbeiniger Vogel und machte mit den Armen Flügelschläge wie ein Kranich. Eine Musterung von Kopf bis Fuß, die sie nicht völlig zufriedenzustellen schien. »Sie sind ... Vivis Freund? Oder der andere?«

»Ich glaube, der andere.«

Auf dem Weg um das geräumige, aber nur einstöckige Haus in den Garten konnte Reno knapp verhindern, dass sie ihm seinen Rucksack abnahm. Der Wasserspiegel des Sees blendete seine Augen. Er drehte sich zum Haus um. Erst jetzt bemerkte er, dass aus der Mitte ein Türmchen mit Wetterfahne ragte, ein quadratisches, über dem Walmdach thronendes Zimmer mit großen Fenstern an allen Seiten.

»Sein Arbeitszimmer. Dort lebt und arbeitet Victor Nesselkönig.«

Er sah sie an, seltsam berührt von dem spöttischen Pathos in ihrer Stimme. »Willkommen in Dreizehnheiligen«, sagte die Frau. »Habe ich schon gesagt, dass ich Vivians zweite Mutter bin?«

Er registrierte, dass sie nur Vivi erwähnte, wofür es zwei Erklärungen gab: Dass sie wie ihr Mann mit Jurek im Kriegszustand lag. Oder dass Vivi ihn als ihren Gast angekündigt hatte. Sie führte ihn durch einen dunklen Gang ins Gästezimmer und ließ ihn dort allein. Wieder eine im Internat vergessene Erfahrung: In Ruhe gelassen zu werden. Das Zimmer lag in der Kelleretage, hatte aber wegen des Gefälles zum See ein Fenster zum Ufer. Das Wasser warf Sonnenflecken an die Wand. Als er durchs Fenster sah, dass Frau Nesselkönig II am Ufer saß und in einer Zeitschrift blätterte, zog er seine Jesuslatschen aus und schlich über die Kellertreppe hinauf. Den Flur entlang öffnete er lautlos jede Tür. Das Haus war unglaublich vollgestopft. Seit seinem neunten Lebensjahr lebte er in Heimen. Er wusste nicht, was sich im Laufe der Zeit ansammelt, wenn eine Familie zusammenlebt. Alte Möbel aus dunklem Holz mit geschnitzten Aufsätzen. Schmalbrüstige Bücherregale und verglaste Schränke. In den Vitrinen eine Sammlung merkwürdiger Schachspiele. Ein großes Bonbonglas, gefüllt mit Korken. Matrjoschkas und golden bemalte Holzteller aus sowjetischen Souvenirläden. Asiatische Bodenvasen, böhmisches Kristall. Wandlampen mit farbigen Schirmen. Einfarbig bezogene Kissen. Kaffeeservices hinter Glas. Umherliegende Zeitungen, Kugelschreiber, Nussknacker, Korkenzieher. Gerahmte Fotos an der Wand und in Aufstellrahmen auf den Kommoden. Bücher,

Bücher, Bücher. Das Lebensgepäck einer Familie. Ihm fiel sein leeres Internatszimmer ein. Neuerdings fühlte er sich wieder als Waise, ohne Herkunft, ohne Gepäck. Bei einer Schwester seiner Mutter standen ein paar Möbel und nicht ausgepackte Kisten, das zurückgelassene Gepäck seiner Eltern. Er befürchtete plötzlich, die Tante könne alles weggeworfen haben. In hohen verglasten Bücherschränken standen Werkausgaben, als misstraute der Hausherr allem, was unvollständig war. Auf den Kommoden und Simsen gerahmte Fotos von Nesselkönig im Gespräch mit Anna Seghers, das berühmte Bild von 1932 mit Tucholsky, das er aus dem Schulbuch kannte. Und später Nesselkönig mit Michail Scholochow, der die kleine Vivi Nesselkönig auf dem Arm hielt. Wieder fiel ihm auf, wie stark sich der alte Nesselkönig von dem jungen unterschied. In der Sowjetunion war er schmal geworden.

Seltsam, dachte er: ein Nesselkönig-Museum. Wenn man berühmt ist, stellt man offenbar Fotos von sich selbst in die Wohnung. Durch die Sprossenfenster sah er die gemähte, zum See abfallende Wiese. Im Esszimmer ein flacher Rauchertisch, auf dem noch ein Schachspiel stand. Auf der Ablage darunter stapelten sich Schachlehrbücher. Ein Wintergarten. Wo arbeitet er? Richtig, der Turm.

Dann stand er in Vivians Zimmer.

Es war unaufgeräumt. Die Unordnung machte es atemberaubend wirklich, unendlich konkreter als sein Kopfkissenkino. Er musste schlucken. Klamotten lagen herum, Shirts, BHs, ihre schwarzen Cordjeans. Haarnadeln, Deospray, angefangene Schokoladenpackungen. Zu seinem unaussprechlichem Entsetzen eine Packung Kondome und über dem Bett ein Foto von einem langhaarigen Jungen mit freiem Oberkörper. Aufgeschlagene Bücher auf dem Dielenfußboden. »Flucht in die Wolken«, das er ihr geborgt hatte, sah er nirgends.

*

Abends saßen sie ums Feuer und taten, als bemerkten sie nicht, dass die Hauptperson fehlte. So hartnäckig schwiegen sie von ihm, dass Reno sich für einen Moment fragte, ob Victor Nesselkönig überhaupt noch lebte.

»Damit das klar ist …«, Jurek nahm einen tiefen Schluck aus seiner Flasche. Das machte er immer so, wie um sich zu vergewissern, dass niemand wagte, ihn zu unterbrechen, nur weil er eine Flasche Bier austrank. Er atmete aus und wischte sich den Mund mit dem Handrücken ab. »Das wird keine Victor-Nesselkönig-Gedenkreise. Klar, Schwester?« Er warf die leere Flasche hinter sich, stand auf und verschwand hinter einem Strauch außerhalb des Feuerscheins.

»Im Unterschied zu dir schäme ich mich nicht für meinen Vater«, rief Vivi.

»Richtig.«

»Mich würde das aber interessieren«, hörte Reno sich sagen.

»Was würde dich interessieren?« Vivi klang gereizt. Jurek stolperte wieder in den Lichtkreis und ließ sich in den Korbsessel fallen. »Reno würde es auch interessieren«, sagte Vivi leise.

»Kann sich halt benehmen, unser Reno.« Das Feuer zischte, weiße Funken stoben auf den Rasen, Vivi stand auf, um sie auszutreten. Glühwürmchen irrten durch den Garten. Sie hatten den Augenblick verpasst, an dem wie auf Kommando erst die Vögel und dann, mit ein paar Takten Verzögerung, die Grillen schweigen. Aus dem Dorf kam ein wispernder Chor abendlicher Geräusche, jedes für sich allein unhörbar. Über die pechschwarze Silhouette des Hauses wanderte ab und zu ein Lichtkegel, vielleicht ein Motorradscheinwerfer, eine Garbe Leuchtspurmunition oder eine Sternschnuppe. Verwehtes Gelächter, das über den See entschwand. Drüben, am anderen Ufer, lag Westberlin. Man sah, wie es den Himmel erleuchtete, ein Kessel voller Licht.

»Es ist eure Familie, schließlich«, sagte Reno. »Was tust du so, als wäre dein Vater nicht berühmt? Man muss die Chancen nutzen, die man hat.«

»Man muss gar nichts.«

»Du weißt doch ganz genau«, sagte Vivi leise, »dass sie dich fast geext hätten. Wenn Papa nicht …«

Jurek sprang auf, das war sein wunder Punkt. Wenn sein Vater nicht gewesen wäre, wäre er nach dem Aufruhr mit der Wandzeitung achtkantig von der Schule geflogen. »Das ist Sippenhaft«, brüllte er über den See. »Ich kann nichts dafür, dass er mein Vater ist.«

»Du kannst mir nicht erzählen, dass du wirklich von der Schule fliegen wolltest«, Reno hatte das Gefühl, Vivian beistehen zu müssen.

Jurek spuckte aus, öffnete eine neue Flasche. »Ihr seid doch alle …« Er winkte ab. »Ihr habt doch in eurem ganzen Leben noch nichts anderes gemacht …« – Er drehte sich nach oben zum Haus um und brüllte: »Ihr habt doch in eurem ganzen Leben noch nichts anderes gemacht, als zu lügen.« Beim letzten Wort war seine Stimme umgekippt, ein spitzes, hohes Geräusch, er ließ sich in einen Liegestuhl fallen und starrte finster vor sich hin.

Die Ersatzmutter sagte: »Jurek, ich verstehe, dass das nicht einfach ist mit einem so berühmten Vater. Aber dafür kann er nichts.« Sie sagte es mit so warmer, mütterlicher Stimme, dass selbst Jurek ein Nicken andeutete.

»Lenka! Meine süße kleine Lenka«, rief Vivi. Die Katze schlich aus der Dunkelheit in den Lichtkreis des Feuers, sah sich träge nach Vivi um und sprang auf ihren Schoß. Das Feuer zischelte, ein haarfeiner weißer Rauchfaden stieg auf. Jurek packte Renos Unterarm. »Hörst du das?« Fernes Motorgeknatter, Trappeln wie von vielen gestiefelten Füßen, Knallen und Pfeifen aus der Richtung, in der die Grenze lag. Dann war es wieder still. Die Ersatzmutter stand jede Viertelstunde lautlos auf und ging nach oben.

»Sie ruft an, wo er bleibt«, sagte Jurek lauter als nötig.

»Wo wer bleibt?«

Jurek zuckte mit den Schultern. »Wer schon. Andere Weiber? Denk ich jedenfalls.«

Auf der Terrasse schaltete sie das Licht ein. Die Laternen beleuchteten den geschwungenen Weg zum See wie eine Planetenbahn. Jurek legte die leeren Flaschen auf dem Rasen in eine Reihe. Vivi saß mit der Katze auf dem Schoß unter der Lampe und las.

Während sie mit gelassener Regelmäßigkeit umblätterte, verbrannten über ihr zischend die Motten. Die Schule war zu Ende. Alles würde sich ändern. Wenn er aus seinem Brüten erwachte, machte Jurek höhnische Bemerkungen über seinen Vater, die die Ersatzmutter oben im Haus hören konnte. Ein fernes Käuzchen beklagte das Ausbleiben des Hausherrn. Reno in seinem wattierten Rausch überlegte, was Jurek ihm bedeuten würde, wäre er nicht Vivis Bruder. Nichts, dachte er, gar nichts.

»Ich überlege gerade, wieso wir eigentlich befreundet sind«, sagte Jurek. Es klang streitlustig. Reno schwieg. Vivi hob den Kopf. »Ja, warum eigentlich?« Sie sah Reno an, als müsse er sich rechtfertigen. Ernsthafte Fragen, von Vivi gestellt, brachten ihn aus dem Gleichgewicht. Er war darauf geeicht, etwas Unterhaltsames zu sagen, etwas Paradoxes oder Drolliges. Etwas, das sie überraschte, so dass sie langsam den Kopf hob und ihn ansah. Von einer Lehrerin, die sie beide verlachten, hatte er einmal gesagt: »Sie tut immer so, als wolle sie mir irgendwas verzeihen. Das Problem ist nur, dass es nichts gibt, wofür ich mich entschuldigen will.« Solche Sprüche waren der Humus, auf dem ihre Sympathie wuchs, leider nur Sympathie. Für sie war er und würde immer bleiben: Jureks Freund. Wie alle Mädchen, die einen Bruder haben, nahm Vivi als naturgegeben, dass sie Anspruch auf die Loyalität seiner Freunde hatte. Und so waren sie in eine diskrete, asexuelle Vertrautheit verfallen, aus der es keinen Ausweg gab.

Anders als Jurek ging er zum Pinkeln ins Haus. Aus dem Flur hörte er die Ersatzmutter leise sprechen. Sie wiederholte etwas immer wieder, dabei lauter werdend. Als sie Reno sah, kicherte sie wie auf Kommando, die Maske eines alt gewordenen Mädchens.

Auf der Terrasse blieb er stehen. Ab Herbst würde er hier studieren, am Potsdamer Ufer des Dreizehnheiliger Sees, von dem aus man nicht nur Westberlin, sondern wahrscheinlich auch dieses Haus im Sperrgebiet sehen konnte. Die Eichwaldeschüler, ob Waisen oder nicht, waren vom Wehrdienst befreit. Er ertappte sich dabei, wie er sich umsah: Dies ist ein Zuhause. Unten am See wurde Jurek laut. »Ach Sjestrotschka, dieser *Noooobelpreis*! Dafür schnüffeln sie jeden Furz weg, den er lässt.«

Als das Feuer im Sterben lag, nur noch rotglühende, aschebestäubte Holzscheite, hakten Reno und Vivi Jurek unter und führten ihn den Weg hinauf. Über ihnen stand der Sternenhimmel wie eine ferne Großstadt. Wie um sie zu trösten, fragte er die Ersatzmutter nach den *Sieben Sinnen*. Sie gab ihm aus der Glasvitrine im Wohnzimmer die Erstausgabe von 1932. Als alle schlafen gegangen waren (Vivi hatte ihm einen schwesterlichen Kuss gegeben), setzte er sich in den Lichtkegel auf der Terrasse und schlug das Buch auf. Auf dem Titelblatt war ein Stempel des Ministeriums des Innern aufgebracht. Er trank sein Bier aus und beobachtete die Raserei der Motten um die Lampe, ihre irrwitzige Beschleunigung auf immer engerer Bahn. Er sah auf den See. Es war so still, als ob er allein auf der Welt war.

»Guten Abend«, sagte jemand und trat ins Licht. Reno erkannte ihn sofort. Fotos aus der Zeitung, aus dem Schulbuch: *Deutsche Literatur der Neuzeit*. Schmale Handgelenke, aristokratische Haltung, nichts mehr vom Babyspeck der Vorkriegsbilder. Eine schneidende, auch wenn er leise sprach, militärisch klingende Stimme. Victor Nesselkönig reichte ihm die Hand über den Tisch. Fester Händeruck, Blick aus zusammengekniffenen Augen.

»Reinhard Lehr, genannt Reno«, sagte er. »Viel von Ihnen gehört.«

»Von Jurek oder Vivi?«

Die Frage blieb offen, weil Nesselkönig sich eine Flasche öffnete, dann noch eine für Reno. Sie saßen nebeneinander und starrten in die Nacht. Nesselkönig hielt das Gespräch so beiläufig in Gang wie ein Feuer, dem man ab und zu neue Nahrung gibt. Seine Fragen waren etwas steif, als habe er sie auswendig gelernt.

»Sie fahren mit nach Prag?« Ja.

»Sind Sie Vivis Freund?« Leider nicht. Nesselkönig kicherte und stieß mit ihm an.

»Schach spielen Sie nicht zufällig?« Nein, leider gar nicht.

»Und es langweilt Sie nicht, wenn die Kinder auf meinen Spuren wandeln?« Ach wo, im Gegenteil. Interessiert mich.

»Wirklich?« Wirklich.

»Ich kenne Sie übrigens«, sagte Reno und biss sich auf die Zunge, jeder Mensch kannte Victor Nesselkönig. »Ich meine ...«

»Sie meinen diese Rede? Die Namensverleihung?«

Reno nickte.

Nesselkönig stellte seine Flasche ab und legte die Fingerspitzen aneinander. »Haben Sie irgendwas im Gedächtnis behalten von Willi Ostertag?«, fragte er und spähte auf die schwarze, von Lichttupfern glitzernde Oberfläche des Sees. Undeutlicher Laut von Reno. Beide schwiegen eine Weile, dann sagte Nesselkönig: »Das ist schade.«

»Erzählen Sie mir von ihm.«

Nesselkönig drehte sich zu ihm um, fragte: »Haben Sie einen wirklich guten Freund?«

»Nein.«

»Ich auch nicht. Willi Ostertag war der Einzige.«

Reno hatte das Gefühl, eine Frage stellen zu müssen, schwieg aber, um nichts Taktloses zu sagen.

»Verstehen Sie«, sagte Nesselkönig, »ich bin der Einzige, der sich noch an ihn erinnert.«

»Haben Sie seine Familie besucht, nach dem Krieg?«

»Alle tot.«

»Kinder?«

»Was?«

»Hatte Ostertag Kinder?«

Nesselkönig zuckte mit den Schultern.

Nach Mitternacht stand Reno noch am offenen Fenster seines Zimmers. Irgendwo über ihm musste Vivi schlafen. Hier bin ich, flüsterte er. Die Nacht war fahl vom Mondlicht, eine Sommernacht in weißen Gewändern. Die Bäume standen silbern im Garten, als hätten sie ihre Rinde verloren. Über ihm wurde ein Fenster geöffnet. Nachts wachte er auf und dachte: Hier bin ich.

Beim Frühstück nahm Nesselkönig das Gespräch auf, als seien sie alte Freunde. Während Jurek finster schwieg und bei der ersten Gelegenheit vom Tisch verschwand und Vivi Lieblingskindersätze sagte, redete ihr Vater mit dem Gast, als sei der mit keinem der anderen am Tisch bekannt. Die Ersatzmutter saß auf der äußersten Kante ihres Stuhls und betrachtete Reno mit roten Wangen, glücklich wie eine Mutter, die endlich einen Spielkameraden für ihr Kind gefunden hat. Der alte Mann und der linkische Schulkamerad seiner Kinder spielten sich Stichworte zu, bedächtig und sorgfältig wie ein altes Paar, das beim Tennis darauf bedacht ist, nicht ins Schwitzen zu geraten. Reno hatte das Gefühl, gut abzuschneiden, vielleicht, weil er begriff, dass es darum ging, so zu tun, als könne er Nesselkönigs wolkigen Abstraktionen folgen. Ein nachdenkliches Nicken hier, die Wiederholung einer Wendung da: Nesselkönig verbeugte sich leicht, als wolle er sich für die Reminiszenz bedanken.

»Vivi sagt, ihr wollt auf Nesselkönigs Spuren wandeln?« Renos Befremden darüber, das er von sich selbst in der dritten Person sprach, überging Nesselkönig mit einem Lachen.

»Das Kaffeehaus aus Ihrem zweiten Roman. *Goldstücker*? Es existiert noch und heißt jetzt *Dukla*.« Das hatte er für Vivi herausbekommen, sein Geschenk an sie.

»*Dukla*.« Nesselkönig schien mit leicht geneigtem Kopf den Sinn dieser Namensänderung zu bedenken. »Tja«, sagte er, mit Fernblick. »Da haben wir gesessen ... alle.« Plötzlich drückte er den Rücken durch, nahm nun doch seine Tochter in den Blick (es dauerte ein wenig, als müsse er ein unscharfes Objektiv einstellen), dann, mit plötzlicher Schärfe: »Was wollt ihr dort?« Die Ersatzmutter nahm mit ein paar Sekunden Verzögerung die gleiche Sitzhaltung ein wie Nesselkönig, gerader Rücken, schräger Kopf.

»Reno hat auch die Adresse der Wohnung herausgefunden, die heißt jetzt ... Reno?«

»Die heißt noch genauso, *Jungmannova*. Das Haus steht wohl noch.«

Nesselkönig sah plötzlich aus wie ein zänkischer Knabe. »Ich liebe diese ... diese Archäologie nicht.«

Es gab ein kurzes Innehalten, eine Spannung, die sich unweigerlich entladen musste. Aber dann ließ Victor sich in seinen Korbstuhl zurückfallen und trank seinen Kaffee aus. Mittags stiegen Vivi, Jurek und Reno am Ostbahnhof in den Zug nach Prag. Es war der 18. August.

23

Drei junge Menschen besuchen freiwillig ein unfreiwilliges Bruderland und verstehen nur die Hälfte
Prag und Böhmen, 19.–31. August 1980

Mit dem von Hand abgeschriebenen Baedeker arbeiteten sie sich vom Zeltplatz aus zur *Jungmannova* durch. Das Haus sah heruntergekommen genug aus, um das Original sein zu können. Jurek stand abseits und starrte wie ein Bodyguard in eine andere Richtung. Vivi las albernerweise die Namen auf dem rostigen Klingelschild vor und gab keine Ruhe, bis Jurek mit seiner Praktica ein Foto gemacht hatte. Im *Dukla* blickte sie sich wehmütig in dem getäfelten Saal mit den Wandbildern, Spiegeln und Kronleuchtern um. Reno las vor:

Cafe Dukla, vormals Goldstücker. Wichtigster Treffpunkt der ab 1933 aus Deutschland exilierten Künstler und Intellektuellen, u. a. Johannes R. Becher, Willi Bredel, Hermann Budzislawski, Hanns Eisler, Fritz Erpenbeck, Alfred Kerr, John Heartfield, Oskar Kokoschka, Victor Nesselkönig, Hedda Zinner, Arnold Zweig u. v. a. Bemerkenswerte Art-déco-Ausstattung, beliebte Kulisse deutscher und tschechoslowakischer Spielfilme.[56]

Das Kristallglas der Drehtür war gesprungen und mit Brettern gesichert. Reno zeigte Vivi das Lichtspiel in den ziselierten Scheiben, den im Automatenroman beschriebenen Effekt, der jeden hereinkommenden Gast im Bauch der Drehtür in tausend Farbflächen zerlegte. Kaffee, Kipfel, wehmütige Vivi-Nesselkönig-Blicke; Jurek

---

56 Baedeker, Prag, Böhmen und Mähren, Essen 1958, von Hand abgeschrieben von Reinhard Lehr.

bestellte Bier und erfuhr, dass erst ab 16 Uhr ausgeschenkt werden durfte. Die Tatsache, dass den Tschechen am Nachbartisch welches gebracht wurde, kümmerte den Kellner nicht. Jurek blätterte demonstrativ in einer westdeutschen Zeitung, bis er merkte, dass es die Zeitung der Kommunistischen Partei war.

Auch am nächsten Tag war Vivi nicht aus dem Café fortzubewegen, in dem ihr Vater Baedeker zufolge den ersten Teil seiner Emigration verbracht hatte. Die Jungs zogen allein los, und als sie sich mittags auf den Rückweg machten, schwiegen sie, als hätten sie sich verkracht. Reno beobachtete ängstlich die Touristenkarawanen: Menschen, die sich umsahen und an den Fassaden alter Häuser emporblickten, als suchten sie etwas. Niemand schien zu ahnen, was vor zwei Stunden auf dem *Wenzelsplatz* passiert war. Auf der gegenüberliegenden Straßenseite blieb ein Mann stehen, stieß seinen Begleiter an und zeigte in ihre Richtung.

»Guck nicht so ängstlich«, knurrte Jurek. Reno überlegte, ob er wirklich so kaltblütig war. Auf dem Wenzelsplatz hatte er mit der mechanischen Ruhe eines Kriegsfotografen gehandelt, der die Granateinschläge ignoriert, um seine Bilder zu bekommen. Die Gefahr hatte seine Laune verbessert. »Da drin ist die Wahrheit.« Jurek zeigte auf seinen Fotoapparat. »Ich hab einfach keine Lust zu diesen Nesselkönig-Wallfahrten. Ich habe Lust auf *Wahrheit*.«

»Aber ich hab Lust zu Nesselkönig-Wallfahrten.«

»Nein, Vivi hat Lust dazu. Du hast zu gar nichts Lust.«

Das war Blödsinn. Niemand war neugieriger auf Prag gewesen als der künftige Germanistikstudent Reinhard Lehr. Prag war in Mode bei jungen Leuten, die etwas erleben wollten, das Paris des Ostens, solange das richtige Paris versperrt war. Seit Nesselkönigs Roman im Stil des sozialistischen Surrealismus hatten Intellektuelle und ihre Kampfreserve, die Abiturienten, einen Grund mehr, hierher zu fahren; Reno sowieso mit seinem Faible für Dichter im Allgemeinen und für einen bestimmten Dichter im Besonderen. Man erkannte die Jünger an dem aufgeschlagenen Buch, mit dem sie durch das Gewimmel wandelten wie meditierende Mönche, nur ab und zu gedankenschwer aufblickend, eine leichte Beute für Taschendiebe. Vivi hatte sich schon bei der Ankunft im Aquariumslicht des Bahnhofs umgesehen, als hätte ihr Vater hier vor fünfundvierzig Jahren eine Botschaft hinterlassen.

Jurek aber sah rot, seit sein Vater mit dem Erscheinen des *Automaten* plötzlich ein Held nicht mehr nur des *Neuen Deutschlands* und der Deutschlehrer, sondern langhaariger Jugendlicher geworden war, die das Buch in der Innentasche ihrer Parkas mit sich herumschleppten. Nicht nur Prag, auch Victor war angesagt bei allen, die nach dem Doppeldeutigen und Unangepassten, nach dem Aroma des Widerspruchs suchten. Etwas war in diesem Buch, worüber man sich mit zusammengesteckten Köpfen, mit gesenkter Stimme unterhielt. Die Leser wollten eine verborgene Wahrheit in den Erfindungen des alten Mannes sehen, Anspielungen, ein Gleichnis, worauf auch immer. Und Jurek, der doch einer von ihnen war (neunmalkluge Jungs mit Nickelbrille und blasse Mädchen mit den Sakkos ihrer Großväter), brach überall, wo die Rede auf das Buch kam (in der Eisdiele von Eichwalde, im Zugabteil oder auf dem Campingplatz) Streit vom Zaun, um ihnen die Augen darüber zu öffnen, dass sie einem Blender aufsaßen – als sei dieser Blender nicht sein Vater. Er musste sich fühlen, als ob ein Mädchen, das er anbetete, sich in seinen Vater verliebte.

»Weil wir gerade dabei sind ...«, sagte Jurek langsam. Die Altstadt füllte sich immer mehr, zu den erschöpften Touristen kamen Einheimische mit Aktentaschen, die nach freien Plätzen in den Kneipen suchten. »Es stinkt mich an, wie du meinem Alten um den Bart gehst.«

Reno schwieg. Sollte er über sein Schicksal als Waise jammern? »Du bist wie die Typen, die Westgeld haben und tun, als wäre das nichts Besonderes.«

»Westgeld? Brauchst du welches?«

Reno hatte die Kapitel *Prag* und *Böhmen* aus dem *Baedeker* in der Schulbibliothek abgeschrieben, aus einem zerlesenen Westexemplar aus den fünfziger Jahren, das er zwar ohne Skrupel gestohlen hatte, aber nicht der Willkür tschechischer Grenzer hatte aussetzen wollen. Es hieß, dass man wegen so eines Buches an der Grenze aus dem Zug geholt werden konnte.

»Ist es wirklich so wichtig, in der Kneipe rumzusitzen, in denen er die dreißiger Jahre versoffen hat?«, fragte Jurek.

Reno sagte:»Also, ich versteh das schon.« Jurek nickte, als habe er das befürchtet. Im Café sah Vivi sie besorgt an. »Ist irgendwas passiert?«

»Willst du das wirklich wissen?«, fragte Jurek und setzte sich.

*

Vor dem Altstädter Rathaus hatte ein Mädchen im knielangen Pullover Jurek im Gedränge einen Zettel zugesteckt, in der Minute der Taschendiebe, als die Figuren am Fenster über der astronomischen Uhr vorbeizogen und alle außer Jurek nach oben starrten.

»Da gehen wir hin«, sagte Jurek.

»Du kannst also Tschechisch.«

»Ich kann Russisch, mein Freund. Schließlich ist mein Vater ein halber Russe.«

Es war eine der bräunlichen Kopien gewesen, die man in der DDR und wahrscheinlich im ganzen Ostblock *Ormig* nannte, eine Technologie, die man nicht unters Volk brachte: Dinge, die nicht existierten durften, musste man nicht auch noch vervielfältigen. Wie diesen Zettel[57].

Im Gedenken an den Aufbruch des Prager Frühlings und die Opfer der sowjetischen Intervention

Morgen vor 12 Jahren wurde die Hoffnung auf eine freie Tschechoslowakei unter den Panzerketten des Sowjetimperialismus begraben. Am 16. Januar 1969

---

57   Im Original auf Tschechisch.

Zwei Stationen vor dem Wenzelsplatz blieb die Metro stehen. Durchsage auf dem Bahnsteig, höhnisches Lachen der Fahrgäste, als wüssten sie schon, was für ein Defekt das war. Kanalisiert durch die Rolltreppen, fluteten die Menge nach oben. Im Tageslicht drehte Reno sich auf der Suche nach einem Straßenschild um sich selbst. Sein Puls pochte in den Schläfen. Die Straße war nicht voller als sonst, soweit er das beurteilen konnte. Ein Lkw mit Polizisten in blauen Uniformen fuhr vorbei. Jurek holte den Zettel aus der Tasche.

»Bist du wahnsinnig? Wenn uns hier jemand verhaftet?«

Jurek zuckte mit den Schultern. Ein Polizist legte ihm von hinten die Hand auf die Schulter und bedeutete ihm, weiterzugehen. Vor ihnen lag der Platz.

»Großer Gott, schmeiß das Ding weg!«, sagte Reno durch die Zähne. »Da ist ein Briefkasten.«

»Soll ich dich als Absender draufschreiben?«

Womöglich war das Jureks Ernst: Es irgendwohin zu schicken, an die Schule oder an seinen Vater. Reno schirmte Jurek mit dem Rücken vom Strom der Fußgänger ab, hinter sich hörte er die Metallklappe. Wir sind Touristen. Wenzelsplatz. Alle Touristen gehen zum Wenzelsplatz. Tun so, als wüssten sie nicht, woher die Welt diesen Platz kennt. Diese Bilder, Panzer und vor Wut weinende Männer, können wir gar nicht gesehen haben im sozialistischen

Fernsehen. Vor dem Schachgeschäft auf halber Höhe des Platzes fiel Reno ein, dass Nesselkönig Vivi aufgetragen hatte, dort nach Schachbüchern zu sehen. Sein Puls raste, er nahm nur Schlaglichter wahr, Standbilder des Films, durch den er lief. Auslagen mit Schachpokalen, Bücher in kyrillischer Schrift, ein Schachspiel aus Elfenbein. Weißgelb gestreifte Markisen über einem Straßencafé. Schnitt. Ein Stück Pflaster, benetzt von der verwehten Fontäne eines Springbrunnens. Schnitt. Ein laufender Fernseher in der dunklen Höhle eines Tabakladens. Er ertappte sich dabei, dass er kontrollierte, wohin er sah. Schnitt. Es standen viele Menschen mit unbeteiligten Gesichtern auf dem Platz herum. Junge Männer in schicken Windjacken. Langhaarige in Woodstock-Uniformen. Alte Männer mit Blumen im Knopfloch. An der südlichen Umrandung des Brunnens schickte ein Polizist eine Straßenkapelle weg, es gab Pfiffe und Rempeleien. Als die Polizisten abdrehten, klatschte jemand Beifall. Die große Terrasse des Nationalmuseums am oberen Ausgang des Platzes war mit Bauzäunen abgesperrt, obwohl nicht gebaut wurde. Touristen fotografierten sich gegenseitig, Polizisten flohen aus den Bildausschnitten. Reno sah sich die Leute an. Das Bestürzende war, dass sie nichts Charakteristisches an sich hatten, nichts, was sie von Touristen, von Angestellten in der Mittagspause unterschied. Nichts, das sie als Protestierer kenntlich machte. Junge Pärchen mit glänzenden Augen, die sich an den Händen hielten. Graugesichtige Männer mit zerbeulten Aktentaschen. Alte Damen mit Vorkriegshüten. In einem geöffneten Fenster in der zweiten Etage standen zwei Männer, von denen einer eine Filmkamera hielt. Das untere Ende des Platzes, von wo sich mehrere Straßen ins schützende Gewirr der Altstadt verloren, geriet plötzlich in Bewegung, in ein kreiselndes Durcheinander. Ein Sog, der den Männern die Hüte vom Kopf riss. Der Anteil von Uniformen stieg, wo es unruhig wurde, bläuliche Eintrübungen an wechselnden Brennpunkten. Eine Art Ringkampf zwischen Uniformierten und einem Hippie um einen Stofffetzen. Ein Sprechchor wie auf einem Fußballplatz, nicht lokalisierbar, wie auf Kommando abbrechend. Wieder Ruhe. Flaneure mit unbeteiligten Gesichtern. Jurek war verschwunden. Reno entdeckte ihn, wie er auf dem Schutzgitter einer Blumenrabatte stand, mühsam sein Gleichgewicht hielt, knipste, den Film nachzog, knipste. Allen Ernstes fotografierte, durch den Lichtschacht spähte, den Kopf hob, als glaubte er nicht, was er sah, ein Auge zusammenkniff. Seine Kamera bestrich den Platz, lauernd auf den nächsten Ausbruch. Jemand wollte ihn herunterziehen, jemand half ihm wieder hinauf. Reno drängte sich durch die Menge, bis er direkt unter Jurek stand. »Weg hier, weg hier! Jurek!« Jemand legte ihm eine Hand auf die Schulter, er fuhr herum. Eine alte Dame, die trotz des Sommerwetters eine Jacke mit einem bläulichen Pelzkragen trug. Tiefe, wie eingegrabene Falten. Mit altmodischem, verzweifelten Aufwand geschminkt. »Er muss das fotografieren«, sagt die Dame auf Deutsch und sah Reno freundlich an. »Helfen Sie ihm. Er muss das fotografieren.«

Er nickt, zieht Jurek, dessen Wangen glühen, herunter von seinem Posten. Jurek ist im Rausch. Reno umfasst ihn von hinten wie ein Rettungsschwimmer, die Arme unter die Achseln, und zieht ihn hinter sich her durchs Gewühl. Bilder, Momentaufnahmen, in Renos Gedächtnis oder auf Jureks Film. Ein grauhaariger trainierter Mann in einer Wildlederjacke steht hinter einer Litfasssäule und schreit nach vorn gebeugt in ein Walkie-Talkie. Wo kommen diese Menschen her? Kinder, blauweißrote Papierfähnchen schwenkend. Bartträger, abgerissenen Mönchen gleich, die sich Fotografien von jungen Männern vor den Bauch halten wie Monstranzen. Jurek reißt sich los, stößt ihn zur Seite, wieder das leise, satte Klicken der Praktica. »Lass mich!«, brüllt er. Ein junger Kerl in Parka und mit Nickelbrille blutet aus der Nase und zeigt den Passanten das Blut an seinen Händen. Schlagstöcke gehen nieder wie Windmühlenräder. Ein vierschrötiger Gast im Biergarten eines Restaurants mit umgehängter Serviette ist aufgestanden und beobachtet mit erhobenem Essbesteck regungslos das Geprügel. Ein dicklicher Mann mit Brille und grauem Anzug weint. Eine Front blauer Uniformrücken mit braunem Koppelzeug, die sich untergehakt haben. »Weg!«, schreit Reno. Er hört das Klicken der Praktica. Es ist heiß, die Sonne dampft die Konturen ein. Von allen Seiten drängt es auf den Platz. Die Glocken schlagen …

Stille. Schweigen.

Es geschieht – nichts.

Von den Rändern des Platzes flutet ein Geräusch wie Regen heran und ergießt sich über den Platz. Der Himmel ist wolkenlos, aber ohne Farbe. Die Leute – klatschen. Sehen sich an, lachen und applaudieren, übermütig, als ob sie sich mit Wasser bespritzen, der ganze Platz applaudiert, die japanischen Touristen packen ihre Kameras ein und klatschen mit, der Platz donnert und bebt davon. »Siehst du das!«, schreit Jurek. »Siehst du das!«

In der U-Bahn hatten sie lange geschwiegen.

»Hast du gesehn, was der junge Kerl hatte? Was die Polizei …?«

»Die Fahne.«

Die Fahne. Eine rote Fahne mit Hammer, Sichel & Hakenkreuz. Vivi an ihrem Tisch im *Dukla* starrte sie die ganze Zeit an, als ob sie von einem furchtbaren Unglück erzählten. Sie sprachen nicht mehr davon.

*

Das ganze Programm: Karlstejn, Tabor, Plzen. Weiter nach Süden, wo aus waldbestandenen Hügeln ein Gebirge wird. Jurek schimpfte, wie schwachsinnig, *vollkommen schwachsinnig, geradezu sowjetisch* es sei, zu dritt zu trampen. Seit Prag benutzte er *sowjetisch* als Schimpfwort. Ende August setzte ein Lkw-Fahrer sie an einem kleinen Zeltplatz ab, durch den ein glitzernder, kaum fußtiefer Bach floss. Vivi, vom Gepäcktragen befreit, lief voraus und meldete von einer Tafel mit einer Wanderkarte den Ortsnamen: Fryberk. Herr Baedeker kannte ein Schloss in der Nähe. Am nächsten Morgen gingen sie nach Renos Kompass los in die Berge. Was Herr Baedeker schrieb (in den fünfziger Jahren, nichts ahnend vom August achtundsechzig, nichts wissen wollend vom Februar 1939), klang verheißungsvoll:

Schloß Fryberk, auf den Mauern einer wesentlich älteren Burg von der Familie der Rosenberg erbautes Renaissanceschloß, eines der bedeutendsten Zeugnisse dieser Epoche in ganz Böhmen. Nach der Schlacht am Weißen Berg gehörte das Schloß bis zu dessen Tod 1634 dem Herzog Wallenstein, der von ihm angeblich bewohnte kleine Palast brannte wenige Jahre später nieder. Vierflüglige Anlage um quadratischen Innenhof. Bedeutsam vor allem: Renaissancepalais mit mittelalterlichem Torturm, Fachwerkgebäude aus der deutschen Hochrenaissance im Ostflügel (nach dem zweiten Weltkrieg z. T. abgebrannt und nur teilweise rekonstruiert), seit dem achtzehnten Jh. nach Einbau eines neogotischen Treppenhauses als Kunstdepot genutzt (dort u. a. bedeutende italienische Tafelbilder der Frührenaissance, Genrebilder flämischer Meister und diverse Antiquitäten und Kuriositäten wie der angeblich von Baron Kempelen entwickelte Schachautomat).

Die einzigartige Erhaltung des Ensembles aus dem 15. Jahrhundert ist vor allem dem böhmischen Schwerindustriellen Caslavek zu verdanken, der 1854 Teresa von Rosenberg heiratete und den Erhalt des Schlosses sowie die behutsame Modernisierung des Innenausbaus (1857: erstes Toilette mit Wasserspülung auf dem europäischen Kontinent) finanzierte. Dieser Heirat, dem Mäzenatentum von Caslavek und dem Kunstsinn seiner Frau und seiner Tochter verdankt Fryberk auch die bedeutendste Kunstsammlung Böhmens außerhalb Prags. Unter der kommunistischen Herrschaft wurde das Schloß verstaatlicht und in ein Museum umgewandelt.[58]

Vom Kammweg aus sahen sie das Schloss auf dem Berg gegenüber. Über Erwarten groß, felsenhohe Mauern, das gewaltige Schieferdach schwarzweiß gestreift wie ein Zollhäuschen. Darunter der felsige Absturz in eine undurchdringliche Waldebene.

---

58 Baedeker, Prag, Böhmen und Mähren, Essen 1958, von Hand abgeschrieben von Reinhard Lehr.

Als sie ankamen, war das Tor verschlossen. Reno griff sich Jureks Kamera, nahm den Film vom Wenzelsplatz heraus, ließ ihn in seinem Brustbeutel verschwinden und legte einen neuen ein. Er umkreiste die Burgmauern wie ein Bogenschütze, knipste alles. Von dem Kiosk am Schlosstor brachte Vivi Kaffee in Pappbechern und die legendären Karlsbader Oblaten, Jurek kam mit zwei Flaschen Bier hinterher. Er legte Reno den Arm um die Schulter und zeigte, vorbei an den Mauern des Schlosses in Richtung Südwesten. »Was haben wir da?«

»Wald haben wir da.«

»Bayrischen Wald. Da drüben ist schon Bayern.«

Als das Tor geöffnet wurde, gingen sie durch Säle, an deren Wänden Schwerter und Dreschflegel hingen. In der oberen Etage gab es dunkle, schimmernde Stofftapeten, fast schwarze Ölgemälde, hauchdünnes Porzellan. Jurek sah sich misstrauisch um. Wenn das Aufsichtspersonal verschwand, versuchte er, die Türen zu öffnen, auf denen ein Verbotsschild stand. Vivi stand lange vor einer verschlossenen Glastür in der Bibliothek (dunkle, fast schwarze Bücherschränke, deutschsprachige Werkausgaben hinter Glas, ein Flügel), die in einen gewaltigen Wintergarten führte. Endlich hatte Jurek eine offene Tür erwischt, er zog sie in einen fauligen, nur von runden Oberlichtfenstern beleuchteten Gang, der fast unmerklich abbog, wobei nicht ganz klar war, ob es aufwärts oder abwärts ging. In einem Verschlag standen Holzkisten, Jurek zeigte darauf: Kyrillische Schrift. Auf dem Weg zurück verschleierte sich der Himmel. Erst war es nur schwüler farbloser Dunst, der Übelkeit verursachte, die Luft verdarb und die Sinne trübte. Dann wurde es dunkel. Sie gerieten in einen apokalyptischen Wolkenbruch, irrten durch den schwarzen Wald, der von weißen, sekundenlangen Blitzen erhellt wurde. Als es vorbei war, hatten sie die Orientierung verloren und mussten bis zur Dämmerung warten, bevor sie sich zu einer Straße im Tal durchschlagen konnten. Im Zelt, immer noch klitschnass und frierend, legte Vivi die Hände in den Nacken und sagte: »Fryberk also.« Als wollte sie sich etwas einprägen.

24

Der Herr Jenosse Kämmerling jerät außer Kontrolle

Dreizehnheiligen und Ostberlin, September und Oktober 1980

Als die von der Ersatzmutter so genannten *jungen Menschen* abgebrannt aus Böhmen zurückkamen, saßen zwei Männer an Victor Nesselkönigs Gartentisch. Der eine, etwa in Nesselkönigs Alter, erinnerte mit seinen starren Gesichtszügen und dem Bürstenhaarschnitt an einen pensionierten General. Er stellte sich ohne Umschweife selbst vor, indem er *Bronnen* bellte, worauf Reno zuerst glaubte, der Mann habe ihm etwas befehlen wollen. Sein Händedruck war fest, sein Berliner Dialekt hemmungslos. Der Jüngere blieb mit einem halbvollen Glas in der Hand sitzen und sprang erst auf, als er Jurek erblickte. Dieser Mann hieß Kämmerling und wurde von Victor als Verlagsmitarbeiter, von der Ersatzmutter als Lektor, von Bronnen als Verleger vorgestellt, während er sich selbst in schleppendem, norddeutschen Tonfall als *Eckermann* bezeichnete, wie er überhaupt, wenn er etwas getrunken hatte (also meistens) zu barocker, nicht immer klarer Rede neigte. Trotz oder gerade wegen seiner unbekümmerten Dicklichkeit hatte Kämmerlings Erscheinung einen altmodischen, wenn auch etwas heruntergekommenen Chic. Eine Frisur im Sinne eines Haarschnitts trug er nicht; seine fettigen Haare waren wie bei einem Schlagersänger nach hinten gekämmt und im Nacken zum unübersehbaren Befremden der beiden älteren Männer mit einer bunten Stoffschleife zu einem Zopf zusammengebunden. Kämmerling trug Weste mit Uhrkette, der Stoff der Weste war abgestoßen, aber von altmodischer Pracht. Er hatte keine Scheu, die Hausfrau schon nachmittags nach geistigen Getränken zu fragen. Einem Blinden wäre aufgefallen, dass die Stimmung bei der Ankunft der Kinder gereizt war; wie um eine harmlose Erklärung dafür zu liefern, lagen Skatkarten auf dem Tisch. Kämmerlings teigige Miene hellte sich auf, als er Jurek sah. Reno traute seinen

Augen nicht, als die beiden sich um den Hals fielen. Jurek vermied ansonsten jeden Händedruck. Seinen Vater begrüßte er mit »Hallo«. Die beiden Gäste brachen an diesem Nachmittag hastig auf. Aber Reno, den Victor Nesselkönig ohne Umstände einlud, von der Akademie herüberzukommen, so oft er Lust hätte, sah sie bald wieder: Bronnen kam immer sonntags zum Kaffee, was den Schluss zuließ, dass zu Hause niemand auf ihn wartete. Über die Woche schlossen sich beide mit Victor im Turmzimmer zu langwierigen Besprechungen ein, während die Ersatzmutter Kaffee und belegte Brötchen vor die geschlossene Tür stellte, als wolle sie ein Gespenst füttern. Von dem Nachmittag, als Reno und die Zwillinge verschwitzt und hungrig angekommen waren und den Rest von Victors Kuchen verputzt hatten, blieb noch ein Wutausbruch Jureks in Erinnerung, als er feststellte, dass der Film vom Wenzelsplatz verschwunden war.

In Vivis Erzählungen war Kämmerling weniger der Lektor Victor Nesselkönigs als der Märchenonkel seiner Kinder. Umso mehr fiel auf, dass Victor den seltsamen Mann behandelte wie einen Schwiegersohn, der die Tochter des Hauses erst mit großen Versprechungen geheiratet und dann betrogen hat. Selbst Bronnen, der ihm bei jeder Gelegenheit auf die Schulter klopfte, rollte hinter seinem Rücken mit den Augen. Radolph W. Kämmerlings Eigenheiten überschritten die unsichtbare Demarkationslinie, an der Genossen wie Bronnen Wache standen. Von einem Goldschmied, der offenbar nichts Besseres zu tun hatte, ließ sich der Herr Genosse Lektor, wie Victor ihn *in absentia* nannte, ein Kästchen aus Messingblech mit einem Sprungdeckel wie bei einer Taschenuhr bauen, flach genug für die Innentasche seines Sakkos. Bei passender Gelegenheit (oder dem, was er für eine passende Gelegenheit hielt) holte er es mit der Nonchalance eines Rummelzauberers hervor und ließ den Deckel springen. Zum Vorschein kam etwas, das Victor erst recht zur Weißglut brachte – ein Insignium großkotziger Bürgerlichkeit: streichholzschachtelgroße Visitenkarten aus geschöpftem Karton, die in Silbertiefdruck folgende Zeilen trugen:

Radolph W. Kämmerling
Freier Verleger & Autor
Tel.: Berlin 22 11 02

Und auf der Rückseite, so klein, dass der altersweitsichtige Victor es fast übersehen hatte:

VEB Verlag Wahrheit und Fortschritt
Berlin
Hermann-Duncker-Straße 21

»Ärgerst du dich über das *frei* oder über das *Verleger*?«, fragte Bronnen, der das Kärtchen mit spitzen Fingern hielt und wie eine tote Motte betrachtete.

»Das fragst du? *Frei* meinetwegen. *Verleger*? Na ja. Aber wieso *Autor*?«

»Ganz falsch ist das ja nicht.«

»Doch, das ist ganz falsch«, sagten Victor und seine Frau wie aus einem Munde.

Ludwig Bronnen hatte andere Sorgen. Bei den Besprechungen krachte es mittlerweile so oft, dass sie selbst im Sommer vom Garten in den Turm verlegt wurden; niemand konnte Ingrid noch einreden, ihr Gatte brülle nur deshalb so viel, weil er sich über Kämmerlings Blindheit beim Skat ärgerte. Die Exposés, die der Lektor mit roten Wangen und kurzem Atem anschleppte, wurden immer bedenklicher. Bronnen kratzte sich die Haarbürste und würgte an einem anderen Wort. »Was meinst du?«, fragte er Victor.

»Viel Arbeit noch«, sagte der, »viel Arbeit«, und sah Kämmerling an, als hätte der das Essen anbrennen lassen. Kämmerling spielte mit seinem leeren Glas und explodierte so plötzlich, dass Bronnen es nicht schaffte, das Radio einzuschalten (»Geräuschtarnung« hieß das im Diensthandbuch). Bis in Renos Kellerzimmer war zu verstehen, was der Mann sich gegen den größten Dichter deutscher Zunge (Bronnens liturgische Bezeichnung für Victor) herausnahm:

Dass das ja kein Wunder sei.

Der Herr *Nooobel*-Preisträger.

Dass nichts Vernünftiges zustande komme, wenn.

Und wer hier eigentlich der Autor sei.

Dieses ewige Schachspielen mit sich selbst.

»Mehr *Respekt!* Respekt vor meiner Arbeit!«

Victors Antworten endeten immer öfter auf »neuen Verleger suchen«, was Kämmerling mit Türenschlagen quittierte. Wenn Reno in seinem Zimmer saß und die drei Grundsätze, fünf Merkmale und sieben Funktionen der sozialistischen Literatur auswendig lernte, sah er Kämmerling mit dem Mantel über dem Arm zu seinem verdreckten Wartburg stürmen. Und der Blick des seltsamen Mannes sagte: Ihr werdet schon sehen, was ihr davon habt.

Wenn das Trio wieder zusammensaß, spielte Bronnen den Beziehungstherapeuten und ging persönlich in die Küche, um Kaffee zu kochen. »Künstlerische Meinungsverschiedenheiten«, raunte er und klopfte Reno auf die Schulter. Wieder oben, stand er jedes Mal vor der mit Argwohn belauerten Entscheidung, wem er zuerst einschenken sollte.

Jenossen, sagte Bronnen zu sich, der Herr Jenosse Kämmerling jerät außer Kontrolle. Er stellte Victor Nesselkönig gegenüber die Machtfrage, beäugte spöttisch die überall herumstehenden Schachspiele, mit denen der Autor tatsächlich gegen sich selbst spielte und – wie Kämmerling spitz anmerkte – immer gewann. Vor den *Konklaven*, wie er die Palaver im Turmzimmer nannte, floh er in den Garten, um mit Jurek Tischtennis zu spielen, wozu die beiden sich ein Ping-Pong an schwer verdaulichen politischen Witzen lieferten. Als Jurek, angeblich wegen seines Medizinstudiums, auch für manches Wochenende in Jena blieb, hatte sein väterlicher Freund an der nesselköniglichen Tafel nur noch den Rang einer wunderlichen alten Tante, deren Geschwätz man aus Familiensinn erträgt. Er trank immer mehr, redete immer blumiger und beleidigte reihum den Gastgeber, seine Frau und abwesende führende Genossen. Aber Bronnens Sorge hatte gewichtigere Gründe als Kämmerlings Mangel an Körperertüchtigung und Selbstkontrolle. Er hatte alles versucht. Ein Nationalpreis zweiter Klasse war dem Herrn Lektor nicht gut genug gewesen. Dass man eine Sammlung unverschämter Miniaturen nicht hatte drucken können, schon gar nicht unter dem hybriden Titel *Neue Geschichten von Herrn K.*, war dem Menschen nicht beizubringen.

Außer Kontrolle … Kämmerlings Vorschläge für Victors dritten Roman taugten nur noch als Material für Klausuren im sozialistischen Strafrecht, StGB Besonderer Teil (2. Kapitel §§ 96–111: Verbrechen gegen die Deutsche Demokratische Republik, Staatsfeindliche Hetze und Schlimmeres). Davon verstand Bronnen nun wirklich etwas. Auch andere Papiere, die in der *causa Kämmerling* auf seinem Schreibtisch landeten, gaben Anlass, sich den Bürstenkopf zu kratzen. Kämmerlings Kneipenmonologe widerspiegelten noch in den Maschinenabschriften des Ministeriums einen bestürzenden Mangel an Klasseninstinkt und Selbsterkenntnis. Er, Kämmerling, frage sich, so ein Genosse, der seine Beiträge für Bronnens Anthologien mit *Skribent* zeichnete,[59] was die sogenannten Herren Schriftsteller eigentlich den lieben langen Tag täten? Bücher schreiben? Und? Als Lektor habe man tausend Pflichten: Allein die Geißel des Verlagswesens, die UVE[60], zwangen zu Tätigkeiten, die an Müllentsorgung gemahnten. Dazu kämen Wiederbelebungsmaßnahmen an den hirntoten Manuskripten namhafter Autoren (Kämmerling nannte Namen, was die Sache nicht

---

59 Bundesarchiv für die Stasiunterlagen, Operativer Vorgang *Eckermann*.
60 Unverlangt Eingesandte Manuskripte.

besser machte). Dann das Abwimmeln von Beschwerdebriefen, Anrufen und (im schlimmsten Fall) Besuchen von Nichtskönnern wie dem Herrn *Oberdissidenten* Rapallo, die nur darauf warteten, dass ihr Schrott nicht gedruckt wurde, damit sie mit Zensurgeschrei zum *SPIEGEL* rennen konnten – nicht gedruckt heiße nicht verboten, meine Herren.[61] »Hätte ich nichts zu tun als zu schreiben«, hatte Radolph W. Kämmerling *Skribent* zufolge gesagt, »ich schriebe jedes Jahr einen Roman wie den *Automaten*. Nur *besser* würde ich es machen. Beim *nächsten* Mal.«

Wie Bronnen zu sagen pflegte: Nichts auf der Welt hat keinen Grund. Radolph W. Kämmerling hatte die Nase voll. Trat er aus seiner Bücherhöhle in den Treppenflur des Wohnblocks, hing ihm eine in Klarsichtfolie verpackte Karteikarte vor der Nase, auf der ihm die Hausgemeinschaft belehrte, wann er unter Aufsicht der weiblichen Etagennachbarn die Treppe zu kehren hatte. Aus dem Briefkasten fielen ihm Zettel entgegen, die ihn mit Großbuchstaben ermahnten, nicht zu laute Musik zu spielen und seine leeren Flaschen wegzuschaffen. Während er, Worte wie *Blockwart* ausspuckend, zur Straßenbahn ging, rempelte ihn ein Müllfahrer an: *Könnsenichuffpassen*. Das Proletariat, so war ihm der Schnabel gewachsen. Klassenhass, dachte er. Ich hasse die Arbeiterklasse. Im Verlag empfing ihn der BGL-Sekretär Trockenbrod mit der Gretchenfrage nach der Wandzeitung, also verschwendete er mit einem Lektor für skandinavische Literatur namens Heyer, genannt Heyerdahl, einen halben Samstag damit, aus Zeitungsausschnitten und bunten Bildern eines dieser infantilen Gesamtkunstwerke zu basteln. Heyerdahl war ein Mann von gefürchteter Belesenheit, der alle skandinavischen und baltischen Sprachen beherrschte und Korrespondenz mit Halldor Laxness pflegte; Leute seines Geistes wurden behandelt wie Kinder. Wohin Kämmerling auch sah – Zumutungen und Mangel an Respekt. Der geistige Tiefschlaf der Parteilehrjahre. Selbst sein Herzenssohn Jurek Nesselkönig sah ihn spöttisch an, wenn er einen politischen Witz

---

61 An dieser Stelle von *Skribents* Rapport hatte Bronnen einen Haken gemacht.

erzählte. Bist du nicht selber in dem Verein, fauchte Jurek dann, auch noch Masochist? Das »auch noch« bezog sich auf Kämmerlings undurchsichtiges Geschlechtsleben. Die Nase voll hatte er vom Papiermangel, der immer nur vergessen war, wenn ein neuer Band ideologischen Sondermülls gedruckt werden sollte. Von der Schreckensherrschaft der Kellner in seiner Stammkneipe. Von der neumodischen Kinderei namens *Perestroijka*, die Kämmerling mit Prohibition übersetzte. Er sah den Tag kommen, an dem die DDR auch noch diese Sowjetfaxen mitmachen und ihren Bürgern das Gläschen Wein verbieten würde. Dann rief man die Verleger zur Waffe. Der Lektor eines Nobelpreisträgers und der apostelbärtige Kenner skandinavischer Lyrik mussten an Wochenenden der Wehrbereitschaft Kampfanzüge tragen, Stillgestanden und Gleichschritt üben und nachts durch den Wald schleichen.

»Wir ham ja alle unsre Fragen, Jenosse«, sagte Bronnen, als sie noch miteinander redeten, »aber ...«

»Das Problem ist«, antwortete ihm Kämmerling, »dass euch immer noch ein Aber einfällt.« Er klang nicht mehr so, als ob er noch dazu gehörte.

25

Roger deWitt liest die *Sieben Sinne* von Victor Nesselkönig zu oft und stellt die entscheidenden Fragen nicht

Bundesrepublik Deutschland und Paris,
Anfang der achtziger Jahre

Roger deWitt war überdurchschnittlich belesen für einen Journalisten und ungewöhnlich penibel für einen Schöngeist. Die Hartnäckigkeit hatte er beim *SPIEGEL* gelernt, das Weiter-Recherchieren, wenn scheinbar alle Fragen beantwortet sind. Als er den Kisch-Preis für sein Buch über die Lebenslügen westdeutscher Schriftsteller bekommen hatte und das Preisgeld auf seinem Konto lag, hatte er zwei Jahre frei gemacht, um allen Spuren von Nesselkönigs Vorkriegsdasein nachzugehen. Neuerdings saß ihm die Angst im Nacken, dass ihm irgendein leisetreterischer Germanist von der ostdeutschen Akademie mit Zugang zu den Archiven zuvorkommen würde. Er selbst kam keinen Schritt mehr voran. Moskau, wohin die Komintern oder was auch immer Nesselkönig gelockt hatte, wies ihn ab: Der *SPIEGEL* war mit einem Bericht über die moribunden Greise im Kreml in Ungnade gefallen. Moskau musste warten. Aber es gab ja genug andere Rätsel: Der Mann schien nicht existiert zu haben bis zu dem Tag, an dem Eigengast ihn im *Gotischen Café* beim Schachspielen am Nebentisch entdeckte. Diese Spurenlosigkeit ließ deWitt keine Ruhe, so fesselnd und tragisch dieses Dichterleben hernach gewesen war: Exil in Prag, umgeben von verarmten Künstlern und gehetzten Funktionären, die den Nachlass der Kommunistischen Partei ins Pfandleihhaus schleppten. Exil in Moskau, wo die Leute nach Angstschweiß rochen und plötzlich verschwanden. Als die Reihe an ihm ist, erwählt ihn das Stockholmer Komitee und rettet damit vermutlich sein Leben. Und er? Bedankt sich, indem er den Preis ablehnt. Pietätvoll verschwiegene Jahre im GULAG,

Wiederauftauchen als Totgeglaubter in dem Moment, da Ulbricht und die Russen einen Beweis für ihre Kunstliebe und ihre Barmherzigkeit brauchen. Bald fünfunddreißig Jahre als Staatsdichter. Und zu Beginn dieser Wunderroman, dem nie etwas Ebenbürtiges gefolgt ist. Wer es las, bekam Fieber von diesem Buch, und deWitt, dem Recherche im *Real Existierenden Sozialismus* verwehrt war, hatte sich in die Idee verbissen, aus dem Text müsse sich das Geheimnis von Nesselkönigs Herkunft entschlüsseln lassen. Auf der Suche nach verräterischen Spuren hatte er es immer wieder gelesen, zu oft, um es noch zu lieben. Und ohne Ergebnis. Taschenspielertricks allenthalben, falsche Spuren als Stilmittel. Er würde in Gegenden suchen müssen, in Milieus und Berufen, die in diesem Buch nicht vorkamen. DeWitt hatte einen Computerfachmann engagiert, einen Sonderling mit Pullunder und Hornbrille, der ihm einreden wollte, dass die Datenverarbeitung in ein paar Jahren alle Fakten der Welt erfassen, verwalten, zueinander in Beziehung setzen und jedermann zugänglich machen würde. Der Mann hatte beide Romane – die *Sieben Sinne* und den *Automaten* – in seine Maschine eingegeben (deWitt stellte sich vor, wie dieser Schlaukopf den Text abtippte und in ein duales Zahlensystem übertrug, oder die herausgerissenen Seiten in einen Schacht an der Rückseite des Computers warf). Nach ein paar Wochen übergab der junge Bastler ihm rot vor Stolz eine Mappe mit Tabellen, aus denen sich die Häufigkeit bestimmter Worte und grammatikalischer Konstruktionen, eine schwache, aber messbare Zunahme der Satzlänge und eine entsprechende Abnahme der Wortlänge im Lauf der Handlung und die Häufigkeit bestimmter Wiederholungen ergaben. Irgendwann (es war Rotwein im Spiel gewesen), war deWitt darauf verfallen, das Buch von hinten oder im Spiegel zu lesen. Auch dabei fand er nichts.

Nichts.

Also die biografischen »Fakten«. Die Fährte nach Südwest, ausgelegt in Verlagsprospekten und Waschzetteln, hatte sich als falsch erwiesen. Er hatte das Verlagsarchiv durchwühlt, den Schriftverkehr, die Honorarabrechnungen, die Gesellschafterprotokolle und die Prozessakten. Mit dem Instrumentarium des investigativen Journalismus beschaffte er sich Bankunterlagen des Verlages und prüfte jeden Kontoauszug aus den fraglichen Jahren. Die Akte des Finanzamts war im Krieg verbrannt, die Straßen, die Nesselkönig als Adressen angegeben hatte, waren es auch. Freunde hatte dieser seltsame Vogel nie gehabt. Deutsch-Südwest konnte man abhaken, Abschnitt 1 des Kapitels: Alle Irrtümer über Victor Nesselkönig. Dann das *Gotische Café*. Cornelius Eigengasts Kapitel über Nesselkönig, das Schachgenie, war so etwas wie ein Fehldruck der Blauen Mauritius. Niemand sonst berichtete davon, keiner der grafomanen Stammgäste, die literarische Elite der Weimarer Republik, hatte den Schachspieler gesehen. Von den Leuten an Eigengasts Tisch erinnerte sich kein einziger. Kein Wunder: Ein unbekannter Sonderling demütigt jeden, der gegen ihn Schach spielt. Vermutlich hatten sie alle ihre Packung bekommen, also schrieben sie nicht davon.

*

Jahre vergingen. DeWitt ging für den *SPIEGEL* nach Paris und eines Tages traf er für eine bestellte Reportage über Ostblock-Exilanten eine alte Dame von angeblich böhmischem Adel, die vor dem Prager Winter nach Paris geflohen war, wo sie sich mit Französischunterricht für tschechische Flüchtlinge über Wasser hielt. Seinem Informanten zufolge war die Frau nicht mehr ganz in dieser Welt; tatsächlich war ihr Blick unruhig, aber hellwach, immer bereit, ins Giftige umzuschlagen. Als das eigentliche Gespräch zu Ende war, das übliche Gerede von *wahrem Sozialismus* und Alexander Dubček, von dem deWitt Schluckauf bekam, hatte er ohne rechten Glauben Nesselkönigs Namen fallen lassen. Die Frau zuckte zusammen. Sie beugte sich nach vorn, stieß ihren Pernod um und sagte auf Deutsch: »*Nesselkönig*? Ich kenne ihn, oh ja, ich kenne ihn. Ich war dabei. Herr Witt!« Sie lehnte sich zurück und fixierte ihn, als habe er ihr einen Heiratsantrag gemacht.

»Sie waren *wo* dabei.« DeWitt gab sich Mühe, gleichgültig zu wirken.

»In Prag, natürlich. In Prag, lieber Herr Witt.«

DeWitt tupfte mit einer Serviette den ausgelaufenen Pernod auf, ein Bild demonstrativen Gleichmuts. »Was war in Prag?«

»In Berlin war ich auch!«

»Berlin …«

»Ach, Berlin, Berlin! Die Zeitungsberichte kennen Sie? *Titania?* Vergessen Sie die Berichte. Die Menschen haben geweint, verstehen Sie. Sie haben geweint.«

»Geweint?« Skepsis, gespieltes Desinteresse, dann reden sie alle. Alte Journalistenregel.

Sie hob die Arme, ihr schon leeres Glas fiel wieder um, deWitt sah gleichmütig zu, wie es kippelte und fiel. »Er hat sie zum Weinen gebracht.«

»Sie auch?«

»Mich ganz besonders.« Sie beugte sich noch weiter über den Tisch, er sah ihre Zähne, Goldecken und bräunlicher Belag. »Er hat mich geliebt.« Gütiger Gott, noch eine Hochstaplerin. Ich schmeiße alles weg und schreibe selbst einen Roman. Über einen weltberühmten Dichter, der alle Welt über sich täuscht. Reine Erfindung, kann schließlich jeder, etwa nicht? DeWitt fragte im Therapeutentonfall nach.

»Sehen Sie Herr Witt, ich musste … entsprechen.«

»Entsprechen? Sie meinen versprechen.«

»Ich meine nicht versprechen.« Sie war plötzlich ungnädig. »Wie sagt man das?«

»Sie meinen, sie mussten entsagen.«

Sie nickte mit dem Gesichtsausdruck: Na endlich begreifst du. Und begann zu erzählen, bis ihr vor Erschöpfung der Kopf wackelte. Von dem Schloss in Böhmen, auf dem sie ein Kind gewesen war. Von den zu allem entschlossenen und zum Nichtstun verurteilten Emigranten in den Prager Altstadtcafés, die vor Vitalität und Hass dampften. Von ihren eigenen, im Reichtum mumifizierten Eltern. Von der Affäre mit einem deutschen Emigranten und dessen Verhaftung. Sie erzählte, wie Nesselkönig in Prag auftauchte. Wie sie ihn nach Moskau gebracht hatte. Und wie sie dort alle verhaftet wurden, vor Gericht gestellt. Zum Tode verurteilt. Tod durch Erschießen. Wie ihr Tod schon in der Zeitung stand.

»Da haben Sie ja Glück gehabt«, entfuhr es deWitt, er biss sich auf die Zunge. Er erschrak, als er begriff, dass diese gespenstische Greisin einmal eine duftende junge Frau gewesen war, mit der Victor Nesselkönig möglicherweise ins Bett gegangen ist.

»Es ist bis heute unerklärlich«, sagte sie. »Ich hatte schon abgeschlossen. In der Nacht, in der es passieren sollte, kamen Leute in meine Zelle und gaben mir meine Sachen wieder. Gaben mir mein Leben zurück.«

Sie war dann in ein Lager hinter dem Ural gebracht worden, ohne zu erfahren, wer oder was ihr Leben gerettet hatte. Erst Monate später hatte sie in einem Stahlwerk, in dem sie arbeiten musste, aus einer alten Zeitung von Nesselkönigs Nobelpreis und seinem Überleben erfahren.

»Ist das so merkwürdig? Er hatte den Preis bekommen, also war er lebend wertvoller für Stalin.«

Sie nickte, als deWitt das sagte, bewegte die Lippen, seufzte. »Aber das wäre kein Grund gewesen, mich auch am Leben zu lassen. Verstehen sie? Er hat sich für mich eingesetzt.«

»Als Sie rauskamen ... Dreiundfünfzig?«

»Mit Stalins Tod. Ich kam zurück nach Prag, schrieb einen Brief an Nesselkönig und wurde wieder verhaftet.«

»Und seitdem?«

Sie rührte in ihrem Kaffee, erzählte von Briefen, die irgendwelche Akademieschranzen beantwortet hatten, deWitt nickte mitfühlend, das kannte er. Später hatte Victor selbst geantwortet, die Briefe lagen angeblich noch in Prag. Sie weinte ein wenig, er zog ein Tempotaschentuch, das sie misstrauisch beäugte. Als ihm die Pause angemessen lang schien, fragte er, routiniert wie ein Vernehmer, ihre Erinnerung an die *Titania*-Lesung ab, von der die Berliner Zeitungen Anfang Februar dreiunddreißig berichtet hatten. Lenka Caslavskas Erzählung war lebendig wie ein impressio nistisches Gemälde, die Lichter, die prächtigen Hüte und teuren Stoffe, die fiebrige Erwartung, der Moment, als Nesselkönig wie ein schwarzer Fürst auf der Bühne im Scheinwerferlicht stand. Sie schlug sich an den Kopf, eine Sekunde ungläubiger Überraschung, in der sie wie der Backfisch aussah, der sich vor über fünfzig Jahren in Victor Nesselkönig und den Kommunismus verliebt hatte.

»Sie kennen diese Tonaufnahme?«

DeWitt griff höflich zu seinem Kugelschreiber.

»Herr Witt! Es gibt eine Radioaufnahme aus Berlin, kurz nach Hitlers Machtergreifung. In Berlin konnte sie nicht mehr gesendet werden. Irgendwie gelangte die Aufzeichnung nach Prag. Becher suchte nach ihr, der war im Auftrag der Komintern in Prag, Münzenberg. Sie sammelten Prominente für ihre Volksfront. Tonaufnahmen. Angeblich hat sich Klaus Mann dafür interessiert, die BBC, Radio Moskau International. Weil das Ausland Hitler nicht ärgern wollte, wurde nichts daraus. Dann kam das Münchner Abkommen und die tschechische Polizei beschlagnahmte die Schellacks, bis sie achtundsechzig von einem Historiker in einem Polizeiarchiv gefunden wurden. Man hört Becher und Oskar Maria Graf, sogar die Seghers, da war sie noch ganz …«

DeWitt erinnerte sich, von der Geschichte gelesen zu haben. Im Frühjahr und Sommer Achtundsechzig war Prag für Zeithistoriker aus dem Westen eine Schatzkammer des Sowjetimperiums gewesen, deren Türen für eine historische Sekunde geöffnet waren. Er versuchte vergeblich, sich zu erinnern, was er 1968 getan hatte, das Jahr war wie geschwärzt in seinem Kopf. Er war schon zu alt für Flowerpower gewesen und zu beschäftigt, um sich über russische Panzer in Prag aufzuregen.

»Ja. Wir trinken noch einen?« DeWitt wies auf die leeren Gläser.

»Sicher. Professor Zeman hat eine Kopie davon.«

»Wer?«

»Zeman. Der Professor in Prag, den ich erwähnte.«

DeWitt entsann sich nicht, dass sie einen Professor erwähnt hatte. »Meinen Sie, man kann die Aufnahme irgendwo besorgen?«

Sie winkte ab, beugte sich über den Tisch, ihre müden Augen leuchteten. »Herr …« in ihrer Aufregung hatte er sie deWitts Namen vergessen. »Lieber Herr, Professor Zeman *hat* diese Aufnahme. In Prag. Wenn er noch lebt. Aber … Victor Nesselkönig! Das wissen Sie nicht? Man hört, wie er seine Gedichte spricht, manchmal ganz leise, weil er dabei auf der Bühne hin und her ging. Und dann hört man die Pfiffe, umfallende Stühle, den Tumult …«

DeWitt erinnerte sich. Je nach politischer Farbe hatten die Zeitungen von Krawallen der Straße geschrieben oder von kochender Volksseele. »Gedichte«, sagte er nachdenklich. »Entsinnen Sie sich an eins?«

Sie beugte sich zurück, atmete tief ein und sagte langsam:

»Und du?

Feigling, Flüchtling, fahnenflüchtger Held …

Zeuge, Zöllner, Zisterzienser, du?

Wenn du es wolltest, änderst du dein Leben«.

»… wenn du es glauben willst, so änderst du die Welt.« Den letzten Halbsatz hatten sie gemeinsam gesprochen. DeWitt legte der alten Dame die Hand auf den Unterarm. »Gnädige Frau. Ich vertreibe die Russen aus Prag, wenn Sie mir diese Aufnahme besorgen.«[62]

---

62 Das gelang Lenka freilich nicht. Allerdings rief sie deWitt am nächsten Tag nochmals an und erwähnte ein Souvenir: Eine Postkarte, die Victor Nesselkönig ihr von seiner Vortragsreise durch die Sowjetunion kurz nach dem großen Kongress geschrieben hatte. DeWitt beleidigte Lenka zunächst dadurch, dass er ihr die Reliquie abkaufen wollte, obwohl sie Geld offensichtlich nötig hatte. Aber immerhin ließ sie sich überreden, mit ihm in einen der gerade neu entstehenden Kopierläden zu gehen, wo sie ängstlich beobachtete, wie deWitt die Postkarte auf die Glasplatte legte, abdeckte und dem Solariumslicht des Kopierers aussetze. Das Original müsste sich in Lenkas Nachlass befinden, die Kopie bewahrte deWitt auf, um sie als Faksimile einst seiner Biografie voranzustellen: Der älteste Autograf von Nesselkönigs Hand.

26

Der Fasching wird sozialistisch
und Victor Nesselkönig setzt sich selbst matt
Potsdam, späte siebziger/frühe achtziger Jahre

Die Akademie für Sozialistische Literatur *Victor Nesselkönig*
war im weitläufigen Schlosspark am Dreizehnheiliger See un-
tergebracht. Hätte man entlang des Ufers das in den Sozialismus ragende Zipfelchen Westberlin durchqueren können, man
wäre in weniger als einer Stunde am Dreizehnheiliger Ufer
gewesen, wo Nesselkönigs Haus stand. Aber rechtwinklig zur
Uferlinie verlief quer durch die einstige Gartenlandschaft des
Hohenzollernsitzes die Grenze zwischen Gut & Böse, zwischen
Vergangenheit & Zukunft. Der Park war vom Uferstreifen durch
einen stacheldrahtgekrönten Zaun getrennt, hinter dem ein as-
phaltierter und nachts beleuchteter Postenweg lag. Das große
Palais, einst Sommerresidenz von Hohenzollernprinzen minderen Erbrechts, stand diesseits des Zaunes. In den fünfziger
Jahren war es Wohnheim für die Studenten der Sozialistischen
Dichterschule, deren Gründung eines von Victor Nesselkönigs
dringendsten Anliegen nach der Rückkehr aus dem GULAG gewesen war, obwohl er selbst keine einzige Vorlesung dort hielt.
Aber dann war aus dem von Menzel und Liebermann gemalten
Blick auf das *Berliner Ufer* der Blick hinter den Eisernen Vorhang
geworden und das Palais, in dem sich in den Fünfzigern hoffnungsvolle Schriftsteller ihre Texte und Formalismusvorwürfe
um die Ohren gehauen hatten, verschwand im Nebel der militä-
rischen Geheimhaltung. Die *Geschichte der Literatur der Deutschen Demokratischen Republik 1949–1961*[63] enthält noch ein
Foto, aber keinen Hinweis darauf, dass der Palladio zitierende
Bau eines Knobelsdorff-Schülers nur einen Steinwurf hinter

---

63   Autorenkollektiv, Dietz Verlag, Berlin 1969.

der neuen Mensa der Akademie im Schatten der Großen Mauer lag. Die Dichterschule lebte fort in wehmütigen Memoiren und saftigen Anekdoten, die sich die alt gewordene Generation der Gründerdichter erzählte; aber ihr Gebäude jetzt zu fotografieren, hätte den Straftatbestand der Militärspionage erfüllt. Auch in Victor Nesselkönigs hochgestimmtem Vorwort zur Literaturgeschichte fehlte der Tonfall nostalgischer Verklärung nicht.[64] Im Ausblick auf die 1961 beginnende neue Etappe der Kulturpolitik wurden dialektische Volten geschlagen, um zu erklären, warum es über Nacht unnötig geworden war, sozialistische Dichter auszubilden.[65] Kern der Sache war der Blick, den man von der Schriftstellerschule zum anderen Ufer der Welt gehabt hatte. Seither hieß es, das Schloss stehe leer, eine Lüge, die jeder zu glauben vorgab, obwohl auf dem Dach riesige Antennen installiert waren und auf dem seeseitigen Vorplatz des Palais' zwischen klassizistischen Statuen Autos mit Berliner Kennzeichen parkten. Akademiemitgliedern und Studenten war nicht ausdrücklich verboten, durch das östliche Ende des Parks bis zum Zaun zu gehen und die im *Baedeker* gerühmten Allegorien der Klugheit und der Verschwiegenheit zu betrachten. Aber sie taten es nicht, sowenig sie sich auf Familienfeiern mit Westbesuch blicken ließen.

Der Neubau der Akademie war eine architektonische Kriegserklärung an das preußische Arkadien, eine lose Ansammlung zweistöckiger, durch geteerte Wege verbundener Blöcke. Seine

---

64 »Damals schien mir, es müsse uns gelingen, junge sozialistische Dichter auszubilden wie Ärzte oder Ingenieure. Wir wollten einen literarischen Operationssaal bauen, eine geistige Werkbank, und mussten doch in den ersten Jahren aus Papiermangel für die Entwürfe und Manuskripte der jungen Autoren die unbeschriebenen Rückseiten alter Verwaltungsakten benutzen.« Später schrieb Victor sogar ein Gedicht darüber (*Unbeschriebene Blätter*, Gedichte, S. 66 f.), dessen etwas überstrapazierter poetischer Grundeinfall der Widerspruch zwischen dem bürokratischen Duktus der Verwaltungsakten und der auf den Rückseiten entstehenden sozialistischen Literatur war.

65 Ebenda, S. 346: »… weil die sozialistischen Produktionsverhältnisse eine neue Dichtkunst planmäßig hervorgebracht hatten und diese in dieser neuen, gesetzmäßigen historischen Phase die Aufgabe hatte, an der planmäßigen Weiterentwicklung der sozialistischen Produktionsverhältnisse mitzuwirken.«

ideelle und materielle Mitte war ein außen mit farbigen Kacheln und innen mit ikonografischen Fresken geschmückter Quader, den alle die Mensa nannten, obwohl sich darin außer der Mensa im Erdgeschoss, die gleichzeitig als Aula, Schauplatz von Delegiertenkonferenzen und Immatrikuationsfeiern diente, in der ersten Etage die Amtszimmer des Rektors und der Institutsdirektoren befanden. Dass die Mensa dem Kubus seinen Namen gab, hatte einen historischen Grund. Dort hatte bis zu Leonid Iljitsch Breschnews Ableben am Vorabend des 11.11.1982 der Akademiefasching stattgefunden.

*

Von einem der fröhlichen Zyniker, die sich in den Nischen der Akademie vor ernsthafter Arbeit drückten, stammte das Bonmot, dass (wie nach Marx die Geschichte der Menschheit die Geschichte von Klassenkämpfen ist) die Geschichte der Akademie die Geschichte ihres Karnevals sei. Sein Mythos lebte fort in den Heldensagen der Ostberliner Kulturschickeria und der schulterklopfenden Nostalgie langgedienter Oberassistenten, die den Sprung auf eine Professur nie schaffen würden und in Anlehnung an die sogenannten Majorsecken in der Armee die Majore genannt wurden. Das Majorat, wie der etymologisch nicht korrekte Gattungsbegriff lautete, war ein durch enttäuschte Karrierehoffnungen, Hass auf die Professoren, Liebe zum Alkohol und das Fronterlebnis des Karnevals zusammengeschweißter Bund, der sich als oppositionelles Zentrum verstand, was insofern zutraf, als seine Mitglieder nichts zu gewinnen hatten, solange die Verhältnisse blieben, was sie waren. Die Beglaubigung ihrer Lebensleistung bezogen sie nicht aus ephemeren Publikationen über Wesen, Begriff, Aufgaben und Geschichte der Sozialistischen Literatur, sondern aus der Fama vom Verbot des Akademiefaschings und den Skandalen und oppositionellen Akten, die dieses Verbot gerechtfertigt hatten. Der Fasching hatte noch während Renos

Studium[66] sein Ende gefunden, und so lauschte der frisch geba-
ckene Doktorand den prahlerischen Berichten der Majore mit
den herabhängenden Mundwinkeln einer Generation, die sich
dereinst mit Faschingsrevolten nicht begnügen würde. Den Ma-
joren zufolge hatten die gerühmtesten Dichter der Republik, als
Stefan George oder Caligula kostümiert und von sowjetischem
Alkohol berauscht, Sekretäre des Kulturbundes als Reitpferde benutzt; in Büttenreden waren die Verse Erich Weinerts, Willi Bre-
dels Prosa und selbst Bechers Sonette von kostümierten Eseln
deklamiert worden. Großer Beliebtheit (und der erwachenden
Aufmerksamkeit der Sicherheitsorgane) hatte sich ein kriminalis-
tisches Literaturquiz erfreut, in dem es galt, nicht einen Mörder,
sondern die Verfasser bestimmter Verse zu ermitteln, als welche
Becher, Brecht und Victor Nesselkönig ausgemacht wurden. Die
karnevalistische Konterbande hatte auf offener Bühne Dichter,
nach denen Schulen und Plätze hießen, vom morbus realisticus
socialisticus oder vom Bitterfeld-Syndrom geheilt. Nationalpreise
waren auf Zuruf an jeden versteigert worden, der einen korrekten
Reim auf den Anfang »Ich bin ein sozialistischer Dichter ...« zustande brachte; die Reime endeten auf Lichter, schlichter, Richter
und Gelichter. Kostüme und Masken mit Spitzbärten hatten so
wenig gefehlt wie Chinesenwitze auf Kosten des Genossen Mao
Tse-tung und Meldungen von Radio Jerewan, ohne Rücksicht auf
die aktuelle Klassenkampfsituation.

In der geflüsterten Überlieferung fehlte es nicht an expliziten
Schilderungen sexueller Exzesse, die weder vor Unvereinbarkei-
ten der Natur und des Alters noch vor der Zurschaustellung von
Praktiken zurückgeschreckt waren, die eindeutig in den Bereich
entmenschter Dekadenz aus der westlichen Welt gehörten. Nationalpreisträger hatten gesoffen mit Untergrunddichtern, die dem
Gefängnis näher waren als einer Publikationserlaubnis. Elemen-

---

66 Studenten wurden von den Feiern des Lehrkörpers ferngehalten wie katholi-
    sche Pfaffen von der Ehe.

te, die in ihrem Leben noch keine lausige Urkunde für ihr künstlerisches Schaffen erhalten hatten, verbrüderten sich mit Parteikadern, deren Jacketts an hohen Feiertagen schwer von Orden waren. Einer der Faschingsprinzen war ein Kandidat des Politbüros gewesen, hatte es hernach allerdings nie zum Vollmitglied geschafft. Gasthörer von den Nationalen Befreiungsbewegungen hatten Wasserpfeifen mit suchterregenden Substanzen herumgereicht und sexuell unzweideutige Tänze aufgeführt. Tatorte waren im Wesentlichen die sonst als Garderobe genutzten Seitengelasse der Mensa gewesen, in denen man karnevalshalber euphemistisch Kussfreiheit verkündet hatte. Selbst Amtszimmer waren besudelt worden. Oberassistent Dr. Hermann Worthgetreu, Spezialist für die sozialistische Literatur Afrikas, schwor mit drei Fingern, mancher Fleck auf dem Textilbelag im Zimmer des Prorektors für Erziehung und Ausbildung stamme weder von Krimsekt noch von Kaffeesahne. Der Rubikon war überschritten, als die Provokateure das wegen Breschnews Tod verhängte Faschingsverbot missachtet und in der Bütt den betagten Witz von der Verlosung westlicher Herzschrittmacher im Politbüro zum Besten gegeben hatten. In der Revolte jenes Karnevals, deren Rädelsführern mittlerweile andere verantwortungsvolle Aufgaben beim sozialistischen Aufbau anvertraut worden waren (Dorfbürgermeister, Redakteur einer Betriebszeitung, Leiter eines Zentrums junger Freunde der Sowjetunion), hatte die Akademie ihren Potsdamer Frühling erlebt. Und zu seiner Beendigung war kein einziger Panzer nötig gewesen. Ein von Bronnen moderiertes Kadergespräch hier, eine Delegierung in die sozialistische Produktion da, die toxische Mixtur aus Kritik & Selbstkritik, notfalls der gesenkte Daumen eines Promotionsgutachters hatten genügt, die Rebellion niederzukartätschen.

Jene in den Chroniken und Fotoalben der Akademie sorgsam getilgte historische Epoche wurde abgelöst durch die noch andauernde Regentschaft des schöngeistigen Juristen Professor Sieger als Rektor und der Akademieparteisekretärin Frau Prof. Dr. Dr. Gertraude Auermann-Schönhaar, die ihre Ägide unter das

Motto vom *Entwickelten Sozialistischen Fasching* stellten. Der Fasching wurde sozialistisch, Frau Professor erhielt den Nationalpreis und ein paar kesse Nachwuchswissenschaftler Bewährung in der Produktion. Keineswegs verboten, aber entmannt, zehrte der Karneval noch einige Jahre von seinem einstigen Ruhm, ehe er etwa gleichzeitig mit dem Genossen Konstantin Tschernenko, dem letzten der komatösen Greise an der Spitze des Politbüros des ZK der KPdSU, nach langer schwerer Krankheit verschied. Sein Mausoleum war die Mensa, nur dass man seine Leiche nicht zur Schau stellte wie den einbalsamierten Leichnam W. I. Lenins an der Kremlmauer.

*

Seither sammelte sich der Widerstand in den Katakomben. Jeden Montag nach der Parteiversammlung traf sich der lehrstuhllose Teil der Akademie, verstärkt durch Professor Breitmantel, Inhaber des Lehrstuhls für die Geschichte der Bewegung Schreibender Arbeiter (GBSA) zu einem geheimen und zeremoniellen Besäufnis. Breitmantel holte Bier für alle und erzählte den jungen Spunden von der Werbetour für die FDJ durchs Ruhrgebiet, an der er in den Fünfzigern teilgenommen hatte und von deren Ruhm der schmächtige Mann bis heute zehrte. Auf die Frage, wie es im Westen so sei, beugte er sich über den Tisch und stieß, sein Gegenüber von unten ansehend, hervor: »Am Ende! Die sind am Ende! Vollkommen am Ende! Seid bloß froh, dass ihr dort nicht mehr hin müsst.«

Kaum an der Akademie, hatte Reno es verstanden, sich Breitmantels Dankbarkeit zu versichern. Der arme Mann saß mit hängenden Schultern am Manuskript eines Vortrages über die *Wachsende Rolle der sozialistischen Literatur bei der planmäßigen Weiterentwicklung der Einheit von Wirtschafts- und Sozialpolitik*, den ein leibhaftiges Mitglied des Zentralkomitees – der Akademiepräsident Professor Sieger – auf einem Parteitag zu Gehör bringen würde. Nur hatte ihm ein Zitat gefehlt.

»Einen Marx hab ich schon«, klagte er, »sogar zwei Lenins. Aber keinem einzigen Nesselkönig. Es kann doch nicht sein, dass er noch nie …«

»Doch«, sagte Reno, »hat er mit Sicherheit.«

Jeder Absolvent einer sozialistischen Hochschule kennt den Brauch, wissenschaftliche Veröffentlichungen mit jeweils einem passenden Zitat der Genossen Erich Honecker und Karl Marx einzuleiten, als erfahre das gewählte Thema seine Berechtigung und Relevanz erst dadurch, dass die beiden sich darüber verbreitet hatten. Im Allgemeinen stand in den Zitaten schon alles, was Inhalt der nachfolgenden Ausführungen war, bei denen es sich um mehr oder weniger gelehrte, mehr oder weniger spitzfindige, mehr oder weniger triviale Exemplifikationen einer Marxschen, Leninschen, Honeckerschen oder Nesselköniglichen These handelte. Das Klassiker-Zitat war der Lackmus-Test der Wahrheit, das Salz in der Suppe der Wissenschaft: Wenn man etwas behauptete, holte man sich Beistand bei Kohorten von Fußnoten mit der beruhigenden Abkürzung für die Werkausgaben von MarxEngelsLenin. Die sozialistische Wissenschaft muss einen Rückschlag von pompejanischem Ausmaß erlitten haben, als über Nacht vierundzwanzig Bände Stalin-Zitate nicht mehr verwendbar waren. Doch sie blieb ein unerschöpflicher Markt für Quellenkundige: Passende Zitate von Marx, notfalls von Engels, gern von Lenin und auf jeden Fall von Honecker und vom Evangelisten der eigenen Fakultät waren die harte Währung des akademischen Betriebs. Wie dumm, dass von Marxens Werk jedes Stück Papier, selbst des unkoscheren Frühwerks, gewendet und gedruckt war, während es von Victor Nesselkönigs Reden und Aufsätzen nicht einmal einen Sammelband gab. Und so hing Breitmantel an Renos Lippen auf der Suche nach einem Ausspruch Nesselkönigs als Motto und Conclusio seiner auf zehn Maschinenseiten ausgebreiteten und mit Statistik belegten These, dass die Schilderung klassenbewusster Arbeiter und ihrer sozialistischen Produktionsverhältnisse eine unentbehrliche Triebkraft der sozialistischen Produktion sei. Und Reno hatte aushelfen können: »Die sozialistische Literatur und die Wahrheit sind eine unverbrüchliche Ehe eingegangen, deren Kinder die revolutionären Arbeiter und Bauern sind.«[67]

»*Das* hat er gesagt?«, raunte Breitmantel ehrfürchtig.

»Genau das.«

Und Breitmantel, den Abgabetermin im Nacken, hatte weder nachgefragt noch die Fundstelle geprüft (Reno zufolge ein Grußwort zum letzten Schriftstellerkongress, in der gedruckten Fassung nicht enthalten), er hatte mit beiden Händen Renos Rechte ergriffen und – Lausitzer Agrammatiker, der er war – seinen »wirklich tiefempfundenem Dank« gemurmelt. Die Fälschung blieb unentdeckt. Als Rektor Sieger das erfundene Zitat mit erhobener Stimme und einem stolzen Seitenblick auf den im Präsidium sitzenden Victor Nesselkönig vorlas, stellte er erleichtert fest, dass der weltberühmte Autor mehrmals kräftig nickte und ihm anerkennend zulächelte.

*

In diesem Hort der Einfalt und der Heuchelei begann Reno mit seinen Forschungen zu Leben und Werk des Mannes, der die Frau seiner Träume und seinen einzigen Freund gezeugt hatte, des Mannes, den er sich, Germanistik hin, Promotion her, zum Schwiegervater wünschte. Victor Nesselkönig war zu Hause nicht mit Interesse verwöhnt, von Bewunderung aus der Generation seines höhnischen Sohnes zu schweigen. Reno eroberte den alten Mann im Handstreich. Sein Arsenal war gefüllt mit gutem Willen, einfallsreichen Fragen, der Geduld, Monologen ohne Anzeichen von Ermüdung zu lauschen und der kostbaren Fähigkeit, über jeden noch so schlechten Witz zu lachen. Wie von selbst war aus dem schüchternen Mitschüler, der versuchte, Vivi zum Lachen zu bringen, eine Art Hausgast geworden. Sogar Schach spielen konnte Victor mit dem jungen Mann, wenn auch nur blind: Er stand am Fenster seines Arbeitszimmers und spähte über den

---

67   Suchen Sie bitte nicht in der Werkausgabe, sondern lesen Sie weiter.

See in die freie Welt, Reno hockte hinter ihm am Brett und führte die Züge, die Victor wie düstere Orakel ansagte, solange aus, bis er mattgesetzt war. Renos linkische Bewunderung wehrte er ab. Er drehte sich um, sah wehmütig auf das Schlachtfeld auf dem Brett. »Ostertag war besser. Der hätte gegen vierundzwanzig Mann gleichzeitig spielen können.« Und Reno fragte weiter, mit der Neugier des Waisenkindes und der Andacht des unglücklich Liebenden. Seine Fragerei brachte dem Hausherrn vergessene Kapitel seines Lebens in Erinnerung; selbst Vivi und die Ersatzmutter hoben den Blick, wenn Reno ihm wieder eine nie gehörte Geschichte aus der Nase zog. Seit er mit Victors geschmeichelter Protektion Material für seine Diplomarbeit sammelte, war Reno die Merkwürdigkeit aufgefallen, dass ausgerechnet Nesselkönig, dessen Genie vom Himmel gefallen war, bei der Akademiegründung auf die Idee gekommen war, man könnte Dichten lernen wie Fahrrad fahren. Das manische Interesse für die nesselkönigliche Geschichte wurde seine studentische Passion, oder seine Art, um Vivi zu werben. An den Wochenenden, wenn sie vom Studium aus Leipzig nach Hause kam, brachte Reno die Rede auf die fixe Idee vom Schreiben als Handwerk. Der Nobelpreisträger, gesegnet mit frühem Talent, lächelte versonnen. »Junger Freund, man kann alles lernen. Alles. Mir können Sie das wirklich glauben.« Das schien ihn zu amüsieren.

Mittlerweile hatte Reno sein Diplom abgelegt: Prädikat *sehr gut*, Aufnahme als Doktorand. Spätestens 1995 würde er Professor sein. Vivi hatte in Leipzig ihr Diplom als Russischlehrerin gemacht und nebenbei zwei unglückliche Liebesaffären überstanden (ein verheirateter FDJ-Sekretär mit festen Grundsätzen, was die juristische Unauflöslichkeit der Ehe betraf, und ein Regieassistent vom Schauspielhaus, der einen Kopf kleiner war als sie, sie im Suff schlug und bei einem Gastspiel im Westen blieb). Vor ein paar Wochen war sie zum Aufbaustudium nach Moskau geflogen. Es war nicht selten, dass die Kinder von verdienten Genossen ein paar Jahre nach Moskau gingen, ein fadenscheiniger Ausgleich dafür, dass man sie nicht nach Paris schicken konnte. Sie hatte sich beworben, wie sie alles tat, aus keinem besseren und keinem schlechteren Grund als dem, dass sie glaubte, ihrem Vater eine Freude zu machen. Was das für Reno bedeutete? Ab und zu hatten sie an den Wochenenden miteinander geschlafen, mit der Routine von Freunden, die sich so gut leiden können, dass die Freundschaft auch das bisschen Sex übersteht. Er hatte das Geschenk angenommen, ohne sich Illusionen darüber zu machen, dass er nur erhört wurde, weil er sich mehr um Vivis Vater kümmerte als Jurek. Nun war sie fort, ohne sich erklärt zu haben; ob aus Taktgefühl oder Feigheit, war die Frage, die ihn nachts wach liegen ließ. Er ging mit wundem Blick an der Tür ihres Zimmers vorbei, las sich durch Victors Bibliothek, während Jurek von seinem Medizinstudium in Jena kaum noch nach Hause kam, angeblich, weil er sich auf seine Examen vorbereitete. Niemand glaubte das, sein Vater vermutete krumme Geschäfte und Reno hoffte, dass es nichts Schlimmeres war. Ab und zu schrieb Jurek krakelige Karten, indem er kryptisch Dinge ankündigte, von denen heute noch keiner eine Ahnung habe. Als er doch einmal nach Hause kam, wurde Reno Ohrenzeuge, wie Jurek seinen Vater anschrie; es ging um ein Grab und einen Friedhof; als er Jurek danach fragte, winkte der ab.

Victors poltriger Freund Bronnen, der drahtige Witwer am Kaffeetisch, hatte Reno zunächst mit Reserve betrachtet. Aber dessen Musterschülermanieren und etwas, das er sauberen Klassenstandpunkt nannte (als ob Reno sich gründlicher wusch als Jurek), stimmten ihn bald um, und wie es seine Art war, brachte Bronnen sein Wohlwollen im Wesentlichen dadurch zum Ausdruck, dass er Reno, wann immer er ihn traf, auf die Schulter klopfte. Wenn Bronnen zum Kaffee kam, las er mit zusammengezogenen Augenbrauen Jureks Karten, die auf dem Fernseher lagen und einmal hörte Reno, wie er zu Victor sagte: Für den sind jetzt andere zuständig. Dafür umwarb die Ersatzmutter den Freund ihres Stiefsohnes mit einer Fürsorge, als sei er ihr eigenes Kind. Die Nesselkönigs hatten ihn quasi adoptiert, auch Victor schien sich nicht zu erinnern, dass es jemals anders gewesen war. Neuerdings lobte er jedes Mal das Essen, als habe seine Frau für Jurek nicht so gut gekocht. Bei den Mahlzeiten stockte die Konversation nie, weil Reno jede noch so läppische Bemerkung Victors aufgriff und ihn mit einer nie erlahmenden Bereitschaft, sich zu wundern, ausfragte. Und nach dem Essen servierte der Dichter ein historisch-biografisches Dessert, stark nachgesüßte Geschichten über die deutsche Literatur vor dreiunddreißig, das Exil in Prag und die Jahre in Moskau, zu denen Bronnen meistens nickte und manchmal ein Detail berichtigte, flambiert mit Anekdoten über berühmte Zeitgenossen, die Reno in seinem Zimmer in ein Notizbuch eintrug, auf das er ein großes *N.* geschrieben hatte. Später fand er Victors launige Berichte wortgetreu in Büchern der Akademiebibliothek wieder; seltsamerweise hatte jemand genau diese Stellen angestrichen. Mit Renos Fragen hielten sich Nesselkönigs Reminiszenzen nie auf, wie der Dichter überhaupt die Gewohnheit hatte, auf Fragen zu antworten, was ihm gerade einfiel. Wenn Reno ihn daran erinnerte, wonach er gefragt hatte, berührte der mit dem Zeigefinger die eigene Nasenspitze und sagte etwa: »Niemand versteht das wirklich. Denk das bloß nicht. Niemand …«

Und er sah unsicher in Richtung seiner Frau, die den Tisch abräumte und seinem Blick auswich. Aber die Stofffetzen, mit denen Victor Nesselkönig die Lücken seiner Biografie ausstopfte, sammelte Reno, fadenscheinig und zerschlissen wie sie waren, Sekundärrohstoffe für seine Dissertation. Vielleicht hatten sie eine geheime Bedeutung, die sich noch zeigen würde. Einmal holte Victor eine Mappe aus seinem Zimmer und las Bronnen und Reno aus den Briefen vor, die Vivi aus Moskau schrieb. Bronnen erinnerte ihn daran, dass Reno mit Vivi befreundet war (er sagte »befreundet« in einem Tonfall, als wisse er mehr), und Victor hatte irritiert genickt. Er schien Jurek vergessen zu haben. Ein anderes Mal nahm er Reno beiseite und fragte, was damals in Prag passiert sei. Reno stammelte etwas von illegaler Demonstration; von dem Film, der im Schubkasten seines Schreibtischs lag, sagte er nichts.

Vom Hofstaat an der Akademie wurde Renos Sonderverhältnis zum Dichter aller Dichter aus den Augenwinkeln beobachtet, wie man eine Affäre mit der Tochter des Chefs beobachtet – alle taten, als wüssten sie von nichts, unterstellten aber unsaubere Motive. Kurz nach Renos Aufnahme in den Kreis der Nachwuchswissenschaftler (dazu gehörte jeder, gleich welchen Alters, der nicht Professor war und sich noch Hoffnung machen durfte, es zu werden) beschloss Rektor Sieger, das Thema offensiv anzugehen. Nach einer Parteiversammlung legte er den Arm um Renos Schulter, sah ihn von unten an und fragte, ob der Dichter, der sich seinem Publikum so selten zeigte, für die professionellen Literaturerklärer des Volkes eine Ausnahme machen und sie mit einer Poetikvorlesung beehren würde. In einem Anfall von Eigeninitiative hatte er die Ankündigung schon ins Vorlesungsverzeichnis für das Sommersemester drucken lassen.[68] Victor, beim Sonntagsbraten, zögerte bei dem Wort Poetik, aber als Reno es ihm erklärt hatte, beratschlagte er mit der Ersatzmutter, welche Krawatte er tragen sollte. Zum Kaffee kam Bronnen und man hörte sein Gebrüll im Turmzimmer bis in die Küche. Danach kam auch Sieger nicht auf die Idee zurück. Vielleicht hatte man ihm bedeutet, dass die Akademie für Literatur keine Ansprüche an den Autor stellen durfte, nur weil sie seinen Namen trug. Der Plan von Nesselkönigs Poetikvorlesung verschwand so schnell und vollständig, wie Dinge nur im Sozialismus verschwinden, wie die Stalin-Porträts im Kreml-Saal am Vorabend der Chruschtschow-Rede.

So blieb Renos Verbindung mit Victor Nesselkönig, dem vornehmsten Gegenstand sozialistisch-germanistischen Interesses, quasi halblegal, ein fast frivoles Geheimnis, auf das futterneidische Dozenten in der Kantine schulterklopfend anspielten. »Du sitzt im Paradies«, sagte Breitmantel, als sie in der Schlange standen. Reno antwortete nicht, obwohl Breitmantel wenigstens

---

68 Es war eine der Fallen, in die ein auswärtiger Biograf wie deWitt unweigerlich gehen musste, dass er noch in seinem Nesselkönig-Buch von 1993 behauptet, das Manuskript der 1985 gehaltenen Poetik-Vorlesung sei verschollen; seltsamer ist, dass auch Inge Nesselkönig diese Version bestätigt.

keine schlüpfrigen Anspielungen auf Vivi machte. Aber Breitmantel schwärmte: »Traum des Biografen! Unmittelbare Teilhabe am Schaffensprozess!« Reno nickte und schwieg. Schwierig, Breitmantel zu erklären, dass man mit Victor über alles reden konnte, außer über seinen Sohn und seine Bücher. »Literatur«, pflegte Victor zu sagen, »interessiert mich nicht.« Er hatte eine bessere Beschäftigung gefunden, die den sprechenden Namen *Problemschach* trug. Soweit Reno verstand, ging es nicht um Schachpartien, sondern um die Erfindung von Problemen. Breitmantel nickte traurig, als wollte er sagen: Als hätten wir nicht genug Probleme.

»Es geht«, erwiderte Reno, »um antikritische Züge. Zweispänner. Doppelte Plachuttas.«

Und das ist erlaubt?, fragte Breitmantels Schafsgesicht.

»Es geht zum Beispiel darum, sich selbst in sieben Zügen mattzusetzen. Beziehungsweise, den Gegner zu zwingen, mich in sieben Zügen mattzusetzen.«

Breitmantel nickte und nahm sich Geschirr vom Tablett. Und auch Bronnen ließ sich von Reno den Unterschied zwischen einem einfachen und dem Wurzburg-Plachutta[69] erklären. »Literatur«, fragte er, »ist das Literatur? Irgendwas Modernes?«

»Nein«, sagte Reno, »Literatur ist das nicht.«

---

69 Künstlerisches Motiv bei der Komposition von Schachproblemen, benannt nach Josef Plachutta. Beim »einfachen« Plachutta handelt es sich um eine Schnittpunktkombination, bei der die Deckungslinien z. B. zweier schwarzer Türme oder Läufer durch Besetzung ihres Schnittpunkts mit einer weißen Figur verstellt werden. Dagegen werden beim »Wurzburg-Plachutta« (benannt, wie man sich denken wird, nach einem Meister namens Wurzburg) zwei gleichschrittige schwarze Figuren ohne weißen Opferstein verstellt. Man kann sich Bronnens Gesicht vorstellen, als er diese Auskunft bekam.

27

Vivi Nesselkönig geht ihrem Vater zuliebe nach Moskau und kehrt ihm zuliebe zurück
Moskau, Dreizehnheiligen und Berlin, 1986/87

Die Sowjetmacht hat die russische Sprache um zwei grammatische Fälle bereichert: Den Deportativ (»Wer wohin?«) und den Exekutiv (»Wer warum?«).

Witz in der späten Sowjetunion

Kurz vor dem Ende ihres zweiten Semesters an der *Lomonossow* bekam Vivi Nesselkönig in ihrem Moskauer Doktorantenwohnheim Besuch von einem gutaussehenden, aber linkischen Botschaftsmitarbeiter, der ihr mit Kondolenzgesicht eröffnete, sie müsse sofort nach Hause kommen. Am nächsten Tag saß sie in einer IL-62, malte Kreuze in den kühlen Film aus kondensiertem Wasser auf der Innenseite der Luke und flüsterte vor sich hin: Bitte, werde wieder gesund! Beim Aussteigen nickte ihr die Stewardess mit grünen russischen Augen und schwarzen sowjetischen Wimpern zu. Auf der Gangway sprang feuchter Dunst sie an, Schleier aus Sprühregen, die über das Rollfeld trieben. Im Transitraum war die Luft kühl und gefiltert. Kaum wieder in Berlin, merkte sie, dass sie nach Sowjetunion roch. Sie hatte sich an die sowjetische Narkose aus Knoblauch und zu starkem Tee gewöhnt, den Mief von Pathos und verschwitzten Kunststofftextilien. Tag um Tag, Woche um Woche hatte sie Müdigkeit akkumuliert und war im Flugzeug in todesähnlichen Schlaf gefallen. Sie hatte nicht von ihrem Vater geträumt, sondern von Korridoren: Den endlosen, mit welligem Linoleum ausgelegten Fluren zwischen den Hörsälen der Lomonossow, bevölkert von den Kindern der sowjetisch beherrschten Welt, flankiert von unordentlichen Wandzeitungen (Losungen, leicht nach rechts abfallend, gestanzt aus weißen kyrillischen Papierbuchstaben, mit bunten Stecknadeln befestigt, grünstichige Fotos aus *Nowaja Wremja*), ausstaffiert mit den Porträts schuldbewusst blickender Beststudenten. Von den Alleen, breit wie die Moskwa, die zu den Bibliotheken führen, zu den Selbstbedienungsrestaurants mit ihren Knoblauchbuletten, dem Haus des Komsomol, dem Haus des ausländischen Studenten, dem Haus der Sowjetischen Wissenschaften, dem Haus der Proletarischen Literatur, dem Palast des Sozialistischen Sports und dem der Sowjetischen Raumfahrt. Alleen, so breit, als seien sie für Mammutpanzer gebaut, die den westlichen Spionagesatelliten entgangen sind. Geträumt hatte sie auch von den unterirdischen Trassen der Moskauer Metro, den mit Marmor und Messing überladenen Stationen. Junge Männer mit verzerrten Gesichtern in nicht ganz sauberen Anzügen beugten sich nach vorn, riskierten einen Blick in den Schlund des Tunnels, aus denen eine Echse aus Licht und Elektrizität hervorschoss. Manchmal begann einer von ihnen plötzlich zu singen oder zu schreien und wurde von Milizionären weggebracht.

Im Rückblick schien es Vivi, sie sei ein Jahr lang nur Metro gefahren, in flackerndem Kunstlicht, das jeden Fleck auf ihrem Rock zum Vorschein brachte, jeden Trauerrand an ihren Fingernägeln. Sie hatte ständig das Bedürfnis gehabt, sich die Augen zuzuhalten. In den Wagen war es plasmatisch hell, unmöglich, jemanden anzusehen. Wenn die Bahn das warme, organische Licht der Bahnsteige verließ, an Fahrt gewann, Geschwindigkeit wie einen anderen Aggregatszustand annahm, sich auf die Dimensionen der endlosen Stadt ausdehnte, erschrak Vivi manchmal im Spiegel einer Fensterscheibe vor sich selbst. Niemand mochte sich in diesem Röntgenlicht sehen, die Leute saßen mit aneinandergepressten Knien und abwesenden Gesichtern, als wünschten sie sich weg, hielten sich Bücher vors Gesicht, stellten sich schlafend, als wollten sie ihre Anwesenheit vergessen machen. Im 29. Stadtbezirk erblickt die Metro zwischen babylonischen Wohnquadern das milchige Licht der Stadt, von Weitem majestätisch wie die Paradeformationen am 1. Mai auf dem Roten Platz, aus der Nähe riesige, schmutzige Insektenburgen. Der Waggon stieg wie ein U-Boot auf zwischen diesen Häusern, die jedes Schmuckes entbehrten, sei es von Blumen, sei es selbst von Fahnen. Wenn die Bahn ausfiel und sie den Bus benutzen musste, war sie an der Baustelle des *Dom Kommunisma* vorbeigekommen, das ein Dom viel eher im deutschen Sinne des Wortes zu werden versprach. Man hatte eine riesige, mit Wasser gefüllte Grube, seit den dreißiger Jahren ein beliebter Badesee, zuvor eine Lagerhalle für Armeebekleidung, noch früher eine der Hauptkirchen der russischen Orthodoxie, mit Bauschutt verfüllt und dann unter Missachtung der Traufhöhe der umstehenden Häuser zu bebauen begonnen. Schwedische Spezialisten befehligten eine Armee enthusiastischer Komsomolzen, biedere, aber sauber gekleidete Jungen, deren Kindergesichter das Vertrauen an das Gute in diesem Land stärkten, an die Bescheidenheit, die Unterordnung unter etwas Großes. Dass der Bau schon in den Dreißigern begonnen worden war, berührte Vivi: Etwas wuchs der Vollendung entgegen, dessen Anfänge ihr Vater gesehen hatte. Nicht einmal davon hatte er erzählt. Er war nie wieder in Moskau gewesen.

Vielleicht störte ihn das Unkraut aus Gerüchten, die Unmöglichkeit, in diesem Gestrüpp die Wahrheit zu finden. Niemand wusste, warum die Metrolinie oft gesperrt wurde, vielleicht wegen eines Kabelbrandes oder weil einer der Irren in den schmutzigen Anzügen vor den heranbrausenden Zug gesprungen war. Man flüsterte, dass die Fundamente des *Dom Kommunisma* im Morast versanken. In den Zeitungen wuchs das Haus zum Gebirge, ein Koloss aus Stahlskeletten, breiter und höher als alles, was Moskau kannte. Wenn sie wegen einer Metrohavarie wieder den Bus nehmen musste (es kam mit einer gewissen Periodizität vor, über die vermutlich auch die Spezialisten der Moskauer Miliz vergeblich brüteten), versuchte sie, einen Fortschritt zu erkennen. Während der Wind die Plakate an den Baugerüsten zerfetzte, wurden in der *Prawda* Bilder des fertigen Gebäudes gedruckt.

Ein behutsamer Singsang weckte sie, wie von einer Krankenschwester beim Erwachen aus der Narkose. Sie fuhr auf, schüttelte sich und legte der Frau, die neben ihr auf einer Bank im Transportraum saß, die Hand auf den Arm. »Ist mein Name aufgerufen worden?«

»Wie ist Ihr Name?«

Die Frau, älter als Vivian, rund und mit blondierten Haaren, trug ein buntes Freundschaftstuch mit unzähligen Autogrammen in kyrillischer, lateinischer, arabischer Schrift. Eine Internationale der Erinnerungen, von der sie ihr Leben lang zehren würde. Vivi ließ sich wieder zurückfallen, schlief fast ohne Übergang wieder ein, versank in ihren Erinnerungen.

»Ich kann gar nicht so gut Russisch.«

»Aber wenn das deine Mutter wüsste.« Das Totschlag-Argument. Normalerweise hatte der Vater es nur gegen Jurek eingesetzt.

»Niemand kann richtig Russisch.«

»Die Sowjetmenschen haben es doch auch gelernt.«

Wie immer, wenn ihr Vater etwas völlig Blödsinniges gesagt hatte, schien es Vivi, als müsse sie trotzdem darüber nachdenken. Eine besondere Art des Schuldbewusstseins.

»Also wirst du es auch lernen. Praxis, mein Liebling. Leben ist Praxis.«

»Und du willst hier allein bleiben?«

»Du vergisst meine Frau.«

»Ja. Ich vergaß deine Frau.« Die Ersatzmutter war selbst Vivi, diesem gutwilligen Vaterkind, fremd geblieben, seit sie in den vorletzten Sommerferien ihrer Schulzeit in Eichwalde plötzlich mit am Kaffeetisch gesessen hatte, eine bis zur Selbstverleugnung freundliche Frau, die errötete, wenn sie die Kinder etwas fragte. Jurek ging auf sein Zimmer, wenn sie das Haus betrat. Der Vater hatte keinen Versuch gemacht, seinen Sohn mit seiner neuen Frau zu versöhnen. Bitte, bitte, lieber Gott, lass ihn gesund werden. Vor knapp einem Jahr hatte er Vivi zum Flughafen gebracht, und sie hatte eine grüne Karteikarte in einer Klarsichtfolie mitgenommen, darauf standen alle Orte und Adressen, die Reno aus seinen Erzählungen rekonstruiert hatte. Mit Jureks Praktica hatte sie an den Wochenenden Fotos gemacht: Die Schauplätze des Moskauer

Lebens von Victor und Inna Nesselkönig. Das Elternhaus der Mutter. Die Schule, die sie besucht hatte. Vivi hatte vor dem Ausgang gestanden und die vorbeihüpfenden Mädchen beobachtet, als könnte ihre Mutter darunter sein. Als sie in den Lichtschacht der Kamera spähte, gefiltertes, entfärbtes Licht, fühlte sie sich ihr so nahe, dass sie nicht überrascht gewesen wäre, wenn ihre zarte, knabenhafte, allmählich durchsichtig werdende Mutter wirklich im Bildausschnitt aufgetaucht wäre. Die grünstichigen Abzüge, die sie in der Fotoabteilung des *GUM* entwickeln ließ, betrachtete sie mit unruhiger Neugier. Sie hatte vor, ihrem Vater zum Fest ihrer Rückkehr ein Album zu schenken, als Entschädigung dafür, dass sie ihn so lange allein gelassen hatte.

Als ihr Name bekannt wurde, sprachen sie fremde Menschen an, euphorische Historiker, weißhaarige Pensionäre und vorsichtige Archivare, besoffen von Wahrheit und lange unterdrückten Erinnerungen. Sie wollte die Zeit nutzen, um sich ihrem zweitausend Kilometer entfernten Vater so weit zu nähern, wie es durch Archäologie möglich ist: Die Wege benutzen, die er gegangen war, die Türen öffnen, die sich ihm geöffnet hatten. Aber überall stellten sich ihr *neue Enthüllungen* in den Weg, die es aus Flugschriften vom *Arbat* binnen Tagen in die Zeitungen schafften – Fakten und Gerüchte, die Sumpfblütengewächse der *Perestroika*. Als die Schlagzeilen ins Tanzen gerieten, als sich plötzlich herausstellte, dass es ein russisches Wort für *Pressefreiheit* gab, als die *Prawda* sich auf ihren Namen besann, wurden plötzlich in der Sowjetunion ungeheuerliche Dinge über die Sowjetunion behauptet. China, hieß es, habe die Union angreifen wollen und nachts alle Inseln im Amur besetzt, funkelnde Waffen im Geäst, Hunderttausende von Soldaten. Als die Sonne aufging über dem Amur, hieß es, seien sie verschwunden gewesen: Die Waffen, die Divisionen und die Inseln im Amur. In Sibirien, flüsterte man, habe ein apokalyptisches Sterben begonnen ohne jeden erkennbaren Grund. Nachts arbeiteten sich Kolonnen in Skaphandern durch Häuserblocks, in denen noch Licht brannte, aber niemand mehr lebte, hinter den eingetretenen Türen lagen bleiche Familien wie schlafend und wurden geräuschlos abtransportiert. An den hinteren Einfahrten großer Krankenhäuser, der Krematorien und Leichenschauhäuser hätten sich nachts Schlangen wartender Autos gebildet, von einer Miliz bewacht, die man noch nie gesehen hatte, riesige Männer mit futuristischen Waffen, von denen am Tage keine Spur blieb. Das Vertrauen in die Verschleierungskunst der Partei, in ihre Fähigkeit, das Offensichtliche zu leugnen, das offensichtlich Unmögliche zu beweisen, die Zeitungen reinzuhalten von der Wirklichkeit, war grenzenlos: Der Nährboden der Fieberkrankheit namens Glasnost. Die Moskauer hörten und lasen und schüttelten die Köpfe, begierig nach immer neuen Enthüllungen.

Victor Nesselkönigs Tochter aber hielt sich Augen und Ohren zu. Sie ignorierte Jureks fast wütende Bitte, ihr die deutschsprachigen Ausgaben von *Nowaja Wremja* und *Sputnik* zu schicken, warf seine Fragenkataloge nach Orten hinter dem Polarkreis, dem Stalin-Hitler-Pakt und einem Kaff namens Katyn in den Papierkorb. Sie antwortete ausweichend, bald gar nicht mehr. Sie betete, dass ihr Vater nicht erfuhr, was hier in der Zeitung stand.

*

Eines Sonntagnachmittags hatte sie eine der gerade in Mode gekommenen, weil angeblich verbotenen Filmpremieren in der Aula der Filmhochschule besucht. Auf einem Foto im Foyer entdeckte sie ihren Vater, 1936, neben ihm Eisenstein und Prokofjew. Sie schämte sich, es ihren Kommilitonen zu zeigen, so wenig ähnlich war er sich. Im Saal liefen *film noir* und Tarkowskij; nie würde sie sich an diese quälende Langsamkeit gewöhnen, eine Kamera, die verwüstete Gesichter und Orte so lange zeigte, bis man Gespenster sah. Die Düsternis, die verknappten Symbole empfand sie als obszön, quälend wie langes, peinliches Schweigen auf einer Geburtstagsfeier. Im Foyer standen seltsam gekleidete Menschen herum. Alte Damen in Kleidern aus der Zarenzeit. Ältliche Jünglinge mit schmalen Händen, die bestickte Russenhemden trugen. Doppelgänger von Tarkowskij. Menschen mit Kugelschreibern in der Außentasche ihrer Jacketts, immer bereit, eine Eingebung zu notieren. Lange Bärte, Amuletts.

Auf dem Podium hatte ein Professor der Filmhochschule die Moderation übernommen. Neben ihm saß der Historiker und Regisseur Medwedjew. Der Antityp des Intellektuellen, braungebrannt, muskulös, unverbraucht von Akademiesitzungen und staatlichen Kunstpreisen. Ein Mann, geboren, um die Wahrheit ans Licht zu bringen, unbekümmert um die Folgen, voller Vertrauen in seine gesunde, starke, hellsichtigere Generation, die ungeduldig das Ende der Gegenwart erwartet. Als die Vorrede des Professors zu lang wurde, zog er das Mikrofon an sich.

»Was ich Ihnen zeigen werde, wird Sie allein schon dadurch enttäuschen, dass es sehr kurz ist. Es ist mein bisher kürzester Film, obwohl es jede Menge Material gäbe, um einen abendfüllenden Film zu machen. Aber dieses Material – öffentliche Auftritte von Michail Scholochow, Reden auf Schriftstellerkongressen, seine Nobelpreisrede, Interviews – ist, wie soll ich sagen: sakrosankt. Noch sakrosankt.« Er ließ eine gefährliche Pause folgen, die sich über den vollbesetzten Saal senkte. Geschickt, fand Vivi und lehnte sich zurück. Der Film ist mit Handkamera aufgenommen, zu Beginn unscharf und verwackelt. Bevor der entscheidende, im Grunde einzige Take beginnt, hat der Kameramann einen Standpunkt gefunden, vielleicht die Kamera auf einer Kommode abgestellt und Brennweite und Tiefenschärfe verbessert. Als Scholochows Gesicht mit den kurzen weißen Haaren und Bartstoppeln erscheint, schlägt Vivi die Hand vor den Mund, so stark ist die plötzliche Erinnerung an den Nachmittag in Dreizehnheiligen, als sie auf dem Schoß dieses Mannes saß, der fast so berühmt war wie ihr Vater. Aus dem Off ist Medwedjews fideler Bass zu hören:

»Sie waren erst einundzwanzig, als Sie den *Stillen Don* schrieben.«

»Zweiundzwanzig, einundzwanzig. Ja. Jaja.«

»Sie haben alles selbst erlebt?« Der Kameramann läuft langsam zu großer Form auf, zoomt Scholochows zusammengekniffene

Augen heran, dann seine Hände, wie er beide Daumen gegen die Zeigefinger reibt. Wieder die Augen. Scholochow scheint über den Sinn der Frage nachzudenken.

»Nein, nein.« Ein Kichern, schwer zu unterscheiden von einem Hüsteln. Die Kamera zieht sich diskret in die Halbdistanz zurück und nimmt die Wand hinter dem alten Mann in den Fokus, wo in einem Bücherregal zwischen allerlei Fotos überraschend eine handgemalte Ikone steht. Gelächter im Publikum.

»Viele Literaturwissenschaftler haben Sie um Auskunft nach Ihren Quellen gebeten. Nach Tagebüchern gefragt, nach Notizen. Sie haben nicht einmal das Manuskript herausgegeben.«

»Das Manuskript ist da. Vollständig da. Können Sie haben.« Scholochow sieht jetzt wie ein wachsamer Vogel aus, sein Kopf bewegt sich unwillkürlich.

»Michail Alexandrowitsch, sind Sie der Autor des *Stillen Don*? Oder haben Sie ein fremdes Manuskript veröffentlicht?«

Scholochow hebt die Hand, die ganze Leinwand bedeckt von einer Scholochow-Hand. Die Kamera weicht aus, späht an der Hand vorbei.

»Kennen Sie Fjodor Krjukow?«

Die Kamera fährt überfallartig heran, bis Scholochows Greisengesicht die Leinwand ausfüllt. Sie erfasst ein Zittern der Augenlider, eine Träne, die in der weißlichen Wimper hängen bleibt, anwächst, aber nicht hinabrollt. Die Hände bedecken plötzlich das Gesicht. Die Kamera zieht sich zurück, um erneut anzugreifen; die Brennweite wird korrigiert. Scholochows Hände, immer noch vor seinem Gesicht. Die Hände, die den *Stillen Don* geschrieben haben. Die die kleine Vivi Nesselkönig vorsichtig festgehalten haben. Es dauert eine Minute, zwei. Schluchzen, verstörte Blicke durch die Finger. Die Kamera mit amerikanischer, investigativer Erbarmungslosigkeit, Vivi spürt, wie sie zu zittern beginnt, wie die Hand des alten Mannes. Scholochow holt sehr tief und lange Luft und sagt dann: »Sagen Sie bitte Ataman Glaskow, wie sehr ich mich schäme. Und ich bitte die Kosaken, mir zu verzeihen.«

Sie war wie erstarrt zur Metro gegangen. Warum tun sie das?, grübelte sie. Die Wahrheit, hatte Medwedjew gesagt. Die *Wahrheit!* Für Vivi Nesselkönig war das ein seltsames, prahlerisches Wort, halbseiden wie ein Heiratsversprechen. Ein erbarmungsloses Wort. Eines, das nicht halten kann, was es verspricht. Ohne Bezug zur Realität. Eine naive, unzivilisierte Religion, die uns einen Kinderglauben abverlangt. Aus einem Grunde, der ihr nicht ganz klar war, fühlte sie sich von Enthüllungen wie in diesem Film gestört, ja verletzt. Sie gewöhnte sich ab, Zeitschriften zu kaufen. Sie wollte nichts wissen von den alten Männern, die ihren Vater gekannt hatten. Sie wollte nur geträumt haben – hatte sie es nicht nur geträumt? –, dass diese gebeugten Greise mit den schlechten Zähnen und zu weiten Anzügen von ihrem Vater wie von einem Toten sprachen. Von dem unsinnigen Vorwurf, Victor Nesselkönig habe mit einer tschechischen Adligen sowjetische Museen ausgeraubt. Ihr Vater, der Angst hat, wenn nachts im Garten eine Katze schreit! Ein Kunsträuber! Wir waren dabei, flüstern ihr weißhaarige Pensionäre im Traum zu, Männer mit Ordensschnallen am Jackett. Wir haben die Zeitungen gelesen, die Berichte über seinen Prozess, sein Geständnis! Kunstraub! Wir saßen als Zuschauer im *Haus der Gewerkschaften!* Er hat gestanden, Kunstschätze der Sowjetunion an den Feind verschoben zu haben, wispern sie mit Baldrianatem, ein Schaden von Millionen, Milliarden von Rubeln. Man hat ihn zum Tode verurteilt deswegen, raunen sie. Vivi Nesselkönig lernte, sich aus Albträumen aufzuwecken und an etwas anderes zu denken.

*

Am Ausgang des Transitraumes stand ein Kontrollwürfel mit einer großen Fensterscheibe. Darin war hinter einem hohen Tresen ein Kopf mit einer Uniformmütze zu sehen. Wenn man den Pass durch einen schmalen Schlitz in sein neonbeleuchtetes Aquarium schob, verschwanden die Augen unter dem Mützenschild. Eine Hand schob die Mütze zurück. Der Zöllner starrte den Passagier an, nicht nur, um ihn zu identifizieren. Er blickte auf den Grund der Augen, dorthin, wo die dem Zoll nicht deklarierten Geheimnisse verborgen waren. Dann vertiefte er sich wieder in den Pass, der in einem unsichtbaren Bereich vor ihm lag, vielleicht durchleuchtet wurde, elektronisch abgetastet nach verräterischen Spuren. Wenn der Pass wieder im Schlitz auftauchte, ertönte ein leises Summen. In der Schlange herrschte schlecht verborgene Nervosität. Als Vivi dran war, sah sie hinter dem Uniformierten mit seinem Maschinenblick einen älteren Zivilisten stehen, der ein in Kunstleder eingeschlagenes Heft in der Hand hielt und sich damit rhythmisch auf die Stelle seines Bauches schlug, an der bei Uniformierten das Koppelschloss sitzt. Kein Geräusch drang aus der Kabine nach draußen. Der Zivilist blickte nicht durch die Scheibe nach draußen, als sei ihm das verboten, sondern nur auf jeden neuen Pass, der dem Kontrolleur vorgelegt wurde, neugierig, sozusagen auf Zehenspitzen stehend. Als Vivis Ausweis vor dem Blauen lag, blickte er auf. Eine warme Welle der Erleichterung ging durch ihren Körper, fast ein Schluchzen. Der Mann legte dem Kontrolleur eine Hand auf die Schulter, der nickte unmerklich. Ein metallisches Knacken, der Kontrolleur sagte mit unbewegtem Gesicht: »Links, bitte.« Links öffnete sich eine Tür. Vor ihr stand Bronnen. »Allet in Ordnung, mein Kind.«

Er hatte sie noch nie so genannt. Für eine furchtbare Sekunde schoss ihr durch den Kopf, seine zärtliche Anrede müsse etwas Schreckliches bedeuten.

»Wo ist er?«

*

Das Immunsystem selbst überdurchschnittlich integrer Menschen kapituliert vor Sätzen wie: »Wir haben Ihren Vater zur Sicherheit ins Regierungskrankenhaus bringen lassen.« Regierungskrankenhaus: die Verheißung der Unsterblichkeit. Westlich getönte Scheiben. Schallschluckender Teppichbelag auf den Fluren. Es beruhigt, wenn ein Krankenhaus nicht wie ein Krankenhaus aussieht. Sie passte ihre Schritte unwillkürlich dem geometrischen Muster des Fußbodens an, während eine Schwester voranging und Bronnen, ganz väterlicher Freund, den Mantel über dem Arm, einen halben Schritt hinter ihr.

Der Vater sah rosig aus, ein Greis mit Kindergesicht. Viele Blumen, beruhigend wenige Schläuche, dezente Gerätschaften. Der Intensivpatient Victor Nesselkönig schnippte nach oben, als er seine Tochter erkannte. Sie ließ die Blumen fallen und zog ihn an sich. Als sie ihn wieder losließ, machte er Anstalten aufzustehen, Bronnen schickte die Krankenschwester aus dem Zimmer.

»Was sagen die Ärzte?«, fragte Vivi.

»Die Ärzte sprechen lateinisch.« Bronnen seufzte. »Besser, als wenn sie russisch sprechen würden. Ick würde mich ooch ins Krankenhaus legen, wenn ick so 'ne Tochter hätte. Wenn die deswejen nach Hause käme.«

28

Ein bürgerlicher und ein physischer Tod
Deutsche Demokratische Republik, 1987

Victor gab sich keine Mühe zu verbergen, dass sein Zusammenbruch (»unklare Beschwerden«, sagte der Oberarzt mit undurchdringlichem Gesicht) nur eine fürsorgliche List gewesen war, um Vivi aus der Moskauer Gerüchteküche nach Hause zu holen. Nicht ohne Erstaunen entdeckte sie an ihrem Vater ein Talent zur Simulation, das im Handumdrehen aus einem kerngesunden einen kranken Mann machen konnte, wenn die Situation ungemütlich wurde. Aber sie war ihm dankbar. In Moskau hatte man ihr einreden wollten, ihr Vater sei dreiunddreißig Jahre vor ihrer Geburt erschossen worden. So etwas stand dort in der Zeitung. Wie hätte sie Zeitungen glauben können? Zwar waren die kontaminierten Stichworte hin und wieder auch in Eichwalde, Dreizehnheiligen oder Berlin gefallen. *Komintern, Jeshow, Lux*: Namen wie von peinlichen Verwandten, die auf den Fotos niemand mehr erkennen wollte. Vivi Nesselkönig war nach Hause gekommen, dorthin, wo noch der sorglose Geist ihrer Kindheit regierte. Sie wurde rot vor Freude, als sie begriff, dass ihr Vater jetzt ihre Aufgabe war; er war ja immer ihre Aufgabe gewesen: seit Jurek ihn mit Verdächtigungen gepeinigt hatte, seit die Mutter gestorben war. Eichwalde war Verrat gewesen (sie vergaß, dass der Vater sie dorthin geschickt hatte), Moskau Fahnenflucht (sie vergaß, dass sie sich ihm zuliebe beworben hatte).

Und derjenige, der ihre Kindertreue verstand, der sogar bereit war, sie zu teilen, war Jureks anhänglicher Freund Reno. Als sie aus dem Krankenhaus nach Hause kam, prallte sie im Flur mit ihm zusammen; er war unfähig, etwas zu sagen, bis die Ersatzmutter erklärte, dass er in den letzten Monaten Victors größte Freude gewesen war.

»Danke«, sagte Vivi, vermied aber zunächst, mit ihm allein zu sein. Aber sie fand Gefallen an dem Gedanken, dass sein literaturhistorisches Interesse an ihrem Vater auch ein Gottesdienst zu ihren Ehren war. Und er betrug sich, wie sich Victor Nesselkönigs Sohn hätte betragen sollen. Er saß zu den Mahlzeiten pünktlich am Tisch. Er half im Haushalt, wenigstens symbolisch. Er fragte Victor unermüdlich aus, brachte Dinge zutage, bei deren Erwähnung Vivi große Augen machte und die Ersatzmutter kopfschüttelnd in die Küche ging. »Wusstet ihr das nicht?«, fragte Reno. Mit der arglosen Neugier der Waise ließ er sich die Schubladen und Geheimfächer in Victors Gedächtnis vorführen, die die Familie längst vergessen hatte. Jurek, wenn er mal zu Hause war, hob lauernd den Kopf, Vivi und die Ersatzmutter tauschten panische Blicke, wenn der alte Mann sich im Überschwang der Erinnerung im Labyrinth seines Lebens verirrte. Aber Reno nahm ihn an die Hand und führte ihn wieder heraus. In seiner Frömmigkeit glaubte er, was immer Victor ihm erzählte und vielleicht war es diese Immunität gegen die neuartige Krankheit namens Glasnost, die seine Aktien bei Vivi Nesselkönig steigen ließen. Victors Gedächtnis war manchmal seltsam unscharf, als könne er nicht unterscheiden zwischen dieser und jener Welt, zwischen dem, was er wusste und dem, was er hoffte, dem, was er erlebt, oder sich ausgedacht hatte. Neuerdings sprach er von einer Vorkriegskindheit in einer Thüringer Bäckerei wie von seiner eigenen. Aber Renos beflissene Fragen brachten wie der Pinsel des Archäologen immer neue Teile des Mosaiks zutage, die er so lange hin und her schob, bis sie zusammenpassten. Die Bäckerei, die Victor so plastisch beschrieb, wie es nur ein großer Erzähler kann, gehörte, wie Reno nachwies, ins Leben von Victors Jugendfreund Willi Ostertag, dem Namenspatron der Eichwalder Schule. Wie geschickt er war! Er saß dem Alten gegenüber, leicht nach vorn gebeugt, mit einem Stift in der Hand und seinem Notizheft auf den Knien. Er ließ Stichworte fallen, so leise und beiläufig, dass Victor glauben konnte, sie wären ihm gerade durch den Kopf gegangen und die ihn mit beängstigender Sicherheit genau dorthin führten, wo Reno ihn haben wollte, als habe er die komplizierte Mechanik von Victors Erinnerungsvermögen durchschaut. Victor sprach in großen Bögen, die nicht zu ihrem Ausgangspunkt, sondern zu einer Stelle knapp daneben zurückkehrten, misslungene Ellipsen, Ungenauigkeiten, wie sie aus Müdigkeit und im Zwielicht unvermeidlich sind. Seine Wiederholungen überstand Reno ohne Zeichen von Ungeduld, indem er das große, plastische »N« auf dem Einband mit immer neuen Kugelschreiberverzierungen schmückte. Vivi saß zwischen den Männern und lächelte Reno an, Victor wurde gesund, und es war nicht zu bestreiten, dass die Fragetherapie des künftigen Dr. Lehr ihn geheilt hatte. Victor Nesselkönig sah ihn zärtlich an wie einen Sohn.

*

Jurek hatte sich einen Bart stehen lassen und sah aus wie ein Jugendpfarrer. Bei seinen seltenen Besuchen aus Jena schnob er vor Verachtung, wenn sie über Wetter und Nachbarn redeten, um ihn von Politik abzubringen. Er studierte nicht mehr, was sein Vater nicht wusste oder nicht zur Kenntnis nahm, weigerte sich aber, mehr zu sagen. Reno entsann sich der Szene nach ihrer Rückkehr aus Prag. Erst hatte Jurek einen Wutanfall wegen des verschwundenen Films vom Wenzelsplatz bekommen. Am nächsten Tag war sein Vater dringend nach Berlin gerufen worden und als er zurückkam, ließ er sein Auto mit laufendem Motor vor dem Gartentor stehen, stürmte ins Haus und brüllte nach Jurek, der im Garten mit Kämmerling Tischtennis spielte. Kämmerling hatte Jureks Partei genommen und war von Victor aus dem Haus gejagt worden. »Wegen Prag«, hatte Jurek Reno zugeflüstert und gegrinst. Das Westfernsehen hatte eine Reportage von der Demo am Wenzelsplatz gesendet und irgendein extraschlauer Genosse hatte in dem tollkühnen Fotografen auf dem Brunnen Victor Nesselkönigs Sohn erkannt. Victor hatte den Film verlangt und Jurek hatte geschworen, dass er verschwunden sei, war aber so undiplomatisch hinzuzufügen, dass er ihn niemals hergeben würde; Victor Nesselkönig hatte mit hochrotem Kopf begonnen, das Zimmer seines Sohnes zu durchsuchen, der hatte etwas von *Nazimethoden* gebrüllt und links und rechts eine reinbekommen. Die Ersatzmutter musste sich vor ihren Stiefsohn stellen, um eine Schlägerei zu verhindern. Es herrschte Krieg zwischen Vater und Sohn Nesselkönig und im Winter siebenundachtzig begann das letzte Gefecht. Jurek kam unangemeldet und sah sich im Haus um wie ein Fremder, als wollte er sich Einzelheiten einprägen. Beim Kaffeetrinken hörte er plötzlich auf, in seiner Tasse zu rühren. »Ich muss euch etwas sagen.« Er legte den Löffel weg und hob den Kopf. »Nein Reno, bleib hier.« Zehn Minuten später, nachdem sie ihrem Vater die Herztropfen gegeben hatte, rannte Vivi heulend aus der Wohnung. Sie hatte sich, registrierte man in der Siedlung, nicht einmal einen Mantel angezogen.

*

Einprägsamer als der eigentliche »Übertritt«, wie man den Vorgang in der Abteilung Inneres beim Rat der Stadt Jena nannte, war der Moment, als ihm ein Mann in brauner Strickjacke den neuen Pass über den Tisch schob. Jurek schlug ihn auf und las seinen neuen Namen: *Jurek Lagutin, geboren am 15. August 1961 in Berlin.* Ein neuer Name! Er hatte immer schon Frauen beneidet, weil sie mit der Heirat ihren Namen ablegen können, als hätten sie ein zweites Leben.

»Jurek Nesselkönig wird dieses Land nicht verlassen. Niemals«, hatte der Strickjackenmann noch am Ende des ersten Gesprächs gesagt.

»Ich kann nichts für meinen Namen.«

Ein mitleidiger Blick. Als wäre es eine Strafe, in der Deutschen Demokratischen Republik diesen Namen zu tragen. Ist es aber, verdammt noch mal.

Später, nachdem man Jurek auch formell exmatrikuliert hatte, nach ein paar schikanösen Befragungen und widerstehlichen Angeboten, es sich zu überlegen, war der Vorschlag mit dem neuen Namen wie von selbst gekommen.

»Ich verstehe Sie nicht.«

»Sie verstehen nicht? Einen anderen Namen.«

»Was für einen anderen Namen?«

Hochziehen der Strickjackenschultern. »Es gibt genug Namen. Wenn wir alles so viel hätten wie Namen. Erzählen Sie im Westen ruhig, welchen Überfluss an Namen wir hier haben. Oder nein, erzählen Sie es lieber nicht.«

Jurek hatte aus dem Ozean der Namen den Mädchennamen seiner Mutter geschöpft. »Jurek Lagutin« klang ein wenig wie ein Clown aus dem sowjetischen Staatszirkus. Den Verwaltungskram erledigte die Stasi. Nur nicht den Canossagang nach Dreizehnheiligen.

Die Sache mit dem Namen erzählte er zu Hause nicht. Erst im letzten Moment am Bahnhof Friedrichstraße nahm er Reno beiseite, der es dann Vivi beibringen musste, damit ihre Post ankommen würde. Jurek aber fühlte sich, als unter dem Triumphgeheul der anderen Übersiedler der Zug einfuhr, wieder geschlagen. Ohne etwas zu tun, hatte der Alte es geschafft, ihm noch für diesen Akt absoluter Autonomie, die Flucht vor seinen Privilegien, den Arschtritt für seine Herkunft, ein schlechtes Gewissen zu machen. Jurek hatte seinen Auftritt am Ende des Kaffeetrinkens oft genug geübt, aber ein Triumph war er nur in der Fantasie geworden – die Offenbarung, die den Alten erbleichen ließ. Der war tatsächlich zusammengezuckt, aber eher so wie im Augenblick einer schlimmen Diagnose, die er längst geahnt hatte. Er starrte auf die Kuchenkrümel auf der Tischdecke und nickte, als wolle er sich einprägen, was sein Sohn da gesagt hatte. Er wurde von einer Sekunde auf die andere kleiner.

Reno hatte erwartungsgemäß das Dümmste gesagt. »Das ist doch keine Lösung, Jurek.«

Ein willkommener Gegner. »Du verstehst doch überhaupt nichts. *Üüüber – haupt* gar nichts! Man soll nicht über die Lösung meckern, wenn man nicht mal das Problem verstanden hat.«

»Wir haben alle unsere Probleme.«

Höhnischer Blick. Du hast dich hier eingeschlichen. Was ist dein Problem?

Und Vivi erst. Seine süße naive Schwester war seit Moskau völlig hinüber, Gehirnwäsche, Töchterpsychose, wer weiß. Sie war aufgesprungen, in die Küche gerannt, kam mit den Herztropfen und einem Löffel voll Zucker zurück, hielt ihrem Vater die Nase zu und steckte ihm den Löffel in den Mund. Dann fiel sie auf das Sofa und steckte das Gesicht in ein Kissen.

»Ich möchte wissen warum«, sagte Victor Nesselkönig, aufrecht sitzend, Blick zur Wand.

»Nein.«

Victor wandte sich umständlich zur Seite, versuchte, seinen Sohn in den Blick zu nehmen. Schien nicht sicher zu sein, dass er da saß.

»Du willst *nicht* wissen, warum.«

Der Gott der Grenzübertreter und Landesverräter ließ das Telefon klingeln. Reno sprang auf. Die Heilige Johanna der ungerecht behandelten Väter brüllte ihn an. »Lass das! Wir sind nicht da!«

»Könnte immerhin Bronnen sein, der unserem Vater dieselbe Botschaft überbringen will.«

»Jurek, ich flehe dich an …«

Victors Hand zitterte, Vivi stand auf und ergriff sie.

»Bronnen war schon hier. Schon vor drei Wochen.«

Das war der Moment, in dem Vivi ohne Mantel in die Kälte gerannt war. Natürlich, ihre Verzweiflungsausbrüche kamen noch, die Tränensturzbäche, das Hämmern ihrer kleinen Fäuste auf den Tisch und auf Jureks Brustkorb. Die Umarmungen, das Flehen, die Versprechen. Alles schlimm, aber auszuhalten. Nicht auszuhalten war, dass der Alte es geschafft hatte, so zu tun, als ob er seinen Sohn verachtete. Er wusste es schon seit drei Wochen, ohne es seiner Familie zu erzählen. Und er machte keinen Finger krumm, um Jurek zu halten. Kein Wort und keine Träne und keinen Schlag auf den Tisch. Auch kein Anruf bei Bronnen und

Genossen, deren leichteste Übung es gewesen wäre, die Sache ein für allemal zu begraben. Jurek konnte sich einreden, sein Vater habe nur die neue Parteilinie geschluckt, die gerade besagte, dass man manche Leute ziehen lassen musste und Macht auch dadurch demonstrieren konnte, dass man Reisepässe nach Gutdünken ausgab. Aber Victor erklärte nichts, bat um nichts, kam nicht einmal auf seine Frage zurück. Er schwieg. Er ließ, als es soweit war, Vivi und Reno zum Bahnhof Friedrichstraße fahren, wo sie auf einem abgesperrten Perron auf einen der gespenstischen Abschiedszüge warteten. Gutangezogene Leute mit vollgepackten Taschen und mit Sektflaschen kamen, Leute der Art, die man lieber nicht kennen wollte, Männer mit gekräuselten Schnurrbärten und amerikanischen Universitätsshirts, Frauen in Dauerwelle und Schneejeans, bebend vor Triumph, in den Westen! Wir gehen in den Westen!

»Sind das deine Leute, Jurek?«, fragte Reno. Vivi flennte, seit sie in der S-Bahn saßen. Reno zeigte auf das Wohlstandsgeheul um sie herum, auf die triumphierende Unterwürfigkeit, mit der Kellner und Gebrauchtwagenhändler, die in Ostberlin gelebt hatten wie die Maden im Speck, den Stasi-Leuten ihre Papiere zeigten. »Sind das deine Leute?«

»Meine Leute lassen sie nicht raus.«

Und damit öffnete Jurek die Flanke für Renos Volltreffer, den er noch spürte, lange nachdem er nicht mehr heulte, als er durch die Scheiben starrte beim Aufblitzen der Westbeleuchtung am Bahnhof Zoo, als er ausstieg im Duft von Südfrüchten und frischem Gebäck, eskortiert von Sozialarbeitern mit dem Gehabe von Krankenpflegern, im Notaufnahmequartier mit den Feldbetten und Verpflegungsbeuteln. Er begriff, inmitten des Jauchzens der anderen, die sich kaum fassen konnten, weil man ihnen zum Empfang hundert Westmark und Schokolade schenkte, dass er verloren hatte. Nur weil Reno gesagt hatte: »Aber dich lassen sie raus Jurek. Und du weißt genau, warum sie *dich* rauslassen.«

Der neue Name in seinem Ausweis, der Geburtsname seiner Mutter. Ein Anzug, der ihm nicht passte. Wie der Mann mit der

Strickjacke gesagt hatte: Man kann nicht davonlaufen, wenn man ein Nesselkönig ist.

*

Nicht nur von seinem Sohn wurde Victor verlassen. Auch Bronnen, den die Nachbarn aus Gewohnheit den Verleger nannten, ging in ein anderes Land. In den letzten Monaten vor seiner Pensionierung hatte er sich nachts mit verstaubten Akten in seinem Büro eingeschlossen, als wolle er Abschied von ihnen nehmen. Nach Mitternacht, wenn die Posten im Wachlokal einschliefen, schleppte er schwere Aktentaschen zu seinem Lada, fuhr auf seine Datsche am Ostufer des Dreizehnheiliger Sees und wollte alles, was er im Auftrag des Ministeriums über Willi Ostertag gesammelt hatte, dem trüben Wasser übergeben. Im letzten Moment fiel ihm ein, dass am anderen Ufer des Sees Westberlin lag und mit der Vorsicht, die ihm zur Natur geworden war, verbrannte er sie zusammen mit altem Reisig. Fortan betrachtete er Victor bei seinen Besuchen zufriedener, als sei der nach einer Operation völlig genesen. An einem seiner letzten Tage im Dienst hatte er einen durchtrainierten Schnurrbartträger namens Karl-Heinz Kleinwächter im Schlepptau, den er lustlos als »meinen Nachfolger im Amte« vorstellte. Victor gab dem Neuling die Hand, ohne ihn anzusehen. Und als Bronnen endlich im Ruhestand war, mit Vaterländischem Verdienstorden, Händedruck des Ministers und lebenslangem Abonnement auf die Weihnachtsfeiern des Ministeriums, kam er eben als Privatmann vorbei, als gäbe es keinen Ruhestand. Gewisse Dinge, pflegte er zu sagen, könne man nicht bleiben lassen bloß wegen irgendwelcher Gesetze des Staates oder der Natur. Seinen alten Freund Victor würde er zeitlebens besuchen. Vielleicht war es Anhänglichkeit, vielleicht Langeweile, gewiss aber war es Sorge. Die jungen Jenossen, Kleinwächter und Konsorten, würden in ihrer heiligen Ahnungslosigkeit alles vermasseln, was er in fünfunddreißig Jahren mit Mühe und dem Glück des Furchtlosen aufgebaut hatte. Wenn Kleinwächter doch einmal vorgelassen wurde, saß Bronnen misstrauisch wie eine alte Tante mit am Tisch. Es war nicht zu übersehen, dass es abwärts ging mit dem *Jenossen Bronnen*. Der einst athletische, sonnengebräunte Mann, dem man auch im Zivil seines Ministeriums den Soldaten angesehen hatte, verlor nicht nur an Statur und Spannkraft, sondern unheimlicherweise auch seine Farbe. Seine Stoppelhaare wurden hell wie neues, billiges Silber, seine Haut durchsichtig wie Zellophan, so dass sein Skelett wie ein Schatten hindurch schien. Jahr für Jahr hatte er mit Victor zusammengesessen, im Winter vor dem Fernseher, wo sie die Triumphe der DDR im Eiskunstlauf und Skispringen begossen hatten, im Sommer unten am See, weil es beim Fußball nichts zu feiern gab. Als sie in Bronnens letztem Sommer nebeneinanderhockten, Bronnen mit der tragischen Miene des Mannes, der weiß, dass alles ein schlimmes Ende nehmen wird, Victor mit dem fidelen Gesicht des Überlebenden, wurden sie vom Haus aus beobachtet, wo Vivi, die Ersatzmutter und Kleinwächter am Küchenfenster standen. Ab und zu erwachte Bronnen aus seinem Brüten und wandte langsam den Kopf zur Seite, als fürchtete er, Victor sitze nicht mehr neben ihm.

»Ick habe da Informationen«, sagte er.

»Ich dachte, du bist im Ruhestand.«

»Victor! Du musst Obacht jeben. Die jungen Jenossen heutzutage …«

»Ja.« Victor war kurz angebunden neuerdings, er sparte sich seine Wörter für den jungen Genossen Lehr auf, diesen übereifrigen Hofbiografen, Bronnen spie auf den Rasen.

»Benimm dich.« Der Dichter saß aufrecht wie ein Fürst, den rechten Arm auf die Armlehne gestützt, die Hand vor dem Mund. Es sah ziemlich arrogant aus. Eine Hornisse umkreiste den Orbit um seinen Schädel auf der Suche nach einer Landegelegenheit.

»Ick habe mir 'nen Termin beim Minister jeben lassen.«

»Ja.« Die Hornisse bremste mit den Schlägeln ihrer durchsichtigen Flügel ab, landete auf Victors Handrücken, unmittelbar vor seinem Gesicht. Victor drehte die Hand andächtig hin und her, das Tier betrachtend wie ein Riese, dem Gulliver auf die Hand ge-sprungen ist.

»Willste wissen, wat er jesacht hat?«

»Keine Ahnung.«

»Willste's wissen?«

»Nein.«

»Er hat jesacht …«, Bronnen verfiel in Schweigen, Victor ließ die Hand fallen, die Hornisse flog auf, Victors blitzende Augen folgten ihr, ohne dass er den Kopf bewegte. Bronnen war in letzter Zeit eingelaufen wie ein zu heiß gewaschener Pullover, ein Männ-lein, dessen dünne Beine beim Sitzen auf dem hohen Gartenstuhl in der Luft baumelten. »Er hat jesacht, wenn dieser deWitt kom-men will, dann soll er doch kommen.«

Die Hornisse kreiste wieder vor Victors Nase, der langsam die Hand hob und dann mit raubkatzenhafter Schnelligkeit zuschlug. Bronnen zuckte zusammen. Wieder starrten sie auf den stillen Wasserspiegel, als erwarteten sie ein Schiff. In ihrer Schwerhörig-keit redeten sie immer lauter. Die Ersatzmutter oben am Fenster seufzte, als wäre Kleinwächter nicht im Zimmer. Bronnen würde bald gehen, das war keine Frage. Und Victor, so gesund er war, würde ihm irgendwann folgen. Und sie? Sie spürte an der Gur-gel die Angst, allein zurückzubleiben, von niemandem bedauert, von Victors Kindern gemieden als die lästige Tante, die den Geist ihre Mutter vertrieben hatte, verachtet von den Speichelleckern ihres Mannes. Der Aufmerksamkeit, des Respekts nur teilhaftig, solange Victor lebte. Danach würde sie ein unpassendes Möbel sein, die unkündbare, aber nur geduldete Direktorin eines Muse-ums, durch das man Schulklassen treiben würde. Zum ersten Mal empfand sie eine schwesterliche Sympathie für Vivis tote Mutter (ja doch, auch Jureks Mutter). Die Frau, die sie nur von Fotogra-fien kannte, und die immer schweigend mit am Tisch gesessen hatte. Als Ingrid Nesselkönig neu war im Hause, hatte Victor mit einer gewissen Rücksichtslosigkeit von seiner ersten Frau erzählt, als wolle er die Kinder beruhigen, dass die Neue nicht deren Platz einnchmen würde. Sie hatte es ertragen, aus Liebe. Dann hatte es den Zwist mit Jurek gegeben, dessen Pubertät im Wesentlichen der Versuch gewesen war, sie zu vertreiben. Längst war Victor in dem Stadium, in dem aus allen Frauen seines Lebens eine einzige wurde, Jugendliebe, Mutter, Schwester (falls er eine gehabt hatte, er sprach nie davon), der Inbegriff der Frauen, die in spitzen Schuhen kamen und barfuß gingen, wie es in einem seiner Vorkrieggedichte geschrieben hatte. Längst tauschte er mit Inge Erinnerungen, die nicht die ihren waren. Längst war er ihr dankbar für die Zärtlichkeit der anderen und zürnte ihr wegen deren Falschheit. Aber war sie nicht die Siegerin im Leben von Victor Nesselkönig? Sie würde am Grabe stehen, ihr Name unter den Traueranzeigen im *Neuen Deutschland*, und war das etwa nicht richtig so? Andererseits: Wer bist du, außer Frau Victor Nesselkönig?

Unten zankten sie sich. Victor sprang auf, ging ein paar Schritte, den Oberkörper nach vorn gebeugt. »Der Minister, der Minister!«

»Ja, der Minister. Wir müssen dich schützen. Die Zeit is noch nicht reif für die Wahrheit.«

Bronnens ungetrübter Wachsamkeit entging nicht, wie mutwillig sein ältester Freund neuerdings von Dingen redete, die nur in streng geheimen Akten standen. Ihm war auch nicht entgangen, dass es bei den sowjetischen Freunden neuerdings Mode wurde, solche Akten in den Zeitungen abzudrucken. Alles, was er gelernt hatte, alles, missachteten plötzlich ausgerechnet die sowjetischen Jenossen. So weit war es gekommen, dass man nachts auf der eigenen Datsche Lagerfeuer abbrennen musste. Und dass ein gewisser deWitt …

»Victor«, sagte er, »ick verbiete dir det. Ick verbiete dir det. Nur über meine Leiche.«

Victor Nesselkönig sah seinen ältesten Freund an wie ein Arzt. Die bleiche Maske, unter der sich der Totenschädel abzeichnete. Er schwieg, als könne er so lange warten. Als es schlimmer wurde mit Bronnens fixen Ideen, seiner Dienstanmaßung, der Einbildung, alles besser zu wissen, als die Akten es wussten, als er Dinge redete, die faktisch feindliche Propaganda waren, da hatten sie gute Ärzte. Gute Heime, gute Pflegerinnen, Genossinnen. Im Pförtnerhäuschen saßen keine Pförtner, sondern junge Genossen in Uniform, die aufstanden und die verwirrten alten Genossen zackig grüßten. Westlicher Standard, hübsche Schwestern, freundlich und geduldig, als sei es nicht befohlen. Bronnen lag in einem Einzelzimmer, Schränke in dunklem Furnier, tatsächlich auch Westfernsehen, angeblich gab es auf Wunsch sogar seelsorgerischen Beistand (Bronnen wünschte ihn nicht), falls einem alten Marxisten kurz vor dem Sprung hinüber doch noch das Heulen und Zähneklappern packte. Darüber sah man hinweg bei diesen Patienten. Bronnen wurde immer kleiner, sah gegen Ende fast aus wie ein Kind in seinem raffinierten schwedischen Pflegebett. Er starb leicht, und wenn er noch Sorgen hatte um die Zukunft dessen, was er geschaffen hatte in knapp vierzig Jahren, so sah man sie ihm am Schluss nicht mehr an.

Victor hatte sich hartnäckig geweigert, ihn im Krankenhaus zu besuchen. Wenn die Ersatzmutter von Feigheit sprach, fuhr ihr Vivi über den Mund. Vielleicht, weil sie aus Prinzip allem widersprach, was ein schlechtes Licht auf ihren Vater warf. Vielleicht, weil sie verstand, dass er sich nicht anstecken wollte mit dem Anblick des Sterbens. Nicht einmal sie ahnte, dass Victor fürchtete, Bronnen könne ihm ein Versprechen über seinen Tod hinaus abverlangen. Irgendwann stand dann dieser Jemand im Flur, dieser Wächter, junger unerfahrener Genosse noch, und meldete, Bronnen sei tot. Er behielt, während er es sagte, Victor ängstlich im Auge. Keine Gefahr, Victor vernahm die Nachricht ohne sichtliche Bewegung. Alt werden heißt Dinge mit Fassung tragen, die man sich als junger Mensch nicht einmal vorstellen kann. Als der Pietät, oder wie das unter Genossen heißt, Genüge getan war, hatte Kleinwächter seine Finger geknetet und einen Blick durch die offene Tür ins Wohnzimmer gewagt. »Wie soll ich es sagen?«

»Ja.«

»Sie haben es auch bemerkt? Er hat die Situation nicht mehr verstanden. Gespenster gesehn.«

315

»Ja. Gespenster gesehen hat er.«

Kleinwächter nickte, als hätte Victor etwas Großartiges gesagt. Es war Februar, waagerechter Eisregen, Sterbewetter. Er spähte wieder ins Wohnzimmer, sie standen im Flur. Victor sah ihn an und sagte langsam: »Übrigens. Bronnen hat mich zum Schluss immer Willi genannt.«

»Ah.« Kleinwächter schüttelt fassungslos den Kopf.

Victor trat Kleinwächter einen Schritt entgegen und reichte ihm die Hand. »Genosse, du kannst Victor zu mir sagen.« Kleinwächter drückte den Rücken durch und schüttelte die Hand wie ein Pförtner die seines Generaldirektors. Aber in Nesselkönigs altersmildem Gesicht lauerte keine Ironie. Auch er war alt geworden, aber anders als Bronnen, sein Haar grau gesprenkelt, die Haut braungebrannt und straff, Gesichtszüge und seine Haltung beherrscht, seine Kleidung tadellos, einem Adligen ähnlicher als einem Kommunisten.

»Ich kann ja nächste Woche noch mal …«, sagte Kleinwächter.

»Schach spielst du nicht zufällig?« Kleinwächter verneinte, lächelte aber so beflissen, als ob er es bis zum nächsten Mal lernen wollte. Auf Bronnens Beerdigung begrüßte er Victor Nesselkönig wie einen alten Freund und führte ihn auf einen reservierten Platz in der ersten Reihe. Trauerfeiern gehörten neuerdings zum Programm. Sie starben, als gäbe es Orden dafür, die alten Genossen. Und Victor Nesselkönig ging nicht ohne stillen Triumph zu ihren Totenfeiern. Er sah sich ein wenig gelangweilt um, beobachtete die Zeremonien wie einen schwachen Boxkampf. *Un – ster – herb – li – che Oho – pfer ihr sa – han – ket da – hin …*: grässlich. Ihre zitternden Stimmen: grotesk. Sie hockten sabbernd in der Feierhalle der *Gedenkstätte der Sozialisten* und stießen sich an, wenn er hereinkam, empörend gesund. Die Stöcke zitterten in ihren Händen, wenn sie ängstlich zu dem unter Kränzen versteckten Sarg schielten. Er genoss die neidischen Blicke der altersfleckigen Männer mit ihren Baretten aus dem Spanienkrieg und den Verfolgtenabzeichen am Revers, den Speichel in ihren Mundwinkeln, ihre trüben Augen, den Tremor, ihre Todesangst. Sie sahen so entsetzlich alt aus. Sie kannten ihn nicht aus Flössenburg oder Buchenwald. Er war nicht mit in Spanien gewesen. Er hatte nie im *Lux* gewohnt und keinen Tag beim Nationalkomitee mitgespielt. Er war immer entfernt gewesen, unsichtbar, ein illegitimes, verstecktes Kind der Komintern. Sie hatten es nicht glauben wollen, als er dreiundfünfzig plötzlich wieder in Moskau aufgetaucht war, und dann in Berlin. War der nichts längst tot? War nicht einmal mehr darauf Verlass, dass Urteile vollstreckt wurden? Als er achtundddreißig verschwunden war, der Genosse oder Nichtgenosse Nesselkönig, hatte das keinen gewundert. Sie hatten aufgeatmet, weil es wieder einen andern traf. Wer einmal von den Toten auferstanden ist, fühlt sich unsterblich. So saß Victor nun in der ersten Reihe, vor sich den Sarg seines alten Freundes Ludwig Bronnen, starrte während des ganzen Traueraktes das Foto an, das auf dem Sarg stand, als überlegte er, woher er diesen Mann kannte.

29

Kleinwächter begreift, dass alles gar nicht so einfach ist, Rechtsanwalt Calauer desgleichen
Deutsche Demokratische Republik, 1987

Bei den Vorbereitungen auf die Hochzeit hatte Vivi die Wahl des Familiennamens als technisches Detail unterschätzt (»Du verstehst doch, dass ich Papas Namen nicht auch noch ablegen kann?«) und es hatte den ersten Ehekrach bereits vor der Trauung gegeben. »Ein Name!«, hatte sie gesagt. »Das ist doch nichts Zufälliges! Der gehört zu einem Menschen!« Als seine künftige Frau ihren Vater zum Verbündeten anrief, winkte der ab, als sei ihm egal, dass sein Name aussterben würde. Am Ende setzten sich beide durch, vielleicht nicht der schlechteste Beginn für eine Ehe, der die Leidenschaft schon vor ihrem Beginn abhanden gekommen war. Vivi behielt ihren Namen, Reno den seinen. Er war am Ziel seiner Träume: Vivi Nesselkönigs Ehemann und Victor Nesselkönigs Schwiegersohn. Zwar vertat sich der Standesbeamte bei der Trauung (»Herzlichen Glückwunsch, Herr Nesselkönig.«). Und in der Akademie tuschelten sie: Die Begründung einer Dynastie. Willkommen bei Hofe, Genosse Thronfolger. Der Literaturklüngel verneigte sich und zerfetzte sich das Maul. Wenn schon: Jurek im Westen war seine Mischpoke los, Reno hatte seinen Platz in der Familie geerbt und Victor Nesselkönig den Sohn, den er sich gewünscht hatte. Aber die Sache mit dem Namen ging ihm nicht aus dem Kopf. Und so sprach er eines Tages beim Rat des Kreises Stahlberg vor, wo der Pförtner guckte, als wolle er ihn verhaften und dann, als Victor sich zu erkennen gab, der Sekretär für Kultur belegte Brötchen holen ließ und anbot, einen Kinderchor des Pionierhauses zur Begrüßung des berühmten Genossen … Victor winkte ab. Als der Sekretär verstanden hatte, schickte er Victor mit Dienstwagen zur Partei. Ich verstehe, sagte der Genosse dort, aber ein Papier aus

Berlin? Victor dankte und ließ sich einen Termin bei Rechtsanwalt Calauer jun. geben. Von seinem Vater, einem Juristen alter Schule, der über die sozialistische Verlotterung seines geliebten Zivilrechts den Verstand verloren hatte, hat Calauer jun. Victors Tantiemenabrechnungen mit dem *Nichtsozialistischen Ausland* geerbt: Zwei herzlich begrüßte Briefe pro Jahr, die Inge Westpfennig für Westpfennig nachrechnet und an die jeweils ein Scheck in nichtsozialistischem Gelde geheftet ist. Der junge Calauer ist, anders als sein überkorrekter Vater, ein fröhlicher Schlawiner, ein Pfiffikus, der weiß, dass Beweglichkeit weiter bringt als juristischer Feinsinn; ein lachender Mann, bestehend aus Schnauzer, Dreiteiler und Fliege. Er nickt eifrig, als Victor nach der Schweigepflicht fragt und macht große Augen, als er einen Erbschein bestellt: gesetzlicher Erbe nach Gerhardt und Vera Ostertag. Er fragt nach und holt, als er glaubt, verstanden zu haben, Cognac aus der Schrankwand. Ist ja ein Ding. Wusste gar nicht! Bäckersohn? Thüringen! Ist ja ein Ding. Wusste gar nicht, dass Nesselkönig ein Künstlername … Niemand wusste das, sagt Victor und das möchte so bleiben. Man sieht Calauer an, wie seine Schweigepflicht ihn quälen wird. Aber er ist ein Filou, ein Virtuose der geschmeidigen Formulierung, seine Vatersprache ist die der Akten und Bescheide, seine Muttersprache das Esperanto der Partei. Er weiß, dass man Funktionären nicht mit juristischen Spitzfindigkeiten kommen muss. Nützlicher ist die richtige Mischung aus Unterwürfigkeit, dezenten Hinweisen auf *gesellschaftliche Notwendigkeit* und gute Beziehungen nach oben, die den Amtsschimmel vor die Wahl stellen, sich einen führenden Genossen zum Freund oder zum Feind zu machen.

»In Sachen Victor Nesselkönig …«, Calauer beginnt zu tippen, liest vor, was er schreibt.

»Nein. Ihr Mandant in dieser Sache heißt Willi Ostertag.«

Calauer nickt nachdenklich. Er hat seinen Cognacschwenker mit zur Schreibmaschine genommen; man sieht ihm das Vergnügen an einem Fall an, den er noch nicht ganz versteht, ein Mann in seinem Element, ein Talleyrand des Demokratischen Zentralismus, er tippt, liest vor, streicht, überarbeitet, schaut aus dem Fenster, während er in seinem Schnauzbart kratzt. Er sieht aus, als schriebe er ein Spottgedicht, die händereibende Suche nach einem drolligen Reim, einem kessen Wort. Zwar versteht er nicht, was Victor mit einer stillgelegten Bäckerei will, wertlos, sagt er, Klotz am Bein. Aber sein Eifer leidet nicht. Bring ich persönlich hin, verspricht er, streng vertraulich. Am nächsten Tag klingelt das Telefon, Calauer, im Rausch seiner Behördenrhapsodie, hat vergessen, nach Urkunden zu fragen.

»Urkunden?«, fragt Victor.

»Geburtsurkunde.«

»Ich war im Exil«, brüllt Victor ins Telefon, »sollte ich da eine Geburtsurkunde …?«

»Wäre besser gewesen«, sagt Calauer, schweigt dann, denkt also nach.

Victor: »Und woher bekomme ich die jetzt?«

»Standesamt«, murmelt Calauer, »Personenstandswesen. Kann ja kein Problem sein. Aber nicht mit Ihrem Ausweis … Ich lass mir was einfallen. Kann Ihre Frau nicht …?«

»Nein«, sagt Victor, »meine Frau kann nicht.«

»Ach richtig«, sagt Calauer, als erinnere er sich. Ein paar Tage später ruft er wieder an, seine Stimme klingt ärztlich, als wolle er eine schlimme Diagnose mitteilen, ohne den Patienten zu erschrecken. »Es gibt keine Geburtsurkunde«, sagt er schüchtern.

»Es gibt eine Schule, die Ostertag heißt«, brüllt Victor zurück. Inge flieht aus dem Zimmer.

»Das schon«, beschwichtigt der Anwalt. »Aber es gibt keine Akte, die Ostertag heißt. Gar keine. Sogar das Grundbuch ist weg, verbrannt im Krieg. Wie soll ich sagen? Es gibt immer noch eine Behörde, verstehen Sie? Mit anderen Möglichkeiten? Verstehen Sie mich?«

»Ich verstehe nicht«, sagt Victor Nesselkönig, »wozu Advokaten gut sind.«

*

Aber er begreift plötzlich, wozu Kleinwächter gut ist. Zwar vermisst Victor, seit Bronnen tot ist, dessen diskrete Kupplerregie und verschwiegene Mitwisserschaft. Wer mit uns alt wird, ist ein Bruder, ein unverbrüchlicher Verbündeter gegen die Jungen, die keine Ahnung haben. Auf der Rückfahrt von einer Tagung, auf der Victor im Präsidium saß, von Hochrufen und rhythmischem Klatschen begrüßt, räuspert er sich solange, bis Kleinwächter das Radio ausmacht. Er hat sich extra auf den Beifahrersitz gesetzt, um dem jungen Genossen die Scheu zu nehmen. Kleinwächter hat wieder einmal das Gefühl, es besser getroffen zu haben als die führenden Genossen; er hat im Auto geschlafen, während Victor im Präsidium die Augen zufielen. Zu Willi Ostertag fällt dem Genossen Kleinwächter allerdings nur die Schule ein.

»Die Schule, natürlich«, sagt Victor gereizt, »die man warum nach ihm benannt hat?«

»Weil er ein Freund von Ihnen war. Ein Genosse?«

Victor sieht sich nach der leeren Rückbank um. »Wir sind jetzt unter uns«, sagt er.

Kleinwächter guckt ratlos und schweigt lieber.

»Genosse Kleinwächter! Der Genosse Bronnen hat Ihnen doch …« Man sieht Kleinwächter an, wie peinlich ihm seine Ahnungslosigkeit ist. Jeder erfährt nur, was er zur Erfüllung seiner Aufgabe braucht. Soll er damit Victor Nesselkönig kommen? Der starrt ihn von der Seite an, als versuche er, eine Ähnlichkeit mit Bronnen festzustellen. »Können wir bitte mal anhalten«, sagt er mit Grabesstimme. Kleinwächter hat Bedenken. Es ist zwar noch hell draußen, aber die Landstraße mit den unsozialistischen Schlaglöchern, über die wie zur Verhöhnung der Autofahrer Transparente mit jubelnden Losungen gespannt sind, hat etwas unangenehm Faktisches, Feindseliges, dass es nicht ratsam erscheinen lässt, einen führenden Genossen einfach aussteigen zu lassen. »Können wir bitte mal sofort anhalten!« Der Herr Dichter ist in den Befehlston gewechselt, der Kleinwächter wehrlos macht. Er hält im nächsten Dorf. Victor steigt aus, murmelt »gleich wieder da« und verschwindet in der Kneipe. Im Gastraum spült ein Mann in roter Weste mit über die Glatze gekämmten Haaren verträumt Biergläser und hört die Fußballübertragung im Radio, die Kleinwächter ausschalten musste.

»Sie werden entschuldigen …« Der Mann zeigt kopfschüttelnd auf das Radio, dann, mit fragendem Blick auf den Zapfhahn, Victor nickt. Er sieht sich im Gastraum um, als hätte er noch nie einen von innen gesehen. An der Wand Grand ouverts, die Namen der Spieler und das Datum in Sütterlin darunter geschrieben. Eine reglose Gestalt starrt in ein halbvolles Bierglas. In der Ecke spielen fröhliche Junggesellen Skat. Victor trinkt das Bier in einem Zuge aus und als habe er sich damit ausgewiesen, stellt der Wirt das Radio leiser.

»Sagen Sie bitte«, beginnt Victor und merkt sofort, dass so viel Höflichkeit verdächtig wirkt. »Sagt Ihnen der Name Willi Ostertag etwas?«

»Ostertag?«, ruft der Kneiper in die Gaststube. Die leblose Gestalt schüttelt traurig den Kopf, ohne den Blick zu heben. Die Skatspieler gehen, ohne das Spiel zu unterbrechen, ein paar Männer aus dem Dorf durch, finden aber für jeden einen anderen Namen.

»Nicht hier im Dorf«, sagt Victor.

Die Kneipe füllt sich, während Victor ein zweites Bier trinkt, rotgesichtige Junggesellen, ein schweigsames Liebespaar. Keiner kennt Willi Ostertag. Ein Ehemann, der gerade zu Hause rausgeflogen ist, wird wie ein Held begrüßt. »Ostertag, klar«, sagt er. »Toter Kommunist.«

»Nicht tot, mein Freund. Nicht tot«, sagt Victor und gibt ein fürstliches Trinkgeld. Im Auto stottert Kleinwächter, dass er vielleicht irgendwas missverstanden habe? »Keineswegs, Genosse«, sagt Victor. »Und übrigens. Der Reisepass.«

Kleinwächter nickt, froh, wieder auf bekanntem Terrain zu sein. Inge Nesselkönig bestürmt ihn vom ersten Tag an und zählt vorwurfsvoll Dichter minderen Grades auf, die sich in Frankfurt am Main und Paris zeigen. Victor hat Reisen in die Welt, die seine Bücher liest, vor sich hergeschoben wie den Besuch bei reichen

Verwandten, die Geld geschickt haben und irgendwann die Rechnung präsentieren werden. So wenig wie Bronnen hat er verstanden, wozu der Mensch nach Paris reisen muss. »Ich will«, sagt Victor. »inkognito reisen.«

»Wohin wollen Sie reisen?«

»Inkognito. Ich will einen Pass auf Willi Ostertag.«

Kleinwächter starrt auf die Straße. »Ist Ostertag nicht ... tot?«

»Wenn er einen Reisepass hat«, sagt Victor feierlich, »ist er nicht tot.«

Kleinwächter nickt, als habe er das nicht bedacht. In seinem Büro legt er Berichte, die mit Fantasienamen unterzeichnet sind, nebeneinander und knetet seine Ringerohren. Verschiedene Quellen melden, Victor Nesselkönig bezeichne neuerdings die Bäckerei Ostertag in Thüringen als sein Elternhaus. Das hat er jedenfalls einem Nachbarn in Tuchau erzählt, dem Kultursekretär beim Rat des Kreises und dem Grundbuchamt, wo er sich sogar Ostertag genannt hat. Aber Ostertag, soviel weiß Kleinwächter aus Victors bei Bronnen säuberlich abgehefteter Gedenkrede, ist nun mal tot. Kleinwächter verabscheut Menschen, die aus ihrer Herkunft ein Geheimnis machen. Im Archiv ist der Name gesperrt, auf Kleinwächters Frage nach dem Grund zieht der Archivar bedeutungsvoll die Schultern hoch. Irgendjemand, womöglich Bronnen in seinem Heldengrab, will nicht, dass man nach Willi Ostertag sucht. Kleinwächter findet eine Karteikarte; also gibt es eine Akte. Aber der Archivar bedauert. Die Akte *Willi Ostertag, Tuchau* ist weg. Letzter Benutzer: Oberstleutnant Ludwig Bronnen.

*

Eine Woche später steht er neben einem grauhaarigen Mann in der Tür, der »General« und einen Namen sagt. Zu Victors Überraschung schlägt der General vor, ins Turmzimmer zu gehen, obwohl er noch nie hier gewesen ist. Während der General durchs Fenster nach Westberlin späht, bewegt Kleinwächter hinter seinem Rücken die Lippen.

»Der Genosse Kleinwächter will sagen, dass ich der Stellvertreter bin«, sagt der Grauhaarige. Kleinwächter grimassiert weiter. »Stellvertreter des Ministers«, übersetzt der Grauhaarige, als gäbe es nur einen Minister. Er hat Manieren; stöbert nicht in den Manuskripten, lobt die Aussicht und die schönen Schachspiele, bevor er zur Sache kommt. »Genosse Nesselkönig, wiiiiir …«, er dehnt das Wort, als müsse er überlegen, winkt dann ab und sagt trocken: »Sie haben sich nach Willi Ostertag …« und beginnt zu lachen. »Und wir müssen gestehen, dass der Genosse Bronnen uns da …« Wieder bricht er ab, als bringe er kein Hauptverb über die Lippen. Kleinwächter sieht ihn lauernd an, bekommt ein Nicken und sagt: »Also der Genosse Bronnen hat uns das nicht gesagt.«

»Er war halt ein sehr verschwiegener Genosse.«

Die beiden beginnen wie auf Kommando so laut zu lachen, als hätte Victor einen einzigartigen Witz gemacht. Der Stellvertreter des Ministers holt ein Kuvert aus seiner Innentasche und gibt es Victor so verschämt, als wäre Geld drin. Kleinwächter, offenbar für die konkreten Mitteilungen zuständig, sekundiert. »Geburtsurkunde. Damit es beim Grundbuchamt keine Schwierigkeiten gibt. Und der Reisepass.«

Beim Abschied sagt der Stellvertreter des Ministers: »Aber wir dürfen Sie doch weiter …?«

»Natürlich« sagt der Hausherr, »für euch bin ich immer noch der Genosse Nesselkönig.«

30

Victor Nesselkönig sitzt im Turm und zieht ein durchwachsenes Resümee

Dreizehnheiligen, Nacht von 6. Juni auf den 7. Juni 1988

Alle diese Jahre, verwartet. Er hat seinen Sessel seewärts gedreht. Durch das Fenster sieht er die Sterne. Ein fernes, immer dichter werdendes Funkeln, hinter dem ein großes, gleichmütiges Wissen steht. Das langsame Gleiten eines Sputniks. Andere Gewissheiten, unveränderliche Bahnen. Er kann sich vorstellen, wie sich ein Kosmonaut fühlt, eingezwängt in die ergonomischen Konturen einer Raumkapsel, behütet von den Gesetzen der Ballistik. Ein Kosmonaut trifft keine Entscheidungen, weil sein Flug der physikalischen Sicherheit berechenbarer Bahnen folgt. Beschützt von Blicken auf einen Radarschirm, geleitet von der Bodenstation. *Baikonur* – schon der Name beschwört die Verlässlichkeit des Sozialismus. Getragen von der Hoffnung und dem Stolz der Menschen, deren Botschafter er ist. Von dem Abstraktum Sowjetunion. Nichts hat sich geändert: da oben, hier unten. Er war noch keine fünfundvierzig, als er zum ersten Mal in diesem Sessel saß und die Sterne betrachtete. Er hatte sich den Magen verdorben von dem fetten Essen auf dem Empfang beim Präsidenten Pieck, zu dem Bronnen und Becher ihn und Inna direkt aus Bruchmühle wie gerettete Geiseln geschleppt hatten. Der Präsident, ein freundlicher, dicker Mann, hatte ihn ermuntert, zuzugreifen, als habe er etwas gutzumachen. Nachts hatte Bronnen sie hierher gefahren, in allen Räumen das Licht eingeschaltet und mit dem Triumph des Siegers durch dieses Haus reicher Leute geführt, als wollte er sie davon überzeugen, dass sie wirklich die Eheleute Nesselkönig waren. Fünfunddreißig Jahre später hat sich das Firmament verändert, die Planeten haben sich an die Prophezeiungen der Wissenschaft gehalten. Auch er hat das Leben gelebt, das ihm bestimmt war. Aber seine Zeit wird knapp. Bevor er hinterm

Horizont verschwindet, würde er gern noch einmal vom Backstubenduft nach Mehl und frisch gebackenen Brötchen erwachen. Er ist immer wieder heimlich nach Tuchau gefahren, hat das Auto am Friedhof abgestellt, vor dem Grab gestanden, in dem sein erstes Leben liegt, hat seine Runde gemacht, die Dorfstraße hinab, gepflastert in den Sechzigern, geteert in den Siebzigern, entlang an allmählich verschönerten Armeleutehäusern mit frischem Putz, bunten Glasziegeln und schmiedeeisernen Toren, während die Bäckerei unter der Sauwirtschaft der HO verfiel. Er ist hineingegangen, hat die trockenen Brötchen gekauft und durch die angelehnte Tür in die Backstube gespäht. Und ist wieder in Victor Nesselkönigs Auto gestiegen, einen DKW nach dem Krieg, einen Wartburg, einen Lada, schließlich einen importieren Peugeot, um den in Tuchau die Leute standen, während er in Dreizehnheiligen niemanden aufregte. Victor Nesselkönig war die Puppe, in der er gut Platz gehabt hatte. Die Dreiviertelbegabung zum Schach hat er nicht verbergen müssen, seit Bronnen oder Kämmerling die Idee hatten, Cornelius Eigengast das Kapitel über den genialischen Jungdichter am Schachtisch des *Gotischen Cafés* unterzuschieben. Kämmerling hatte seine Texte unter Victors Namen mit der Wehmut des biologischen, aber verheimlichten Vaters in die Welt geschickt. Tragischerweise war das Eigengast-Kapitel sein Meisterstück geworden. Durch den Glanz seiner Sprache war Victor der außerordentliche Schachspieler geworden, der er so gern gewesen wäre. Aus einem einzigen zufälligen Sieg gegen Willi war ihm dessen Begabung zugewachsen. Sie hatten ihr Blut getauscht. So waren Victors und Willis Fähigkeiten ein großes Ganzes geworden, Schachspielen, die aristokratische Ausstrahlung auf Frauen und das Schreiben von Romanen. Nun gehen sie auf die achtzig zu. Es würde Festakte geben, Lesungen in Schulen, Matineen, Orden und getuschelte Häme. Nein, nur Victor war alt. Willi war seit dreiundfünfzig, eigentlich seit achtunddreißig, nicht älter geworden. Schüsse in Victors Genick hatten ihm ewige Jugend beschert. Willi beugt sich nach vorn. Unter dem Fenster liegen die Wiese, das Ufer, der See, bereift von kaltem, kosmischem Licht.

»So also …«, murmelt er, »so also …« Er erschrickt immer noch, wenn er begreift, dass sein Leben längst in eine geborgte Form gegossen ist, dass es eine falsche Überschrift trägt, die nicht mehr zu ändern ist. Nicht, dass ihm der Fluch dieser Maskerade jemals verborgen war. Aber er hat durchgehalten, aus Einsicht, Pflichtgefühl oder Schicksalsergebenheit. Wenn man alt ist, bekommt die Vergangenheit etwas Unglaubwürdiges, Unschlüssiges, wie Geschichtsbücher. Auf der Treppe klappern Vivis Pantoffeln. Ihr Frohsinn hat etwas Puppenhaftes bekommen. Sie verstellt beim Sprechen ihre Stimme, piepst wie ein Kind, das die Erwachsenen nicht beunruhigen will. Alle Frauen sind in seiner Gegenwart geringer geworden, sogar sein einziges wirkliches Kind.

»Du arbeitest noch?«

Er erschrickt über den besorgten, mütterlichen Ton, zeigt vage auf den Tisch mit malerisch dekorierten Notizen und den Schachspielen. Kein Zweifel, sie hat sich etwas vorgenommen. Normalerweise sagt sie, was er hören will, gibt ihm süße, nach ihrer Kindheit schmeckende Medizin. Seit Inna tot und Jurek fort ist, ist sie seine Wächterin geworden, die die Vorhänge zuzieht, wenn draußen etwas Hässliches geschieht. Weder die Ersatzmutter noch Reno haben die stille Übereinkunft zwischen Vater und Tochter stören können, die Überzeugung, dass Durchhalten alles ist. Ihm fällt ein, dass sie die Kinder dort unten auf der Wiese gezeugt haben, er versucht aber vergeblich, sich ihres Geburtsdatums zu erinnern.

»Papa?« Wieder ihre Kinderstimme.

»Ich habe die ganze Zeit auf etwas gewartet, mein Kind.«

Sie sieht ihn erwartungsvoll an.

»Ich habe das Gefühl, jetzt kann ich nicht mehr warten.« Es ist egal, dass sie höchstens ahnt, wovon er spricht. Lustlos sucht er nach einem Wort.

»Papa, ich glaube nicht, dass dieser … Termin morgen gut für dich ist. Du weißt nicht …«

»Was weiß ich nicht?«

»Die Menschen sind neidisch. Feindselig. Hasserfüllt.«

»Ich habe immer nur gewartet.«

Sie steht auf, geht um ihn herum, setzt sich auf das Fensterbrett, er starrt durch sie hindurch nach draußen.

»Dieser Mensch will dir nichts Gutes.«

»Man hat ihm ein Visum gegeben.« Er fasst sich an den Kopf. Irgendetwas hat Kleinwächter dazu gesagt.

»Papa, wir haben nie darüber geredet, warum ich aus Moskau zurückgekommen bin.«

»Wir haben auch nie darüber geredet, warum *ich* aus Moskau zurückgekommen bin.« Er sieht sie von unten an wie ein trotziges Kind. Sie nimmt seine kalten, weißen Hände, streichelt sie. Wenn er sich nicht täuscht, weint sie. Er versucht aufzustehen, die Panik des Vaters, dessen Kind verzweifelt.

»Er wird dich danach fragen«, sagt sie.

»Er wird eine Antwort bekommen. Auf jede Frage wird er eine Antwort bekommen.«

31

Roger deWitt setzt westliche Spionagetechnik ein und verdirbt alles mit taktlosen Fragen
Berlin und Dreizehnheiligen, 7. Juni 1988

Kleinwächter hat unsichtbare Fäden gezogen. Als der Volvo sich dem Kontrollpunkt nähert, öffnen sich die Schranken, obwohl kein Posten zu sehen ist. Das Schild *Sperrgebiet* ist mit einer DDR-Fahne verhängt. Roger DeWitt lenkt mit links und grüßt mit rechts. Seine Observation seit Überschreiten der innerdeutschen Grenze wurde dadurch erleichtert, dass man ihn als fett bezeichnen konnte, auch wenn mehreren Beobachtern (auf den Raststätten, an denen er hielt, in der Lobby des *Palasthotels*, wo er abstieg, in einem parkenden Auto gegenüber der von ihm benutzten Telefonzelle) seine Beweglichkeit auffiel, sowohl physisch – er erinnerte an einen Gummiball, wenn er seine Leibesmasse federnd, fast sprunghaft bewegte – als auch und noch mehr intellektuell: Was immer er sagte, kam nicht nur ohne Spur von Kurzatmigkeit, sondern auch mit allen Zeichen geistiger Wachheit.

Bei der Durchfahrt durch Westberlin hatte sich seine Spur verloren, bis er am Übergang Glienicke wieder auf dieser Seite der Welt auftauchte. Er wurde von zwei Zivilisten erwartet, die Namen nannten und in seinen Volvo stiegen. Während der holprigen Autofahrt und auf dem Fußweg vom Parkplatz zum Hotel sah deWitt sich neugierig nach allen Seiten um, als würde er zu schnell durch eine Galerie geführt, vorbei an verschollenen Meisterwerken, auf die er wenigstens einen Blick werfen wollte; er wendete den Kopf hierhin und dahin und fand alles unglaublich interessant. Zum Selbstbetrug neigende Genossen wären über so viel Interesse an ihrem grauen Land geschmeichelt gewesen. Kleinwächter aber war beleidigt. Für seinen Geschmack hatte deWitts zur Schau getragene Neugier für Dinge, die durch allzu genaue Betrachtung den Rest ihrer fadenscheinigen Würde verloren – Schaufenster, in denen silberne Konservendosen zu Pyramiden aufgeschichtet waren, rußgeschwärzte Fassaden mit antiken Resten von Stuck, Plakate, auf denen sich behelmte Arbeiter und Ingenieure in blauen Kitteln die Hand reichten –, etwas Herablassendes, wie der Blick eines Ethnologen, der im Urwald Eingeborene beobachtet, die mit den Händen essen. Auch das Hotelzimmer, nach westlichen Maßstäben Mittelklasse, fand deWitts Beifall. Auf dem etwas schummerigen Bildschirm in seinem Büro in der Kelleretage des Hotels konnte Kleinwächter erkennen, wie der Gast den goldbraunen Stoff der Vorhänge durch die Hand gleiten ließ, als sei es Brokat statt Malimo. Nur als die Frau an der Rezeption den Zimmerpreis nannte, und deWitt konsterniert fragte:»Ostmark oder D-Mark?«, errötete er einen Augenblick – und Kleinwächter hinter seinem Monitor ebenso. Nachdem deWitt (wegen seiner Fahrstuhlangst hatte er die Treppe benutzt und Kleinwächter grübelte, ob das etwas zu bedeuten hatte) seinen Koffer auf das Bett gelegt hatte, ging er zum Fenster und warf dabei einen unmotivierten Blick über die Schulter an die Decke, als suche er Blickkontakt zu Kleinwächter. Dann stützte er sich mit den Händen aufs Fensterbrett und versuchte, durch die Scheibe hinaus in die Ostberliner Nacht zu sehen, weiter, bis nach Dreizehnheiligen.

Am nächsten Morgen berührte er bei einem Stadtrundgang alle Punkte auf der fiktiven Landkarte von Nesselkönigs (Ost-) Berlinaufenthalten: das Gebäude der Akademie und des Schriftstellerverbandes (er stellte sich auf dem gegenüberliegendem Trottoir auf die Zehenspitzen), den Dorotheenstädtischen Friedhof (wollte er nachsehen, ob Nesselkönig schon begraben war?). Lange stand er vor einem zum Kino umgebauten ehemaligen Jugendstiltheater, noch länger vor dem Brandenburger Tor. Vielleicht half ihm diese Perspektive zu verstehen, dass nicht die DDR, sondern Westberlin eingemauert war.

*

Im Hotelfoyer zuckt Reno zusammen vor so viel Eleganz. DeWitt steckt in einem seidig glänzenden Anzug und trägt eine Krawatte, die in Ostberlin nicht einmal Schlagerstars tragen würden, eine gekonnt abgeschabte Aktentasche, unter dem Arm ein Paket, eingepackt in metallisch phosphoreszierendes Papier und einen Blumenstrauß, der ohne jeden Zweifel in Westberlin gewachsen ist. Im Auto rutscht er auf seinem Sitz hin und her wie ein Kind.

»Wissen Sie, ich war in Beirut und in Paris. Das hier ist aufregender.«

Reno nickt, als erinnere er sich an Beirut. Während der Fahrt um Westberlin herum, über ausgestorbene Landstraßen, vorbei an hinter Waldinseln versteckten Dörfern, beginnt deWitt wieder, ihn auszufragen.

Nein, er ist nicht schwerhörig.

Seine Frau auch nicht.

Ja, auch in der Partei. Ich? Wieso?

Nein, aus Moskau war seine erste Frau.

Doch, doch. Das können Sie schon ansprechen.

Kein Selbstmord. Obwohl sie Depressionen hatte.

Ich denke doch im Garten, bei diesem Wetter.

Ein Tonbandgerät? Ich weiß nicht. Aber warum eigentlich nicht, fragen Sie ihn.

Ja, natürlich, über alles.

Auch über das Exil. Alles.

Rapallo? Meinetwegen, wenn Sie den für wichtig halten.

Aufschneider, wenn Sie mich fragen. Dissidentendarsteller.

Ja, das mag schon sein.

Jedenfalls schreiben kann er nicht.

Nein, hab ich nicht.

Victor auch, ja. Es hat ihn natürlich geärgert, und Sie haben das Buch ja auch nicht verstanden.

Ach ja? Sehen Sie.

Nur seine Tochter. Meine Frau, ja. Und jemand vom Verlag. Nein, der macht jetzt was anderes.

Weiß ich nicht.

*

Vivi steht vor dem Gartentor und macht ein Gesicht, als käme der Notarzt. DeWitt steigt schwungvoll aus, umkurvt die offene Wagentür. Angedeutete Verbeugung. »Sie bringen mich in Verlegenheit. Hätte ich gewusst, dass zwei Damen … Mit anderen Worten: Ich schulde Ihnen noch einen Strauß Blumen.«

»Glauben Sie, dass wir uns noch mal sehen?«

»Ja, das glaube ich.« Ein bedeutungsvoller Unterton. Vivi hebt die Augenbraue. Reno grinst sie über deWitts Schulter an. Sie führen den Gast rechts um das Haus herum, denselben Weg, den Reno im Sommer nach dem Abitur bei seinem ersten Besuch genommen hat. Unten am See sitzt an einem Tisch ein alter Mann und erhebt sich langsam, als er sie kommen sieht.

*

Victor hat das Paket mit der Neugier eines Kindes ausgepackt. Er hält das Geschenk mit ausgestrecktem Arm und kneift die Augen zusammen, als er es betrachtet. Eine alte Grafik, vermutlich sehr teuer. Eine Radierung, die einen Mann mit Turban, pelzbesetzter Weste und einer langen Tabakspfeife zeigt, der hinter einer Art Schreibtisch sitzt. Auf dem Tisch ist ein Schachbrett eingelassen, die dem Betrachter zugewandte Seite ist geöffnet und zeigt eine komplizierte Konstruktion aus Zahnrädern, Laufbändern, Pleuelstangen. Victor wirkt irritiert.

»Der Türke«, sagt Reno leise. »*Der Automat.*«

Victor lächelt deWitt an. »Da haben Sie mir aber wirklich eine Freude gemacht, Herr deWitt.«

Der hebt die Hände, seine Verlegenheit ist echt. »Es schien mir sinnvoll, etwas zu schenken, das mit Ihrem Hobby zu tun hat und zugleich mit Ihrem Werk.«

Victor sieht ihn wieder ratlos an und sagt: »Eigentlich, wissen Sie, wollte ich Schachspieler werden. Das war meine Passion.«

Der Verlagsmensch beugt sich nach vorn: »Herr Nesselkönig wollte sagen, dass …«, aber ein Blick von Victor bringt ihn zum Schweigen.

»Schach ist ... ich weiß, es klingt aus meinem Munde kokett, aber ich empfinde es so ...« Victor sieht sich im Garten nach der Fortsetzung seines Satzes um. »Schach ist ...«, jetzt hat er sie gefunden, »unerschöpflicher als die Literatur, verstehen Sie?«

DeWitt macht eine unentschlossene Bewegung in Richtung seiner Tasche. »Da wir schon mitten in diesem interessanten Thema ... darf ich?«

Victor sieht Kleinwächter an, als hätte der ihm etwas verschwiegen, der tauscht einen Blick mit Reno.

»Herr deWitt hat ein Tonbandgerät dabei«, erklärt Reno als wäre das eine Kleinigkeit und Kleinwächter macht eine panische Bewegung. Das Tonbandgerät ist kleiner als ein Brikett, ein klassisches Instrument westlicher Spionage, das Mikrofon unsichtbar eingebaut. Ehrfürchtiges Schweigen, als deWitt auf einen Knopf drückt, sich zurücklehnt und Victor zunickt. Der sieht von einem zum andern, spricht dann so laut wie vor einer großen Menschenmenge, deWitt beugt sich vor und dreht an einem Regler. »Ich wollte eigentlich Schachspieler werden. Das habe ich als meine Bestimmung angesehen. Denn ich bin der Meinung, dass Schach ... das komplexere Spiel ist im Vergleich zur Literatur. Ich bin zum Glück alt. Wenn ich noch mal jung wäre, würde ich Schachmeister werden.«

Erleichtertes Gelächter. Jetzt ist Kleinwächters Lachen auf einem Tonband, das demnächst in der westlichen Welt abgehört wird. DeWitt räuspert sich.

»Herr Nesselkönig, wenn ich dort anknüpfen darf: Schach ist ein Thema Ihres Werkes wie Ihres Lebens, wie mir scheint. *Der Automat* thematisiert den Schrecken darüber, dass Maschinen plötzlich können, was bisher nur Menschen konnten ...«

»Scheinbar können«, sagen Reno und Kleinwächter gleichzeitig.

»... oder scheinbar können. Aus Cornelius Eigengasts Bericht und aus Ihren Erinnerungen wissen wir, dass Sie als sehr junger Mann, schon vor Ihrem Ruhm als Autor, ein gefürchteter, ja schier unschlagbarer Schachspieler waren. Aber ansonsten wissen Ihre

Leser (er hat einen Augenblick erwogen, »Bewunderer« zu sagen) sehr wenig von diesen ... Anfängen. Wollen Sie uns etwas erzählen, über Ihre Wurzeln? Das Elternhaus, die ersten Eindrücke, die einen künftigen Autor und Schachspieler geprägt haben?«

»*Das* interessiert Sie?« Victor sieht den Gast an, als habe er ihn bis eben für einen anderen gehalten. DeWitt bemerkt, dass der Verleger, der aussieht wie ein Bodybuilder, einen vielsagenden Blick mit Victors Schwiegersohn tauscht.

*

Als deWitt eine halbe Stunde später in gewundenen Formulierungen nach der Toilette gefragt hat und, nicht ohne unverschämterweise sein Aufnahmegerät an sich zu nehmen, oben im Haus verschwunden ist, springt Reno vom Tisch auf.

»Diese Sache mit Ostertag«, sagt er, und man sieht ihm an, wie er sich beherrschen muss.

»Will der die Klospülung auf Tonband aufnehmen?«, fragt Kleinwächter.

»Nicht von sich auf andere schließen«, sagt Vivi und erntet einen entgeisterten Blick.

»Diese Sache mit Ostertag ...«

»Ja«, antwortet Kleinwächter und macht ein Gesicht, als spreche Reno zu laut.

»Das war eigentlich das Sahnehäubchen.«

Kleinwächter sieht an ihm vorbei.

»Das Sahnehäubchen auf meiner Dissertationsschrift.«

»Kleiner Poet der Genosse ..., was? Hehehe.« Wenn Kleinwächter lacht, klingt das wie auswendig gelernt. »Saaaahanehäubchen! Hehehe.« Er steht auch auf, legt Reno, ohne dass der ausweichen kann, die Hand auf die Schulter und zieht ihn mit sich in Richtung Ufer. Kleinwächters Gestik und Mimik stammen aus der Zeichenwelt des Sports, Kampf! Konzentration! Mannschaftsgeist!! Er sieht aus wie ein Trainer, der seinem Stürmerstar beibringt, dass er ihn nicht aufstellen wird. »Was

soll ich machen? Linie von *ganz oben*. *Glasnost*.« Er spricht das
»t« am Ende des russischen Wortes ohne jeden Anklang eines
Weichheitszeichens, es klingt wie »Glas Most«. »Wir exportieren
nicht nur hochwertige Produkte unserer volkseigenen Wirt-
schaft ins nichtsozialistische Wirtschaftsgebiet, sondern auch
hochwertige Erkenntnisse *unsrer sozialistischen Wissenschaft*.«
Ein schelmischer Blick, damit Reno nicht vergisst, wer die Sache
mit Victor Nesselkönigs Abstammung von einer Thüringer Bä-
ckerdynastie herausbekommen hat.

Als deWitt sich wieder hingesetzt hat, drückt er auf den Schalter seines Geräts und sagt: »Ich wüsste gern, welche Erinnerungen Sie an den 2. Februar 1933 haben.«

Victor sieht ihn erschrocken an, erzählt dann aber flüssig, was
deWitt im *Berliner Tageblatt* vom 3. Februar 1933 gelesen hat. Aus
den Augenwinkeln sieht deWitt, wie der junge Mensch, der ihn
hergebracht hat, nickt.

Als sie eine Pause machen, zieht deWitt aus seiner Arme-
Leute-Aktentasche ein Buch, die westdeutsche, edel gebundene
Ausgabe der *Sieben Sinne*. Victor lässt sich beinahe fröhlich einen
Füllfederhalter geben und schreibt schwungvoll seinen Namen
und das Datum hinein. DeWitt beugt sich nach vorn, als wolle er
sehen, ob Victor tatsächlich selbst unterschreibt.

*

In der Küche lauscht die Ersatzmutter dem Blubbern der Kaffeemaschine. Seit der Besuch angekündigt ist, hat sie kein Wort
geredet. Sie beherrscht die Kunst, wirkungsvoll beleidigt zu sein.
Als Kleinwächter die Torte inspizieren wollte, hat sie ihn aus der
Küche geworfen. Sie öffnet das Fenster, vom See kommt Gelächter, als ob das Interview schon vorbei ist. Erschrocken bemerkt
sie, dass der Blumenstrauß, eine Reminiszenz an flämische Stillleben, noch auf dem Tisch liegt. Sie stellt ihn ins Wasser und als
sie gerade überlegt, ob es taktlos wäre, mit dem Kaffeegeschirr zu
klappern, kommt Vivi herein.

»Geht alles gut?«

»Was soll denn schiefgehen?«

»Tja ... Alle sind so aufgeregt. Immerhin, ein Westjournalist ...« Warum tut das Kind so, als ob sie sich keine Sorgen macht? Wieder einmal spürt Ingrid Nesselkönig den Schmerz, nicht die Mutter dieses Kindes zu sein. Zeitweise hatte sie vergessen, dass sie nur Ersatz ist. Aber sie spürt, dass es ihr nicht zusteht, mit Vivi über ihren Vater zu reden. »Am Ende«, sagt Vivi, »kommt die Wahrheit ja doch heraus.«

»Hör auf«, sagt die Ersatzmutter mit eisiger Stimme und sieht aus dem Fenster. Reno läuft über die Wiese nach oben.

»Magst du nicht wieder runtergehen? So interessante Leute.« Vivi küsst ihn.

»Mir ist es hier oben interessant genug.« Er küsst sie zurück.

»Sauerkirschtorte«, sagt die Ersatzmutter, »nicht fallen lassen. So was gibt's im Westen nicht.«

*

Victor hat sich in Schwung geredet, Kleinwächter ist tausend Tode gestorben. Kindheit, meinetwegen. Klatsch, wie sie ihn im Westen mögen. Es geht wieder um Schach, ungefährlich. Etwas dick aufgetragen vielleicht, wie Victor die Überlegenheit der sowjetischen Schachschule dialektisch-materialistisch begründet, Basis und Überbau. DeWitt schweigt taktvoll und lässt sein Spionagetonbandgerät laufen.

»Entsinnen Sie sich noch, Spasski gegen Fischer?«

»Zweiundsiebzig, natürlich entsinne ich mich.«

»Aber Fischer hat gewonnen. Und Spasski lebt in Paris, habe ich gelesen.« DeWitt untertreibt, er hat Spasski interviewt in Paris, und selbst dieses Gespräch war nur eine Vorbereitung auf den Tag, an dem er Victor Nesselkönig gegenübersitzt.

Victor sieht ihn perplex an. Tatsächlich. Warum hatte Fischer gewonnen?

»Ein Individualist?«, versucht deWitt, »Vielleicht ein Ausnahmegenie, unabhängig von Ideologie und Politik. Ist es bei Ihnen nicht ähnlich?«

Geschickt, geschickt, denkt Kleinwächter. Das können sie, die Brüder.

Victor überlegt lange, sich das Kinn kratzend. »Nein«, sagt er. »Ich bin ein politischer Mensch. Ein Mensch, der einen Kompass braucht. Eine Heimat, im physischen und im geistigen Sinne. Ich wäre nichts ohne den Sozialismus. Ohne dieses Land.«

»Kaffee und Kuchen«, sagt seine Frau und steht hinter ihm.

*

Der Kaffee, na ja. Aber so eine Sauerkirschtorte hat Roger deWitt in seinem Leben noch nicht gegessen. Die Hausfrau zeigt stolz auf Victor Nesselkönig, der lächelt bescheiden.

»Sie haben hier … ich weiß nicht, wie ich sagen soll, vieles, das es in der Bundesrepublik nicht mehr gibt. Ist das nicht seltsam? Eine Gesellschaft, die etwas ganz Neues will, und dabei Altes erhält.«

»Sie meinen die Sauerkirschtorte? Das war jetzt sehr dialektisch.« Reno war bis jetzt still und nervös, wie ein junger Mann, der Angst hat, dass seine Familie sich vor einem berühmten Besucher blamiert.

Als das Kaffeegeschirr abgetragen ist (deWitt registriert, wie Nesselkönig sich entspannt, sobald seine Frau im Haus verschwindet), drückt er wieder auf den Knopf und fragt: »Hätten Sie etwas dagegen, wenn wir jetzt über Ihre Zeit in Moskau reden würden?«

»Moskau«, wiederholte Victor.

*

»Wir hatten alle Angst um unser Leben«, sagt er.
»Ja«, sagt deWitt.

»Ich weiß nicht, ob Sie sich das vorstellen können.«

»Ich versuche es. Man kann viel darüber lesen.«

»Das meiste kann man nicht lesen.«

»Deshalb bin ich hier.«

Victor nickt, starrt auf den See. Wie immer an sonnigen Nachmittagen nimmt das Wasser einen fast unwirklichen moosgrünen Ton an, wie eine Waldwiese. Kleinwächter holt Luft, aber Victor kommt ihm zuvor.

»Sie hatten Listen, Verhaftungslisten. Man geht abends schlafen und muss immer daran denken. Man weiß nicht, ob man nachts von Schritten im Treppenhaus geweckt wird, vom Klopfen an der Tür. Ob man den Morgen noch zu Hause erlebt oder in irgendeinem Folterkeller. Es hieß, sie würden Verwandte foltern, um Geständnisse zu erzwingen.«

Aus den Augenwinkeln sieht deWitt eine fahrige Bewegung des Verlagsaufpassers. Er beugt sich unmerklich nach vorn, späht auf sein Aufnahmegerät. Band läuft.

»Man erzählte sich schreckliche Dinge. Genossen wurden gezwungen, Genossen zu erschießen. Man versprach ihnen das Leben, wenn sie den anderen erschossen.«

»Was haben Sie selbst erlebt, Herr Nesselkönig?«

Victor lehnt sich zurück, sieht seinen Verleger an. »Ich bin ja zum Glück noch rechtzeitig raus.«

»Verzeihung?«

»Nach Moskau. Sie haben doch wissen wollen, warum ich nach Moskau emigriert bin.«

DeWitt sieht für einen Moment aus, als begänne er zu weinen. »Ich nahm an, Verzeihung … Ich nahm an, Sie sprachen jetzt von Moskau.«

Ein ungläubiges, bellendes Lachen von Kleinwächter und Victor. »Glauben Sie nicht alles, Herr deWitt.« Victor blickt seinen Gast mitfühlend an. »Es wird viel Unsinn erzählt neuerdings, über die Sowjetunion.«

»Erzählen Sie uns die Wahrheit.«

»Die Wahrheit ist immer enttäuschend.«

»Enttäuschen Sie mich.«

»Wir sind als Freunde empfangen worden. Man hat uns vom Bahnhof abgeholt, in einem Hotel einquartiert, es gab Empfänge, Kundgebungen, Interviews für Zeitungen.«

»Sie haben dort gelesen.«

»Gelesen nicht. Das war nicht üblich. Man wollte Vorträge von mir, Reden.«

»Sie sind gut behandelt worden?«

»Gut behandelt. Wie Könige.«

»Sie sagten vorhin: Wir sind freundlich empfangen worden. Wen meinen Sie mit wir?«

Victor sieht ihn entgeistert an.

»Verstehen Sie? Ich meine, mit wem sind Sie …«

»Ich verstehe schon. Es ist lange her.«

DeWitt zögert einen Moment, er spürt, ein falsches Wort kann jetzt alles verderben. Also Rückzug. Nur wohin? Jede Frage kann auf eine Tretmine führen. Ich hätte bis zum Schluss damit warten sollen, denkt er. Aber er hat eigentlich nur Fragen, die er sich für den Schluss aufheben sollte.

»Sind Sie später noch einmal dort gewesen?«

»Wo denn?«

»In Moskau.«

»Meine Tochter. Meine Tochter hat in Moskau studiert.«

»Und Sie nicht?«

»Ich nicht. Es hat sich nicht ergeben.«

DeWitt ändert wieder die Taktik. »Herr Nesselkönig, Sie haben über ihre Moskauer Jahre wenig gesprochen und geschrieben. Im Grunde wissen wir nur, dass Sie 1937 dort ankamen, als berühmter Gast und Genosse empfangen wurden und dann 1938 völlig überraschend den Nobelpreis ablehnten.«

»Das hat Sie überrascht?«

»Ich war damals …«

Nesselkönig greift nach seinem Wasserglas. »Wir haben das gemeinsam entschieden.«

»Wir?«

»Wir. Die Genossen und ich.«

»In Ihren Erinnerungen …«

»Sehen Sie. Dort steht im Grunde alles.«

»Dort steht, Sie haben mit Stalin gesprochen und ihm gesagt, dass Sie den Preis nicht annehmen können.«

Victor dreht sich amüsiert zu seinem Schwiegersohn um.

»Habe ich mit Stalin gesprochen?«

»So hast du es geschrieben.«

»Also habe ich mit Stalin gesprochen.«

»Welchen Eindruck hatten Sie von Stalin?«

*

Nesselkönigs Frau kommt mit einem vollen Tablett den Wiesenweg herunter, gießt allen ungefragt Kirschsaft ein, Reno und deWitt bedanken sich. Sie bleibt stehen, bis alle sie ansehen.

»Ich wollte nur fragen … Herr deWitt, Sie bleiben doch zum Essen?«

DeWitt spielt schlecht Überraschung, bedankt sich überschwänglich, sie schlägt sieben Uhr vor, Kleinwächter nickt.

Als Victor mit dürren Worten von Stalin gesprochen hat – Äußerlichkeiten wie die, dass er überraschend klein war, Andeutungen, dass man ihn falsch einschätzte, die er auch auf Nachfrage nicht erklären kann – sagt deWitt: »Trotzdem noch einmal nachgefragt: Dieser Preis ist die größte Ehre, die einem Schriftsteller zuteil werden kann. Er wäre nicht nur eine Auszeichnung für Sie gewesen, sondern auch für das Exil. Und für die Sowjetunion, die Ihnen Exil gewährt hat. Hat das alles keine Rolle gespielt?«

»Geld hat mich nie interessiert.«

»Ich sprach nicht vom Geld, sondern von der Ehre.«

Victor winkt ab. »Das ist heute nicht mehr … Glauben Sie mir, es wäre missbraucht worden. Von Kreisen. Von gewissen Kreisen. Man hat nur darauf gewartet …«

»Eine Provokation«, hilft Kleinwächter. »Denken Sie an diesen Solschenizyn ...«

»Aber Solschenizyn hat die Verbrechen ... Er wurde von der Partei als Feind betrachtet. Victor Nesselkönig war ein Freund. Ein Verbündeter.«

»Es war eben so. Die Lage ...« Man sieht Victor an, dass das Thema beginnt, ihn zu ermüden.

*

Nach dem Essen sitzen sie lange in dem zum See verglasten Wohnzimmer. Draußen wetterleuchtet ein fernes Gewitter. An der Wand gegenüber von deWitts Platz hängen Kästen mit aufgespießten Schmetterlingen. DeWitt entsinnt sich Nesselkönigs vielstrophigem Gedicht *Papillons*[70]. Ein Versuch, die Eigenarten verschiedener Schmetterlinge auf die menschliche Gesellschaft zu übertragen, seltsam wie alles, was er nach dem Krieg geschrieben hat. Neben den Kästen alte Fotografien. Das Licht im Raum erinnert an nachgedunkelte Ölgemälde. Frau Nesselkönig hat einen Auflauf gekocht, der sich nicht mit der Sauerkirschtorte messen kann. Als Nesselkönig zu Beginn des Essens das Glas in ihre

---

70 Siehe Gedichte (Fußnote 6), S. 146–154, seinerzeit auch als Schlüsselgedicht über die Literaturszene oder die Gesellschaft der frühen DDR gelesen. Es kursierten ganze Listen darüber, in denen übermütige Exegeten bestimmte Arten realen Personen der Zeitgeschichte zuzuordnen versuchten. Welchen Autor oder welchen Politiker sie in Dukatenfalter, Trugmotte, Wurzelbohrer, Erzglanzmotte, Braunem Mottensackträger, Faulholzmotte, Prachtfalter, Bläuling oder Birkenspinner erkennen wollten, kann man in deWitts Nesselkönigbiografie (1993) nachlesen, verbunden mit der zweifellos zutreffenden Bemerkung, dass man dieses Spiel in jeder Zeit und jedem Land spielen kann. Für deWitt ist das ein Beweis dafür, dass Nesselkönigs poetischer Einfall funktionierte, ein Literaturplenum der frühen SED dagegen hat angeblich wegen der »Schmetterlingslisten« die symbolische Darstellung der menschlichen Gesellschaft durch Tiere als formalistische Verirrung gebrandmarkt. Der Nesselkönig-Kenner und Literaturkritiker H. Methner wies den Verfasser darauf hin, dass einige der im Gedicht erwähnten Spezies gar keine Schmetterlinge, sondern Falter sind, woraus folgt, dass Victor Nesselkönig keine Ahnung von Lepidopterologie hatte.

Richtung erhebt, als wolle er einen Toast ausbringen, dann aber schweigt, haben alle zu lachen begonnen. Es herrscht eine übermütige Stimmung, wie nach einem Familienkrach mit anschließender Versöhnung. Alle wirken erleichtert. DeWitt späht zu den Fotos: Nesselkönig mit Bodo Uhse und Anna Seghers, im Café mit André Gide, ein Gruppenfoto auf dem Roten Platz zwischen Schukschin, Simonow, Scholochow, Ehrenburg und anderen, die deWitt nicht erkennt. Er überlegt, ob es angeht, während des Essens danach zu fragen. Fritz Cremer im Garten unter der Ulme oder Platane, unter der sie vorhin gesessen hatten.

»Darf ich sie mir ansehen?« Nesselkönig lächelt und macht eine schwungvolle Handbewegung, als habe deWitt ihn um einen Tanz gebeten. DeWitt ist wieder erstaunt, wie grazil der alte Mann geworden ist, der einmal fast korpulent war. Jetzt ist er dünn, elegant, von einer fast kindlichen, verschmitzten Leichtigkeit. Auf einigen frühen Fotos, die er noch nie gesehen hat, sieht Victor Nesselkönig sich ähnlich, die aristokratische Magerkeit.

»Interessant, nicht?«, sagt Kleinwächter stolz. DeWitt streicht über das Glas der Bilderrahmen. Einige sind verstaubt, andere ganz neu. Aus den Augenwinkeln sieht er, wie Reno und der Verleger einen amüsierten Blick tauschen.

*

Nach dem Essen gibt es Mokka aus kobaltblauen Tassen mit Goldrand, auf die die Hausfrau stolz zu sein scheint. DeWitt fragt nach dem Turm auf dem Haus und Nesselkönig erzählt, das sei sein Arbeitszimmer. Natürlich kann er es besichtigen. Ein vier mal vier Meter großer Raum über dem Dach mit freier Sicht nach allen Seiten. Draußen blitzt es, deWitt sieht den See und den Wald, das Dorf mit den Holzdächern und der Kirche, die Ebene, hinter der Berlin liegt. Er geht langsam um den Schreibtisch herum, späht fast ängstlich auf die herumliegenden Manuskripte. Berge handschriftlicher Notizen.

»Kein Schachspiel«, sagt er fast vorwurfsvoll.

»Das ist sein Arbeitszimmer. Schach spielt er im Wohnzimmer.« Reno, der ihn nach oben gebracht hat, ist in der Tür stehen geblieben, als sei der Raum ein Heiligtum: »Victor Nesselkönig hat verfügt, dass der Nachlass an die Akademie gehen wird.«

DeWitt nickt, als hätte er das erwartete Todesurteil vernommen. Ich höre auf, denkt er. Dieser Schwiegersohn-Doktorand hat Berge von Material, von dem ich nur träumen kann. Und Nesselkönig lügt mich an wie gedruckt.

Unten, im mittlerweile hell erleuchteten Wohnzimmer, hat Victor noch eine Flasche Wein geöffnet. Es ist tiefschwarz vor den Fenstern. Jetzt, denkt deWitt.

»Ich muss noch einige … heikle Fragen loswerden.« Nesselkönig schwenkt gleichmütig sein Glas, Kleinwächter, der sich schon in seinen Sessel gefläzt hat, strafft sich, Nesselkönigs Frau schickt ihm einen wunden Blick. Nesselkönigs Tochter hört auf, in der Küche zu klappern.

»Herr Nesselkönig, Sie haben von 1937 bis 1953 in einem Lager gelebt.«

»Lager? Der Begriff ist falsch, junger Mann. Man hat Ausländer zusammengefasst, um sie zu schützen.«

»Viele Ausländer sind nicht von dort zurückgekommen.«

Nesselkönig schweigt, beobachtet den Rotwein in seinem Glas. »Heute ist es leicht, darüber zu richten. Alle hatten Angst. Vor Provokationen. Vor Spionen. Wir waren Deutsche, verstehen Sie? Kriegsgegner, aus dem Land des Faschismus.«

»Was haben Sie erlebt im Lager, Herr Nesselkönig?«

»Schwere Arbeit. Aber wir haben mehr zu essen bekommen als die russischen Gefangenen. Es gab … Kultur. Wissen Sie, die Russen lieben Kultur. Gesang, Literatur. Es gab einen Lagerchor, ein deutschsprachiges Theater. Offiziere haben unsere Vorstellungen besucht.«

»Es klingt eher, als seien Sie auf einer Kur gewesen als in einem Straflager.«

»Ach, Straflager.« Zum ersten Mal sieht Nesselkönig Kleinwächter an, Hilfe suchend.

»Es war kein Straflager«, bellt der. »Es war ein Internierungslager für Ausländer. Gemäß den *verbindlichen Regeln des Völkerrechts.*«

DeWitt sieht ihn lange und verächtlich an, aber der Gesichtsausdruck weicht nicht von den Gesichtern, dieses feixende: *Was willst du eigentlich von uns?*

»Herr Nesselkönig, kurz bevor Sie den Preis bekamen, haben sowjetische Zeitungen Ihren Tod gemeldet. Man berichtete von Ihrer Verurteilung und Hinrichtung wegen völlig absurder Beschuldigungen.« DeWitt beobachtet aus den Augenwinkeln eine heftige Bewegung von Nesselkönigs Tochter. »Ich verstehe, dass es schwer ist, von solchen Dingen zu reden. Aber Sie werden verstehen …« Hilfesuchend sieht er Victor an.

»Ich bin überrascht«, sagt der, seine Stimme ist kalt, er sieht an deWitt vorbei, »dass ein Vertreter westlicher Massenmedien ausgerechnet der *Prawda* …«, man sieht ihm an, dass er sich beherrschen muss, aber es gelingt ihm, er lehnt sich zurück, sieht zur Decke. »Herr deWitt, in dieser Zeit ist viel geschehen. Lügen und Schlimmeres.« Der angebliche Verleger, der von Literatur keine Ahnung hat, wird unruhig, aber Victor schweigt einfach, als hätte er die Frage beantwortet. Stille, man hört die Standuhr ticken, den Regen rauschen.

»Sie haben«, sagt deWitt, so leise er kann, »über diese Dinge nie geschrieben.«

»Ja«, Victor antwortet sofort, fröhlich. »Da haben Sie recht, vielleicht sollte ich das tun.«

Kleinwächter nickt nachdenklich.

DeWitt strafft sich, fast ohne nachzudenken, platzt er heraus: »Ich soll Sie grüßen.« Ein Hauch des Entsetzens geht durch den Raum. »Ich soll Sie von Lenka grüßen.« Als der Name fällt, scheint es deWitt, als löse sich die Starre wieder, als atmeten alle auf. Was haben sie befürchtet? Aber dann sieht er Nesselkönig an. Der hat das Glas, mit dem er gespielt hat, abgestellt. Er schaut aus dem Fenster, in die schwarze Nacht. Sein Oberkörper beginnt langsam zu wippen, wie bei einem orthodoxen Juden im Gebet. DeWitt hat sie gesehen, an der Klagemauer in Jerusalem, wie sie ihren Körper schütteln, als wollten sie etwas aus sich herausschütteln. Die Tochter steht im Türrahmen zur Küche und hält den Atem an.

»Herr Nesselkönig, ich habe mit ihr gesprochen. Sie glaubt, dass Sie ihr das Leben gerettet haben. Sie hat mir von dem Prozess erzählt, von dieser scheußlichen Denunziation. Dieser Verleumdung. Und davon, wie der Preis sie gerettet hat, Sie und Lenka …«

Victor schlägt die Hände vors Gesicht und schluchzt. Seine Tochter springt hinzu, als habe sie auf diesen Moment gewartet, sie funkelt deWitt an. »Ich *lebe* doch«, sagt Nesselkönig, ohne die Hände vom Gesicht zu nehmen, es klingt, als spreche er aus einer tiefen Grube. »Ich *lebe* doch noch. Und Lenka lebt auch noch …« Es ist nicht klar, ob der letzte Satz eine Frage ist.

»Ja, sie lebt.« DeWitt hat dieses Verhör nicht gewollt, er spürt einen Funken Mitleid. Aber er begreift plötzlich, dass er diesen Mann eigentlich hasst. Seine Heimlichtuerei, seine Lügen.

»Lenka«, schnieft Nesselkönig, wieder hebt sich seine Stimme auf der letzten Silbe.

»Erzählen Sie uns von ihr.« Nesselkönig sieht ihn trotzig wie ein ertappter Schulschwänzer an und schüttelt den Kopf.

DeWitt: »Ist es nicht auch eine Erleichterung, von diesen schlimmen Dingen zu sprechen?«

Kleinwächter schnaubt vor Empörung.

»Schlimme Dinge«, flüstert Nesselkönig durch seine Hände. »Ja, schlimme Dinge.«

»Sie hat mir von Ihrem Briefwechsel erzählt«, sagt deWitt. Auf Nesselkönigs Gesicht steht das nackte Entsetzen. Ein panischer Blickwechsel mit dem Verleger.

»Wir würden Sie jetzt ins Hotel zurückfahren«, sagt Kleinwächter in deWitts Richtung. DeWitt spürt, dass Widerrede sinnlos ist. »Verzeihen Sie. Wir reden morgen weiter?«

Victor nickt, er ist kreideweiß. »Trinken Sie ruhig noch ein Glas«, schnieft er.

DeWitt spürt, dass die Zeit flieht, dass alles zu spät ist. »Ich habe mit ihr gesprochen. Mit Lenka.« Und noch mal: »Sie hat mir von Ihrem Briefwechsel erzählt.« Nesselkönig starrt ihn an wie einen Teufel. Seine Hände fallen förmlich auf den Tisch, er starrt, bewegt die Lippen.

»Genug für heute«, sagt Kleinwächter und erhebt sich.

*

Auf der Rückfahrt nach Berlin schweigt deWitt lange.

»Er ist ein alter Mann«, sagt Reno.

»Wissen Sie, was ich mich die ganze Zeit frage? Sie wohnen mit ihm zusammen. Sie promovieren über sein Werk. Haben Sie ihn denn *nie* danach gefragt? Dass die eigenen Leute ihn verraten haben, deutsche Kommunisten? Und er um ein Haar tot gewesen wäre?«

Reno antwortet nicht. Am nächsten Morgen, als deWitt im Foyer darauf wartet, wieder abgeholt zu werden, tritt ein Mensch auf ihn zu, zeigt seinen Ausweis und teilt mit, dass Victor Nesselkönig in der Nacht einen leichten Herzanfall erlitten hat und im Krankenhaus liegt. Und die Ausfuhr bespielter Magnetbandkassetten aus der Deutschen Demokratischen Republik nicht erlaubt ist.

32

Victor Nesselkönig schreibt wieder und Kämmerling bekommt Besuch
Dreizehnheiligen und Berlin, Sommer 1988

»Herzanfall!« Victor spuckt das Wort aus. In der Nacht hat es geregnet, ein grauer Schleier verhängt das festliche Licht der letzten Tage. Er hatte sich Kleinwächter unter vier Augen im Turm vorgenommen, zu hören war er bis in die Küche. Ob der Genosse vielleicht etwas zu beichten habe? Kleinwächter, nicht gewohnt, auf dieser Seite des Vernehmungstisches zu sitzen, war in Panik geraten.

»Briefwechsel vielleicht? Fällt dir dazu was ein, Genosse?« Erschrockenes Kopfschütteln. Wer denn diese Lenka überhaupt sei? Da hatte Victor tief ausgeatmet und Kleinwächter mit einer Handbewegung entlassen. Nachdem der sich getrollt hatte, bekam die Ersatzmutter den beträchtlichen Rest von Victors schlechter Laune ab, bis sie die Hände auf die Brust legte, um den drohenden Herzanfall vorzutäuschen, den Kleinwächter Victor angedichtet hat. Bevor er noch Sammeltassen zerschlug, überredete Vivi ihren Vater zum Spazierengehen. Sie hasten durch den Nebel, Victor zuckt jedes Mal zusammen, wenn sich jemand in einem Vorgarten aufrichtet, um sie zu grüßen. Nein, sagt er, nicht umkehren. Gewissermaßen lässt er sich das Dorf zeigen, in dem er seit fünfunddreißig Jahren wohnt. Vivi aber fragt und lässt nicht locker.

»Du fragst wie dieser Westjournalist.«

»Ich bin aber nicht dieser Westjournalist. Ich wüsste nur zum Beispiel gern mal, nach wem unsere Katze benannt war.«

*

»Siehst du doch. Ich schreibe!« Den Tonfall beherrscht er seit Jahren: Titanisch schaffender Dichterfürst, entnervt vom Klappern in der Küche, von einer dämlichen Frage aus seiner Mühsal gerissen, seinem Kultus am Wahren und Schönen. Jahrzehntelang hat er den Dichter gespielt, am Schachbrett gesessen und Männchen auf Kämmerlings Manuskripte gemalt. Neuerdings erlebt er wie ein Schauspieler den Sprung, das Einswerden mit der Rolle, wie jemand, der mit den Armen rudert und plötzlich fliegen kann. Er hat sein Thema gefunden: sich selbst. Ein paar Dinge richtig stellen, bevor andere sie verdrehen.

Wenn Inge in sein Zimmer kommt, Kaffee bringt und sich nach einer heruntergefallenen Schachfigur bückt, deckt er das Blatt mit der Hand ab. Noch nie hat er so viel Papier beschrieben. Sein Puls rast, seine Handgelenke schmerzen, er kann nicht aufhören, mit deWitt im Nacken. Ihm laufen Schauer der Ergriffenheit über den Rücken, wie sonst nur bei der Verfilmung von Mischa Scholochows »Menschenschicksal« oder bei den seltenen Aufnahmen von Majakowskis Rezitationen. Er denkt an Scholochow, den er am selben Abend kennenlernte wie Lotte. Er notiert ihren Namen. Er entsinnt sich, dass Vivi einen Film über Scholochow erwähnt hat; nimmt sich wieder einmal vor, sie danach zu fragen. Scholochow saß einmal unten im Garten, hatte Vivi und Jurek auf den Knien und weigerte sich zu Kämmerlings Enttäuschung (Victor schreibt *Kämmerling* auf den Rand eines Blattes und malt ein Fragezeichen dahinter), über den *Stillen Don* zu reden. Als Vivi von dem Film anfing, nahm Victor für einen bestürzenden Moment lang an, sie wolle ihn damit ermutigen, etwas zu sagen. Etwas, dass sie wusste oder ahnte. Dinge, die ruhen sollten. Wenn Scholochow noch leben würde, könnte man ihm schreiben. Er setzt sich zurecht. Was er geschrieben hat, beginnt mit einem kleinen geistigen Diebstahl, der erstens verjährt ist und zweitens niemals an den Tag kommen wird:

»Holt mir den größten Brotschieber aus der Backstube!, brüllte der Meister.«[71]

---

71 *Deutsche Bäckerzeitung*, frühe Dreißiger Jahre. Aus einer Kolumne, die *Heiteres aus dem Bäckerleben* hieß oder *Gebacken und gedichtet*, las der Bäckermeister

Als Victor das aufgeschrieben hatte, begann ein Frösteln, das nicht unangenehm war. Plötzlich war er das Kind, das vor fünfundsechzig Jahren im Tuchauer Wohnzimmer saß. Er blutete Erinnerungen. Auf den Zettel, auf dem hinter Kämmerlings Name ein Fragezeichen steht, schreibt er: Grigoleit, Lenka? Letzteres dreimal eingekreist. Im Treppenhaus hört er Inges Schritte. Siehst du doch. Ich schreibe.

*

Abends ist er angenehm erschöpft, anders als von der lebenslangen Warterei, als er Arbeit vorgetäuscht und nachts in seinem Sessel hochgefahren ist, überrascht, in wessen Leben er aufwachte. Das Manuskript, das Inge von der Tür aus ängstlich betrachtet (als schriebe er ein Testament, das sie enterbt, und vielleicht empfindet sie es so), ist in Prag steckengeblieben, in einem Schachcafé das er erst *Caissa*, dann aus Vorsicht *Gambit* nennt. Ein berühmter Dichter, der inkognito reist oder auf der Flucht ist, sitzt einem begabten deutschen Flüchtling am Schachbrett gegenüber. Hier nun heißt es, sich entscheiden. Soll man von dem Thüringer Bäckerburschen Sonntag erzählen, wie man es auf dem Appellplatz einer gewissen Schule von Willi Ostertag getan hat? Soll Sonntag Ostertag ähneln oder lieber nicht? Der Autor ist unbeholfen ohne Kämmerlings eifrigen Rat. Er beginnt, die Tücken und Versuchungen der Fiktion zu ahnen. Intuitiv hat er das heikle Problem der Erzählperspektive in der Prager Szene beiseitegelegt und begonnen, über Moskau zu schreiben, als ob es da einfacher wäre.

Die Vergangenheit fügt sich beim Aufschreiben neu.

Die Schachfiguren hat er zum ersten Mal seit Jahrzehnten weggeräumt, ein Wunder, dass sie noch in die Kästen passten. Aber die Geschichte, an der er jetzt schreibt, entwickelt sich wie eine

---

Gerhardt Ostertag (der in Victors Manuskript Sonntag heißt) seinen Lieben nach dem Abendessen vor. Seine Frau, Tochter feiner Leute aus Riesa, hätte Schiller oder Fontane bevorzugt, ihr einziger Sohn fühlte sich beim Schachspielen gestört.

gelungene Schachpartie nach einer inneren, verborgenen Idee, die sich hoffentlich am Ende enthüllen wird. Wie beim Schach besteht der Reiz darin, den Plan im Auge zu behalten, ohne sich zu verrennen. Zielstrebig zu bleiben und wenn nötig, einen Umweg nicht zu scheuen. Ballast abzuwerfen. Vertanen Chancen nicht nachzutrauern. Wie beim Schach gibt es einen Gegner, der deine Absichten durchkreuzen will. *Das entscheide ich* heißt: den Plan nicht aufgegeben. Vielleicht folgt Schach denselben Gesetzen wie Literatur? Er hat zum ersten Mal in seinem Leben ein Manuskript seiner Tochter gezeigt und die hat Reno hinzugezogen, der erkennbar geschmeichelt ist. Vivis glühende Wangen und Renos akademisch umständliches Lob lenken einstweilen von der bangen Frage ab, was Kämmerling dazu gesagt hätte, der Mann, der nur noch im Konjunktiv vorkommt. So kann nur Nesselkönig schreiben, hat Reno gesagt.

Vivi liest, zündet sich eine Zigarette an und verbrennt sich die Finger. Der Dichter namens Zaunkönig ist natürlich ihr Vater, aber seine vertrauten Züge sind verzerrt von kunstlosen, manchmal fußlahmen Sätzen, dem hölzernen Deutsch der Partei. Es gibt Details, die ihr ziemlich konstruiert erscheinen, etwa wenn der Blutsäufer Jeshow, der dem Massenmord seinen Namen gab, ein Schöngeist ist, seine Frau in ihrem Salon Komponisten, Lyriker und Schauspieler versammelt, die schon auf seinen Verhaftungslisten stehen. Aber eine starke Erfindung, meint Reno. Und der Autor ist ziemlich geschickt darin, in der Schwebe zu halten, ob das, was er da erzählt, erfunden ist.

*

Am Abend nach dem Abschluss der Konferenz waren die sowjetischen Genossen – Kolzow, Ehrenburg und ein paar andere – mit den berühmteren Ausländern auf Jeshows Datsche eingeladen. Jeshow saß an der Spitze

der Tafel, ein andächtig zuhörender Gastgeber, ein
Bewunderer. Der Tisch war mit Speisen überfüllt, als
wolle man den Überfluss beweisen, von dem in Moskau
sonst nichts zu sehen war. Immer neue Platten wurden
aufgetragen, sauer eingelegtes Gemüse, mit Knoblauch
gewürzte Buletten, weißer, gesalzener Fisch und
glasierte, mit etwas Undefinierbarem gefüllte Teig-
taschen. Der Dichter Zaunkönig saß zwischen seinem
Freund Sonntag und dem Franzosen Malraux, weswegen
er sich immer wieder nach vorn beugen musste, um mit
Malraux' deutscher Frau zu flirten. Die Eheleute Malraux beobachteten die Völlerei mit dem beleidigten
Stilgefühl von Leuten, die nie Hunger gehabt hatten.
Der Bäckersohn Sonntag aß, was auf den Tisch kam.
Der Dichter hatte sich bei den Trinkorgien der letzten Tage den Magen verdorben.

Getrunken wurde mit verzweifelter Inbrunst. Immer
wieder schwenkte jemand eine bereifte Flasche über
den Tisch. Im Lauf des Abends wurden die Ausländer,
die ihre Gläser mit der Hand zuhielten, immer stärker bedrängt, jemand goß Sonntag Schnaps auf den
Handrücken und bedeutete ihm lachend, ihn abzulek-
ken. Malraux' Frau presste durch die Zähne, dass sie
nach Hause wolle. Aber die Trinksprüche nahmen kein
Ende. Immer wieder zog sich jemand an der Tischplatte nach oben, suchte schwankend Jeshows Blick,
wartete auf sein Nicken und begann zu reden, während das Gelächter und das Klappern des Geschirrs
nachließ und die meisten in der Runde mit kindlicher
Vorfreude an seinen Lippen hingen. Die Trinksprüche,
soweit Sonntag und Zaunkönig sie verstanden, waren
konventionell im sowjetischen Sinn, man trank auf

die Revolution und die Partei, die Komintern und die
Sowjetunion, die sowjetischen Schriftsteller und die
sowjetischen Künstler, das sowjetische Theater, auf
die Zukunft und die Kinder, die sowjetischen Arbeiter, Soldaten, Bauern und – mit einem Scherz, der
nicht übersetzt wurde und in brüllendem Gelächter
unterging – auf die Sowjetfrau.

Sonntag hatte einen Grad der Betrunkenheit erreicht,
in der man eine wohltuende Verachtung für seine Um-
welt empfindet. Es war heiß, das Licht grell und es
schien immer heißer und immer greller zu werden.
Manche Gäste waren am Tisch eingeschlafen, einer
weinte, andere gossen sich nach, tranken, schüttelten sich, grimassierten und lachten. Wer zu viel
hatte und es noch merkte, presste die Zähne zusammen und stand rechtzeitig auf, um in den Garten zu
kotzen. Ein rundlicher spanischer Lyriker mit über
die Glatze gekämmten Haaren goß den Schnaps, den man
ihm einschenkte, ungeniert unter den Tisch. Nur die
Deutschen, Zaunkönig ausgenommen, eiferten ihren
Gastgebern nach, dem verzückten Blick auf das Wäs-
serchen im Glas, der suizidalen Entschlossenheit,
mit der sie es herunterkippten, der wollüstigen
Grimasse, wenn der Fusel ihnen die Eingeweide verbrannte. Becher, sonst auf eine gewisse Vornehmheit
bedacht, hatte Erich Weinert den Arm auf die Schulter gelegt und erklärte ihm mit energischen Handbe-
wegungen etwas, während der ins Nichts starrte. Junge Männer in bunt bestickten Hemden versuchten, mit
Akkordeon und Balalaika Musik zu machen, wurden aber
immer wieder unterbrochen, wenn es einen neuen
Trinkspruch gab oder die Russen mit überraschend

tiefen Bässen ein trauriges Lied anstimmten. Dann
beobachtete der Dichter, wie Malraux, von Kopf bis
Fuß stolzer Träger des Prix Goncourt, seiner schönen, streitlustigen Frau etwas ins Ohr flüsterte.
Über ihr mädchenhaftes Gesicht ging ein Lächeln,
sie nickte mehrmals heftig und begann, als Malraux
abwinkte, auf ihn einzureden, bis er, ein großer,
gesunder Mann, aufstand und an sein Glas klopfte.
Es dauerte eine Weile, bis der Dolmetscher gefunden war, es still wurde und alle sich zurechtgesetzt
hatten. Sie betrachteten den Franzosen mit leiser
Unruhe. Er hatte schon am ersten Konferenztag gewagt, Stalins Wort vom Schriftsteller als Ingenieur der Seele mit der Bemerkung zu ergänzen, dass
die wichtigste Aufgabe des Dichters gleichwohl die
Empfindung sei. Die Stille legte die Verwahrlosung
bloß, in der sich der Raum befand. Niemand hatte die
Teller mit den Essensresten und die überquellen-
den Aschenbecher abgeräumt, es stank nach Rauch und
Fisch.

Malraux sprach mit klingender, melodischer Stimme.
„Ich möchte das Glas auf einen Abwesenden erheben",
dolmetschte der Mann, der hinter ihm stand. „Auf einen Mann, dessen Gegenwart hier jeden Augenblick zu
spüren ist." Die Stille bekam etwas Sakrales. Aus
einem ungewissen Grund hatten selbst die Funktionäre vermieden, auf ihn zu trinken. Vielleicht war
das Ausdruck des tiefsten Respekts, dessen sie fä-
hig waren, einer Verehrung, die es verbot, den Namen in den Mund zu nehmen. So war der „Vater der
Völker" nur in seinem Ausspruch von den Ingenieuren
der Seele anwesend, der in silbernen Lettern über

dem Eingang des Konferenzpalasts hing. Nun nahm ein
Franzose, kein Kommunist im sowjetischen Sinne,
eines der wilden, freilebenden Tiere wie Victor
Zaunkönig, die die Komintern stolz in ihrem Dichter-
zoo präsentierte, seinen Namen in den Mund, um sich
vor ihm zu verneigen. Aber nach Malraux' nächsten
Satz erbleichten alle. Malraux sah den Dolmetscher
herausfordernd an. Der sagte leise: „Ich … Er trinkt
auf das Wohl von Leo Dawidowitsch Trotzki."
Die Szene erinnerte jetzt an einen Stummfilm: Männer,
die ihre Gläser betrachteten und sich hinterm Ohr
kratzten. Malraux und seine schöne Frau, die sich
auch erhoben hatte, setzten ihre Gläser an und tranken in kleinen Schlucken, als sei es nicht Wodka,
sondern Chablis. Aber die Einheitsfront stand,
Jeshow, dann Becher und Ehrenburg nahmen ihre Gläser, wenn auch hastig, nippten daran und begannen,
von etwas anderem zu reden. [72]

*

Vivi legt das letzte Blatt vorsichtig auf den Tisch. »So war das?«

»Das entscheide ich«, sagt ihr Vater, als spräche er ein Bibel-
wort. Folgendermaßen, erklärt er, könnte es weitergehen. Als die
Konferenz vorbei ist, Malraux wieder in Frankreich, der Dichter
und der Bäcker noch im Hotel *Lux*, klopft es nachts an der Tür
und der Held, Vivi Nesselkönigs Vater zum Verwechseln ähnlich,
öffnet, als habe er darauf gewartet. Die Verhaftung hat etwas Ge-

---

72 Victor Nesselkönig, Moskauer Jahre, 6. Kapitel, hier zitiert nach der maschi-
nenschriftlichen Entwurfsfassung, Archiv der Victor-Nesselkönig-Stiftung, mit
freundlicher Genehmigung von Inge Nesselkönig.

schäftsmäßiges, eine Formsache, lästig, aber unausweichlich. Es wird darauf ankommen, erklärt Victor seiner Tochter, die Schlüssigkeit der Situation aus der Sicht des Helden zu zeigen, die Überzeugung, dass sie ihn zu Recht mitnehmen, gar nicht anders können. Soweit hatten sie uns, Tochter. Weiter, sagte die Tochter, weiter, weiter.

Gerichtsverfahren, sagt er, Saal der Gewerkschaften. Anklage: Raub und Verschleuderung der Kunstschätze des sowjetischen Volkes. Ganz schöne Räuberpistole, sagt Reno. Konstruiert, sagt sie. Warte, sagt Victor. Er erzählt von den Beutezügen einer böhmischen Emigrantin, von dem Kunsthistoriker Jaschin. Natürlich tun sie es auf Befehl, mit Billigung allerhöchster Genossen. Aber von denen ist, als sie verhaftet werden, keiner mehr am Leben: Verräter, Schädlinge. Wenn alle Feinde sind, sind wir auch Feinde. Der Verhaftete glaubt, sich verteidigen zu müssen. Sie erzwingen sein Geständnis nicht durch Schläge, von denen ihm weinende Zellenkameraden erzählen, sondern mit spöttischer Korrektheit. Sie zeigen Mitleid und Verständnis, statt ihn zu verprügeln. Man müsste auch erzählen, Tochter, was sie dort mit Menschen gemacht haben. Aber meine Idee ist: Der Held fürchtet die Folter, aber sie quälen ihn nicht; sie behandeln ihn respektvoll, noch als Feind ein Genosse. Sie rechnen auf sein Verständnis, dass sie ihn töten müssen.

»Heul nicht«, sagte er fast grob. »Wenn du es nicht wissen willst …«

Er erzählt weiter seine Geschichte, eine blasse, aber nicht unsympathische Verwandte der Wahrheit. Willi, sagt er, nennen wir ihn Willi, rettet dem Dichter das Leben. Im Gebäude der Staatsanwaltschaft, wo aus Verdächtigungen Geständnisse werden, stellt man die beiden einander gegenüber. Mit dem Bäcker hatten sie kein Erbarmen. Der ganze Mann blutunterlaufen, sagt Victor und schluchzt, schlägt die Hände vors Gesicht. Er nimmt alles auf sich, für diesen Dichter. Der wird zu Stalin gebracht und …

»Schreib es zu Ende«, sagt Vivi. »Es kommt mir unglaubwürdig vor, aber Reno meint, als Roman wird es großartig.«

»Meine Hände zittern.«

*

Wenn die Nachbarn bei Sendeschluss ihre Fernsehgeräte ausschalten, können sie durch die Fenster ihrer dunklen Wohnzimmer Victor Nesselkönig in seinem Turm hin und her laufen sehen. Seine rechte Hand geht auf und nieder, als ob er ein Orchester dirigiert. Er spricht und spricht und spricht, und Vivi schreibt und schreibt und schreibt. Während Reno erschöpft von den Mühen der Promotion über Leben und Werk seines Schwiegervaters wie ohnmächtig schläft, sitzt Vivi an der elektrischen Schreibmaschine, die ihr Vater von Kleinwächter geschenkt bekommen hat und tippt aus Victors Entwürfen und ihren Mitschriften eine säuberliche Reinschrift. Dann überredet sie ihren Vater zu einem Besuch, gegen den er sich noch sträubt, als sie aus dem U-Bahnschacht *Titania*-Platz nach oben steigen. Sie kann kaum glauben, dass ihr Vater seinen langjährigen Lektor noch nie zu Hause besucht hatte. Ein herrschaftliches Treppenhaus in einem pharaonischen Stalinbau hinter dem Alexanderplatz. Kämmerling steht in der Tür. Er sieht noch aufgedunsener als früher aus und versucht, gleichzeitig Vivi freundlich und ihren Vater herablassend anzusehen. Schon von ihren Besuchen mit Jurek während ihrer Schulzeit kennt Vivi die Bücherstapel auf dem Parkett, die Hügelketten aus Bildbänden, über die man steigen muss, ohne Stalaktiten aus Zeitschriftenjahrgängen umzuwerfen. Mittlerweile sind die bedruckten Gebirge von einer Vegetation leerer Flaschen überwuchert und ein Blick auf Kämmerling genügt, um zu sehen, dass keine Limonade darin ist. Der Lektor im Ruhestand (Vivi weiß aus Renos schadenfrohen Erzählungen, dass der Verlag ihn herausgeworfen hat) bewegt sich wie in Zeitlupe. Um ihren Schreck zu verbergen, blätterte sie in verklebten Büchern, während ihr Vater freundlich-ungeschickte Konversationversuche macht, die Kämmerling mit höhnischem Schnauben pariert. Victor sagt etwas Lobendes über die Wohnung, eine so plumpe Heuchelei, dass Vivi sich auf die Lippe beißt.

Kämmerling nimmt eine halbvolle Rotweinflasche vom Fensterbrett und hält sie fragend in die Runde. Vivi starrt Kämmerling an, lauscht dem kurzatmigen, fast unverständlichen Gebrabbel des Mannes, der einmal zur Familie gehört hat. Nicht, dass sie unvorbereitet ist. Reno hat erzählt, wie Kämmerling uneingeladen auf dem Nesselkönig-Kolloquium der Akademie erschien und erst sämtliche anwesende Ordinarien und dann abwesende *Führende Genossen* beleidigte. Mit der Bosheit des Aufsteigers für einen Mann, über den die Zeit hinweggegangen ist, hat er Kämmerling in seinem lächerlichen Barockkostüm beschrieben, der zwischen dem Professorengrau aussah wie ein Fabeltier. Gegen Theoretiker hat Kämmerling seit jeher den professionellen Hochmut des Künstlers gepflegt. In den sagenumwobenen Tagen von Dreizehnheiligen waren seine Blicke schwarz vor Verachtung geworden, wenn er auf einen Germanisten traf; von Literatur*wissenschaft* hatte er mit salziger Ironie, gewissermaßen nur in Anführungsstrichen gesprochen und wenn er die prahlerischen Schlagworte, die die Literaturversteher vor sich hertrugen wie Monstranzen, überhaupt in den Mund nahm, dann höhnisch bis zur Unkenntlichkeit gedehnt: *E – xe – geeee – se!* Also meine Herren! Von jener selbstzufriedenen Wunderlichkeit ist nur eine wirre Suada aus murmelndem Hass geblieben. Er besitzt die Taktlosigkeit, nach Jurek zu fragen. Im Wohnzimmer läuft der Plattenspieler. Statt seiner kakophonen Jazzplatten hört Kämmerling jetzt französischen Chanson, die Musik der achtziger Jahre für Leute, die Wert darauf legen, zu klug für Popmusik zu sein. Wenn eine Seite zu Ende ist, unterbricht er sich mitten im Satz, um aus einer abgeschabten Hülle eine neue Scheibe vom Moustaki oder Juliette Greco zu ziehen, sie schielend vor Andacht aufzulegen und mit seinem nicht ganz sauberen Taschentuch abzuwischen. Zu Charles Aznavours *Isch bin ein 'Ommo, wie sie sa – ha – gen* murmelt er, es sei es an der Zeit, Schluss zu machen.

»Schluss?«

»Schluss mit Lug und Trug.«

»Deshalb sind wir hier«, sagt Vivi und sieht ihren Vater an, der tut, als sei er vom Rotwein beschwipst. Sie stellt den Ton leise und nickt ihm, nun in Kämmerlings Rücken, zu. Victor sagt leise: »Also … Ich habe etwas Neues geschrieben. Und … wir brauchen deine Hilfe.«

Da beginnt Radolph W. Kämmerling dröhnend zu lachen. Sein massiger Leib pendelt wie ein Stehaufmännchen, während er lacht, er ringt nach Luft und wischt sich die Augen, richtet sich auf und sagt, immer noch kichernd: »Soso.« Und lacht weiter, dass die Wände wackeln.

»Onkel Radolph … Es ist wirklich wichtig.«

Kämmerling gießt sich nach, trinkt mit Behagen und wischt sich mit dem Handrücken über den Mund. Er atmet in vollen Zügen, als sitze er in kühler Abendluft. »Braucht ihr ihn wieder, he? Den Onkel Radolph?«

Victor sitzt auf seinem Stuhl wie ein Häufchen Unglück.

»Onkel Radolph«, fängt Vivi wieder an. »Es ist jetzt die Wahrheit.« Da lacht Kämmerling noch lauter, brüllt und schlägt mit der Hand auf die lederne Sessellehne als wolle er Fliegen fangen. »Die Wa – har – heit!«, stößt er in den Atempausen hervor. »Großer Gott! Die Wa – har – heit!« Er sieht sie an, als hätte sie nun genug Scherze gemacht.

»Moskau«, sagt Victor.

»Oho.«

»Das habe ich erlebt. Das ist mein Leben.«

Kämmerling nickt und legt den Kopf zur Seite, was bedeuten könnte, dass er nachdenkt. Dann steht er ächzend auf, legt eine Charlie-Parker-Platte auf und entkorkt eine neue Flasche, aus der er sich sorgfältig eingießt.

»Und?« Er sieht seine Besucher so erwartungsvoll an, als hätten sie ein Zauberkunststück versprochen. Vivi zieht das Manuskript aus ihrer Tasche und gibt es ihrem Vater, der aufstehen muss, um es an Kämmerling weiterzureichen. Der nimmt es, blinzelt wie ein Maulwurf über den Rand seiner Brille, blättert mit sadistischer Langsamkeit und beginnt zu lesen. Er liest reglos, blättert um, ohne aufzusehen und macht dabei kein Gesicht. Ab und zu steht er auf, ohne den Blick vom Papier zu heben, um eine neue Platte aufzulegen, lässt sich wieder in den Sessel fallen und liest weiter. Als Kämmerling nicht mehr umblättert, merken sie, dass er eingeschlafen ist. Draußen erwacht der Tag.

33

Roger deWitt verkündet eine Sensation und erlebt eine Überraschung
Westberlin Juli 1988

»Meine sehr verehrten Damen und Herren«, sagt Roger deWitt und legt die losen Seiten seines Manuskripts exakt übereinander. »Die Erforschung von Victor Nesselkönigs Leben erinnert an eine Gazellenjagd. Man hat dieses scheue Tier – ich spreche von dem prospektiven Nobelpreisträger, der dann doch keiner sein will – immer nur aus großer Entfernung gesehen, gewissermaßen auf der Flucht am Horizont. Um es genauer betrachten oder gar stellen zu können, muss man die Wasserstelle aufspüren, an der sich unweigerlich alle einfinden.« Er legt eine Kunstpause ein, gibt den Leuten Gelegenheit, das passende Gesicht zu machen, zu zeigen, dass sie seine rhetorischen Scherze zu genießen wissen. »Aber – um Ihre Geduld nicht schon zu Beginn mit schiefen Metaphern aus dem Reich von St. Hubertus auf die Probe zu stellen ...«, er lässt den Blick durch die Reihen schweifen, selbstzufriedenes Grinsen, »noch eine Vorbemerkung: Schon unmittelbar nach der Bekanntgabe des Nobelpreisträgers im Herbst 1938 machte das Gerücht die Runde, das Königliche Komitee in Stockholm habe nur aus einem Grunde gerade diesen Autor ausgewählt: Um ihn zu zwingen, einen positiven Beweis seiner Existenz zu geben – etwas, das nicht aus Papier war wie seine Bücher und vor allem nicht aus so schlechtem Papier wie die sowjetrussischen Zeitungen, die nicht müde wurden zu berichten, wie der große deutsche Dichter die Arbeitern und Bauern des Sowjetlandes mit Literatur, Schach und guten Worten erbaute.« Murmeln, joviale Anerkennung. Von Journalisten erwartet man in diesen Kreisen schlampiges Deutsch. Eine kleine Dosis rhetorischen Weihrauchs wirkt Wunder. Sie legen die Zeitungen weg und schlagen die Beine übereinander, als freuen sie sich auf einen schlüpfrigen Witz. Das

Gerücht über das Nobelpreiskomitee ist übrigens erfunden, wie alle historischen Fakten, die ganz genau in eine Theorie passen.

»Nun«, deWitt wechselt in den Tonfall routinierter Sachlichkeit, »wenn dieser Existenzbeweis das Motiv der Verleihung gewesen wäre, niemand wäre dem Komitee zu größerem Dank verpflichtet als ich. Doch dieser Dank würde allein der guten Absicht gelten, nicht dem Erfolg. Denn wie alle Gottesbeweise ging auch dieser von einer Voraussetzung aus, die die Leugner Gottes – will sagen Nesselkönigs – mit gutem Recht bestreiten konnten: Dass ein Autor wie Nesselkönig sich von etwas so gewöhnlichem wie dem höchsten Literaturpreis, den diese Welt zu vergeben hat – wir reden von Ruhm und einhundertsechzigtausend Kronen – nach heutigem Geld weit mehr als einer Million DM – hinter seinem sowjetischen Ofen hätte hervorlocken lassen. Oder: Dass der Autor überhaupt noch die Freiheit besaß, diese Entscheidung zu treffen.« So. Der germanistische Hochmut ist in die Schranken gewiesen. DeWitt hat sich sorgfältig vorbereitet. Er weiß, dass sein Publikum größtenteils aus Fachidioten besteht, Kennern des Gottschedschen Frühwerkes oder der Merseburger Zaubersprüche, mit einem Wort: aus Leuten, denen man wie Kindern erklären muss, welche spektakulären Ergebnisse ihnen zu Ohren kommen werden. Er registriert zufrieden, dass das Summen, das den Saal erfüllte, als er das Podium betrat, kulinarischer Vorfreude gewichen ist, der Stille, die bei Tische herrscht, wenn das Essen serviert wird. Die Leute sitzen aufrecht auf dem Rand ihrer Stühle. Konferenzen müssen schließlich auch mal Spaß machen. Sie sehen ihn erwartungsvoll an. Einen Moment lang stellt er sich vor, wie Nesselkönig in sowjetischen Werkhallen und Kulturpalästen vor ergriffen lauschenden Menschenmassen sprach. Er hatte Deutsch gesprochen, das außer ihm, dem Dolmetscher und ein paar mitgereisten Exilanten kein Mensch im Saal verstanden haben konnte. Er hatte in den Pausen erstaunt zuhören müssen, wie seine Rede in dieses asiatische Idiom übersetzt wurde, um die Zuhörer zu erreichen. Hatten Sie genickt, gelacht? Gezischt? Gegähnt? DeWitt malt, während er spricht, ein Fragezeichen auf den

Rand eines Blattes, dann legt er es beiseite. In der Kunstpause ist die Aufmerksamkeit abgefallen. Füße scharren, Hüsteln. Er muss die Zügel anziehen.

»Bis vor Kurzem ließ sich Victor Nesselkönigs Biografie eigentlich nur als eine Sammlung von Fragen schreiben. Wohin man sah, ungelöste Fragen: Was ist in den Wochen vor der Preisentscheidung und in den Wochen danach bis zu Nesselkönigs Verzicht tatsächlich geschehen? Wo war er bis zu seinem Auftauchen in der DDR? Warum ist er, ein weltberühmter Autor, nach Moskau gegangen? Und vor allem: Wer ist eigentlich Victor Nesselkönig? Welche Person, welche Herkunft, welches Milieu verbergen sich hinter diesem seltsamen Künstlernamen? Fast nichts darüber war bekannt. Fast nichts, trotz Bibliotheken voller Sekundärliteratur: Memoiren, Biografien, Studien, Dissertationen. Die offizielle Literaturgeschichtsschreibung der DDR – und erst recht die der Sowjetunion – wiederholt Formeln, die so nichtssagend sind, dass sie besser ganz schwiege. Die westliche Forschung hat keinen Zugang zu Archiven. Zeitzeugen sind tot oder sitzen hinter dem Eisernen Vorhang oder hinter Schwedischen Gardinen. Und der Mann, dem diese ganze Neugier gilt? Schwieg, schwieg. Schrieb einen zweiten, ambitionierten, aber missglückten Roman und ließ sich mit Ergebenheitsadressen zitieren, die dem Leser die Schamröte ins Gesicht treiben.« DeWitt wechselt einen Blick mit dem Saaltechniker am Rande des Podiums; der nickt ihm beruhigend zu. Er genießt die Enttäuschung, die er seinen Zuhörern bereitet hat, weil sie glauben müssen, er habe Nesselkönig auch nicht fragen können. »Und er macht um seine Person, seine heutige Existenz ein fast ebensolches Geheimnis wie in den Jahren vor dem Krieg, in den Jahren, als er auftauchte und berühmt wurde.« DeWitt zitiert aus seinem verhungerten Briefwechsel mit der Akademie und dem Verlag, liest eine Postkarte vor, in der Nesselkönig ihm viel Erfolg bei seiner Arbeit wünscht, aber zugleich bedauert, wegen seiner Arbeitsbelastung und seines Gesundheitszustandes leider gar nicht helfen zu können. »Schweigen also überall. Es hieß, zu ungewöhnlichen Methoden zu greifen.«

Sie spitzen die Ohren. Er ist angekündigt als Enthüllungsjournalist vom *SPIEGEL*. Leuten wie ihm traut man mehr zu als dem Verfassungsschutz. Er spannt sie noch ein bisschen auf die Folter, indem er in apodiktischen Hauptsätzen an die Spuren erinnert, die Victor Nesselkönig in den frühen dreißiger Jahren hinterlassen hat. Dass er, ohne das man sein sicheres Geburtsdatum wisse, zweifellos der jüngste Bestsellerautor seiner Zeit und dann der jüngste Preisträger aller Zeiten war. Dass alle von ihm genannten nichtdeutschen Geburtsorte mit Ausnahme Windhoeks im Laufe der nächsten zwölf Monate deutsch besetzt sein und alle deutschen (in Ostpreußen, Schlesien, Lothringen) binnen sieben Jahren nicht mehr zu Deutschland gehören würden. Dass er nach einem sagenumwobenen Auftritt im Berliner *Titania*-Theater verschwunden und später wie ein deus ex machina in Prag wieder aufgetaucht ist. Dass diese Station durch Details im Türkenroman beglaubigt ist, durch das geschliffene Glas in der Drehtür des *Goldstücker* vor allem. DeWitt deutet an, dass Nesselkönigs Flucht nicht unbedingt nur eine Flucht vor der Gestapo gewesen sein muss, sondern auf noch ungeklärte Weise mit den Verwachsungen seines Charakters, seiner Passion für Lüge und Verstellung zusammenhängen kann. Murren der Puristen im Auditorium. Dass, auch wenn es diesen Hintergrund nicht gebe, kein Beleg dafür existiere, dass Nesselkönig in jener Zeit politisch gewesen sei. Dass deshalb schlicht unplausibel sei, dass er in den Dreißigern nach Moskau und in den frühen Fünfzigern in die DDR ging. Sorgfältig aufgelesene, funkelnde Scherben der Literaturgeschichte, vorgetragen im Ton schulterklopfender Kennerschaft, Thesen mit unsichtbaren Widerhaken, denn er trägt sie vor wie überwundene Irrtümer. Im Saal nicken sie wissend. DeWitt referiert dann noch einige mehr oder weniger neue Erkenntnisse über Entstehung, Verlagsgeschichte und Wirkung der *Sieben Sinne*, etwa das delikate Detail, dass das Vorbild für die Figur des kommunistischen Rechtsanwalts ganz ohne Zweifel der spätere Ostberliner Justizminister Halbritter war. Gegen dessen strafprozessuale Methoden als Minister war die bürgerliche Klassenjustiz von Weimar, die Nesselkönig im Roman aufspießt, ein Kinderspiel gewesen, weswegen man diese Passagen in den fünfziger Jahren als prophetische Satire auf den ostdeutschen Unrechtsstaat gelesen und dort erst aus dem Lehrplan, dann aus den Neuauflagen gestrichen hatte. Beifälliges Gemurmel. Die kleine Delegation ostdeutscher Germanisten blättert im Programmheft. Auf dem Deckblatt steht:

IX. Bundestag der deutschen Germanistik – Berlin Juli 1988

An die Wand gelehnt steht ein junger Mann in schwarzen Hosen und schwarzem Sakko im Alter der Studenten, von deren ostentativer Ungepflegtheit er sich ebenso unterscheidet wie von ihrem lauernden Misstrauen, und liest, während er aufmerksam zuhört, in einem Programmheft, dass auf Seite 11 den laufenden Vortrag ankündigt:

Dr. phil. Roger deWitt, DER SPIEGEL:
Der unbekannte Preisträger –
Das Geheimnis des Victor Nesselkönig

Das Programmheft hat er auf dem Schreibtisch in der Wohnung seiner WG-Mitbewohnerin und Freundin Tine Kahnweiler in Berlin-Kreuzberg gefunden, wo er sich seit seiner Ankunft im Notaufnahmelager Marienfelde aus einem Bündel von Motiven wie dem Wunsch nach dem Dach über dem Kopf, sexueller Gier, dem Traum, in Westberlin zu leben, der Vorliebe für Tines Quiche Louraine, Verliebtheit und Ratlosigkeit einquartiert hat. Tine ist einige Jahre älter als er, was neben einem wohltuenden Vorsprung an sexueller Erfahrung auch den Vorteil hat, dass sie als Germanistikstudentin an den Kommunikationsströmen ihres Fachs teilhat. So ist das Programmheft in ihren Briefkasten und dann in seine Hände gefallen. Er hat sich von ihr erklären lassen, wie man sich für eine Tagung anmeldet, den Teilnahmebetrag überwiesen und ist am Morgen mit einer Mischung aus Angst und Neugier aus dem Haus gegangen. Auf dem Weg zur Universität hat er sich den *SPIEGEL* gekauft, um ihn, über den Campus gehend, nach deWitts Namen durchzublättern. Am Eingang wollte zu seiner Verwunderung niemand seinen Teilnahmeausweis sehen, jetzt steht er an der Wand und hört zu.

Auf dem Podium hebt deWitt die Stimme. »Ende September 1938 tauchten in englischen und schwedischen Zeitungen – nicht aber, wie sich denken lässt, in deutschen und sowjetischen – Gerüchte darüber auf, das Komitee wolle in diesem Jahr einen Autor ehren, der literarischen Rang mit einer tadellosen Haltung gegen eines der autoritären Regime in Europa verband. Weil mit Iwan Bunin ein Russe erst 1933 geehrt worden war, Namen wie die des Spaniers Garcia Lorca offenbar noch nicht bis nach Schweden gedrungen waren, lag die Wahl eines deutschen Autors – des ersten Literaten seit Thomas Mann – nahe.« Die Seitenhiebe auf das Komitee und die Erwähnung Thomas Manns sind Verbeugungen vor Sachkunde und Geschmack des germanistischen Fachpublikums, die es mit huldvollem Lächeln quittiert. Denn nichts eint beruflich mit Literatur befasste Menschen mehr als die Übereinkunft, klüger zu sein als das Nobelpreiskomitee, oder allgemeiner gesagt: als die Überzeugung, dass literarischer Erfolg immer die Falschen trifft. Dass die unsterblichen Manuskripte noch in den Schubladen liegen, womöglich sogar in der eigenen. Der junge Mann an der Seitenwand verzieht keine Miene.

»Nur: Wen sollte die Ehrung treffen? Die *New York Times* – schon damals bestens orientiert über Nachrichten, die in den Köpfen ihrer Redakteure entstanden waren« – beifälliges Murmeln bei allen, die die *New York Times* nur dem Namen nach kennen – »kombinierte am 20. September 1938 wie folgt: »Brecht ist zu links und nicht frei von der Gefahr, Hofsänger Stalins zu werden, Hermann Hesse ist angesehen und unverdächtig, gilt aber als zu treuherzig, Tucholsky hätte sich vielleicht nicht umgebracht, wenn er von diesen Spekulationen gehört hätte, zumal sein erfolgreichstes Buch in Schweden spielt, Alfred Kerr ist zwar bei weiter Auslegung der Statuten nicht ausgeschlossen (man bedenke, dass schon ein deutscher Historiker und ein deutscher Philosoph als Preisträger geehrt wurden), aber ...« Und so weiter: Carossa, Remarque, Wiechert und warum sie nicht Nobelpreisträger werden konnten.

Szenenapplaus im Saal – die gönnerhafte Variante, sie schlagen die vor dem Bauch erhobenen Hände langsam aufeinander als hätten sie Mehl daran. Nur die wachsame Fraktion der Rhetoriker tauscht verächtliche Blicke über die Masche dieses Redners, das Publikum zu gewinnen, indem er Stimmung gegen Abwesende macht. Der junge Mann an der Wand malt ein großes »N.« auf das Programmheft und ein bauchiges Fragezeichen daneben und beginnt, es gedankenverloren auszumalen.

»Aber warum nicht Nesselkönig? An diesen Autor dachten seltsamerweise nur die Radikalen – die an der Macht und die im Untergrund und im Exil ...«

Und deWitt zitiert (Xerokopien hochhaltend) Artikel aus der *Sammlung* und anderen, der Komintern nahestehenden Exilzeitschriften, die Mitte der dreißiger Jahre wie auf Kommando begannen, dem untergetauchten Autor Honig ums Maul zu schmieren. Becher, Münzenberg und Konsorten. »Warum? Es ist selbstverständlich, warum. Sie beanspruchten ihn für sich. Trotz der Tatsache, dass der lüsterne Advokat, eine der Hauptgestalten der *Sieben Sinne*, eine Parodie auf einen der ihren war, und obwohl dieser Autor als Besucher bedenklicher Bars galt. Oder nicht trotz, sondern wegen dieser Extravaganzen, die einem sozialistischen Vorbildkünstler so wenig anstanden. Weil er, wie sie glaubten, die Sprache schrieb, die sie für die Sprache des Volkes hielten, weil er ihre Vorstellung von Literatur erfüllte, das Panoramahafte, die Vorliebe für die Totale und für das Typische, das Realistische, das, was sie für Volksnähe hielten ...« (Auch dafür zitiert deWitt Belege.) »Die bürgerliche Welt, die liberale wie die konservative, nahm diesen Autor nicht mehr zur Kenntnis, als sei es ihr peinlich, dass der Pöbel ihn las. Die Kommunisten im Exil aber hatten Grund, ihn für sich zu reklamieren, weil er Deutschland schon 1933 verlassen hatte, und sie sollten ja, wie wir wissen, Recht behalten. Das Werben der Sozialdemokraten war, wie alles, was diese Partei anpackte, anständiger, aber mutloser. Ihnen genügte, wie es scheint, dass Nesselkönigs Unterschrift unter keiner der Resolutionen und Aufrufe stand, die die Komintern in jenen Jahren in Umlauf brachten, ja dass er nicht einmal in einer Exilzeitschrift veröffentlichte, nicht in einer bürgerlichen, liberalen oder sozialdemokratischen, aber eben auch nicht in den kommunistischen. Victor Nesselkönig schwieg, und dieses Schweigen machte ihn immer interessanter für die Komintern, die Dampfredner en masse in ihren Reihen hatte.« DeWitt hebt den Blick. Aufgepasst!, sagt diese Geste. »Aber warum hat sich das alles so plötzlich geändert? Warum wird aus dem weltscheuen Flüchtling, der jede Spur sorgfältig verwischt und tausend falsche Spuren legt – meine Damen und Herren, ich weiß, wovon ich rede! – plötzlich ein geschwätziger Agitator, der Stalin nach dem Munde redet und Ulbricht, der nach der Niederschlagung des dreiundfünfziger Aufstands politisch erledigt war, mit seiner Übersiedlung in den ostdeutschen Staat aus der Patsche hilft? Warum, in Gottes Namen geht er, aus dem sibirischen Lager entlassen, nicht in den Westen, um den Ruhm, die Freiheit und die Tantiemen zu genießen?« Im Saal heben sie den Blick. Die Frage stellt sich schließlich jeder normale Mensch. »Meine Damen und Herren, wenn Sie einen Roman schreiben und diese Wendung motivieren müssten, was fiele Ihnen ein?«

»Weiber«, blökt jemand aus den hinteren Reihen. Die Akademiker kichern schadenfroh.

»Lassen Sie den Plural weg«, sagt deWitt, ärgerlich, dass man ihm seine Pointe gestohlen hat. »Eine Frau, in der Tat. Das Leben ist nicht weniger trivial als ein Roman.« Die Sache mit dem Roman ist ihm letzte Nacht beim melancholischen Blick in die Minibar seines Hotelzimmers eingefallen. Sie schien ihm, gestern Nacht jedenfalls, als Schlüssel zur Auflösung aller Rätsel um diesen Mann: Stell dir vor, es wäre nur ein Roman … »Meine Damen und Herren, und ich kann berichten, dass ich herausgefunden habe, wer die Frau gewesen ist, die aus Victor Nesselkönig den Genossen Nesselkönig gemacht hat. Eine Person übrigens, wie sie kein noch so schlechter Romanschriftstellers zu erfinden gewagt hätte.« Er liest mit sichtbarem Stolz die deutschen Übersetzungen aus den berüchtigten Prozessberichten der Prawda vor, die er allerdings in russische Zeitungen gelegt hat, damit es so aussieht, er übersetze aus dem Stegreif. Es sind die fantastischen Erfindungen des Staatsanwalts Wyschinski, wonach Victor Nesselkönig mit seinen Genossen auf Anstiftung einer böhmischen Gräfin die Kunstschätze der Sowjetunion in den Westen geschmuggelt hat. Als deWitt die russische Zeitung aufs Pult zurücklegt, fällt der deutsche Übersetzungszettel heraus und segelt wie ein Laubblatt nach unten in die erste Reihe. »Eine böhmische Gräfin? Und auch noch Millionärin? Selbst wenn es dieses fantastische Doppelwesen gegeben haben sollte – wir sprechen von Zeiten, meine Damen und Herren, in denen sich böhmischer Adel und Reichtum geradezu einander ausschlossen – welchen Grund sollte sie gehabt haben, ausgerechnet in Moskau zu leben, wo Adel und Vermögen der sichere Weg in den GULAG waren?« Siegerblick ins Auditorium. »Nun, meine Damen und Herren, ich habe sie gefunden. Ich habe sie gefunden.« Wink an den Techniker, das Saallicht wird gedimmt. Auf der Leinwand hinter deWitt erscheint – um des Effektes Willen – zunächst ein Foto von Lenka als junge Dame. Sie ist kostbar gekleidet, ein Pierrotkostüm aus schwerer Seide, aber diese Pracht wird beinahe beleidigt durch ihre katzenhafte Jugendschönheit, ihre weiße Haut, den eleganten Schwung ihrer schmalen Handgelenke, den Meeresglanz ihrer Augen. Pfiffe aus den Reihen der Studenten. Wie als Antwort darauf lässt deWitt ein Foto der alten Frau einblenden, der er in Paris gegenüber gesessen hatte, und erzeugt mit dieser Demonstration der Unbarmherzigkeit des Alterns beklommene Stille.

»Gräfin Lenka Caslavska, eine Tochter des legendären böhmischen Adelsgeschlechts der Rosenbergs. Die Mutter Teresa des deutschen Exils in Prag – Sie verzeihen das schiefe Bild –, Tochter einer Familie, deren Leidenschaft für preiswerte Antiquitäten im Böhmen schon des 19. Jahrhunderts sprichwörtlich war. Bräuchte unser Romanschriftsteller ein Motiv für sie, das gesegnete Böhmen mit dem gestraften Moskau zu tauschen, er müsste noch tiefer in die Klamottenkiste des Trivialromans greifen. Gewiss war es Liebe, Liebe zum Kommunismus oder Liebe zu Victor Nesselkönig. Es scheint diese Frau einer anderen Epoche anzugehören, einer Epoche, in der man Reichtum wegwarf für luftige Ideale. Allein ich hatte das Glück, ihr in Paris zu begegnen, wo sie ihr Alter in bestürzender Armut verbringt.« Das war nicht übertrieben. Als sie aufgebrochen war, hatte sie sich nicht geschämt, ihn um Geld für das Taxi zu bitten. DeWitt wiederholt in knappen Hauptsätzen, was Lenka ihm erzählt hatte. Die dadaistische Lesung im *Titania*-Theater und ihr prosaisches Ende. Nesselkönigs Flucht nach Moskau und die Verehrung, die ihn empfing, ihre und dann seine Verhaftung im Herbst siebenunddreißig. Die Anklage, von Lenka als absurd bezeichnet. Das Todesurteil. Der Schaum vor dem Munde des Staatsanwalts. Die Meldung, Victor sei tot. Ihre Rettung aus der Todeszelle. Aus dem Saal starren sie deWitt an, als habe er an der Erschießungsmauer neben Nesselkönig gestanden.

Wenn man für führende Nachrichtenmagazine schreibt, beherrscht man die Technik des scharfen Schnitts. »Aber nun, meine Damen und Herren …«, deWitt macht eine obszön lange, genüssliche Pause, »hören wir *ihn* sprechen.« Seine vor Erregung zitternde Stimme verrät, dass er sich einem weiteren Sechzehnender unter seinen Trophäen nähert. Er nickt dem Techniker zu, der sich gebückt in Richtung eines Schalterkastens hinter dem Podium geschlichen hat. Im Auditorium kämpft Enttäuschung mit Neugier. Nesselkönig zu hören, ist kein Grund, einen Germanistenkongress zu besuchen. Man kennt seine ölige Stimme aus den weihevollen Ansprachen, mit denen er in den Fünfzigern die ostdeutsche Kulturpolitik feierte. Man hört längst nicht mehr Radio DDR, warum soll man es hier tun? Auf dem Band hört man zur Erheiterung des Saales zunächst Vögel zwitschern, dann de-Witt reden, bevor die brüchige, etwas unsichere Stimme eines Greises einfällt. Der junge Mann an der Seite zuckt zusammen.

Im Publikum beugt man sich nach vorn, zischt die Flüsterer nieder. Ein Professor in der ersten Reihe führt die rechte Hand zum rechten Ohr und bildet eine Hörmuschel.

»Ach so«, sagt Victor Nesselkönigs Stimme. Dann ein Räuspern, als wolle er eine vorbereitete Ansprache verlesen. »Ich habe mich entschlossen, das Geheimnis meiner Herkunft zu lüften. Was heißt Geheimnis: Für meine Genossen war es im Grunde nie ein Geheimnis.« Meckerndes Gelächter aus dem Hintergrund. »Und ich gebe zu«, Victor zögert die entscheidenden Sätze hinaus, fast kokettiert er ein wenig mit dem, was er gleich sagen wird, »dass ich meine Leser und … äh, Menschen wie Sie« – das ist offenbar an deWitt gerichtet, für den Nesselkönig keinen Gattungsbegriff wie Genosse, Leser, etc. hat, »… dass ich sie alle vielleicht ein wenig lange habe warten lassen. Dass es vielleicht des Guten zu viel war, alle diese Geschichten in die Welt zu setzen, Allgäu und Südwest-Afrika, wo ich übrigens nie gewesen bin. Tja.« Wieder räuspert er sich. »Also um es kurz zu machen …« Ein Pfeifton durchschneidet den Saal und verursacht schmerzverzerrte Gesichter. DeWitt tritt ans Mikrofon und sagt genüsslich: »Hier war allen Ernstes mein Band zu Ende«, im Saal herrscht blanke Empörung, als habe es deWitt nun doch übertrieben mit der Spannung. Aber der Techniker hat schon das neue Band eingelegt und nickt deWitt zu, der zurücktritt, als stände Victor Nesselkönig auf der Bühne.

»Also, um es jetzt wirklich kurz zu machen: Mein wirklicher Name ist … äh Willi Ostertag. Ich bin Sohn eines Bäckers aus Thüringen, der vermutlich wenig Verständnis dafür gehabt hätte, dass sein Sohn, statt in der Backstube zu helfen, nächtens einen Roman schreibt. Also habe ich mich Victor Nesselkönig genannt. Und als dieser Roman, der … äh …«, Nesselkönig zögert, als habe er den Titel seines eigenen Romans vergessen, »*Der Siebte Sinn*«.

»*Die sieben Sinne*«, sagt eine andere Stimme auf dem Band. Wieder Nesselkönig: »Jedenfalls, als er dann so erfolgreich war, schien es mir klüger, diesen Namen zu behalten, zumal er in den Zeiten der faschistischen Diktatur auch meine lieben Eltern schützte.« Als er die lieben Eltern erwähnt, kommt ein weinerlicher Zug in Nesselkönigs Stimme. Auf dem Tonband hört man wieder Vögel zwitschern und von fern einen Rasenmäher, was die Authentizität der Aufnahme ungemein erhöht. DeWitt ist nicht sicher, ob alle verstanden haben, welche ungeheuerliche Entdeckung er soeben präsentiert hat. Er holt Luft, um noch etwas zu sagen, hält dann aber inne. Im Saal reden plötzlich alle durcheinander, reden sich die Neuigkeit von der Seele, wägen ab, wie groß die Enttäuschung ist – ein Bäcker! –, finden, dass jetzt alles seinen Sinn hat, diese Flucht nach Moskau, dieses Ausharren im Osten. Größer könnte Roger deWitts Triumph nicht sein, fassungsloses Räsonieren statt lauwarmem Beifall, die Überraschung ist so groß, dass sie ihn vergessen haben. Er fröstelt vor Erleichterung. Kapitel eins, denkt er. Herkunft, Familie und Kindheit. Er denkt an Leitzordner und Karteikästen, die er über Jahrzehnte mit Unsinn gefüllt hat. Jetzt hat er die Wahrheit. Kapitel eins. Die Biografie. Er muss sich zwingen, an sein Publikum zu denken.

»Diese Aufnahme«, krächzt er, als der Lärm sich gelegt hat, »dürfte eigentlich gar nicht hier sein. Ich habe, indem ich sie mitgebracht habe, vermutlich mehr Gesetze der DDR gebrochen als ich kenne.« Und nun, heiser vor Triumph, erzählt Roger deWitt die Geschichte seiner Einladung, berichtet von den Schatten bei der Einreise in Helmstedt und auf dem Transit nach Berlin, vom Empfang am Grenzübergang und von den Stunden, die er, »meine Damen und Herrn, ich darf sagen, als erster Besucher aus der freien Welt überhaupt«, am Tisch von Victor Nesselkönig verbracht hat. Er spart nicht mit Details, erwähnt den als Verleger getarnten Stasimann und einen netten ostdeutschen Germanisten, Nesselkönigs hübsche Tochter und seine mürrische Frau. Er spricht zu schnell, eilt auf seinen Schlusssatz zu. »Und falls es mir, meine Damen und Herren, gelungen sein sollte, ein wenig Ihr Interesse zu wecken für meine bescheidenen Erkenntnisse über diesen großen Dichter, so darf ich sagen, dass ich hoffe, zur nächsten Buchmesse endlich das Buch vorzustellen, dem ich mein Leben gewidmet habe«, er spürt einen Kloß im Halse, bekommt den Satz mit Mühe zu Ende, erlöst von dankbarem, lang anhaltendem Beifall.

Nachdem er noch zwei, drei profilneurotische Fragen von Vertretern der Zunft beantwortet hat, während die kleine Delegation aus der DDR, nach der sich alle schadenfroh umsehen, mit undurchdringlichen Gesichtern schweigt (sie haben in fünfunddreißig Jahren nicht herausgefunden, was jetzt die freiheitliche Presse des Westens enthüllt), stößt sich der junge Mann von der Wand, an der er gelehnt hat, ab und geht schnellen Schrittes zu der Treppe, von der deWitt, sein Manuskriptbündel unter dem Arm, unter dem Schulterklopfen der umstehenden Koryphäen hinunter in den Saal steigt. Ein paar von deWitts Kollegen, Abgesandte von Lokalzeitungen, bedrängen ihn und er gibt ihnen Bescheid. Dann steht der Junge vor ihm. DeWitt erschrickt, ohne recht zu wissen, warum. Etwas Bedrohliches geht von diesem jungen Menschen aus, eine düstere Rücksichtslosigkeit. Plötzlich begreift deWitt, warum er so erschrocken ist. Dieser Junge sieht aus, wie Victor Nesselkönig in seiner Jugend ausgesehen haben muss. Er ist nicht den Fotos ähnlich, die Münzenbergs AIZ 1932 veröffentlicht hat. Er sieht aus, als habe der Mann, dem deWitt in Dreizehnheiligen gegenübersaß, sich um fünfzig Jahre zurückverwandelt.

»Guten Tag«, sagt der Junge. »Mein Name ist Jurek Nesselkönig.«

34

Kleinwächter macht Überstunden
und Lenka ist nicht nur eine Katze
Zentrale des MfS, Berlin, Normannenstraße, August 1988

Seit Kleinwächter Bronnens Ressort übernommen hatte, begann seine kleine Tochter ihn Onkel zu nennen. Sein Stolz auf dieses Opfer für die unsichtbare Gottheit, die man in der Partei *Unsere Große Sache* nannte, ließ den Spott der Genossen von ihm abperlen, die nach Feierabend nicht schnell genug in ihre Kleingärten kamen, um dort bei einer Flasche Bier den Sozialismus im Sonnenuntergang zu genießen. Kleinwächter schloss das Fenster, von dem aus er bei klarem Wetter das Hochhaus sehen konnte, wo seine Frau mit dem Kind auf den Arm auf dem Balkon saß. Am Telefon sagte er, dass es wieder spät würde, küsste beide durch die Leitung und schnürte den nächsten der vom Archivstaub der Jahrzehnte mürbe gewordenen Aktenstapel auf. Bronnens Ablagesystem genügte höchsten konspirativen Ansprüchen: Als erfahrener Tschekist misstraute er auch den eigenen Genossen. Geheimnisse aktenkundig zu machen, war für die in Moskau erzogene Generation der erste Schritt zum Hochverrat. Die höchste Form der Konspiration: auch die eigenen Leute dumm sterben zu lassen. Victor Nesselkönig war nicht der Bäckersohn Willi Ostertag gewesen, bis Kleinwächter diese seine Theorie General Schönknecht vorgetragen hatte. Der hatte nach dem Telefon gegriffen und ihn ins Vorzimmer geschickt, wo Kleinwächter mit gespitzten Ohren lauschte, wie der General sich von seiner Sekretärin mit dem sozialistischen Olymp verbinden ließ, um die Wahrheit über Victor Nesselkönig (seinen, wie sich der General ausdrückte: *Klarnamen*) zu melden. Hinter der von Bronnen über Jahrzehnte perfektionierten Tarnung war die Wahrheit verschwunden wie das Kaninchen im Hut des Zauberers. Als der General ihn wieder in sein Zimmer bat, zeigte er auf einen der Ledersessel in seiner

Sitzgruppe (der erste Teil des Gesprächs hatte am Schreibtisch stattgefunden), ließ Kaffee kommen und erklärte Kleinwächter, während er ihm tief in die Augen sah, umständlich genau das, was er vor einer Stunde mit allen Anzeichen der Entgeisterung von diesem erfahren hatte.

»Dieser, dieser …

»DeWitt, Jenosse General?«

»Richtig. Das ist genau das, was der …«

»Wissen will?«

Der General nickte und entließ Kleinwächter mit einem beschwörenden Blick und Spontanbeförderung zum Major. Auf dem Flur traten die Genossen vor ihm zur Seite.

*

Aber nun hatte dieser Skandalreporter, statt dankbar zu sein für erstklassige Informationen aus dem Hause Schönknecht & Genossen in Dreizehnheiligen einen Namen fallen lassen, den Kleinwächter noch nie gehört, geschweige denn in den Akten gelesen hatte. Victor war wie von einem Schuss getroffen, ihn selbst zu fragen, hätte bedeutet, ein Kind nach seinem biologischen Vater zu fragen. Mit der erhöhten Temperatur, die Akten dieses Geheimhaltungsgrades ihm bereiteten, stürzte Kleinwächter sich wieder in die Arbeit. Im Zentralarchiv füllte er eine Karte mit dem Namen *Lenka* aus und erhielt aus den sagenumwobenen Karteikästen am nächsten Tag zur Antwort, dass eine seit Kurzem verstorbene Katze der Nesselkönigs so geheißen hatte. Bronnen hatte die geheimdienstliche Erfassung dieser Tatsache mit einem doppelten Ausrufzeichen versehen, was angesichts seiner an der *unsichtbaren Front* erprobten Kaltblütigkeit bemerkenswert war. Gewiss war jede Information bedeutsam. Aber der Name der Katze? Offensichtlich hatte Bronnen die Anspielung verstanden, die Nesselkönig mit der Taufe des Tieres (in der Akte lag ein Foto von ihr, eine graue Allerweltskatze mit hochmütigem Blick) auf einen slawischen Mädchennamen gemacht hatte. Kleinwächter fragte

Reno, der sich der Katze entsann, aber ansonsten wie immer keine blasse Ahnung hatte. Als Kleinwächter sich in diesem toten Stollen in Nesselkönigs Lebenslabyrinth endgültig verlaufen hatte, half der Klassengegner. Vier Wochen, nachdem deWitt von Polizeiwagen begleitet zurück an die Grenze gebracht worden war, lieferte ein Mitglied der DDR-Delegation vom westdeutschen Germanistentag die ziemlich konfuse Mitschrift eines Vortrages, in der deWitt nicht nur damit prahlte, die Volkspolizisten hereingelegt zu haben, die seine Tonbänder beschlagnahmt hatten, sondern en passant die Fragen des Genossen Kleinwächter nach einer Person namens Lenka beantworte. Mit dem vollständigen Namen *Lenka Caslavska* fütterte er noch einmal den riesigen Verdauungsapparat, der Tonnen von Informationen schluckte. Heraus kamen ein Dossier und eine Akte, in der, säuberlich wie am Ende einer leidenschaftlichen Liebesaffäre, Briefe in Sütterlinhandschrift abgeheftet waren. Der Briefwechsel, von dem deWitt geredet hatte!

Es war wieder kurz vor Feierabend. Die Genossen in den Nebenzimmern versiegelten ihre Panzerschränke und Zimmertüren. Ein warmer Tag ging zu Ende, lautloser Wind hüllte die Stadt in Blütenschnee. Die Menschen (*unsere Menschen*, wie es in den Dienstberatungen des Ministeriums hieß) schienen nur auf der Welt zu sein, um solche Abende zu genießen. In einiger Entfernung, in Richtung Spree, sang ein junger Mann mit Inbrunst ein Volkslied. Der Gedanke an seine Frau, die schwitzend in der Abendsonne auf dem Balkon saß, an den fröhlichen Lärm, den übermütige Menschen veranstalteten, während er in vergilbtem Papier nach der Wahrheit suchte, gab Kleinwächters sprödem Geist die Ahnung ein, dass sich, aufs Ganze gesehen, nicht lohnte, was er tat. Aber nun lag diese Mappe auf seinem Tisch. Er schloss die Vorhänge gegen die sinkende Sonne und schmökerte, bis die ausgeschlafenen Genossen an seiner Tür vorbeigingen. Als er bei der Entzifferung des ersten Briefes an einer bestimmten Stelle angekommen war, faltete er die Hände im Nacken und lehnte sich so weit zurück, dass der Wandkalender mit den Familienfotos hinter der Gebirgslinie der Akten verschwand. Wie immer, wenn er nachdachte, bekam sein Gesichtsausdruck etwas Vorwurfsvolles. Sein Verstand funktionierte rechtwinklig, aber gründlich. Warum lagen die Originale von Lenkas Briefen in der Akte und nicht in Nesselkönigs Schreibtisch? Wieso hatte Victor seine Antworten auf einer Maschine des Ministeriums geschrieben? Wieso stammten handschriftliche Entwürfe, von Bronnen sorgfältig abgeheftet, von Kämmerling? Warum hatte Bronnen ihm nichts von diesen Briefen erzählt? Wieso Victor nicht? Und vor allem: Wieso schrieb diese Gräfin an Victor Nesselkönig, mit dem sie vorsichtig gesagt intim geworden war, von Willi Ostertag wie von einem Dritten? Hatte Victor auch ihr gegenüber seine Herkunft verschwiegen? Aber wieso kannte sie dann Willi Ostertag? Wieso konnte sie, wie ihre Zeilen kaum verbargen, Victors Fähigkeiten als Liebhaber und diejenigen von Willi Ostertag aus eigener Erfahrung miteinander vergleichen? War das irgendeine dekadente großbürgerliche Schweinerei, aus einem Liebhaber im Kopf zwei zu machen? Aus Akten wurden Menschen, rätselhafte, widersprüchliche, sich verwandelnde, doppelgesichtige Menschen: Vom tschekistischen Standpunkt aus Ärgernisse. Als Lenkas Name zum ersten Mal gefallen war, hatte Kleinwächter nicht an einen Menschen aus Fleisch und Blut gedacht. Solange nur der Feind sie erwähnte, war ihre Existenz so real wie die von Winnetou. Aber nun stellte sich heraus, dass sie keine Erfindung der westlichen Propaganda war. Undurchsichtig, diese alten Geschichten. Irgendeine Feinheit hatte Kleinwächter noch nicht begriffen, aber dass das eine geniale Vertuschung war, lag auf der Hand. Die Dialektik der Desinformation besteht darin, dass die Leute nur glauben, was der Gegner sagt. Kleinwächter legte die Hand auf die Mappe, neben der eine Synopse von Sütterlin und lateinischen Buchstaben lag. Lose Blätter sorgfältig übereinander gestapelt, Briefpapier mit einem geprägten Wappen. Dass sie in Sütterlin beschrieben waren, fand Kleinwächter ein bisschen taktlos, als hätten die Schreiber wissen müs sen, wer sie einst lesen würde.[73] Obwohl er nach der Lektüre völlig die Übersicht verloren hatte, ging Kleinwächter nachts beschwingt nach Hause. Wenn wir es erst einmal aufgegeben haben zu verstehen, was sich die *führenden Genossen* oder auch nur der Genosse Bronnen denken, wenn wir ihre Pläne und ihre Hintergedanken nicht mehr verstehen, wird unser Vertrauen grenzenlos sein wie das eines Kindes, das beim Einschlafen sorglos den leisen Gesprächen seiner Eltern lauscht. Beim Verlassen des Dienstgebäudes versetzte Kleinwächter den Posten im Wachlokal unbeabsichtigt in Panik, weil der es nicht mehr geschafft hatte, den Westsender wegzuschalten. Kleinwächter öffnete seine Klappkarte und ging grinsend vorbei. Fast wäre er stehengeblieben und hätte er gesagt: Ruhig Blut, Genosse. Wer wird Angst vor dem Westfernsehen haben? Wir haben die Wahrheit. Sie ist mit uns verbündet, auch wenn wir sie selbst nicht verstehen.

---

73 Originale im Archiv des BStU, Operativer Vorgang *Klassiker*. Auszüge abgedruckt bei: Werner Schönknecht: Eine ungleiche Liebe. Victor Nesselkönigs Briefwechsel mit einer böhmischen Gräfin, Berlin, 1996, wo allerdings die Tatsache unterschlagen wird, dass Victors Antworten zumindest teilweise aus der Feder von Kämmerling stammen, Passagen explizit pornografischem Inhalts und alle Hinweise auf Willi Ostertag getilgt sind. Obwohl Victors (beziehungsweise Kämmerlings) Antworten in ihrer ironischen Distanz und dem sorgfältig durchgehaltenen Doppelsinn Lenkas frivolen Parlando in nichts nachstehen, war die Publikation Gegenstand eines durch drei Instanzen geführten Rechtsstreits zwischen Schönknecht und Victor Nesselkönigs Witwe. Die abschließende Entscheidung des Bundesverfassungsgerichts, mit dem die Publikation letztinstanzlich mit Rücksicht auf Victor Nesselkönigs posthume Persönlichkeitsrechte und diejenigen seiner Witwe verboten wurde, ist veröffentlicht in: Neue Juristische Wochenschrift 2000, Heft 28, S. 777 ff. Dass das Buch seither nicht mehr gehandelt werden darf, ist für Bibliophile nur eine sportliche Herausforderung. Lektor und Verlag des vorliegenden Textes hatten gleichwohl durchgreifende juristische Bedenken gegen einen Abdruck der Briefe. Der Autor ließ sich mit dem Argument überzeugen, jeder Kundige kenne den Weg, sich heutzutage ein verbotenes Buch zu beschaffen.

35

Kämmerling greift in die Tasten, Roger deWitt steht Schlange und erfährt Staatsgeheimnisse, die er nicht wissen will
Berlin, Herbst 1988/Anfang 1989

Vier Wochen nach dem ersten Besuch kam Vivi allein wieder. Victor hatte aus Angst vor dem Urteil seines wiedergewonnenen Lektors so intensiv Kopfschmerzen simuliert, dass sie wie auf Bestellung wirklich eingetreten waren. Kämmerling sah zwar unausgeschlafen, aber frisch rasiert und beinahe gesund aus. Die Flaschen waren verschwunden, die Wohnung für Junggesellenverhältnisse sauber und der Hausherr wieder der dionysische Mann, der mit theatralischen Gesten und funkelnden Sätzen um sich warf. Er konnte es, während er sich von Vivi einen Kaffee kochen ließ, kaum erwarten, wieder an der Maschine zu sitzen. Victors unbeholfene Partitur vor sich, tippte er mit dem Schwung eines Klaviervirtuosen, dem Pathos eines Domorganisten, den ganzen Körper einsetzend, bald verzückt die Augenbrauen hebend, bald schmerzlich lächelnd.

»Es ist gut, ja?«, fragte sie.

Er klimperte weiter auf der Maschine, hörte ihrer Frage nach, tippte und antwortete im Takt der Anschläge: »Gut nicht, aber wahr.«

»Was wahr ist, ist auch gut.«

Er lächelte, ohne seine Arbeit zu unterbrechen, klappklappklapp, hielt die Hände in der Luft, als müsste der letzte Ton nachklingen: »Ich sorge dafür«, er schob den Wagen zurück, klappklappklappklapp: »Dass es gut wird.«

»Wie du es immer gemacht hast?«

Er überhörte die Frage, spielte einen schnellen Lauf und nach einer effektvollen Pause, vier, fünf machtvolle Anschläge: »*Das – drucken – sie – nie.*« Er sah stolz aus, als er das sagte.

»Reno meint, sie drucken alles, was Victor Nesselkönig schreibt.« Die Maschine klapperte weiter im fidelen Takt nesselköniglicher Prosa. Kämmerling schien Renos These zu bedenken, neigte den Kopf, als lausche er einer fernen Eingebung und tippte sie ein, nahm die Blätter aus der Maschine, zog die Durchschläge vorsichtig ab und reichte Vivi das Original. Sie las, er tippte, aß nebenbei die belegten Brötchen, die sie mitgebracht hatte und am Abend hörte ihr Vater, was aus seinen Manuskript geworden war. Während des Vorlesens vermied sie, ihn anzusehen und begann zweimal zu schluchzen, zwang sich aber, weiterzulesen. Die Ersatzmutter ging wortlos in die Küche und Reno sagte nun auch: »Das drucken sie nie.«

Victor hatte der tragischen Sinfonie seines Lebens mit übergeschlagenen Beinen gelauscht. Auch er weinte. Was kann schiefgehen, wenn die ersten Hörer eines Manuskripts in Tränen ausbrechen?

Als Vivi das letzte Kapitel von Kämmerling abholte, verwandelte der sich wieder in das Wrack zurück, das sie angetroffen hatten. Er begann zu schwitzen, suchte fluchend nach einem Korkenzieher und fügte sich beim Versuch, eine Flasche mit dem Taschenmesser zu öffnen, eine tiefe Wunde zu. Als Vivi sie verbunden hatte, goss er den mit Korkresten versetzten Wein durch ein Kaffeesieb und trank ihn wie Wasser. Der Textilbelag zwischen Küche und Arbeitszimmer war mit einer Blutspur wie nach einem Mord bedeckt, und des Hausherrn bemächtigte sich wieder die fiebrige Boshaftigkeit wie am Tage von Vivis und Victors ersten Besuch. Vivi sah zu, dass sie fortkam. An der Haustür, die einem handgemalten und mit Klebestreifen angebrachten Zettel zufolge, tagsüber verschlossen (drei Ausrufezeichen) sein musste, sagte er noch einmal, fast befriedigt: »Das drucken sie nie.«

*

Ende Januar neunundachtzig publizierte *Wahrheit & Fortschritt* Victor Nesselkönigs dritten Roman; streng genommen nur eine lange Erzählung, gleichwohl eine Überraschung: das nicht mehr erhoffte Lebenszeichen eines Autors, den man schon hinter dem Horizont der Literaturgeschichte vermutet hatte. DeWitt, von Berufs wegen zu Verschwörungstheorien und aus Gewohnheit zur Selbstüberschätzung neigend, hatte die Ankündigung im Börsenblatt als Vergeltungsschlag für seinen investigativen Besuch verstanden. Weil er nicht auf die Westausgabe warten wollte, fuhr er am Tage des Erscheinens mit Tagesvisum von West- nach Ostberlin. Nesselkönigs Bücher gehörten zum Sortiment ostdeutscher Buchhandlungen wie Graubrot zur Bäckerei; sein Verleger hatte einmal geprahlt, solange der Sozialismus existiere, werde dieser Autor lieferbar bleiben. Missgünstige Stimmen wie der Untergrunddichter Utz Rapallo behaupteten zwar in westdeutschen Kulturmagazinen, Nesselkönigs Werk sei in der DDR unverkäuflich, zuschanden geritten von Deutschlehrern und Propagandisten. Aber als deWitt eine halbe Stunde vor der nachmittäglichen Öffnung an der *Franz-Mehring-Buchhandlung* stand (sie schlossen hier mittags für zwei Stunden, was den Läden trotz des erbärmlichen Angebots etwas Exklusives verlieh), stand eine Schlange vor der Tür. Verwundert stellte er sich an. Rapallo und Konsorten waren offenbar vom Neid geblendet. Noch nie in seinem Leben hatte deWitt eine Schlange vor einem Buchladen gesehen. Im Westen hatten höchstens Popstars die Macht, Menschen so tief zu demütigen, dass sie bereit waren, stundenlang bei Kälte und Regen nach einer Eintrittskarte anzustehen. Aber für ein Buch, das man ja auch am nächsten Tag kaufen konnte? An den Gesprächen in der Schlange beteiligte er sich nicht, aber sein Erstaunen wuchs, weil sich alle diese Menschen zu kennen schienen; sie machten Witze, die für seine Begriffe so kühn waren, dass er sich vorsichtig umsah. Wahrscheinlich verstand er die Pointen nicht. Aus ihren Mutmaßungen schloss er, dass die Hälfte von ihnen gar nicht Nesselkönigs wegen anstand, sondern nur, weil die andere Hälfte angestanden hatte, und dass jene Hälfte, die er bei sich die bessere nannte, weil er sich ihr zugehörig fühlte, zwar hoffte, aber keineswegs wusste, dass der *neue Nesselkönig* im Laden liegen würde. Fünf nach drei spähte eine Verkäuferin, das Gesicht erfüllt von machtgeschützter Gleichgültigkeit, durch das Schaufenster und betrachtete ihre Kunden wie hässliche Tiere. Dann machte sie sich so langsam wie möglich am Schloss der Eingangstür zu schaffen. Schließlich ward ihnen aufgetan. Und auf einem Stapel neben der Kasse lagen tatsächlich die druckfrischen Nesselkönigbücher. Immer noch blieben draußen Passanten stehen, fragten die Wartenden, stellten sich an oder gingen schulterzuckend weiter. Neben der Kasse stand ein Männlein im blauen Kittel und beschied jedem Kunden, der den Nesselkönig kaufte: »*Zwei* pro Person!« und so kaufte auch DeWitt zwei Exemplare, obwohl er keine Ahnung hatte, was er mit dem zweiten machen sollte. Dann schlenderte er durch diese seltsame Hauptstadt, die herausgeputzt war wie eine arme Braut und stand plötzlich vor dem *Titania*. Sie hatten ein Kino daraus gemacht. Eine Leuchtreklame mit dem Schriftzug *Weltfrieden* verschandelte die Jugendstilfassade. Seit der Einführung des kleinen Grenzverkehrs war deWitt des Öfteren hier gewesen, zuletzt vor seinem Besuch in Dreizehnheiligen. Er hatte sich einen unsäglichen Film angesehen, um sich im Dunkeln aus dem Saal hinter die Bühne schleichen zu können, immer in Angst, als Spion verhaftet zu werden. Er hatte hinter die Leinwand gespäht, auf die Bühne, auf der *Er* gestanden hatte. In seinem Archiv bewahrte er neben den Zeitungsberichten vom Februar dreiunddreißig Fotos und Prospekte und sogar einen Saalplan aus dieser Zeit auf. Das doppelte Buch in seiner Tasche versetzte ihn in feierliche Erwartung. Er setzte sich in ein Café auf der gegenüberliegenden Seite des Platzes, durch dessen Scheiben man Blick auf das Theater hatte. Der Kellner tat so vornehm, dass deWitt zögerte, die Papiertüte der Volksbuchhandlung auf den Tisch zu legen. Das hatte schon Westniveau, wie sie ihren Gästen ein schlechtes Gewissen machten, als müsse man sich die Gnade des Kellners erst noch verdienen. DeWitt bestellte einen Kaffee und begann zu lesen. Mit einem Kugelschreiber strich er alles an, was im Sinne einer äußeren Biografie bemerkenswert war und notierte die Seitenzahlen auf dem letzten Blatt. Die ersten fünfundachtzig Seiten brachten zwar kein Heureka, aber immerhin elf Einträge. Im Gewande eines kurzen Romans erzählte Nesselkönig aus seinem Leben. Fiel ihm nichts anderes mehr ein? Seit den stalinbesoffenen Memoiren des Jahres vierundfünfzig hatte er nichts Autobiografisches mehr publiziert und sich in den Interviews vor Fragen zu seiner Vita in Abstraktionen geflüchtet. Das neue Buch endete mit dem Zweiten Weltkrieg, als gäbe es über die mehr als vierzig Jahre, die seitdem vergangen waren, nichts zu erzählen. Eine Fabel, die den Namen verdiente, hatte es nicht, eher war es ein Potpourri aus Kindheitserinnerungen, Prager Exilromantik und der Andeutung von schrecklichen Begebenheiten aus den Moskauer Jahren, die dem schmalen Band auch den Titel gaben.[74] Nicht alles war neu, aber es war in den grelleren Farben eines fiktionalen Textes gemalt, der zudem andere Perspektiven und mehr Rücksichtslosigkeit gegen den Protagonisten erlaubt als eine Autobiografie. War das tatsächlich ein Roman? Eine literarische Biografie? Eher halbherzig distanzierte Variationen des Autors über sein Leben, seine bürgerliche und seine Künstlerexistenz, halbherzig, weil die Namen der Hauptfiguren schlampig, beinahe mutwillig einfallslos verfremdet waren. Der Text, notierte deWitt für seine Rezension[75], atmete die kunstvolle Verwunderung des Autors darüber, wohin das Leben ihn getrieben, was es aus ihm gemacht hatte, eine Verwunderung, der er offenbar durch die Verdoppelung seiner eigenen Person Herr zu werden hoffte. Der Stil war gelegentlich dokumentarisch, meistens aber melodischer, farbiger als die Weltschmerzprosa, in der die besseren DDR-Autoren schwelgten; manchmal im Syntaktischen oder Lexikalischen sogar gewagt – immer gemessen an DDR-Maßstäben. Und immer wieder wechselte die Perspektive, schlüpfte der Autor in seine Figur und betrachtete sie anschließend unverwandt von außen.

---

74 Victor Nesselkönig: Moskauer Jahre, Verlag Wahrheit & Fortschritt, Berlin/DDR 1989.
75 Erschienen in der *FAZ* vom 16. April 1989 unter der Überschrift »Diesseits von Gut und Böse«.

»Schräg gegenüber lag eine Wurstfabrik, deren fetter Räucherduft das Hungergefühl wach hielt. Eine kleinbürgerliche Gegend, aber die Armut war schon so fortgeschritten, daß man hinter den Stuckfassaden möbliert vermietete, selbst an Exilanten mit bedenklichen Ansichten ... Der kommunistische Bäckersohn Sonntag besaß eine seltene Begabung zum Schachspiel. Kein Zweifel, daß er unter günstigeren Umständen ein Großmeister geworden wäre. Er besaß etwas Aufopferndes, Selbstloses, aber wie es nicht selten ist, war ihm, der anderen soviel gab, kein langes Leben beschieden. Er hatte, ein junger Mann im Flor der Jugend, zu jener Zeit keine zwei Jahre mehr zu leben. Man ist versucht zu sagen, er hatte nicht mehr lange zu leben, weil er das tat, was ich auch tat, nämlich in die Sowjetunion zu gehen; allein das wäre in einem höheren Sinne ungerecht. Es hätte ihn, einen Menschen, dessen Lebenssinn der politische Kampf war, in diesen Zeiten überall treffen können: in Deutschland, wo die Banditen wüteten, sowieso; in Spanien, an jedem Ort des Exils, im hochmütigen Paris, im mißtrauischen London, in der kleinkarierten Schweiz oder auf der Überfahrt ins großzügige Mexiko. Daß es ihn in der Stadt traf, die die Hauptstadt seiner Welt war und die der meinen wurde, hat, wenn es nicht so zynisch klänge, einen höheren Sinn – wenn denn ein Sinn darin liegt, etwas um seiner selbst willen, ungeachtet des eigenen Wohls, zu tun, und davon ging er aus wie ich.«[76]

Beinahe begeistert war Roger deWitt von dem messerscharfen Kunstgriff des Buches: Es machte aus dem Autor *zwei* Figuren, den Bäckersohn Sonntag und den Dichter Zaunkönig: zwei Gestalten, zwei Möglichkeiten eines Lebens. Zaunkönig, der berühmte Dichter, betrachtet den opferbereiten Kommunisten Sonntag und umgekehrt. Und mit einer in seinem Heimatland nicht

---

76 Victor Nesselkönig: Moskauer Jahre, Verlag Wahrheit & Fortschritt, Berlin/DDR 1989, S. 82.

üblichen Deutlichkeit gab der Autor zu verstehen, dass Sonntag seinen Kopf für den des Dichters hingehalten hatte, und zwar im wörtlichen Sinn. Auf diese Pointe hin, sein Leben auf zwei Freunde zu verteilen, von denen einer fallen musste in den Menschenjagden der *Jeshowtschina*, lief das Buch mit erschütternder Folgerichtigkeit zu. Es war später Abend, als deWitt den Kopf hob und zusammenzuckte, weil vor ihm ein barock gekleideter Mensch mit einem Zopf jovial wie ein Oberkellner neben dem Tisch stand und übertrieben langsam sagte: »Sie werden entschuldigen. Aber Sie lesen da …«

»Victor Nesselkönig.«

DeWitt lehnte sich gespannt zurück. Es war das Gefühl, dass er in der DDR immer hatte: Halbgeschwister treffen sich zum ersten Mal im Leben, neugierig, ob der andere irgendeine Ähnlichkeit mit der Mutter hat. Andererseits: Seit er einmal auf der Leipziger Buchmesse gewesen war, neigte deWitt zur Vorsicht, wenn seltsam aussehende Männer aus dem Osten intellektuell aussehende Männer aus dem Westen ansprachen. Nicht, um Geld zu tauschen, das interessierte nur Kellner und Taxifahrer. Du kannst, wenn du auf hundert Schritt Entfernung einem Verleger ähnlich siehst, in diesem Leseland keinen Schritt gehen, ohne dass dir ein brisantes, ergo verbotenes Manuskript angeboten wird. Ein Text, der der westlichen Welt die Augen öffnen wird. Lauter kleine Solshenizyns.

Der Mann setzt sich, ohne dass deWitt ihn gebeten hätte.

»Ein passender Ort, nicht wahr?« DeWitt zeigt durch die Schaufensterscheibe des Cafés auf die verschandelte Fassade des *Titania*. Der Mann nickt zerstreut und fragt: »Wie finden Sie es?« Er meint das Buch.

»Ich habe eben erst … Wissen Sie was? Ich habe noch eins für Sie.«

DeWitt zieht das zweite Exemplar aus der Tüte und reicht es über den Tisch. Der Mann lässt den Mund offen stehen und greift zu. Als er zum Portemonnaie greift, winkt deWitt ab, angewidert vom hiesigen Geld. Der Kellner bringt zwei Gläser Sekt, von denen deWitt sich nicht erinnern kann, sie bestellt zu haben. Der Mann trinkt seins in einem Zug aus und beginnt, in Nesselkönigs neuem Buch wie in einem Briefmarkenalbum zu blättern.

»Ist das nicht wunderbar?«, fragt deWitt. »Zwei Deutsche treffen sich zufällig in einem Café und reden über einen ihrer größten Dichter?«

Der Mann errötet. »Einer der Größten?«

»Immerhin Nobelpreis! Und außerdem …«

»Wer liest Nesselkönig im Westen? Außer den Schülern?«

*

Vor dem *Titania*-Theater, das jetzt das Kino *Weltfrieden* ist, steht eine Schlange an der Kasse. DeWitt fühlt sich fast körperlich in den Februar dreiunddreißig versetzt, als könne er über den Platz gehen, ein Billet kaufen und in einer Viertelstunde im Saal sitzen und auf *Ihn* warten. Während sie durch stille Nebenstraßen mit ihrer Anmutung von Nachkriegszeit gehen, sendet der Andere Signale aus, dass er etwas loswerden will. »Ich, äh …«, sagt er und sieht sich um. »Ich habe etwas für Sie. Etwas, das die westliche Welt interessieren dürfte.«

»Bitte nicht falsch verstehen: Die Gesetze dieses Landes zwingen mich, die Grenze vor vierundzwanzig Uhr zu überschreiten.«

Sie gehen in Richtung Friedrichstraße, deWitt der Tatsache eingedenk, dass schon Nesselkönig durch diese Straßen ging. Er sagt das, aber der andere geht darauf nicht ein. An einem Kiosk gegenüber dem Treppenaufgang zum Bahnhof Friedrichstraße trinken sie im Stehen noch ein Bier, der Mann mit dem Zopf dazu Schnaps aus kleinen Flaschen.

»Sie sind Herr deWitt, oder?«, fragt er und schaut hinüber zur Leuchtreklame des *Berliner Ensembles*.

Roger deWitt denkt zu groß von sich, um überrascht zu sein, wenn er von einem fremden Menschen erkannt wird. »Und Sie?«, fragt er. Der Mann stellt sein Bier ab, greift in die Innentasche seines Sakkos und holt ein goldenes Kästchen heraus, dessen

Deckel er aufspringen lässt. DeWitt nimmt sich eine der Karten und streckt den Arm aus, um die Schrift zu erkennen. Es ist offensichtlich, dass der Mann irgendeine Reaktion erwartet und deWitt hat keine Ahnung, welche. Er hält die Karte in die Schummerbeleuchtung des Trinkkiosks. Als deWitt das Wort *Autor* liest, fühlt er sich wieder ungemütlich.

Der Mann holt tief Luft und sagt: »Herr deWitt, ich habe Informationen für Sie, die unglaublich sind. Die vollkommen unglaublich sind.«

Was tue ich da? Denkt deWitt. Ob er doch bei der Stasi ist? Angst kämpft mit dem Wunsch, diesem Sonderling zu vertrauen. Die Vorstellung, einem Provokateur aufzusitzen, hat etwas Amüsantes. Er schaut auf die Uhr und holt noch zwei Bier und zwei Schnäpse, während der Mann Mut für sein Geständnis sammelt. Und dann zu reden beginnt. In der nächsten Viertelstunde verschlägt es dem führenden Nesselkönig-Experten der Freien Welt die Sprache. Der Zopfmann holt weit aus, bei der Arbeiter- und Bauernfakultät und seinem Germanistik-Studium, er schwärmt von der einmaligen Chance, Victor Nesselkönig zu lektorieren. Was dann kommt, ist so grotesk, dass deWitt weinen möchte. Es wäre ihm peinlich, mitzuschreiben, er ist auch schon zu betrunken, kippt heimlich seinen Schnaps auf den Rollkies unter dem Tisch. Er hat sich bemüht, nicht mehr zu trinken als nötig (es war viel nötig, dieser Mensch säuft wie ein Russe), aber er spürt die Rotation der Erde. Er versucht, sich etwas zu merken. Der Mann am Stehtisch ist nicht mehr zu bremsen. Seine Zunge ist schwer, er schwitzt. Es ist unerträglich. Als er deWitts gereizten Unglauben spürt, wird er lauter, hält deWitt am Arm fest, als der gehen will. Am Ende hat deWitt Mühe, ihn loszuwerden, der Mann redet, schreit und bittet. Erst in der Nähe des Grenzpostens bleibt er zurück wie ein entlaufener Hund am Ende des Dorfes. DeWitt dreht sich noch einmal um, um ihm das Buch zu geben, das er ihm geschenkt hat, aber der Mann lacht höhnisch: »*Mir*? *Mir* wollen Sie das schenken?«, und verschwindet aus dem trüben Lichtkegel einer Straßenlaterne. Sein Zetern und Brüllen ist noch zu hören, bis deWitt ins Kontrollgebäude eintritt. Als er seinen Pass durch einen Schlitz unter der Scheibe des Postenhäuschens zurückbekommt, hat er das Gefühl, es habe sich etwas verändert in der DDR. Die Grenzposten wirken wie Eltern, die die Erziehung ihrer Kinder aufgegeben haben. Die DDR beginnt endlich, zu pubertieren. Auf der Westseite rennt deWitt so schnell er kann in Richtung Hotel. In einem Park schlägt er sich ins Gebüsch. Als er aufsieht, erleichtert und ein bisschen zitternd, sieht er zwischen den Bäumen das sowjetische Ehrenmal, ein Vorposten des Kalten Krieges im freien Teil von Berlin. Der Posten mit der diagonal vor dem Bauch gehaltenen Kalaschnikow sieht ihn böse an. Auf seinem Hotelzimmer versucht er, den Irrsinn aufzuschreiben, den der Mann erzählt hat. Er kramt die Visitenkarte aus seiner Tasche, hält sie unter das Licht der Nachttischlampe und entziffert den Namen. Das Kleingedruckte auf der Rückseite ist unlesbar. Er geht noch einmal hinunter in die Bar, bestellt pro forma ein Gin Tonic und bittet den Barkeeper, ihm die Miniaturschrift zu entziffern. Ohne das Glas, das er gerade poliert, aus der Hand zu legen, liest der Mann so laut vor, dass es die ganze Bar hört: »*Verlag Wahrheit und Fortschritt*« und endlich fällt der Westgroschen. Roger deWitt greift sich an den Kopf und nennt sich, hörbar für alle Gäste der Bar im Hotel *Eden*, einen Esel.

36

Rechtsanwalt Calauer doziert über verfassungsrechtliche Feinheiten der Zensur und Utz Rapallo betritt beinahe die Bühne
Berlin und Dreizehnheiligen Winter 1988/89

Die erste Auflage der *Moskauer Jahre* war binnen eines Tages ausverkauft. Aber die Leser und die Zwischen-den-Zeilen-Leser legten es ratlos aus der Hand. Mehrmals kündigte Nesselkönig ein Verhängnis an, ein Ereignis, dessen Schrecken erst den Grund der Erzählung zu liefern versprach. Aber plötzlich war das Buch zu Ende, als hätte der Autor sich die Pointe für Band zwei aufgehoben. Die Kulturseiten der DDR-Presse feierten das Werk pflichtschuldig, wenn auch etwas bemüht, indem sie taten, als wüssten sie nicht, wovon es tatsächlich handelte.[77] Im Westen musste es als Anlass für eine mit viel Spucke und wenig Gehirnschmalz geführte Diskussion über die Frage herhalten, ob die edelmatte Schönheit der Sprache, zu der der Autor der *Sieben Sinne* in diesem Werk im Abendlicht gefunden hatte, sich der politischen Naivität und der verschämten Andeutung der Moskauer Verbrechen widersetzte oder ihr diente; in den Kategorien einer orthodox-marxistischen Ästhetik: Ob nicht Form und Inhalt in einem antagonistischen Widerspruch standen. Oder auf Deutsch: Ob ein so zerbrechliches Gefäß nicht eigentlich zerspringen müsse, wenn es mit zu viel ideologischer Gülle gefüllt war. Ob der funkelnde Sprachschmuck und die kunstvolle Verspiegelung der Hauptgestalt nicht nur den Zweck hatte, von Fakten abzulenken, die verlegen zwischen den Zeilen herumstanden: zum Beispiel davon, dass der Kommunist Sonntag,

---

[77] *Neues Deutschland* vom 10.1.1989: »Die Geschichte eines Künstlerlebens für eine bessere Welt«, *Junge Welt,* 11.1.1989: »Den Sinn des Lebens in den Kämpfen der Zeit suchen«, Stephan Hermlin in der *Weltbühne (Heft 2/1989:* »Das Leben eines Freundes, eines Bruders«.

verstand man die Andeutungen richtig, in Moskau von den eigenen Leuten umgebracht wurde.

*

Als Victor ein paar Wochen vor Erscheinen die Druckfahnen gelesen hatte, griff er zum Telefon. Seine Anrufe im Verlag, in der Kulturabteilung des ZK, bei Kleinwächter und schließlich bei einem Politbüro-Mitglied, dessen Enkel mit den Zwillingen im gleichen Kindergarten gewesen waren, eröffnete er im herrischen Ton des Staatsdichters und beendete sie einsilbig. Immer noch bebend vor Empörung sitzt er am nächsten Tag Rechtsanwalt Calauer an dessen Schreibtisch gegenüber, Vivi neben sich. Reno sitzt wie ein Protokollant in einer Ecke. Calauer, gutgelaunt wie immer, reibt sich die Hände, macht vage Hoffnungen wegen der Bäckerei, hört aber nur halb zu, weil er kein Auge von Vivi lassen kann. Er versteht nicht sofort, worum es geht, weil Victor und Vivi einander ins Wort fallen, während der Schwiegersohn betreten schweigt. Allmählich gefriert Calauers Lächeln. Zunächst hat er Männchen mit großen Bäuchen, winzigen Köpfen und leeren Sprechblasen auf seinen Notizblock gemalt (das tut er immer, wenn andere sprechen, ein tröstlicher Kommentar zur Dummheit und Humorlosigkeit der Welt). Als er verstanden hat, erhebt er das, was Juristen die Zuständigkeitsrüge nennen: Er schiebt die Sache anderen zu. Aber bei allen, die er vorschlägt, hat Victor schon angerufen. Der Dichter schnaubt vor Empörung. »Verstehen Sie? Ich bin Victor Nesselkönig!«

Ach richtig, denkt Calauer und grinst.

»… und ich werde behandelt wie …«

»Gibt es in diesem Lande ein Rechtsmittel gegen Zensur?«, fragt Vivi mit eisiger Stimme. Reno in seiner Ecke seufzt.

Calauer ist ein Freund der Familie. Als junger Mann hat er mit seinem Vater Nesselkönigs legendäre Sommerfeste besucht, wo Vivi nach dem Abendessen ins Bett geschickt wurde, später die Trauerfeier nach Innas Tod, dann Victors runde Geburtstage. Beim Hereinkommen hat er Vivi mit dem schlawinerhaften Wohlgefallen angesehen, mit dem er die ganze Welt betrachtet und eine gewagte Bemerkung über Töchter gemacht, die zu Frauen werden. Er legt seinen goldenen Füllfederhalter aus der Hand und senkt den Kopf, als höre er schwer.

»Ein Rechtsmittel wogegen?«

»Gegen Zensur.«

»Ein Rechtsmittel! Sie meinen, ob …« Calauer lehnt sich zurück und dreht seinen Sessel leicht hin und her.

»Sie wissen, was ich meine.«

»Die Frage ist falsch gestellt.«

»In der Verfassung steht …«

»Die Verfassung!« Calauer schlägt entzückt die Hände zusammen. »Die Verfassung ist …, verstehen Sie? Ein Dokument. Verstehen Sie? Ein Bekenntnis.« Er schüttelt kichernd den Kopf mit seinem Schnauzbart, die Fliege wackelt. »In der Bibel steht auch manches, das man nicht einfach … Aber im Ernst. Ich weiß, dass Anwälte in dem Ruf stehen, einfache Dinge zu verkomplizieren. Aber diese Dinge liegen wirklich kompliziert.«

»Die Dinge liegen ganz einfach«, sagt Victor, »Victor Nesselkönig (er hat kurz erwogen, »der Nobelpreisträger Victor Nesselkönig« zu sagen) hat ein Buch geschrieben und dieser beschissene Verlag lässt das letzte Kapitel weg.«

»Nicht ganz«, wirft Reno von hinten ein. Vivi fährt herum, ein Blick wie ein Pfeil.

»Sie haben das Kapitel nur gekürzt.«

»Gekürzt?« Victor sieht Calauer entgeistert an. »Gekürzt! Sie haben es kastriert!« Calauer beobachtet das Nachbeben eines Familienkrachs mit unverhohlenen Vergnügen. Vivis Wut beschert ihm unter seinem Schreibtisch eine kleine Erektion. Sie beginnen sich zu streiten, ratlose Klagen von Victor, Verbalinjurien von Vivi, vernünftige Einwände von Reno, der damit den Rest seines Ansehens bei ihr verspielt, bis Calauer die entscheidende Frage stellt. »Um mal zum Kern zu kommen: Was sagt die Partei dazu?«

»Die Partei«, sagt Victor mürrisch. »Die Partei hat offenbar andere Sorgen.«

»Das glaube ich.« Calauer kichert, als sei es nicht seine Partei.
»Würden Sie bitte nicht so dreist in meinen Ausschnitt gucken«, sagt Vivi.

So geht es hin und her, bis Calauer, schelmisch lächelnd, sich in der Tür mit Händedruck und spöttischer Verbeugung verabschiedet, nicht ohne nochmals zu versichern, er werde tun, was in seinen Kräften stehe.

Aber seine Kräfte genügen nicht. Das Paket mit den Belegexemplaren, das der Verlag Victor kommentarlos ins Haus geschickt hat, steht herum wie eine Kiste vertrockneter Äpfel, die niemand wegwerfen will. »Alle große Kunst«, tröstet der Advokat, »ist Fragment.«

*

Nach dem Abendfilm pflegt Victor neuerdings aufzustehen und, der spöttischen Blicke seiner Frau nicht achtend, auf Westfernsehen umzuschalten. Eine Quizsendung strebt ihrem Höhepunkt zu, ein junges Paar gewinnt ein blitzendes Auto und die Frau weint vor Freude. Dann ein politisches Magazin, dasselbe, das damals Jurek und Reno auf dieser Zusammenrottung in Prag gefilmt hat. Diesmal zeigen sie das Gebäude der Akademie (allerhand, dass sie dort drehen dürfen), dann eine Kirche, vor der ein junger Mensch mit Gartenzwergbart steht, niemand, der aussieht, als habe er die Akademie schon mal von innen gesehen. Victor stellt den Ton lauter. Der Mensch hat eine gewaltige Stimme, die nicht zu seiner drolligen Erscheinung passt, und er sagt etwas, das Victor nicht genau versteht, weil die Funkmasten der Russen wieder stören. Mehrmals fällt das Wort »Freiheit«, wobei der Mann bei diesem Wort immer tief Luft holt und seine kleine geballte Faust niedergehen lässt, als wolle er der Freiheit auf den Kopf schlagen. Plötzlich hört Victor seinen Namen.

»Was hat er gesagt?«

»Er hat nach dir gefragt. Er hat …«

»Leise!«

Der Gartenzwerg zögert, denkt einen Moment nach. »Ich glaube«, sagt er dann, »dass Victor Nesselkönig sich irgendwann entscheiden muss. Dass er nicht so tun kann, als ob …«

*

»Wer war das gestern Abend im Fernsehen?«

Der Genosse Kleinwächter schweigt betreten und es dauert eine Weile, bis Victor begreift, dass der für ihn zuständige Genosse der Schutz- und Sicherheitsorgane tatsächlich keinen Schimmer davon hat, was man im Westfernsehen über ihn redet. Kleinwächter verspricht, sich darum zu kümmern, aber als ein paar Stunden später das Telefon wieder klingelt, meldet sich ein dröhnender Bass.

»Utz Rapallo hier. Guten Tag, Herr Nesselkönig. Schön, dass ich Sie endlich persönlich …«

Etwas gebietet Victor zu schweigen. Dieser Name ist ihm bekannt, wie der einer stark giftigen Substanz, von der man nur weiß, dass man sie um keinen Preis berühren darf. Man glaubt das und hält sich daran, auch wenn man als naturwissenschaftlicher Blindgänger keine Ahnung hat, was passieren würde. Es gar nicht wissen will.

»Ich weiß nicht«, sagte der Bass, »ob Sie gestern Abend ferngesehen haben?«

»Wir sehen selten fern.« Die Stimme aus dem Fernsehen. Plötzlich sieht Victor ihn vor sich. Jurek hatte von ihm erzählt und einen Band befremdlicher Gedichte von ihm mitgebracht, gedruckt in Frankfurt a.M, der noch irgendwo im Haus herumliegen muss.

»Herr Nesselkönig, ich möchte Sie um ein Gespräch bitten.« Nicht ungeschickt, er lässt Gespräch wie *Audienz* klingen; Inge hätte seine Freude an ihm. »Es gibt«, sagte der Bass, »immer eine Möglichkeit, Herr Kollege. Ich meine, ein Buch zu veröffentlichen, dass …«

»Ich verstehe«, sagt Victor, von Rapallos Selbsternennung zum »Kollegen« etwas befremdet. Freiheit!, denkt er, ohne genau zu wissen, was der Mann von ihm will, und ehe er sich versieht, hat sich der Bass für nächsten Sonntag zum Kaffee eingeladen.

*

»Rapallo! Ist das Ihr Ernst?« Kleinwächter zeigt, was er bei Bronnen gelernt hat. »Ra – pal – lo! Wissen Sie wirklich nicht …«

»Der Name stand nicht in der Zeitung.«

»Seit wann laden wir Leute ein, die nicht der Zeitung stehen?« Kleinwächter tigert im Wohnzimmer hin und her und schlägt dabei die linke Hand mit seinem Autoschlüssel unentwegt in die Rechte. »Ich will nicht sagen: Staatsfeindliche Bücher.« Er lacht. »Es gibt in diesem Lande keine staatsfeindlichen Bücher. Das wäre ein Widerspruch in sich.«

»Man wird uns doch keine Vorschriften machen«, droht Frau Victor Nesselkönig.

»Vorschriften! Wer redet von Vorschriften? Das sind Dinge, die jedes Kind weiß.«

So kam es, dass sich Frau Nesselkönig und Karl-Heinz Kleinwächter wegen der Einladung eines jungen Mannes zu einer Tasse Kaffee stritten. Kleinwächter argumentierte mit der politischen Wachsamkeit, Frau Nesselkönig mit dem Menschenrecht auf freie Wahl von Kaffeegästen und Victor folgte dem Wortwechsel wie einem Tischtennismatch, zuckte zusammen, wenn seine Liebste laut wurde. Schließlich erhob er sich, Kleinwächter nun auch äußerlich überragend, um sein Urteil zu verkünden: »Also. Wir sehen uns den jungen Mann mal an.«

Kleinwächter ließ unverschämterweise die Tür ins Schloss fallen, als er ging, und Victor buk am Sonntagmorgen, wie er es seit Jahrzehnten tat, seinen berühmten Sonntagskuchen. Als die Kaffeekanne auf der Tafel stand, rief ein Jemand an, der sich nicht vorstellte und teilte mit, dass Utz Rapallo kurzfristig verhindert sei.

»Flegel«, sagt Victor Nesselkönig, und Kleinwächter, der an Rapallos Stelle vorbeigekommen ist, lobt seinen Kuchen überschwänglich.

393

37

Für Victor Nesselkönig geht nichts über eine gute Partie Schach

Berlin, Palast der Republik, 20. September 1989

Vor einem Jahr, als das Interzonenturnier zur Schachweltmeisterschaft schon seinen schwarz-weiß karierten Schatten vorausgeworfen hatte, war in Dreizehnheiligen ein enthusiastischer Brief des Schachpräsidenten eingegangen, der auf dem Kopfbogen seines Verbandes (schwarzer Springer in einem stilisierten Ährenkranz, es erinnerte laut Reno an den Grabstein für ein totes Pferd) den *Autor meisterhafter Darstellungen des Schachspiels* um ein Grußwort für die Eröffnungsfeier bat. Victor hatte zugesagt und sofort begonnen, sich Notizen zu machen. Aber seit dem Krach um das fehlende Kapitel musste Victor die Präsidien der Konferenzen, zu denen er noch eingeladen wurde, von unten betrachten, wurden die Einladungen allmählich knapp wie frisches Obst im Winter und wechselten die Mandarins der Berliner Kulturszene die Straßenseite, wenn sie ihn von Weitem erblickten. Mittlerweile klebten in Berlin die Plakate, doch der Präsident ließ nichts von sich hören, seiner Sekretärin musste man den Namen Nesselkönig am Telefon buchstabieren und Kleinwächter spielte, seitdem Rapallo um ein Haar Victors Kuchen hätte probieren können, den betrogenen Liebhaber. Wahrscheinlich hielt er den Begriff *Interzonenturnier* für einen Angriff auf die Souveränität der Deutschen Demokratischen Republik.[78]

---

[78] Die Bezeichnung des Qualifikationsturniers zur Schachweltmeisterschaft als »Interzonenturnier« hätte fast dazu geführt, dass die DDR auf die Ehre, diesen Höhepunkt des internationalen Schachlebens auszurichten, verzichtet hätte. Leute vom Schlage General Schönknechts hatten vom Veranstalter, dem Weltschachverband FIDE, die Umbenennung des Turniers verlangt. Der Eklat wurde auf höchster Ebene abgewendet,weil es gelang, den Funktionären klarzumachen, dass weder »Interzonenturnier« noch sein kleiner Bruder, das »Zonenturnier«, auf den im Westen infrage gestellten völkerrechtlichen Status

Es hatte einiger sehr ernster Telefonate bedurft, bis Victor wenigstens eine Karte aus dem Kontingent der Akademie in der Tasche hatte. Nun stand er vor dem verschlossenen Haupteingang des *Palastes der Republik* und spähte missmutig durch die getönten Scheiben, die in einem komplizierten Muster mit Plakaten (ein auf der Spitze stehendes Schachbrett mit den Buchstaben FIDE und deren Losung *Gens una sumus*[79]) beklebt waren. Im Halbdunkel der noch unbeleuchteten Empfangshalle schleppten Männer in blauen Kitteln eine Stehleiter herbei und begannen unter beängstigendem Bohrmaschinenlärm, ein Plakat anzubringen. Victor zog seine Karte aus der Tasche und schüttelte den Kopf: Zu seinen Zeiten hatten Schachturniere vormittags begonnen. Er bummelte durch die Buchhandlungen und fand seine Bücher nicht mehr, war aber zu stolz, eine Verkäuferin zu fragen. Vor dem einsetzenden Regen floh er in ein prahlerisches Restaurant am Alex, wo er die Stunden bis zum Beginn der Runde vertrank; als er später versuchte, die Ereignisse dieses Tages zu erklären, kam er zu dem Ergebnis, die Zahl der genossenen Pilsner müsse ungerade gewesen sein. Punkt fünfzehn Uhr Mitteleuropäischer Sommerzeit saß er im abgedunkelten Zuschauerbereich des Großen Saales, wo der Chef des Deutschen Turn- und Sportbundes der DDR, seine Vorbehalte gegen die Anerkennung von Schach als Sportart verleugnend, auf den mit Hängelampen beleuchteten Spieltischen die Uhren in Gang setzte. Victor Nesselkönig befand sich in einer Hochstimmung, die die Grenzen von Zeit und Raum sprengte. Trotz des alkoholbedingten Tunnelblicks hatte er beim Hereinkom-

---

der DDR (die im Westjargon wie in dem ihrer unzufriedenen Bürger »Zone« genannt wurde) anspielten, sondern einfach mit dem speziellen Qualifikationsmodus zusammenhingen. Gerüchte, wonach das Fehlen der offiziellen Turnierbezeichnung auf den Plakaten, wie Victor sie an den Scheiben des Palastes sehen konnte, Ergebnis eines Kompromisses waren, den der sowjetische Verband als heimlicher Herrscher des Weltschachs in letzter Minute vermittelt hatte, können gleichwohl nicht zweifelsfrei ins Reich der Fabel verwiesen werden.

79 »Wir sind eine Familie«, ein Motto, das Schönknechts Gnade gefunden hatte, weil es a) trotz seiner Tendenz zur Vertuschung von Klassengegensätzen prima in die Abrüstungspolitik passte und b) sowieso kein Mensch Latein verstand.

men das mit silbrigen Lettern im Foyer angebrachte Zitat über das Schachspiel aus dem *Automaten*[80] registriert, und das war nur recht und billig: Fortuna Hermannsdorf, das Caissa in Prag, das Messehaus am Ring in Leipzig, wo die Schacholympiade stattgefunden und in gewisser Hinsicht selbst die Laugardalshöllin in Rejkjavik, wo sein Idol Bobby Fischer 1972 dem roten Löwen Boris Spasski den WM-Titel entrissen hatte, waren die emblematischen, die wesenhaften Orte seines Lebens gewesen, und der *Palast der Republik* gehörte nun, so schien es ihm in seinem zunehmend sentimentalen Rausch, in diese Reihe. Er kuschelte sich in seinen Sessel, genoss das ehrfürchtige Wispern der Kiebitze, ihr selbstvergessenes Analysieren auf winzigen Reiseschachspielen. Nun doch ganz froh, nicht als Ehrengast schlipstragenden Funktionären den Unterschied zwischen Schwarz und Weiß erklären zu müssen, versenkte er sich in die Partie, die sich auf dem nächstgelegenen Spieltisch, keine drei Meter von ihm entfernt, hinter der Absperrkordel entwickelte. Der Internationale Großmeister Jan Beenhacker aus den Niederlanden, ein Wuschelkopf, der (Victor sah zweimal hin) grüne Schuhe trug, saß dem Internationalen Großmeister Zoltan Szeketely aus Ungarn gegenüber. Als gründlicher Leser der Schachpresse kannte Victor den Ungarn als Helden der sechziger Jahre, der damals seine Hoffnung auf ein Weltmeistermatch unter dem Trommelfeuer von Bobby Fischers Attacken hatte begraben müssen und nun als Routinier oder alter Haudegen bezeichnet wurde, das Etikett für Sportler, die noch nicht gemerkt haben, dass ihre große Zeit vorüber ist. Beenhacker hatte diesen Punkt noch vor sich, und sein Künstlergehabe signalisierte, dass er es für ausgeschlossen hielt, ihn jemals zu erreichen. Er galt als Fa-

---

80 Vgl. das Motto vor Kapitel 3, hier allerdings, um den Anforderungen an eine schmissige Losung auf einem 5 mal 2 Meter großem Plakat zu genügen und den Büroschlaf des Politbüromitgliedes Oberthier nicht zu gefährden, in stark gekürzter Fassung: »Das Privileg des Schachspielers ist es, an den Sieg der Vernunft zu glauben, daran, daß eine gute Idee schön und überhaupt das Schöne eine Erscheinungsform des Wahren und Richtigen ist.«

vorit und als der einzige, der seit Fischers rätselhaftem Rückzug die Chance hatte zu verhindern, dass die bevorstehenden Kandidatenmatches um das Recht, den Weltmeister Kasparow herauszufordern, eine Art sowjetische Landesmeisterschaft wurde. Beenhacker zog schnell und sprang nach jedem Zug auf, um hinter einem schweren Theatervorhang in den Aufenthaltsraum der Spieler zu verschwinden, als hätte er dort noch eine wichtigere Partie zu spielen. Victors Schachlehrer Festag bei Fortuna Hermsdorf hatte das Aufstehen während einer Partie noch als Zeichen mangelnder Selbstbeherrschung, schlechter Erziehung und fehlenden Respekts vor dem Kontrahenten getadelt, aber das war in den frühen dreißiger Jahren gewesen und spätestens, seit der Kalte Krieg am Schachbrett ausgetragen und am Rande von Weltmeisterschaftskämpfen darüber gestritten wurde, ob die Trinkbecher der sowjetischen Spieler verstandeslähmende Strahlen auf ihre westlichen Gegner aussendeten, avancierte die demonstrative Flucht vom Brett nach jedem Zug zu einem Mittel der psychologischen Kriegsführung, das mittlerweile auf jedem Juniorenturnier kopiert wurde. Beenhacker führte seinen Zug aus, drückte mit einer lässigen Handbewegung seine Uhr und verschwand eilig hinter dem Vorhang, so dass Victor wieder freie Sicht auf das Brett und Altmeister Szeketely hatte. Der Holländer hatte mit Weiß den Mac-Donall-Angriff des Königsgambits ausgegraben, der seine Blüte vor dem Ersten Weltkrieg erlebt hatte und schon in Victors Jugend als theoretisch widerlegt galt. Aber der Ungar wurde wegen der ungewohnten taktischen Verwicklungen immer griesgrämiger und versank in immer tieferes Grübeln. Wenn Beenhacker doch einmal nachdenken und für ein paar Minuten sitzen bleiben musste (er setzte sich dann schräg auf den Stuhl, als koste ihn jeder Blick aufs Brett Überwindung), stand Victor auf und stürmte in die Zuschauerkantine, wo die Kiebitze, die immer alles besser wissen, lautstark und kopfschüttelnd analysierten und es neben belegten Brötchen tragischerweise auch ungarischen Rotwein gab. Drinnen tobte die Schlacht, Beenhacker opferte für seinen Angriff einen zweiten Bauern und dann sogar einen Läufer, aber Szeketely hielt sein Pulver trocken und bewies nicht nur Sitzfleisch, sondern auch starke Nerven, als er das Material im richtigen Augenblick zurückgab. Als Victor nach dem Genuss einer Piccoloflasche Erlauer Stierblut zurück in den Spielsaal trottelte und im Transit zwischen Wachheit und Rausch die Kordelabsperrung zum Innenraum passierte, war der Stuhl gegenüber Szeketely wieder leer. Und plötzlich, oder vielmehr nicht plötzlich, sondern in einem höheren Sinne folgerichtig, saß er dem in tiefes Brüten versunkenen Ungarn gegenüber. Aus dem Zuschauerraum kam leises Zischen, aber Victor hatte sich schon in die Stellung versenkt. Nach dem Generalabtausch war das weiße Angriffsfeuerwerk abgebrannt und hinter den abziehenden Rauchschwaden wurde ein kompliziertes Endspiel mit verschiedenfarbigen Läufern sichtbar, das unserem Helden bekannt vorkam. Wie hatte Festag seinerzeit gepredigt: Endspiele sind etwas für alte Meister, für Männer, die die Illusionen des Lebens hinter sich haben. Die wissen, dass jeder Fehler der letzte sein kann. Alte Meister. Szeketely starrte, die Ellenbogen beidseits des Brettes aufgestützt und den Kopf tief in die Hände vergraben, auf das Brett wie in einen Brunnen, auf dessen Grund er wer weiß was suchte, während seine unter dem Tisch gekreuzten Füße einen synkopischen Rhythmus schlugen. Mehrmals nahm er eine Hand vom Kopf, um sie in Richtung seiner auf dem Damenflügel lauernden Bauernphalanx zu bewegen, hielt inne, brütete weiter und machte dann so schnell einen Zug mit seinem König, als habe er vorher keine Sekunde darüber nachgedacht. Und ohne sein Gegenüber eines Blickes zu würdigen, stieß er nun auch seinen Stuhl zurück und floh gesenkten Kopfes hinter den Vorhang. Victor erfasste mit einem Blick, dass der Mann, der einmal der Schrecken der sowjetischen Schachschule gewesen war, gekniffen hatte. Sein halbherziger Zug veränderte die Stellung nicht, sondern schob dem Internationalen Großmeister Willi Ostertag (DDR) die Entscheidung darüber zu, sich durch Zugwiederholung in ein mutloses Remis zu flüchten oder mit dem todesmutigen Opfer seines letzten Offiziers, des weißfeldrigen Läufers, einen unkalkulierbaren Wettlauf der Freibauern um den Durchbruch zur Grundlinie zu riskieren. Der Wein hatte ihn auf ein neues Plateau seiner Euphorie getragen. Ihm war, als erfasse er zum ersten Mal im Leben die abgründige Schönheit des Spiels, das einen unterschätzten und unscheinbaren Bauern gegen Ende der Partie, wenn die Offiziere längst abgetauscht in der Holzkiste lagen, den Durchbruch und die Verwandlung in jede andere Figur erlaubte, ausgenommen den König, selbstredend. IGM Ostertag zögerte nicht, durch den kamikazehaften Einschlag seines Läufers die schwarze Bauernkette zu zerstören, um die entscheidenden Tempi auf den Weg in die Verwandlung zu gewinnen[81] – alles oder nichts! –, als jemand hinter ihm in singendem holländischem Tonfall um Entschuldigung bat. Außer dem König, dachte Victor, als er von hinten angetippt und

---

81 Die Partie der IGM Beenhacker (Niederlande) und Szeketely (Ungarn) ist im offiziellen Turnierband und in der Sonderausgabe des DDR-Zentralorgans *Schach* (Heft 9/1989) ohne Erwähnung des Zwischenfalls abgedruckt. Das kurz danach geschlossene Remis nützte am Ende keinem der Kontrahenten. Noch im gleichen Monat erschien in »64«, dem weltweit abonnierten Zentralorgan der sowjetischen Schachschule der launige Kommentar des lettischen Meisters Lepsnis, der nicht nur von dem seltsamen Gast auf Beenhackers Platz berichtet (ohne ihn zu identifizieren), sondern in einer luziden Analyse nachwies, dass dessen auf den ersten Blick abwegiges Läuferopfer der ebenso überraschende wie atemberaubend schöne Weg zum Sieg gewesen wäre, eine Erkenntnis, die ihre epische Wucht erst dadurch erhielt, dass eben jener halbe Punkt, den Beenhacker in seiner Enttäuschung über den fehlgeschlagenen Angriff (oder vielleicht auch nur aus Ärger über den angetrunkenen Amateur, den er von seinem Platz vertreiben musste) am Wegrand hatte stehen lassen, ihn am Ende die Qualifikation zum Kandidatenturnier gekostet hatte, jenen exklusiven K.-o.-Runden, deren Sieger den Weltmeister herausfordern kann. Beenhacker hat sich von diesem Bruch in seiner bis dahin verheißungsvollen Karriere nie wieder erholt und verdient sein Geld heute als von dieser allseits bekannten Geschichte gebeugter und hinter seinem Rücken bemitleideter Bundesliga-Profi. Und sein Schmerz wird noch dadurch verstärkt, dass die von ihm übersehene Kombination seines Doubles in allen künftigen Auflagen des Standardwerks von Juri Awerbach über das Schachendspiel enthalten ist, allerdings ohne das der Erfinder dieser Wendung noch anders als mit »N. N.« erwähnt wird, vergleiche hierzu: »Schachweltmeisterschaft 1989 – Qualifikationsturnier Berlin, Hauptstadt der DDR, Berlin, Sportverlag 1990, »64«, Heft 12/89, S. 311 f., Awerbach, Lehrbuch der Schachendspiele, ab 8. Auflage, 2. Band, S. 78.

dann an der Schulter gepackt wurde, während die Stimme hinter ihm nach dem Schiedsrichter rief.

*

Regen, Regen. Die Straße ein reißender Strom, er sieht das Ufer nicht mehr. Fußgänger mit unscharfen Umrissen erscheinen aus dem Nichts, von Feuchtigkeit schwere Lichtkegel, im Wasser aufgelöste rotgelbgrüne Lichter, riesige rauschende Schatten mit Hupen wie Schiffssirenen ziehen vorbei. Es ist nicht ganz klar, ob da, wo sein Kopf ist, zufälligerweise auch oben ist. Ein paarmal erreicht ihn mit Verzögerung die kichernde Ahnung, dass es knapp gewesen ist. Zwei Motorräder kommen entgegen, er zieht das Lenkrad mit der Nonchalance des Betrunkenen nach rechts, sie pfeifen vorbei. Wie auch immer: Berlin, Hauptstadt der DDR, torkelt an der Frontscheibe vorüber, zeigt sich, versteckt sich, taucht auf, verschwindet. Sämtliche Schilder sind gestohlen oder vom Regen weggespült. Möglicherweise fährt der Peugeot (ein Wort, das man auch betrunken prima aussprechen kann) nicht, sondern schwimmt. Victor versucht, sich an ein Zeichen zu erinnern, irgendein Leuchtfeuer auf dem Weg nach Hause. Blick durchs Seitenfenster, wo jemand aufgeregt mit den Armen rudert und dann mit einer Pinguinbewegung nach hinten hopst, ein Wasserschwall zerplatzt auf der Scheibe, als hätte jemand einen Eimer ausgeschüttet. Egal. Nach Hause.

Plötzlich wird es hell. Ein taghell erleuchteter Platz, am ehesten einem Fußballfeld unter Fluchtlicht ähnlich, wenn auch ohne Traversen. Keine Tore, keine Eckfahnen. Kein einziges Schlagloch, ein Belag, auf dem die Räder singen. Viele Schilder mit großen Ausrufezeichen, aber zu kleiner Schrift, Fahnen, Richtungspfeile, wieder Ausrufezeichen. Im Radio läuft ein ungarischer Tanz von Brahms, den man auf diesem außerirdischen Straßenbelag wunderbar in schwungvolle Schlangenlinien umsetzen kann. Berlin, die Schilder, die roten Lampen drehen sich um ihn. Da ist er doch, der Weg nach Hause. Vor ihm die Schranke, der rotweiß

400

getigerte Balken quer über die Straße. Nach Hause. Peitschenlampen auf beiden Seiten, der Flachbau mit erleuchteten Fenstern. Im Inferno aus Regen und Suff wirkt alles protziger, sogar die Straße. Er drückt auf die Lichthupe, gespannt, ob sie es schaffen, die Schranke rechtzeitig nach oben zu bekommen. Keine Reaktion, die Schranke kommt näher. Der Posten kommt herausgerannt und fuchtelt mit den Armen. Die Schranke liegt, wo sie liegt. Auf die Eisen gehen, Großmeister.

Neuer Posten, nicht eingewiesen. Victor drückt den wundervollen elektrischen Fensterheber, der eigentlich ein wundervoller elektrischer Fenstersenker ist. Eine Uniformmütze guckt herein und blafft etwas, was er nicht versteht. Draußen rauscht es wie an einem Wasserfall.

»Schranke hoch, Genosse.«

Die Mütze blafft noch einmal dasselbe. Victor erkennt seinen Namen.

»Schranke hoch! Sehnsenich, wer ich bin?«

Hin und her, dann ist die Mütze weg. Die Schranke liegt im Licht der Frontscheinwerfer wie tot. Ein paar Minuten später, er hat im Traum wieder am Brett gesessen, in einem goldenen Licht seine Züge gemacht, während um ihn Zuschauer auf Stadiontraversen die Luft anhielten, reißt die Mütze die Tür auf und blafft wieder etwas. Als Victor nicht reagiert, zerrt man ihn aus dem Auto. Es ist furchtbar hell und irgendwie verändert. Etwas ist beunruhigend. Er will nach Hause, beginnt zu rennen, sie halten ihn fest, packen ihn an den Armen und zerren ihn über den Fußboden in eine Zelle, eine schwere Stahltür fällt hinter ihm ins Schloss.

38

Friedrich Nietzsche ist in Tautenburg vergessen, Jurek findet einen Grabstein und deWitt weiß, was das bedeutet
Flug von Westberlin nach Stuttgart, Juli 1988/
Thüringen Sommer 1987

Als deWitt begriffen hatte, zog er den jungen Mann, der ihn auf dem Germanistentag beim Verlassen des Podiums angesprochen hatte, am Arm aus dem Konferenzsaal. Zeit der Ernte, triumphierte er. Erst die böhmische Gräfin in Paris, dann die Audienz in Dreizehnheiligen mit der Enthüllung von Nesselkönigs Herkunft. Und jetzt tauchte in der freien Welt der Sohn auf, ein junger Mann, der vierundzwanzig Jahre seines Lebens seine Beine unter Victor Nesselkönigs Tisch gesteckt hatte! Roger deWitt hatte die Tabellenführung in Sachen Victor-Nesselkönig-Forschung übernommen und er würde sie nicht wieder abgeben. Für einen Moment beschlich ihn die Sorge, auf einen Scherz hereinzufallen. Womöglich waren das alles Attrappen der Staatssicherheit? Hatten neidische Kollegen beim *STERN* alles inszeniert, ein Revival der Hitlertagebücher?[82] Aber er schob defätistische Gedanken beiseite, zumal nicht klar war, ob Jurek Nesselkönig etwas über seinen Vater berichten oder erfahren wollte. DeWitt lockte mit Stipendien, die er besorgen könne, Auslandsaufenthalten (»Ich bin doch schon im Ausland«, sagte Jurek). Im Flugzeug nach Stuttgart (es schaffte eine gewisse Vertrautheit, dass beide den Transitweg in die Bundesrepublik nicht benutzen durften) kamen sie auf die Sache mit Willi Ostertag.

---

82 Als später Teile der Wahrheit über Victor Nesselkönig ans Licht kamen, hatten gewisse Sechzehnender des investigativen Journalismus bald die Idee, Verbindungen zwischen dem Fälschergenie Kujau und dem »Kreis um Nesselkönig« anzunehmen. Bewiesen ist hier nichts, auch wenn es bemerkenswert erscheint, dass im Abspann der berühmten Verfilmung des Skandals ein Koautor namens Kämmerling auftauchte – bitte prüfen Sie es nicht nach, denn auch diese Spur ist längst gelöscht.

»Dazu«, sagte Jurek, kratzte sich das Kinn und bat deWitt, ihm ein Bier zu bestellen, »gibt es eine Geschichte.« Bis es gebracht wurde, erzählte er von Victors Rede auf der Namensweihe in Eichwalde und von Vivis Spott, er, Jurek, sehe dem jungen Ostertag ähnlich. Die Stewardess reichte ihm ein Heineken in einer Büchse. »Eine Wanderung«, sagte er, »im Sommer vor meiner Ausreise.« Er nahm einen tiefen Schluck und begann zu erzählen.

*

Am Abzweig nach Tautenburg stiegen sie aus, Jurek und Rapallo. Den Zeitungen zufolge war Erntezeit, und tatsächlich war der Bus hinter einer Kolonne von Mähdreschern her gezuckelt, die in der frühen Hitze wie riesige Käfer über die Landstraße krochen. Während sie den Hügel emporkletterten, sahen sie die Blechkäfer, von ameisenhaften Lkws eskortiert, die Felder abfressen. Weiter oben, im grünen Schatten des Waldes, wurde es still. Dies ist nicht Brandenburg, dachte Jurek zufrieden. Nicht die Gegend, in der ich zufällig aufgewachsen bin. Das galt seinem Vater. Jena hatte er nur gewählt, weil es nach den Maßstäben der Republik weit weg von zu Hause lag. Er war mit der Arroganz des Randberliners angekommen. Aber die verwitterten Jugendstilvillen im Damenviertel, die Reste der Universität, der durch keinen Hauptstadtputz kaschierte Verfall, die Berge, zwischen denen die Stadt lag, und die Verachtung des Jenenser Ingenieuradels derer von Zeiss & Schott für alles, was aus Berlin kam, hatten ihn bald versöhnt.

Vom Kammweg aus war die Landschaft unglaubwürdig schön, ein enges Tal, dessen verwilderte Streuobstwiesen von den Gelängen hinter den Bauernhöfen bis an den Waldrand reichten. Reno neigte nicht zur Naturschwärmerei, eher Rapallo zuliebe zur Nietzsche-Schwärmerei, die allerdings nicht auf Lektüre beruhte, sondern auf dem ruchlosen Klang, die diesem Namen anhing. Rapallo billigte diese Liebe aus Unkenntnis, weil er selbst es so mit Frauen hielt: Man könne sie lieben, solange man sie nicht kenne. Wenn er so etwas sagte, sah Rapallo aus, wie Jurek sich Nietzsche vorstellte. Einmal waren sie durch das verfaulende Naumburg gegangen und hatten das Haus besucht, in dem der Philosoph aufgewachsen war. Rapallo, ein gemütlich aussehender Zwerg mit Freude an Speise und Trank und einer nervösen Ahnung für die Lächerlichkeit seiner Erscheinung, bekam in der Luft, die sein Abgott geatmet hatte, etwas Glühendes, Diabolisches, etwas, dem gegenüber Scherze nicht ratsam waren. Gerade diese Schärfe zog Jurek an, die giftigen Worte und hasserfüllten Blicke auf eine junge Frau, die einen Kinderwagen aus dem Haus schob, an dessen verschimmelter Fassade ein Schild an den später berühmt gewordenen Knaben erinnerte, der hier gewohnt hatte. An der Klingel standen die Allerweltsnamen heutiger Allerweltsmenschen. Rapallo hatte das Schild mit solchem Grimm betrachtet, als wäre der Philosoph soeben entmietet worden. In der im Wald versteckten Sommerfrische Tautenburg, wohin sie nun hinabstiegen, hatte der Philosoph gut hundert Jahre vorher ein paar Sommertage mit seiner russischen Muse verbracht (wie dein Vater mit seiner Russin, sagte Rapallo) und anschließend *Also sprach Zarathustra* geschrieben (Jurek nahm sich vor, es zu lesen, wobei ihm einfiel, dass er immer vermieden hatte, die Bücher aus der Bibliothek seines Vaters zu lesen). Utz Rapallo liebte das Heldische und das Tragische, nicht nur am armen Friedrich Nietzsche. Sätze, die nur der praktischen Verständigung dienten, spie er aus wie Mundwasser. Die Sprache seiner idealen Welt hätte nur Worte gekannt, die wesenhaft und schwer von Geschichte waren, er hasste Banalität, was dazu führte, dass er sich vor der unendlichen Zahl von Banalitäten, aus denen das Leben nun einmal besteht, mit einem Panzer aus Verachtung und Pathos schützte. Witze ließen ihn kalt, er weinte gern, aber nicht in Liebesfilmen, sondern in Filmen, in denen leichtere Gemüter einschliefen. Er war ein kleiner Mann mit einem Umhängebart, der ihm die Würde eines Zwerges verlieh, hinter der sich aber ein mächtiger Bass und ein unbeirrbarer Wille zu geistiger Größe verbargen. Jurek hatte er damit gewonnen, dass er der erste Mensch war, den der Name »Nesselkönig« nicht in Ehrfurcht erstarren ließ. Dafür verzieh Jurek ihm, dass Rapallo ihn später ab und zu durch die Blume gebeten hatten, eines seiner Manuskripte seinem Vater zu empfehlen, Anträge, die er mit dem Satz pariert hatte, er kenne seinen Vater nicht. Aber Utz Rapallo blieb ein zuverlässiger Freund, der sich keinem ernsten Gespräch verschloss und Jurek jederzeit in seiner Wohnung übernachten ließ. Gerade sein abweisendes Gehabe machte ihn anziehend für Jurek, die Unfähigkeit, sich in Ironie zu flüchten und die Weigerung, sich korrumpieren zu lassen durch Genüsse minderen Ranges. Utz Rapallo trank viel Wein, aber er trank ihn nie, ohne verächtlich auf das Etikett zu schielen und den Kopf zu schütteln über die Zumutung, statt Chablis und Bordeaux diese südosteuropäische Plörre trinken zu müssen. Er besuchte die üblichen Konzerte von Bands oder Liedermachern am Rande des Auftrittsverbots, aber während andere mitsangen und herumsprangen, stand er in einer Ecke und strich seinen Bart, als überlegte er, was mit diesen Leuten nicht in Ordnung sei. Er machte ein großes Gewese um alte Dinge, antike Möbel, die er vom Sperrmüll, aus Haushaltsauflösungen oder dem A & V holte, er liebte Altarkerzen, aber nicht Blumen, begeisterte sich für düsteres Wetter und den Mond, fand die Sonne aber irgendwie profan, vergötterte das Leiden und die Leidenschaft und verabscheute Sport. Vom Philosophiestudium war er exmatrikuliert worden, was sein Ansehen bei wütenden Jungs wie Jurek ins Unermessliche steigerte, auch wenn über die Gründe des Rauswurfs verschiedene Versionen kursierten.

Unten im Dorf sah Rapallo sich um, als sei der Gral in der Nähe, bis er auf der Dorfstraße einer älteren Frau in Küchenkittel ansichtig wurde. »Sie werden entschuldigen, gnädige Frau«, sagte er höhnisch, »wir suchen das Haus von Friedrich Nietzsche«.

»Wer?« Die Bäuerin sprach laut, als wolle sie Rapallo seine verstaubte Höflichkeit austreiben.

»Friedrich Nietzsche.«

»*Nitsche*? Nitsche, Nitsche …« Die Frau sah zum Himmel, als zählte sie die Einwohner durch, die, die noch lebten und die da oben.

»*Niiietzsche*, gnädige Frau, *Friedrich Niiietzsche*.«

Die Frau sah ihn an, als spreche er ungarisch: Die milde Verachtung der Provinz für die Welt. Eine zweite Frau, die vorbeiging, wurde von der ersten gefragt und schüttelte den Kopf, ohne stehenzubleiben. Nitschefriedrich? Nee.

Aber der Bürgermeister wusste, welches Haus es war. In einem der Fenster, hinter denen *Zarathustra* entstanden war, stand ein Kofferradio und spielte Schlager von Rex Gildo. Im Hof hing ein Thermometer auf einem Holzbrett, auf das jemand mit dem heißen Lötkolben Palmen und Fliegenpilze gebrannt hatte. Hier blitzte Rapallo mit seinem Gutsherrengebaren ab. Ein Mann in Latzhose mit freiem Oberkörper kam aus der Garage und sah ihn an, als wollte er sein Auto stehlen. Während er seine Hände mit einem Lappen abwischte, weigerte er sich zu verstehen, wer oder was Friedrich Nietzsche war. Sie trotteten durchs Dorf, Nietzsche hinter sich lassend wie einen Streit beim Kartenspielen. Das Donnern der Mähdrescher kam näher. Die Dorfkneipe hatte geschlossen, der Konsum auch. »Tuchau«, sagte die Frau, die Nitschefriedrich nicht kannte. Sie gingen am anderen Ende des Dorfes durch einen Hochwald, in dem schlierige Schwarzschnecken die Wege bevölkerten. Je weiter bergan sie gingen, desto mehr zerbröselte der Asphalt, bis die Natur ihn zu einem krümeligen Belag kompostiert hatte, zwischen dem Brennnesseln und Spitzwegerich wuchsen. Am Sportplatz von Tuchau wurden Würste gebraten, ab und zu ertönte Jubel, wenn ein Tor fiel. An der tiefsten Stelle des Dorfes, dem Teich gegenüber, stand eine Bäckerei, die auch geschlossen war, gegenüber ein Spritzenhaus, dessen Turmuhr zwei schlug, die Minute, in der die HO-Gaststätte von Tuchau schloss. Diskussion unnötig, der Pächter in einem blaugrauem Seidenkittel, mit Koteletten und Bleistift hinterm Ohr ließ Rapallo wegtreten, als der mit byzantinischer Höflichkeit nach etwas Trinkbarem fragte. (An dieser Stelle nickte Jurek, als deWitt ihm ein zweites Bier anbot.)

Weiter oben in Tuchau: Pfarrhaus, Kirche, Schule. Die protestantische Trias, frohlockte Rapallo. Der Pfarrer konnte sich nicht wehren, als Rapallo sich als Bruder im Glauben zum Essen einlud. Zum Dank für das Essen ließen sie sich die Kirche zeigen. Rapallo wollte noch den Friedhof sehen. Eine ehemals neugotische Einsegnungshalle segnete gerade selbst das Zeitliche. Sie schlenderten umher, bis Jurek stehen blieb, schwankte, sich hinhockte und fassungslos auf einen Grabstein starrte, auf dem ein Bäckermeister und seine Frau verewigt waren. Rapallo stand neben ihm und erschrak, als er seinen Freund ansah.

»Dieser Bäckermeister«, flüsterte deWitt. »Hieß nicht zufällig Ostertag?«

»Er hieß zufällig Ostertag. Und in diesem Grab, im selben Grab, lag meine Mutter. Inna Nesselkönig, geborene Lagutina. Neben dem Bäcker Ostertag und seiner Frau.«

»Und das wusstest du nicht?«

Jurek war immer noch so blass, als säße er am Grab. »Er hat uns erzählt, dass sie kein Grab wollte. Asche, in den See geworfen.«

Roger deWitt hatte keine Kinder. In diesem Moment fühlte er für Jurek wie für einen Sohn. Er wäre gern aufgestanden und hätte diesen bemitleidenswerten Jungen in den Arm genommen.

»Hast du begriffen, was das bedeutet?«

»Natürlich habe ich das.« Jurek trank, schniefte und wischte sich den Mund ab. »Meine Großeltern. Offenbar schämt sich der Herr Dichter, dass sein Vater nur Bäcker war.«

»Mir gegenüber …«, begann deWitt, schwieg dann aber. Sollte er dem Jungen erzählen, dass sein Vater ihm gegenüber keine Geheimnisse gehabt hatte, was seine Herkunft betraf? Er war jetzt als Biograf am Punkt der absoluten Identität mit seinem Objekt. Er wusste, was Nesselkönig wusste, er dachte, wie Nesselkönig dachte. So musste es sein, Troja zu entdecken. »Jurek Lagutin. Jurek Nesselkönig. Jurek Ostertag«, murmelte er und prostete dem Jungen zu. Noch vom Flughafen aus rief er den Verleger an, der seit fünfzehn Jahren auf die Nesselkönig-Biografie wartet. »Fertig«, sagte er. »Frühjahrsprogramm«, sagte der Verleger. Die DDR wird sich wundern, im März 1990.

An den Nachmittagen auf deWitts Terrasse über dem Schwarzwald erzählte Jurek unausdenkbare Details aus dem Familienleben der Nesselkönigs. Ein Käfer im Bernstein, dachte deWitt mit triumphierenden Seitengedanken an Herrn Dr. Reno Lehr in Dreizehnheiligen. Er ließ diesen mürrischen und misstrauischen Jungen ansonsten in Ruhe und kochte jeden Abend italienisch oder französisch. Jurek genoss das Nichtstun, die einschüchternde Aussicht auf den See, das Weintrinken und deWitts Sammlung an Autoren- und Pornofilmen. Morgens saß deWitt allein auf dem Balkon und schrieb das Vorwort zu Ende. Über dem Schwarzwald stieg Nebel auf und er hatte schon um diese Zeit ein Fläschchen Chateau Lafitte geöffnet, um dem Schutzheiligen des tüchtigen Biografen zuzuprosten.

39

Der Leser erfährt, was eine GÜST und was ein B. V. war, Letzteres an einem Beispiel, in dem Victor Nesselkönig die Hauptrolle spielt

Dreizehnheiligen und Berlin 20. September 1989

Der größte lebende schachspielende Autor oder schreibende Schachspieler der Welt ließ zu Hause auf sich warten. An und für sich war das kein Grund zur Sorge, seit er sich als Attribut seiner Großdichterpose angewöhnt hatte, alles zu ignorieren, womit der Alltag ihn zu belästigen versuchte, Essenszeiten inklusive. Unruhig wurde Inge erst, als ihr einfiel, dass Victor den Peugeot genommen hatte und diese Unruhe war je zur Hälfte einer von realistischer Bosheit geprägter Einschätzung von Victors Fahrkünsten bei Nacht und Regen sowie der Tatsache geschuldet, dass sie den Wagen selbst brauchte. Geheimsitzung in der Akademie, denn Victors 80. Geburtstag stand vor der Tür wie ein ungebetener Gast. Der Diensthabende am Kontrollpunkt vor Dreizehnheiligen bestätigte am Telefon, dass Victor am Morgen lässig grüßend unter dem geöffneten Schlagbaum hindurchgefahren war und versprach, sich zu melden, wenn er zurückkam. Aber es wurde dunkel, es goss wie im Kino und das Telefon blieb still. Inge verwarf die Idee, reihum die jungen Schauspielerinnen und Lyrikerinnen anzurufen, deren Telefonnummern sie sich aus seinerzeit gegebenen Anlässen noch von Bronnen besorgt hatte. Kleinwächter ließ sich verleugnen; entweder wusste er, was Sache war (möglich) oder tat wegen Victors Extravaganzen beleidigt (wahrscheinlich). Bis zehn Uhr saßen sie herum und taten nichts, insbesondere riefen sie nicht, wie Reno vorgeschlagen hatte, die Polizei an. Das war dann doch unter Inge Nesselkönigs Würde. Die Fernsehnachrichten, Ost & West meldeten schweren Regen, wussten aber nichts von Victor Nesselkönig.

*

Etwa zur selben Zeit sah der Major der Grenztruppen Alf Querscheit als Diensthabender Offizier an der GÜST[83] Bornholmer
Straße ein Paar Scheinwerferaugen in Schlangenlinien auf seine
nach drei Seiten verglaste Dienstbaracke zukommen. Das tücki-
sche Bündnis zwischen Regen und einbrechender Dunkelheit
gebot verschärfte Wachsamkeit. Querscheit war ein alter Hase,
dem die kühle Helligkeit der Scheinwerfer und ihre elegante,
leicht elliptische Rundung ein Fahrzeug westlicher Produktion
verrieten. Wieder ein Tagestourist aus Westberlin, der auf seinem
Kurzbesuch in den Sozialismus die Puppen hatte tanzen lassen.
Die Rechnung (»Zweihundert West, gern auch Dollar, aber 1 : 1«)
würde Oberkellner Querscheit ausstellen. Er drückte den Sig-
nalknopf, um den an der Schranke vor sich hindösenden Posten
aufzuschrecken, setzte sich die Mütze auf, hakte im Aufstehen
sein Koppel ein, kämpfte sich, während er nach draußen ging, in
seine Uniformjacke und gebot mit den schwungvollen, runden
Armbewegungen eines Tennisspielers beim Aufwärmen dem he-
rantrudelten Westschlitten Halt. Die Alkoholisierung des Fahrers
musste beträchtlich sein, denn der Wagen schlingerte im Wal-
zertakt heran, ohne wesentlich an Fahrt zu verlieren. Als er noch
fünfzig Meter entfernt war, durchfuhr den Posten ein Stromstoß,
als hätte ihn das Warnsignal erst jetzt erreicht, er riss die Kalaschnikow von der Schulter, beugte in einem tausend Mal geübten Bewegungsablauf das linke Knie, entsicherte und drückte
den Kolben an die Wange. Nur Querscheits Besonnenheit war es
zu verdanken, dass der größte deutsche Dichter lebender Zunge nicht zum letzten Mauertoten der Geschichte wurde. Als das
Auto, ein für Spesenritter aus dem Westen sowieso ziemlich po-
peliger Peugeot mit einer Anfängerbremsung dreißig Zentimeter

---

83 Abkürzung für Grenzübergangsstelle, eine aus der Perspektive nichtpassbesit-
    zender DDR-Bürger euphemistische Bezeichnung für die schärfstens bewach-
    ten Punkte, durch die neben Transit- und Westtouristen (und eben Reisepass-
    besitzern) rein theoretisch auch gewöhnliche DDR-Bürger nach Westberlin
    hätten reisen können.

vor der Schranke doch noch zum Stehen kam und Querscheit mit seiner Taschenlampe hineinfunzelte, starrte ihn vom Fahrersitz ein Gesicht an, das er nach einer Sekunde der Sammlung wiedererkannte. *Neues Deutschland*, Kulturseite. *Deutsche Literatur der Gegenwart. Eine Anthologie für die Abiturstufe*, Irrtum ausgeschlossen. Sofort veränderte sich Querscheits innere Disposition von öliger Vorfreude auf das lange Gesicht des westlichen Verkehrsrowdys in das fürsorgliche Wohlwollen, das langgediente Grenzoffiziere für die gesalbten Wesen entwickelten, vor derem aufgeklappten grünen Reisepass die Schranken wie von Zauberhand nach oben gingen. Als junger Offiziersschüler hatte er sie beneidet, aber mittlerweile sah er sich eher als einen gütigen Vater, der auf Wacht dafür stand, dass seine Kinder sich zwecks Stärkung des Sozialismus ins feindliche Ausland wagen konnten, als einen an Heldentaten und exotischen Früchten uninteressierter Ruderwächter, der geduldig auf der Brücke ausharrte, wenn die jungen Heißsporne in einer Nussschale zu einer unbekannten Insel übersetzten.

Bei Reisenden vom Range Nesselkönigs hatte sich das umständliche Kontrollritual längst auf einen routinierten Blick aufs Passbild, einen gelangweilten ins Wageninnere und ein verschwörerisches »Viel Glück, Genosse« abgeschliffen. Die Dienstanweisung (»Aussteigen lassen und Kofferraum öffnen«) war für die einfachen Indianer gemacht, aufgeregte Reservekader mit feuchten Händen, die vom Glauben abgefallen wären, hätte man sie einfach durchgewinkt, weil eine solch Laxheit nach der komplizierten Dialektik der Mauer das mit jahrelanger Arschkriecherei erdiente Privileg, nach drüben zu fahren, mit einem Schlag entwertet hätte. Das Diensthandbuch hatte ehrgeizige Leistungsträger einer neuen, vom Klassenkampf ungestählten Generation vor Augen, bei denen man nie sicher war, ob sie nicht eine Plastekapsel mit ihrem Universitätsdiplom verschluckt hatten, die sie nach Abschluss des Verdauungsvorganges auf einer Westberliner Toilette zum Grundstock einer Karriere im besser zahlenden Teil der Welt machen wollten. In Querscheit kämpften Großzügigkeit und Pflichtbewusstsein, weil

a) er den Mann am Steuer zwar aus zahllosen mit sexuellen Tagträumen verbummelten Deutschstunden kannte, ihn in fünfzehn Dienstjahren an der Bornholmer aber noch nie hatte rüberfahren sehen,

b) die Hauptfigur seines tragisch gescheiterten Abituraufsatzes offenkundig sturzbetrunken war und

c) keine Anstalten machte, ihren verdammten grünen Pass zu zücken.

Jeden schlipstragenden Außenhandelsheini hätte Querscheit ohne Umstand aus dem Auto geholt und im grünen Taxi nach Hause geschickt. Und bevor der Delinquent am nächsten Morgen von seinem Kaderleiter zur Schnecke gemacht würde, wäre der erste und letzte Reisepass seines Lebens Papiermehl gewesen. Aber für Prominenz, diese schwer messbare, nur intuitiv erfassbare Zugehörigkeit zur Kaste der sozialistischen Brahmanen, galten andere, ungeschriebene und nachgiebigere Regeln. Auf einem Diagramm, dessen x-Achse die Prominenz des Reisepassinhabers und dessen y-Achse den Grad seiner Auffälligkeit und/oder Derangiertheit darstellte, ließen sie sich als ansteigende Linie beschreiben. Internationale Berühmtheiten wie der auch im Westen gefeierte Dresdner Operntenor Feuchtleben oder Eminenzen der *Unsichtbaren Front* wie die Ostberliner Anwaltsdynastie Dr. Calauer, die der Kampf um Gerechtigkeit hin und wieder auch in den Westteil der Stadt führte, besaßen ein ungeschriebenes Recht auf Extravaganz; man winkte ihre Wagen nach einem betont gleichgültigen Blick auf die Rückbank durch wie ein Hotelportier, so dass sie, wenn sie es für richtig oder im Rahmen ihrer Mission für nötig gehalten hätten, nackt oder im Indianerkostüm hätten rüberfahren können. Zwar fiel die Prominenz-/Devianzkurve an einem bestimmten Punkt fast senkrecht ab. (Hohe Parteifunktionäre und Diplomaten hätte man vermutlich unter einem Vorwand oder mit Hilfe des Reifentöters aufgehalten, wenn ihr Erscheinungsbild ein gefundenes Fressen für die Asphaltpresse des Klassenfeindes hätte abgegeben können.) Doch flogen die einen sowieso lieber in Interflugmaschinen ins befreundete Ausland und die anderen waren, wie es ihr Beruf verlangte, Chamäleons bürgerlicher Unauffälligkeit, Meister in internationaler Mimikry. Jedenfalls, und das war die Essenz von Querscheits Selbstbild, hielt der Dienst an einem Berliner Grenzübergang viel komplexere und heiklere Probleme bereit und verlangte viel subtilere Fähigkeiten, als die Mauerschützenhetze der Springerpresse glauben machen wollte. Dies zur Erklärung, warum sich die Dinge nun wie folgt entwickelten.

»MajorquerscheitgrenztruppenderDeDeErr! Ihren Pass bitte, Herr Nesselkönig.«

Aus dem Auto Schweigen und ein starrer Blick.

»Herr Nesselkönig? Ihren Pass bitte!«

Der Fahrer stierte noch ein paar Sekunden weiter wie ein totes Tier in den Schein der Taschenlampe und sagte dann langsam und wesentlich zu laut: »Schranke hoch, Genosse!!«

»Reisepass!!!«

»Schranke hoch! Sehnsenich, wer ich bin?«

Und Alf Querscheit begriff, dass ihn kurz vor Dienstschluss noch ein B.V. ereilt hatte.[84]

*

»Nesselkönig? Sind Sie sicher?«

»Genosse ... äh«

»Oberstleutnant.«

---

84 B.V.: Im Jargon der bewaffneten Organe der DDR »Besonderes Vorkommnis«; vom Schnurrbart auf einem Honecker-Plakat bis zum (hypothetischen) Attentatsversuch auf den Generalsekretär, in jedem Fall Auslöser überdimensionierter Alarmpläne sowie, wenn der Alarm vorbei war, feierabendfressender Berichteschreiberei.

»Genosse Oberstleutnant, der Mann hat a) keinen Pass und ist b) sturzbetrunken.«

»Und c)?«

»Verzeihung?«

»Und ist c) Victor Nesselkönig?«

»Für meine Begriffe ja.«

»Was heißt für Ihre Begriffe? Ist er oder ist er nicht?«

»Er hat keinen Pass, Genosse …«

»Oberstleutnant.«

Schweigen. Von seinem Schreibtisch aus beobachtete Querscheit, wie ein junger Unteroffizier vorsichtig, als fahre er über rohe Eier, den Peugeot aus dem Schrankenbereich zurücksetzte und in Richtung des mit Sichtblenden umstellten Durchsuchungsplatzes steuerte. Der Fernschreiber sprang mit einem sphärischen Rauschen an und spuckte eine Sofortmeldung aus. Der Regen war noch stärker geworden; keine fünfzig Meter entfernt, verschwand der Peugeot plötzlich, als habe ihn ein Paralleluniversum verschluckt.

Durchs Telefon hörte Querscheit das in jedem Dienstzimmer der Welt identische Geräusch, wenn jemand in einer Dienstanweisung blättert, deren einzelne Blätter in Klarsichtfolien stecken. Der Oberstleutnant sagte zweimal »Soso!«, nahm den Hörer, den er auf die (dem Geräusch zufolge) Glasplatte seines Schreibtischs gelegt hatte, wieder auf und sagte: »Genosse? Das ist ein B. V. Bitte den Mann höflich festhalten, ich rufe gleich zurück.«

Höflich festhalten. Querscheit hielt einen der locker sitzenden Flüche des Frontkämpfers auf die Etappe zurück, bis er aufgelegt hatte. Er hatte den Mann mit der argumentativen Kraft seiner bloßen Hände aus dem Auto geholt und die Schnapsfahne hatte ihn fast betäubt. Und dann hatte er den Posten zu Hilfe rufen müssen, weil der Mann, statt vernünftig zu sein, geradewegs auf das Rolltor zutorkelte, das den guten vom bösen Teil der Welt trennte. Nachdem sie ihn ergriffen und in die Zelle mehr geschleift als geführt hatten, hatte er aus dem Inneren noch eine Zeit lang läppische Drohungen ausgestoßen, deren Wirkung erheblich an seiner Unfähigkeit litt, dass Wort »Dienstaufsichtsbeschwerde« auszusprechen. Ab und zu wummerte der mutmaßliche Nesselkönig noch von innen gegen die Tür, dann versuchte Querscheit, beruhigend auf ihn einzureden, indem er den Insassen fragte, ob er irgendetwas brauchte. »Nach Hause!« rief es dann von drinnen, die Stimme war durch die Tür so gedämpft, als spräche der Mann aus einem Grab.

*

»Nach Hause. Sagt er.« Zum ersten Mal in seiner Laufbahn wurde Querscheit bewusst, dass hinter dem Grenzübergang Bornholmer Straße gewissermaßen auch Menschen zu Hause waren. Wenn schon, jedenfalls nicht Victor Nesselkönig. Anstelle des aufgeregten Anrufers, dessen Dienstgrad er schon wieder vergessen hatte, war jetzt jemand am Telefon, der so leise sprach, dass man nur seinen Generalsrang verstand, und so gleichgültig wirkte, als habe man ihm eine defekte Kaffeemaschine gemeldet.

»Noch mal ganz in Ruhe: Er will in den Westen? Was will er denn da?«

Das frage ich mich jedes Mal, dachte Querscheit, sagte es aber nicht. »Nach Hause, sagt er.«

»Ist er fahrtüchtig?«

»Bis Weihnachten nicht.«

»Moment. Wenn er keinen Pass hat, woher wissen Sie, dass das Nesselkönig ist?«

Weil ich Abitur habe, dachte Querscheit und sagte: »Er sieht so aus. Für meine Begriffe.«

»Und was sagt er, wer er ist?«

»Schwierig. Er ist … äh, wie gesagt, alkoholisiert, für meine Begriffe. Stark alkoholisiert. Und sagt immerzu nach Hause.«

»Nach Hause.«

»Nach Hause.«

Querscheit sah den sanften General im Geiste mit einem weichen Stift »Nach Hause« auf ein Blatt Papier schreiben und dazu nicken, als sei der Fall erledigt. »Wir schicken jemanden.« Aufgelegt.

*

Querscheit klopfte, bevor er die Zellentür öffnete. Der Grenzverletzer lag, den Kopf auf den Armen, wie ein Selbstmörder auf der Tischplatte und schlief. Querscheit schloss die Tür hinter sich, zog leise einen Stuhl heran und klopfte auf die Tischplatte.

»Mhhm.«

»Es gibt eine kleine Unklarheit, für meine Begriffe ein Missverständnis. Ihr Reisepass …«

Der Mann hob den Kopf, sah ihn mit leerem Blick an, setzte sich auf und begann mit einer Stimme, als müsse er sich mühsam erinnern, zu deklamieren:

»Mit Wolfszähnen wollt ich den Amtsschimmel fassen,
ich spotte jedes gestempelten Scheins.
Jedes Schriftstück möchte ich allen Teufeln überlassen …«

»Das sollten Sie nicht. Aber ohne Pass … Ich meine, … Ich habe Sie vielleicht nur verwechselt.« Querscheit zwang sich ein Lachen ab. »Mit Victor Nesselkönig.«

»Ich *bin* Victor Nesselkönig. Lassen Sie mich anrufen.«

»Wen denn?«

Zur Beantwortung dieser sachdienlichen Frage kam es nicht mehr, weil draußen Bremsen quietschten und Sekunden später Karl-Heinz Kleinwächter, seine Klappkarte noch in der Hand und von dem konsternierten Posten verfolgt, in der Tür erschien und brüllte: »Alle raus, die hier nichts zu suchen haben.«

Victor sah Querscheit resigniert an und sagte: »Ich glaube, er meint dich, mein Freund.«

So wurde Major der Grenztruppen Alf Querscheit Zeuge des Gesprächs, das das vorletzte *Besondere Vorkommnis* in der Geschichte der Berliner Mauer hätte aufklären sollen, nur durch die verschlossene Stahltür der Wartezelle. Entgegen eines landläufigen Vorurteils sind die Dämmungseigenschaften von Stahl nicht optimal, so dass Querscheit, wie er später berichtete,[85] mit dem Ohr am Schlüsselloch das Gebrüll der beiden Männer wenigstens fragmentarisch verstand. Genau genommen nur »Grenzdurchbruch« und »wahnsinnig geworden« von dem Genossen mit der Klappkarte und »nach Hause« von Victor Nesselkönig, und als Kleinwächter immer lauter brüllte, versank Victor Nesselkönigs in tiefes, ja feierliches Schweigen.

85 Alf Querscheit: Ein Offizier der Grenztruppen erinnert sich, Weißbuch gegen die Kriminalisierung ehemaliger Offiziere der ehemaligen DDR-Grenztruppen, Solidaritätsverlag Berlin 1992.

40

Roger deWitt ist zu gründlich
und verliert darüber fast den Verstand

Köln, Archiv für Sowjetologie, Sommer 1989/
Leningrad, Haus der jungen Talente Dezember 1937

Als Roger deWitt, schon die Druckfahnen der künftigen Standard-
biografie in der Hand, irgendein drittrangiges Detail im Archiv
für Sowjetologie in Köln überprüfte, sah er Victor Nesselkönig
doppelt. Am 10. Dezember 1937 hatte, so stand es in der Lese-
übersetzung der *Prawda* »der deutsche Freund und Genosse, der
berühmte sozialistische Dichter Victor Nesselkönig« im Lenin-
grader Haus der Jungen Talente aus einem unveröffentlichten
Manuskript über einen Schachautomaten gelesen. Über das Ereignis berichteten *Prawda* und *Iswestija* in identischen Formulierungen und unter Verwendung des gleichen unterbelichteten
Fotos. Nur zufällig, vielleicht weil der Name des Korrespondenten
Blochin lautete (ein außergewöhnlicher sowjetischer Fußball-
spieler der späten Siebziger hieß ebenso), entsann deWitt sich
der Erwähnung der gleichen Episode in der in der DDR erschienenen *Illustrierten Geschichte der Antifaschistischen Deutschen
Literatur*[86] – und des kleinen Unterschiedes, dass Nesselkönig
dieser sekundären Quelle zufolge aus den *Sieben Sinnen* statt aus
einem unveröffentlichten Roman über den Kempelen-Automa-
ten vorgelesen hatte. Der *Automat* war erst in den Siebzigern erschienen und es war immerhin bemerkenswert, dass vorlesbare
Entwürfe schon in den Dreißigern existierten, mithin Nesselkönig selbst unter Abzug von geschätzten fünfzehn Jahren Lager-
haft zwanzig Jahre gebraucht hatte, um den Roman zu beenden.
Andererseits konnten die Redakteure der Prawda 1937 von dem
Roman nach den ehernen Gesetzen der Chronologie nur wissen,

---

86   1. Auflage, Akademie-Verlag Berlin/DDR 1958, S. 61, 2. Auflage 1978, S. 63.

wenn es ihn, jedenfalls das vorgelesene Kapitel, damals schon gegeben hatte. DeWitt war als Rechercheur zu gründlich, um eine solche Unstimmigkeit zu übergehen, und zu routiniert, um sie zu überschätzen. Er war lange genug im Geschäft, um kleine Widersprüche der naturgegebenen Ungenauigkeit jedweder Quelle zuzuschreiben. Die historische Wahrheit, wenn man ihr zu nahe kommt, hat die Eigenheit, unscharf zu werden, wie ein Ölgemälde, von dem man aus nächster Nähe nur aufgespachtelte Farbflecke erkennt. DeWitt notierte diesen Satz für das Vorwort, bemerkte aber schon beim Aufschreiben, dass sein Bild schief war. Vermutlich hätte er die Sache achselzuckend abgetan, auf eine seiner Karteikarten unter der Überschrift *Kuriosa* geschrieben und vergessen. Aber nachdem er mit Lenka Caslavska gesprochen, Nesselkönigs Herkunft entschlüsselt und seinen Sohn quasi adoptiert hatte, arbeitete er den Rest seiner Recherchen mit der unerbittlichen Gründlichkeit des Siegers ab. In der Euphorie des Endspurts begann er, sich wollüstig in immer tiefere Schichten zu graben, überzeugt davon, immer neue Diamanten zu finden. Außerdem: Was in der Sowjetunion passiert war, blieb, gemessen an westeuropäischen Maßstäben für Logik, ein Rätsel: Der Ruhm des Exilanten und seine Verhaftung; seine Verurteilung und der Nobelpreis, der Verzicht, das Verschwinden, das Wiederauftauchen acht Jahre nach dem Krieg. Das sozialistische Autorenkollektiv der *Illustrierten Geschichte*, in der er mit spitzen Fingern blätterte, scheute die Wiedergabe nachprüfbarer Fakten wie dünnes Eis: »Der große antifaschistische deutsche Dichter liest aus seinem berühmten Roman *Die sieben Sinne* (Abb.).«[87] Seltsam, aber nicht seltsam genug. Die DDR legte eben Wert auf die Lüge, dass der zweite Roman erst auf ihrem Mist gewachsen ist. Also lassen sie Nesselkönig post festum aus den *Sieben Sinnen* lesen. Da sind sie großzügig, die Genossen, und die *Prawda* macht ihrem Namen Ehre. DeWitt konnte nicht anders, als sich in dieses läppische Detail zu verbeißen. Er segelte mit dem Schiff, das ihn zur Wahrheit

---

87   Ebenda, S. 62 bzw. 64.

über Victor Nesselkönig brachte, aus Übermut durch einen letzten schweren Sturm. Kapitel 1 *(Herkunft, Kindheit und Jugend)* war aus der Kapitulationsurkunde vor Nesselkönigs Verschleierungskunst zu einer biografischen Sensation geworden. Noch vor Monaten hatte er nur die in Umlauf befindlichen Versionen referiert und quellenkritisch hinterfragt, eine Handvoll nichtssagender Gemeinsamkeiten gefunden und die »Namibia«-Variante widerlegt. Jetzt aber strotzte das Manuskript von Informationen aus allererster Hand, familiären Klatsch inklusive, geliefert von einem Informanten, der in der DDR unzitierbar war: Jurek, der Sohn Nesselkönigs. Roger DeWitt war in der Laune, keinen Fußbreit mehr vor irgendwelchen Unschärfen zurückzuweichen. Und so fragte er den Archivar, einen jungen Exilbalten namens Konini, der müde und gründlich aussah, ob die Übersetzung aus der *Prawda* ins Deutsche vielleicht falsch sei. Der junge Mensch schleppte den Originalband herbei, blätterte das brüchige Papier mit spitzen Fingern um und verneinte. Als deWitt ihn auf den Widerspruch zur Bildunterschrift in der Ostberliner Publikation hinwies, nickte er mit der Gleichmut des Menschen, der die Lektüre sowjetischer Publikationen gewöhnt ist. DeWitt spürte Neid auf jemanden, der in einem absurden Reich der Täuschung aufgewachsen war, vertraut mit den Untiefen einer Sprache, deren Schrift er nicht einmal lesen konnte, einer Sprache, die nie meinte, was sie sagte, begabt mit einem Verständnis für Doppelsinn und Unsinn, wo deWitt nur Phrasen sah.

»Was hat er nun gelesen? Die *Sieben Sinne* oder den *Automaten*?«

»Eines von beiden ist gelogen, soviel steht fest«, sagte Konini. »Oder beides.«

»Beides?«

»Falls er weder dieses Buch noch jenes gelesen hat.«

DeWitt seufzte und trommelte mit den Fingern auf die Tischplatte. Der Balte sagte: »Oder einfache Schlamperei. Für den sowjetischen Teil ist das die wahrscheinlichste Erklärung.«

»Sie meinen, die *Prawda* lügt nicht?«

»Selbstverständlich lügt die *Prawda*. Das liegt in ihrem Namen. Ein Bürger der Sowjetunion würde verstehen, dass die Wahl eines solchen Namens geradezu der Vorsatz zur Lüge ist.«

»Aber …«

»Ja nun, bestenfalls eine der beiden Versionen stimmt, aber Herrgott …« Konini ging mit erhobenen Händen wie ein Bauernprediger ein paar Tische weiter, wo ein rotgesichtiger älterer Herr nach ihm gewinkt hatte. DeWitt sah ihm gedankenvoll nach, amüsiert über einen Mann, der seinen Gott aus so nichtigem Anlass anrief. Und er hatte ja recht. Was machte es für einen Unterschied, ob Nesselkönig aus diesem oder jenem Buch gelesen hatte? Er musste endlich fertig werden. Aufhören können. Er brauchte Urlaub. Mittelmeer. Den Duft von Seetang und Tsatsiki. Wofür lebte man schließlich im freien, glücklichen Teil der Welt? Um sich mit der Exegese von Propagandamärchen zu langweilen? Als Konini zwischen den Regalen verschwunden war, betrachtete deWitt noch einmal die Zeitungsfotos. Die Qualität erinnerte an Fernsehbilder von der Mondlandung. DeWitt entsann sich der Übertragung des Supercup-Finales zwischen Dynamo Kiew und Bayern München. Jener Oleg Blochin hatte zwei Tore geschossen und der Originalton aus dem Kiewer Stadion schwoll an und ab, wurde von Knattern gestört oder brach plötzlich ab, als käme er aus dem Orbit. Auf dem Foto in der *Prawda* war ein Uniformträger mit einer Flotte von Ordensschnallen an der Brust zu erkennen, neben ihm ein Redner mit erhobenen Händen in einem sowjetischen geschnittenen Anzug. In der zweiten Auflage der DDR-Literaturgeschichte fehlte das Foto. In der ersten Auflage: knapp rechts der Mitte Nesselkönig. Schon mit Brille, die er vor dreiunddreißig nie getragen hat. Schon abgemagert vom Einheitsessen im Hotel *Lux*. Sein Körper sieht etwas verrenkt aus, unlebendig wie von einer Puppe.

*

Der Kronleuchter im Vestibül des *Hauses der Jungen Talente* war halbblind. Die noch nicht verkohlten und zerrissenen Glühfäden spendeten ein zitterndes orangefarbenes Licht, im Kristall gefangen, zu schwach, den Raum zu beleuchten.

Willi putzte seine Brille mit der trockenen Seite seines Schals. Victor trug keine Brille, würde nie eine tragen, sie würde auch nicht zu seiner Aura wohlgenährter Gesundheit und seinem dicken Kopf passen. Aus dem Garderobenschatten löste sich eine Frau mit breiten Hüften, die ein Abzeichen an ihrer Kostümjacke trug. Der sowjetische Genosse, der sie durch den Schnee hergebracht hatte, fauchte die Frau an, ohne dass Willi verstand warum. Sie schürzte die Lippen und nahm ihnen die Mäntel ab, Victor zuerst, obwohl sie kaum wissen konnte, dass er die Hauptperson war. Die nesselkönigliche Aura.

Sie gingen zwischen weißen Säulen die Marmortreppe hinauf, dann durch eine geöffnete Doppeltür, von deren Rahmen der Lack abblätterte. Der Saal war unbeheizt, erwärmte sich aber, weil er bis auf den letzten Stuhl gefüllt war. Niemand stand, kein Stuhl zu viel, kein Besucher zu wenig. Das Publikum war auf repräsentative Weise gemischt. Stockgerade Offiziere in den Uniformen der Teilstreitkräfte. Steinalte Akademiemitglieder mit hellen, fast erblindeten Augen, die über ihre Bärte strichen. Junge Frauen mit roten Wangen und geflochtenen Zöpfen. Verträumt zappelnde Knaben, ein kleines Mädchen mit Zahnlücke. Junge Männer in Russenhemden, eitel wie Orchestermusiker, die sich in den Fensterscheiben betrachteten. Der Lack der Stuhllehnen reflektierte das Licht. Als die Deutschen hereingekommen waren, hatte man sie mit neugierigen, ungenierten Blicken gemustert. Ein Vater, der auf dem Rand seines Stuhls saß, beugte sich über seinen Sohn und erklärte ihm aufgeregt flüsternd etwas, während das Kind nickte und vor sich hin starrte. Als die Tür geschlossen war, erhob sich einer der Anzugträger in der ersten Reihe und begann zu klatschen, wobei er sich herausfordernd umsah. Er schlug nicht die Handflächen, sondern die Ballen zusammen, was ein stumpfes Geräusch erzeugte, die anderen aber veranlasste, einzufallen. Die Kinder klatschten am längsten und mussten ermahnt werden, als die Rede begann. Willi stand hinter Victor und übersetzte flüsternd, was er verstand. Zwischen seinen Füßen bildete sich ein kleiner See aus geschmolzenem Schnee.

»Aber der Genosse Nesselkönig«, flüsterte Willi, »ist nicht nur ein Meister des Wortes.« Victor senkte den Kopf, sah auf seine nassen Schuhe und die Schlammpfütze dazwischen, die den Fußboden verdreckte. »Mit der gleichen … hab ich nicht verstanden. … Jedenfalls führt er auch die Feder und ebenso die Figuren des … Spiels. Des königlichen Spiels.«

Als er unter Beifall geendet hatte, wurde Victor ans Pult gebeten. Zu Beginn las er, wie er sagte, als Verneigung vor einem großen Künstler der Sowjetunion, die eigene Übersetzung eines Poems von Wladimir Majakowskij. Die etwas irritierte Dolmetscherin übersetzte Victors Einleitung. Dann lauschte das Publikum mit einer Mischung aus Andacht und Verwirrung dem fremdartigen Klang eines vertrauten Gedichts. Als er geendet hatte, holte Victor ein paar Zettel aus der Innentasche seines Sakkos und begann, ohne ein Wort der Vorrede, aus seinem Manuskript zu lesen. Eine Schauspielerin las die russische Übersetzung, für die im Kulturministerium ein Kollektiv von Dolmetschern Nachtschichten eingelegt hatte.

*

Als er auf das Foto in der *Prawda* starrt, reißt deWitt plötzlich den Mund auf wie ein Fisch, der nach Luft schnappt. Er hat Victors schmales Gesicht betrachtet, soweit das auf diesem Weltraumfoto möglich ist, ein Puzzle grauer und weißer Flecken. Seltsamerweise – ungewöhnlich für die Hauptperson auf einem Zeitungsfoto – ist sein Körper fast verdeckt von einem stämmigen jungen Mann mit schwarzem Haarschopf, genau in der Mitte des Bildes, etwas älter als Nesselkönig, dem er offenbar etwas ins Ohr flüstert. DeWitt öffnet den Mund, schließt und öffnet ihn. Ein Schatten fällt auf den Tisch. Der Mann neben Nesselkönig, der Mann, der ihn fast verdeckt. … Schwarzer Haarschopf, dick wie eine Pelzmütze, rundes Gesicht, untersetzte Gestalt. Fast unbewusst greift deWitt wieder nach dem Bildband. Der Akademieausgabe aus der DDR. In der zweiten Auflage kein Bild. Erste Auflage: Er hat wie immer einen Zettel hineingelegt, schlägt das Buch fröstelnd auf. Konini, nach dem er gewinkt hat wie nach einem Kellner, steht hinter ihm. DeWitt sieht so erschüttert aus, dass er sein Befremden vergisst und die Bilder betrachtet. DeWitts Hände zittern. Er will etwas sagen, aber seine Stimme versagt. Stumm nimmt er den Finger von dem Bild, schwenkt zu dem Weltraumfoto aus der Prawda, tippt dort auf eine Figur.

»Victor Nesselkönig«, murmelt der Archivar. Er liest, auf Russisch, dann auf Deutsch, die Bildunterschrift vor. DeWitt nickt, sein Finger schwenkt wieder hinüber in den Prachtband, vorbei an Nesselkönig. »Von links nach rechts«, liest der Russe, murmelt Namen, dann: »Victor Nesselkönig.«

»Daneben«, flüstert deWitt. Daneben steht Nesselkönig noch einmal. Der Vorkriegs-Nesselkönig. Stämmig, schwarzhaarig, mit Ansatz zum Doppelkinn. »Der da«, krächzt deWitt, »der da ist nicht …«

»Prawda«, sagt Konini kichernd. »Prawda.«

»Verstehen Sie das? Ich …« DeWitt hebt die Hände, lässt sie wieder auf die Tischplatte fallen. Die Leser an den anderen Tischen tauchen mit gereizten Gesichtern von ihren Tauchgängen in die Geschichte auf.

»Das können sie«, sagt Konini, »Leute verschwinden lassen.«

*

Und plötzlich wich die Luft aus allem, was deWitt in Jahrzehnten über Victor Nesselkönig zusammengetragen hatte. Mit Jurek geriet er wegen des Abwaschs so aneinander, dass dieser Ende September seine Tasche packte und zurück nach Westberlin flog, um von dort, ausgesperrt durch die Mauer, vor dem Fernseher zu verfolgen, was sich hinter der Mauer tat. Wenige Tage später wird deWitt von einem Mann mit böhmischem Akzent angerufen, der ihn mit Grüßen von Lenka Caslavska ködert und eine Tonbandaufnahme erwähnt, die den Herrn interessieren möchte. DeWitt notiert sich ergeben die Adresse und sitzt am nächsten Morgen in dem kümmerlichen Zimmer eines Notaufnahmelagers bei Gießen, das der ehemalige Prager Geschichtsprofessor Zeman mit seiner vielköpfigen Familie bewohnt. Gemeinsam hören sie auf Zemans Tesla-Gerät ein Tonband ab. Wenn eins von Zemans Enkelkindern den Kopf durch die Tür steckt, zischt deWitt sie an, als wäre er der Vater. Auf dem Band spricht ein junger Mann mit warmer, auffällig hoher Stimme Victor Nesselkönigs Gedichte.

»Daas ist ääärr«, sagt Zeman stolz, und deWitt lächelt tapfer. Eine nie gehörte Stimme, eine unverwechselbar schwäbische Färbung der Aussprache; außerdem hat Nesselkönig sich irgendwo auf dem Weg von Prag über Moskau und Workuta nach Ostberlin einen S-Fehler eingefangen. »Wie der Kommunismus doch die Menschen verändert«, sagt deWitt. Zeman sieht ihn böse an. Die Aufnahme ist gestört (oder veredelt) durch das Prasseln und Rauschen sehr alter Rundfunkaufnahmen, man hört im Hintergrund Stühlerücken und Gläserklingen, die akustische Illustration eines vollbesetzten Theatersaals in der Zeit vor dem Krieg. Es ist, als stecke man ein Hörrohr in eine Zeit, deren Geräusche längst verklungen sind, als habe man mit einer Wundermaschine die herumfliegenden Geräuschpartikel der Geschichte eingefangen und wieder zusammengesetzt. DeWitt wird überspült von Flutwellen eines zögernden, ungläubigen Entsetzens. Diese knisternde Authentizität, die jede Rundfunkaufnahme aus der Vorkriegzeit hat, ein Radar in die Vergangenheit: Spricht da der wirkliche Victor Nesselkönig? Funksignale aus der Geschichte, oder aus einem biografischen Bermuda-Dreieck? Roger deWitt muss unwillkürlich schluchzen. Zeman, selbst vom Fach, nickt taktvoll; so ist es, wenn man Troja entdeckt. Er reicht deWitt ein Tempotaschentuch.

»Ich hoffe, Sie können damit etwas anfangen?«, fragt er kokett.

»Natürlich«, deWitt schnäuzt sich. »Das ist wirklich genau das, was mir noch fehlt.«

»Der Schlussstein?«

»Sozusagen«, antwortet deWitt und bricht in Tränen aus. Der Schlussstein, der alles zum Einsturz bringt.

*

Am nächsten Tag spielt er beide Aufnahmen – das *Titania*-Band und seine aus Dreizehnheiligen geschmuggelten Mitschnitte – einem Logopäden vor. Der nickt, bestätigt mit ein paar großmäuligen logopädischen Fachbegriffen, dass beide Sprecher »*un-mög-lich*« (er betont mit spitzen Lippen jede Silbe) identisch sind und schüttelt deWitt die Hand, als habe der auf diesen Befund gehofft.

Mit der Konsequenz des Selbstmörders setzt sich Roger deWitt nun den vernichtenden Schlägen der modernen Naturwissenschaft aus. Einem Grafologen, den er gelegentlich für seine investigativen Recherchen als Sachverständigen engagiert hat, schickt er Kopien von Victors sowjetischer Postkarte an Lenka und der Widmung, die Victor ins Frontispiz der *Sieben Sinne* geschrieben hat. Anfang Oktober ruft der Mann zurück und bestätigte deWitts schrecklichen Verdacht.

»Kein Zweifel?«

»Kein Zweifel.«

»Was *bedeutet* das?«

»Dass die Handschrift nicht übel kopiert ist. Nur dass der Postkartenschreiber Linkshänder ist und der andere …«

»Rechtshänder«, flüstert deWitt.

41

Victor Nesselkönig trinkt zu viel und erscheint im Westen, beinahe auch persönlich
Berlin, Ende September 1989

Kurz vor Kleinwächters Feierabend war die Sofortmeldung über Victor Nesselkönigs Provokation beim Interzonenturnier aus dem Fernschreiber gekrochen. Der Schachpräsident hatte mit dem für Sportfunktionäre typischen Übereifer angefragt, ob sie das Zitat aus dem *Automaten* im Foyer des Turniersaales wieder entfernen sollten. Seinem Bericht zufolge hatte Nesselkönig, nachdem Ordner ihn von Beenhackers Stuhl gezogen und aus dem Spielsaal gebracht hatten, noch Streit mit dem einzigen qualifizierten DDR-Großmeister angefangen, den er als *Halmaspieler* verhöhnt hatte. Kaum hatte man ihn vor die Tür gesetzt, als Beenhacker, unzufrieden mit seinem Remis und wutentbrannt über den betrunkenen Alten, der ihm die Partie verdorben hatte, Victor auf dem zugigen Platz vor dem Palast einholte, wo er erst gestikulierend wie ein Dirigent zu Mahlers Fünfter auf ihn einredete, um schließlich mit ihm in der *Zillestube* zu verschwinden. Als Beenhacker, vom immer dichteren Regen durchnässt und vom ungewohnten Alkohol ziemlich abgeschossen, in den schon fast leeren Turniersaal zurückkam, trug er die Zeichen namenloser Verwunderung im Gesicht. Sei's drum: Am nächsten Morgen, nachdem Inge Nesselkönig ihren von Kleinwächter nachts nach Hause gebrachten Mann am Telefon als *noch nicht vernehmungsfähig* bezeichnet hatte, konnte Kleinwächter die Fährte an dem Tresen, an dem die beiden gesessen hatten, aufnehmen. Dass der wieder nüchterne Victor, beleidigt durch Kleinwächters lachhaften Verdacht und das Hausverbot im Turnierlokal schwieg wie ein Ehrengrab, war ärgerlich, aber kein Hindernis. Mit Hilfe seiner Quellen gelang es Kleinwächter, den Ablauf bis zu dem Beinahe-Shotdown an der Bornholmer zu rekonstruieren. Nachdem sich Beenhacker von ihm mit einer fast ehrerbietigen Verbeugung verabschiedet hatte, war der Herr Literat, befeuert vom Treibstoff immer hochprozentigeren Alkohols, zu einer gastronomischen Tournee durch die Stadt aufgebrochen. Ein halbes Dutzend mitteilungsbedürftiger Wirte, neugieriger Gäste und um ihre Trinkgelder geprellter Kellner entlang einer Schlangenlinie vom Marx-Engels-Platz zur Bornholmer Straße hatte der Person, deren Foto Kleinwächters Leute ihnen unter die Nase hielten, Spirituosen ausgeschenkt oder ihr vom Tresen aus zugeprostet. Schönknecht, auf dessen Schreibtisch der Bericht landete, nickte zufrieden: Ein chronologisch schlüssiges und topografisch jedenfalls nachvollziehbares (die Schlangenlinien!) Bewegungsprofil Victor Nesselkönigs durch Restaurants, Kneipen, Stampen und Kaschemmen bis vor Querscheits Schranke. Kleinwächter war Routinier genug, um das etwa zweistündige chronologische Loch zwischen Victors letzter dokumentierter Molle mit Kurzem[88] und seinem Auftauchen im Flutlicht an der Bornholmer Straße soweit zu kaschieren, dass ein (ohne jemandem zu nahe zu treten) oberflächlicher Leser wie Schönknecht sie übersehen würde.

»Und Sie meinen nicht …«

»Nein, ich meine nicht.«

Schönknecht sah ihn fragend an.

»Genosse General! Was sollte er im Westen? Was hätte er da verloren?«

»Das frage ich mich jedes Mal, wenn wieder einer …«

»Würden Sie sich … Ich meine, würden Sie sich reiseunfähig saufen, bevor Sie in den Westen abhauen würden?«

»Weder noch, Genosse Kleinwächter. Weder noch. Aber ich würde auch nicht …« Schönknecht nahm eine schmale Mappe vom Westrand seines Schreibtischs. »Wie unser seliger Genosse Bronnen richtig sagte: Nichts hat keinen Grund.« Dann zog er zwei xerokopierte und zusammengetackerte Blätter heraus und

---

88 Folkloristisches Berliner Kneipengedeck, bestehend aus einem Bier und einem klaren Schnaps.

legte sie verkehrt herum vor sich auf den Tisch, so dass Kleinwächter sie lesen konnte.

Victor Nesselkönig: Ein letztes Kapitel[89]

Die Lebensbeichte des Nobelpreisträger bricht mit den
Halbheiten und faulen Kompromissen seines Lebens

Ostberlin: Aufregung um einen Dichter, der seit Jahrzehnten niemanden mehr aufregt: Seit seinem kometenhaften Aufstieg im
Jahr vor Hitlers Machtergreifung gibt Fast-Nobelpreisträger Victor
Nesselkönig seinen Lesern manches Rätsel auf. War es zunächst
die bis vor kurzem ungeklärte Herkunft des Autors (ein Rätsel vom
Range der Identität Shakespeares, das der Publizist Roger deWitt
nun gelöst hat[90]), gab es seit seinem befremdlichen Abdriften in
den Dunstkreis der deutschen Exilkommunisten, seiner Flucht ins
Moskau der Stalinschen Schauprozesse Grund zu der Annahme,
daß im Kopf des genialischen Erzählers ein kleiner, dogmatischer
und ängstlicher Geist wohnt. Wer seine Ergebenheitsadressen der
50er und 60er Jahre an die wechselnden Herren im Kreml und den
immer gleichen Herrn in Pankow las, konnte sich nur wundern, wie
jemand seine Reputation aus ideologischer Verblendung so gründlich ruinierte. Daß er sich oder seine Leser sodann mit weltfernen
Sonetten in Rilkes Tonfall trösten wollte, die einem anderen Jahrhundert zu entstammen scheinen und nichts zu wissen vorgeben
von den Katastrophen des jetzigen, beglaubigte nur die Ankunft
eines einstigen Genies im Marmor einer Staatskunst, die mit dem
einstigen Furor eines geborenen Erzählers nichts mehr zu tun haben
wollte. Auch sein neues Elaborat, ein etwas wirres, nur notdürf-
tig ins Fiktionale kostümierte Sammelsurium früher Erinnerungen
aus der Moskauer Zeit des Massenterrors, das in Ostberlin unter

---

89 *Die ZEIT*, 19. September 1989, S. 25.
90 Kleinwächter lächelte überlegen, es hatte etwas Schmeichelhaftes, von den
Folgen seiner Taten in der feindlichen Presse zu lesen, ohne dass sie auch nur
seinen Namen kannten.

dem Titel »Moskauer Jahre« unter kollektivem Schulterklopfen des ostdeutschen Feuilletons erschien, war eher für die Routiniers des Zwischen-den-Zeilen-Lesens bestimmt, die sich das Leseland DDR in jahrzehntelanger Fürsorge für das ideologische Seelenheil seiner Bürger herangezogen hat. Immerhin widmete sich dieser Abgesang noch einmal dem spannendsten und gewiß tragischsten Kapitel in Nesselkönigs Leben. Und immerhin distanzierte er sich ebenso stillschweigend wie radikal von Peinlichkeiten der Stalin-Rhapsodie aus den fünfziger Jahren, indem er mal lakonisch, mal poetisch von historischen Tatsachen berichtet, die in der DDR, als gäbe es Glasnost und Perestroika nicht, mit beleidigtem Schweigen übergangen werden. Delikat auch der Kunstgriff, seine eben enthüllte Identität mit den Mitteln der Imagination scheinbar zu dementieren, indem er aus dem Thüringer Kommunisten und Bäckersohn Ostertag/Sonntag und dem Dichter Nesselkönig/Zaunkönig zwei Figuren macht, die sich voller Verwunderung, manchmal sogar haßerfüllt bei dem zusehen, was ihr Leben sein soll. Die Auslagerung der Geschichte in ein zweites Ich, in eine biographische Möglichkeit, ist eine surrealistische Pointe, die Freunde origineller Erzählformen ebenso erfreute wie sie biographische und auch politische Signale aussandte. Der kundige Leser wird das Doppelgängermotiv wiedererkennen, das uns im »Automaten«, Nesselkönigs zweitem Roman, in der titelgebenden Hauptgestalt begegnet. Allein, in der Ostberliner Druckfassung waren die »Moskauer Jahre« gleichwohl ein halbgares Werk, das der Mitte oder des Höhepunktes entriet, auf den hin es erzählt zu sein schien. Als er unweigerlich auf eine angedeutete Katastrophe zuläuft, flieht der Text in eine anästhetische Allgemeinheit, in die Larmoyanz und Abstraktion kommunistischer Parteimythologie. Doch mit dem Auftauchen des letzten Kapitels, das Nesselkönig – ganz offenbar an den Behörden der DDR vorbei – in den Westen lanciert hat, ist nun alles anders geworden. Hier wird, als habe der Autor sich in vergeblichen und halbherzigen Anläufen erst selbst Mut machen müssen, alles, wirklich alles erzählt: Das ängstliche

Flüstern und der Gestank der Angst in den Hotels der Exilanten, das Zittern, mit denen sie die Zeitung aufschlagen, um von der Vernichtung immer neuer »Volksfeinde« und »Schädlinge« zu lesen, die Reifengeräusche der NKWD-Kraftwagen, die nachts durch die Straßen fahren und von denen Hilferufe zu hören sind, die Verhaftung von Menschen auf offener Straße, aus der Parteiversammlung, die Angst, weil man einen ausländisch klingenden Namen hat, die Innenansichten der Ljubjanka, das Schmierentheater der Schauprozesse, die Gerüchte von den Schießplätzen, wo Nacht für Nacht auf menschliche Scheiben geschossen wird.

Für die DDR wird das Auftauchen dieses atemberaubenden Textes zu einer bitteren Stunde der Desillusionierung. Denn nun stellt sich heraus, daß die Mächtigen dieses Landes ihren einzigen Autor von Weltrang so schnöde zensieren wie jeden wirren Samisdatpoeten aus dem Prenzlauer Berg. Daß die Moskauer Erzählung in der DDR in einer gekürzten, ja verstümmelten Fassung erschienen ist, hielt man in der DDR für nicht wichtig genug, um es den eigenen Lesern mitzuteilen. Aber der einstige Hofpoet der DDR, der letzte Heilige ihrer Literatur, hat einen Weg gefunden, die verbotenen Passagen seines Textes in den Westen zu schicken, wo sie jetzt von seinem hiesigen Verlag, der allerdings auch ein wenig blamiert ist, als kostenlose Einlage nachgedruckt werden. Und selbst in der DDR verbreitet sich der Text wie ein Buschfeuer. Victor Nesselkönig schlägt endlich die Hand, aus der er so lange, nun ja, gefressen hat. Er schlägt sie, indem er ihre schäbige Zensurpraxis entlarvt, er schlägt sie, indem er auf der Wahrheit besteht, die dort so beständig geleugnet wird. Und mit dem herzzerreißenden Heldenlied auf den Kommunisten Sonntag, der sein Leben für das eines großen Künstlers gab und mit der unbarmherzigen Schilderung gräßlicher Details von seinem Sterben hat er sich am eigenen Schopf aus dem Sumpf seiner Heuchelei gezogen. Er hat dem Leser in der DDR – jedenfalls den Lesern, die Zugang zu dieser Art von Texten haben – ein Stück wahrhaftiger Geschichtsschreibung und zugleich großer Literatur geschenkt und darüber nicht nur zu stilistischer, sondern auch zu menschlicher Größe, zu schonungsloser Selbstbefragung gefunden: »Wenn ich heute zurückdenke an meinen lieben Freund, meinen Lebensretter Gerhard Sonntag«, sagt der Dichter Zaunkönig am Schluß des Buches, »dann gebietet es der Anstand, mich zu fragen: hat sich sein Opfer gelohnt? Habe ich geleistet, was er von mir erwartet hat, als er sein Leben für meines gab? Habe ich mein ganzes Leben daran gearbeitet, diesem Opfer einen Sinn zu geben? Beide waren wir junge Männer, die ein Leben vor sich hatten. Daß Sonntag sich opferte, sein Leben gegen meines tauschte, hing mit seiner Überzeugung zusammen, die ich ihm damals in Todesangst nicht die Kraft hatte auszureden: Daß mein Überleben wichtiger war als das seine, daß ich dem ›Sozialismus‹ – nennen Sie es Sozialismus, nennen Sie es Menschheit, nennen Sie es Kultur, das waren und sind Synonyme für uns – daß ich dem Guten, das es auf der Welt gibt, mehr Gutes, Kostbares, Ewiges hätte hinzufügen können als ein anderer, der nur ein Bäckersohn aus Thüringen mit einer Begabung zum Schachspielen war. Nun, am Ende meines Lebens habe ich mich zu fragen, ob ich des Geschenks würdig gewesen bin, das Gerhard Sonntag mir gemacht hat, des kostbarsten, des unschätzbarsten, des unannehmbarsten Geschenks, das ein Mensch einem anderen machen kann. Und ich weiß nicht«, schließt Victor Nesselkönig in einer Wendung voller Koketterie oder grausamer Selbsterkenntnis, »ob ich diese Frage heute bejahen kann.«

42

Victor Nesselkönig will wissen, was es Neues in der Welt gibt und der Genosse Zufall greift ein

Berlin, Ende September/Anfang Oktober 1989

Nicht genug damit, dass der Herr Dichter selbst zur Aufklärung nichts beitrug, abgesehen davon, dass er sich am Telefon mit unterdurchschnittlich schwachen Ausreden verleugnen ließ, nicht zu reden davon, welche Mühe es gemacht hatte, Schönknecht davon zu überzeugen, dass ihm (Nesselkönig) nichts ferner gelegen hatte als ein Ausflug nach Berlin/West, ganz zu schweigen davon, dass er, sobald Kleinwächter persönlich im Dreizehnheiliger Wohnzimmer auftauchte, wie ein störrisches Kind in einer Schachzeitschrift blätterte, besaß der Herr Vize-Nobelpreisträger die Dreistigkeit, wenn ihm Kleinwächters Fragerei zu sehr auf die Nerven ging, zur Fernbedienung zu greifen, um, wie er sagte, »mal zu sehen, was es so Neues gibt in der Welt«, und das wollte Kleinwächter nicht sehen und ging seiner Dienstwege. Zurück an seinem Schreibtisch fertigte er eine Aktennotiz, die Schönknecht in der nächsten Dienstbesprechung dem Minister vorlas.[91] Etwa gleichzeitig bezeichnete Utz Rapallo im Westfernsehen Victor Nesselkönig als »einen von uns«, und auch wenn auf der Hand lag, *wie* er das meinte, blieb Schönknecht & Genossen unklar, *wen* genau er mit »uns« meinte. Ferner äußerte Rapallo die Befürchtung, es könne Nesselkönig, nachdem er mit Hilfe seines »mutigen Romans« (Kleinwächter spuckte im Geiste aus) ein Volksheld geworden sei, etwas zustoßen, ein Gedanke, den der Stellvertreter

---

91 In seinen Erinnerungen an Nesselkönig (siehe Epilog) bringt Schönknecht zwar diese Quelle (»Gen. Nesselkönig leugnet Absicht der Ausreise u. weigert sich anzugeben, auf welchem Wege das illegale Manuskript ins Ausland gelangt ist. *Abschluss des Operativen Vorgangs?«* – Hervorhebung des Verf.), droht aber jedem, der darin ein Indiz für Attentatspläne gegen Nesselkönig sehen will, mit juristischen Konsequenzen.

des Ministers in einer Dienstbesprechung, nachdenklich, aber außerhalb des Protokolls wiederholte.[92] General Schönknecht hatte seine wachsende Besorgnis in den Satz »Jetzt ist es aber genug!« gekleidet, der Minister fand, sein Stellvertreter habe verdammt noch mal recht und das zuständige Politbüromitglied Oberthier gab ihm freie Hand.

*

Was es so Neues gibt in der Welt: Victor hatte die Schachfiguren weggeräumt und Posten vor dem Fernseher bezogen. Er drückte so lange auf der Fernbedienung herum, bis Reno ihm half und verfolgte das Programm mit reglosem Gesicht. Nach den Jubelmeldungen der *Aktuellen Kamera* ließ er Reno auf Westfernsehen umschalten und verfolgte wie ein Kind, das bei einem Gruselfilm unter der Decke hervorspäht, aber auch nicht wegsehen kann, u. a. folgende Beiträge:[93]

· Die mit versteckter Kamera gefilmten Tumulte auf Plätzen in Leipzig und Berlin, die damit endeten, dass ein Zivilist in einer Windjacke die Hand aufs Objektiv legte, der Kameramann das Gleichgewicht verlor und in einem Schwenk den Himmel zeigte.

· Eine vom österreichischen Fernsehen übernommene Reportage, in der junge Leute mit sächsischem Dialekt sich verschwitzt und glücklich in den Armen liegen, nachdem sie mit einer Einkaufstüte voller persönlicher Sachen durch ein Waldstück von Ungarn nach Österreich gerannt sind.

· Linkisch wirkende junge Männer mit Bärten, die in Ostberliner Wohnungen oder Gemeinderäumen protestantischer Kir-

---

92 Jedenfalls ist im Stasiunterlagenarchiv bis jetzt kein Protokoll gefunden worden. Vielleicht kommt dieses Buch zu früh, und irgendwann, wenn es schon remittiert und zu Altpapier geworden ist, klebt jemand die berühmten Papierschnitzel aus den zigtausend Säcken in der ehemaligen Stasizentrale zusammen und findet dann das Dokument, das wir nicht präsentieren können.
93 Stasiunterlagenarchiv, Quelle »IM Putze«.

chen gefilmt wurden. (Wie auf den Videos von Geiselnehmern hatte man die Wohnräume unkenntlich gemacht, in dem man alle Bilder von der Wand genommen und ein Laken davor gespannt hatte; vor dieser weißen Fläche saßen messianische Sonderlinge und lasen sophistische Positionspapiere und Aktionsprogramme im Kirchentagsdeutsch vor.)

· Einen evangelischer Pfarrer, der in ein ihm vor den Kinnbart gehaltenes Mikrofon der ARD mit glaubhaft gespielter Rührung sagte, endlich nennten die Kirchen sich wieder mit Recht protestantisch.

Ab und zu hörte Victor im Fernsehen seinen Namen, sah sein Foto, betrachtete sich verwundert in Archivaufnahmen, wo er winkend auf Tribünen neben *Führenden Genossen* stand. Ein Moderator mit halblangen Haaren sprach von ihm wie von einem fernen, unerreichbaren Weisen, stellte pathetische Mutmaßungen an, befragte durch rauschende und krachende Telefonleitungen Gesprächspartner in Ostberlin. In Dreizehnheiligen klingelte das Telefon nicht. Vor dem Haus stand neuerdings ein Polizeiauto. Inge Nesselkönig ging mit abgewandtem Gesicht daran vorbei. Wenn Reno zum Bus nach Potsdam ging, stiegen zwei Polizisten aus, salutierten und ließen sich den Inhalt seiner Tasche zeigen, was ihm ein wenig schmeichelte. Vivi putzte die Polizisten so herunter, dass sie sich in ihr Auto zurückzogen und Funkkontakt zur Zentrale aufnahmen. Victor aber gab ihnen freundlich die Hand, was sie so verblüffte, dass sie ihn undurchsucht passieren ließen. Wenn im Fernsehen nichts lief, blätterte er in dem gerade erschienenen *Schach*-Sonderheft zum Interzonenturnier, als suche er dort seinen Namen. Dann sah er wieder im Fernsehen nach, was es Neues gab in der Welt:

· Im Westfernsehen eine neue Serie namens *Demonstration in Leipzig*, jeden Montagabend mit Spannung erwartet und am Dienstagmorgen selbst im Dreizehnheiliger Konsum diskutiert wie ein Fußballspiel. Im Fernsehen hatten die Szenen etwas von Freundschaftsspielen, als ginge es um nichts.

435

· Utz Rapallo tauchte mit einem westdeutschen Fernsehteam im Schlepptau an der Schranke auf, die Dreizehnheiligen von der gewöhnlichen Republik trennte und verlangte mit tiefer Stimme und herrischem Gebaren, zu seinem Kollegen durchgelassen zu werden. Er berief sich auf mehrere Artikel der DDR-Verfassung, von der er ein zerlesenes und mit Anstreichungen versehenes Exemplar in die Kamera hielt. Die zuständigen Organe beschlagnahmten die Verfassung, konnten die Dreharbeiten aber erst nach einigen Minuten unterbinden. Sie scheuten sich, die Herausgabe des bereits abgedrehten Materials mit Gewalt zu erzwingen, was Rapallo einen Auftritt in den Hauptnachrichtensendungen des Westfernsehens und den mit der Bewachung des Kontrollpunktes Dreizehnheiligen betrauten Genossen ein Disziplinarverfahren einbrachte. Das Kamerateam wurde wegen Verstoßes gegen presserechtliche Bestimmungen der DDR des Landes verwiesen, Rapallo festgenommen und mitten in der Nacht an der Grenze zwischen den Bezirken Potsdam und Halle auf einer verlassenen Straße abgesetzt, von wo er am Morgen durchfroren und hungrig im Pfarrhaus eines befreundeten Ehepaares in Wittenberg ankam und noch im Bademantel des Hausherrn das *SPIEGEL*-Büro in Ost-Berlin anrief.

· In mehreren evangelischen Kirchen tauchten an Wandzeitungen neben abgetippten Auszügen des verbotenen Ostertag-Kapitels Fotos von Victor Nesselkönig auf. Die Nesselkönigs (wir rechnen Reno und die Ersatzmutter zu ihnen) sahen am 25. September im Westfernsehen schlecht ausgeleuchtete Aufnahmen von einigen hundert Menschen, die nach dem Friedensgebet in der Nikolaikirche den Kirchhof verließen. Die Kamera zoomte auf die Plakate, auf einem stand Victors Name, auf einem anderen ein Zitat aus den *Moskauer Jahren*. Einige von ihnen sangen die Nationalhymne der DDR mit einem Text, den Nesselkönig 1934 im Exil geschrieben hatte.

*

Der Genosse Zufall, der verlässlichste aller Tschekisten, spielte Karl-Heinz Kleinwächter das Protokoll der Vernehmung eines gewissen Udo Saftig, Beifahrer bei der Berliner Müllabfuhr zu. Mit seiner Aussage verband Saftig die Hoffnung, in das schleppende Verfahren um seinen Ausreiseantrag neuen Schwung zu bringen. Und er schloss die chronologische Lücke. Saftig zufolge war Victor Nesselkönig am fraglichen Tag etwa zwei Stunden vor dem vermeintlichen Grenzdurchbruch an der Bornholmer blau wie tausend Russen[94] auf den einzigen freien Stuhl am Stammtisch des *Hackepeterparadieses* geplumpst, wo Saftig in Gesellschaft seiner Kollegen von der Asche, wie die Müllabfuhr hier noch genannt wurde, einen Feierabendskat mit offenem Ende drosch. Das *Paradies* war eine selbst für Berliner Verhältnisse berüchtigte Nahkampfdiele, zwei verrauchte und nach Buletten und Schlimmerem riechende Zimmer, in denen ein stolzes und nicht zimperliches Proletariat das ungezwungene Wort führte, eine Hochburg der Zote und des staatsfeindlichen Witzes, die von Volkspolizisten nur auf ausdrücklichen Befehl und mit einer Vorsicht betreten wurde, als müssten sie Geiseln befreien. Die Diktatur der Arbeiterklasse, hier war sie Wirklichkeit geworden. Aber das Auftauchen des Mannes, den selbst ein Banause wie Saftig sofort erkannte, hatte in diesem Kellergeschoss des sozialistischen Hauses eine Andacht ausgelöst, als habe sich der König selbst unters Volk gemischt. Vielleicht war es auch nur Victors solidarische Betrunkenheit gewesen, mit der er, wenn nicht ihre Herzen, so doch ihre Ohren erobert hatte. Kleinwächter sah sich die Kartei mit den Fotos der Stammgäste an: Strandgut des Sozialismus. Die Geburtsdaten unter den Bildern konnten nur Schreibfehler sein. Die Frauen auf den Fotos waren nicht durchweg als solche erkennbar. Vom Schnaps verwüstete Physiognomien. Viel unsportliche Körperlichkeit. Unterdurchschnittlicher Zahnbesatz. Tätowierungen, die ihn nach der Waffe greifen lie-

---

94 Die anderen von Saftig für Victors Alkoholisierung gewählten Kiezausdrücke sehen wir uns außerstande, auch nur in der Fußnote zu zitieren.

ßen. Aber sie hatten Nesselkönig Platz gemacht wie einem Propheten, sich um ihn geschart, ihm Pfefferminzlikör und den Tipp spendiert, sich mit Pilsner nüchtern zu saufen. Sie hatten mit trüben Augen und offenen Mündern gelauscht, als er, soweit es das Gewicht seiner Zunge noch zuließ, eine Geschichte erzählte, die man jedem Dichter um die Ohren hauen würde und die, soviel Saftig verstand, darin gipfelte, dass Victor Nesselkönig mit der Unbeirrbarkeit des Betrunkenen rundweg in Abrede stellte, Victor Nesselkönig zu sein. Auch wenn Saftig seine zitternde Hand dafür nicht mehr ins Feuer legte, hatte er wohl sogar die Stirn gehabt, zu behaupten, Victor Nesselkönig sei längst tot. Hier nun konnte Saftig (gewiss kein Einstein) nicht mehr folgen. Die helleren Köpfe unter den Gästen, die sich um den Stammtisch in Dreierreihen drängten wie Kiebitze einer Schachpartie, sahen sich an und schlugen sich an die Stirn. Und so hatte sich die in Alkohol aufgelöste literarische Fantasie des größten lebenden Dichters deutscher (wenn auch schwerer) Zunge mit der Weisheit des einfachen Volkes vereint. Um es kurz zu machen: Karl-Heinz Kleinwächter, erst vor Kurzem für die Entdeckung von Victor Nesselkönigs zweiter Identität zum Major befördert, las im Protokoll von Udo Saftigs Einlassung, wenn auch überzeichnet durch Victors Säuferprahlerei, verfremdet durch die Begriffsstutzigkeit des protokollierenden Vernehmers, relativiert durch konjunktivische Syntax und unsichtbare Anführungszeichen, die ins Polizeideutsch übertragene Zusammenfassung der Wege Victor Nesselkönigs und seines Stellvertreters auf Erden, wie sie der Leser bis hierher verfolgen konnte. Und so wie die Vertreter der Arbeiterklasse im *Paradies*, hatten es vorher die Generaldirektoren in *Hoffmans Weinstuben* erfahren, die Provinztouristen im *Alex-Grill*, die Kegelkönige im *Bowling-Treff Mitte*, die hibbeligen Dienstreisenden in der schummrigen Stehbar gegenüber von *Klärchens Ballhaus* und die jungen Männer mit den eckigen Brillen im Künstlerklub der *Volksbühne*. Und womöglich auch der Internationale Großmeister Beenhacker aus den Niederlanden. Und überall waren die Münder offen stehen geblieben, hatten sie sich an den Kopf gefasst und verstanden. Und dann hatten sie ihn hinausgeworfen. Nicht weil er zu blau war. Nicht, weil er schmutzige Lieder sang. Nicht, weil er Kellnerinnen an den Hintern fasste. Sondern weil er verkündete, dass er tot war. Nur in der ausweglosen Besoffenheit des *Hackepeterparadieses* hatte man ihn ausreden lassen. Sie hatten ihm auf die Schulter gehauen, er hatte sein letztes Pils stehen lassen und war erhobenen Hauptes zu seinem Auto getorkelt, um nach Hause zu fahren. Was daraus wurde, stand im Bericht von Alf Querscheit.

»Ich glaube auch, dass es reicht«, sagte Kleinwächter, und der General nickte.

*

Ende September erschienen General Schönknecht und Kleinwächter unangemeldet in Dreizehnheiligen. Im Vorgarten wechselten sie ein paar halblaute Sätze mit der Haushälterin. Als sie im Wohnzimmer standen, lächelte Schönknecht und Kleinwächter sah Victor so lange und verstohlen an, als wolle er sich seine Gesichtszüge einprägen. Schönknecht gab dem Hausherrn den Rat (er sagte wirklich »Ich gebe Ihnen den Rat«), das Haus »wegen der aktuellen Lage« nicht zu verlassen. Er lachte dabei, als hätte er einen ganz außerordentlichen Witz gemacht. Am 3. Oktober kam Schönknecht, nun nicht mehr lächelnd, wieder und nahm die Familie beiseite. Während er sprach, nickte Reno, die Ersatzmutter schlug Türen zu und Vivi brach in Tränen aus. Schönknecht hatte Neuigkeiten. Die Familie des Landmaschinenschlossers, die im letzten Jahr mit dem Ausbau der Tuchauer Bäckerei begonnen hatte, war im Sommer nicht aus Ungarn zurückgekommen. Schönknecht blätterte Fotos auf den Tisch, die die Fortschritte beim Umbau zeigen. »Sofort«, sagte er. »Jeder Tag zählt.« Aber bevor Vivis Tränen getrocknet waren, kam direkt aus dem Politbüro, wie Schönknecht prahlte, die Parole: »Keine Trauerfälle vor dem vierzigsten Jahrestag der Republik.« Und damit stand das Datum fest.

43

Roger deWitt glaubt der freien Presse nicht und macht sich lächerlich
Berlin und Hamburg, Oktober 1989

Nach der Meldung der DDR-Nachrichtenagentur ADN vom plötzlichen Tod des Literaturnobelpreisträgers Victor Nesselkönig überschlagen sich Presse, Funk und Fernsehen der DDR in theatralischen Trauerbekundungen und Würdigungen des Verstorbenen, die an den Personenkult der fünfziger und den Kosmonautenkult der späten siebziger Jahre erinnern. Unvoreingenommene Beobachter können freilich nicht übersehen, daß Nesselkönigs Tod zu einem Zeitpunkt kommt, der brisanter nicht sein könnte. Nicht auszuschließen, daß die Trauer um den seit kurzem auch in breiten Bevölkerungsschichten respektierten Dichter die Legitimation der Partei, der er bis zu seinem Ende angehörte, kurzfristig stärken und eine Radikalisierung der Demonstranten verhindern könnte. Wahrscheinlicher ist das Gegenteil: Victor Nesselkönig, der über dreißig Jahre quasi das gute Gewissen der Ostberliner Kulturpolitik war, wurde in der jüngeren Vergangenheit immer mehr zu einem unsicheren Kantonisten für die SED, fast zu einem Hoffnungsträger für diejenigen innerhalb und außerhalb der Partei, die auf einen ostdeutschen Gorbatschow hoffen. Dass ein Mann im Alter von 79 Jahren stirbt, ist nicht ungewöhnlich. Aber nicht jeder mag an einen Zufall glauben. Die Vertrauenswürdigkeit der DDR-Medien, die Arsenale von ärztlichen Bulletins und tränenreichen Nachrufen an die Propagandafront werfen, ist mittlerweile so ruiniert, daß jeder scheinbare Beweis für Victor Nesselkönigs natürlichen Tod sich im Handumdrehen in sein Gegenteil verkehrt und jede Krokodilsträne aus dem Politbüro die Zweifel vergrößert. Ein bedeutender Vertreter der Opposition in der DDR, dessen Name ungenannt bleiben muß, hat die Situation mit einem finsteren Bonmot auf den Punkt gebracht: »Wenn die Genossen uns davon überzeugen wollen, daß Victor an Altersschwäche gestorben ist, haben sie nur eine Chance: Sie müssen im NEUEN DEUTSCHLAND behaupten, er sei ermordet worden.«[95]

AP/ Die DDR hat dem Sohn des am Sonntag verstorbenen Literaturnobelpreisträgers Victor Nesselkönig die Einreise in die DDR verweigert. Wie erst jetzt bekannt wurde, hat der jetzt 28jährige Jurek Nesselkönig die DDR bereits Ende 1987 verlassen. Er sieht in dem Zwischenfall ein weiteres Indiz dafür, daß die DDR im Zusammenhang mit Nesselkönigs plötzlichem Tod etwas zu verbergen hat. Dagegen erklärte ein Sprecher des DDR-Innenministeriums auf Anfrage, eine Person namens Jurek Nesselkönig habe nicht um Einreise in die DDR ersucht. Vielmehr habe eine Person, die behauptete mit N. verwandt zu sein, am Grenzübergang Glienicke unter Angabe eines falschen Namens versucht, sich die Einreise in die DDR zu erschleichen.[96]

*

Am Tag nach der Meldung von Nesselkönigs Tod wird deWitt in einem verglasten Büro vom Lektor seiner Biografie ausgelacht. (Der Verleger hat keine Zeit mehr für ihn.)

»Hören Sie doch auf! Ein Mann mit Ihrer Erfahrung!«

»Eben weil ich die Erfahrung habe. Ich bin der beste westliche Kenner von ...«

»Aber eben nur der beste westliche! Lieber Herr deWitt, merken Sie denn wirklich nicht, dass Sie sich verrennen?« Der Lektor

95 *Süddeutsche Zeitung,* Montag, 9.10.1989.
96 Agenturmeldung vom 12. Oktober 1989, in mehreren westdeutschen Zeitungen veröffentlicht.

lehnt sich zurück und zählt deWitts Beweise an den Fingern ab. »Ein uraltes verrauschtes Tonband, von dem ein zerstreuter tschechischer Professor behauptet, darauf sei Nesselkönig zu hören.« Daumen. »Woher weiß der Professor das? Ein altes Foto aus der *Prawda*.« Zeigefinger. »Aus der *Prawda*!!« Man sieht dem Lektor an, wohin er den Zeigefinger gern führen würde. »Ein Vergleich von Handschriften.« Mittelfinger. »Wobei er das Autogramm vor Ihren Augen geschrieben hat und die Manuskripte aus seinem Arbeitszimmer von wer weiß wem …«

»Aber …«

»Moment!« Dem Lektor platzt der Kragen. Mit den Fingern der anderen Hand zählt er die Trümpfe ab, Trümpfe, die eigentlich deWitts Trümpfe sind. »*Hat* diese Gräfin sich mit Nesselkönig noch bis in die Sechziger Briefe geschrieben? Hat sie oder nicht? *Hat* Nesselkönig noch im *letzten Jahr* einen Roman geschrieben? Und vor allem: *Wem haben Sie in Dreizehnheiligen eigentlich gegenübergesessen?*«

»Das weiß ich auch nicht.«

Der Lektor sieht ihn flehend an. »*Jetzt* hat er den Löffel abgegeben. *Jetzt!*«, brüllte er. »Und warum gerade jetzt? Weil er zum ersten Mal seit fünfunddreißig Jahren das Maul aufgerissen hat! Weil sein Bild auf den Demos in Leipzig herumgetragen wird!«

DeWitt beginnt, den auf dem Tisch liegenden neuen Verlagsprospekt mit der Ankündigung seines Buches in winzige Papierstückchen zu zerreißen.

»Sehen Sie mal«, sagt der Lektor sanft und nimmt ihm die Schnipsel weg wie einem Kind. »Sind wir uns in Folgendem einig: Wenn er 1938 erschossen worden wäre, hätte er dann, um nur davon zu reden, noch zwei Romane schreiben können?« Als deWitt etwas sagen will, fragt er lauter: »*Hätte er das?*« Er beginnt zu schreien, als deWitt ihn unterbrechen will, die Sekretärin im Vorzimmer duckt sich. »Dann hätte er wohl aus dem Jenseits …?«

»Vielleicht …«

Der Lektor sieht ihn erschüttert an. Verrückt, denkt er, der Mann ist verrückt geworden. Er sucht unter der Schreibtischplatte nach dem Knopf, der die Sekretärin unter irgendeinem Vorwand hereinbeordert.

Roger deWitt lässt sich willenlos hinausbegleiten. Er fühlt sich wie ein Lokführer, der aus dem fahrenden Zug geworfen wird. Leute, die bis vor Kurzem nicht wussten, wie *Nesselkönig* geschrieben wird, schreiben fanfarenhafte Nachrufe, gespickt mit Spekulationen und Hirngespinsten: Hat die Stasi ihn ermordet, um der Opposition ihr Idol zu nehmen? Das ganze westdeutsche Feuilleton stürzt sich auf diese vergiftete Beute. Mit derselben Begeisterung würden sie melden, dass es in der ganzen Ostzone keine Spuren von Leben mehr gibt. Während Ostberlin schweigt, als sei ein Dementi unter seiner Würde, frohlockt die Pressemeute im Westen. *Mörder!* titelt *BILD*. Auf dem Weg aus westdeutschen Gazetten in den ostdeutschen Untergrund wird die Vermutung von Victor Nesselkönigs Ermordung zur Wahrheit, zum Sargnagel für die geschminkte Leiche DDR. Auf den Demonstrationen werden Plakate mit Nesselkönigs Foto und der Schlagzeile von Bild gezeigt. Das *Neue Deutschland* bringt das ärztliche Bulletin, ein Großaufgebot an letalen Diagnosen, ein Interview mit einem Chefarzt der Charité. Unsichtbarer Untertitel: Er ist nun mal gestorben und unsere besten Ärzte konnten es nicht verhindern. Die Dialektik der Propaganda schlägt zurück. Wie Utz Rapallo richtig sagt: Die einzige Chance, uns von Victor Nesselkönigs natürlichem Tode zu überzeugen, wäre ein Bericht im *Neuen Deutschland*, dass die Stasi ihn erschossen hat.

44

Victor Nesselkönig wird ein unsterbliches Opfer
Dreizehnheiligen und Berlin 6. bis 18. Oktober 1989

Am 6. Oktober gibt Reno mit einer triumphalen Geste, die er sich selbst nicht abnimmt, seine Dissertationsschrift über Victor Nesselkönig in der Akademie ab. Nachts hat er geträumt, dass auf dem Titelblatt steht: *Victor Nesselkönig (5. Mai 1910–8. Oktober 1989).* Er hat albernerweise am Morgen nachgesehen und erleichtert festgestellt, dass das nur ein Traum war.

Am 7. Oktober, dem 40. Gründungstag der DDR, sitzt er mit Victor vor dem Fernseher und sieht, wie die Fußballnationalmannschaft der DDR die Sowjetunion in Karl-Marx-Stadt mit 2:1 besiegt, ein Erfolg, den das DDR-Fernsehen wie einen Sieg gegen den Klassenfeind feiert. Der Jubel der Dreißigtausend im Stadion bleibt dem Fernsehpublikum vorenthalten, weil die Fans eine Mannschaft namens »Gorbi, Gorbi« anfeuern.

Am Morgen des 8. Oktober, seinem Geburtstag, wacht Reno auf, als es noch dunkel ist. Sie sind früh zu Bett gegangen, aber eine Stunde vor Mitternacht kam der Krankenwagen mit Blaulicht und Tatütata und fuhr durch das Tor am Bootsschuppen in den dunklen Garten, ohne das Notsignal auszuschalten. Kleinwächter und ein Begleiter waren in weißen Kitteln herausgesprungen und ins Haus gerannt, wo sie hinter geschlossenen Gardinen mit Victor einen letzten Cognac tranken, bevor sie ihn auf eine Trage legten, ins Auto schleppten und mit Blaulicht wieder davonfuhren. Kaum waren sie fort, kam im Radio das Zeitzeichen zur Mitternacht, Vivi war in Tränen ausgebrochen und hatte Reno gebeten, wegen des Geburtstags auf den Morgen zu warten. Jetzt gleitet er leise aus dem Bett, geht barfuß durchs Haus, vorsichtig, als müsse er erst testen, wie es sich läuft, wenn man dreißig ist. Auf seinem Schreibtisch liegen mit rotgoldenem Papier verpackte Geschenke. Er streicht mit den Fingerspitzen über die metallische Oberfläche, um den Inhalt zu ertasten. Zwei Bücher und eine Schallplatte sind an der Form zu erkennen. Er geht über den kalten Fußboden in die Küche und schaltet das Radio ein. Gestern zum Staatsfeiertag gab es die übliche Mischung aus Arbeiterliedern und Stimmungsmusik, am Abend eine Übertragung *Rock für die Republik*, mit dem halben Dutzend wichtiger Bands des Landes, die noch nicht verboten sind, Gerüchten zufolge aus Sicherheitsgründen nur im Playback. Bevor irgendein Musiker ein Statement abgeben konnte, wurde auf die nächste Band umgeschnitten.

Heute spielen sie Trauermusik. Reno gibt sich den sentimentalen Wonnen von Chopins Trauermarsch mit noch größerer Inbrunst hin, weil er heute Geburtstag hat. Vivi kommt im Nachthemd in die Küche, umarmt ihn und flüstert ihm etwas Unverständliches ins Ohr. Sie küsst ihn mit ungeputzten Zähnen und klammert sich an ihm fest, als das Zeitzeichen im Radio die Sechs-Uhr Nachrichten ankündigt. Tüt – tüt – tüt – Tüüüüt.

»Sechs Uhr. Radio DDR bringt Nachrichten. Berlin. Der weltberühmte sozialistische Dichter und Literaturnobelpreisträger Victor Nesselkönig ist in der Nacht überraschend verstorben. Mit ihm verlieren die Deutsche Demokratische Republik und alle friedliebenden Menschen der Welt einen der bedeutendsten …« Während der Sprecher mit getragener Stimme die Verdienste des Toten und die ersten Beileidsbekundungen verliest, beginnt Vivi zu zittern.

»Guten Morgen«, sagt die Ersatzmutter und macht ein fröhliches Gesicht. Sie bringt einen für Oktober unglaubwürdig prächtigen Blumenstrauß und ein großes Paket, Vivi nimmt ihr beides ab und Inge fällt ihrem Stiefschwiegersohn wie ein junges Mädchen um den Hals. Die beiden verharren einen Moment in der Umarmung, ohne sich zu bewegen, eine alte Frau und ein linkischer junger Mann, auf seltsame Weise verbündet, beide ewige Gäste im Haus der Nesselkönigs, aber unfähig, einander zu sagen, was sie einander bedeuten.

»Danke«, sagt Reno und räuspert sich. Vivi geht in die Küche.

Der Sprecher hat unterdessen den Tonfall gewechselt, weil er jetzt von den gestrigen Volksfesten der Werktätigen und dem Empfang zum Geburtstag der Republik berichtet, und er wechselt den Ton noch einmal, als er einige wenige aufgehetzte Störer am Rande der Volksfeste erwähnt. Vivi steht in der Küchentür und versucht, das Radio zu überhören, während sie spricht.

»Denkt daran, dass ihr schwarze Klamotten anzieht. Und dass mittags das Fernsehen kommt.«

Tatsächlich fährt kurz vor dem Essen ein Barkas des Fernsehens vor. Der Redakteur, ein Mann mit Fönfrisur und dunklem Sakko ergreift beide Hände der Witwe, verleiht mit weinerlichem Säuseln seiner Bestürzung Ausdruck und sieht ihr dabei tief in die Augen. Der Kameramann, ein Bärtiger mit Lederjoppe, beschränkt sich auf einem derben Händedruck und ein knarziges »Beileid!«, während sein Assistent, ein jugendschöner Jüngling, Vivis Brüste anstarrt, sich aber wortlos an den Hausbewohnern vorbeidrückt. Sie leuchten das Wohnzimmer aus, die Kamera schwenkt über die Fotos auf der Anrichte, dann schleppen sie ihre Ausrüstung in den Turm. Der Redakteur macht sich ohne Umstände ans Aufräumen, ordnet die umherliegenden Papierknäuel zu säuberlichen Stapeln, sucht und findet einen leeren Block, den er aufschlägt und mit einem Kugelschreiber aus der Innentasche seines Sakkos auf einen der Arbeitsplätze legt. Dann stellt er die Schachfiguren in ihre Ausgangsstellung, geht noch einmal ins Wohnzimmer, schnappt sich eines der Fotos und stellt es auf den Schreibtisch.

»Nein«, sagt die Ersatzmutter und nimmt es wieder weg. Es ist das gerahmte Foto von Inna, um das herum sie zwölf Jahre lang Staub gewischt hat. Sie geht nach unten und kommt mit dem Foto zurück, auf dem sie gemeinsam mit Victor am Sonnenstrand in Warna zu sehen ist. Der Redakteur nickt abwesend, geht um die Schreibtische und besichtigt das Arrangement wie ein Oberkellner die Festtafel, bevor die Gäste kommen.

*

An einem trüben Tag in den späten fünfziger Jahren war Bronnen die Idee gekommen, wie er seinen Freund Victor Nesselkönig von Schwermut und Langeweile heilen konnte. Es wird November gewesen sein, in den Jahren, da Victors russische Frau immer bleicher und schmaler wurde und er der jungen Russischlehrerin schon alles außer der Ehe versprochen hatte. Im Kasino des Gästehauses der Akademie brannte schon am frühen Abend das Licht. Gewiss war Victors Kummer echt, galt er nun Innas Krankheit oder der Tatsache, dass Lotte wegen eines Dolmetschereinsatzes nicht über Nacht hatte bleiben können. Gründe für einen elegischen Gemütszustand, die Bronnen unter Zurückstellung eigener moralischer Prinzipien zu akzeptieren bereit war. Aber Victor zog an einem anderen Faden. Er starrte in sein Bier, während Bronnen, im weiteren Sinne immer im Dienst und misstrauisch gegen die Trübung der Wachsamkeit durch Alkohol, Fassbrause trank. Sie waren die einzigen Gäste. Die Kellnerinnen sahen auf die Uhr, stellten das Radio so laut, dass Bronnen sich beschweren musste, *RIAS* außerdem. Gegen sechs kam eine von ihnen an den Tisch und fragte drohend, ob sie noch Wünsche hätten; Victor bestellte noch zwei Bier. Die Damen löschten das Licht über dem Tresen, die Männer saßen unter dem Lichtkegel einer Hängelampe und starrten in die trübe Dunkelheit. Wenn sie schwiegen, hörten sie die Kühlschränke brummen. Victor atmete sehr tief ein, ein Zeichen, dass er wieder davon anfangen wollte.

Er rechnete Bronnen die Jahre vor, in denen er so, und die Jahre, in denen er anders geheißen hatte, erinnerte daran, dass irgendwann Gleichstand herrschen und dann die Waage sich neigen werde; er sprach von Eltern, von Blut, das bekanntlich dicker als Wasser ist, vom Duft einer morgendlichen Backstube und, als Bronnen keine Wirkung zeigte, von *Identität*, ein Wort, dass ihm nach dem Bier Schwierigkeiten machte. Es gelang Bronnen nicht, dem Thema auszuweichen. Victor hatte sich aus dem Kühlschrank am Tresen eine Flasche Nordhäuser geholt, an deren Etikett fast unsichtbar der Füllstand markiert war, er füllte auch für Bronnen, dessen Kopfschütteln ignorierend, ein Glas. Durchs

Fenster hätte man eine Pantomime gesehen, eine Choreografie des Abwiegelns und Nicht-Lockerlassens: wie Victor sich über den Tisch beugte, wie Bronnen zurückwich, Victor auf den Tisch hieb, ein Rinnsal aus Bierschaum und Korn über die Wachstuchdecke lief. Victor schlug die Hände vors Gesicht, schluchzte. »Es geht nicht so weiter«, heulte er, »ich bin auch nur ein Mensch.«

»Niemand verlangt, dass du mehr als ein Mensch bist.« Bronnen tippte den Zeigefinger in die Schnapslache und verrieb sie auf dem Tischtuch, während er sprach. Was er denn seinen Kindern erzählen wolle? Eben, sagte Victor. Ob er etwa das Haus vergessen habe? »Ick wohne in 'nem Plattenbau, Jenosse Nesselkönich!« Ach, das Haus, klagte Victor. Und ob er denn die jute Sache vagessen habe, um derentwillen …? Victor seufzte, und Bronnen war so taktlos, das Arrangement auf Staatskosten zu erwähnen, das die Nächte mit Lotte ermöglichte. Es half nichts. Victor war betrunken genug, um sein Lamento zu wiederholen, und verzweifelt genug, es nicht wieder zu vergessen, wenn er nüchtern erwachte.

Und dann hatte Bronnen seine Idee gehabt, und deshalb lag seit fast dreißig Jahren ein Drehbuch für die Beerdigung von Victor Nesselkönig in seiner Schublade, so wie die Nachrufe in den Redaktionen von Kulturradiosendern längst geschrieben sind, während der künftig *Große Tote* noch jungen Frauen den Hof macht. Seit Pieck gestorben war, Grotewohl und Becher, wurden die *Führenden Genossen* ihrer Sterblichkeit gewahr und begannen einen diskreten Wettstreit um das schönste Begräbnis. Die Regieskizzen[97], die Bronnen bei seinem nächsten Besuch in Dreizehnheiligen aus der Aktentasche zog, zeigten den *Marx-Engels-Platz* schwarz von Menschen, einen in Blumen ertrinkenden offenen Sarg, der nach dreitägigen Defilé der Werktätigen im Foyer der Akademie im Schritttempo über Linden und Friedrichstraße zum Dorotheenstädtischen Friedhof gefahren wurde.

---

97 Sie sind wahrscheinlich dem Feuer in Bronnens Kleingarten kurz vor seiner Pensionierung zum Opfer gefallen.

Die Fahnenspaliere reichten bis zum Horizont. Spielmannszüge in riesigen Marschblöcken sollten, assistiert von leibhaftigen Sinfonieorchestern, mit denen sie im Gleichschritt dem Katafalk folgten, das übliche Potpourri aus Trauermärschen spielen. Dem toten Dichter würden auf Samtkissen nicht nur seine Orden vorangetragen, sondern auch, von einer Hundertschaft junger Menschen im Blauhemd, aufgeschlagene Ausgaben aller seiner Werke in allen weltweit verfügbaren Übersetzungen. Man würde die Heiligen einer im weitesten Sinne sozialistischen Literatur, Scholochow und Ehrenburg, Upton Sinclair und Dario Fo, Böll und Degenhardt einladen, ihrem großen Kollegen die letzte Ehre zu erweisen.

»Ick will ja nix sagen«, sagte Bronnen, »aber Willi Ostertach hätte niemals so'n Begräbnis bekommen. Von mir janz zu schweigen. Ick für meinen Teil würde darauf nich verzichten.«

Das war Bronnens Plan gewesen. Aber Victors große Kollegen waren weggestorben, während er selbst nicht zu altern schien, sondern nicht allzu lange nach Innas Tod die hartnäckigste seiner Geliebten geheiratet hatte. Mit der Zeit hatten sich pelzige Staubschichten auf Bronnens Pläne von der Totenfeier gesetzt; Bronnen selbst war darüber weggestorben.

*

Aber nun: Victor hatte mittlerweile fast begriffen, wie die Fernbedienung funktionierte. Er setzte sich im frisch vorgerichteten Wohnzimmer der ehemaligen Bäckerei Ostertag in Tuchau in seinen Sessel, drückte auf den Netzschalter, wobei er den ganzen Oberkörper einsetzte (etwa so, wie ein Sprengmeister den Auslöser drückt) und starrte leicht nach vorn gebeugt auf das Bild, das nach dem knisternden Einschaltgeräusch aus dem grauen Gries entstand. Reno nahm ihm die Fernbedienung aus der Hand, drückte auf den Programmwähler und kam gerade zurecht, wie der Sarg aus dem großen Portal des Akademiegebäudes unter Fanfaren auf den von Menschenmassen umsäumten Platz getragen wurde. Victor lehnte sich zurück und verschränkte die Hände hinter dem Nacken. Im Bild erschien ein schwarzer, blitzender, mit Kränzen geschmückter, aber geschlossener Leichenwagen, eine Ehrenformation der NVA, ein Marschblock schwarz gekleideter, gebrechlicher Funktionäre der Partei und der Kunstakademien, denen man ansah, dass ihre Gedanken woanders waren. Das Orchester spielte *Unsterbliche Opfer*. Die Witwe des Nobelpreisträgers, gestützt vom Kultursekretär des Politbüros und Vivi, war angemessen lange zu sehen. Sie sah stolz und ein bisschen gereizt aus, als ob sie Victor seinen Tod nicht verzeihen könne, während Vivi blind vor Tränen war.

Epilog

Zehn Jahre vergehen, dann ist das Buch zu Ende, aber nicht der Streit
1989 bis 1999

Als Journalisten und Bürgerrechtler Ende Oktober 1989 das Haus in Dreizehnheiligen auch von Nesselkönigs Familie verlassen fanden, bekamen die Gerüchte von seinem gewaltsamen Tod (das Leute wie Rapallo auf Pressekonferenzen verbreiteten) neue Nahrung. Das Fernsehen zeigte verwackelte Bilder, auf denen zwei Dutzend Leute, beleuchtet von Straßenlampen und Scheinwerfern, vor der Haustür standen und Victors Namen riefen. Bei den Innenaufnahmen war zu sehen, dass eine Scheibe zu Bruch gegangen war. Inge Nesselkönig seufzte vor dem Fernseher, Victor schwieg. Der Kommentator des DDR-Fernsehens hob den Vorgang auf eine Abstraktionshöhe, die ihm die Schärfe nahm und es zur Privatsache der Hinterbliebenen erklärt, wo sie sich aufhielten. Er warnte vor Spekulationen, ohne zu erklären, wer worüber spekuliert hatte. Im Westfernsehen wurde Roger deWitt in einer Talkshow niedergeschrien, wo er den Schlauköpfen im Studio mit der größten ihm möglichen Herablassung erklärte, dass sie keinen blassen Schimmer von Victor Nesselkönig und seinem Leben hätten. Irritierte Zwischenfrage der Moderatorin: »Was heißt das jetzt? Ist Nesselkönig nun tot oder nicht?«

»Natürlich ist er tot«, sagte deWitt, »aber schon seit fünfzig Jahren.« Ein Mann aus dem Publikum, der jahrelang in Bautzen gesessen hatte, beschimpfte deWitt vor laufender Kamera als Handlanger der Kommunisten.

*

Radolph W. Kämmerling goss sich gerade *Erlauer Stierblut* nach, als er die Todesmeldung im Radio hörte. Er grübelte vergeblich, was Victors Tod für ihn selbst bedeutete. Schon stark angetrunken, suchte er in seinem Keller nach den Manuskripten, die er in den letzten Jahren geschrieben hatte und die nach seiner festen Überzeugung besser waren als alles, was je von Victor Nesselkönig erschienen war. Als er sie nicht fand, wandte er sich hochprozentigeren Spirituosen zu.

*

In Tuchau brachte Reno neue Namensschilder an Klingel und Briefkasten an. Die Ersatzmutter versuchte vergeblich, jemanden im Zentralkomitee zu erreichen.

*

Ende November 1989 bot Kämmerling dem *SPIEGEL*-Büro in Ostberlin Informationen an, die beweisen sollten, dass Victor Nesselkönig ein talentloser Pinsel gewesen war, eine Marionette, nur von Kämmerlings Genius zum Leben erweckt. Er bezeichnete sich als eigentlichen Autor des *Automaten* und der *Moskauer Jahre*, konnte aber keinen einzigen Beweis vorlegen. Der Mensch vom *SPIEGEL* sah den offensichtlich angetrunkenen Besucher mitleidig an, bedankte sich wortreich und vergaß die Sache bald. Kurz vor Weihnachten erfror Kämmerling, als er sich bei eisiger Kälte auf den Weg nach Dreizehnheiligen machen wollte und betrunken in einem Buswartehäuschen einschlief.

*

Die Meldung vom tödlichen Verkehrsunfall eines unbekannten Westberliner Studenten in der Nähe von Potsdam ging in der Nacht des Mauerfalls unter. Man registrierte lediglich, dass der bedauernswerte Mensch (abgesehen von CIA-Agenten aus Westberlin) so ziemlich der einzige gewesen war, der gegen den Strom von Westberlin aus in die DDR gefahren war. Die Recherchen der Polizei nach Angehörigen blieben erfolglos; die Westberliner Studentin, bei der er gemeldet war, verbrachte den Winter in Amerika und war nicht zu erreichen. Der bekannte Journalist, auf den das Unfallauto zugelassen war, meldete sich weder auf Behördenpost noch auf dringende Mahnungen auf seinem Anrufbeantworter, die Putzfrau an seinem Zweitwohnsitz am Bodensee vermutete ihn in der Provence. Die zuständige Staatsanwaltschaft verbot eine Beerdigung, bis die Identität des jungen Mannes geklärt war.

*

Die *Akademie für Sozialistische Deutsche Literatur* in Potsdam ersetzte im November 1989 die Honeckerbilder im Foyer durch Porträts von Goethe und Schiller und die Büste von Johannes R. Becher durch eine Yucca-Palme. In einer von Panik geprägten Versammlung verabschiedete man eine Protestnote gegen die Zensur in der DDR und die Ermordung ihres Gründers Victor Nesselkönig. Über Weihnachten strich sie den Sozialismus aus ihrem Namen, Anfang Januar den Namen Victor Nesselkönig. In den Weihnachtsferien waren die Dienstgebäude eigentlich geschlossen, nur einige Professoren und Dozenten nutzten in ihren Zimmern die Gelegenheit, unbeobachtet ein paar Akten zu flöhen. Reno ließ sich an einem Freitagabend einschließen und brauchte bis Mitternacht, ehe er die Doppeltür zum Zimmer des Prorektors für Wissenschaft aufgebrochen hatte, wo er zu seiner Erleichterung alle Exemplare seiner Dissertationsschrift über Victor Nesselkönig fand und in zwei Aktentaschen fortschleppte.

*

In Tuchau riss Reno die Mauer ein, die den alten Backofen verschlossen hatte. Willi hörte nicht mehr auf die Klagen seiner Frau und die Streitereien seiner Kinder. Er konnte seinen Blick kaum von dem Ofen abwenden und schnüffelte nach dem Duft von frischgebackenen Broten.

*

Roger deWitt ließ Anfang Januar seinem Verlag über seine Anwälte (er gebrauchte den Plural) gerichtliche Schritte androhen, falls dieser die angekündigte und bereits im Druck befindliche Nesselkönig-Biografie ausliefern sollte.

*

Karl-Heinz Kleinwächter bekam im Dezember einen Dienstausweis des neugegründeten *Amtes für Nationale Sicherheit* und eine neue Dienstanweisung, die ihm alles verbot, was er sein ganzes Berufsleben lang getan hatte, und ihm dafür befahl, was bisher bei Strafe verboten war. Weil die Schredder in der Normannenstraße bis zum Jüngsten Tag des Sozialismus nicht alles schaffen würden, schleppte er nach Feierabend schwere Sporttaschen aus dem Dienstgebäude. Als ein Posten des Bürgerkomitees, der jetzt an der Stelle der uniformierten jungen Genossen in der Wache saß, seine Tasche kontrollierte, bekam er eine Strafanzeige und eine Vorladung vor eine Untersuchungskommission. Dort hatte er solche Angst, dass er stotternd erzählte, er könne beweisen, dass Victor Nesselkönig noch am Leben sei. Man tat das als eine der typischen Ausflüchte ab, mit der die Diener des Ancien Regime ihre Verbrechen vertuschen wollten. Die beschlagnahmten Akten in seinen Sporttaschen sind teils verschwunden, teils in den obigen Fußnoten zitiert.

*

General a. D. Schönknecht gründete Anfang 1990 eine GmbH, die mittels eines zinslosen Darlehens aus Parteivermögen Grundstücke aus dem Fundus seines Ministeriums und die Verlags-

454

rechte an den Büchern von Victor Nesselkönig erwarb. Auf einer Pressekonferenz auf der Leipziger Frühjahrsmesse 1990 bezeichnete er es als seine moralische Verpflichtung, das Werk seines zu früh verstorbenen Freundes Victor Nesselkönig auch künftig zu pflegen und zu publizieren. In einem Erinnerungsband ließ er durchblicken, dass es der – wie er sich ausdrückte – Rückschlag für seine sozialistischen Ideale und die »Kolonialisierung der DDR« gewesen waren, die den großen Dichter ins Grab gebracht hatten. Als habe Victor Nesselkönig in die Zukunft sehen können. Zur Herbstmesse 1992 stellte er unveröffentlichte Texte aus dem Nachlass des Dichters vor, deren stilistische und thematische Kühnheit das deutsche Feuilleton in Entzücken versetzten. Schönknecht verschwieg, dass die Edition auf Manuskripten beruhte, die bei einer heimlichen Durchsuchung im Sommer 1989 in Kämmerlings Keller gefunden und beschlagnahmt worden waren. Für die Zukunft kündigte er die Herausgabe des Briefwechsels zwischen Victor Nesselkönig und der böhmischen Dissidentin Lenka Caslavska an, der 1996 erschien.

*

Karl-Heinz Kleinwächter hatte sich erfolglos als Gründer einer privaten Bewachungsfirma versucht und erschien im Winter 1992 in Schönknechts Büro, um ihn zu erpressen. Schönknecht bezahlte Kleinwächters Steuerschulden und ließ ihn, beurkundet von Rechtsanwalt Calauer, eine zweiundzwanzigseitige eidesstattliche Versicherung unterschreiben, derzufolge Kleinwächter in der Nacht vom 7. auf den 8. Oktober 1989 selbst den Arzt nach Dreizehnheiligen geholt habe, der Victor Nesselkönig wegen Lebensgefahr ins Krankenhaus gebracht habe.

*

Willi Ostertag las im August 1990 in der *Volkswacht*, dass die Bezirksliga-Mannschaft der BSG Fortschritt Hermannsdorf, die sich gerade in Fortuna Hermannsdorf 08 rückbenannt hatte, schwere Besetzungsprobleme hatte, weil die Hälfte der Spieler im Westen war und die andere Hälfte in der gerade hereinbrechenden Marktwirtschaft Wichtigeres zu tun hatte, als sonntags Schach zu spielen. Beim nächsten Spielabend unterschrieb er einen Aufnahmeantrag. Der neue Vereinsvorsitzender, ein Lehrer mit Seitenscheitel und Kinnbart, nickte ungeduldig, als Victor erzählte, er habe vor dem Krieg schon hier gespielt und sagte dann: »Dritte Mannschaft, fürs Erste?« Nachdem er zwei Partien gegen Willi verloren hatte, brachte er dem gerade auf Brett eins aufgerückten Jungstar des Vereins schonend bei, dass er nur am zweiten Brett spielen könne, worauf dieser auch in den Westen ging.

*

Ein von Utz Rapallo im April 1990 angeregtes Strafverfahren gegen Unbekannt wegen des Verdachts der Ermordung von Victor Nesselkönig wurde eingestellt, nachdem Vivi, Reno und die Ersatzmutter als Zeugen vernommen wurden und einen amtlichen Totenschein vorweisen konnten. Eine Exhumierung des Grabes auf dem Dorotheenstädtischen Friedhof konnte die Familie mit Rechtsanwalt Calauers Hilfe verhindern.

*

Im Sommer 1990 musste Inge Nesselkönig erfahren, dass das Grundstück in Dreizehnheiligen in Volkseigentum stand, also nie an Victor Nesselkönig übertragen worden war. Ein Antrag von Rechtsanwalt Calauer, die Erbengemeinschaft nach Victor Nesselkönig ins Grundbuch einzutragen, scheiterte an juristischen Finessen, die Calauer Ingrid vergeblich zu erklären versuchte. Villa und Grundstück wurden im Frühjahr 1991 von den Sachen der Nesselkönigs geräumt und kurz danach von der Treuhandanstalt an einen Investor verkauft, der ein Wassersporthotel errichten wollte. Im Herbst gingen vier verschiedene Rückübertragungsanträge ein, wenige Monate später war der Investor pleite. Über mehrere Jahre stand das Haus leer, besucht nur von Nachbarn, die die Armaturen klauten und von Literaturfreunden aus aller Welt, die sich vor der verfallenen Wirkungsstätte Victor Nesselkönigs fotografieren ließen.

*

Weil ihr Mann sich weder für sie noch für den Kampf um Dreizehnheiligen interessierte, trennte sich Ingrid 1992 von ihm, zog nach Berlin, wo sie mit finanzieller und politischer Unterstützung durch die PDS eine Victor-Nesselkönig-Stiftung gründete, deren vornehmste Ziele der Erwerb von Dreizehnheiligen zwecks Einrichtung eines Museums und einer Begegnungsstätte, ferner der Kampf gegen die »pauschale Verunglimpfung der Deutschen Demokratischen Republik« im Allgemeinen und die »koloniale Verfälschung von Leben und Werk von Victor Nesselkönig« im Besonderen waren. Später kandidierte sie für die PDS bei den Wahlen zum Brandenburger Landtag.

*

Lenka Caslavska war es vergönnt, im Herbst 1989 in ihr geliebtes Prag zurückzukehren. Ein Foto von der berühmten Kundgebung am 27. November 1989 auf dem Letna-Plateau in Prag zeigt sie auf der Tribüne in unmittelbarer Nähe von Aleksandr Dubček, doch trat sie danach politisch nicht in Erscheinung. Als sie kurze Zeit später bei einer Touristenführung in Fryberk nach dem Kempelenautomaten fragte, fiel dem Museumsdirektor ihre Ähnlichkeit mit der alten Gräfin Caslavska-Rosenberg auf einem in der Gemäldegalerie hängenden Ölporträt auf; der Direktor setzte sie vor die Tür. Zum Entsetzen ungebetener Rechtsberater verzichtete Lenka 1992 auf alle Rückgabeansprüche und verbrachte die letzten Jahre ihres Lebens in einem ehemaligen Kloster und jetzigen Altenstift, aus dessen Fenstern sie bis zum Schluss den Prager

Sitz ihrer Familie, das Rosenberg-Palais sehen konnte. Eine der Schwestern, die sie dort pflegte, berichtet, sie sei 1999 verstorben. Als sie wenige Jahre zuvor von den in Deutschland geführten Kontroversen über Victor Nesselkönigs Leben hörte, soll sie gelacht haben.

*

Das letzte Auswärtsspiel des alten Jahres verlor Fortuna Hermannsdorf gegen die turmhoch favorisierte Mannschaft von Carl Zeiss Jena am dritten Advent 1989 mit 1:5. Nur der Meisteranwärter Andersen verlor am ersten Brett mit Pauken und Trompeten gegen einen alten Mann, den niemand kannte. In der Halle des Westbahnhofs, von wo das geschlagene Hermannsdorfer Team nach Hause fahren wollte, stand Willi Ostertag plötzlich Utz Rapallo gegenüber, der nach den aufregenden Revolutionswochen in Berlin seine Mutter in Jena besuchen wollte. Rapallo starrte ihn mit offenem Mund an und formte mit seinen bartumrankten Lippen einen Namen.

»Nein«, sagte Willi. »Ich werde öfter mit ihm verwechselt. Sie wissen doch am Besten, dass Nesselkönig von den Kommunisten ermordet wurde.« Utz Rapallo nickte mit leerem Gesicht und die beiden Männer verließen in verschiedene Richtungen die Bahnhofshalle, um mit ihren Familien Advent zu feiern.

*

Rechtsanwalt Calauer sammelte Anfang 1990 körbeweise Vollmachten von ausgetretenen SED-Mitgliedern und verlangte von der SED/PDS deren Beitragszahlungen für die letzten 30 Jahre zurück, weil seine Mandanten über die tatsächliche Politik der SED betrogen worden seien. Anfang 1991, als nach dem Einigungsvertrag Hunderttausende Beschäftigte des Öffentlichen Dienstes überprüft und einige Zehntausend wegen Stasi-Mitarbeit oder Funktionen in der SED entlassen wurden, erweiterte er die Klagen auf Schadensersatz, weil seine Mandanten wegen ihrer jahrelangen Zwangsmitgliedschaft in der SED nunmehr berufliche Nachteile im vereinten Deutschland erlitten hätten. Den Einwand des Prozessvertreters der Partei, er, Calauer, sei doch selbst in der Partei gewesen, wies er als Verletzung der Privatsphäre zurück und bezeichnete ihm als im Übrigen unerheblich. Seine Erinnerungen an Victor Nesselkönig erschienen Mitte der neunziger Jahre in Schönknechts Verlag, der allerdings kurz darauf einem Insolvenzverwalter zufiel.

*

Im Frühjahr 1992 fuhren zwei Autos von Jena nach Tautenburg. Die Landkarte, die eine Straßenverbindung von Tautenburg nach Tuchau versprach, erwies sich als überholt; der Schotter war vom Frost gesprengt, in den Löchern nisteten Frühblüher. Roger deWitt stieg aus seinem Mercedes, Utz Rapallo aus einem zwanzig Jahre alten Opel Rekord. Gemeinsam gingen sie durch den Wald nach Tuchau. Ihre Erkundigungen nach Victor Nesselkönig blieben ohne Erfolg. Die Kinder des kürzlich verstorbenen Nachbars Feifiedel berichteten von Erzählungen ihres Vaters, dass der Dichter Victor Nesselkönig das Dorf seiner Eltern noch in den achtziger Jahren gelegentlich besucht hatte. Im Vorgarten der Bäckerei entdeckten sie Vivi bei der Frühjahrsbestellung, die kochte Kaffee und rief dabei unbemerkt Reno an, der mit Willi im Wartezimmer einer Arztpraxis saß. Bei Kaffee und Kuchen erzählte Vivi den beiden, wie ihr Vater am Abend des 7. Oktober 1990 zusammengebrochen und in der Nacht gestorben sei. Die Zeit bis zu Vivis Anruf, dass die Luft wieder rein sei, verbrachten Willi und Reno im Kino. Roger deWitt gab daraufhin seine Theorie, Victor Nesselkönig sei schon 1938 gestorben, wieder auf und publizierte endlich seine Biografie, die allerdings in der Flut der Literatur über die DDR nicht die erhoffte Aufmerksamkeit fand.

*

Reno und Vivi versuchten für ein paar Jahre, die Risse in ihrer Ehe durch die Pflege von Vivis Vater und das Leben auf dem Lande zu kitten. Das nötige Geld verdienten sie durch den Verkauf von Bausparverträgen (Reno) und Übersetzungsarbeiten aus dem Russischen (Vivi). Wenn er von seinen Kundenterminen erschöpft nach Hause fuhr, träumte Reno davon, irgendwann ein Buch mit der Wahrheit über Victor Nesselkönig zu schreiben. Reno, Inge, Schönfeld und Roger deWitt begegneten sich immer wieder im Internet, wo sie sich endlose Scharmützel um die Korrekturen im Wikipedia-Artikel über Victor Nesselkönig (http://wikipedia.org/wiki/Nesselkönig) lieferten.

Nachbemerkung des Autors

Der Autor gibt, wie es sich gehört, seine Quellen an und bedankt sich bei seinen Helfern

Alle Figuren mit Ausnahme derjenigen, deren Historizität dem kundigen Leser bekannt ist, sind frei erfunden. Soweit historische Gestalten auftreten, sind deren Handlungen, Erlebnisse und Äußerungen im Allgemeinen ein Produkt der Fantasie des Autors, in dem Sinne, dass etwa Johannes R. Becher, auch wenn ein Victor Nesselkönig 1953 aus dem GULAG zurück in die DDR gekommen wäre, womöglich froh über diesen wie jeden Rückkehrer gewesen wäre. Victor Nesselkönigs Pose, auf der Bühne des *Titania* Verse oder einzelne Worte von Blättern abzulesen und diese dann fallen zu lassen, ist von D. A. Pennebakers Video zu Bob Dylans *Subterranean Homesick Blues* inspiriert. Die Provokation der SA, die in Berlin während der Aufführung weiße Mäuse freiließ, galt nicht der Lesung von Victor Nesselkönig, sondern der Verfilmung von Erich Maria Remarques »Im Westen nichts Neues.« Der Nobelpreis für Literatur 1938 ging, wie allgemein bekannt, an Pearl S. Buck, die ihn gewiss verdient hat; es gab in diesem Jahr auch keine zunächst anderslautende Entscheidung des Preiskomitees. Die Erinnerungen und nachgelassenen Papiere von Cornelius Eigengast enthalten schon deshalb keine Erinnerungen an Victor Nesselkönig, weil Eigengast weder existierte noch für einen anderen proletarisch-revolutionären Schriftsteller steht. Die *Rote Fahne* und der *Figaro* haben keine Berichte über Victor Nesselkönigs Auftauchen in Prag veröffentlicht. Wie glaubhaft die anderen (durchweg frei erfundenen) Zeitungsartikel und Agenturmeldungen sind, mag der Leser entscheiden. Über den heimlichen Verkauf russischer Kunstschätze mithilfe einer adligen tschechischen Zwischenhändlerin in den dreißiger Jahren des 20. Jahrhunderts ist mir nichts bekannt. Von Andre Malraux' Trinkspruch auf Trotzki während des Besäufnisses auf Gorkis (nicht Jeshows) Datscha

461

berichtet seine Frau Clara Goldschmidt, andere Zeugen erinnerten sich nicht daran. Das Detail in den *Moskauer Jahren*, dass der NKWD-Chef Jeschow und seine Frau es liebten, eine Art Künstlersalon zu führen und dazu auch Künstler einzuladen, die Jeschow kurz danach ermorden ließ, ist entgegen Renos Annahme keine Erfindung Victor Nesselkönigs (vgl. Karl Schlögel, *Moskau 1937*, S. 479). Einen *SPIEGEL*-Redakteur namens Roger deWitt gab es nicht; ich kenne auch niemanden, der ihm ähnelt. Der Film, in dem die Nesselkönig-Zwillinge die Hauptrollen spielen, existiert nur in meiner Fantasie. Ein Vorbild für die Erweiterte Oberschule Eichwalde *Willi Ostertag* stand dem Autor so wenig vor Augen wie für deren Namenspatron. Es gab keine Akademie für Deutsche Sozialistische Literatur in Potsdam, der Park und die beschriebenen Gebäude erinnern entfernt an eine andere Akademie, von deren Faschingsfesten ich aber nichts weiß. Die Filmsequenz, in der Michail Scholochow, mit Plagiatsvorwürfen zum *Stillen Don* konfrontiert, den am Ende der Szene wörtlich zitierten Satz sagt, soll 1975 aufgenommen worden sein (vgl. Ota Filip: *Sein Szepter reichte vom Don bis zum East River*, Die Weltwoche, November 1986). Die Zweifel an Scholochows Autorschaft reichen zurück bis zum Erscheinen des *Stillen Dons* Ende der zwanziger Jahre, sie wurden genährt unter anderem durch eine Theorie des amerikanischen Slawisten Roy Medwedjew, aus dem ich einen sowjetischen Publizisten gemacht habe und der Scholochow nur einen Teil der Autorschaft zuerkannte, und durch ein anonymes Pamphlet, das 1974 mit einem Vorwort von Alexander Solshenizyn in Paris erschien. Modernere Textanalysen haben Scholochow dagegen tendenziell entlastet. Seit im Jahre 1987 2 000 Seiten des Originalmanuskripts gefunden wurden, gilt die These der Fremdautorschaft als widerlegt. Die pompöse Trauerfeier, die Bronnen für Victor Nesselkönig geplant hat, ist der tatsächlichen Beerdigung von Johannes R. Becher nachempfunden. Die meisten der in den Fußnoten erwähnten Quellen entstammen dem fiktiven Archiv des Autors, soweit sie existieren, geben sie zum Thema nichts her, was nicht heißt, dass es sich nicht hin und wieder lohnen könnte, etwa in der NJW (*Neue Juristische Wochenschrift*) oder in *Schach* zu blättern. Leider keine Schöpfung des Autors sind neben dem unvermeidlichen Faustzitat das Gedicht von Johannes R. Becher, Majakowskis Verse vom *Sowjetpaß* und Max Zimmerings Schachgedicht. Dagegen trage ich die Verantwortung für Victor Nesselkönigs Gedichte (wie für alle seine Romane) allein. Es wäre jedenfalls möglich, dass ich die skizzierten Schachpartien selbst gespielt habe. Die Idee zu einer Initiative ehemalige SED-Mitglieder, ihre Beitragsgelder von der Partei wegen Betrugs zurückzuverlangen, hatte Anfang der neunziger Jahre die ostdeutsche Satirezeitschrift *Eulenspiegel*; auf ihre scherzhafte Annonce sollen sich einige Interessenten gemeldet haben. Alle prominenten Autoren der DDR waren, soweit mir bekannt, diejenigen, für die sie sich ausgegeben haben. Mit einem Wort Bronnens: Literatur ist die Kunst, schön zu lügen. Aber Bronnen ist ja auch eine erfundene Gestalt. Ich selbst hielt es für konsequent, meinen richtigen Namen zu nennen.

Ich danke Johannes R. Becher, Willi Münzenberg, Wladimir Majakowski, Michail Scholochow, dem Ministerium für Staatssicherheit, dem Baron de Kempelen und seinem Schachautomaten, den Erfindern des Schachspiels, der Redaktion von *Schach*, den Autoren der Schachlehrbücher des Sportverlages der DDR, meinen eigenen Schachlehrern, dem *SPIEGEL* und vielen anderen für ihre unfreiwilligen Anregungen zu diesem Buch.

Bibliografische Information der Deutschen Nationalbibliothek
Die Deutsche Nationalbibliothek registriert diese Publikation
in der Deutschen Nationalbibliografie; detaillierte bibliografische Daten
im Internet unter http://d-nb.de.

Mix
Produktgruppe aus vorbildlich
bewirtschafteten Wäldern und anderen
kontrollierten Herkünften
www.fsc.org Zert.-Nr. SW-COC-002823
© 1996 Forest Stewardship Council

2011
© mdv Mitteldeutscher Verlag GmbH, Halle (Saale)
www.mitteldeutscherverlag.de

Gesamtherstellung: Mitteldeutscher Verlag, Halle (Saale)

ISBN 978-3-89812-767-7

Printed in the EU